SÉRIE DE LA MALÉDICTION
DES IMMORTELS

I0636799

Les Lois du Sang

Série de la Malédiction des Immortels

AUTEURE À SUCCÈS USA TODAY
LEXI C. FOSS

Ceci est une œuvre de fiction. Les noms, les personnages, les lieux et les événements sont soit le produit de l'imagination de l'auteur ou utilisés de façon fictive. Toute ressemblance avec une personne, vivante ou morte, un établissement commercial, un fait réel ou un événement local est le fruit d'une pure coïncidence.

Les lois du sang

Édité par : Outthink Editing, LLC

Consultant spécialisé en intrigue : Heart Full of Ink

Relu par : Barb Jack, Joy Di Biase-Giachino Katie Schmahl, et Laura Schoenfelder

Traduit de l'anglais par Well Read Translation

Couverture par : Manuela Serra Book Cover

Photo par : Wander Aguiar Photography

Modèles : Thom Panto et Tiffany

Publié par : Ninja Newt Publishing, LLC

Edition imprimée

eBook ISBN : 978-1-954183-93-3

Print ISBN: 978-1-954183-94-0

À mes parents, pour m'avoir encouragée à poursuivre mes rêves, et à Elaine, pour avoir cru en moi ...

LA MALÉDICTION DES IMMORTELS LEXIQUE

ÊTRES SURNATURELS

Novice (nom) : L'enfant d'un homme Ichorien et d'une femme humaine, qui n'a pas encore été ressuscité en Hydraien. En général, ils ne possèdent pas de dons psychiques ou surnaturels jusqu'à leur résurrection en tant qu'immortels.

Hydraien (nom) : L'enfant immortel d'un homme Ichorien et d'une femme humaine qui possède deux dons surnaturels ou psychiques et qui n'a pas besoin de sang humain pour survivre.

Ichorien (nom) : Un être immortel d'ascendance inconnue, qui possède un don psychique ou surnaturel, et qui doit boire du sang humain pour survivre.

Immortel (nom) : Un terme général pour désigner un être qui ne vieillit pas et qui est immunisé contre les causes de décès naturelles.

Séraphin (nom) : Un être qui appartient aux plus hauts échelons de la hiérarchie des anges.

« Un pouvoir inconnu est en train d'apparaître. Elle possédera la force et la volonté de tous nous détruire à moins que certaines mesures ne soient mises en place pour la maîtriser. »
Prophétesse Skye

LES LOIS DU SANG

Sur Ordre du Conclave des Ichoriens, les comportements
suivants sont interdits :

La création volontaire de novices immortels par
procréation avec des femmes humaines.

Permettre de manière volontaire l'existence de novices
immortels ou d'hydraiens sur le territoire ichorien.

Fréquenter des hydravions, quelle qu'en soit la raison, sauf
si cela a été négocié grâce à un rang ou à un droit acquis à
la naissance.

PROLOGUE

ASTASIYA

— Tu es prête ? demanda son ami angélique en indiquant la maison d'un geste de la main.

Astasiya secoua la tête en réponse. L'ange lui avait dit que ces inconnus deviendraient ses nouveaux parents. Mais elle ne désirait pas en changer. Elle souhaitait juste retrouver les siens. Maintenant.

— Ils vont te protéger, tout comme le faisaient tes parents biologiques.

Elle mordit sa lèvre, son attention fixée sur la porte, tellement différente de celle qui protégeait l'entrée de sa maison.

— Mais maman n'arrête pas de me parler, murmura-t-elle, elle a besoin d'aide.

Tant de chagrin.

De tristesse.

Maman est toute seule.

Les lèvres d'Astasiya tremblaient. Ses rêves la terrifiaient tant. Toute cette eau sans quoi que ce soit pour s'accrocher. Elle se noyait dans chacun d'entre eux.

Et elle avait mal. Tellement, tellement mal. Astasiya se réveillait en hurlant à chaque fois, le souvenir du regard de ce fou gravé dans sa mémoire.

Ils étaient censés jouer à cache-cache. Mais papa ne l'avait pas trouvée. Elle était partie à sa recherche à la place, et elle avait fini par le rejoindre, mais son ami angélique était apparu et l'avait emmenée dans un endroit sûr avec beaucoup d'arbres. Il avait promis de la garder en sécurité, comme il le faisait à chaque fois qu'il venait lui rendre visite.

Mais maman n'est pas en sécurité, elle.

— Je vais partir à la recherche de ta maman, lui dit-il, sa voix tendre mais ferme. Pendant ce temps, tu vas vivre ici, d'accord ? Et puis un jour, nous irons à sa rencontre ensemble.

— Promis ? demanda-t-elle.

Parce que s'il le faisait, il serait obligé de s'y tenir. C'était ce que papa lui répétait à chaque fois : *une promesse doit être tenue.*

— Je le jure, répondit son ange en lui serrant la main. Nous la trouverons.

Elle acquiesça.

— Ensemble.

— Ensemble, répondit-il.

— Gabriel, murmura une voix douce mêlée à la brise, donnant la chair de poule à Astasiya.

Elle ne pouvait distinguer personne d'autre que l'ange qui lui tenait la main, mais elle pouvait *sentir* la nouvelle présence.

Un autre ange. Celui-ci semblait s'être vaporisé tout comme le faisait sa mère quand elles jouaient à cache-cache. C'était techniquement de la triche car Astasiya ne pouvait pas voir sa maman quand elle faisait ça. Tout comme elle ne pouvait pas voir l'ange inconnu qui les avait rejoints sans se révéler.

Le cœur d'Astasiya fit un bond dans sa poitrine, ses

lèvres tremblant à nouveau. *Est-ce que maman peut se vaporiser sous l'eau ? Est-ce qu'elle a ses ailes ?*

— Astasiya, murmura son ange. Tu ne te souviendras pas de moi quand nous nous retrouverons, mais je m'assurerai que tu découvres la vérité quand le moment sera venu.

Elle fronça les sourcils. Cela n'avait aucun sens.

— Mais je te connais.

— Oui, mais pour assurer ta sécurité, j'ai besoin que tu m'oublies. Pour l'instant.

Il dirigea son attention dans la direction d'où venait la voix ; vers l'ange invisible.

Astasiya aurait aimé pouvoir la voir, mais elle n'était pas assez vieille pour ça. Ses parents disaient toujours qu'il fallait être adulte. Mais elle mourrait d'envie de voir leur plumes, surtout les plumes bleues dont son père lui avait parlé une fois.

« *Ta mère a les plus jolies ailes, mon petit ange. Bleu clair avec des traces de blanc et de bleu saphir. Tu les verras un jour.* »

— Tout ce qui s'est passé cette semaine, y compris Osiris si elle l'a vu, prononça son ange dans le vide.

— Et en ce qui concerne le décès ? demanda la voix.

De quelle couleur sont tes ailes ? Astasiya souhaitait poser la question, mais elle savait qu'il était impoli d'interrompre. Elle le demanderait quand la conversation serait terminée.

— Elle a besoin de grandir, répondit-il, et Ezekiel doit être le méchant dans cette histoire.

— Je peux faire ça. Autre chose ?

— Oui, fais en sorte qu'elle ait des doutes concernant la vraie nature de Caro.

— Ça va être difficile.

— En effet, c'est pour cette raison que j'ai fait appel à la meilleure manipulatrice de mémoire qui existe.

3

Ses yeux clairs croisèrent une nouvelle fois ceux d'Astasiya, emplis d'une tristesse qui lui rappelait ses rêves.

— Considère-moi comme ton Séraphin dédié, Astasiya. Je veillerai toujours sur toi.

Il déposa un baiser sur son front avant de se redresser.

— Maintenant, Vera.

L'air semblait vibrer d'énergie. *C'est tellement bizarre comme sensation.*

—J'ai déjà commencé, murmura la voix désincarnée.

Je ne comprends pas, tenta de dire Astasiya, mais ses lèvres ne remuèrent point. Quelque chose semblait… étrange. Comme si elle flottait. Encore un rêve ? Mais elle ne voulait pas dormir. Pas encore.

Qui étaient ces gens ? Ses nouveaux parents.

Non. Elle avait des parents.

Ils… étaient morts.

Non, c'est faux !

Maman… l'eau…

Leur maison était partie en flammes. Avec sa mère et son père bloqués à l'intérieur.

Ce n'est pas… Ça ne s'est pas… Qu'est-ce que tu fais ?

Des yeux noirs parsemés d'éclats dorés comme des braises luisantes.

Elle se noyait…

Elle frissona. Ce visage appartenait au diable. Il avait craqué l'allumette et les avait regardés brûler. Astasiya était coincée, cachée, alors que la scène se déroulait sous ses yeux. Chaque cris. Son nom prononcé par sa mère.

Dans mes rêves elle m'appelle. Pas de…

Elle ne pouvait rien faire. Elle les avait juste regardés mourir. Une mort atroce et douloureuse. Voilà ce qui se passait quand Astasiya faisait preuve de persuasion ; les gens qui l'entourait étaient blessés.

Non ! Papa a dit que ce n'était pas de ma faute !

Sauf que, peut-être que si. Elle n'aurait pas dû convaincre cet homme de lui donner de la glace. Ses parents avaient été découverts à cause de ça. Et elle serait aussi découverte si elle recommençait un jour.

Ils la tueraient.

Tout comme ses parents.

Elle devait être sage. Elle devait réfléchir avant d'agir. Elle devait se cacher.

Avec sa nouvelle famille. Les Davenport.

Astasiya cligna des yeux. Son crâne pulsait. Comme si elle était tombée et s'était cogné la tête.

Maman?

Elle renifla. Non. Sa mère avait disparu. Elle ne la verrait plus jamais. Et pas à cause de leurs parties de cache-cache pendant lesquelles elle se vaporisait. Ou bien avait-elle rêvé cela ? Astasiya fronça le nez, désorientée. Tout lui semblait… *bancal.*

— Au revoir petite soeur, entendit-elle sur un courant d'air, provoquant sa confusion.

Qu'est-ce que c'était que ça ?

La sonnette retentit, la faisant sursauter. Était-elle responsable ? Ses doigts se crispèrent contre ses flancs. Sûrement, puisque personne d'autre n'était présent. Elle avait juste été déposée.

Tellement confuse.

Et embrûmée.

— Astasiya ? demanda une voix chaleureuse.

La femme qui se tenait devant elle lui était inconnue, mais son regard était tendre. Elle sourit, lui tendant la main.

— Bienvenue à la maison, chérie.

La maison.

Elle fronça les sourcils. *Ce n'est pas ma maison.*

Mais sa place était désormais ici. Parce que ses parents

étaient morts. *Ce n'est pas…*

— Oh, Henry ! Astasiya est arrivée !

L'inconnue avait l'air tellement heureuse. Tellement accueillante. Elle avait même un sourire réconfortant.

Fiable.

Les lèvres d'Astasiya se retroussèrent. Peut-être que ça irait. Peut-être qu'elle resterait.

Mais maman a besoin de moi… Elle n'arrivait juste pas à se souvenir de la raison. Ça avait à voir avec de l'eau. Non, un feu. Qui les avait engloutis et tués, la laissant seule ici.

Avec les Davenport.

Ses nouveaux parents.

Ma nouvelle maison.

CHAPITRE UN

QUAND LE DESTIN FRAPPE À LA PORTE

— Bonjour, salua Jeffrey en arborant un large sourire.

Stas Davenport ne savait pas comment l'homme âgé apparaissait toujours aussi guilleret. Et à New York, qui plus est. Personne ne souriait ici, particulièrement pas à une heure aussi matinale.

— Salut, répondit-elle en se forçant à sourire. Je suis juste passée voir Owen.

Qui n'a pas été fichu de me retrouver au café.

— Bien sûr mademoiselle.

Il ne l'appelait jamais Stas, même en connaissant son prénom.

— Montez, je suis sûr qu'il vous attend.

— Merci.

Stas réussit à lui sourire encore une fois avant de se glisser dans l'ascenseur qui l'attendait.

Tu as intérêt à être réveillé, écrivit Stas alors que les portes se fermaient. *Et à avoir un café de prêt pour moi.*

Pas de réponse.

Il lui avait envoyé un message ce matin pour lui

rappeler de venir. S'il s'était rendormi par la suite, elle lui botterait le cul.

Après un café, bien entendu.

Elle choisit son étage et plissa les yeux en direction du tableau d'affichage au-dessus de sa tête.

— Et si on se retrouvait samedi à sept heures, singea-t-elle dans une pauvre imitation de la voix de son ami. Aucun risque d'interruption comme ça.

Mince. Même son stage à la Fondation humanitaire pour les Catastrophes (FHC) ne nécessitait pas un réveil aussi matinal. Elle n'aurait qu'à faire la sieste sur le canapé d'Owen pendant qu'il bûcherait sur son mémoire. Toutes les diapositives pour son oral étaient prêtes. Il n'aurait qu'à suivre le fil de la présentation.

Elle jeta un nouveau coup d'œil à son écran alors qu'elle arrivait à son étage.

Toujours pas de réponse.

Il s'est bel et bien rendormi.

Qu'il en profite, ça n'allait pas durer.

Elle glissa son téléphone dans sa poche, serrant les poings pour frapper à sa porte. Sauf qu'un homme en costume ajusté lui bloquait le passage, son attention sur sa main.

Stas fronça les sourcils. *Bizarre.* Owen avait une préférence pour les hommes blonds et costauds, et non pour les mâles élancés au corps tonique. Celui-ci était bien plus grand que les conquêtes habituelles de son meilleur ami, mais aussi bien plus joli, avec des traits nobles et élégants.

Elle pouvait comprendre l'intérêt, surtout vu la manière dont son pantalon épousait ses cuisses solides.

— Donc c'est toi la raison pour laquelle Owen est en retard ce matin, dit-elle pour le saluer. C'est une bonne excuse, tant qu'il m'a préparé un café.

Un regard bleu perçant croisa le sien, et son cœur s'emballa.

Joli était un adjectif trop féminin.

Superbe était bien plus approprié.

Ses pommettes hautes et sa mâchoire carrée étaient une combinaison mortelle associées à ce regard bleu nuit. Si Lizzie était là, elle serait déjà en train d'enfoncer ses coudes dans ses côtes pour lui indiquer la présence d'un bel homme, avec son tact habituel et si subtil. C'était une bonne chose que Stas l'ait laissée derrière.

L'élégant inconnu l'inspecta de la tête aux pieds, son manque d'intérêt évident sur son visage, avant de diriger à nouveau son attention vers le téléphone qu'il tenait.

Même pas un bonjour.

Jeffrey le portier serait tellement déçu.

— Bien, okay, moi aussi ça m'a fait plaisir de te rencontrer.

Elle ne put retenir la pointe de sarcasme. Elle pouvait comprendre l'absence de sourire. Mais délibérément ignorer quelqu'un après avoir couché avec leur ami, c'était un nouveau record de grossièreté.

Son regard séduisant fila vers le sien, la figeant sur place alors qu'elle s'apprêtait à le contourner pour atteindre la porte.

— C'est à moi que vous vous adressez ?

Stas observa les deux côtés du couloir et plissa le front.

— À qui d'autre est-ce que je suis censée parler ?

Il pencha la tête sur le côté, une lueur bien plus intéressée dans ses yeux.

— Vous pouvez me voir.

Ce n'était pas une question mais bien une affirmation. Un frisson courut le long de sa colonne avant de gagner le reste de son corps. Elle tremblait presque, son souffle saccadé.

Quelque chose cloche.

Elle ne pouvait pas mettre le doigt dessus. C'était juste un soupçon. Un instinct. Quelque chose retourna son estomac tandis que son pouls s'envolait.

Je devrais...

L'inconnu s'écarta du mur, son mètre quatre-vingt éclipsant son généreux mètre soixante-quinze.

— Vous pouvez vraiment me voir, répéta-t-il. Comme c'est fascinant.

Son timbre profond possédait un léger accent étranger qu'elle n'arrivait pas à identifier. *Anglais, peut-être ?* Non, ce n'était pas exactement ça. Il y avait quelque chose de mûr, d'ancien dans son intonation.

— Euh, ouais. Je peux vous voir.

Elle doutait sérieusement que son physique échappe à l'attention de beaucoup de femmes, mais sa personnalité laissait vraiment à désirer.

Elle pinça ses lèvres alors qu'il commençait à tourner autour d'elle, son regard sombre l'étudiant lentement, minutieusement, observant chaque courbe, chaque détail de son apparence. Elle déglutit difficilement tandis que son examen éhonté lui donnait la chair de poule.

Ce n'est pas ainsi que les hommes gay regardent les femmes.

— Êtes-vous l'un des nouveaux jouets de Jonathan ? demanda-t-il. Êtes vous venue examiner les détails avant que les forces de l'ordre ne se présentent ?

— Jonathan ?

Mais enfin, de quoi parle-t-il ?

— Hmm, apparemment non.

Son regard se tourna de nouveau vers le sien.

— Je doute qu'il enverrait une candidate aussi jeune pour analyser la scène. Ce serait une introduction trop brutale, mais après tout, que serait la vie, sans la mort ?

Son sang se figea dans ses veines. *Okay. Owen a décidé de*

se faire un taré. Un fou très attirant, certes, mais il était très clairement barjot.

— Ouais.

Elle s'éloigna de lui et se rapprocha de la porte.

— Je vais juste rentrer discuter avec Owen. Passez une bonne journée, d'accord ?

Elle fit un pas de plus et leva son poing pour frapper...

Son souffle s'échappa alors qu'elle était attirée en arrière contre une surface ferme. Ses lèvres s'ouvrirent pour laisser échapper un cri avant d'être couvertes par une main. Un étau d'acier s'enroula autour de sa taille, maintenant ses bras le long de son corps alors qu'elle essayait de se débattre.

Stas cligna des yeux.

Mais qu'est-ce qui s'est passé, bon sang ?

La porte d'Owen restait fermée à côté d'elle alors qu'elle faisait face au couloir.

L'inconnu se tenait derrière elle, son torse collé contre son dos, son bras ferme autour de sa taille, et sa main recouvrant sa bouche.

Comment ?

— Chut.

Ses lèvres chaudes caressaient son oreille.

— Je n'en ai pas fini avec vous.

Son corps tendu retenait facilement le sien, alors qu'il s'adossait au mur derrière lui.

Oh, non, pas question. Qu'il soit sublime ou non, elle n'avait pas l'intention de rester captive contre son gré.

Elle envoya son coude en arrière juste au moment où la porte derrière eux s'ouvrait.

Dieu merci. Gagnée par le soulagement, ses muscles se décontractèrent. *Owen ne...*

Elle fronça le nez. *C'est quoi cette odeur ?*

C'était tellement âcre.

Tellement fort.

Tellement *familier.*

Chair brûlée. Une odeur distincte, qu'elle n'oublierait jamais, et qui provenait directement de l'appartement de son ami. Submergée par des souvenirs intenses, elle se figea.

Ses parents hurlant dans les flammes, la suppliant de se cacher.

Un homme diabolique aux yeux tachetés d'or.

Un rire.

La mort.

— Il a dit de le laisser, annonça une voix profonde, la bousculant hors de ses pensées, ses paumes désormais moites. Quelqu'un le découvrira bien assez tôt.

— Ça me va, grogna une seconde voix masculine.

Ils traversèrent tous les deux le seuil de l'appartement d'Owen, vêtus de tenues noires identiques, leurs carrures imposantes bien plus intimidantes que celle de son agresseur. Elle ne lui faisait pas plus confiance pour autant.

Celui aux cheveux plus clairs s'essuya les mains sur son pantalon foncé. Il ressemblait au type d'homme à s'appeler Hank, alors que son ami basané était plus un Brutus.

Et aucun des deux ne semblait du genre obligeant.

Ils dégageaient des ondes dangereuses et malveillantes, non pas à cause des armes fièrement installées sur leurs ceintures, mais simplement à cause de la satisfaction sinistre qui recouvrait leurs traits.

Stas se figea une nouvelle fois.

Qu'avez-vous fait à Owen ?

Parce qu'elle connaissait cette odeur. Elle l'associait à la mort.

Non. C'est ridicule. Il avait juste dû faire cramer son petit-déjeuner, ou du pop-corn, ou *quelque chose dans le genre.*

Mais alors qui sont ces types et pourquoi sont-ils là ?

Un frisson courut le long de sa colonne alors qu'un nœud se formait dans sa gorge.

Ne panique pas. Ça pourrait...

Elle retint son souffle tandis que Hank se tournait pour fermer la porte. Elle ne comprenait pas pourquoi il l'effrayait plus que l'homme qui la retenait captive. C'était juste son instinct.

Et il les apercevrait dans trois, deux…

Son regard tomba droit sur eux.

Aucune réaction.

— Bien, allons-y.

Ces instructions étaient destinées à une personne qui se tenait derrière elle.

Oh, bien sûr. Ils sont de mèche. Evidemment qu'ils bossent ensemble. Pour quelle autre raison le barjot me retiendrait-il ?

Il attendait clairement les sbires dans le couloir.

J'ai juste besoin de dégager ma bouche et je pourrais rejoindre Owen.

— Nan, il y a quelque chose qui cloche ici.

Brutus examina le couloir autour d'eux.

— Tu ne sens rien, toi ?

Hank observa les deux côtés du couloir, son regard glissant sur eux par la même occasion.

— Ouais, je sens quelque chose. C'est probablement juste un reste de ça.

Il indiqua la porte d'Owen.

Stas frissona, n'appréciant ni le sous-entendu ni l'odeur qui flottait toujours autour d'eux. *Qu'est-ce qui s'est passé ? Où est Owen ?* voulait-elle demander. Elle se débattit à nouveau, à tel point que son assaillant resserra sa prise, l'étouffant presque au passage.

Est-ce qu'il sait de quoi je suis capable ?

Est-ce qu'ils sont là pour moi ?

C'est impossible.

Brutus frissonna.

— Ouais, c'était terrible.

Hank ne semblait pas aussi tracassé et continua son chemin.

— Allons-y.

Ouais, non merci.

Stas avait joué à la souris muette assez longtemps. Tout ce dont elle avait besoin, c'était de dégager sa bouche. Une seule requête de sa part réglerait le problème. Se tortiller n'avait eu aucun effet. Elle enfonça donc son talon d'un coup brutal sur la chaussure luxueuse de l'inconnu, le faisant tressaillir. Elle leva la jambe pour tenter de frapper en arrière contre son tibia mais son coup atterrit dans le vide.

Ses omoplates trinquèrent quand son ravisseur la plaqua contre le mur. Brutalement.

Merde.

Elle essaya de bouger mais ne réussit pas à esquisser le moindre mouvement. Il tenait ses poignets au-dessus de sa tête avec une main. Le reste de son corps était coincé entre le sien et le mur. Sa poitrine palpitait contre son torse après un effort aussi futile. Elle aurait bien crié, mais son autre main n'avait jamais quitté sa bouche.

Une lueur incendiaire animait ses yeux bleus, son intensité lui donnant la chair de poule. La rage qui émanait de lui l'intoxiquait, l'exaltait, la terrifiait.

Qui êtes-vous ? voulait-elle lui demander. *Qu'est-ce que vous me faîtes ?*

— C'était quoi, ça ?

Brutus tourna ses yeux vers elle, sa perplexité évidente dans son regard.

Stas attendit que son ravisseur réponde, en vain. Toute son attention était tournée vers elle et sa position contre le mur, même si elle n'offrait plus de résistance.

— C'est probablement juste un des voisins qui se réveille. On doit y aller, mec.

Hank se tenait à l'entrée de la cage d'escaliers.

— Maintenant.

— Nan, c'était autre chose…

— Mec, je file avec ou sans toi, c'est ton choix.

Il franchit le seuil, laissant Brutus derrière lui dans le couloir. Ses yeux maussades glissèrent une nouvelle fois sur eux sans s'arrêter. Comme s'ils n'étaient pas là.

Son sang ne fit qu'un tour.

Il ne peut pas nous voir.

Les traits irrités de l'inconnu semblaient exprimer toute son exaspération.

Oh…

Sa déclaration précédente, *Vous pouvez me voir* , prenait désormais un tout autre sens.

Ses yeux s'écarquillèrent. *Non… Ce n'est pas possible.*

C'était pourtant entièrement plausible.

Stas savait mieux que quiconque que l'existence d'êtres surnaturels était un fait. Pas le genre d'idioties qu'on trouvait dans les livres pour enfants ou les contes de fées, non, elle avait conscience de ce qui existait vraiment. Des choses effrayantes. Des choses qui tuaient.

Mais elle avait été tellement prudente. Personne n'avait connaissance de ses talents psychiques ; du moins personne qui ne soit en vie.

La porte de la cage d'escaliers claqua avec une finalité qui la fit frissonner.

Ce regard bleu était de nouveau rivé sur le sien, son intensité lui coupant le souffle. *Il est l'un des leurs ; un être surnaturel.* Et il était désormais conscient de son existence.

La tristesse derrière le sourire de son père avait été tellement évidente…

« *Il faut que tu ailles jouer aujourd'hui, mon petit ange. Pour ta maman et moi. Juste au cas où les méchants arrivent, d'accord ?*

— *À cause de la glace ? avait-elle murmuré alors que son cœur se brisait.* »

Papa lui avait toujours dit de ne pas utiliser son pouvoir de coercition sur des inconnus. Des choses terribles s'étaient produites. Et maintenant les méchants les avaient trouvés. À cause d'elle.

« *Non, ma chérie, ce n'est pas à cause de la glace. Les méchants qui vont peut-être débarquer seront à la recherche de ta maman et moi. Donc tu dois rester cachée et attendre que je vienne te chercher, comme à chaque fois qu'on joue ensemble.* »

Sauf que rien ne s'était passé comme lors de leurs autres parties. Parce qu'un méchant avait bien débarqué ; un être surnaturel qui avait brûlé vifs ses parents.

Elle ne pouvait pas ciller. Ne pouvait pas bouger. Ne pouvait pas penser.

C'était finalement arrivé.

Les surnaturels avaient mis la main sur elle.

Elle devait se battre, s'échapper, mais ses membres refusaient d'obéir. À quoi bon ?

Elle n'avait aucune chance, tout comme ses parents ce jour-là.

Ma vie touche à sa fin, au lieu de commencer.

Aujourd'hui, c'est à mon tour de mourir.

Issac Wakefield détestait les complications.

Et la femme qu'il tenait contre le mur ? Elle en était l'exemple type. Il ne connaissait pas la raison qui l'avait poussé à la dissimuler aux deux sbires du Conclave. Il l'avait presque laissée apparaître quand elle l'avait frappé, mais son instinct l'avait poussé à prendre une autre décision.

Elle était immunisée.

Issac était capable de manipuler la vision de n'importe qui, y compris celle des Hydraiens et des Ichoriens. Et pourtant, cette femme l'avait *vu*. Cela impliquait que son don était inefficace avec elle.

Ce qui était fascinant.

Et, selon ses observations, elle n'en était pas consciente.

La mélodie de son pouls était terriblement aguichante, la terreur de la jeune femme attisant ses instincts de prédateur. Il crut un instant que Jonathan avait eu vent du récent assassinat et avait envoyé un de ses sous-fifres pour enquêter. Cela aurait pu expliquer son immunité, mais son manque d'aptitude au combat et son visage décomposé suggéraient une absence d'entraînement. Et Jonathan ne permettrait jamais qu'un de ses cobayes erre sans pouvoir se défendre.

Mais qu'êtes-vous donc ? se demandait-il en maintenant leur contact visuel.

Il retira lentement sa main de sa bouche, certains que les autres Ichoriens n'étaient plus à portée de voix.

— Comment est-ce que vous vous appelez ?

C'était un point de départ solide et une question facile. Elle resta bouche bée devant lui, ses lèvres bougeant sans produire le moindre son.

Elle était en état de choc.

Génial.

Elle faillit tomber quand il décida de la relâcher. Bien sûr, elle pouvait simuler, mais tous ses siècles d'expérience lui indiquaient qu'il n'en était rien. Cette femme n'avait aucune idée du monde dans lequel elle venait de sombrer. Issac était presque désolé pour elle. Maintenant qu'il avait connaissance de son existence, sa vie s'apprêtait à changer. Ça avait déjà commencé.

— Qu'est-ce que vous faites là ? essaya-t-il ensuite.

La jeune femme avait percé son hypnose et aperçu son visage. Il ne pouvait donc pas la laisser dans le couloir. Surtout pas tant qu'il n'avait aucune idée de son identité et de son espèce, et de la raison pour laquelle elle était apparue aujourd'hui. La situation semblait préméditée, ce qui le renvoyait une nouvelle fois à Jonathan. C'était le genre de piège qu'il pourrait tendre.

—Je...Je...

Elle se mit à trembler et enroula ses bras autour de sa taille. Bon, c'était toujours mieux que des cris. Il pouvait toujours l'assommer et s'occuper d'elle une fois sa tâche terminée. Il ne lui faudrait pas beaucoup de temps pour étudier la scène, contrairement aux deux larbins du Conclave qui avaient passé plus d'une heure dans l'appartement d'Owen Angelton.

Quelqu'un avait clairement averti Osiris. Si Issac n'était pas arrivé au milieu de leur enquête, il aurait pu croire que les deux imbéciles avaient tué Owen. Mais non. L'Hydraien était mort bien avant leur arrivée. Et Lucian, le roi des Hydraiens souhaitait comprendre ce qui s'était passé. Il n'était même pas au courant de la présence de son immortel dans la ville avant qu'un appel de détresse ne soit lancé ce matin.

Jacque était intervenu en premier, le téléporteur étant un ami proche d'Owen. Malheureusement, il était arrivé trop tard, le message ayant été retardé d'une manière ou d'une autre. Mateo essayait toujours de déterminer la cause de ce délai. Et Issac était ici pour terminer l'enquête, le site étant trop dangereux pour que les hommes de Lucian puissent s'en charger eux-mêmes. La présence des deux Ichoriens en était la parfaite illustration.

— Qu'est-ce que vous êtes ? bégaya-t-elle.

Il haussa les sourcils.

— L'important est plutôt de savoir ce que *vous* êtes, ma chère.

Une novice peut-être ? C'était une théorie solide considérant sa capacité à le *voir*.

Elle perdit la parole à nouveau alors que son visage pâlissait un peu plus. Bien. Il perdait son temps. Il compléterait juste sa mission avant de s'occuper de la jeune femme.

— Rentrons, suggéra-t-il en ouvrant la porte.

Elle fut prise de hauts-le-cœur quand les vapeurs âcres se diffusèrent dans le couloir. Il attrapa son poignet et la traîna à l'intérieur avant de fermer la porte. De cette manière, il serait averti si elle tentait de s'échapper. La dernière chose dont il avait envie après tout ça, c'était de devoir la localiser. Ce serait bien plus simple si elle restait tranquille jusqu'à ce qu'il puisse s'occuper d'elle.

— Oh mon Dieu…

Ses yeux s'assombrirent, un masque vacant gagnant son expression alors que ses genoux lâchaient et qu'elle s'écroulait au sol. Un simple coup d'œil dans la cuisine lui suffit pour confirmer la raison de son désarroi. Le carrelage était recouvert de sang et de verre, indiquant que l'affrontement avait commencé dans cette pièce. Cela semblait avoir ravivé un souvenir chez la jeune femme accroupie au sol.

Elle n'est vraiment pas prête de bouger.

Issac profita de son choc psychotique pour étudier la scène dans la cuisine avec attention.

Il pouvait imaginer l'homme noir debout dans la cuisine, en train de se servir un verre de vin alors même que sa porte était enfoncée. Le sang attestait d'un combat. C'était naturel. Parfaitement concevable. Mais qu'est-ce qui l'avait poussé à lancer cet appel de détresse à Lucian ? Ça ne collait pas avec le reste du script. Si Owen se savait en danger, il ne se serait pas servi un verre de vin en attendant l'inévitable.

Non. Quelque chose clochait dans ce scénario.

Issac suivit la lumière depuis les fenêtres et le long du couloir jusqu'au salon. Son estomac se noua face au portrait qui se dressait devant lui.

La tête d'Owen, ou plutôt ce qu'il en restait, semblait avoir été négligemment jetée sur la table basse alors que sa dépouille carbonisée se trouvait dans le fauteuil d'à côté. Du sang, des tripes, et d'autres immondices étaient éparpillés à travers la pièce, ce qui rendait l'idée de se déplacer au sol impraticable. Il adorait Lucian et le considérait comme son propre frère, mais il ne comptait pas détruire ses chaussures au nom de l'amitié.

— Attendez, l'appela la jeune femme, le frottement de son jean indiquant son intention de se relever. Attendez un peu.

Elle tituba dans la pièce, ses yeux verts aussi hargneux qu'ils l'étaient pendant leur altercation. Sa bouche s'ouvrit quand elle aperçut le tableau morbide présenté par la table basse et le fauteuil et elle pressa sa paume contre son estomac.

— Oh mon Dieu…

— Non, certainement pas, très chère, murmura-t-il.

Mais elle n'entendit rien puisqu'elle s'était précipitée vers la salle de bains dès l'instant où son estomac s'était révolté. Elle connaissait clairement les lieux car elle avait choisi la bonne porte du premier coup, l'écho de ses hauts-le-cœur résonnant rapidement dans l'appartement.

L'effroyable scène avait été de trop pour elle. Issac se souvenait d'une époque où il aurait réagi ainsi, mais la mort avait depuis longtemps cessé de l'affecter. Des gens mourraient tous les jours. Parfois de causes naturelles, et d'autres fois non.

Owen faisait définitivement partie de la dernière catégorie.

Il était évident que quelqu'un avait torturé l'Hydraien. Pour obtenir des informations ? C'était peu probable. C'était un immortel trop jeune pour en avoir beaucoup. Ce qui signifiait que quelqu'un cherchait à laisser un message. Mais quoi ? Issac observa les restes, à la recherche de preuves ou d'indices.

La tête difforme qui était sur la table basse ne correspondait en rien à l'homme qu'il avait connu ; ses cheveux bruns et sa peau sombre remplacés par une boule grotesque et un trou béant en plein centre. La méthodologie évoquait un assassinat sanctionné par le Conclave, mais Osiris n'était pas derrière. Si c'était le cas, il n'aurait pas envoyé ses sbires examiner la scène ce matin. C'était soit le travail d'un Ichorien hors-la-loi qui souhaitait donner une leçon à un Hydraien, soit une toute autre histoire. Néanmoins, le meurtrier n'était évidemment pas humain.

— Owen, gémit la jeune femme quand elle revint, des larmes glissant le long de son visage.

— Mais qu'est-ce que vous avez fait à Owen ?

Il la regarda, abasourdi.

— Vous croyez que je suis responsable ?

Il faillit s'esclaffer.

— Je n'avais aucune raison de lui faire du mal. Je suis simplement ici en tant qu'émissaire pour découvrir ce qui s'est passé.

— Quoi ?

Son visage se décomposa, ses émotions ayant pris le pas sur sa raison.

— Pourquoi est-ce que quelqu'un ferait ça ?

— Qui sait pourquoi les gens agissent comme ils le font ? répliqua-t-il tandis qu'il observait une série de clichés posés sur la cheminée. *Ah, je vois.* Vous étiez amis, conjectura-t-il.

Ce n'est vraiment pas un des laquais de Jonathan. Mais cela suggérait qu'Owen était à New York depuis un moment. *Que faisais-tu en ville ?*

— Qui êtes-vous, souffla-t-elle, une main contre sa poitrine en guise de soutien.

Ses lèvres tiquèrent. Elle ne le reconnaissait pas ?

— Je vais peut-être pouvoir vous laisser en vie tout compte fait.

C'était son jour de chance. Une vibration attira son attention avant qu'elle ne puisse répondre. Il se dirigea avec précaution à travers la scène de carnage vers la source, évitant de rentrer en contact avec la moindre substance.

Il s'accroupit et découvrit le téléphone portable à l'origine du bruit. Il utilisa une astuce que Mateo lui avait donnée pour déverrouiller l'écran principal et accéder aux textos.

— Je suppose que vous êtes *Sacrée Stas*, devina-t-il en étudiant les messages les plus récents qui mentionnaient un café. Elle avait raconté quelque chose du genre dans le couloir. Un coup d'œil par-dessus son épaule confirma sa théorie. Son attention était portée sur le téléphone qu'il tenait, et ses lèvres se mirent à trembler dès l'instant où il mentionna son identité. Une partie de lui souhaitait la réconforter, l'assurer qu'il ne comptait pas lui faire de mal. Mais l'autre se devait d'être honnête. Parce qu'il le ferait si la situation l'y obligeait.

Elle fut de nouveau prise de hauts-le-cœur en apercevant la tête sur la table et détourna son regard vers le plafond ; la seule partie de la pièce qui n'était pas couverte de sang. Elle déglutit de manière apparente alors que son teint virait au vert. S'il ne disait rien pour détourner son attention, elle risquait de vomir une nouvelle fois, peut-être même dans le salon. Ce qui serait *vraiment* compromettant.

Il se leva et lut un des textos d'Owen.

— *Tu as intérêt à être réveillé, et à avoir un café de prêt pour moi.* Hmm, pas de café, mais un cadavre dont le portable affiche votre nom. Si vous ne contactez pas la police directement, je suppose que vous serez en tête sur leur liste de suspects. « Une femme en manque de caféine tue son ami », ça sonne bien comme titre pour un article, non ?

Le brasier émeraude qui habitait son regard quand ils s'étaient rencontrés repartit de plus belle alors que le rouge lui montait aux joues.

— Qui *êtes* vous ?

Elle grimaça en direction du cadavre et recula d'un pas.

— *Bon sang.* Je ne peux pas.

Elle tituba jusqu'au mur. Observant son nez froncé, il en déduisit que les relents nauséabonds et le spectacle macabre étaient trop pour elle.

Il la laissa se calmer et fit défiler le reste des messages ainsi que la liste des contacts d'Owen. Rien ne sortait de l'ordinaire, mais il empocha quand même le téléphone. Mateo trouverait peut-être quelque chose. Il pourrait aussi chercher des empreintes pour essayer de trouver qui avait contacté Stas ce matin, comme cela s'était clairement produit après la mort de l'Hydraien.

Quelqu'un souhaitait qu'elle trouve le corps.

Mais cette personne ne pouvait pas savoir qu'Issac serait lui aussi présent. Seul Lucian était au courant, et toute personne qu'il aurait pu informer était forcément digne de confiance.

Issac se dirigea vers la chambre, y découvrant d'autres photos et objets qui attestaient de la durée du séjour d'Owen dans la ville. Les titres des manuels scolaires éparpillés sur son bureau indiquaient un cursus journalistique ou en sciences politiques. Il n'y avait pas d'informations utiles, juste un carnet rempli de gribouillis et un ordinateur portable.

— Depuis combien de temps connaissez-vous Owen ? demanda-t-il en retournant dans le salon.

La blonde s'était écroulée près de la porte d'entrée, ses bras enroulés autour de ses genoux. Elle le dévisageait avec méfiance.

— Pourquoi ?

Il haussa un sourcil, peu habitué à devoir se répéter.

— Depuis combien de temps ?

— Depuis notre première année, marmonna-t-elle. Ça fait presque six ans.

Depuis si longtemps ? Lucian serait furieux.

— Qu'est-ce qu'il pouvait bien faire là ? se demanda Issac à voix haute.

— Il étudiait, chuchota-t-elle. Nous devions obtenir nos diplômes le week-end prochain.

— Diplômé, la relança-t-il, le souvenir des manuels d'Owen clair dans son esprit. En quoi ?

Elle déglutit et secoua la tête, que ce soit par refus d'obtempérer ou parce qu'elle ne pouvait pas parler. Compte tenu de l'audace dont il avait été témoin plus tôt, il penchait pour la première option. Même si elle semblait clairement traumatisée, une lueur de défi brûlait toujours au fond de son regard.

— Stas, murmura-t-il en penchant la tête. Est-ce que c'est un diminutif ?

Elle lui jeta un regard noir, confirmant ses soupçons. Maintenant que le choc initial était passé, ses émotions réapparaissaient, la colère en tête de liste.

— Pourquoi ?

Il n'avait aucun intérêt à lui mentir.

— Pour que je puisse vous retrouver plus tard.

Elle s'esclaffa et serra ses genoux contre son torse.

— Bonne chance.

Il haussa les épaules.

— Je n'aurai qu'à ouvrir le rapport de police.

Elle sursauta, ses yeux écarquillés.

— Quoi ?

— Eh bien, il semble évident que quelqu'un s'est arrangé pour que vous découvriez le corps. C'est le cas, ce qui...

— Quoi ? l'interrompit-elle. Quelqu'un voulait que je le trouve ?

N'avait-elle donc pas fait le lien ?

— De qui imaginez-vous que le message provenait ? Parce que ce n'était pas d'Owen. Il est mort depuis plus ou moins quatre heures.

Issac avait utilisé ses sens pour parvenir à cette conclusion. Le sang était mort depuis trop longtemps pour être viable. C'était la raison pour laquelle lui et les siens pouvaient circuler dans l'appartement. S'il était frais, il serait toujours toxique. Malheureusement, ses qualités létales avaient disparu en même temps que sa source avait été tuée.

— *Quoi ?*

La couleur disparut de ses joues.

— Êtes-vous en train de dire que quelqu'un m'a envoyé un message depuis son téléphone *après* l'avoir tué ? *Pourquoi ?*

— À vue de nez, je dirais que c'est pour s'assurer qu'il soit trouvé. Un simple coup d'œil à son historique permet de déterminer son correspondant le plus fréquent. Vous.

Ce qui suscitait des questions. Pourquoi Owen s'était-il lié d'amitié avec elle ? Avait-il, lui aussi, remarqué son immunité aux dons des Ichoriens ? Était-elle aussi résistante aux dons des Hydraiens ?

— Ce qui signifie, continua-t-il, que la prochaine étape consiste à contacter les forces de l'ordre. N'hésitez-pas à les contacter dès à présent comme je compte partir dans un instant.

Il s'occuperait de la localiser plus tard. S'il avait appris une chose dans la vie, c'était l'avantage qu'il y avait à impliquer les flics le plus tôt possible, à les laisser tirer leurs propres conclusions pendant qu'il s'occupait de résoudre le crime en arrière-plan.

Ils ne soupçonneraient de toute façon jamais Stas. La force nécessaire pour arracher la tête d'un homme à son cou et brûler son corps était surhumaine, et elle ne possédait ni la condition physique, ni l'endurance mentale pour des actes de ce genre. De plus, ils étaient clairement amis. Sa présence sur les lieux n'aurait rien d'anormal, bien que la police en profiterait certainement pour essayer d'en apprendre le plus possible sur le passé d'Owen.

— La police, grogna-t-elle, comme si elle réalisait tout juste leur importance.

La plupart des humains les auraient appelés dès le début, mais ses instincts l'avaient poussée à prendre un autre chemin. Pourquoi ?

— Oui, la police, dit-il en fronçant les sourcils. Je suis surpris que vous n'ayez pas encore tenté de les appeler.

Il s'attendait à ce qu'elle le fasse quand elle était retournée dans l'entrée.

—J'étais un peu préoccupée.

Elle se décomposa à nouveau en indiquant d'un geste de la main le reste de l'appartement.

— Merde.

C'était vrai. Elle avait été malade à cause du choc.

Néanmoins, la plupart des gens auraient eu l'idée

d'appeler. C'était fascinant qu'elle ne l'ait pas fait ou qu'elle ait imaginé qu'il s'en chargerait. Dans ce cas...

— Je vous conseille de ne pas parler de ma présence.

Même si elle réalisait qui il était, personne ne la croirait. Un milliardaire connu face à une étudiante ? Elle n'avait aucune chance. Elle continua de l'observer sans répondre à sa suggestion.

— Est-ce que vous connaissiez Owen ?

— Non.

Pas très bien en tout cas.

— Alors pourquoi êtes-vous ici ?

Comme s'il comptait lui répondre.

— Nous pourrons discuter une fois que vous aurez réglé la situation avec les forces de l'ordre. Selon mes estimations, vous avez été aperçue en bas depuis assez longtemps pour faire naître des soupçons si vous tardez à les contacter.

Les sbires d'Osiris – Michael et Cain – avaient laissé la vie sauve au portier après avoir trafiqué la séquence de vidéosurveillance. Cela profitait aussi à Issac puisque toutes les traces de sa présence dans le bâtiment avaient été effacées au passage. Bien qu'il soit capable de manipuler les récepteurs visuels des humains et effacer les preuves de sa présence, son talent n'avait aucun effet sur les récepteurs mécaniques tels que les caméras de sécurité.

— Bon sang, ça recommence une nouvelle fois, murmura-t-elle alors qu'elle enfonçait ses doigts dans ses cheveux et tirait dessus. Je ne pourrais pas le supporter une nouvelle fois. Pas après...

Sa voix qui s'estompait mit fin à toute chance de satisfaire sa curiosité. Le dernier décès Hydraien de la ville avait eu lieu bien avant sa naissance. La plupart d'entre eux étaient assez malins pour ne pas s'aventurer ici, New York étant en plein cœur du territoire Ichorien. Il y avait une limite aux failles du traité qu'il était possible d'exploiter.

— Une nouvelle fois ? l'encouragea-t-il, rongé par la curiosité.

Elle secoua la tête alors que ses jolis yeux se remplissaient de larmes. Son expression trahissait une douleur réelle qu'il ressentait le besoin d'apaiser. Issac ne comprenait que trop bien cette agonie, ayant lui-même subi des pertes significatives. C'était ce qui le motivait et enflammait son besoin de vengeance. C'était la raison pour laquelle il habitait dans cette ville quand il aurait pu vivre n'importe où ailleurs. Et même si une partie de lui aurait aimé lui offrir quelques paroles avisées, aucune ne lui venait à l'esprit. Lui-même ne faisait qu'aller de l'avant en quête de justice, sans se soucier des intrigues successives qu'il devait élaborer.

— Contactez la police, lui dit-il. Encore une fois, je vous conseille de ne pas parler de moi. Ou des deux hommes qui étaient là plus tôt, ajouta-t-il en pensant à la manière dont Cain et Michael avaient assuré leurs arrières. Votre histoire ne pourra pas être corroborée par la moindre preuve, ce qui vous fera juste passer pour une cinglée.

Cette dernière affirmation dut toucher une corde sensible car ses narines se dilatèrent.

— Et si je décide quand même de parler de vous ? lui demanda-t-elle. Vous partirez à ma recherche ? supposa-t-elle.

Il sourit.

— Mais nous allons nous revoir, et ce, quoi que vous décidiez de leur raconter, ma chère.

Peu importe qu'elle lui donne son nom ou pas. Mateo n'aurait qu'à s'infiltrer dans le système pour découvrir toutes les informations dont il avait besoin. De plus, son numéro se trouvait dans le téléphone d'Owen. Il possédait tous les indices dont il avait besoin pour en apprendre plus sur cette femme mystérieuse et son inexplicable capacité à percer son hypnose. Stas soupira d'un air résigné, laissant tomber sa tête contre le mur. Elle sortit son téléphone de sa poche, plongeant son regard dans le sien.

— Si vous avez l'intention de partir, il est temps d'y aller.

Elle avait finalement réussi à se ressaisir, un exploit considérant la scène qui les entourait. Mais elle semblait familière avec la mort. Il serait prêt à parier n'importe quoi qu'il avait raison.

— Nous nous reverrons bientôt, ma chère chuchota-t-il en ouvrant la porte.

Ses empreintes digitales étaient indétectables, ce qui faciliterait sa sortie.

— Ouais, marmonna-t-elle en réponse alors que son appel était en cours de connexion.

Il était tenté d'épier sa conversation avec la police, mais il ne voulait pas prendre le risque qu'elle le détecte une nouvelle fois. Le rapport de police contiendrait toutes les informations dont il aurait besoin. Mateo pourrait ensuite utiliser ses dons pour mettre à jour ses antécédents.

Stas.

Hm, Issac espérait sincèrement qu'il s'agissait d'un diminutif car ce prénom ne convenait pas à une femme aussi unique. L'avenir le lui dirait. En attendant, il avait un appel à passer au roi des Hydraiens.

CHAPITRE DEUX

PRISE EN FLAGRANT DÉLIT

La jeune femme n'avait mentionné ni Issac ni les sbires d'Osiris, déclarant que la porte était entrouverte à son arrivée. Ses omissions l'intriguaient certes, mais beaucoup moins que le reste de son dossier.

Astasiya Davenport.

Adoptée il y a dix-sept ans par Susan et Henry Davenport au Havre, dans le Montana. Aucune trace de ses faits et gestes avant son adoption.

Elle avait maintenant vingt-quatre ans. Étudiante en master à l'université de New york, elle devait en sortir diplômée à la fin de ce semestre ; dans moins de deux semaines. Elle était aussi stagiaire au FHC au service marketing.

Elle vivait en colocation avec Elizabeth Watkins, la fille de George Watkins ; personnalité connue et un beau salopard.

La curiosité d'Issac grandissait avec chaque détail qu'il découvrait dans le dossier d'Astasiya. Il l'avait entièrement mémorisé, de ses relevés de notes jusqu'à son histoire familiale. Tout cela en vue de leur prochaine rencontre.

Elle aurait pas mal d'explications à fournir.

Bientôt.

Issac glissa son pouce le long de sa lèvre inférieure alors qu'il regardait Astasiya et Elizabeth, tapi dans la pénombre de l'amphithéâtre du Kimmel Center. Il avait masqué sa présence à tous ceux qui l'entouraient mais restait conscient de la capacité d'Astasiya à percer son hypnose. D'où sa position derrière elle, adossé à un mur. Elle le verrait si elle se retournait. Heureusement, son attention était rivée sur le doyen du département de Sciences Politiques alors qu'il prononçait une eulogie en l'honneur d'Owen Angelton depuis le podium. Une multitude de photos de l'Hydraien souriant étaient exposées, la plupart incluant Astasiya.

Les relevés téléphoniques confirmaient la durée de leur amitié ; près de six ans, comme elle le lui avait indiqué. Lucian avait été abasourdi d'apprendre que son immortel rôdait en plein milieu d'un territoire Ichorien bien connu. Issac lui avait délibérément caché les détails dont il avait connaissance concernant Astasiya, souhaitant en apprendre plus sur elle par lui-même.

Elle pourrait s'avérer utile.

Ou bien elle se fichait de lui depuis le début.

Ses liens évidents avec Jonathan suggéraient que sa seconde théorie était la bonne. La rouquine à ses côtés l'incriminait un peu plus. Mais quelque chose chez Astasiya semblait authentique, innocent d'une manière qui poussait Issac à questionner le véritable objectif derrière sa présence ici.

Elizabeth enroula ses bras menus autour du cou d'Astasiya une fois le discours du doyen terminé, son étreinte une expression solide de l'amitié qui les liait.

— Il te suffit de demander si tu veux qu'on parte d'ici.

Ses propos lui parvenaient doucement mais clairement.

— Ça va, répondit Astasiya, son corps tendu la

trahissant alors qu'elle se reculait. C'est juste à cause de tous ces souvenirs, tu sais ?

— Comme la photo de première année qu'ils ont choisie ? s'esclaffa Elizabeth. Je n'arrive pas à croire qu'ils aient choisi de l'exposer.

— C'était une belle journée. En réalité, c'était une belle semaine.

— Évidemment. Puisque c'est la semaine où tu m'as rencontrée.

La rouquine sourit, ses gènes singuliers ouvertement affichés. Issac se demanda si elle était consciente de son héritage. Est-ce qu'Astasiya était au courant ? Leur amitié était née à la même époque que celle d'Astasiya et Owen. Cela ne pouvait pas être une coïncidence.

— Blague à part, on peut y aller si tu en as besoin, ajouta Elizabeth, une expression sobre glissant sur ses traits.

— Je vais bien, Liz. C'est de sortir dont j'ai besoin en ce moment. Owen ne voudrait pas que je me morfonde à la maison, ni qui que ce soit d'ailleurs.

Elizabeth acquiesça.

— C'est vrai, il...

— Lizzie !

Un groupe de filles s'était approché, leurs cheveux décolorés et leurs maquillages prononcés contrastant avec le style naturel d'Astasiya. Elles attrapèrent Elizabeth de concert, l'attirant au sein de leur troupeau tandis qu'Astasiya était laissée pour compte, un tic sarcastique au coin des lèvres.

De la désapprobation, et non de la convoitise. Et une petite touche d'humour.

Issac partageait son avis, surtout lorsqu'elles se mirent à pleurer la mort prématurée d'Owen. Il doutait que les jeunes femmes connaissent réellement l'immortel.

Astasiya, en revanche, était clairement proche de lui.

Il leva le programme pour dissimuler son visage, se reculant un peu plus contre le mur tandis qu'elle se retournait. Son parfum doux taquinait ses narines, l'attrait de son sang attisant ses instincts.

Elle était bel et bien une novice.

Mais qui donc t'a créée ? se demanda-t-il en la suivant.

Les esprits des gens présents dans la salle étaient faciles à manipuler, sa présence dissimulée dans les méandres de leurs pensées. Il assimilait cela à une salle remplie de postes de télévision tous allumés sur la même chaîne. Il se fraya un chemin à travers la foule sur les pas d'Astasiya. Elle restait perdue dans ses pensées, inconsciente du prédateur qui la traquait ; une erreur fatale. Il pourrait lui briser la nuque d'un simple geste du poignet. Heureusement pour elle, il avait tout intérêt à la maintenir en vie.

Une femme aux courbes généreuses et aux boucles indisciplinées bloqua la route de sa proie, son visage rond couvert de larmes. Elle lui raconta une histoire concernant Owen tout en larmoyant, ce qui fit reculer Astasiya alors qu'elle serrait les dents. Ses propos continuaient de sortir en un flot inintelligible.

— Arrête de pleurer, demanda Astasiya.

Ses épaules semblèrent se contracter un peu plus avec ses paroles, le haut de son corps tendu comme un arc.

— Je veux dire, juste, ça va aller… C'est…

Mais la jeune femme avait cessé de pleurnicher, son regard étrangement vague.

— Désolé, marmonna-t-elle avant de s'en aller.

Issac fronça les sourcils dans sa direction. *Comme c'est étrange.*

— Merde, chuchota Astasiya dans sa barbe alors que son pas s'accélérait.

Jusqu'à ce qu'une autre femme ne l'intercepte. Une

journaliste au rouge à lèvres criard et dont le brushing était plus volumineux que la pièce. Il faillit s'esclaffer.

La presse à scandale était un outil du diable.

— Le bruit court que vous étiez proche de M. Angelton. Que pouvez-vous me dire de sa vie sociale ?

— Ouais, je ne suis pas intéressée. Merci quand même.

Elle essaya de contourner la reporter insistante, mais celle-ci enfonça ses ongles manucurés dans son bras pour l'arrêter.

— Est-ce que c'est vrai qu'il était homo ?

Astasiya tressaillit, poussant Issac à s'avancer. Il était temps pour lui d'intervenir. Elle ne serait pas heureuse de le voir, mais il devait être préférable à...

— Lâchez-moi, dit-elle d'un ton sourd et ferme.

Une véritable cascade d'énergie sembla suivre, alertant ses sens.

La journaliste la relâcha immédiatement, la stupeur évidente sur son expression.

Astasiya ne perdit pas une seconde, ses jambes la propulsant rapidement hors de la pièce.

Issac était figé, abasourdi par la démonstration de ses pouvoirs.

Tous les novices étaient dotés de deux pouvoirs surnaturels, mais ils ne pouvaient en faire usage avant leur résurrection ; jusqu'à leur renaissance en tant qu'Hydraien.

Tout comme les Ichoriens ne pouvaient utiliser leur talent inné avant leur propre mort et résurrection.

Mais cette jeune femme pouvait contraindre.

Comment était-ce même possible ?

Ce n'était pas encore une Hydraienne. Et certainement pas une Ichorienne. Il l'aurait détecté dans son sang.

Qu'êtes-vous donc, mademoiselle Davenport ?

Ou mieux encore, qui êtes vous vraiment ?

Il suivit la trace de son parfum enivrant, ayant besoin d'obtenir des réponses. Elle entretenait des liens avec Jonathan, vivait avec un cobaye connu, et s'était liée d'amitié avec le défunt Owen Angelton. Cela faisait trop de coïncidences quand on prenait en compte son pouvoir de contraindre.

Ce n'était pas une humaine ordinaire. Loin de là.

Issac l'aperçut qui disparaissait dans une salle de classe, les poings serrés le long de son corps. Il pénétra silencieusement dans la pièce après elle et ferma la porte sans un bruit alors qu'elle observait la salle vide avec un regard vacant. Ses lèvres s'ouvrirent, mais ses épaules qui remontaient vers ses oreilles le stoppèrent net.

Elle lui rappelait un corbeau aux ailes brisées dans cette robe, s'enroulant sur elle-même alors qu'elle tentait de refouler ses larmes. Cette pointe d'innocence le frappa de plein fouet une nouvelle fois, embrouillant ses instincts.

Elle faisait le deuil de la disparition d'Owen.

Comme une amie sincère.

Il ne s'agissait pas d'un numéro, elle pensait être seule dans cette pièce.

Il s'adossa au mur, croisant ses chevilles alors qu'il examinait ses longues jambes minces qui étaient exposées par sa robe, tout comme ses tendres courbes. Elle était vraiment magnifique, surtout avec cette épaisse crinière.

Il était temps d'essayer une autre approche.

Il attendit que sa respiration se calme et murmura :

— Eh bien, tout ceci était très instructif.

La main d'Astasiya vola vers sa poitrine alors même qu'elle se retournait précipitamment.

— Bon sang, réussit-elle à dire malgré son souffle court. Vous m'avez fichu une de ces frousses.

Issac glissa ses mains dans ses poches et pencha sa tête sur le côté.

— Je suis curieux. Quel âge aviez-vous quand vous avez réalisé que vous pouviez contraindre les autres à exaucer vos souhaits ?

Elle blêmit.

— Quoi ?

— Oh, allons, Astasiya. Il ne sert à rien de prétendre ne pas comprendre. Je vous défie d'essayer de me contraindre à faire quelque chose à la place.

Elle se figea en réponse, ses lèvres charnues légèrement entrouvertes, alors que ses bras venaient s'enrouler autour de son torse. Que des signes qui confirmèrent ses soupçons. Et pas seulement. Cela prouvait aussi qu'elle était consciente de son don.

— J'ai d'abord cru que la jeune femme hystèrique avait atteint ses limites, dit-il en s'éloignant du mur pour se rapprocher d'elle. Le pouvoir de contraindre est après tout un don très rare.

C'était peu dire. Issac ne connaissait qu'une seule autre personne dotée de ce talent. Osiris.

Qui serait bien content de découvrir l'existence d'Astasiya, n'est-ce pas ?

Une novice capable de contraindre sans avoir été changée.

Les choses que lui feraient subir les semblables d'Issac… Rectification, les choses qu'*il* devrait lui faire subir.

Mais il s'y refusait.

Pour le moment.

Il glissa une mèche blonde derrière son oreille, savourant la manière dont son pouls s'affola en réponse.

— Mais cette scène avec la journaliste – votre injonction l'encourageant à vous lâcher – c'était un flagrant délit de coercition , mademoiselle Davenport.

Il en avait été témoin à de multiples reprises lors des réunions du Conclave. Elle possédait réellement le don de contraindre, un talent aux répercussions terribles entre de mauvaises mains.

Elle déglutit.

— Depuis combien de temps me surveillez-vous ?

Il fut impressionné par la fermeté de sa voix, d'autant plus que les battements fous de son coeur résonnaient dans ses oreilles ; une invitation chez les siens.

— Assez longtemps.

Il s'autorisa à l'examiner, séduit par la coupe élégante de sa robe et la manière dont elle épousait ses courbes. Sublime. Sportive. Le genre de femme qu'il aimait attirer dans son lit avant de les chasser au petit matin. Sauf que celle-ci possédait une qualité supplémentaire, quelque chose qui attisait sa curiosité comme peu d'autres l'avaient fait au cours des siècles passés.

Ses pupilles luisaient quand il croisa une nouvelle fois son regard, son souffle profond indiquant que son examen de ses atouts n'était pas passé inaperçu. La subtile lueur d'intérêt qui brillait dans ses yeux verts lui indiqua que l'attirance était mutuelle.

Il doutait cependant que cette séduction soit aussi simple que ses précédentes conquêtes.

Mais il appréciait cette idée.

— Dans ma situation actuelle, l'usage voudrait que je vous exécute immédiatement, informa-t-il Astasiya en faisant le choix d'être honnête. Heureusement pour vous, je n'apprécie pas tellement nos lois archaïques.

Sa peur était perceptible quand elle s'humecta les lèvres. Son expression se durcit toutefois, comme si elle luttait pour ne pas riposter hâtivement.

Fascinant.

Tout ce dont elle avait besoin pour le repousser était

· une commande, mais elle resta néanmoins silencieuse. Presque stoïque. Imperturbable.

— Vous n'avez vraiment aucune idée de ce que vous êtes, n'est-ce pas ?

Il était si intrigué par l'idée d'une novice dotée de pouvoirs de persuasion qu'il sourit.

— Fantastique. Vous avez été adoptée à l'âge de sept ans, non ? Vos parents biologiques ne vous ont-ils pas appris quelque chose à ce sujet avant votre adoption ?

Ses doigts fléchirent à ses côtés alors même que ses épaules se contractaient.

—J'ai appris à me méfier du monde surnaturel.

— J'en déduis que l'incendie de votre maison n'était qu'une pure invention.

Il avait lu le rapport d'incident dans son dossier.

— C'était cependant très généreux de la part des Davenport de vous accueillir.

Il l'étudia minutieusement, à la recherche de tics qui révéleraient ses mensonges.

— Est-ce que quelqu'un d'autre est au courant de votre don ?

Elle croisa ses bras, sa peau nue effleurant sa veste de costume au passage. Elle devrait faire plus d'efforts si elle souhaitait qu'il recule.

Astasiya s'éclaircit la gorge et plissa ses yeux :

— Ce n'est pas quelque chose dont je me vante, non.

—Vous possédez donc bien un instinct de survie.

— C'est le cas pour la plupart des gens, répondit-elle d'un ton monocorde et impassible.

Dommage pour elle qu'il soit capable de *percevoir* l'accélération de son rythme cardiaque.

Ce qui était sacrément grisant.

— Est-ce que vous comptez m'expliquer le but de votre visite un jour, ou bien juste continuer à débiter des banalités à mon sujet dont je suis parfaitement consciente ? demanda-t-elle, provoquant un sourire.

Fougueuse.

Il approuvait.

— Dîtes-moi, ma chère, aimeriez-vous en apprendre plus au sujet de vos talents uniques ?

Sa question cachait un test. La véritable question était *Est-ce que vous savez ce que vous êtes ?*

Il eut sa réponse au moment où son masque bravache glissa de son visage.

Non. Elle n'en avait pas la moindre idée.

L'expression fugace de curiosité sur son visage et son désir apparent dénotaient le succès de son appât tout en fléchissant sa détermination. Ce n'était pas une bonne idée de secouer un jouet déjà fragile et, malgré une apparence coriace, un cœur délicat se cachait en elle.

Un cœur empli d'espoir quand elle demanda :

— Vous pouvez me le dire ?

— Oui, admit-t-il. En échange de quelque chose.

Cette note d'espoir expira, immédiatement remplacée par son irritation. Elle l'examina, ses lèvres pincées en signe de désapprobation. Ce n'était pas la manière dont les femmes l'évaluaient habituellement, surtout quand il était vêtu d'un costume luxueux.

— Vous n'avez pas l'air de manquer d'argent.

Ah, très bien, elle est toujours aussi naïve. Il rit et envisagea de jouer avec la mèche de cheveux qui caressait son sein. Elle serait douce, il en était sûr.

— J'adore le fait que vous ne me reconnaissiez pas, confessa-t-il.

Cela faisait une éternité qu'il ne s'était pas caché des humains. Avec de la chance, la raison pour laquelle il se trouvait dans cette ville et sous le feu des projecteurs ne serait bientôt plus valide ; un but que cette jeune femme pourrait peut-être l'aider à atteindre. Surtout avec ses relations et son talent surnaturel.

— Vous savez, me donner votre nom résoudrait le problème, cracha-t-elle.

Il lui offrit un sourire narquois.

— Non, il se trouve que j'apprécie l'anonymat.

Il se pencha vers elle, capturant son regard.

— Mais prévenez-moi dès que vous aurez résolu l'énigme.

— Comment, en vous appelant ? demanda-t-elle d'un ton doucereux.

L'humour de la situation ne lui échappait pas.

— Vous pourrez essayer.

Mais personne ne les mettrait en communication, même si elle découvrait son identité. Il ajouterait peut-être son nom à la liste des contacts autorisés, juste pour s'amuser. Ou peut-être pas.

Elle fit la moue.

— Est-ce que vous pouvez me dire qui a tué Owen et pourquoi ?

Probablement pas, mais…

— J'ai un tas d'informations à partager.

Et il pouvait toujours s'allier à elle pour découvrir l'identité du meurtrier d'Owen. L'information serait aussi utile à Lucian.

— En échange de quelque chose, répéta-t-elle, ce qui l'amusa un peu plus.

— En effet.

Elle réfléchit, ses sourcils froncés. Il se demandait si elle chercherait à forcer des réponses de sa part. Cela gâcherait ses plans, même s'il était capable de répondre de manière évasive, comme il le faisait avec Osiris depuis des années. Elle accepterait sûrement son offre une fois qu'elle comprendrait sa supercherie. Parce qu'il *voulait* qu'elle accepte, qu'elle lui donne l'occasion d'en apprendre plus sur son parcours unique et son talent.

Et pour déterminer, une fois pour toute, si elle était ou non le fruit d'une autre expérience de Jonathan. Tout comme sa colocataire.

— Qu'est-ce que vous attendez de moi ? demanda-t-elle d'une voix chancelante.

Il admira une nouvelle fois son décolleté et la manière dont sa robe découvrait ses cuisses. Les longues jambes sublimes chaussées de talons hauts qui accentuaient ses chevilles.

— Il y a d'autres monnaies d'échange que l'argent, ma chère, murmura-t-il, entièrement sincère.

Pourquoi ne pas mélanger un peu les affaires et le plaisir ? En supposant qu'elle accepte, bien entendu. Et le fard qui lui montait au visage était encourageant.

Elle déglutit, humectant ses lèvres avec le bout de sa langue comme pour les préparer à l'assaut de sa bouche.

Selon son expérience, la peur se prêtait plutôt bien aux préliminaires. Il céda à la tentation de jouer avec la mèche qui caressait son sein, frôlant délibérément le tissu du bout des doigts au passage. Ses tétons se dressèrent en réponse, un autre signe de sa propre attirance pour lui.

Il garderait ça en tête pour plus tard.

— Je prendrais contact avec vous une fois que j'aurais déterminé mon prix.

Il tira légèrement sur la mèche avant de la relâcher.

— En attendant, je vous encourage à contrôler votre don psychique. Vous ne savez pas qui vous observe, très chère.

CHAPITRE TROIS

DÉMONS ET TERREURS NOCTURNES

Tant de douleur. Elle transperça la poitrine de Stas, et lui coupa tant le souffle que Stas tenta d'en saisir la source.

« Je vais bien, mon petit ange, l'assura maman. Je vais bien.

— Tu as mal, maman, murmura Stas. Très mal.

— Oui, mon bébé. Mais je vais bien. »

Sa mère l'attira dans ses bras et la serra fort contre elle.

« Je t'aime.

— Je t'aime aussi, maman. »

Une partie de cache-cache.

« Va jouer. »

« Va te cacher. »

« Ne sors pas de ta cachette. »

C'est ce que papa lui avait dit.

Elle avait obéi parce qu'il jouait tout le temps avec elle. Elle avait rejoint sa cachette préférée dans les arbres et avait patienté, mais il n'était jamais arrivé.

Elle avait attendu, et attendu, et attendu.

Mais rien.

« Papa », chuchota-t-elle, le front plissé alors qu'elle jetait un coup d'œil à travers les branches.

Il aurait dû la trouver depuis le temps.

Stas se glissa silencieusement hors de sa planque. Il lui avait demandé de ne pas sortir avant qu'il ne la trouve. Elle avait promis. Peut-être qu'elle devrait attendre.

Mais s'il n'arrivait pas à la trouver ? Elle avait trouvé une bonne cachette cette fois-ci. Ses lèvres tressaillirent. Il avait peut-être juste besoin d'un petit coup de pouce.

Elle s'avança de quelques pas avant de froncer le nez quand la fumée l'atteint enfin à travers les arbres. Un incendie.

Oh non !

Ses petites jambes la portèrent rapidement près des flammes alors que son cœur battait la chamade. Mais une main l'agrippa, attrapant son épaule pour la retenir tandis que ses parents hurlaient.

Des yeux noirs et cruels, parsemés d'éclats dorés.

Un sourire sinistre.

Ses parents brûlés vifs, leur longue agonie déchirante pour Stas.

Maman ! papa ! Mais sa voix ne répondit pas, elle était prisonnière de son propre corps, témoin forcé de leur tourment. Elle ne pouvait rien faire, alors même qu'Owen se joignait à eux, le visage déformé par ses cris.

L'odeur…

La chaleur…

Elle la dévorait, provoquant un bruit assourdissant à l'intérieur de sa tête, l'obligeant à…

Stas jeta son téléphone de l'autre côté de la pièce, son corps pris de secousses violentes.

Putain.

Ça lui avait paru tellement réel. Ses membres tremblaient comme si elle avait réellement lutté, et son épaule la lançait comme si la main l'agrippait toujours, et non juste dans son cauchemar. Elle frissonna et serra ses genoux contre sa poitrine.

Pas encore.

Pas maintenant.

Mais elle n'avait pu échapper aux terreurs nocturnes

depuis la découverte du corps d'Owen dans son appartement.

Tellement récent.

Tellement nouveau.

Tellement cruel.

Elle ne les avait pas secourus. Elle n'avait pas sauvé Owen.

Même si elle n'aurait rien pu faire. Même si elle n'était pas au courant. Mais leur supplice lui coupait le souffle et faisait trembler ses membres sur le lit, la poussant à avaler désespérément de l'air alors qu'elle brûlait elle aussi avec ses parents et son ami.

— Je n'en peux plus, murmura-t-elle. Je n'en peux plus de tout ça.

Elle glissa un oreiller sur sa tête. Elle avait l'impression qu'un camion tentait un créneau sur son crâne. En avant, en arrière, s'acharnant sur sa tête au passage. Elle lâcha une nouvelle série de jurons en percevant la sonnerie continue de son réveil depuis le sol.

Je deviens tarée.

Ce devait être la culpabilité. Elle aurait dû dire la vérité à la police en ce qui concernait la présence des deux hommes dans l'appartement d'Owen ainsi que celle de l'inconnu qui l'avait maintenue contre le mur. Et s'ils avaient trouvé quelque chose ? Et si l'homme avait menti quand il lui avait dit qu'ils ne trouveraient pas le moindre indice ?

Elle serra l'oreiller un peu plus fort contre sa tête.

S'ils découvraient ses omissions, elle pourrait être accusée de complicité. Ses instincts l'avaient poussée à cacher ces informations ; une partie d'elle certaine qu'elle serait passée pour folle si elle avait parlé d'eux aux flics.

Comme après le décès de ses parents.

Ils avaient classé cela comme un incendie accidentel.

Personne ne l'avait *crue* alors même qu'elle hurlait et pleurait, jurant qu'un homme avait brûlé vif ses parents. Les histoires d'une enfant perturbée, usant de son imagination pour créer une histoire de toute pièce. Cela avait instillé un manque de confiance au plus profond d'elle envers les forces de l'ordre, un sentiment qui avait refait surface quand les flics étaient arrivés chez Owen.

Ne dis rien. Ils penseront juste que tu es tarée.

Elle ne pouvait pas affronter ça une nouvelle fois, donc elle leur avait donnait une version abrégée de la vérité ; qu'elle s'était présentée pour réviser avec Owen, avait trouvé sa porte entrouverte, et découvert sa dépouille à l'intérieur. Le choc lui avait fait perdre ses moyens, l'avait rendue malade, avant qu'elle ne puisse les contacter.

Et ils l'avaient crue.

Elle leur avait montré le texto.

Ils avaient confirmé que le message avait été envoyé après la mort d'Owen et lui demandèrent si elle avait repéré son téléphone dans l'appartement.

Elle avait répondu par la négative.

Ensuite, *il* l'avait retrouvée lors de la cérémonie commémorative, le démon qui possédait toutes les réponses à ses questions.

Oui, un foutu démon. C'était ce qu'elle avait choisi d'appeler l'inconnu en costume comme il avait décliné de lui donner son putain de nom.

Elle grogna dans son oreiller, son esprit ayant finalement craqué face à la folie qui avait envahi sa vie. Ce genre de choses n'arrivait pas aux personnes normales.

Les gens normaux n'étaient pas capables de contraindre leurs compatriotes.

Ça ne m'aide pas vraiment !

— Stas ?

Lizzie frappa doucement à sa porte, ayant

certainement entendu les cris que Stas avait dû pousser pendant son cauchemar.

— Tu vas bien ?

— Ouais.

Pouah, elle avait l'impression d'avoir un chat dans la gorge.

— Je vais bien.

— Euh, okay. Je suis en train de préparer du café.

Des mots tellement magiques. Sa colocataire la connaissait si bien.

— Merci, Liz.

Stas retira l'oreiller de sa tête et cligna des yeux en direction du plafond.

C'est déjà dimanche matin.

La remise des diplômes.

Elle jeta un coup d'œil à son réveil.

Henry et Susan Davenport l'attendaient dans moins d'une heure. Ils avaient organisé des activités tout l'après-midi pour lui faire oublier ce qui était arrivé à Owen et pour célébrer son succès.

Ça allait être l'enfer.

Mais ses parents adoptifs étaient venus du Montana pour fêter ça.

Stas prit la direction de la salle de bains tout en massant son crâne endolori.

Eh bien, quelle mine radieuse. Les cheveux emmêlés, les yeux injectés de sang, les joues creusées et les marques du sommeil gravées sur sa peau pâle.

Rien qui ne puisse être arrangé par une bonne vieille douche.

Elle avait pris ses désirs pour des réalités, car la douche n'avait en fait rien arrangé. Le maquillage de Stas ne parvenait pas à dissimuler les cernes sous ses yeux, mais au moins, sa robe bleu foncé et les talons assortis lui allaient à merveille. Elle ne se préoccupa pas de se sécher les cheveux, faisant le choix d'attraper un café à la place. La caféine faisait des miracles.

En entrant dans la cuisine, Lizzie, qui était vêtue d'une robe lavande et de talons blancs, lui tendit son mug préféré.

— Une cuillère à café de sucre roux.

—Je t'aime.

Un sentiment destiné à la fois à sa meilleure amie et au liquide ambré qui emplissait sa tasse. Stas prit une gorgée fortifiante et sourit. *Tu vois ? Ça va mieux maintenant.*

Sa colocataire l'étudia de ses perspicaces yeux marrons et fit la moue avec ses lèvres peintes en rose.

— Tu n'arrives toujours pas à dormir ?

Stas s'assit à la table du petit-déjeuner et soupira. Le café semblait soulager son mal de tête, mais pas son âme.

— Je fais des cauchemars, admit-elle doucement. J'en ai marre.

— Au sujet de tes parents biologiques ? Ou d'Owen ?

Lizzie était au courant de l'expérience de Stas avec les crises d'insomnies car elle vivaient ensemble. Une jeune femme ne pouvait se réveiller en hurlant à plusieurs reprises sans que l'autre ne finisse par lui demander des explications. Mais elles étaient devenues moins fréquentes avec le temps.

Avant de faire un retour fracassant dans sa vie.

— Ouais.

Stas frissonna quand une image de la tête d'Owen traversa son esprit. Au sens propre. Toujours en feu et en train de rouler.

—Je suis désolée, murmura Lizzie.

La main de Stas se contracta autour de son mug.

— Moi aussi je suis désolée.

Pour ses parents biologiques. Pour Owen. Pour avoir menti à la police. Pour avoir permis à un démon de la réduire au silence dans une salle de classe. Pour...

— Tu veux autre chose que du café ? Il reste de la quiche d'hier au frigo.

La plupart du temps, Lizzie se comportait plus comme une mère de substitution que comme une colocataire. Cela rendait parfois Stas complètement dingue. Mais elle appréciait son attention ce matin.

— Ce serait super.

Elle fit mine de se lever mais son amie la devança.

— Continue ta descente de caféine. On ne voudrait pas d'une Stas grincheuse aujourd'hui.

Elle s'esclaffa. *Je ne peux pas vraiment la contredire.*

Une autre gorgée de son nectar divin l'aida à se détendre et la réchauffa jusqu'aux os. Elle devrait épouser son café. Il réussirait probablement à la satisfaire mieux que tout homme, sauf peut-être un certain démon aux yeux bleus. Assez semblable à celui qui la couvait du regard depuis la couverture de la revue mondaine de sa colocataire.

Stas s'étrangla sur sa dernière gorgée, saisissant le magazine posé de l'autre côté de la table.

Regard bleu saphir. Mâchoire carrée. Baraqué. Taille fuselée. Aussi sexy que le péché.

Une véritable gravure de mode masculine.

Non. Un article.

À propos de son démon.

— *Oh putain.*

Lizzie se retourna et son attention se porta sur le magazine que Stas tenait.

— Oh, t'as vu ça ? Enfin, je veux bien admettre qu'il est beau et riche, mais ils exagèrent un peu en le désignant comme l'un des célibataires les plus en vue, non ? Ce n'est pas parce que son père a fondé le FHC qu'il va hériter de l'organisation.

Elle souffla en déposant une assiette devant Stas et se laissa tomber dans une chaise en face d'elle.

— C'est de la publicité mensongère si tu veux mon avis.

Stas resta bouche bée face à sa meilleure amie.

— De quoi est-ce que tu parles ?

— Tom.

Elle indiqua le tabloid d'un geste désinvolte.

— Et je n'arrive pas à croire qu'ils se soient servis de cette photo de lui.

Elle secoua la tête.

— Ce mec fait bien plus honneur à un costume trois pièces qu'à un uniforme militaire.

Stas cligna des yeux et dirigea son attention vers l'article. Le sourire de Tom Fitzgerald l'éblouit depuis l'autre page.

— Hein.

Lui et son démon étaient mentionnés dans le même article. Elle étudia le titre de l'éditorial sur la couverture :

« Les dix célibataires les plus en vue de New-York. »

Issac Wakefield était mentionné en deuxième position. Le milliardaire de trente-quatre ans était le PDG de Wakefield Pharmaceuticals. Il avait apparemment hérité de l'entreprise de son père à l'âge précoce de vingt-cinq ans. Ce n'était guère étonnant qu'il s'attende à être reconnu. Beaucoup de monde en serait capable, sauf que Stas lisait rarement ce genre de feuilles de chou. Elle préférait les articles économiques, dont certains avaient mentionné son entreprise, mais elle n'avait jamais ressenti le besoin de chercher une photo du PDG.

— C'est complètement dingue, s'émerveilla-t-elle.

Son démon était un playboy milliardaire qui se faisait passer pour un enquêteur de scènes de crime. *Comme si ce genre de choses se produisait au quotidien.*

— Je sais !

Lizzie posa sa tasse bruyamment sur la table.

— Est-ce que tu as lu la partie qui mentionne son désir de se caser ?

Elle émit un petit rire forcé.

— Ouais, c'est ça. Ce type est marié à son job.

Stas se concentra sur l'autre article pour essayer de comprendre ce dont parlait son amie.

— La photo est plutôt flatteuse.

Il était franchement séduisant en treillis, avec sa musculature présentée à son avantage, ses cheveux blonds ébouriffés et ses fossettes bien en évidence.

Mon démon aussi a des fossettes.

Même si elle ne s'en souciait guère.

Elle se focalisa de nouveau sur le texte, ignorant la tentation de jeter un autre coup d'œil à la photo d'Issac.

— Ils ont plutôt bien cerné sa personnalité, Liz. L'article le mentionne comme un héros à cause du temps qu'il a passé en service à l'étranger, expliquant qu'il a admirablement choisi de rejoindre l'unité paramilitaire du FHC plutôt qu'une équipe commerciale.

Une Sentinelle, comme les qualifiaient le FHC. La plupart des hommes qui intégraient cette section étaient recrutés au sein des différents corps de l'armée, faisant de Tom un candidat idéal compte tenu de son passé au sein des Forces Spéciales. Il aurait pu intégrer une agence gouvernementale mais son père possédait le FHC. Ce qui offrait aussi l'avantage d'une meilleure rémunération puisqu'il s'agissait d'une organisation privée.

Le reniflement grossier de Lizzie trancha avec son allure de ménagère.

— Ouais, un véritable philanthrope.

— Allez, Tom n'est pas si terrible.

Stas repoussa le magazine de l'autre côté de la table avant de céder à la tentation et d'étudier une nouvelle fois le portrait d'Issac. *Hors de question.*

—Je sais. C'est bien ça le problème.

Une expression mélancolique recouvrit le visage de Lizzie alors qu'elle contemplait le cliché de Tom. Tous les hommes de la ville succombaient à ses charmes féminins, à l'exception du seule homme dont elle avait envie. Bon sang, Lizzie pourrait parader en bikini devant lui, et l'ancien sniper ne remarquerait toujours pas le top-modèle sous ses yeux.

Lizzie ferma le journal, une expression résolue sur le visage tandis qu'elle capturait le regard de Stas.

— Je n'aime pas cette expression sur ton visage, entonna Stas, qui n'avait toujours pas touché à sa part de quiche.

— Ouais, euh, en parlant de Tom… il vient dîner ce soir.

Stas grogna à la seule mention de l'effroyable dîner de célébration. Elle aurait préféré s'arracher les yeux avec une cuillère plutôt que de passer une soirée avec la famille Watkins. C'était déjà bien assez difficile de supporter le brunch mensuel en compagnie des Fitzgerald ; une tradition qui avait commencé vingt ans auparavant et pour laquelle Stas avait été enrôlée lors de sa première année à l'université de Columbia.

— Oh, non, il n'y a aucune chance que je te laisse te désister, dit Lizzie avant même que Stas ne puisse le suggérer. Nos parents vont enfin se rencontrer. Ils se sont ratés lors de notre remise de diplômes à Columbia, une manœuvre que tu as *sans aucun doute* orchestrée, mais nous allons enfin les présenter cette fois-ci.

— Sois honnête, ils étaient occupés à t'offrir cet appartement.

Une propriété de plusieurs millions de dollars située dans l'Upper West Side. D'une certaine manière, ils avaient l'impression que lui faire cadeau d'une telle propriété compenserait les années d'abus qu'elle avait subies en grandissant. Stas se demanda quelle surprise ils réservaient à leur unique enfant ce soir pour célébrer son diplôme de master en éducation.

— Ouais, c'est une bonne excuse.

Lizzie plissa les yeux.

— Ils vont se rencontrer ce soir, Stas. Tu n'as pas intérêt à me laisser tomber.

Stas laissa tomber sa tête sur la table. Owen était censé lui servir de cavalier pour ce repas et l'aider à garder ses esprits. Ils auraient aussi pu célébrer son propre diplôme ensemble de cette manière. Ces plans étaient évidemment partis en fumée.

— Cette semaine craint, grommela-t-elle.

C'était une réponse immature mais elle n'en était pas moins sincère.

— Tu veux qu'on commande une pizza et qu'on passe la nuit devant des films de fille ? demanda Lizzie, une note enfantine d'espoir dans la voix.

Elle ne toucherait probablement pas vraiment à son assiette pendant le dîner, pas en compagnie de Lillian Watkins. Cette femme longiligne contrôlait l'alimentation de Lizzie de manière autoritaire, affirmant que cela faisait partie de son rôle maternel. *Garce* n'était pas suffisant pour décrire cette femme qui avait tout fait pour détruire l'amour propre de sa fille au cours des deux dernières décennies.

Ce qui signifiait évidemment que Stas n'avait d'autre choix que d'assister au dîner. Quelqu'un se devait de protéger Lizzie. Mais cela ne l'empêcherait pas de négocier une récompense. Elle fit les yeux doux à sa colocataire et haussa un sourcil.

— Est-ce qu'on peut en commander une avec de l'ananas et du jambon ?

— Bien sûr, on peut commander une hawaïenne, je choisirai juste les deux autres.

Lizzie possédait un goût prononcé pour la cuisine italienne mais n'en subissait jamais les conséquences sur ses hanches. C'était vraiment incroyable. Elle aurait pu descendre cinq pots de glace par jour pendant un mois et toujours ressembler à un mannequin.

— Assez de pizza pour une semaine ? songea Stas. Okay, marché conclu.

CHAPITRE QUATRE

INVITÉS INDÉSIRABLES

— Est-ce que ça va, chérie ? demanda Susan Davenport pour la énième fois de la journée.

Stas adorait sincèrement ses parents adoptifs, mais il était temps qu'ils arrêtent avec ces questions. Elle était déjà en permanence au bord des larmes et n'avait pas besoin que ses parents la poussent à ressasser ses sentiments.

— Oui, maman, mentit-elle.

Participer à la remise de diplômes sans Owen avait été un coup de poignard supplémentaire au cœur qu'elle avait dû supporter tout l'après-midi.

Il est vraiment mort.

Elle en était consciente. Mais affronter la réalité... elle déglutit, se refusant à y penser à cet instant précis. Si elle fondait en larmes, sa mère adoptive insisterait pour qu'elle les suive dans le Montana ; une menace qui pesait sur elle depuis qu'elle leur avait annoncé le décès d'Owen.

— C'est normal de pleurer, mon chou, murmura son père, une main sur son épaule en guise de soutien. Je sais que c'est une journée importante, mais tu as tout de même le droit d'être triste.

Je le suis. Tu peux me croire.

Mais des larmes ne résoudraient rien. Elle avait besoin

de découvrir qui l'avait tué ainsi que leur mobile. Une réponse que pourrait peut-être lui fournir le démon milliardaire.

Non. Ce n'est pas une bonne idée.

Sauf qu'elle n'avait pas pu s'empêcher de penser à lui toute la journée. Maintenant qu'elle connaissait son identité, il était devenu abordable.

Un appel.

Un accord.

Et il pourrait lui donner la réponse.

— Stas ? l'interpella son père, les sourcils froncés.

— Je vais bien, insista-t-elle. Promis.

Leurs expressions indiquaient clairement qu'ils n'en croyaient pas un mot. C'était une bonne chose qu'elle ait un atout dans sa manche pour les distraire.

— Les Watkins et les Fitzgerald nous attendent.

Elle leur indiqua d'un geste de la main la table discrète dans un coin de la salle à manger qu'ils occupaient lors de chacune de leurs visites.

— Sommes-nous en retard ? demanda sa mère en jetant un coup d'œil à sa montre.

— Non, ils sont toujours en avance.

Au plus grand désespoir de Stas. Elle avait *toujours* l'impression de les faire attendre.

— Venez, je vais vous présenter.

Tout le monde se leva pour les accueillir. Le docteur Fitzgerald s'avança le premier, vêtu de son costume immaculé habituel et affichant un sourire paternel. Il fut suivi par Tom, ses traits charmants identiques à ceux de son père. Vinrent ensuite les Watkins et Lizzie. Tout le monde échangea des poignées de mains et Susan rougit visiblement quand le docteur Fitzgerald insista qu'elle avait l'air trop jeune pour avoir une fille de l'âge de Stas.

C'était vrai.

Les Davenport avaient à peine la vingtaine quand ils avaient adopté Stas. Cependant, peu de gens étaient au courant de la vérité, donc ils prenaient rarement la peine de clarifier leur lien de parenté. Ce n'était pas tellement une question de confidentialité, mais simplement de tact, qui les poussait à éviter un sujet sensible. Stas faisait toujours référence à eux en tant que *papa* et *maman* à voix haute.

— Félicitations pour vos diplômes, mesdemoiselles, entonna le docteur Fitzgerald alors que tout le monde s'installait.

— Merci, répondit doucement Lizzie qui était installée à côté de Stas.

Lillian était installée de l'autre côté et arborait la même expression crispée que d'habitude. Il était temps qu'elle arrête d'investir dans des liftings ; cela ne faisait qu'aggraver son apparence. Son mari mériterait quant à lui d'éviter les petites douceurs. Bien que cela ne semble pas le préoccuper lorsqu'il attrapa un petit pain.

— Comment s'est passé ton entretien la semaine dernière, Stas ? demanda le docteur Fitzgerald, les yeux plissés.

L'homme avait beau avoir un fils de vingt-sept ans, il n'en paraissait pas quarante.

— Ça s'est bien passé, dit-elle, soulagée à l'idée de discuter de quelque chose de banal qui ne concerne pas Owen. Les Ressources Humaines m'ont indiqué que le job serait à moi dès que j'aurais terminé la procédure de sécurité.

Une formalité qui incluait un test polygraphique qu'elle devrait passer cette semaine. Avec un peu de chance, ils ne lui poseraient pas de questions concernant de potentielles activités criminelles ; elle était certaine que mentir à la police pendant une enquête la disqualifierait pour le poste.

— C'est vrai. C'est grâce à vous que Stas a obtenu ce poste au sein du FHC, intervint son père.

— Oh, c'est à votre fille que revient tout le mérite. Je lui ai juste ouvert quelques portes, voilà tout, répondit le Dr Fitzgerald en réajustant sa veste avec une main.

Étant donné qu'il était à la fois le fondateur et le PDG du FHC, elle était prête à parier qu'il avait fait bien plus que cela, mais elle accepta le compliment avec un sourire.

— Le directeur du service marketing l'adore, ajouta M. Watkins avec un sourire satisfait à l'encontre du Dr Fitzgerald. Il est très satisfait de votre recommandation.

— Mais elle doit quand même passer le polygraphe ? insista son père alors qu'un frisson courait le long de la colonne vertébrale de Stas.

Subtil, mais persistant, il lui donna la chair de poule.

Elle leva les yeux vers l'entrée au moment même où Issac Wakefield pénétrait d'un pas nonchalant dans le restaurant, encore une fois vêtu d'un costume. La veste, le pantalon et les chaussures étaient noires et contrastaient avec sa chemise bordeaux dont le col était déboutonné.

Une femme magnifique pendue à son bras complétait le portrait débonnaire qu'il offrait.

La robe qu'elle portait était assortie à la tenue d'Issac et son décolleté plongeant peinait à contenir ses courbes généreuses, sa poitrine fièrement exposée à la vue de tous. L'arrière de sa tenue était tout aussi affriolant, ouvert comme il l'était jusqu'à ses hanches qui roulaient au moindre de ses pas.

Bon. Mieux valait oublier les théories que Stas avait émises concernant les plans d'Issac. Il n'était apparemment pas en manque de partenaires sexuels. Elle remarqua à peine l'homme plus petit qui était entré sur ses talons, lui aussi accompagné d'un mannequin légèrement vêtu.

— Stas ?

La voix de son père la rappela à la réalité.

— Oui ?

— Je t'ai demandé ton avis concernant le polygraphe, rappela-t-il en haussant un sourcil dans sa direction.

— Je t'ai déjà dit ce que j'en pensais. C'est un des critères d'embauche, répondit-elle en se demandant pourquoi il remettait le sujet sur la table.

Le FHC était un organisme humanitaire privé mais lié à différentes agences gouvernementales. Il était courant d'imposer un polygraphe compte tenu des informations sensibles auxquelles faisaient face bon nombre d'employés.

— Certes, mais n'est-ce pas un peu intrusif de la part d'un employeur du secteur privé ? insista-t-il.

Voilà qui n'est pas du tout hypocrite venant d'un proviseur de lycée, qui a défendu les contrôles antidopage pour les athlètes, songea-t-elle en se remémorant le débat civique qu'avait provoqué cette atteinte à la vie privée.

— Eh bien, je peux comprendre que ce processus d'habilitation soit exigé des employés qui traitent les dossiers gouvernementaux, mais je ne vois pas en quoi c'est nécessaire pour les autres, ajouta-t-il.

— Croyez-moi, si nous pouvions y échapper, nous le ferions avec plaisir. Avez-vous la moindre idée du coût exorbitant que cela représente de tester chaque employé potentiel ? C'est loin d'être bon marché, répondit le Dr Fitzgerald en se frottant la nuque.

Cette réponse sembla satisfaire son père même si ses lèvres restaient pincées.

— Nous apprécions sincèrement tout ce que vous avez fait pour notre Stas, intervint sa mère en changeant de sujet avant que son père ne puisse continuer sur sa lancée.

Il avait clairement exprimé son opinion sur la procédure de sécurité dès que Stas lui en avait parlé, mais elle ne saisissait toujours pas pourquoi il en faisait tout un plat. Elle n'avait rien à cacher.

Enfin, mis à part le petit problème qu'était sa capacité à contraindre.

Et ses omissions à la police lors de leur intervention à l'appartement d'Owen.

Okay, elle dissimulait quelques secrets, mais pas de quoi échouer à un test polygraphique. Si ?

Elle jeta un coup d'œil en direction du démon qui connaissait ses plus sombres secrets, mais demeurait un parfait inconnu pour elle. Il haussa un sourcil pour la saluer puis pencha la tête vers sa sublime compagne, qui colla sa bouche contre son oreille. Ce qu'elle lui dit sembla beaucoup l'amuser car ses lèvres tiquèrent. Leur intimité manifeste laissa un goût amer dans la bouche de Stas qui lui retourna l'estomac.

L'homme qu'elle observait était la version d'Issac décrite dans l'article ; le célibataire en vue. Celui qui était accompagné d'une nouvelle conquête tous les soirs.

Mais alors, que peut-il bien attendre de moi ?

Elle s'efforça de se concentrer sur la conversation qui prenait place autour d'elle. Quelque chose concernant une récente mission de Tom à l'étranger pendant laquelle il avait contribué à la distribution de vivres et d'eau à un groupe d'orphelins. Elle remarqua que Lizzie semblait concentrée sur sa salade alors que sa mère s'extasiait devant les actions du jeune homme. Le repas était toujours déterminé avant leur arrivée, un menu à neuf plats qui changeait quotidiennement en fonction des envies du chef.

— Eh bien, c'est gratifiant de savoir que Stas travaille pour une organisation aussi fantastique, dit sa mère en rougissant. Ce n'est pas toujours facile de vivre loin d'elle, mais savoir qu'elle s'est créé une famille ici apaise beaucoup d'inquiétudes.

— Je vous assure que tout le plaisir est pour nous, répondit le Dr Fitzgerald avec un clin d'œil en direction de Stas.

— Bien sûr, ce qui est arrivé à Owen me rend nerveuse.

— Maman, je t'en prie, ne commence pas, grogna Stas.

— Quoi ? Je suis inquiète pour ta sécurité, Stas. Ton ami a été *assassiné*.

Comme si elle ne le savait pas.

— Ce n'est pas...

Des yeux bleu saphir croisèrent les siens par-dessus l'épaule de son père.

Oh merde.

— Eh bien, comme le monde est petit ! entonna Issac en guise de salutation, un sourire sournois au coin des lèvres alors qu'il contournait la table pour venir se glisser derrière elle, ses mains sur le dossier de la chaise de Stas.

Lizzie se mit à frapper la cuisse de Stas. Celle-ci supposa que les tapotements répétitifs était une forme de code-Lizzie qui signifiait *Oh. Mon. Dieu.* Mais Stas était figée. Elle pouvait à peine respirer.

— Wakefield. As-tu besoin de quelque chose ? demanda Tom sèchement, les épaules rigides.

— Oh, je me débrouille très bien tout seul, mais je te remercie, Thomas. Je m'excuse pour l'interruption mais je tenais à féliciter Astasiya pour l'obtention de son diplôme ce matin, annonça-t-il.

La paume qu'il posa sur son épaule provoqua un choc électrique dans sa poitrine et marqua sa chair au fer rouge. Le Dr Fitzgerald haussa un sourcil.

— Vous vous connaissez ?

Stas se posait la même question, mais au sujet de Tom et Issac. Ils étaient peut-être membres d'un club exclusif réservé aux célibataires les plus sexy de New-York. Les lèvres de Stas tressaillirent quand cette idée envahit son esprit.

— Nous nous sommes rencontrés grâce à une connaissance mutuelle, répondit Issac. Je suis certain que vous avez entendu parler d'Owen Angelton.

Issac caressa son pouls d'une manière si territoriale que Stas en rougit.

Qu'est-ce que vous fichez ? aurait-elle souhaité lui demander.

Le Dr Fitzgerald affichait un air détaché, les doigts de ses deux mains joints sur la table.

— Oui, nous venions justement d'aborder le sujet. Il était censé t'accompagner ce soir, Stas, n'est-ce pas ?

Merci pour le rappel. Elle s'éclaircit la gorge.

— Euh, ouais, il souhaitait faire votre rencontre.

Elle chassa les embruns de son esprit et pencha la tête en arrière pour croiser le regard d'Issac.

— Merci de t'être déplacé, Issac.

Elle se servit de son prénom de manière délibérée et découvrit qu'elle en appréciait la sensation sur ses lèvres. Le sourire qu'il lui retourna en réponse lui coupa le souffle. Bon sang, aucun homme ne devrait posséder un tel sourire. C'était une arme de destruction massive, dangereuse pour le cœur des femmes à qui il était adressé.

— C'est normal, chérie, répondit-il en serrant son épaule avant de se concentrer sur ses parents. Je ne pense pas avoir eu le plaisir de faire votre connaissance. Je m'appelle Issac Wakefield

— Ah oui. Voici mes parents. Susan et Henry.

Sa mère semblait avoir perdu ses moyens devant le regard franc et intense d'Issac. Son père semblait quant à lui regretter l'absence de ses fusils, qu'il avait laissés dans le Montana. *Génial.* Ils se méprenaient clairement sur leur relation.

— Enchanté, murmura Issac. Est-ce que ça vous embête que je vous vole votre superbe fille un court instant ?

Stas plissa des yeux dans sa direction. *Mais à quoi joues-tu ?*

— Pas du tout, répondit sa mère, dont l'enthousiasme était évident.

Stas se retint tout juste de geindre.

Sa mère n'était pas vaniteuse, elle était juste excitée à l'idée que sa fille sorte avec quelqu'un. Les anciennes relations de Stas pouvaient se compter sur les doigts d'une main. Ce n'était pas par manque d'intérêt de la part de la population masculine, elle n'était juste pas intéressée. Les cours passaient en priorité.

— Astasiya ?

Il retira sa main de son épaule et l'invita à se lever en lui offrant sa paume. Bon, ce n'était pas comme s'il lui laissait le choix.

— Excusez-moi, dit-elle en se levant sans accepter son aide.

— Messieurs, c'est toujours un plaisir de vous croiser, dit Issac en s'adressant aux Fitzgerald et au père de Lizzie.

Il pressa ensuite sa main contre le bas de son dos, brûlant sa chair à travers le satin du vêtement tandis qu'il la guidait à travers le restaurant. Stas aurait de nombreuses explications à fournir à son retour. Sa jambe avait subi les assauts continus de son amie tout le temps où Issac s'était tenu derrière elle. Sa version du morse était passée de *Oh. Mon. Dieu* à *Mais qu'est-ce qui se passe ?* une fois qu'Issac avait fait part à la tablée de leur familiarité.

Le démon l'escorta vers un coin sombre près des

ascenseurs installés dans l'espace d'accueil. Elle se tourna en atteignant le mur et posa ses mains sur son torse solide pour l'empêcher de se rapprocher.

— Merci, Issac. Grâce à toi, ils vont maintenant penser que nous sortons ensemble.

Ce qui ne se produirait définitivement jamais. Des doigts chauds s'enroulèrent autour de ses poignets.

— J'ai enfin choisi ce que je souhaitais en échange de mon aide.

Ses sourcils se haussèrent.

— Et il fallait absolument que tu m'en fasses part maintenant ?

Son regard brûlant glissa le long de son corps, capturant chaque centimètre carré de sa robe au passage. Elle s'efforça de contenir son frisson, se refusant à lui laisser voir l'effet que sa proximité avait sur elle. Mais pourquoi diable était-il aussi beau ? C'était comme si un mannequin aux traits aristocratiques parfaitement dessinés se pressait contre elle.

Et ces fichus yeux…

— Tu es renversante dans cette robe, chérie.

Ses mots tendres susurrés avec un accent prononcé lui hérissèrent le poil.

— Ah oui ? Je pourrais en dire de même de ta compagne, Issac.

Stas recula d'un pas contre le mur quand il s'avança. Les mains qui tenaient ses poignets captifs l'empêchaient de le repousser alors qu'il envahissait son espace vital. Un parfum de bois de santal mêlé à du bourbon envahit ses narines, lui mettant l'eau à la bouche.

— Ce n'est pas…

— Clara n'est pas ma compagne, l'interrompit-il alors que sa carrure massive et ses larges épaules lui coupaient la vue de l'accueil du restaurant et l'obligeaient à se concentrer sur lui. Quand as-tu finalement découvert mon identité ?

— Ce matin.

— Comment ?

— Tu es apparemment l'un des célibataires les plus convoités de New-York. Lizzie adore les revues mondaines.

Stas ne put contenir son embarras en révélant la source de sa découverte. Son petit rire la caressa d'une manière qui n'aurait pas dû lui faire de l'effet, la poussant à serrer ses cuisses l'une contre l'autre.

Ce mec est bien trop enivrant.

— Ce n'est pas du tout ce à quoi je m'attendais, mais d'accord. As-tu été surprise ? demanda-t-il tout en caressant le poignet de Stas avec son pouce.

— Oui.

— Parfait, c'est quelque chose que j'adore chez toi. Ce qui nous ramène à ma proposition, si tant est que tu es toujours intéressée à l'idée de passer un accord avec moi.

Il dessina d'autres cercles sur sa peau. Tous plus distrayants et marquants les uns que les autres. Pourquoi se tenait-il si près d'elle ? Chaque inspiration l'enveloppait de son parfum et chaque souffle qui lui échappait était plus brûlant que le précédent.

Il est venu ici accompagné d'une autre femme.

Même s'il prétend qu'il ne s'agit pas d'un rencard.

Ça n'a aucun rapport.

Mais il sait ce que tu es…

Elle déglutit. Il ne possédait pas simplement les réponses à ses questions, il avait proposé de les lui donner. Sous condition. Elle avait beau s'être elle-même fustigée le matin même pour avoir envisagé d'accepter, elle ne pouvait s'empêcher de vouloir obtenir des réponses. Encore.

— Est-ce que tu vas m'aider à trouver le meurtrier d'Owen ? demanda-t-elle.

Parce qu'elle savait au fond d'elle-même que la police ne réussirait pas à résoudre cette enquête, pas après la manière dont il avait réagi face à la scène de crime. Ils n'avaient pas cessé de marmonner le mot *impossible* et de griffonner des âneries dans leurs calepins. Issac pencha la tête.

— Tu te soucies plus d'Owen que de ton héritage ?

— Les deux sujets me préoccupent, clarifia-t-elle. Et je souhaite obtenir des réponses dans les deux cas.

Il relâcha ses poignets et posa son bras contre le mur au-dessus de sa tête tout en plongeant son regard dans le sien.

— Tu penses que c'est une bonne idée de m'en demander encore plus sans savoir ce que j'attends en retour ?

Stas refusa de faire machine arrière.

— Je te fais part de mes conditions.

— Et les miennes ?

Son cœur battait la chamade dans sa poitrine en réaction à sa proximité, ses lèvres à seulement quelques centimètres des siennes.

— Donne-les moi.

Il sourit pour signaler son approbation.

— C'est de toi que j'ai envie, Astasiya.

Une image d'Issac la déshabillant avant de la prendre contre le mur lui traversa l'esprit et fit flancher ses genoux. *Je dois forcément me planter.* Il n'avait manifestement pas besoin d'échanger des réponses contre des faveurs sexuelles.

— Je ne suis pas sûre de comprendre.

— Hmm, comment est-ce que je pourrais tourner ça autrement ?

La main qui gisait le long de son flanc glissa jusqu'à sa hanche. Il maintint son autre bras au-dessus de la tête de

Stas, qui resta figée. Toute son attention était dédiée à sa respiration, pour s'assurer du fonctionnement continu de ses capacités cérébrales.

— J'ai besoin que certains individus pensent que nous sortons ensemble, et pour que cela fonctionne, je tiens à m'assurer de ta participation volontaire.

Okay, ce n'était pas du tout ce à quoi elle s'attendait.

— Et pourquoi donc aurais-tu besoin de faire ça ?

— Peut-être parce que je t'aime bien.

Elle plissa les yeux.

— Peut-être que tu caches une arrière-pensée ?

— Et peut-être que les deux propositions sont valables.

Il se rapprocha un peu, la chaleur de son corps épousant la peau de Stas et influençant dangereusement le cours de ses décisions ; comme par exemple la manière dont elle pencha la tête en arrière quand il approcha ses lèvres des siennes.

— Une relation en échange d'informations, chuchota-t-il. Un simple compromis. Tu m'aides, et j'en ferai de même.

— En quoi une relation factice peut-elle t'aider ?

Une lueur diabolique brillait au fond de ses yeux.

— Est-ce que mon mobile compte réellement quand je possède la réponse à tes questions ?

Est-ce que c'était le cas ? Elle n'en était pas certaine.

— Si j'accepte, me diras-tu ce que je suis ?

— Hmm.

Son regard glissa vers sa bouche et ses pupilles se dilatèrent. Je le ferai après notre premier rendez-vous.

— Mais pas maintenant.

Il secoua la tête.

— Je te donnerai tes réponses une fois que tu auras rempli ta part du marché.

Sa paume glissa le long de son corps pour venir se nicher contre sa nuque.

— Est-ce que c'est d'accord ?

Cela faisait des années qu'elle cherchait des explications à ses dons contre nature. Et cet homme – ce démon – représentait la seule solution pour enfin comprendre son état. Il pourrait peut-être l'aider à déterminer les causes de la mort de ses parents. Et d'Owen. Tout ce qu'elle avait à faire, c'était de jouer le jeu.

Accepter quelques rencards.

Recueillir des informations concernant le monde surnaturel.

Découvrir ce qui était arrivé à son ami et à ses parents.

Tout cela en se faisant passer pour la petite amie d'Issac Wakefield. Ce qui ne représentait pas non plus un fardeau. Il faudrait juste qu'elle s'assure de ne pas laisser ses émotions s'en mêler, mais cela ne lui poserait pas de problème. Stas ne se souciait guère de l'amour et des relations amoureuses.

— Okay, concéda-t-elle d'une voix douce. J'accepte de sortir avec toi en échange d'informations.

— Génial. Juste une dernière chose, dit-il en glissant ses doigts dans les cheveux de Stas et en pressant ses cuisses contre les siennes.

Elle déglutit, le souffle saccadé.

— Quoi ?

Il sourit.

— Ça.

— Ç…

Il lui coupa la parole en prenant possession de sa bouche, glissant sa langue entre les lèvres de Stas avec la confiance d'un homme expérimenté. Et punaise, il était délicieux. Comme le plus fin des bourbons, chaud et rond, affiné par le temps. Ses cuisses se serrèrent alors que son ventre se nouait. Il la domina avec son baiser comme elle n'en avait jamais fait l'expérience auparavant. Une caresse de sa langue avait suffit pour qu'il la possède. Ce qui n'aurait pas dû être possible. Pas quand elle connaissait la vérité à son sujet.

Il n'était pas humain. Ceci n'avait rien de réel. Il ne s'agissait que d'une comédie.

Mais la chaleur qui logeait au fond de son ventre était bien *réelle*. Tout comme la manière dont il se servait de sa paume serrée autour de la nuque de Stas pour la retenir pendant son assaut sensuel.

Il commença doucement, partageant ses préférences et son talent dans leurs moindres détails avant d'approfondir leur baiser. Chaque caresse incarnait à la fois une promesse et un avertissement, lui offrant un avant-goût de ce qui l'attendait au lit. Issac prendrait ce qu'il voudrait, quand il le voudrait, et de la manière dont il le souhaiterait. Elle n'avait pas d'autre choix que de l'accepter, son corps succombant au moindre de ses désirs.

Comment puis-je me sentir possédée avec un simple baiser ?

Il la marqua.

La contrôla.

La caressa.

Et la relâcha à l'instant même où elle enroulait ses bras autour de son cou. Sa main était toujours emmêlée dans les cheveux de Stas, un simple murmure séparant leurs lèvres.

— Thomas.

Le grognement d'Issac vibra contre la poitrine de Stas. Elle cligna des yeux. *Thomas ?*

— Je ne compte pas me répéter. Lâche-la.

Les larges épaules d'Issac l'empêchaient d'apercevoir Tom, qui semblait absolument furieux. L'excitation d'Issac se lisait dans ses yeux. Il glissa ses lèvres contre sa tempe pour venir les coller contre son oreille.

— Considère que notre accord est conclu.

Ses mots s'échappèrent dans un murmure qui lui était uniquement destiné.

— Y a-t-il un problème, Thomas ? demanda-t-il en haussant la voix alors qu'il se reculait pour ajuster sa position et venir entourer la taille de Stas avec un bras.

Tom, songea Stas, en fronçant les sourcils. Personne ne l'appelait Thomas. D'un autre côté, personne ne l'appelait jamais Astasiya non plus. Son démon ne semblait pas apprécier les surnoms.

— Retourne à table, Stas.

Le ton impérieux de Tom la fit sursauter. Ils se connaissaient depuis six ans et Tom ne lui avait jamais parlé ainsi depuis leur rencontre.

— Pardon ? répondit-elle, en le défiant de se répéter.

— Maintenant, Stas.

Ses sourcils se haussèrent. Il avait utilisé le ton qu'il réservait habituellement au travail et à sa position d'officier militaire. Pourquoi se montrait-il soudainement aussi protecteur ? Certes, il la traitait toujours comme une petite sœur, tout comme il le faisait avec Lizzie, mais il n'avait pas son mot à dire concernant les choix romantiques de Stas.

On ne sort pas vraiment ensemble.

Là n'est pas franchement la question.

Comme s'il lisait dans ses pensées, Issac se mit à mordiller son cou. Le regard noir que lui adressa Tom en retour transmettait explicitement ses intentions meurtrières. Mais qu'est-ce qui clochait chez lui ?

— Tout va bien, chérie, chuchota Issac contre sa gorge. Nous nous retrouverons plus tard.

— Dans tes rêves, répliqua Tom.

Stas resta bouche bée face à la réponse de son ami,

mortifiée et complètement incapable de trouver une réplique.

— Au repos, la Sentinelle ! intonna Issac se détachant de Stas qui déplora aussitôt l'absence de sa chaleur corporelle. Nous nous reverrons très vite, Astasiya.

Le sous-entendu dans sa voix lui serra l'estomac. Ses lèvres l'avaient marquée à jamais avant de la quitter, lui laissant la promesse du plaisir à venir.

Ce n'est qu'une mascarade, s'efforça-t-elle de garder en tête. *Il compte juste s'amuser un peu avec toi.*

Mais ce baiser avait paru tellement réel…

Tom fusillait toujours du regard son démon qui s'éloignait, le corps tendu et une expression sévère sur le visage. Stas frappa son bras pour attirer son attention et recentrer la sienne.

— Non mais qu'est-ce qui ne pas chez toi ?

Ses doigts étaient sensibles après son coup de poing contre le biceps bien trop solide de Tom. Elle était consciente qu'il s'entraînait mais ne s'attendait pas à ça. Il était bâti comme un rocher sous son costume. Les yeux foncés de Tom étaient semblables à de la lave quand il la toisa de son mètre quatre-vingt cinq.

— Il n'est pas celui que tu crois, Stas.

Ouais, elle était déjà au courant.

— Je suis capable de me débrouiller toute seule, Tom.

— Il ne t'apportera que des emmerdes, continua-t-il. Tu ne peux pas sortir avec lui.

Stas n'avait jamais été du genre à obéir aux ordres.

— Je refuse de parler de ça avec toi.

Ses intentions partaient d'un bon sentiment, mais il n'avait aucun droit de regard sur sa vie.

— Je ne compte pas te laisser le choix. Promets-moi de ne pas sortir avec.

— Hors de question.

— Si, tu dois le faire.

— Mais est-ce que tu t'entends ? demanda-t-elle.

Il avait l'air complètement allumé.

— J'essaye juste d'assurer tes arrières.

Elle soupira, comprenant sa position. Issac s'était présenté avec une femme accrochée à son bras, tout ça pour finalement embrasser Stas dans un coin sombre. Ce n'était pas exactement un comportement digne du Petit Ami du Siècle, surtout pas aux yeux de son ami. Cependant, les choix que Stas faisait dans sa vie personnelle ne regardaient en rien Tom.

— Comment est-ce que tu le connais ? demanda-t-elle en changeant le sujet.

Ses traits se durcirent.

— Par le travail.

— Est-ce que Wakefield Pharmaceuticals fait don de médicaments au FHC ?

Tom renifla grossièrement.

— Certainement pas. Écoute Stas, il s'agit vraiment d'un sale type. C'est pour ça que tu dois garder tes distances.

Il les avait ramenés au sujet initial.

— Je me charge de prendre mes décisions, Tom.

Il croisa ses bras sur son torse et la contempla d'un air dubitatif.

— Et bien tu es en train d'en prendre une mauvaise.

Elle secoua la tête, lassée de ressasser le sujet.

— Je t'adore, mais je refuse de continuer à parler de ça avec toi.

Elle le frôla en le contournant avant qu'il ne réponde, se refusant à échanger un autre mot avec lui. L'accord avait été conclu. Elle se prêterait au petit jeu d'Issac en échange de réponses. Ça n'irait pas plus loin. Le démon en question la salua avec son verre alors qu'elle passait à côté de lui, comme pour le féliciter. *À la tienne, chérie.*

Ouais. À la mienne, songea-t-elle à son tour. *J'ai besoin d'un verre.*

— Tu joues avec la vie d'une jeune femme innocente, remarqua Aidan qui savourait son brandy à petite gorgée avec une élégance acquise avec les années.

— Peut-être, répondit Issac alors qu'Astasiya regagnait son siège de l'autre côté du restaurant.

Sa robe bleue épousait chacune de ses courbes et révélait une paire de jambes interminable qui était faite pour s'enrouler autour de la taille d'un homme. La sienne, de préférence.

— Il semble surpris par notre familiarité, non ? demanda Issac en changeant de sujet.

— Il est sincère, murmura Clara, ses yeux bleus perspicaces rivés sur leur ancien allié.

Sa capacité à percevoir les émotions était la raison derrière l'invitation à dîner d'Issac.

— Toute la table est sous le choc.

Ce qui signifiait que Jonathan n'avait pas envoyé Astasiya à sa rencontre à l'appartement d'Owen ce matin fatidique. Il soupçonnait bien que c'était le cas, mais souhaitait en obtenir la confirmation. Maintenant qu'il l'avait, il pourrait passer à l'étape suivante de son plan.

— C'est bien ton genre, remarqua Anya, un sourire moqueur au coin des lèvres.

Elle adorait flirter, d'où sa robe qui ne laissait pas beaucoup de place à l'imagination et dévoilait tous ses atouts généreux. La beauté ténébreuse n'était pas du genre à ménager ses interlocuteurs. Aidan était un homme chanceux.

— Nous savons tous ce que tu penses des vraies blondes, ajouta-t-elle.

— Sauf que celle-ci semble tiraillée.

Clara fit la moue.

— Je ne crois pas avoir jamais vu une femme répondre ainsi à tes avances, Issac. C'est vraiment extraordinaire.

Il sursauta.

— Je croyais que tu étais incapable de percevoir ses émotions ?

Selon ses conclusions, Astasiya semblait insensible aux dons surnaturels.

— C'est bien le cas, mais celle-ci ne t'observe pas avec adoration comme toutes les autres.

Il suivit son regard jusqu'à la blonde en question et sourit de toutes ses dents quand il rencontra le regard noir d'Astasiya. Oui, cette femme possédait un sacré tempérament. L'une de ses nombreuses qualités. L'aîné des Fitzgerald remarqua la source de son intérêt et haussa un sourcil dans sa direction, manifestement curieux. Génial. Le second objectif d'Issac pour la soirée était ainsi atteint. Aidan pencha la tête sur le côté.

— Elle pourrait s'avérer utile, Issac.

— Oui.

À plus d'un titre d'ailleurs. Il pourrait profiter de sa compagnie tout en se servant d'elle pour assurer sa vengeance, et l'offrir à Lucian si elle survivait à ses plans. Les Hydraiens seraient aux anges à l'idée d'ajouter ses talents coercitifs à leur arsenal.

— Il vaudrait peut-être mieux que tu veilles à sa survie, suggéra Aidan, les lèvres pincées autour de son verre.

Issac contempla l'homme qu'il considérait comme son

père, celui qui semblait conscient de ses moindres pensées et projets avant qu'ils ne soient entièrement esquissés.

— Les victimes sont une conséquence de la guerre, Aidan. Tu le sais mieux que quiconque.

— Ah, mais est-ce à elle de mener ce combat ?

Issac répondit sans détours.

— Ça l'est, maintenant.

CHAPITRE CINQ

UN CONTRÔLE DE SÉCURITÉ BIDON

— LIZZIE ? appela Stas alors qu'elle se débarrassait de son sac à main dans l'entrée. Pourquoi est-ce que notre appart ressemble à un décor de film de la saint-valentin ?

Des fleurs recouvraient toutes les surfaces. De toutes les couleurs, tailles et parfums disponibles.

— Liz ?

Toujours pas de réponse. Stas s'aventura dans la salle à manger, puis la cuisine et enfin vers la suite principale au bout du couloir. Lizzie était installée derrière son écran d'ordinateur, les pieds sur son bureau et son clavier perché sur les genoux.

Elle ne leva pas le nez de son écran pour lui répondre :

— Tes parents sont bien arrivés à l'aéroport ?

— Ouais.

Elle avait dû user de nombreuses paroles rassurantes avant qu'ils n'acceptent de monter dans l'avion. Elle comprenait leurs inquiétudes. Cependant, Stas n'avait jamais été le genre de personne à céder à la panique. C'était la raison pour laquelle elle avait accepté de sortir avec un démon. Il venait d'un monde qui hantait ses cauchemars, mais il possédait aussi toutes les réponses dont elle avait besoin. Elle ne pourrait l'empêcher de lui faire du mal si l'envie lui prenait. Elle avait donc tout intérêt à se servir de lui de la même manière qu'il comptait l'utiliser.

— Donc, euh, pour quelle raison est-ce que l'appart ressemble à une boutique de fleuriste ? demanda Stas, le nez plissé par l'assaut olfactif de tous ces bouquets.

— Je ne sais pas. Il faudrait peut-être que tu poses la question à ton *petit-ami*, répondit Lizzie nonchalamment en haussant les épaules.

— Quoi ?

Les fleurs sont pour moi ? Un cadeau d'Issac ?

— Mais pour quelle raison ?

Essayait-il de lui donner la phobie de la saint-valentin ?

Sa colocataire déposa son clavier sur le bureau.

— Il y a une carte à côté du vase de lys exotiques. Commence par là.

Okay, elle m'en veut toujours à cause d'Issac.

— Et au passage, ce n'est pas mon petit ami, grommela Stas en prenant la direction de la cuisine, Lizzie sur les talons.

— Mmh-mmh.

— Je ne t'ai pas menti, Liz.

— Non, tu as juste omis de le mentionner. Ça fait six ans que je te pousse à accepter un rencard. Qu'est-ce que tu ne cesses ne me répéter ? *Je ne suis pas là pour passer un diplôme d'épouse méritante ?*

La voix de Lizzie était haut perchée alors qu'elle imitait la diatribe préférée de Stas pour justifier son célibat. Elle sortait parfois et ne détestait pas le sexe.

Enfin, parfois.

Okay, elle ne sortait presque jamais.

Mais pour être honnête, ses expériences ne cassaient pas trois pattes à un canard. Sauf, peut-être, à l'exception de la nuit précédente, mais cela ne représentait qu'un baiser. Stas mit finalement la main sur la carte et lut le message.

Je viendrais te chercher à six heures demain. Issac

Arrogant ? Son entretien de sécurité aurait lieu demain. Et s'il se prolongeait ?

— Pour ton information, *ceci* – elle tendit la carte à Lizzie – sera notre premier rendez-vous.

En supposant qu'elle accepte son invitation présomptueuse. *Bien sûr qu'elle accepterait, idiote.*

— Et je ne t'ai pas dit que je l'avais rencontré car je ne savais pas qui il était jusqu'à hier.

C'était quelque chose qu'elle lui avait déjà expliqué la veille, après le dîner. Lizzie se mordit la lèvre tout en réfléchissant.

— Qu'est-ce que tu vas porter ?

— Je ne sais pas. Un jean et un débardeur ?

Lizzie se mit à tapoter ses ongles manucurés sur le comptoir.

— Essaye encore.

— Une jupe ?

— Et ?

— Un débardeur.

— Que vais-je donc bien pouvoir faire de toi ? soupira Lizzie d'une manière théâtrale.

— M'aider à me préparer pour mon rencard ? offrit Stas, consciente que son amie adorait jouer à la styliste.

Stas aimait la mode autant que n'importe quelle autre femme, mais personne ne s'y connaissait mieux que sa colocataire en matière de vêtements. La jeune femme ne vivait que pour les réceptions mondaines, et si il y avait bien une personne qui pouvait préparer Stas pour une soirée en compagnie d'Issac Wakefield, il s'agissait de Lizzie Watkins.

— Tu as besoin de moi, annonça sa meilleure amie.

— C'est vrai, admit Stas.

Lizzie tapota des doigts sur sa mâchoire, l'air pensif.

— Très bien, je te pardonne tout à condition que tu me dédies un après-midi pour regarder des films de filles, accompagnés de vin et de pizza.

C'était ce qu'elle pouvait imaginer de pire pour occuper un lundi de congé. *Non, elle blaguait.*

— Ça marche.

Lizzie leva un doigt pour la faire taire.

— *Et* tu portes la tenue de mon choix lors de ton rendez-vous demain. Je le laisserai sur ton lit avant de partir travailler.

Elle gérait un programme de soutien après l'école pour des enfants défavorisés, ce qui signifiait qu'elle ne serait pas rentrée lorsque Stas partirait demain soir. Et la lueur démente qui habitait son regard lui indiqua clairement que la tenue à laquelle son amie songeait lui servirait aussi de punition.

— Tu es dure en affaires, Liz.

Sa colocataire secoua les doigts de sa main.

— D'accord ?

Je vais le regretter, mais que puis-je faire d'autre ? Elle serra la main de Lizzie.

— Okay, ça marche.

— Avez-vous déjà commis un crime grave ?

Stas déglutit. *Ne réfléchis pas, contente-toi de répondre.*

— Non.

Inspire, un, deux. Expire, un, deux. Son reflet dans le miroir sans tain ne laissait rien paraître. Elle restait digne, confiante, et réservée.

L'agent Stark, le polygraphiste, inscrivit quelque chose

sur son carnet de notes à côté d'elle, tandis que le cliquetis de la machine continuait de résonner dans ses oreilles.

Ne réfléchis pas, se répéta-t-elle à nouveau. Si elle s'autorisait à examiner...

Non. Arrête de réfléchir.

— Avez-vous déjà rencontré un Ichorien ?

Oh, encore cette histoire. La première fois qu'il lui avait posé la question, Stas lui avait demandé de définir *Ichorien*. Il avait stoppé le test un instant pour lui rappeler que certaines des questions étaient censées la déstabiliser, d'où le vocabulaire créé de toutes pièces.

Elle savait désormais comment répondre.

— Non.

Encore un cliquetis.

Et un gribouillis.

Ils tournaient en rond depuis des heures, question après question.

Est-ce qu'il est au courant pour Owe...

Arrête de réfléchir !

Elle se concentra de nouveau sur son apparence dans le miroir, étudiant son chemisier. C'était tellement plus classique que la tenue qu'avait sélectionnée Lizzie pour son rencard en fin de journée.

Oh oui, bien moins osée.

Stas visualisa la robe alors qu'elle répondait une nouvelle fois aux mêmes questions.

Avez-vous déjà voyagé en Grèce ?

Non.

Avez-vous déjà fabriqué, acheté ou vendu des drogues ?

Non.

Avez-vous déjà rencontré un Hydraien ?

Non.

— Ainsi se termine la sixième série de questions pour

l'entretien de sécurité d'Astasiya Davenport. L'enregistrement se terminera dans trois, deux, un...

Un clic résonna dans la pièce, la poussant à relâcher la tension qui contractait ses épaules. Le truc enroulé autour de sa taille s'enfonçait dans son soutien-gorge, mais elle ne s'en souciait guère. Toute cette épreuve était bien plus épuisante que ce qu'elle avait anticipé.

— C'est terminé, dit Stark d'un ton monotone.

Il se recula du bureau et l'aida à se désempêtrer des accessoires du polygraphe sans le moindre commentaire.

— Suivez-moi, lui indiqua-t-il simplement.

Quel homme loquace.

Sa carrure puissante lui faisait penser à un soldat plus qu'à un homme d'affaires. Il possédait un air autoritaire qui provoqua une vague de frissons le long de sa colonne. C'était le genre d'homme qu'on prenait grand soin de ne pas agiter.

S'il me soupçonne d'avoir menti... Elle déglutit. Non. Elle ne pouvait pas se permettre de penser à ça. Ou à Owen. Ou au fait que mentir à la police comptait définitivement comme un crime grave. *C'est terminé. Tout va bien. Tout va bien se passer.*

Et que ferait-il de toute façon ? La questionner à propos d'un crime qu'elle aurait ou non commis ?

Sauf que mentir pourrait lui coûter ce poste.

Cela vaudrait toujours mieux que de finir en prison pour omission volontaire.

Stark s'arrêta brusquement pour frapper à une porte blanche qui se fondait dans le couloir immaculé. L'ambiance était tellement aseptisée dans les sous-sols du FHC et donnait l'impression d'un hôpital vacant. Personne ne se baladait à cet étage. Il n'y avait ni peinture ni panneaux sur les portes. Juste des murs insipides qui donnaient sur un dédale de salles, ainsi que la caméra de surveillance occasionnelle.

Le département marketing situé à un étage du bâtiment était un univers complètement différent, empli de fenêtres donnant sur Manhattan, de bureaux colorés et de visages souriants. Cela ferait sans doute du bien à Stark de s'y rendre. Ses traits sévères mériteraient de s'adoucir un peu.

Une femme menue aux traits sombres et au teint caramel ouvrit la porte, posant son regard sur Stark sans hésitation.

— Sentinelle.

— Docteur, répondit-il d'un ton monotone. Astasiya Davenport est ici pour son examen médical.

Elle souleva minutieusement la manche de sa veste de laboratoire et étudia sa montre.

— Vous êtes en avance.

— Son polygraphe s'est terminé plus tôt que prévu.

Cela signifie-t-il que j'ai réussi ? Ou bien échoué ? se demanda Stas.

Le médecin l'examina un long moment, mais son air stoïque ne changea pas.

— Je vois, énonça-t-elle doucement en se joignant à eux dans le couloir avant de fermer la porte derrière elle. Je vais donc procéder à l'examen, si ça ne vous gêne pas de... ?

Il hocha la tête.

Quelque chose s'était produit entre eux. Quelque chose de désagréable.

Ils ont clairement une histoire commune. Peut-être étaient-ils sortis ensemble ?

Stas réprima un frisson inquiet, le mettant sur le compte du milieu clinique. Tout semblait si froid ici bas.

— Astasiya, je suis le docteur Patel.

Le médecin lui tendit la main. Malgré sa silhouette fluette, elle avait une sacrée poigne.

— Si vous voulez bien me suivre.

Stark ne dit rien, mais Stas sentit son regard s'attarder sur elles alors qu'elles se dirigeaient au bout du couloir. Un coup d'œil en arrière par-dessus son épaule confirma ses soupçons, son regard entendu lui retournant l'estomac.

Ce sont juste mes nerfs.

Ou alors j'ai échoué de manière spectaculaire.

Mais il ne pouvait pas savoir pour Owen. Personne n'était au courant à part son démon.

— Par ici, dit le docteur Patel, en ouvrant une porte sur leur gauche.

Stas la suivit à l'intérieur, ravalant la bile qui lui montait à la gorge. Tout la dérangeait. *C'est ma culpabilité qui parle.* Il n'y avait pas d'autre explication possible. Et puis, qu'était-elle censée faire ? Tout admettre durant le polygraphe ? Elle serait passée pour une folle et n'aurait jamais obtenu l'habilitation nécessaire pour le poste.

— Très bien, asseyez-vous.

Le docteur Patel lui indiqua la table d'examen d'un geste de la main. C'était une requête simple, mais les pieds de Stas semblaient cependant s'être transformés en plomb quand elle traversa la pièce. Elle fut gagnée par la chair de poule, ses entrailles se tordant en réaction à une menace qu'elle ne pouvait établir.

Mais qu'est-ce qui cloche chez moi ? C'est juste un examen basique.

— Commençons avec votre historique médical, annonça le médecin depuis l'ordinateur installé dans le coin de la pièce.

Elle lui posa une série de questions classiques dont aucune ne semblait intrusive, et pourtant, le malaise de

Stas était toujours bien présent. Quelque chose l'amenait à penser qu'elle était observée. Avec attention.

Paranoïa.

Ce ne pouvait être que ça.

Bon sang, il s'agissait du FHC, l'entreprise dans laquelle elle avait effectué son stage pendant presque un an. L'agence humanitaire de renom qui appartenait au docteur Fitzgerald, qui avait agi envers elle comme un véritable mentor au cours des six dernières années. Il était vraiment temps qu'elle se repose.

— Je vais examiner vos signes vitaux, continua le Docteur Patel en vérifiant sa pression artérielle et l'état de ses poumons et de son coeur à l'aide du stéthoscope, avant de prélever un échantillon de sang.

Des examens standard.

Tous complètement acceptables.

Jusqu'à ce qu'elle s'approche chargée d'un plateau couvert de seringues.

— C'est pour quoi tout ça ? s'interrogea Stas à voix haute.

— Quelques vaccins classiques, expliqua le médecin alors qu'elle récupérait son porte-bloc sur le bureau. Ils sont obligatoires pour tous les employés du FHC. Il est impossible de prévoir tous vos déplacements à l'étranger à l'avance.

— Je n'étais pas consciente que mon poste impliquait de voyager.

— Il s'agit d'une procédure standard. Voici les formulaires de consentement. Ils couvrent les trois différents vaccins qui vous seront administrés aujourd'hui ainsi que leurs effets secondaires potentiels. Veuillez les lire et les signer, s'il vous plaît.

Le Dr Patel tendit à Stas la liasse de papiers attachée au bloc.

Stas fronça les sourcils. Il semblerait plus prudent pour un employeur de vacciner ses employés une fois que leur embauche était finalisée. Ou même d'attendre leur premier voyage d'affaires. Les vaccins n'étaient pas exactement donnés.

— Vous pouvez bien entendu refuser les vaccins, ajouta le Dr Patel, dont les yeux noirs étaient étrangement observateurs. Mais je devrais l'indiquer dans le rapport de votre examen.

Ce qui signifiait que Stas n'obtiendrait peut-être pas son habilitation si elle les refusait. Si on ajoutait à cela le polygraphe auquel elle avait potentiellement échoué, eh bien ses chances d'obtenir le poste devenaient minces. Même le docteur Fitzgerald ne pourrait pas résoudre le problème pour elle ; tout ceci était imposé par le gouvernement, et non par son entreprise. Et ces contrats maintenaient le FHC à flot.

Autant voir de quels vaccins il s'agissait.

Hépatite. Classique.

Fièvre typhoïde. Pas aussi familier, mais elle en avait déjà entendu parler.

— Fièvre nizarine ? questionna-t-elle en étudiant le dernier vaccin, les sourcils froncés.

— Il s'agit d'un développement récent. De nombreux cas ont été détectés en Asie ces derniers temps, d'ailleurs. D'où le prérequis.

L'excitation du Dr Patel était visible.

— Oh.

Tout cela semblait quelque peu extrême, mais il s'agissait du FHC. Une entreprise de renom respectée sur la scène internationale et fondée par le docteur Fitzgerald. Il ne risquerait pas d'injecter à ses futurs employés une substance dangereuse. De plus, Stas n'avait jamais été malade de toute sa vie. Même pas un rhume basique. Quelques vaccins ne lui feraient pas de mal. Elle signa les documents et retira son chemisier, mais garda son débardeur même si celui-ci offrait peu de protection contre le froid.

— Parfait.

Le docteur Patel prépara le bras de Stas pour la première injection.

— Le vaccin contre l'hépatite nécessite deux rappels, il faudra donc que vous reveniez me voir. Les détails vous seront fournis avec votre livret d'embauche, lui dit le médecin tout en lui administrant la dose, terminant l'acte médical par l'application d'un pansement.

— Okay, répondit Stas en notant mentalement le besoin de programmer une visite de suivi.

— Cette injection va peut-être piquer un peu, l'avertit le docteur en insérant l'aiguille d'une seringue remplie d'un liquide vert à l'aspect étrange dans son bras. Ce vaccin est celui contre la fièvre typhoïde.

Pourquoi est-ce que c'est ver...

Ouille !

Piquer était un putain d'euphémisme. Stas avait l'impression que le médecin avait injecté de la glace directement dans ses veines. Elle se mordit la lèvre pour retenir son cri. Ses nerfs étaient à vif alors que le vaccin se frayait un chemin dans son corps. Cela lui demanda un effort significatif pour ne pas frissonner une fois que le froid s'installa autour de sa poitrine.

— À quoi sert-il déjà ? demanda-t-elle avec une voix haut perchée.

— Fièvre typhoïde. Et le dernier est destiné à lutter contre la fièvre nizarine.

Une autre seringue remplie d'un liquide vert. *Étrange.*

Elle ouvrit la bouche pour demander un répit au

médecin mais c'est à cet instant que le Dr Patel l'injecta avec une dose de feu liquide. *Putain !*

Stas fut secoué par l'impact des deux vaccins. Le froid rencontra la chaleur et lui fit perdre la tête quand son esprit craqua, déchiré par les directives contradictoires de ses nerfs.

Mais bon sang que se pas… ?

Waouh, elle avait le tournis.

La pièce tanguait autour d'elle, les lumières clignotant de manière irrégulière. Elle cligna des yeux et écarta les lèvres pour interroger le médecin, mais sa langue engourdie bloquait toute tentative.

Ça ne peut pas être une réaction normale.

— Et voilà.

La voix du Dr Patel semblait venir de loin. Stas plissa les yeux en direction du petit bout de femme. *Quoi ?* Lui avait-elle injecté une quatrième dose ? *Non, il n'y en a que trois sur la table. Exact ?*

— Comment vous sentez-vous ?

Terriblement mal.

— Bien, réussit de justesse à prononcer Stas à travers ses lèvres sèches.

— Parfait. J'ai juste besoin d'enregistrer quelques données avant que l'agent Stark ne vous raccompagne jusqu'à l'étage.

— Okay, articula silencieusement Stas, appréciant la distraction.

Parce qu'elle ne serait pas capable de marcher à cet instant précis.

Une sensation d'engourdissement envahit progressivement son corps, partant de sa poitrine pour se diffuser dans le reste de ses membres. Elle inspira profondément en espérant ainsi chasser la sensation. Mais elle ne fit qu'empirer.

C'est mauvais signe.

Le docteur restait complètement ignorante de son état alors que ses doigts survolaient son clavier à toute vitesse. Stas ferma les yeux et se concentra, mettant toute sa volonté pour que son corps accepte ce qui avait été injecté dans ses veines. Elle pourrait s'allonger une fois rentrée à la maison. Mais pas ici.

C'était probablement juste son anxiété qui la rattrapait.

Oui, c'était sûrement ça. La culpabilité soulevée par le polygraphe mêlée au malaise provoqué par sa visite de souterrains du FHC. Elle se sentirait mieux dès qu'elle quitterait le bâtiment. Merde, dès qu'elle descenderait de l'ascenseur au rez-de-chaussée.

Stas fit rouler ses épaules pour chasser les fourmis. Mais elle pouvait au moins de nouveau sentir ses bras ; un signe positif. À l'évidence, tout ceci était le fruit de son imagination. Elle se laissa glisser de la table pour tester son équilibre et dut en attraper les bords pour éviter de chanceler. Des points flottèrent devant ses yeux, mais elle réussit à rester debout. Quelques battements de paupières plus tard, elle retrouva ses esprits, juste à temps pour faire face au docteur.

— Vous semblez un peu pâle. Est-ce que vous vous sentez bien ?

Des rides creusaient le front du docteur Patel, mais la faible lueur d'excitation qui couvait au fond de son regard glaça le sang de Stas.

Il y a quelque chose qui cloche chez cette femme. Stas n'aurait su dire d'où provenait cette certitude, mais elle n'avait jamais renié ses instincts. Jamais.

— Je suis juste un peu étourdie, dit-elle en s'efforçant de sourire. La journée a été longue.

A-t-elle remarqué que je mâchais légèrement mes mots ? Ou est-ce mon imagination ?

Le Dr Patel l'étudia un peu trop longtemps et l'atmosphère sembla s'apesantir.

— Laissez-moi aller chercher l'agent Stark, d'accord ?

Stas hocha la tête et celle-ci se mit à tourner.

Vaccination standard, mon cul.

Elle effectuerait des recherches concernant ce fichu Nizari-machin-chose un peu plus tard. Une fois qu'elle aurait dormi.

Au moins, elle ne se sentait plus engourdie et semblait désormais plus nauséeuse qu'affaiblie. Mais elle avait toujours le tournis. Elle s'efforça de se rhabiller sans incident et échangea quelques dernières paroles chaleureuses avec le docteur Patel quand celle-ci revint en compagnie de l'agent Stark. Ils lui donnèrent quelques instructions.

Elle espérait qu'il ne s'agissait pas de quelque chose d'important, parce qu'elle les avait à peine entendus. Et avait à peine prêté attention à l'agent Stark alors qu'il l'escortait vers la sortie. Heureusement, il fut peu bavard et lui indiqua juste où et quand scanner son badge. Il la guida vers le hall d'accueil en verre de quatre étages du FHC et lui tendit son sac à main.

Où l'as-tu trouvé ?

— Bienvenue au FHC, Stas, dit-il en plongeant ses yeux verts dans les siens.

Quelque chose lui semblait familier et fit palpiter son cœur.

Je te connais…

Parce qu'il s'était chargé de son test polygraphique. Bien. Okay.

— Merci, dit-elle.

En tout cas, elle était persuadée de l'avoir fait. Avec un dernier sourire forcé, ou plutôt une grimace, elle se tourna vers les drapeaux qui décoraient la sortie. Le drapeau central qui lui fichait la trouille attira son attention en premier, comme toujours.

Memento Mori, affichait-il avec une police sophistiquée. *Souviens-toi que tu vas mourir.*

Eh bien, merci à toi, foutu drapeau, songea-t-elle en traversant les portes.

Elle était passée en pilote automatique et comptait s'appuyer sur ses dix mois d'expérience, pendant lesquels elle avait fait quotidiennement le trajet entre le siège du FHC et l'appartement de Lizzie, pour rentrer saine et sauve. Deux métros. Marcher. Central Park. Oh, la Soixante-Dix-Neuvième Rue. Sa destination.

Je vais pouvoir me reposer, pensa-t-elle de façon hébétée, se traînant aussi difficilement qu'elle marchait normalement. *Ou peut-être que je devrais aller à l'hôpital.*

— Astasiya ?

Elle leva les yeux du trottoir pour trouver Issac, qui était adossé à une élégante voiture noire devant l'immeuble de Lizzie. Encore un costume différent. Évidemment. Elle était au moins vêtue d'une jupe et d'un chemisier cette fois-ci. Ou bien avait-elle laissé son haut derrière elle ?

Elle souleva son bras. Non. Elle portait bien son chemisier.

Quand est-ce que j'ai fait ça ?

— Est-ce que ça va ? lui demanda la voix d'un ton éduqué, l'invitant à plisser les yeux dans sa direction.

Est-ce qu'il est réel ? Elle pencha la tête. *Il a l'air de l'être. Sexy, aussi. Non, nous n'aimons pas les démons. Mais celui-ci est sympa. Oh, il m'a demandé quelque chose…*

Elle avait un trou de mémoire et n'aurait pu répondre à sa question même si sa langue avait finalement décidé de coopérer. Elle semblait gonflée dans sa bouche, et waouh, le monde semblait vraiment filer, n'est-ce pas ? Elle n'arrivait pas à distinguer le haut du bas, ou même du trottoir. tout le décor se mit à pencher...

Des mains attrapèrent ses épaules et la firent trébucher de quelques pas en arrière. *Issac.* Mince, mais qu'est-ce qu'il était rapide. Elle aurait juré qu'il se tenait à trois mètres d'elle quelques secondes auparavant.

— Ton entretien de sécurité a eu lieu aujourd'hui. Est-ce que ça comprenait un examen médical ?

Sa voix transperça le brouillard, son visage séduisant bien trop près du sien.

— Euh.

Il fallait qu'elle se concentre. *Que lui avait-il demandé ? Quelque chose à propos de son examen médical ?*

— Ouai-iis. Trop d'piqureees.

— Est-ce que l'une d'elle était verte ?

— Vert bizarre.

Stas frissonna.

— Vert froid. Et puis sssi chaud.

Comme toi. Ah, il fallait qu'elle arrête avec ça. Ça serait peut-être plus facile si elle arrêtait de le regarder. *Oh, oui, fermer les yeux...* Une claque sur sa joue la fit tressaillir et jeter un regard noir au coupable bien trop séduisant.

— Aïe.

— Il faut que tu restes éveillée.

Waouh, ils volaient. Non, elle volait.

Elle n'était plus debout mais continuait de bouger. Dans ses bras, enveloppée de son parfum de bois de santal et de menthe poivrée qui la réconfortait. Elle posa sa tête contre son épaule solide mais fut aussitôt réveillée et installée sur une surface en cuir. *Je suis dans sa voiture.*

— Parle-moi, ordonna-t-il depuis le siège d'à côté.

Est-ce qu'il conduit déjà ?

—Je me sens pas bien.

—Je vois ça, chérie. Parle-moi des vaccins.

— Froid. Feu, bailla-t-elle.

Il lui répondit quelque chose mais le martèlement dans ses oreilles éclipsa son accent sexy. Sa vision s'assombrit alors que sa tête heurtait quelque chose de doux. Un oreiller ? Rien à faire. Elle était rongée par la fatigue.

Plus de douleur.

Plus de rêves.

Juste... dormir.

ISSAC ÉTUDIA les marques de piqûres sur les bras d'Astasiya, notant l'altération de la couleur de ses veines. Elle était froide au toucher – trop froide – et sa respiration bien trop superficielle.

Elle est mourante.

— Merde.

Ce n'était pas possible. Pourtant elle se trouvait là, sous ses yeux, dans son lit... mourante.

À cause de moi.

Ces mots résonnaient dans son esprit alors qu'il gisait, impuissant, à ses côtés. Il n'avait jamais envisagé que cela se produise, ne s'attendait pas à ce que Jonathan aille si loin. Il était vrai que des innocents devenaient parfois des victimes de guerre. Il l'avait lui-même mentionné l'autre soir et croyait sincèrement à ces paroles.

Mais elle était une victime qu'il espérait sauver. Peu importe le prix à payer. D'où la présence qui se manifesta à ses côtés.

— Tu as intérêt à avoir une bonne raison pour m'avoir appelé, Wakefield, annonça Lucian alors qu'il se matérialisait en compagnie de son téléporteur, Jacque.

Issac ne prit pas le temps d'échanger des banalités et alla droit au but.

— Regarde.

Il souleva la main d'Astasiya pour leur montrer les lignes vertes qui s'étendaient sur son bras.

— Est-ce que c'est ce que je crois ?

Lucian étudia la peau d'Astasiya avec intérêt et s'agenouilla à côté d'elle pour l'examiner de plus près. Il enroula sa large main autour de son poignet et le tourna d'un côté puis de l'autre.

— Poison Nizarin.

Les sourcils de Jacque se hissèrent sur son front jusqu'à atteindre la serpillère qui lui servait de cheveux.

— Une novice ? À New York ?

Issac ignora le téléporteur et se concentra sur le problème le plus pressant. Ils pourraient discuter de son héritage plus tard.

— Je pense qu'il s'agit d'un variant du poison.

Les assassins Nizares n'étaient pas au courant de son existence car Issac ne l'avait jamais signalée au Conclave. Et comme les novices se faisaient rares ces jours-ci – le résultat de leur extermination systématique par des Ichoriens assoiffés de sang, avant qu'ils ne puissent renaître – la plupart des assassins étaient désormais à la retraite.

— Le Conclave n'est pas derrière ça, dit Lucian, les lèvres pincées. Les marques sont trop évidentes.

Oui, les Nizares étaient bien connus pour s'assurer que la mort d'un novice paraisse naturelle.

— Je pense que c'est l'œuvre de Jonathan.

Personne d'autre n'avait de raison de tester son ascendance. Évidemment, cela signifiait aussi qu'il était *conscient* de son don de contraindre.

— Le FHC a vacciné Astasiya aujourd'hui pendant son examen médical. Elle a dit que les substances étaient vertes, ajouta-t-il en étudiant ses signes vitaux.

Tellement lent. Trop lent.

— Qui est cette femme, Issac ?

Le ton impérieux de Lucian ainsi que sa carrure imposante et son regard froid feraient fléchir la plupart des hommes. Et des femmes.

Mais Issac ne répondait aux ordres de personne, et encore moins à ceux de Lucian. Ils étaient liés par le sang après tout, même s'ils vivaient chacun sur des faces opposées du jeton de l'immortalité.

— *Cette femme* est une longue histoire que nous n'avons pas le temps d'aborder à présent.

Son téléphone vibra, affichant le numéro du service de sécurité qui montait la garde dans le hall. *Enfin.* Issac décrocha et leur demanda de laisser monter ses médecins.

— J'ai fait venir deux de mes meilleurs cliniciens spécialisés en maladies infectieuses pour évaluer son état. J'ai besoin que tu leur donnes toutes les informations dont ils ont besoin.

Les deux médecins faisaient partie du personnel de Wakefield Pharmaceuticals, concentrant leurs recherches sur les médicaments orphelins. En associant leurs connaissances à la familiarité de Lucian avec le poison Nizarin, ils auraient peut-être une chance de sauver Astasiya.

— Pourquoi n'as-tu pas signalé sa présence ? insista Lucian. C'est une novice, elle est donc sous ma responsabilité. Tu connais les règles, Wakefield.

Issac détestait parfois l'homme qu'il considérait comme son frère.

— Je refuse de débattre de ça pour le moment, Lucian. J'ai besoin que tu aides mes médecins à lui sauver la vie. Nous pourrons ensuite parler de ses antécédents et de la manière dont je l'ai rencontrée.

Il composa le numéro de Mateo avant que Lucian ne

puisse répondre. Sa progéniture décrocha à la première sonnerie.

— Sire ?

— Je voudrais que tu t'infiltres dans la base de données du FHC et que tu mettes la main sur le plus d'informations possible concernant l'examen médical d'Astasiya.

— Il risquent de détecter ma présence virtuelle une fois que je serai entré sur leurs serveurs, répondit Mateo après une seconde d'hésitation.

Un avertissement subtil.

Mateo était le seul être sur terre possédant les ressources techniques nécessaires pour hacker *n'importe quoi*. Et Issac s'était assuré de garder secrète l'étendue de ses capacités pendant toutes ces années, afin de pouvoir l'utiliser comme un joker quand il en aurait besoin.

Il semblerait que ce moment soit arrivé. Si le jeune Ichorien possédait le talent d'attaquer une corporation depuis l'intérieur de leur système, la femme qui était en train de s'éteindre dans l'appartement d'Issac serait capable de nuire à son ennemi depuis un endroit bien plus vulnérable.

La revanche parfaite.

— Je suis conscient du danger, répondit Issac, ayant déjà pris sa décision.

Elle doit vivre.

— Entendu, Sire. Je transférerai les fichiers vers votre dossier privé.

— Merci, Mateo.

Il raccrocha à l'instant même où ses professionnels de la santé pénétraient dans le penthouse. Jacque se dirigea vers eux pour leur montrer le chemin, laissant Issac seul avec son vieil ami. Son regard émeraude glacial indiqua clairement à Issac ce que Lucian pensait de toute cette situation. En tant que roi des Hydraiens, il n'avait pas l'habitude d'être tenu à l'écart et encore moins de recevoir des ordres.

— Une longue discussion nous attend tous les deux une fois que toute cette histoire sera terminée.

Le ton de Lucian ne laissait pas de place au débat.

— Occupe-toi d'abord de la sauver.

— Très bien.

Un frisson violent fit trembler Astasiya et attira leur attention sur sa température en hausse. Le linge humide qu'Issac avait placé sur son front avant l'arrivée des autres ne servait apparemment à rien. Ses médecins s'empressèrent de l'examiner, renonçant aux salutations habituelles.

Dieu merci.

— Je vais avoir besoin de quelques trucs, dit Lucian en énonçant une liste destinée à Jacque. Et ramène Alik. Chaque instant passé dans cette ville présente un risque pour ma sécurité.

Il lança un autre regard noir acéré à Issac, exprimant clairement le sacrifice qu'il faisait. New York n'était pas une ville sûre pour les Hydraiens, et encore moins leur roi.

— J'ai aussi besoin de B. et Jay, ajouta-t-il.

— Je m'en charge.

Le téléporteur disparut, un événement auquel ses chercheurs ne prêtèrent pas la moindre importance, préoccupés qu'ils l'étaient par l'état d'Astasiya.

Dans sa chambre. Et pas une chambre d'amis.

Il avait pris cette décision sans réfléchir. Une omission qu'il devrait évaluer plus tard.

— Tu m'en devras une, dit Lucian alors qu'il gribouillait quelque chose dans le carnet qu'un des chercheurs lui avait offert.

Au contraire, Lucian, pensa Issac. *Quand tu auras réalisé l'étendue de son pouvoir, c'est* toi *qui m'en devras une. Si elle survit.*

CHAPITRE SIX

Des Hydraiens bien obligeants

— J'attends tes explications, Wakefield.

Lucian était installé, bras croisés et jambes écartées, à côté d'Astasiya qui était inconsciente. Balthazar était installé dans un fauteuil dans le coin de la pièce tandis que Jayson et Alik faisaient le guet près des fenêtres, alertes. Chaque instant passé ici compromettait leur sécurité, mais il leur avait fallu près de deux heures pour stabiliser l'état d'Astasiya.

Sa survie dépendait désormais des chercheurs qui avaient pris la direction du laboratoire pour concocter un remède de fortune. Il ne leur restait plus qu'à attendre de voir si oui ou non il serait efficace.

Et si ce n'est pas le cas ?

Elle semblait si fragile et perdue, seule au milieu du lit d'Issac, ses cheveux éparpillés autour de sa tête en un halo doré. Une partie de lui, dont il n'était pas conscient jusqu'à présent, brûlait d'envie de s'allonger à côté d'elle et de lui fournir tout le réconfort dont il était capable. C'était un sentiment incongru pour quelqu'un qui ne souhaitait pas étreindre qui que ce soit, y compris ses partenaires sexuels. Il défendait farouchement son intimité, d'où la raison pour laquelle il n'invitait jamais ses conquêtes à le joindre dans sa suite privée.

Cependant, il n'avait pas hésité à l'installer dans son lit.

Il ne comprenait toujours pas la raison qui l'avait poussé à agir ainsi, et ne souhaitait pas vraiment y songer. Cela lui avait simplement paru juste de l'amener ici et non dans une des chambres d'amis. Comme s'il se sentait contraint à veiller sur elle, à la protéger.

— Fascinant, murmura Balthazar depuis son fauteuil, un sourire au coin des lèvres.

Le télépathe était capable de percevoir les pensées de toutes les personnes présentes dans la pièce – même dans l'immeuble et ses alentours – et se concentrait apparemment sur Issac pour le moment.

Va te faire enculer, songea Issac avec sarcasme en direction de Balthazar.

Quand tu veux, articula-t-il silencieusement en réponse. Peu importe la solennité du moment, il ne dissimulait jamais la sensualité qui découlait de ses moindres faits et gestes, et il ne faisait définitivement pas le difficile quand il s'agissait de choisir un partenaire de jeu.

Ça n'arrivera jamais. Une phrase qu'Issac avait laissé résonner dans son esprit à maintes reprises pour dissuader le télépathe. En vain. Un simple regard sensuel de Balthazar suffisait à faire défaillir la plupart des femmes ; et des hommes aussi. Quand on ajoutait à ça son physique athlétique et ses millénaires d'expérience, eh bien, la majorité des gens n'avait aucune chance de résister à son charme. Cependant, il n'avait jamais réussi à tenter Issac. Il préférait les femmes, et plus précisément les blondes naturelles. Comme la femme installée dans son lit.

— J'ai fait tout ce qui était en mon pouvoir pour assurer sa survie, Wakefield. Maintenant, j'attends tes explications, ordonna Lucian en haussant un sourcil.

Bien. Retarder cette conversation plus longtemps ne mènerait à rien. Autant commencer par le début.

— Elle s'appelle Astasiya Davenport. Nous nous sommes rencontrés le matin du meurtre d'Owen Angelton.

Issac leur raconta l'histoire de leur rencontre fatidique, mentionnant au passage l'immunité de la jeune femme contre son talent pour la manipulation visuelle, ainsi que les nombreuses preuves suggérant que son amitié avec Owen remontait loin.

— Mateo a mis la main sur les rapports de police, continua-t-il. Puis des dossiers supplémentaires concernant son passé. Elle a été adoptée à l'âge de sept ans par un couple vivant au Havre, dans le Montana. Ils n'ont pas lésiné sur les moyens pour étouffer les détails de sa vie avant ce moment. Elle a déménagé à New York pour ses études universitaires, et c'est là qu'elle a fait la rencontre d'Owen, comme je vous l'ai déjà mentionné. C'est aussi ici qu'elle a rencontré la jeune Elizabeth Watkins, qui l'a par la suite présentée aux Fitzgerald.

Jayson et Alik se tournèrent dans sa direction quand il mentionna ces personnes notoires. En tant qu'Anciens, il étaient considérés comme les membres les plus puissants de leur race, ce qui expliquait leur présence. Permettre à leur roi de visiter la ville la plus dangereuse au monde pour les Hydraiens allait à l'encontre de leur nature, mais leur amitié de longue date avec Issac les avait poussés à contourner les règles. Ces hommes étaient sa famille, et aucun traité ou conflit ne les placerait jamais dans des camps opposés.

— Elle connaît Jonathan, dit Lucian en jouant avec la barbe blonde qui recouvrait sa mâchoire. Ce qui ne peut signifier qu'une chose. Tu te sers d'elle pour venger la mort d'Amelia.

— C'est vrai.

Les mots laissèrent un goût amer dans sa bouche, principalement parce qu'il se sentait responsable de son état actuel. Il avait seulement eu l'intention de susciter l'intérêt de Jonathan. Si l'empoisenement de la jeune femme par ce fou était un indice, il avait bel et bien atteint son objectif.

— Mais c'est une novice, ajouta Lucian.

— Oui, confirma-t-il, parfaitement conscient de l'information que désirait vraiment le roi des Hydraiens.

Les novices étaient rares, et ceux du calibre d'Astasiya l'étaient d'autant plus.

— En plus de résister aux pouvoirs psychiques, elle possède un talent de persuasion.

— Qu'est-ce que tu veux dire ? Elle peut encourager des gens à agir d'une certaine manière ? demanda Jayson en fronçant les sourcils.

— Elle ne fait pas que les encourager. Elle les commande. Tout comme Osiris.

Un silence stupéfait s'ensuivit. Osiris était le plus puissant de tous les Ichoriens. L'idée que son don rivalise avec celui de l'immortel notoire en disait long sur son potentiel. Elle serait imbattable après sa renaissance.

— Tu prétends qu'une novice à le pouvoir de *commander* ?

L'incrédulité de Lucian était manifeste dans sa voix.

— Je l'ai observée utiliser son talent à deux reprises lors de conversations banales. C'était naturel et efficace.

Et super sexy.

Issac porta son attention sur le corps étendu de la jeune femme. Son rythme cardiaque lui offrit peu de réconfort. Les machines la maintenaient en vie, mais il n'avait aucun moyen de prédire combien de temps cela durerait. L'envie de s'allonger à ses côtés le gagna de nouveau mais il la réprima. Il ne pouvait pas se permettre de faire preuve de faiblesse. Pas quand il s'apprêtait à négocier.

— Tu craques pour elle, dit Balthazar, décidé à ne lui apporter aucune aide. Je peux comprendre, hein. Même à moitié morte elle reste sublime, mais ce n'est pas vraiment ton genre de creuser sous la surface, Wakefield. Ça doit être un sacré coup.

Issac essaya de contrôler le fil de ses pensées, mais le sourire qui retroussa les lèvres parfaites du télépathe lui fit comprendre qu'il avait échoué. Ce salaud siffla doucement.

— Waouh. Il ne l'a même pas encore baisée. Je comprends enfin pourquoi il tient tellement à la sauver.

Le télépathe s'excusa d'un geste désinvolte de la main quand Lucian haussa un sourcil dans sa direction :

— Ouais, désolé, continue.

— Dis-m'en plus au sujet de sa relation avec les Fitzgerald et la raison qui te pousse à croire qu'elle pourrait nous être utile face à Jonathan, demanda Lucian en croisant les bras.

Le logo du groupe de rock imprimé sur son T-shirt restait visible. Même habillé de manière décontractée, il respirait la force. Issac ne lui ferait pas la courbette pour autant, mais sur ce sujet, il accepterait son autorité. Il lui relaya les informations qu'il possédait, ce qui ne représentait pas grand-chose. Juste assez pour démontrer l'utilité de la jeune femme.

— Nous cherchons tous à nous venger, et je pense qu'Astasiya pourrait en être la clé, conclut-il.

Jayson était occupé à jongler avec un couteau entre ses doigts. Ses épaules et sa musculature étaient semblables à celles des autres, mais ce qui le séparait du groupe, c'était le calme fatal dissimulé sous son air charmant. Il s'agissait d'une combinaison létale qui s'avérait utile en tant qu'assassin.

— Ne pouvons-nous donc pas simplement achever ce fils de pute, histoire d'en finir ? demanda-t-il, son air plaisant assez dérangeant au vu du sujet.

— Ce n'est pas à moi qu'il faut dire ça, répondit Alik.

Avec son mètre quatre-vingt, c'était l'homme le plus petit du groupe, mais aussi le plus dangereux.

— J'ai voté pour cette option il y a six ans, le jour où il a laissé la tête d'Eli à côté de son corps décapité et des cendres d'Amelia. Adresse-toi à notre *roi*. C'est lui qui a décidé qu'il valait mieux attendre.

Lucian leva les yeux au ciel après cette raillerie. Les Anciens et Issac faisaient partie des rares privilégiés qui pouvaient se moquer de son *titre royal*. Personne d'autre ne se le permettrait.

— D'après ce que tu nous a dit, je doute qu'il soit facile de la convaincre de s'allier à notre cause, dit Lucian, une expression calculatrice sur le visage. Ce qui signifie qu'elle ne ressentira pas non plus le besoin urgent de nous rejoindre à Hydria.

Une déduction raisonnable et plutôt juste.

— Astasiya aura besoin d'une introduction progressive à notre monde. C'est le seul moyen de tisser un lien de confiance avec elle, surtout après tout ceci.

Issac étudia la jeune femme, se demandant si elle rêvait malgré son sommeil profond. L'immunité de Stas l'empêchait de vérifier par lui-même, un concept qui l'intriguait plus que de raison.

— Je suis prêt à relever ce défis.

— Ben voyons.

Une intervention superflue de plus de la part du télépathe. Lucian l'étudia d'un air songeur.

— Tu réalises qu'il est contre nature pour nous de faire confiance à un Ichorien pour guider et préparer celle qui pourrait s'avérer être la plus puissante des Hydraiennes ayant jamais existé, n'est-ce pas ?

— Ne joue pas au con, souffla Issac.

Il n'était peut-être pas un Hydraien biologiquement parlant, mais il était néanmoins un membre respecté de leur société. Ils lui faisaient confiance, et pour cause.

— Est-ce que tu te souviens de la fois où tu m'as demandé de faire confiance à Eli et de croire qu'il ne tuerait pas mon unique sœur par accident ?

Techniquement, Amelia était la demi-sœur d'Issac comme ils n'avaient pas le même père. Simple question de sémantique. Les sourcils de Lucian se hissèrent sur son front.

— Tu veux dire la même Amelia qui se trouve aussi être ma sœur ?

Parce qu'il partageaient le même père biologique, Aidan. L'homme qui avait élevé Issac avant de le changer en Ichorien.

— Là n'est pas la question, répondit Issac.

— Au contraire.

— Peu importe. Fais pas le con. Tu sais que je suis plus que capable de la guider, Lucian.

— C'est vrai que tu as fait un travail fantastique avec Tristan.

Il n'avait pas besoin de remettre ça sur le tapis.

— Tristan n'a pas sa place dans cette conversation.

Certes, la progéniture d'Issac nécessitait un peu plus d'entraînement, mais il n'était pas *si* terrible.

— Mon don pour contrôler la perception visuelle d'un environnement ne fonctionne peut-être pas sur elle, mais ça marche sur n'importe qui d'autre. Je m'assurerai de la garder à l'abri et de lui faire découvrir notre monde à son rythme tout en l'encourageant à nous aider.

— Cela représente une grosse charge de travail pour le PDG d'une entreprise qui pèse des milliards.

Encore une interruption de Balthazar. Il avait apparemment des pulsions suicidaires ce soir-là.

— Je crois qu'il vaudrait mieux me laisser cette responsabilité. Je ne suis pas débordé par le travail, et nous savons tous qu'elle sera incapable de résister à mes charmes.

Pas une fois que je t'aurais refait le portrait.

— Non.

Catégorique. Droit au but. Et non négociable. Le télépathe ne pouvait pas – *absolument pas* – s'approcher d'Astasiya. Point à la ligne. Il essaierait juste de la baiser, sans prendre la peine de lui enseigner quoi que ce soit.

— Non, répéta Issac. C'est hors de question.

— Tu as peur de la compétition, Wakefield ?

Issac serra les poings, excédé par la provocation de Balthazar.

— Je crains que tu ne sois trop occupé à la séduire pour prendre le temps de la former.

Là, c'était un argument valable.

— Au contraire, je pourrais lui enseigner toutes sortes de choses.

Le sous-entendu tacite dissimulé dans sa voix grave indiquait *clairement* ce qu'il comptait lui enseigner. La seule personne qui la guiderait au lit serait Issac. Certainement pas Balthazar.

— Ces pulsions animales qui t'envahissent quand on parle d'elle sont adorables, ajouta le télépathe avec un sourire narquois.

Fais gaffe, l'avertit Issac. Un coup de poing psychique l'enverrait au tapis après lui avoir coupé la vue ; une tactique dont Issac s'était servi plus d'une fois contre le télépathe au cours de ces longues années.

Balthazar lui envoya un baiser et remua ses sourcils de manière suggestive avant de reporter son attention sur Lucian.

— Je suis pour qu'on la laisse avec Wakefield, Luc. Il se passe plus de choses dans sa tête que ce qu'il veut bien nous avouer, ou même à lui-même.

— Je garderai ça en tête, B. Avant que je ne donne mon accord pour quoi que ce soit, j'ai besoin de précisions.

Les biceps de Lucian se bombèrent quand il glissa ses doigts dans ses cheveux avant de se frotter le visage.

— C'est à dire ? l'encouragea Issac.

— Tu as rencontré Astasiya chez Owen, ce qui signifie deux choses. Tout d'abord, que tu m'as caché son existence jusqu'à aujourd'hui. Et ensuite, qu'elle connaissait Owen. Qui d'autre est au courant de son existence ?

Ah, nous voilà repartis pour un tour.

— Aidan, Clara, et Anya sont au courant, mais c'est juste parce que j'avais besoin de renforts pour...

Il se tut quand le rythme cardiaque d'Astasiya changea.

Les battements réguliers formaient une mélodie rassurante dans un coin de son esprit, jusqu'à ce qu'ils ralentissent.

Issac s'agenouilla au bord du lit et enroula ses doigts autour de son poignet. *Faible. Bien trop faible.* Son estomac se retourna quand les machines se mirent à sonner l'alarme. *Tu ne peux pas me faire ça, Astasiya.* Balthazar s'approcha et posa une main sur son épaule.

— Recule-toi, dit-il, sa nature railleuse laissant place à l'homme puissant qui se cachait derrière ce masque jovial.

Il avait fréquenté la faculté de médecine à plusieurs reprises, ce qui lui avait donné les connaissances nécessaires pour gérer la maladie d'Astasiya. C'était l'argument principal qu'avait avancé Lucian pour justifier sa présence. Et Issac lui faisait absolument confiance quand il était question de vie ou de mort, malgré son comportement irritant le reste du temps.

Garde-la en vie, songea Issac à l'intention du télépathe alors qu'il se reculait pour ne pas le gêner. Ça l'irritait de s'en remettre à quelqu'un d'autre, de devoir se fier à leurs compétences.

Mais je ne peux rien faire pour l'aider. Les mots retentirent dans son esprit et le firent tressaillir. Le poison Nizarin était fatal pour les novices. Pas de renaissance. Aucun avenir en tant qu'Hydraien. Nada. Sa mort serait permanente.

La douleur dans sa poitrine lui rappela ce jour où il avait découvert les cendres d'Amelia. Une réaction stupide car il la connaissait depuis moins de deux semaines. Des humains mourraient tous les jours.

Leur relation n'en était qu'à ses prémices. Il savait très peu de choses à son sujet, mis à part ce qu'il avait pu déterrer dans son dossier. Sa ténacité l'intriguait, et leur baiser furtif présageait d'une passion qui méritait bien tous ses efforts de séduction, mais à part ça, que savait-il d'elle ?

Elle est intelligente.

Courageuse.

Sublime.

Mourante…

— Ça ne suffit pas, annonça Lucian à son interlocuteur, son téléphone collé à l'oreille. Non. Elle ne tiendra pas. Ramenez ce que vous avez et nous improviserons.

Il raccrocha et se joignit aux efforts de Balthazar pour la réanimer. Elle avait cessé de respirer. Issac s'effondra dans le fauteuil que Balthazar avait abandonné, laissant tomber sa tête contre ses mains tout en continuant de tendre l'oreille vers son pouls faiblissant.

C'est entièrement ta faute, lui rappela son subconscient.

Il prenait tous les jours des décisions qui affectaient les

vies de milliers de personnes, mais celle-ci le rongeait. Le faisait... *culpabiliser*.

La guerre faisait des victimes innocentes tous les jours.

Pourquoi est-ce que celle-ci le torturait autant ?

Le deuil de la personne qu'elle aurait pu devenir ?

Un bruit sourd attira son attention. Une ambiance éléctrique régnait dans la pièce alors qu'ils attendaient tous avec impatience de voir comment elle réagirait aux électrodes plaquées contre sa poitrine.

Le silence était assourdissant.

Ses sens Ichoriens détectèrent un minuscule battement, suivi d'un autre. *Les battements de son cœur.* Le rythme sonnait faux, maladif.

— C'est seulement temporaire, annonça Balthazar d'un ton professionnel dénué de toute provocation ou séduction.

La médecine était l'un des rares sujets qu'il traitait sérieusement.

— Je suis franchement surpris qu'elle soit toujours en vie. La plupart des novices succombent au bout d'une ou deux heures, et ça fait près de huit heures qu'elle a reçu l'injection.

— Elle est tenace, dit Lucian en fronçant les sourcils. Est-ce que tu penses qu'Owen avait cerné son ascendance ?

— Oui, répondit Issac doucement.

Il était figé, toute son énergie concentrée sur le pouls d'Astasiya. *Un bruit tellement réconfortant.*

— Leurs relevés téléphoniques suggèrent qu'ils étaient amis depuis presque sept ans. C'est impossible qu'il ait passé autant de temps à ses côtés sans remarquer ce dont elle était capable.

Pas quand Issac avait découvert son don lors de leur deuxième rencontre.

— Donc il la connaissait depuis son arrivée en ville ? C'est plutôt compremettant, siffla Jayson en secouant la tête.

Lucian vérifia l'écran d'une machine et s'adressa à Issac :

— En effet. Tu connais déjà ma réponse, Wakefield. Je te fais confiance pour t'occuper de ma novice, en admettant qu'elle survive.

Issac n'apprécia pas son assertion. Astasiya n'était ni un objet à collectionner ni une arme à sa disposition.

N'est-ce donc pas ce que tu comptais faire d'elle ?

Va te faire voir.

— Tu sais que tu peux compter sur moi, offrit Issac en réponse.

— Oui. N'oublie pas de m'appeler si la situation évolue.

— Évidemment.

Lucian lâcha le câble qu'il triturait et cloua Issac du regard.

Ah, la réaction que j'attendais tant. Il ne faudrait pas que je consulte une nouvelle fois papa avant lui...

— Oh, et la prochaine fois que tu mets la main sur un novice puissant errant dans les rues de New-York ? Tu ferais mieux de m'en parler avant de contacter papa.

— J'en prends bonne note, mais faisons notre possible pour aider celle-ci à survivre.

Il ne pouvait penser à rien d'autre pour le moment. Il avait besoin qu'elle survive. Il en examinerait la raison plus tard. Lucian acquiesça :

— Entendu.

CHAPITRE SEPT

DE BRÈVES EXPLICATIONS

LE NEZ de Stas frémit et son estomac gronda.

Du Bacon. Oh, oui !

Lizzie adorait préparer le brunch pendant le week-end, une habitude que Stas appréciait énormément. Surtout quand elle incluait du bacon au menu. Stas étira ses bras et ses jambes, fronçant les sourcils quand un écho douloureux se fit ressentir. Elle se sentait épuisée malgré un sommeil qui n'avait pas été interrompu par des cauchemars. Bizarre.

Elle tendit la main pour attraper son téléphone sur la table de chevet, mais ne réussit qu'à atteindre un autre oreiller. Elle grogna et roula sur le lit pour se rapprocher avant de retenter sa chance. Et de tomber sur un coussin de plus.

C'est quoi ce bordel ? Son lit n'était pas si large. Elle tapota aveuglément autour d'elle. Et il n'était pas non plus si moelleux.

Et qu'est-ce que je porte ? Un legging de yoga et un débardeur. Stas ne portait jamais ce genre de vêtements pour dormir.

Elle bâilla et s'efforça d'ouvrir les yeux pour regarder autour d'elle.

Une large baie vitrée offrant une vue sublime sur l'Hudson River attira son attention.

Elle s'asseya brusquement et fut aussitôt prise de vertige.

— Ouille, laissa-t-elle échapper malgré sa gorge asséchée.

Merde, elle se sentait si mal. Comme si elle avait une gueule de bois, mais en plus sévère. Elle se sentit mieux une fois repassée à l'horizontale, et sa vision s'éclaircit.

Son regard tomba sur le plafond haut ; un élément rare pour un appartement à Manhattan. La chambre immense était principalement décorée dans des nuances d'acajou, et des portes vitrées donnaient sur une terrasse. Okay, elle se trouvait dans un immeuble offrant des vues à la fois sur l'Hudson River, et sur Manhattan.

Ce n'était définitivement *pas* l'immeuble de Lizzie.

Stas se redressa doucement et s'adossa à la tête de lit en bois sombre, admirant le décor de la pièce. C'était très masculin. Elle reconnut sa valise posée dans un coin de la chambre avec son sac à main.

Comment suis-je arrivée ici ? Et quand ?

Elle prit plusieurs profondes inspirations pour atténuer son tournis. Elle se sentait en sécurité malgré l'environnement étranger. Ce qui était plutôt étrange, au vu de la situation, mais ses instincts ne l'avaient jamais trompée.

Le parfum familier de bois de santal lui rappelait aussi un certain démon.

Stas fronça les sourcils en essayant de se remémorer son dernier souvenir. Quelque chose concernant le polygraphe, et son inquiétude face aux questions abordant ses potentielles activités criminelles. Après ça, c'était le flou total.

Avait-elle simplement trop bu lors de son rencard avec Issac ?

Cela expliquerait son trou de mémoire et sa présence ici, sauf qu'elle faisait rarement des excès de ce genre. Même si Issac était probablement capable de l'y pousser. Cela justifierait aussi l'origine des pulsations douloureuses qui battaient contre ses tempes, similaires à un lendemain de cuite.

J'espère que nous n'avons pas… ouais.

Non, ça va.

Stas serait nue si c'était le cas, et non prête pour un cours de yoga. De plus, son côté du lit − ou ce qu'elle imaginait être son côté du lit − était immaculé.

En supposant que ce soit bien la chambre d'Issac.

Elle déglutit, sa gorge aussi rêche que du papier de verre. Bon sang, elle avait besoin d'un grand verre d'eau avant d'élucider ce mystère.

La salle de bain. Là, près des portes vitrées.

Bien sûr, c'était à l'autre bout de la pièce.

Elle poussa un soupir et se glissa hors du lit. Des points noirs apparurent devant ses yeux après ce mouvement inattendu. Elle souffrait autant de déshydratation que d'une gueule de bois carabinée. Génial. Qu'avait-donc bien pu faire Issac pour la pousser à boire autant ?

À moins qu'il ne l'ait droguée.

Non. Non, il ne ferait jamais ça.

Même si elle ne le connaissait pas assez pour en être certaine.

Son front se plissa quand elle atteignit avec précaution la salle de bain. Une pile de serviettes était posée sur le comptoir luxueux et la douche surdimensionnée invitait à la détente. Mais c'était la baignoire installée à côté qui la tentait le plus.

D'abord à boire.

Elle attrapa un verre – il y en avait trois – à côté de l'évier de gauche et le remplit à ras bord avant d'en descendre le contenu. Le *W* gravé dans le cristal du verre confirma sa localisation.

W pour Wakefield.

Trois verres plus tard, elle se sentait mieux, mais pas encore au top.

Le carrelage en pierre de la douche était toutefois plus attrayant maintenant qu'elle s'était désaltérée, tout comme la multitude de pommeaux de douches. Un coup d'oeil dans le miroir conforta son désir de se rafraîchir ; elle avait les cheveux emmêlés, les yeux bouffis, et le teint blême.

— J'ai l'air d'un zombie, se dit-elle, la voix rauque malgré les nombreux verres d'eau.

Elle secoua la tête et verrouilla la porte de la salle de bain, puis se déshabilla pour profiter des différents équipements de la pièce somptueuse. Elle était en train de se savonner quand elle remarqua l'éventail de couleurs éparpillées sur sa peau. Elles créaient l'illusion d'ecchymoses presque guéris.

— Bordel de merde ! souffla-t-elle en observant l'intérieur de son coude et de son biceps avec horreur. *C'est quoi ces conneries ?*

Le souvenir d'un visage vacilla dans son esprit, celui d'une femme menue aux cheveux noirs. Et la mention d'injections. Ainsi qu'une pièce blanche et stérile.

Les jambes de Stas se mirent à trembler et son cœur à battre la chamade dans sa poitrine. Elle déglutit et s'agrippa au mur de pierre pour se soutenir, l'eau chaude ne réussissant pas à chasser les frissons qui parcouraient son corps. Son estomac se rebella à cause d'un souvenir qui n'était pas entièrement clair, son esprit refusant de coopérer et d'offrir plus de détails.

Mais quelque chose de terrible s'était produit.

C'était comme ça qu'elle avait atterri ici.

Qu'est-ce qu'Issac a bien pu me faire ? Elle fronça les sourcils, car cette idée ne sonnait pas vraiment juste. Assez curieusement, elle était certaine qu'il ne l'avait pas blessée. Il s'agissait de quelqu'un d'autre.

Stas se hâta de terminer sa douche, animée par son besoin de réponses. Elle brossa ses cheveux avec une brosse qu'elle avait trouvée dans l'un des tiroirs, puis s'enroula dans une serviette avant de sortir de la salle de bain et de se diriger vers sa valise. Elle trouva tout ce dont elle avait besoin à l'intérieur ; un jean, un débardeur, et ses produits de beauté.

Qui a préparé mon sac ?

Ils avaient même inclus ses sous vêtements en dentelle coordonnés ; un pêché mignon qu'elle gardait secret.

Est-ce que s'est Lizzie qui s'en est occupé ?

Stas s'habilla rapidement avant de fouiller dans son sac à la recherche de son téléphone.

Plusieurs textos apparurent dans le fil de conversation qu'elle partageait avec Lizzie, des textos qu'elle ne se souvenait pas d'avoir envoyés.

Je suppose que ce rencard s'est bien passé. Tu pourras me remercier pour la robe plus tard.

Stas fronça de nouveau les sourcils. Elle ne se souvenait pas avoir porté la robe en question.

Merci, Lizzie, servait de réponse. Sous le nom de Stas. Dans son téléphone. Mais elle ne parvenait absolument pas à se remémorer cette conversation.

Alors, où est-ce qu'il t'emmène passer la semaine ? avait ensuite demandé Lizzie.

C'est une surprise, avait-elle apparemment répondu.

Stas poussa un grognement. Il s'agissait bien d'une énorme surprise, comme elle n'avait pas la moindre idée de ce qui l'avait amenée ici, ou même d'où elle se trouvait précisément. À part que c'était à Manhattan.

Super, donne-moi juste des nouvelles de temps en temps, histoire de m'assurer qu'il ne t'a pas kidnappée de manière permanente, avait ensuite envoyé Lizzie.

Ce ne serait pas forcément une mauvaise chose, Liz…

Qui êtes-vous et qu'avez-vous fait de ma Stas ?!

C'est Issac… Il est juste… Les mots qui suivaient la laissèrent bouche bée. Il y avait zéro chance pour qu'elle décrive un jour un homme comme *ça.*

— Oh putain, non.

Elle s'élança vers la porte, puis remarqua la date sur son écran. Et se figea.

Vendredi. *Mais hier, c'était mardi, non ?*

— C'est quoi ce bordel ?

Ses jambes reprirent leur mouvement déterminé et la portèrent hors de la chambre puis le long d'un couloir, jusqu'à une pièce immense qui faisait la taille de l'appartement de Lizzie.

Cet endroit est immense.

Le plafond haut lui indiquait qu'elle se trouvait dans le penthouse de l'immeuble, cette partie de l'appartement offrant elle aussi des vues de l'Hudson River. Un gigantesque canapé et deux fauteuils inclinables assortis faisaient face à un écran plat fixé au mur qui ferait baver la majorité de la population masculine. Une bibliothèque recouvrait l'autre mur, et un canapé annexe en forme de *U* offrait un coin lecture.

Le style élégant et raffiné ainsi que le choix de textures masculines correspondaient parfaitement à Issac.

Où est-il, d'ailleurs ?

Elle bifurqua sur la gauche après s'être glissée entre les zones distinctes du salon, s'approchant de ce qui semblait être l'entrée, et découvrit un couloir qui menait à la cuisine ; une pièce qu'adorerait Lizzie. Des plans de travail et du carrelage en marbre, des placards en bois massif, un îlot assez large pour accueillir des convives, et Issac qui se tenait à moitié-nu devant la gazinière.

En train de retourner des pancakes. Une serviette enroulée autour de la taille.

Ayant perdu ses esprits, elle resta bouchée.

Ses épaules dessinées et son dos puissant et musclé rejoignaient une taille étroite dissimulée par le coton bleu enroulé autour de ses hanches. Des gouttes tombaient des ses cheveux ébouriffés pour glisser le long de sa peau, bien plus bronzée que ce qu'elle avait imaginé. La note de chlore qui embaumait l'air indiquait qu'il revenait d'une séance à la piscine.

Comment ? Pourquoi ? Où ?

La langue pâteuse, Stas l'observa se reculer du fourneau pour attraper une assiette sur l'îlot.

La vue de face était encore plus délicieuse que par derrière ; tout n'était que muscles secs, ondulant sous ses yeux. Et une fine couche de poils guida joyeusement son regard de son torse vers le renflement impressionant sous sa serviette.

— Tu as l'air reposée.

Son amusement perçait dans sa voix et assombrissait son regard d'un bleu saphir dans lequel elle pourrait se noyer.

— J'en ai presque fini avec le petit-déjeuner. Aimerais-tu un café ?

Sublime, à moitié-nu, et il lui offrait du café par-dessus le marché ?

Je dois être en train de rêver.

— Oui, répondit-elle, incapable de réfléchir ou de se concentrer sur autre chose que le tableau qui s'offrait à ses yeux.

Elle n'était même pas sûre de la proposition à laquelle elle venait d'acquiescer. Lui ? La serviette ? Le café ?

Il lui offrit un mug avec un sourire entendu.

Elle réussit à produire un faible remerciement avant de s'attaquer au breuvage revigorant. Le mélange riche aux notes fruitées réchauffa sa gorge sensible et sa poitrine, lui arrachant un soupir de contentement.

C'est exactement ce dont j'avais besoin. Enfin, de ça et des réponses.

Elle haussa les sourcils. Merde. Le démon l'avait complètement distraite.

Elle le rejoignit près de l'îlot central et s'adossa au plan de travail alors qu'il coupait des fruits pour une salade. Une foutue salade de fruits. Comme s'ils vivaient dans une dimension parallèle et simulaient une vie de couple.

— Mais qu'est-ce qui se passe, bon sang ?

Elle comptait lui poser la question dès qu'elle l'aurait trouvé, mais l'absence de ses vêtements avait fait dérailler le fil pragmatique de ses pensées. *Peut-être qu'il ne s'agit que d'un rêve tordu ?*

— Tu ne peux pas savoir à quel point je suis heureux d'entendre ta voix, Astasiya.

Il semblait tellement détaché et à l'aise, comme s'il s'agissait d'une routine quotidienne et qu'il était normal pour lui de se balader seulement vêtu d'une serviette. Il fit sauter un dernier pancake et éteignit le gaz avant de se presser contre elle. Une main posée de chaque côté de ses hanches, il la toisa :

— Je ne sais pas comment formuler cela sans te faire défaillir.

— Je ne suis pas ce genre de femme, donc ne cherche pas à prendre de gants.

Bon sang, ma gorge me fait tellement mal.

Elle prit une autre gorgée de café, parfaitement

consciente de sa proximité et de la chaleur qui émanait de son torse dénudé. Ses avant-bras se contractèrent à côté d'elle et attirèrent son attention sur le chef d'œuvre musclé exposé devant elle. Il fallait qu'elle lui trouve une chemise ou quelque chose d'autre avant de perdre la tête, parce que *waouh*. Avait-il réellement besoin de se tenir si près d'elle ?

— En résumé, tu as failli mourir, mais mon équipe de médecins t'a sauvé la vie.

Okay, oublie cette fichue serviette.

— J'ai *quoi* ?

A-t-il bien dit que j'avais failli mourir ? Il devait s'agir d'un rêve. Ou d'un univers parallèle. *De quelque chose.* Parce que l'idée qu'elle avait failli mourir lui semblait tellement farfelue.

Sauf que j'ai perdu la mémoire de plusieurs jours. Et ces ecchymoses presque résorbées...

— Ce qui compte, c'est que tu as survécu. Et pour ce qui est de la cause, eh bien, il semblerait que le FHC ait réussi à fabriquer leur propre version du poison Nizarin.

La tasse de café glissa de la main de Stas et vint atterrir dans la main d'Issac. Elle remarqua à peine ses réflexes incroyables. Elle était trop occupée à éplucher ses paroles.

— Et si tu t'asseyais. Je vais servir le petit-déjeuner et nous pourrons discuter de ça en mangeant. Les médecins ont dit que tu avais besoin de reprendre des forces, et je suis affamé après ma séance de natation.

Cela semblait raisonnable, mais elle avait besoin de plus d'informations. *Maintenant.*

— Pourquoi le FHC chercherait-il à m'empoisonner ?

Il la guida vers la salle à manger en appliquant une pression de sa main dans le bas de son dos, puis tira une chaise de sous la table démesurée.

— C'est une question à laquelle je ne peux pas répondre.

— Pourquoi pas ?

— Parce qu'il ne s'agirait que de spéculation.

Il retourna dans la cuisine pour finir de préparer le repas et elle descendit l'un des verres d'eau posés sur la table. Elle attrapa le pichet situé entre les deux couverts, remplit à nouveau son verre, puis s'empressa d'avaler le liquide rafraîchissant et de se servir une troisième fois.

Pendant ce temps-là, Issac avait déposé plusieurs plats sur la table. Stas fronça les sourcils.

— Des haricots à la tomate ?

C'est *vraiment la question que tu souhaites poser ?* Son sens logique semblait vraiment s'être replié dans un coin de son esprit pour crever.

Tout comme elle avait failli le faire. *Putain.*

— C'est une habitude anglaise, répondit-il, à mi-chemin vers la cuisinière.

— Okay.

Elle souleva le mug de café qui l'avait miraculeusement suivie à table – merci Issac – et nota la petite touche de sucre. *Il sait comment j'aime mon café.* Seule sa colocataire était au courant de ce détail.

— Qui a envoyé tous ces textos à Lizzie ?

— Hmm, je crois que c'est Balthazar, répondit-il d'un air distrait, plus préoccupé par ses préparations culinaires.

— Qui est Balthazar, exactement ? demanda-t-elle.

— C'est l'un des médecins qui s'est occupé de toi cette semaine.

— Tu as laissé un inconnu s'adresser à ma meilleure amie ?

As-tu réellement cru que c'était acceptable ?

— Ce n'est pas un inconnu. C'est un vieil ami que je rêve occasionnellement de frapper. Tu veux un pancake ? questionna-t-il en s'approchant avec une poêle.

— Pourquoi pas.

Pourquoi pas ? Elle se mordit la lèvre alors qu'il glissait un pancake dans son assiette et s'en servait deux.

— Okay, je peux lâcher l'affaire avec les textos car ils ont empêché Lizzie de paniquer. Mais qu'est que ce Nizi-machin-chose ?

— Nizarin, corrigea-t-il en s'approchant d'elle avec des œufs et du bacon, en ajoutant quelques cuillerées dans son assiette.

Il s'occupa ensuite de remplir son assiette.

Un Issac d'intérieur. Je suis forcément en train de rêver.

Mais pourquoi donc est-ce que je rêverais de ça ?

Issac apporta enfin le saladier de fruits et s'installa en face d'elle. Ils occupaient seulement une petite portion de la table immense destinée à accueillir une douzaine de convives. Okay, il allait sérieusement falloir qu'il s'habille. Ses abdos étaient une terrible distraction et seulement à-demi cachés par la table, l'empêchant de se concentrer.

— Un truc Nizi-arin qui a failli me tuer, énonça-t-elle doucement. Je ne sais même pas ce que ça signifie.

— Nizarin, corrigea-t-il de nouveau en s'esclaffant. Mange quelque chose, et je répondrai ensuite à tes questions.

— Je préférerais que tu y répondes maintenant.

L'odeur du bacon était enivrante malgré les grognements de son estomac, agité par toute l'eau qu'elle avait ingurgitée. Ou peut-être était-ce dû à la réalisation qu'elle avait failli *mourir*.

Non mais sérieux, qu'est-ce que c'est ce que ce bordel ?!

— Mange, ordonna-t-il, lui montrant l'exemple en s'attaquant à sa première bouchée.

— Explique-toi, riposta-t-elle.

Ses lèvres tressaillirent.

— Bien essayé, chérie. Ta santé est plus importante à mes yeux. J'ai dépensé pas mal d'argent pour acquérir les ressources nécessaires à ta survie, donc nous allons nous tenir aux instructions des médecins. Mange.

L'autorité manifeste dans sa voix lui fit plisser les yeux.

— Je mérite bien une explication.

— Et je compte t'en fournir une dès que tu auras fini de manger.

Putain de jeux.

— Tu m'as dit que j'avais failli y *rester*, et tu me demandes maintenant d'attendre tes explications ? Va te faire foutre.

Il soupira et laissa tomber sa fourchette. Son regard bleu nuit la caressa.

— Astasiya, il ne s'agit pas d'une brève conversation. Les médecins sont satisfaits de ton rétablissement, ce qui est selon moi dû à tes gènes. Ces bleus sur ton bras semblaient récents il y a seulement quelques heures de ça, mais ils ont désormais l'apparence de vieilles contusions. Et il semblerait que ton organisme ait éliminé le poison Nizarin. Mais pour continuer sur cette voie, il faut que tu te nourrisses.

Stas le fusilla du regard. Très bien. Elle mangerait. À l'aide de sa fourchette, elle coupa un morceau de pancake à la myrtille dans son assiette et le glissa dans sa bouche. Stas comptait l'avaler directement en signe de protestation, mais les saveurs qui explosèrent sur sa langue l'obligèrent à savourer sa bouchée. Mince, il avait fait de ce pancake la définition même de la *décadence*.

Même les œufs étaient délicieux.

Okay, elle avait faim. Vraiment faim.

Mais elle avait toujours besoin de réponses.

— Qu'est-ce qu'un Nizarin, Issac ? demanda-t-elle après avoir fait passer la nourriture à l'aide d'un verre d'eau.

Il avait repris son repas alors qu'elle cédait à la

tentation de son assiette. Ce n'était pas son objectif, mais les saveurs et les grognements de son estomac l'y avaient contrainte. Littéralement.

Issac l'observa en mâchant, sa mâchoire carrée se contractant au rythme de ses mouvements. Il attrapa sa tasse de café et prit une longue gorgée tout en continuant de l'étudier.

— Et si nous passions un accord ?

Stas haussa les sourcils.

— Quel genre d'accord ?

— Je te donnerais seulement les réponses dont tu as besoin, et non toute l'histoire. Pas pour le moment, en tout cas.

L'idée lui paraissait terrible.

— Pourquoi diable est-ce que j'accepterais un tel accord ?

— Pour plusieurs raison. Principalement, parce que tu n'es pas prête pour tout entendre, et ensuite, parce que tu me dois toujours quelques rencards. Des rendez-vous en échange d'informations, tu te souviens ?

— Je pense que mon quasi décès annule cet accord.

— Il n'annule rien du tout, mais je te fournirai les détails dont tu as besoin maintenant, et le reste au fur et à mesure de nos rendez-vous amoureux.

Les poings de Stas se serrèrent. Elle mourrait d'envie de l'étrangler.

— Dis-moi ce qu'est un putain de Nizarin, Issac.

Stas mêla un brin de contrainte à sa voix et les narines d'Issac se dilatèrent.

— Il s'agit d'un poison qui a été créé par un groupe d'assassins d'élite rattachés au Conclave, qui fut utilisé des siècles auparavant pour massacrer des immortels novices quand les Ichoriens réalisèrent le danger qu'ils représentaient pour leur race. Les assassins étaient appelés les Nizarins. D'où le nom qui a été donné à l'élixir qu'ils ont mis au point. Cependant, celui qui t'a été injecté était un variant et non la substance pure.

Son regard se plissa.

— Essaye de me contraindre une nouvelle fois si tu oses, chérie.

Elle ne remarqua même pas la menace implicite dans sa voix, trop consumée par ses pensées chaotiques.

Conclave.

Assassins.

Ichorien.

Ce mot n'avait-il donc pas été mentionné par le polygraphiste ?

— Des immortels novices ? réussit-elle à demander, l'air effaré.

— Oui. C'est le nom donné aux membres de ton espèce. Ou novices pour faire plus court.

Il attendit sa réponse, mais rien ne lui vint à l'esprit, les mots se répétant en boucle dans son cerveau pour essayer d'y trouver quelque chose de familier. En vain.

Issac prit une autre bouchée, et lui laissa l'espace nécessaire pour digérer ces informations.

Peut-être qu'il avait eu raison de croire qu'un débit réduit d'informations serait plus facile à intégrer, car rien de ce qu'il avait mentionné n'avait le moindre sens pour elle. Tout ce qu'elle avait retenu, c'était que quelqu'un avait cherché à l'empoisonner. Et qu'apparemment, son *espèce* était qualifiée d'*immortels novices*.

Est-ce qu'il insinue que je suis immortelle ?

Mais il avait aussi dit qu'elle avait failli mourir.

— Comment est-ce que tu te sens, Astasiya ? demanda-t-il doucement une fois son assiette presque terminée. Je sais que ça fait beaucoup d'informations d'un coup, mais c'est de ton état physique que je m'inquiète.

C'était un sujet plus sûr qu'elle comprenait et sur lequel elle pouvait se concentrer. Comment se sentait-elle ?

— Déshydratée, décida-t-elle. J'ai mal à la gorge, ma tête me fait souffrir comme si j'avais la gueule de bois, et je crois que c'est la première fois de ma vie que je suis malade.

Elle fronça les sourcils en mentionnant ce dernier élément.

Il s'agit aussi de la première fois où j'ai failli y rester, apparemment. Comment en suis-je arrivée là ?

— Tu n'as jamais été malade ? demanda-t-il. Même pas un rhume ?

— Non.

Elle avait toujours cru que c'était le soin qu'elle portait à sa santé qui l'avait préservée, mais cela devait en fait être lié à son… *immortalité. Je suis une novice ? Et des assassins sont à mes trousses ?*

— Est-ce qu'on peut en revenir à la raison qui pousserait le FHC à s'en prendre à moi ?

Car elle n'arrivait pas à concevoir cette idée. Tout ce dont elle se souvenait c'était le polygraphe. S'était-il produit quelque chose après son test ?

— Je soupçonne le FHC d'avoir utilisé le poison Nizarin pour tester ton ascendance. Mais comme je l'ai mentionné plus tôt, il ne s'agit que d'une théorie.

— Quand ? demanda-t-elle, complètement paumée.

— Quand ils t'ont injecté des vaccins lors de ton examen médical.

Il fronça les sourcils.

— Tu ne te souviens pas m'avoir parlé des doses vertes ?

Le visage de cette inconnue vacilla dans l'esprit de Stas une nouvelle fois. Un plateau. Des aiguilles. Une pièce immaculée. Des explications vagues et des documents.

— C'est assez flou, admit-elle en mordillant sa lèvre inférieure alors qu'elle secouait la tête. Je ne me souviens pas de grand-chose après le test polygraphique.

— Eh bien, il semblerait que le FHC t'ait injecté une série de vaccins, dont un ou plusieurs étaient des dérivés chimiques du poison Nizarin.

— Mais pourquoi donc ?

— Pour tester ton ascendance en tant que novice. C'est du moins ce que je suppose, soupira-t-il.

C'est vrai. Des conjectures. Il avait déjà mentionné cela. Mais ça n'avait aucun sens. Pourquoi un organisme humanitaire de renom jouerait-il avec un poison mortel pour les novices ? Ils n'étaient pas conscient de l'existence des immortels, si ?

« *Avez-vous déjà rencontré un Ichorien ?* »

N'était-ce donc pas le terme qu'avait utilisé Issac un instant auparavant ?

— Qu'est-ce qu'un Ichorien ? demanda-t-elle.

— C'est ce que je suis, répondit-il nonchalamment.

— Et…

Elle s'interrompit, se remémorant ses explications.

— Ils tuent des novices ?

Comme moi ?

— Oui.

Pas la moindre hésitation. Pas la moindre trace de regret. Juste une réponse franche et une expression indéchiffrable.

Eh ben, merde. Elle lécha ses lèvres gercées tout en réfléchissant. Elle pourrait lui demander pourquoi il ne l'avait pas simplement laissée mourir, mais elle soupçonnait qu'il ne lui fournirait qu'une réponse évasive. Il n'était pas prêt à admettre la raison de sa présence ici, ou il l'aurait déjà fait. Il ne lui apparaissait pas comme le genre d'homme à patienter pour obtenir ce qu'il voulait.

— Pendant mon test, l'agent m'a demandé si je connaissais des Ichoriens, énonça-t-elle lentement, faisant le lien entre les accusations d'Issac concernant les agissements du FHC à son encontre et son expérience pendant la procédure de sécurité.

Il devait y avoir un lien logique entre les deux, une explication qui démentirait la moindre intention nocive du FHC envers elle. C'était l'organisation du docteur Fitzgerald. L'homme qu'elle considérait comme son mentor. Le père d'un de ses amis. Il ne lui ferait jamais de mal.

— Je ne suis pas surpris. T'a-t-il aussi questionné au sujet des Hydraiens ?

Elle cligna des yeux.

— Oui.

C'était l'autre terme étrange utilisé par l'agent Stark.

— Qu'est-ce qu'un Hydraien ?

— Ton avenir, répondit-il vaguement.

— Ce qui signifie ?

— Astasiya, je suis heureux que tu sois en vie, tu ne peux vraiment pas imaginer à quel point, mais cela ne signifie pas que je compte répondre à toutes tes questions, dit-il en souriant.

— Ce qui fait juste de toi un connard.

Il croisa les bras sur son torse nu, attirant l'attention de Stas sur les muscles définis recouvrant son abdomen.

— Bien sûr. Un connard qui t'a sauvé la vie et préparé le petit déjeuner.

— Ce n'est pas juste.

Issac se pencha vers elle, les yeux plissés.

— Qui a dit que la vie était juste ?

Il se leva et étira nonchalamment ses bras au-dessus de sa tête. Elle le soupçonnait d'exhiber ses membres musclés non dissimulés par la serviette, de façon délibérée. Un sourire légèrement narquois retroussait le coin de ses lèvres quand il baissa les bras, confirmant sa théorie. Quel homme sournois.

Démon.

— Hmm, je suis d'humeur généreuse, murmura-t-il. Je vais donc répondre à l'une des questions que tu n'a pas encore verbalisée. Pas avec ta bouche, en tout cas.

— Ah, oui ? Et de quelle question s'agit-il ?

Elle ne put réprimer son sarcasme, agacée par sa réticence. Il lui avait à peine fourni la moindre explication. Ce foutu… Il laissa tomber sa serviette.

— Un maillot de bain, chérie, lui dit-il avec un clin d'oeil avant de tourner les talons.

Stas s'efforça de grimacer. Vraiment. Mais le short de bain exposait des jambes puissantes et un derrière exquis. Il était la perfection incarnée.

— Oh, et ne bouge pas, lui lança-t-il par-dessus son épaule ; une épaule musclée accrochée à un dos foutrement sexy. Nous n'en avons pas terminé.

Il disparut, emportant avec lui le magnifique tableau.

Stas grogna, heurtant le plateau de la table avec son front à plusieurs reprises pour se rappeler à la raison. Elle ne s'était *jamais* pâmée d'admiration devant un homme par le passé, mais Issac, eh bien… il avait éveillé en elle des instincts féminins longtemps réprimés. Lizzie serait tellement fière. Alors que Stas n'avait prêté que peu d'attention à la gent masculine ces dernières années, elle avait finalement rencontré un homme qu'elle trouvait indéniablement attirant. Il fallait bien entendu qu'il s'agisse d'un homme à éviter.

Foutu démon Ichorien.

Pour ce qu'elle comprenait de toutes ces conneries !

Elle était dans la merde jusqu'au cou. Elle ferait mieux de le suivre et d'insister pour obtenir plus de réponses, mais le pousser à bout alors qu'il lui avait sauvé la vie – si c'était vrai – ne lui apparaissait pas comme le meilleur moyen de parvenir à ses fins. Même si son pouvoir de coercition avait fonctionné un peu plus tôt, cela l'avait visiblement agacé. Et son explication n'avait pas eu le moindre sens. Enfin, elle avait au moins dégoté une réponse.

Je suis une immortelle novice.

En tant qu'Ichorien, cet homme possédait clairement toutes les réponses aux questions qu'elle se posait depuis dix-sept ans. Dommage qu'il soit aussi réfractaire à l'idée de lui fournir tous les détails d'un coup. Il devait avoir une bonne raison, même si elle ne réussissait pas à la cerner.

Et le FHC dans tout ça ? Que se serait-il passé si elle avait admis connaître un Ichorien ?

Elle tapota des doigts sur la table. Les accusations d'Issac concernant le FHC étaient difficiles à réconcilier avec l'organisation qu'elle connaissait et adorait. Comment une organisation humanitaire connaissait-elle quoi que ce soit au sujet de l'élixir qui avait manqué de la tuer ? Ils étaient impliquées dans des affaires internationales, et non dans des sottises surnaturelles. Issac avait admis qu'il n'avait que des théories, et aucune certitude, ce qui signifiait que quelqu'un d'autre se cachait peut-être derrière son empoisonnement, mais qui ?

Il m'a sauvée. Au plus profond d'elle-même elle sentait que c'était vrai, mais cela soulevait une autre question. *Est-ce que je peux lui faire confiance ?* Ses instincts murmuraient *oui*, mais sa raison la retenait.

Elle avait besoin de plus d'informations ; et Issac ne comptait pas les lui fournir pour l'instant.

Très bien. Elle jouerait à son petit jeu.

Et si cela ne fonctionnait pas, elle n'aurait qu'à le ligoter à une chaise et lui soustraire des réponses par la contrainte.

CHAPITRE HUIT

DES PRÉSENTS PEU SUBTILS

Issac se figea sur le seuil du salon pour admirer la scène sous ses yeux. Astasiya était allongée sur son canapé favori, sa glorieuse chevelure dorée tombant par-dessus son épaule et dégageant son cou. Ce geste innocent taquina le prédateur enfoui en lui, provoquant son instinct de chasseur. Il ne s'était pas nourri depuis près de deux semaines, ce qui était long pour un Ichorien. Mais il avait été préoccupé par la jeune femme installée sur son sofa. Il pourrait peut-être lui fournir des explications sur son espèce grâce à une démonstration ; elle ferait sûrement un en-cas des plus satisfaisants.

Vampire : un mot qu'il haïssait.

Monstre.

Ange déchu.

Elle réajusta sa position, glissant ses jambes moulées dans un jean sous son corps, sans remarquer son arrivée. Quelque chose avait capturé son attention.

Un livre, apparemment.

Qu'as-tu choisi, chérie ?

Issac acheva d'attacher ses boutons de manchettes tout en s'approchant de la jeune beauté. Il se glissa silencieusement derrière elle pour jeter un coup d'œil par-dessus son épaule. Astasiya restait préoccupée par son livre et ne sentit pas sa présence. Ce qu'il vit sur ses genoux lui glaça le sang.

Il ne s'agissait pas d'un livre, mais plutôt d'un album photo. Un volume contenant des clichés qui avaient capturé des moments heureux qu'il préférerait ne pas réexaminer.

— Où as-tu trouvé ça ? demanda-t-il.

Car l'album ne lui appartenait pas. Les doigts de Stas tremblèrent en touchant une page.

— Tu connaissais Owen.

Son affirmation posée soulagea légèrement la pression qui contractait sa poitrine.

— Nous nous connaissions, en effet. As-tu trouvé cet album dans la bibliothèque ?

Il était prêt à parier que c'était Jacque qui l'avait glissé là. *Fichu téléporteur*. Il adorait laisser des petits souvenirs d'Hydria aux quatre coins de son appartement. Une allusion peu subtile à ses visites trop peu fréquentes.

— Tu m'as dit que tu ne le connaissais pas.

Elle ne tenta pas d'adoucir son ton accusateur. Issac ne se souvenait pas de la tournure qu'il avait utilisée. Avait-il insinué ne pas connaître Owen ?

— Nous étions de simples connaissances, et non des amis.

Il posa sa veste sur le dossier du canapé et s'assit à côté d'elle. Elle caressa une photo, les lèvres tremblantes. Ah, la date, en effet. Sans parler de la tenue. Elle avait clairement identifié un élément clé de l'existence d'Owen : son immortalité.

— La mode de cette décennie ne me manque pas du tout, chuchota Issac, remarquant le pantalon à pattes d'éléphant et les chemises à fleurs de la photo.

— C'était aussi un Ichorien ? supposa-t-elle

— Pas tout à fait, non.

Elle fit la moue avec ses lèvres charnues.

— Cette photo semble avoir été prise dans les années soixante-dix. Elle date de plusieurs décennies.

Une déduction claire qui ne nécessitait pas la moindre confirmation de sa part. Elle l'observa.

— S'il n'était pas un Ichorien, alors qu'était-il ? Parce qu'il n'était certainement pas humain pour prétendre à une petite vingtaine de nos jours.

— C'était un Hydraien.

Elle continua de le fixer du regard.

— Okay, et c'est quoi la différence entre un Hydraien et un Ichorien ?

— Pour te répondre, je devrais définir ce qu'est un Ichorien.

Ce qu'il ne pouvait pas faire pour le moment. Une introduction progressive encouragerait un lien de confiance et de la compréhension, quelque chose de nécessaire entre eux pour assurer le succès de leur partenariat. S'il lui racontait tout maintenant, elle s'enfuirait à toute vitesse. Ou pire encore, elle se précipiterait tout droit dans les bras de Jonathan.

Et Issac ne pouvait pas prendre ce risque, pas quand il était si près d'atteindre son but.

De plus, il avait remarqué la lueur de doute dans ses yeux quand il avait mentionné le scénario probable impliquant le FHC dans son empoisonnement. Tant qu'il n'aurait pas réussi à dépasser cet obstacle, ils ne pourraient pas aller de l'avant. Elle faisait bien trop confiance aux Fitzgerald et aux Watkins pour l'écouter. Il avait semé le doute dans son esprit en partageant avec elle ses soupçons concernant le FHC. Mais elle devrait assembler les pièces du puzzle par elle-même.

— Okay.

Son mécontentement était manifeste dans ses yeux verts et il dut réprimer son envie de l'embrasser.

— Y'a-t-il d'autres espèces dont je devrais avoir connaissance ?

— Cela dépend de la personne à qui tu t'adresses. Les Ichoriens et les Hydraiens sont les êtres les plus proéminents, mais certains pensent que les Séraphins vivent toujours à nos côtés. Ils sont rares et supposément à l'origine de mon espèce, mais je n'en ai jamais rencontré.

— Séraphin. Comme les anges ? demanda-t-elle, les lèvres recourbées.

— Pourquoi me regardes-tu comme ça ?

Son sourire était légèrement moqueur, bien que surpris, et il se sentit quelque peu froissé.

— Es-tu surprise que je puisse descendre du divin ?

— C'est…euh… C'est juste que j'ai choisi de te surnommer *démon* quand tu n'as pas voulu me donner ton nom, répondit-elle en se mordant la lèvre, les yeux plissés par l'humour.

Oh. Il sourit de toutes ses dents.

— Tu m'a donné un petit nom.

— Non, je t'ai donné un *surnom* quand je n'avais pas d'autre moyen de t'identifier.

— C'est mignon.

Aussi mignon que l'expression offusquée sur son visage. *Tellement fougueuse.*

— Les Ichoriens sont les descendants d'un séraphin déchu. C'est en tout cas ce que prétend la rumeur, donc c'est plutôt approprié.

Il laissa courir ses phalanges le long de son cou. Un léger fard rosé couvrit sa peau en réponse.

— Hmm, j'aime bien mon petit nom.

— Ce n'est *pas* un petit nom.

Elle tourna la page vers un autre cliché et le sourire d'Issac s'effaça. Il ne connaissait pas très bien Owen, contrairement à Amelia. Elle connaissait tous les Hydraiens.

— Il a l'air tellement heureux sur cette photo, murmura sa blonde sans remarquer le tourment qui l'assaillait.

Issac s'occuperait de rendre à Jacque cette relique en particulier.

— Est-ce que tu sais pourquoi il a été tué ? questionna Astasiya tout en tournant la page et en exposant un autre de ses souvenirs.

Les yeux bleus qui l'observaient depuis la page hantaient l'âme d'Issac. Il aurait pu se passer du rappel. Surtout aujourd'hui. Il lui prit l'album des mains et le ferma.

— J'ai des soupçons, mais rien de concret.

Il se leva et rangea l'album dans la bibliothèque, s'attardant sur la reliure familiale. Elle était le fruit de la créativité d'Amelia. Des centaines de livres du même genre se trouvaient à Hydria. Jacque savait très bien ce qu'il faisait en déposant celui-ci en particulier. Il semblerait qu'il ait un appel à passer au téléporteur cet après-midi.

— De qui s'agit-il ? demanda Astasiya depuis le canapé, les bras serrés autour de sa taille. La femme sur ces clichés.

Issac désirait ardemment changer de sujet, mais les souvenirs qui hantaient son regard lui rappelaient les siens. Cette femme comprenait le deuil. Pas seulement celui d'Owen, mais aussi celui de ses parents. Les informations déterrées par Mateo indiquaient qu'ils étaient morts dans un incendie. Clairement une fabrication humaine pour couvrir les événements. Ce qui était arrivé à ses parents pesait toujours sur ses épaules. La manière dont elle l'étudiait en ce moment le prouvait.

— C'est ma sœur, Amelia.

Il tendit une main à Astasiya pour l'aider à se relever. Cela lui donnait une excuse pour la toucher qu'elle accepta sans protester, malgré l'expression choquée recouvrant son visage. Son regard était empli de questions auxquelles il n'avait aucune envie de répondre. Ni ce jour-là ni un autre jour. De plus, il y avait d'autres sujets dont ils devaient discuter.

— Je dois assister à une réception ce soir, et je souhaiterais que tu m'accompagnes, dit-il. En tant que ma compagne.

Il lâcha sa main et fit mine de réajuster sa cravate déjà immaculée. La couleur rouge sang convenait à son humeur du moment. Avoir une femme délicieuse mais intouchable dans son lit trois nuit d'affilée rendrait n'importe quel homme sain d'esprit complètement fou. Il faudrait vraiment qu'il trouve un moment pour se nourrir bientôt. Dommage qu'elle ne soit pas au menu. Issac attrapa sa veste et l'enfila pendant qu'elle considérait sa requête.

— Okay, répondit-elle doucement. Mais seulement si tu me donnes cinq réponses supplémentaires, peu importe mes questions, et que tu m'expliques ce qu'est un Ichorien.

Intrigué, les lèvres d'Issac se recourbèrent. *Tu aimes jouer avec le feu, n'est-ce pas, chérie ?* Il appréciait son challenge, surtout après ce malencontreux retour en arrière.

Ça – les négociations – c'était dans ses cordes.

— Seriez-vous en train de négocier un nouvel accord avec moi, mademoiselle Davenport ?

— Non, je te donne juste mes conditions.

Il manqua de s'esclaffer. Aucune femme ne lui avait jamais imposé de conditions pour un rendez-vous. Même si l'événement prévu ne comptait pas, puisqu'il s'agissait d'un contrat entre eux. Ils devaient se montrer en public ensemble pour assurer le succès de son plan et pour mettre fin aux soupçons du FHC concernant sa réaction au poison Nizarin. Réussir à la rallier à sa cause serait un bonus, une situation qui ne la rendrait que plus utile.

— Je te donnerai deux réponses de plus.

Il glissa une mèche de cheveux derrière son oreille et laissa courir ses doigts le long de son cou.

— Et j'envisagerai de définir ce qu'est un Ichorien en des termes plus clairs.

En t'offrant une démonstration, et non une définition.

Elle s'humecta les lèvres et secoua la tête.

— Trois réponses et tu m'expliques immédiatement ce qu'est un Ichorien.

Il envahit son espace vital et agrippa une de ses hanches avec une main pour l'empêcher de s'éloigner. Leur conversation futile avait déjà duré bien plus longtemps que prévu. Il se pencha jusqu'à ce que sa bouche frôle celle d'Astasiya.

— Nous partons à sept heures. Et je ne répondrai à tes trois questions qu'après le gala ; ni avant, ni pendant.

Son souffle caressait les lèvres d'Issac, l'invitant à réduire l'écart qui les séparait. Mais il patienta, souhaitant d'abord obtenir son consentement. Elle hocha légèrement la tête, effleurant sa bouche de ses lèvres au passage.

— Okay.

Une simple réponse à laquelle il attribua bien plus de signification que ce qu'elle représentait manifestement.

Sa main libre s'enfonça dans les cheveux d'Astasiya en même temps qu'il capturait sa bouche. Ces gestes n'avaient rien d'incertain, juste du pouvoir et du désir, et elle se nicha contre lui tout comme elle l'avait fait au restaurant. Sauf qu'il ne se retint pas cette fois-ci. Il enroula un bras autour de sa taille et l'attira contre lui pour dévorer ses lèvres.

Trois jours de proximité sans pouvoir la toucher lui avaient fait perdre la tête. Il brûlait de désir pour cette femme sans même en savoir beaucoup à son sujet. Mais avait-il jamais cherché à en apprendre plus au sujet de ses conquêtes ?

Je veux en apprendre davantage, songea-t-il en approfondissant leur baiser. *J'en ai tellement envie.*

Elle gémit, et se lança dans une danse sensuelle avec sa langue qui ne fit qu'attiser le désir qui l'habitait. Chaque contact, chaque caresse, chaque morsure était destinée à lui faire comprendre ses intentions.

J'ai envie de toi.

Et je t'aurai.

Le corps d'Astasiya se pliait à ses envies, succombant d'ores et déjà à son expérience et son désir.

Il empoigna plus fermement ses cheveux et l'attira encore plus près de lui. Il ne laissa pas la place à l'imagination, lui démontrant explicitement qui il était et ce qu'il attendrait d'elle. Elle ne se démonta pas et retourna chacun de ses gestes, lui prouvant quel genre d'amante elle serait.

Son égale.

Féroce.

Confiante.

Le parfum doux de son excitation taquinait ses sens, en réclamait davantage. Hmm, il mourrait d'envie de céder à sa demande muette. Malheureusement, cette étreinte était seulement destinée à servir d'introduction à Astasiya, à lui expliquer ses besoins et ses intentions. Il durcit leur baiser, assurant sa domination avec une simple caresse de sa langue contre la sienne. Elle gémit en réponse, succombant à ses caresses et sa maîtrise.

Oh, oui, ils seraient compatibles au lit.

Il se recula doucement, lui laissant voir dans son regard à quel point elle l'affectait, ce qu'il avait encore à lui offrir, et sa promesse de reprendre leur étreinte. *Bientôt.*

— Hmm, j'aimerais continuer cette conversation, mais tu dois être vue en public.

Il mordilla sa lèvre inférieure doucement, une petite boutade.

— En public ? répéta-t-elle, une expression hébétée sur le visage.

— Oui.

Il frotta son nez contre le sien et glissa sa main contre l'arrière de sa nuque.

— Cela nous aidera à éliminer les rumeurs qui courent sur ta réaction au poison Nizarin.

Elle cligna des yeux, chassant progressivement le brouillard qui enbrûmait son regard brûlant.

— Tu crois que quelqu'un a remarqué ma réaction ?

— C'est possible, mais le fait d'apparaître en vie et en bonne santé devrait dissiper les soupçons. Mon chauffeur t'attend donc en bas, pour t'emmener profiter d'un après-midi cocooning.

Il caressa ses lèvres avec les siennes, savourant le frisson d'Astasiya qui s'ensuivit.

— Essaye d'être prête pour sept heures.

— Je n'ai qu'à prendre le métro jusqu'à la maison. j'ai déjà quelques robes de cocktail dans mon placard. Je n'ai pas besoin de *cocooning*.

Elle esquissa des guillemets avec ses mains avant d'attraper les revers de sa veste. Ce geste possessif le réchauffa de l'intérieur, tout autant que ses paroles. Il était tellement rare qu'une femme refuse ses cadeaux. Il apprécia le sentiment, même s'il n'avait pas l'intention de céder.

— Ce n'est pas négociable, chérie. J'ai déjà tout organisé et j'ai demandé à une connaissance de préparer quelques tenues à te présenter.

— Est-ce que ma garde robe devrait se sentir insultée ?

— Non, j'ai plutôt apprécié d'explorer ta sélection de vêtements, particulièrement ta lingerie. J'ai découvert ton penchant pour la dentelle, sourit-il.

Il mordilla de nouveau sa lèvre alors qu'elle s'efforçait de trouver une réponse. Elle avait oublié de le questionner au sujet de ses bagages, un oubli qu'il attribuait à son anxiété et la confusion provoquée par les événements de la semaine.

— Tu t'es rendu dans ma chambre ? demanda-t-elle finalement, le souffle saccadé.

— C'était soit ça ou te laisser piquer dans mes vêtements.

Une idée plutôt attrayante, d'ailleurs. Elle serait parfaite dans un de ses T-shirts blancs et un boxer. Ni soutien-gorge ni culotte, juste ses vêtements contre sa peau. Hmm, il taquinerait ses tétons à travers le tissu fin avec sa bouche jusqu'à ce qu'ils soient dressés contre le vêtement. C'était une belle image, qui le laissa un peu à l'étroit dans son pantalon. Il se recula avant de faire de ce fantasme une réalité. Astasiya avait besoin de temps pour récupérer. Et il ne disposait plus d'assez de temps pour se permettre de la séduire comme il le souhaitait. Peut-être plus tard, après la réception. Il n'avait qu'à faire preuve de patience en attendant.

— Je ne suis pas sûre de vouloir savoir comment tu as réussi à t'introduire dans notre appartement, songea-t-elle.

— Ce serait mieux pour toi, mais ça comptera comme l'une de tes questions, et tu me dois d'abord un rencard.

Il tapota ses fesses, juste parce qu'il le pouvait, et s'élança vers l'entrée.

— Profite de ta journée au spa, chérie.

— Je ne me souviens pas t'avoir donné mon accord.

— Je ne me souviens pas t'avoir laissé le choix, répliqua-t-il par-dessus son épaule. On se voit à sept heures.

CHAPITRE NEUF

SOURIEZ, VOUS ÊTES FILMÉS

Elle est bien rentrée au penthouse.

Issac lut le texto de son chauffeur, Benjamin, en sortant du siège de Wakefield Pharmaceuticals.

Il lui répondit et lui demanda de passer les prendre vingt minutes plus tard pour les emmener au gala. Il n'avait besoin que de cinq minutes pour rejoindre son penthouse à pied, et il avait enfilé son smoking au bureau avant de partir. L'un des avantages de posséder l'entreprise et l'immeuble accueillant ses locaux était le penthouse d'une chambre avec salle de bain dont il disposait sur place. Même s'il ne l'utilisait que rarement. Il préférait de loin son appartement en retrait de Chambers Street.

Il lissa le revers en soie lisse de sa veste, satisfait du travail de son couturier italien malgré l'absence de boutons. La laine lui tenait un peu chaud pour un soir de juin, mais l'ensemble lui plaisait. Il avait associé la veste à un gilet de costume et un pantalon noirs, ainsi qu'à une chemise en soie. Noir sur noir ; sa tenue de soirée habituelle.

— Bonsoir, monsieur, le salua Paul en lui ouvrant la porte de l'immeuble.

Il l'accueillait toujours en utilisant *monsieur* ou *monsieur*

Wakefield, malgré les invitations répétées d'Issac à faire preuve de plus de familiarité. Il salua l'homme d'un signe du menton et se dirigea vers l'ascenseur.

— Bonsoir, Paul.

Issac était propriétaire des deux appartements qui occupaient son étage. Il avait gardé le plus grand pour son usage personnel et mettait le second à la disposition de ses invités. Cependant, Astasiya l'attendait à l'intérieur de sa suite privée, une intimité qu'il réservait à ses amis les plus proches et à sa famille. Cela faisait déjà plusieurs jours qu'elle était dans son appartement. Elle avait même failli y mourir, alors pourquoi ne pas lui laisser le champ libre ? Cela la mettrait plus à l'aise. Et oui, il voulait bien admettre qu'une partie de lui appréciait sa présence dans son espace personnel.

Même s'il ne se souciait guère d'étudier plus en détail ce sentiment. Ils n'avaient aucun avenir. Elle n'en était pas consciente, mais lui, si.

Il pénétra dans l'appartement et suivit le doux parfum de lavande et de savon jusqu'au grand salon. Astasiya se tenait devant les fenêtres et admirait la vue. Le paysage nocturne était toujours glorieux, mais il ne pouvait se concentrer dessus cette fois-ci. Pas avec cette blonde spectaculaire sous les yeux.

De la soie couleur saphir épousait les courbes de son corps avant de tomber en cascade le long de ses jambes jusqu'au sol. Deux fines bretelles retenaient vaillamment le tissu et laissaient la peau de son dos exposée à ses caresses. Le coiffeur avait attaché la chevelure blonde d'Astasiya, exposant son cou. Il regretta d'autant plus de ne pas avoir trouvé de temps dans la journée pour se nourrir. Elle allait le tenter toute la nuit.

Peut-être en ferait-il de même d'une manière légèrement différente.

— Bonsoir, chérie, murmura-t-il en laissant courir ses doigts le long de sa colonne vertébrale.

Le frisson qui s'ensuivit le fit sourire.

— Tu es splendide

— Et toi, tu as l'air encore plus onéreux que d'habitude, le salua-t-elle.

Petite effrontée.

Sa main se posa finalement sur l'une de ses hanches quand elle se retourna. La fente qui descendait le long de sa jambe exposait le haut de sa cuisse et offrait un aperçu de ses talons argentés. Ils lui faisaient gagner quelques centimètres et allongeaient ses jambes déjà interminables. *Sublime.*

— Comment s'est passé ton après-midi ? demanda-t-il en caressant sa hanche avec son pouce.

La robe de couturier recueillait définitivement son approbation, même s'il aurait préféré un décolleté plongeant au décolleté en cœur.

— Le cocooning était sympa.

Ses lèvres charnues étaient recourbées en un sourire taquin. *Oui, très effrontée.*

— Juste sympa ?

— C'était une expérience.

Il sourit.

— Es-tu prête à expérimenter une nouvelle fois ?

Issac était capable d'imaginer plusieurs activités divertissantes pour occuper leur soirée, et aucune d'elle n'était que *sympa*. L'une d'elle ? Découvrir la couleur de la lingerie qu'elle portait sous sa tenue. Elle ne portait visiblement pas de soutien gorge, mais il pouvait tout juste sentir sous ses doigts de la dentelle contre sa hanche. Il suivit la matière affriolante jusqu'au creux de ses reins.

Les pupilles d'Astasiya se dilatèrent, la suggestion à peine voilée d'Issac suscitant son intérêt.

— Peut-être.

Le consentement n'était pas explicite mais il saurait s'en débrouiller. Il posa sa paume contre son dos dénudé, savourant la chaleur de sa peau contre la sienne.

— On y va ?

Il n'attendit pas sa réponse et l'encouragea d'une légère pression de sa main à le suivre. Elle s'exécuta et attrapa une pochette noire en passant à côté de la table.

— Où se tient ce gala ? demanda-t-elle alors qu'ils montaient dans l'ascenseur.

— Au Pierre.

La lueur dans son regard lui indiqua qu'elle connaissait l'endroit. C'était le cas de nombreux New-Yorkais. Il s'agissait d'un lieu de réception assez populaire.

— Benjamin nous conduira là-bas.

— Le type grand et bavard qui m'a trimballée à travers toute la ville aujourd'hui ?

— Oui, c'est bien lui.

Le vieil homme avait commencé à travailler pour Issac un peu plus de dix ans auparavant. Une âme charitable qu'il payait grassement pour garder ses secrets. Il était peut-être bavard, mais il comprenait l'importance de se montrer discret.

— Tu ne lui donnes pas sa soirée ? vérifia-t-elle.

— Pas ce soir.

Issac ne se sentait pas du tout coupable ; son employé avait profité d'un congé pendant la plus grande partie de la semaine. Une conséquence du temps qu'avait passé Issac enfermé dans son penthouse à attendre qu'une certaine blonde se réveille. L'homme aux cheveux gris les salua quand ils quittèrent le bâtiment et leur ouvrit la portière arrière de la limousine.

— Qu'est-il arrivé à la voiture ? demanda Astasiya en faisant référence au véhicule à quatre portes que le chauffeur d'Issac utilisait habituellement pour ses courses quotidiennes.

— Je suis passé à la version supérieure, répondit Benjamin, tout sourire.

— Sacrée amélioration, répliqua Astasiya en acceptant l'aide d'Issac pour s'installer.

Deux coupes de champagne les attendaient à l'intérieur. Une fois installé à côté d'elle, Issac lui en offrit une avant de saisir la deuxième.

— Aux expériences, chérie.

— Je n'ai pas la moindre idée de la raison pour laquelle on fait ça, mais pourquoi pas.

Elle trinqua avec lui et prit une généreuse gorgée.

— J'espère qu'il y aura de quoi manger à cette réception.

— Plus ou moins.

Ces réceptions offraient en général plus d'alcool que de nourriture. Elle grogna.

— Ça va être une de ces soirées prout-prout, n'est-ce pas ? Avec des petits-fours artistiques, jolis mais immangeables ?

— Tu as l'air de t'y connaître. As-tu déjà assisté à l'un de ces évènements ?

Il ne l'avait jamais remarquée lors de l'une de ces soirées, mais il était aussi habituellement accompagné lors de ces sorties, donc il avait pu ne pas l'apercevoir. Non. Ce n'était pas possible. Issac l'aurait forcément remarquée.

— Ouais, non. Ce n'est pas mon genre, mais Lizzie a assisté à certains de ces événements. Elle se plaint toujours de la nourriture en rentrant.

Elle réussissait toujours à attiser sa curiosité et à le surprendre.

— Pourquoi dis-tu que ce n'est pas ton genre ? l'interrogea-t-il.

La plupart des femmes adoraient ces soirées somptueuses.

— Je suis plus du style à sortir pour aller au ciné ou prendre un café.

— Continue.

Il fit mine de s'installer confortablement et écarta assez les jambes pour presser sa cuisse contre la sienne. Il s'agissait de sa jambe gauche, exposée par la fente de sa robe. Cela le démangeait de glisser sa main sous la soie et d'explorer. Pour se distraire, il s'occupa de finir sa coupe et de remplir son verre.

— Tu sais, ce genre de trucs classiques. Comme passer le vendredi soir à la maison avec un livre ou devant un film. Je n'apprécie pas vraiment les activités mondaines. C'est plus le style de Lizzie.

— Et pourtant tu sembles bien intégrée à leur univers.

— Seulement par association.

— C'est suffisant.

— Mais ce n'est pas *mon* milieu. J'accompagne juste Lizzie pour lui tenir compagnie.

— Ton amitié avec Elizabeth est curieuse, réfléchit-il à voix haute.

Les Watkins étaient des arrivistes notoires et leur fille une expérience du FHC tristement célèbre ; bien que la plupart des gens n'en soient pas conscients. La sublime rouquine ne partageait aucun lien génétique avec ses parents, une situation qu'elle semblait ignorer. Il se demanda quand George et Lillian feraient le choix de le lui annoncer. Ils avaient sûrement d'autres objectifs en tête concernant cette pauvre fille qu'une inscription à l'université et un travail à temps plein.

Même si cela lui avait permis de faire la rencontre d'Astasiya.

Était-ce un accident ou bien prémédité ?

— Comment as-tu fait la rencontre d'Elizabeth ? demanda-t-il

— Nous nous sommes rencontrées lors de notre première année à l'université de Columbia. Nous partagions une chambre. C'était assez gênant au début. Elle adore le rose, du genre *vraie fan* de la couleur, et les câlins, et elle était aussi un peu obsédée par les garçons. Il a fallu qu'on instaure quelques règles, mais c'est devenu ma meilleure amie, expliqua-t-elle en souriant. C'est Lizzie.

Ah, donc il s'agissait potentiellement d'un arrangement si Elizabeth était sa colocataire. Intéressant.

— Est-ce ainsi que tu as rencontré les Fitzgerald ?

— Ouais. Au brunch du dimanche. C'est une tradition mensuelle. Je crois que ça a commencé avant la naissance de Lizzie.

— Oh oui, c'est certain.

George avait aidé à créer le FHC et était l'une des rares personnes qui connaissait la raison derrière sa création.

— Comment te sens-tu, d'ailleurs ?

Il comptait le lui demander plus tôt mais il avait été distrait par sa robe. Elle semblait en parfaite santé, toutes ses ecchymoses guéries. Une conséquence heureuse de son héritage d'immortelle, sans aucun doute. Astasiya avala le reste de son champagne et déposa sa flûte sur une tablette.

— Physiquement ? Je me sens bien.

— Et émotionnellement ?

— Eh bien, je me sens à la fois furieuse, confuse, et dépassée.

— Ce sont des réactions raisonnables au vu des événements.

Il se pencha par-dessus ses genoux pour déposer son verre à côté du sien. Son pouls s'emballa, appâtant l'Ichorien qui sommeillait en lui. Hmm, elle devrait ajouter *excitée* à sa liste d'émotions. Issac glissa son bras le long du dossier derrière sa tête tout en promenant les doigts de son autre main le long de la fente de sa robe, la bousculant pour tester ses limites.

— J'aime vraiment cette robe, murmura-t-il en guettant sa réaction.

— Tant mieux, vu que c'est toi qui l'as payée.

Ses paroles convaincues réussirent presque à masquer l'aspect voilé de sa voix. Presque.

— Est-ce que cela t'ennuie ? demanda-t-il doucement, faisant référence au fait qu'il avait payé sa tenue.

Il avait l'habitude de couvrir les frais attenants à la toilette de ses compagnes, car il attendait un certain niveau de classe et de luxe afin d'entretenir sa réputation. Toutefois, les traitements au spa et le fait de laisser sa compagne choisir sa tenue ne faisaient habituellement pas partie de la routine. C'était pour son bien et seulement le sien.

— Pas vraiment, mais seulement parce que je ne sais pas combien ça t'a coûté. Ils ne m'ont pas laissée payer quoi que ce soit.

Elle acheva sa réponse avec un adorable regard noir. Elle n'appréciait pas qu'il prenne soin d'elle. Dommage, car il n'avait aucune intention de cesser.

— Tu serais bien la première à te plaindre de ça devant moi, admit-il.

— Nous avons déjà abordé ce sujet. Je ne suis pas une mondaine convaincue. De plus, nous ne sortons pas vraiment ensemble.

— Ah non ?

C'était pourtant l'impression qu'il avait. Ce soir, en tout cas. Il glissa son pouce sous la soie et caressa légèrement l'intérieur de sa cuisse.

— Non, il s'agit d'un accord. Même si je ne comprends toujours pas ce que tu en retires.

Il se pencha vers elle, glissant sa paume plus haut le long de sa jambe. Le souffle saccadé de la jeune femme caressa ses lèvres.

— En es-tu si certaine, Astasiya ?

STAS EN OUBLIA comment formuler la moindre réponse, sa langue ne lui étant plus d'aucune utilité. Cette lueur qui habitait son regard saphir la fit flamber. Elle s'efforça de ne pas serrer les cuisses, consciente qu'il remarquerait sa réaction. Mais merde, elle avait besoin de quelque chose, n'importe quoi, pour soulager se désir ardent qui brûlait en elle.

C'est tellement inapproprié.

Et pourtant, rien ne lui avait jamais semblé aussi évident.

Si elle penchait la tête de seulement quelques centimètres, leurs bouches se toucheraient. Follement désireuse de le goûter, la tentation la poussa à s'humecter les lèvres. Sa tenue entièrement noire était dangereusement séduisante, le gilet qui épousait son torse musclé soulignait le physique avantageux qu'elle avait aperçu et qui se cachait dessous. Le contact de sa paume marqua la peau de sa cuisse au fer rouge alors qu'il continuait de dessiner des cercles lascifs sur sa peau nue à l'aide de son pouce.

Ils feraient mieux de sauter la réception et de rester là toute la nuit.

Sauf qu'elle attendait quelque chose de lui, une pensée ou une question qui l'avait travaillée toute la journée. Mais dont elle était désormais incapable de se souvenir, enveloppée comme elle l'était par son parfum enivrant, qui se mêlait à chacune de ses inspirations. Le champagne n'aidait pas. Pas plus que la cage masculine et sexy qui l'entourait. Il baissa le bras jusqu'à ses épaules.

— D'après mes calculs, il nous reste cinq minutes avant d'atteindre Sixty-First Street, chuchota-t-il tout près de ses lèvres entrouvertes. Ce n'est pas assez.

— Nous pourrions changer de destination, suggéra-t-elle d'une voix rauque qu'elle entendait pour la première fois.

Cet homme la mettait progressivement à nu, exposant une partie d'elle qu'elle n'avait jamais vraiment explorée. Une partie vraiment sexuelle qui échappait à la raison. Ses mains se posèrent sur son torse, savourant avec la pulpe de ses doigts les muscles puissants recouverts par la soie. Pour autant qu'elle aimait son smoking, elle mourrait d'envie de le lui retirer, d'explorer sa peau nue et les crêtes de son abdomen.

— C'est une offre tentante, souffla-t-il. Mais tu n'as qu'à considérer ceci comme un avant-goût.

Elle écarta ses lèvres dès qu'il plongea sa langue entre elles, prenant les commandes comme elle s'y attendait venant d'Issac.

Son cœur battait la chamade. Elle avait la chair de poule.

Des flammes parcouraient sa peau, irradiant de la main posée sur sa jambe.

Bouleversant, dominant, déterminé.

Stas s'oublia dans son étreinte, complètement grisée par le baiser d'Issac. Il l'attira sur ses genoux, l'obligeant à le chevaucher. Il glissa une main contre sa nuque et la guida de manière à accéder aussi profondément que possible à sa bouche.

Elle en oublia comment respirer. Et même comment formuler la moindre pensée. Elle enfonça ses ongles dans sa chemise soyeuse, s'agrippant de toutes ses forces alors qu'il la dévorait.

Oh mon Dieu…

Elle avait besoin de plus, son bas ventre frissonnant d'un désir que seul Issac pourrait satisfaire. Il continua d'empoigner son cou mais laissa retomber son autre main sur la cuisse de Stas, la glissant sous le tissu et vers la dentelle que dissimulait la robe.

— Issac, soupira-t-elle, priant pour que ses doigts descendent un peu plus, là où elle avait le plus envie de ses caresses.

— Putain, murmura-t-il en capturant de nouveau sa bouche.

Oh oui, songea-t-elle en ondulant contre lui, cherchant à parvenir à ses fins

Un flash illumina soudainement l'intérieur de la voiture, aussitôt suivi par un autre. *Quoi ?*

Elle arracha sa bouche de celle d'Issac pour jeter un coup d'œil à travers les fenêtres teintées, bouche bée face à la nuée de photographes qui les attendaient hors de la limousine.

— Il ne peuvent rien voir à l'intérieur, lui dit Issac pour la rassurer.

Elle frissonna, à la fois à cause du corps chaud et excité de l'homme en dessous d'elle ainsi que la réalisation qu'elle était sur le point d'être jetée en pâture aux rapaces armés d'appareils photo.

— Merde.

Ses épaules se contractèrent, la compréhension de leur situation imminente lui glaçant le sang.

— On ne peut pas simplement aller au ciné comme un couple normal ?

Le rire d'Issac vibra contre sa peau quand il retira sa main de sa cuisse.

— Sommes-nous un couple désormais ? Je croyais qu'il s'agissait d'un simple arrangement, Astasiya ?

Elle frappa son torse et descendit de ses genoux.

— Tu as bien compris ce que je voulais dire.

Il se pencha vers elle pour l'aider à réajuster sa robe avec l'aisance d'un homme habitué à fricoter avec des femmes à l'arrière d'une limousine. Ce n'était pas une chose à laquelle elle souhaitait songer. Il tourna son attention vers la coiffure de Stas et dit :

— Je dois vraiment faire une apparition ce soir ; autrement, nous serions déjà en route pour la maison où je te ferais des choses dignes d'un *couple normal*.

Une lueur moqueuse luisait dans son regard quand il croisa le sien en insistant sur ces deux mots, avant de reporter son attention sur ses cheveux.

— Que penses-tu de l'art ?

— Euh. *L'art ?* Je dois admettre que ce n'est pas un sujet que je maîtrise.

— Nous sauterons donc la vente aux enchères. Je ne m'y connais pas tellement, non plus.

— Il y a une vente aux enchères au programme ?

— C'est un gala, chérie. La vente aux enchères est destinée à lever des fonds pour l'association caritative sponsorisée ce soir.

Les doigts d'Issac glissèrent de son cou à ses bras.

— Et voilà, aussi magnifique que d'habitude.

Son accent anglais exacerba l'effet provoqué par son compliment et la réchauffa. S'il y avait bien une personne ici qui soit *magnifique*, c'était Issac vêtu d'un smoking. Il lui sourit.

— Trois, deux...

La portière s'ouvrit de son côté. Un homme dans la force de l'âge habillé en pingouin salua Issac de manière familière avec un large sourire.

— Bonsoir, Claude. Comment vont ta femme et tes enfants ? lui demanda Issac en sortant du véhicule.

Stas fronça les sourcils alors que l'inconnu répondait à Issac d'un air jovial. *Issac doit passer beaucoup de temps ici pour être en aussi bons termes avec le personnel du Pierre. Combien de rencards a-t-il amenés ici ?*

Est-ce que c'est important ? Pas vraiment, non.

— Génial. Je suis heureux de l'entendre, dit Issac en offrant une main à Astasiya.

Un invitation à sortir pour qu'il puisse l'escorter au milieu de la cohue qui les attendait.

Appareils photo. *Rapaces.*

La plupart d'entre eux patientait, mais certains photographiaient déjà le très célèbre Issac Wakefield. Et il voulait qu'elle se joigne à lui.

C'est juste pour une soirée.

Elle serait connue comme la blonde générique accrochée à son bras, bien moins remarquable que tous les mannequins et actrices connues qui l'accompagnaient d'habitude à ce genre de réceptions. Ce qui signifiait aussi qu'elle serait comparée à toutes ces conquêtes. *Aucune raison de stresser.*

Il lui jeta un coup d'œil, manifestement amusé.

— Aurais-tu peur, chérie ?

Oui.

— Non.

Ses lèvres se recourbèrent.

— Menteuse.

Elle saisit sa main pour lui prouver le contraire et lui permit de l'aider à sortir de la limousine. Une rafale d'éclairs lumineux éclata soudainement avant qu'elle ne puisse lui répondre et la força à protéger ses yeux. Issac enveloppa sa main dans la sienne et les laissa tomber entre eux, exposant son visage aux appareils des photographes avides.

— Respire.

Ses lèvres caressèrent son oreille et il glissa sa main libre autour de sa taille pour l'attirer contre lui.

— Et essaye peut-être de sourire.

— Pourquoi, parce que toi, tu souris à chaque fois ? répliqua-t-elle.

— Ce qui signifie ?

— Tu ne souris jamais sur les photos.

Elle avait dû faire défiler des milliers de photos prises lors de soirées similaires quand elle avait effectué des recherches à son sujet lundi soir. Il ne souriait jamais, pas même un petit sourire en coin.

— Donc pourquoi est-ce que je me forcerais ?

Une lueur amusée s'alluma au fond de ses yeux bleu nuit.

— Qu'as-tu appris d'autre à mon sujet, Astasiya ?

— Rien de bien utile.

— Mon patrimoine ne t'a pas intriguée ?

— Même en supposant que les estimations soient justes, non. Ta biographie ressemble à un manuel pour playboy, s'esclaffa-t-elle.

Le rire qui s'ensuivit la fit frissonner. Un son tellement mélodieux qu'il la poussa à sourire en réponse à son charisme évident. Il resserra son bras autour de sa taille et déposa un baiser sur sa tempe avant de coller une nouvelle fois sa bouche contre son oreille.

— Ta franchise est appréciable.

— Est-ce que ça signifie que tu comptes me renvoyer l'ascenseur ?

— Peut-être plus tard.

Il mordilla la peau de son cou avant de reporter son attention vers les photographes. Ils semblaient gober leur démonstration d'affection, ce qui la poussa à se demander s'il s'agissait de son comportement habituel ou d'une mascarade. Avec l'aisance d'un homme habitué à gérer la présence des paparazzi, il les guida vers l'entrée mais s'arrêta régulièrement pour prendre à nouveau la pose. Il se donna en spectacle devant les photographes, tout sourire. Il y aurait beaucoup de cœurs brisés demain, une fois les photos publiées, car le sourire d'Issac, associé à son smoking, était dévastateur. Stas faisait pâle figure à ses côtés mais fit de son mieux pour poser à ses côtés tandis que les médias bombardaient Issac avec des questions.

— Parlez-nous de votre compagne.

— Donnez-nous son nom !

— Comment vous êtes-vous rencontrés ?

Elle se hissa sur la pointe des pieds pour chuchoter contre son oreille.

— Tu ne trouves pas ça épuisant ?

Il fit courir ses doigts le long de sa colonne vertébrale pour venir triturer une mèche de cheveux alors qu'un photographe prenait leur photo.

— Je ne pense pas me lasser un jour de t'avoir dans mes bras, chérie.

— Je pense qu'on a dépassé la phase des répliques de drague depuis un moment, Issac.

— Je n'utilise pas de *répliques*. Je pensais avoir été clair dans la limousine. Où est-ce que tu préférerais une démonstration publique ?

La main qui jouait avec ses cheveux se dirigea vers son cou. Il l'encouragea à se laisser tomber en arrière, une main sur sa taille pour la stabiliser alors qu'il s'emparait de ses lèvres.

— Parce que je serai heureux de te faire plaisir.

Il énonça chaque mot tout près de ses lèvres, provoquant un frisson au plus profond d'elle. Les flashs continuaient de crépiter autour d'eux alors qu'il la tenait juste à l'abri des regards de leur public. Les questions s'enchaînaient, les bombardant sans qu'ils y répondent.

— Comment s'appelle-t-elle, Issac ?

— De qui s'agit-il ?

— Depuis combien de temps est-ce que vous sortez ensemble ?

Oh bon sang. Si Issac avait cherché à la distraire des événements de la semaine, il avait accompli sa mission. Elle n'arrivait pas à décider si le besoin de se cacher pour le reste de ses jours était plus fort que son envie de l'embrasser.

— Je vais devoir me venger, lui dit-elle, complètement sincère.

— Tu peux essayer. Je pense que j'apprécierais la possibilité de te punir en retour.

Il la redressa, alignant son corps avec le sien. Le désir de Stas s'accrut dans son ventre. Le fait d'être excitée à l'idée d'une *punition* allait à l'encontre de toutes ses convictions, mais ses hormones n'étaient pas sur la même longueur d'onde que son cerveau. Elle s'inquiéterait pour son bon sens plus tard.

— Souris, chérie. Ton fard naturel est parfaitement charmant.

Il la retourna en direction de leurs spectateurs et leur offrit un autre sourire adorable. Elle rougit et s'efforça de sourire. Elle n'avait aucune envie d'étudier les clichés demain.

— Bien joué, chuchota Issac en l'escortant dans le hall d'entrée grandiose de l'hôtel.

Plusieurs employés se tenaient prêts à accueillir les invités, mais Issac les contourna et guida Stas en direction d'une pièce opulente, où se tenaient une cinquantaine de tables installées devant une scène. Des lustres étaient suspendus aux plafonds voûtés tandis que des bougies décoraient les murs entre les somptueux rideaux rouges. Le carrelage ouvragé apportait à la pièce un aspect plus classique, dénotant le riche héritage de l'hôtel.

Issac l'escorta vers une table située au centre de la pièce qui offrait aux convives une vue dégagée de la scène, et elle y déposa sa pochette. Plusieurs personnalités bavardaient autour d'eux, témoignant de l'influence et des moyens à disposition de l'œuvre caritative. Un certain nombre d'entre eux saluèrent Issac en flânant dans leur direction, l'accueillant comme un membre à part entière du beau-monde.

Je n'ai tellement pas ma place ici, pensa-t-elle alors qu'il lui offrait une flûte de champagne, attrapée au vol sur le plateau d'un serveur. Un petit sourire retroussa ses lèvres quand il nota son expression.

— À ta santé chérie, murmura-t-il en trinquant avec elle.

Elle prit une gorgée pour se donner du courage et savoura le picotement des bulles dans sa gorge.

— Tu mènes une drôle de vie, Issac.

— La soirée ne fait que commencer.

Il garda un bras autour d'elle, et s'assura de la garder près de lui tout en discutant avec les autres invités. Stas en conclut que ces échanges prosaïques étaient de rigueur avant le repas comme personne ne s'installait à table. Quelques serveurs déambulaient dans la salle et offraient des hors-d'œuvre aux convives, mais un geste subtil d'Issac la découragea d'en accepter un.

— Tu serais mieux servie avec un morceau de caoutchouc, murmura son démon avant de reprendre sa conversation avec un homme politique.

Stas était consciente que *démon* n'était plus le terme approprié, mais cela lui collait trop bien à la peau pour qu'elle cesse de l'utiliser. *Okay, donc peut-être bien que c'est un petit nom.* Même si elle ne l'admettrait jamais à voix haute.

Issa la présenta à chaque convive qui s'approchait, mais la plupart d'entre eux l'ignorèrent en faveur du séduisant PDG de Wakefield Pharmaceuticals. Elle ne s'en souciait guère, préférant l'admirer à l'œuvre. C'était son univers, où il prospérait en charmant la foule et en arrachant des sourires aux convives à travers la pièce.

— Stas ?

La voix familière lui fit marquer un temps d'arrêt. Elle avait appelé Lizzie cet après-midi pour lui demander des conseils au sujet de la réception. Cela lui avait aussi permis d'expliquer ses activités de la semaine et d'éviter de se mettre sa meilleure amie à dos. Mais l'idée que Lizzie n'était pas sa seule amie à fréquenter ce genre d'événement mondain ne lui avait jamais traversé l'esprit.

Jusqu'à présent.

— Hé, Tom, le salua-t-elle, tout sourire en réponse à sa charmante interruption.

Il portait lui aussi à merveille le smoking. Lizzie en serait restée bouche bée. Malheureusement, Stas préférait son uniforme habituel – blouson en cuir et jean – qui était plus à son goût. Le silence se fit autour d'eux et Stas réalisa qu'ils avaient interrompu la conversation d'Issac avec quelques politiciens. Ou étaient-ce des acteurs ? Elle ne s'en souvenait plus.

Mais Tom les connaissait tous et leur serra la main, les saluant solennellement et échangeant quelques sourires avec eux. *Il y a bel et bien un club pour célibataires en vue, et ils en sont tous les deux membres.* Les regards appréciateurs tout autour de la salle confirmèrent les pensées de Stas. Le sourire de Tom se figea quand son attention tomba finalement sur son démon. Ils n'échangèrent pas de poignée de main.

— Wakefield.

— Thomas.

La testostérone qui envahit subitement l'atmosphère entre les deux hommes donna la chair de poule à Stas. Le bras qu'Issac avait enroulé autour de sa taille se contracta et l'attira plus près de lui alors que Tom plissait les yeux.

Ouais, cette situation n'est vraiment pas gênante du tout, les mecs. Tous les convives qui les entouraient semblaient partager son avis, si leurs regards curieux étaient une bonne indication. Issac et Tom avaient-ils une relation houleuse bien connue de tous ? Car l'effroyable lueur meurtrière tapie au fond du regard de Tom lui glaçait le sang.

Il est furieux. Mais pourquoi ?

— Comme c'est généreux de la part de ton père de te laisser profiter du week-end, dit Issac pour rompre le silence pesant.

— Oh, ne te laisse pas avoir par le smoking. Je suis constamment aux aguets, répliqua Tom.

Ses paroles firent frissonner Stas. Il avait été tellement naturel pour elle de saluer son ami ; si naturel qu'elle n'avait pas songé un instant à la connexion entre lui et le *travail*.

Le FHC.

L'organisme qui avait peut-être tenté de l'exécuter.

Merde. Et si c'était vrai ? Et s'ils avaient vraiment tenté de me tuer ?

Ne s'était-elle donc pas juste réveillée ce matin de son sommeil comateux ? Ce rude rappel à la réalité la fit trembler. Toutes les attentions somptueuses de la journée lui avaient fait perdre le sens de la réalité. Une vie réelle qu'elle avait failli perdre.

Qu'est-ce que je fous ici ? Et s'ils étaient au courant ?

Est-ce vrai ? Ont-ils vraiment tenté de m'empoisonner ?

Rien ne lui semblait réel, comme si tout cela n'était

qu'un rêve. Elle ne savait quoi ou qui croire, et le fait qu'elle se porte mieux pour le moment ne réglait pas la situation.

Que s'est-il réellement passé ?

Issac mordilla son cou et caressa son oreille avec ses lèvres.

— Respire. Tu es en sécurité.

Ouais ? J'ai du mal à le croire. Pas quand Tom fusillait ainsi son démon du regard.

Le docteur Fitzgerald les approcha par la gauche, une expression affectueuse sur le visage ; un contraste saisissant avec l'irritation manifeste de son fils.

— Bonsoir, Stas, la salua Dr Fitzgerald en embrassant sa joue. Tu es magnifique, très chère. Issac, l'interpella-t-il avec un geste furtif du menton.

— Docteur, répondit celui-ci en souriant. Ça fait plaisir de vous voir.

Ils échangèrent une poignée de main et le docteur Fitzgerald répliqua :

— De même.

La tension qui régnait se dissipa un peu et l'attention de la foule se porta sur le philanthrope de renom. Tout le monde souhaitait attirer son attention comme ils l'avaient fait pour Issac, laissant à nouveau à Stas l'occasion d'observer la scène. Elle poussa un long soupir, son cœur battant la chamade dans sa poitrine.

Reprends-toi, s'exhorta-t-elle. *Ce ne sont que des soupçons. Dr Fitzgerald est un ami, un mentor, une figure paternelle.*

Il lui donna raison en charmant la foule qui l'entourait avec un sourire franc qui touchait son regard sombre. Tom se tenait à côté de lui comme le fils dévoué qu'il était et suivit l'exemple de son père. Ils auraient pu passer pour des frères, car on donnait à peine quarante ans au docteur Fitzgerald. Cela ne faisait qu'accroître son attrait si l'on en jugeait par les regards appréciateurs des femmes à proximité. Son épouse était décédée près de dix ans auparavant, faisant de lui un célibataire convoité.

Cet univers est compl…

— Le gentil docteur est censé recevoir un prix ce soir, chuchota Issac près de son oreille. Ils sont aussi installés à la même table que nous.

Elle l'observa du coin de l'œil.

— Merci de m'avoir prévenue plus tôt.

Elle ne chercha pas à masquer son sarcasme. Il aurait pu l'avertir dans la limousine. Une pointe d'hilarité s'alluma au fond de ses yeux.

— Mais de rien, chérie.

— C'est la deuxième fois que je vous vois ensemble cette semaine, les interrompit le Dr Fitzgerald en se libérant de son public.

Il n'essayait pas de masquer sa curiosité alors que ses lèvres tressaillaient. À l'inverse de son compagnon qui semblait contempler la meilleure manière de défigurer son démon.

— Craignez-vous que je ne vous la dérobe ? demanda Issac en caressant la joue de Stas du bout des lèvres, s'attirant une nouvelle fois les foudres de Tom.

C'est quoi son problème ? se demanda-t-elle. Issac n'avait peut-être pas la trempe pour décrocher le titre de Petit Ami de l'année, mais il n'était pas *si* terrible. Elle songea un instant qu'il était jaloux mais écarta rapidement cette théorie. Tom la traitait comme une petite sœur, tout comme Lizzie.

Non. Quelque chose d'autre se tramait. Mais quoi ? Dr Fitzgerald haussa un sourcil blond.

— Est-ce que je devrais m'inquiéter ?

— Absolument, répliqua Issac contre son cou, son geste possessif provoquant un frisson.

Attention, Stas. C'est juste un petit arrangement.

— Es-tu prête à passer à table, chérie ? demanda-t-il doucement, ignorant au passage la multitude de regards tournés vers eux.

Plus d'un spectateur semblait surpris, y compris Dr Fitzgerald. L'estomac de Stas se noua et elle piqua un fard. Elle préférait de loin être la boniche ignorée plutôt que de se trouver au centre de l'attention.

— Bien sûr, réussit-elle à répondre malgré sa gorge asséchée.

Sa tête tournait un peu après les deux verres de champagnes qu'elle avait bus le ventre vide. Il était sûrement temps pour elle d'avaler un morceau.

— Génial.

Issac salua les autres avec quelques paroles rapides et un sourire énigmatique. Quand les Fitzgerald se mêlèrent à la conversation, elle dut se retenir de s'éventer. Les trois hommes offraient un tableau bien trop magnétique. Encore une preuve qu'elle n'avait pas sa place dans cet univers. Loin de là.

— On y va ? demanda son démon quand la foule se dispersa.

Dr Fitzgerald ouvrit la voie. Tom s'attarda un instant avant de tourner les talons et de suivre son père. Stas s'élança à son tour mais fut retenue par Issac, qui l'attira contre lui.

— Ne mentionne pas ta réaction aux vaccins.

Il murmura son instruction contre son oreille, si bas qu'elle faillit la rater.

— S'il te posent la question, les vaccins t'ont rendue nauséeuse, mais n'ont pas eu plus d'effet que ça.

Son estomac se serra, gagnée par l'effroi après ce rappel brutal. Les Ressources Humaines avaient laissé un message vocal sur son téléphone pendant son rendez-vous chez le coiffeur cet après-midi. Elle avait réussi son examen de sécurité et ils souhaitaient programmer son initiation. C'était de *ça* qu'elle voulait parler à Issac. Elle souhaitait savoir pourquoi il suspectait l'implication du FHC dans la tentative d'empoisonnement à son encontre, car il ne lui avait jamais fait part de l'origine de ses soupçons.

Toute cette journée n'avait été qu'un échappatoire temporaire. Et elle devait désormais faire face à la réalité qui l'attendait, installée à quelques mètres seulement, à une table qu'ils devraient partager pour le dîner.

— Est-ce que tu insinues qu'il sont au courant pour le poison ? demanda-t-elle en étudiant le visage d'Issac, à la recherche de la moindre preuve qui la pousserait à lui faire confiance.

Et à suspecter l'homme qu'elle considérait comme son modèle d'être impliqué dans les événements de la semaine. Car si son entreprise empoisonnait réellement de potentiels employés, il était forcément au courant.

Il ne validerait jamais de telles méthodes. N'est-ce pas ?

— Je tiens juste à te prévenir que n'importe qui pourrait être à l'écoute, répondit discrètement Issac. Est-ce que tu comprends ?

C'était bien le cas, mais cela ne répondait pas à sa question.

— Est-ce qu'il est au courant, ou non, Issac ?

— Je n'ai pas de réponse pour toi. Contente-toi d'observer et d'apprendre.

Il caressa ses lèvres avec les siennes, capturant son regard d'une manière résolue qui fit battre son cœur plus fort.

— Fais-moi confiance.

CHAPITRE DIX

UNE IDYLLE PÉRILLEUSE

CONTENTE-TOI D'OBSERVER et d'apprendre. C'était dans ses cordes.

Issac était assis à sa gauche et avait posé sa main sur sa cuisse. Il caressait sa peau nue à travers la fente de sa robe tout en discutant du cours de la bourse avec le docteur Fitzgerald. Elle déduit de leur conversation que leurs stratégies d'investissement étaient assez similaires. Leur échange spontané suggérait aussi l'existence de liens amicaux entre eux, un élément qu'Issac avait omis de mentionner.

Il avait pourtant accusé l'entreprise du docteur Fitzgerald d'avoir tenté de la tuer. Dans une telle situation, il lui aurait semblé normal d'être informée de son amitié avec le PDG de l'organisation. Mais non, c'était apparemment trop demander.

Cela ennuyait Stas autant que ça l'embrouillait, une confusion qui n'était pas aidée par les caresses distrayantes d'Issac sur sa jambe.

Alors ôte sa main de ta cuisse.

Une suggestion si simple pour son esprit mais que son corps ne réussit pas à mettre en pratique.

Je suis en train de perdre la tête.

— Comment se porte Aidan ? demanda docteur Fitzgerald en posant sa serviette sur la table.

Il avait terminé son repas alors que l'assiette de Stas était quasiment intacte. Le problème ne venait pas du menu, mais de son appétit quasiment inexistant ; le résultat de l'anxiété qui lui nouait l'estomac. La dernière chose qu'elle souhaitait, c'était de se forcer à avaler une bouchée pour être ensuite malade.

— Il va bien, comme vous le savez, répondit Issac dont le pouce continuait ses caresses.

— Oui, c'est vrai. J'ai été surpris de l'apercevoir l'autre soir, au dîner, continua le docteur en souriant.

— C'est peu dire, remarqua Tom.

Il était assis entre son père et une jeune femme blonde dont le prénom commençait par un *T.* Tina ? Taylor ? Tiffany ? Peu importe qui elle était, elle et sa famille complétaient leur table. Une famille de blonds, même si Stas doutait que ce soit naturel dans le cas de la mère. Il y avait chez elle quelque chose de factice, une qualité commune à plus d'un convive présent ce soir-là.

— Oui, il a envisagé de passer vous dire bonjour, mais il ne voulait provoquer d'embarras, répliqua Issac avec un regard entendu en direction de Tom.

— Cela ne t'as pas arrêté, n'est-ce pas ? s'esclaffa Dr Fitzgerald avec un clin d'oeil en direction de Stas, au cas où son allusion n'aurait pas été assez claire.

Ils parlent du dîner de célébration pour notre remise de diplômes. Aidan devait être le compagnon d'Issac.

— Ah, eh bien, j'avais une raison de passer. Ma charmante compagne, répondit Issac en serrant la cuisse de Stas alors qu'il penchait la tête dans sa direction.

Elle s'esclaffa. *Qu'est-ce que c'est niais.*

Il dut percevoir son opinion car il glissa ses doigts plus

haut sur sa jambe, son pouce caressant presque la lisière de son string en dentelle. Ses gestes étaient dissimulés par la table et son expression nonchalante ne laissait rien paraître. Stas s'efforça de ne pas se tortiller sur sa chaise afin de ne pas attirer l'attention ; mais bon sang, il enflammait ses sens.

— Je transmettrai tes amitiés à Aidan, dit Issac avec aisance. Il a prévu de rester en ville encore une semaine.

Les caresses d'Issac contre sa peau lui donnaient la chair de poule. Ses muscles se contractaient à chaque mouvement de ses doigts, sa boutade tellement inappropriée au vu de leur situation. Et pourtant, ses mains étaient figées alors qu'elle luttait contre les sensations qui l'envahissaient, ses doigts se repliant contre ses paumes au lieu de le chasser.

C'est tellement indécent.

Je ne devrais pas aimer ça.

Il y a clairement quelque chose qui cloche chez moi.

Elle lui jeta un coup d'œil et nota la lueur espiègle tapie au fond de son regard. Et comprit finalement son objectif. Il n'essayait pas vraiment de la séduire, juste de la distraire. Elle s'était montrée anormalement discrète pendant le repas et n'avait pas touché à son assiette, ce qui ne lui ressemblait pas. Un comportement que les autres personnes présentes qui la connaissaient auraient fini par remarquer.

Il voulait qu'elle se détende. Ou peut-être essayait-il juste de lui faire oublier la situation.

Quel homme sournois.

Elle était sur le point de saisir son poignet quand son pouce entra en contact avec le tissu qui protégeait son entrejambe. Une caresse subtile qui raffermit ses tétons et lui coupa le souffle.

C'était décadent et licencieux, et complètement

inhabituel pour elle. *Mais qu'est-ce qu'il me fait ?*

Elle serra ses cuisses mais réalisa trop tard que son geste avait coincé la main d'Issac.

Merde. C'est...

Docteur Fitzgerald attira son attention en s'éclaircissant la gorge. Il attendait manifestement une réponse de sa part. Elle avait dû rater sa question.

— Euh, je suis désolée mais pouvez-vous répéter ?

La note voilée dans sa voix sembla amuser son démon. Ses lèvres tressaillirent alors que son regard tombait sur sa poitrine de manière lente et délibérée. Elle lui aurait bien fichu un coup de pied si elle avait l'usage de ses jambes. Mais elle avait coincé ses doigts entre ses cuisses. Qui savait ce qu'il ferait si elle le relâchait.

— Je t'ai demandé si tu avais eu des nouvelles des Ressources Humaines concernant ta date d'embauche, répondit le docteur.

Son cœur fit un bond, et ses membres se relâchèrent. Issac glissa sa paume jusqu'à son genou et le serra, ayant fini de jouer avec elle. Mais son geste la toucha. *Je suis là*, indiquait-il. Et elle le crut. Elle fut si surprise de réaliser la confiance qu'elle lui portait qu'elle reprit ses esprits et toussa avant de répondre.

— Ouais, ils m'ont appelée aujourd'hui pour programmer mon initiation, mais j'ai reçu le message vocal trop tard pour les rappeler.

C'était vrai dans l'ensemble. Elle n'avait pas voulu les rappeler, ne sachant pas quoi répondre.

— Super. La procédure de sécurité peut parfois prendre du temps et je craignais que tu n'aies pas de nouvelles avant plusieurs semaines. Es-tu excitée à l'idée de commencer ?

Elle s'efforça de sourire et pria pour que son expression ne la trahisse pas.

— Évidemment.

Les applaudissements qui accueillirent l'arrivée d'une petite femme aux cheveux blancs derrière le podium la sauvèrent et elle n'eut pas besoin de poursuivre. L'hôtesse introduisit l'invité d'honneur de la soirée, un homme dont Stas reconnut le nom mais pas le physique. Sa voix était agréable, résonnant dans la pièce et captivant l'audience alors qu'il décrivait les nombreux efforts humanitaires à travers le monde menés à bien par son organisation, et remerciait le comité ayant organisé cette soirée. Grâce à son discours, Stas comprit que le but de la soirée était de lever des fonds pour différentes organisations d'aide humanitaire.

La femme âgée prit une nouvelle fois la parole pour remercier quelques mécènes clés, dont Wakefield Pharmaceuticals et le FHC, qui furent tous les deux présentés comme des soutiens de premier plan. Elle mentionna plusieurs autres points pour étoffer sa présentation avant d'annoncer le lauréat du Prix du Philanthrope de l'Année.

Tout le monde applaudit quand le docteur Fitzgerald se dirigea vers le podium, sa popularité auprès des convives évidente. Il sourit de toutes ses dents avant de lever une main pour réclamer le silence. Aussi charismatique et imposant qu'à son habitude, ce simple geste de sa part réussit à calmer le public.

— Bonsoir. Je n'ai pas les mots pour exprimer l'honneur que je ressens à me trouver parmi vous ce soir pour recevoir le Prix du Philanthrope de l'Année. Je ne suis honnêtement pas convaincu de le mériter, ayant simplement fait le choix de suivre mon cœur alors que la majeure partie du travail est effectuée par la dizaine de milliers d'employés du FHC. Je me contente de pointer tous les jours pour essayer de leur montrer la voie, annonça-t-il avec un petit rire plein d'autodérision qui lui valut quelques sourires à travers la salle de bal.

Il continua son discours, l'adoration et le respect de l'assemblée palpables dans la salle. Chaque mot rappelait à Stas la raison pour laquelle elle l'idolâtrait. La raison pour laquelle elle souhaitait travailler pour lui. La raison pour laquelle elle lui faisait *confiance*. Il était magnanime et modeste, certainement pas le genre d'homme à permettre l'empoisonnement de ses employés.

Il y avait forcément une autre explication.

Peut-être qu'elle avait été empoisonnée par une autre personne sur le trajet du retour mardi. Tout son après-midi était flou, il était donc plausible que quelqu'un d'autre lui ait injecté sans qu'elle s'en aperçoive. Cette explication avait plus de sens que la possibilité que son employeur ait cherché à la tuer. Le FHC n'avait après tout aucun lien avec le monde surnaturel. Ils n'avaient aucune raison de lui inoculer le sérum Nizarin car ils n'étaient même pas conscients de l'existence des novices.

Sauf que… « Je soupçonne que le FHC se soit servi du poison Nizarin pour tester ton ascendance. »

Était-ce seulement ce matin qu'Issac avait prononcé ces paroles ? Cela signifierait que le FHC était conscient de l'existence du surnaturel, mais Issac ne lui avait jamais expliqué l'origine de ses soupçons.

Il a tort. C'est la seule explication.

Six années de familiarité avec le personnage énigmatique qui se tenait sur scène surpassaient une *relation* factice de moins de deux semaines avec un démon. Stas ne savait même pas ce qu'était un *Ichorien,* bon sang. Issac lui avait peut-être sauvé la vie... ou peut-être se jouait-il simplement d'elle. Tout cet arrangement n'avait aucun sens. *Des rencards en échange d'informations.* Stas voyait bien la manière dont les femmes le dévoraient des yeux. Issac Wakefield n'avait pas besoin de soudoyer une femme pour obtenir un rencard. Quelque chose d'autre se tramait dont elle n'était pas consciente.

Parce qu'il refuse de me dire quoi que ce soit.

Son irritation ne faisait que grandir de seconde en seconde et elle brûlait de se tourner vers lui pour exiger des réponses immédiates. Il l'avait distraite plus tôt dans la soirée avec ses caresses affriolantes, son sourire, et son sex-appeal. C'était ridicule. Elle n'avait jamais permis à un homme de la corrompre ainsi, et elle serait...

La standing ovation de la foule la rappela à la réalité et attira son attention sur la scène où le docteur Fitzgerald se tenait, le visage légèrement rougi. Il n'avait jamais été doué pour accepter les compliments, choisissant toujours de reporter les feux des projecteurs sur d'autres, dont il jugeait la contribution plus importante. Il n'avait rien d'un meurtrier. Ou d'un psychopathe.

Contrairement au démon assis à ses côtés, qu'elle avait rencontré sur une scène de crime.

Owen...

Pour quelle raison Issac était-il présent ce jour-là ? Il ne lui avait jamais fourni la moindre explication et l'avait simplement tenue en haleine tout en l'impliquant dans cette mascarade en échange de réponses. Des réponses qu'il ne semblait pas pressé de lui offrir.

Mais il m'a sauvé la vie. Peut-être.

— Aidan et Osiris approuveraient, murmura Issac alors que le docteur Fitzgerald les rejoignait à table.

— Ah oui ? Tu devrais peut-être tenter ta chance

l'année prochaine, répliqua son mentor avec un petit sourire en coin.

— Aucune chance.

Il partageait manifestement une histoire commune si la tendresse palpable qui infusait leur échange était un indice. Elle était d'autant plus perplexe. Comment Issac pouvait-il suspecter le FHC d'essayer de la tuer ? À moins qu'il ne sache quelque chose au sujet de l'organisation dont elle n'avait pas conscience.

Euh, ses pensées tournaient en rond et lui donnaient juste mal à la tête.

À nouveau derrière le podium, l'hôtesse fit quelques commentaires à propos de la vente aux enchères en guise de conclusion, puis invita l'audience à continuer de savourer le champagne et le vin. Même si Stas avait bien besoin d'un verre, elle souhaitait tout d'abord prendre l'air. Seule.

— Je reviens tout de suite, s'excusa-t-elle discrètement afin de rejoindre les toilettes.

Elle les trouva juste derrière les portes de la salle de bal et se saisit rapidement d'une serviette brodée mise à disposition des clients. *Il s'agit bien d'un hôtel chic.* Elle imbiba le tissu avec de l'eau fraîche et le tamponna doucement contre sa peau, frustrée par les deux taches roses qui ornaient ses joues.

L'alcool et la confusion ne faisaient pas bon ménage et lui donnaient un air vraiment peu attrayant.

Respire, se dit-elle. *La soirée est presque terminée. Après ça tu pourras réclamer des réponses.*

Ou peut-être devrait-elle juste retourner à table, saisir Issac par le bras, et lui réclamer fermement quelques réponses. Non. Cela ne ferait qu'attirer l'attention et elle préférait se montrer discrète.

Elle jeta la serviette dans le panier à côté de la porte et

quitta la pièce pour découvrir que Tom l'attendait. Il était adossé à un mur, un pied croisé par-dessus l'autre et les mains enfoncées dans les poches. Ses cheveux blonds étaient ébouriffés comme s'il y avait glissé ses doigts à plusieurs reprises, et Lizzie aurait défailli devant un tel tableau. Mais la rage qui luisait dans son regard quand elle s'approcha n'avait rien de séduisant.

— L'Arcadia, à vingt-deux heures, demain. Vas-y et dis-moi ensuite si Wakefield en vaut toujours la peine.

Tom s'écarta du mur et s'élança dans le couloir. Elle attrapa son bras.

— Tom, qu'est-ce qu...

— Non, Stas.

Il se dégagea et lui adressa l'un des regards les plus durs qu'il lui ait jamais adressé. Elle se recula d'un pas. Elle ne faisait pas face au grand-frère qu'elle aimait tant, mais à l'homme qui dirigeait des opérations de sauvetage à travers le monde, le leader autoritaire.

— Ne me regarde pas avec tes yeux de biche. J'ai essayé de te prévenir, mais tu refuses de m'écouter. Donc va faire un tour là-bas demain soir pour te faire ta propre idée. Je te suggère de porter du noir. Appelle-moi quand tu seras prête à en parler.

Ses longues enjambées la semèrent très rapidement.

— Tom, atte...

Elle ravala son injonction, consciente qu'elle l'aurait obligé à se figer sur place. Une part sombre d'elle-même brûlait d'envie de prendre le dessus et de le forcer à l'écouter, et elle faillit y succomber. Mais elle avait plus de jugeote que ça. Les gens avaient tendance à y rester quand elle se servait de son talent. *Comme mes parents.*

Tom ne réagit pas du tout et continua juste de descendre les escaliers pour rejoindre le hall d'entrée sans repasser par la salle de bal. Son cœur se serra et elle resta figée sur place.

Que suis-je censée faire de ça ?

Dr Fitzgerald quitta la salle de réception au même moment et fronça les sourcils en observant le départ de son fils.

— Est-ce que Tom a décidé de partir ? demanda-t-il quand il remarqua qu'elle était près de lui.

— Je crois, répondit-elle malgré le noeud dans sa gorge.

Il soupira et lui adressa un geste navré de la tête.

— J'espère qu'il n'a pas été trop dur avec toi. Issac est loin d'être la personne qu'il préfère.

— J'ai remarqué, oui.

— Ne t'inquiète pas. Il finira par s'y faire, dit-il en posant une main sur son épaule. J'avais l'intention de t'appeler cette semaine pour vérifier si tout allait bien.

Le front de Stas se plissa.

— Comment ça ? questionna-t-elle alors qu'une sonnette d'alarme retentissait dans son esprit.

— Eh bien, je t'ai vue quitter le bâtiment mardi et tu n'avais pas l'air en forme. Est-ce que ça allait ?

Tous les muscles de son corps menaçaient de se tendre, mais la main sur son épaule l'obligea à se maîtriser. Si elle réagissait de la moindre manière, il le sentirait.

— Ouais, c'est juste les injections. Elles m'ont un peu retourné l'estomac.

Une expression choquée s'empara aussitôt de son visage.

— Des injections ?

— Pendant l'examen médical.

— Tu as reçu des injections pendant ton examen ?

Était-ce son imagination, ou avait-il l'air mal à l'aise ?

— Euh, ouais. Le Dr Patel a mentionné que mon travail nécessiterait peut être des déplacements.

Ses sourcils blonds se hissèrent sur son front.

— Vraiment ?

Sa réaction était loin d'être réconfortante.

— Donc, euh, ce n'est pas le protocole habituel ?

— Non, certainement pas. Les injections sont uniquement réservées au personnel de l'unité paramilitaire.

Il lâcha son épaule pour attraper son téléphone. Il y tapa quelque chose tout en continuant son explication.

— Je compte rencontrer le directeur du service médical à la première heure lundi. Je n'étais pas au courant.

Ses muscles flanchèrent quand sa tension relâcha sa prise sur son corps. Si le FHC avait vraiment tenté de l'empoisonner, le Dr Fitzgerald n'était pas impliqué.

— Anita aurait simplement dû te poser des questions classiques et contrôler tes signes vitaux avant de te laisser partir, continua-t-il. Les vaccinations ne t'ont pas impactées négativement, dis-moi ?

Des fourmillements lui picotèrent la peau autour de la tache de naissance située en bas de son dos. Elle résista à l'envie de se gratter tout en songeant à la meilleure manière de répondre. Une partie d'elle brûlait d'envie d'être honnête, mais son instinct l'empêcha de lui répondre avec une foi aveugle. Trop de pièces manquaient à ce puzzle pour qu'elle fasse confiance à qui que ce soit. Il ne la croirait jamais de toute manière, et elle ne tenait pas vraiment à prouver sa sincérité en se servant de son talent coercitif.

Elle s'éclaircit la gorge.

— En toute sincérité, j'ai juste un peu le tournis après l'examen, mais c'est passé après une bonne nuit de sommeil.

— Tu t'es senti malade après les injections ?

Encore plus de picotements. C'était tellement agaçant.

— Ouais, admit-elle. J'avais vraiment la nausée quand je suis rentrée, mais je pense que le stress y était pour beaucoup.

Son estomac se serra quand le mensonge lui échappa, l'aspect immoral de son omission comme un coup de poignard en plein cœur. Il fallait vraiment qu'elle change de sujet, ou au moins qu'elle essaye de le faire dévier un peu.

— Croyez-vous qu'elle ait suivi le mauvais protocole délibérément ?

Est-ce que ça signifie que le docteur Patel est au courant de mon statut de novice ?

Un frisson lui parcourut l'échine quand cette idée traversa son esprit. Et si Issac n'était pas le seul à avoir été témoin de sa coercition de la journaliste, après la commémoration d'Owen ? Il l'avait invitée à se montrer prudente, que d'autres personnes pouvaient l'observer. Et si son avertissement était arrivé trop tard ?

— Je ne sais pas, mais je te promets de me pencher personnellement sur la question, lui dit le docteur.

— Merci.

— Pas besoin de me remercier, Stas. Je suis tellement désolé que cela se soit produit.

— Ce n'est pas de votre faute.

— Eh bien, peut-être pas directement, mais j'en assume tout de même la responsabilité, lui annonça-t-il en l'étudiant de près, visiblement inquiet. J'espère juste que tu ne te défausseras pas à cause de ça. Tu as de quoi aller très loin au sein du FHC.

— Non. Non, bien sûr que non.

Elle secoua la tête comme pour faire mine de chasser cette idée farfelue. Même si une partie d'elle se demandait si elle ne ferait pas mieux de tourner les talons sans jamais regarder en arrière, elle n'avait jamais été du genre à céder face à l'adversité, même quand elle aurait dû.

— Je suis vraiment reconnaissante pour cette opportunité, ajouta-t-elle en s'efforçant de sourire.

Elle savait désormais que le FHC n'avait pas cherché à l'éliminer. Seulement le Dr Patel.

Ce qui signifiait que *quelqu'un* soupçonnait son statut de novice.

— Tu l'a bien mérité, dit le Dr Fitzgerald, un sourire jusqu'aux oreilles.

Il indiqua la salle de bal d'un geste de la main.

—Je ne vais pas te retenir loin de ton compagnon plus longtemps, même si je pense que tu mérites mieux.

Quelle réplique paternaliste.

— Merci, et félicitations pour votre prix. C'est bien mérité.

Il rougit.

— Merci, Stas.

Il prit la même direction que son fils et Stas se dirigea vers la salle de réception. Leur table était déserte. Où es-tu passé, fichu démon ?

Elle scanna la pièce et le repéra près de la piste de danse, en compagnie de trois top modèles. Son estomac déjà noué se serra un peu plus mais elle s'avança quand même dans sa direction. Elle découvrait l'homme que décrivaient les articles ; l'éternel playboy, déjà en train de choisir son prochain rencard malgré sa présence. Bien sûr, rien de ceci n'était réel, il s'agissait juste d'un échange de bons procédés. Un arrangement pendant lequel il se permettait de l'embrasser et de la tripoter. Peut-être agissait-il ainsi avec tous ses partenaires d'affaires.

— Ah, chérie, te voilà, dit-il en lui tendant une main alors qu'elle achevait son approche. Mesdames, si vous voulez bien m'excuser, j'ai promis à Astasiya de lui faire visiter les lieux.

Stas se retint de lever les yeux au ciel quand les trois femmes firent la moue. Qu'imaginaient-elles ? Qu'il les inviterait à se joindre à eux ? Il glissa ses doigts entre ceux de Stas et l'emmena loin des trois débutantes qui minaudaient.

— Tu es sûr de ne pas vouloir terminer ton entretien ? demanda Stas en battant des cils. Ça ne me gêne pas de t'attendre.

Elle pourrait admirer quelques œuvres d'art. Elle n'y comprendrait pas grand-chose et n'avait de toute façon pas les moyens de s'en offrir une, mais cela servirait de distraction pendant la séance de recrutement d'Issac.

— Mon entretien ?

— Tu sais, pour trouver ta prochaine conquête, ou rencard, ou compagne, ou je ne sais quel autre petit nom.

Il s'arrêta pour l'observer et ses lèvres pulpeuses se recourbèrent.

— Hmm, oui, le vert n'est pas vraiment ta couleur, même s'il met en valeur tes jolis yeux.

— Quoi ? Sa réponse n'avait aucun sens.

— La jalousie, chérie. Ce n'est pas très seyant.

Ses sourcils se haussèrent.

— Est-ce que tu viens de m'accuser de jalousie ?

Il l'encouragea à le suivre, manifestement amusé.

— Je n'ai pas vraiment besoin de t'accuser.

— Je ne suis *pas* jalouse.

— Si tu le dis.

— Je ne le suis pas.

Pourquoi serait-elle jalouse ? C'était sa vie et elle le savait.

— Ne t'en fais pas, chérie. Je suis ici avec toi et non avec elles.

— C'est ça, dans le cadre de notre accord, lui rappela-t-elle, faisant abstraction de sa précédente *réplique*. Où allons-nous exactement ?

Ils se dirigeaient vers la sortie.

— Conclure notre *arrangement* dans la limousine.

— Nous partons déjà ? Je pensais que nous allions faire le tour de l'hôtel.

Cela ne l'intéressait pas particulièrement, mais l'endroit était sublime et un site historique bien connu. Il s'arrêta une nouvelle fois et l'observa en haussant cette fois-ci un sourcil parfaitement dessiné.

— J'ai juste dit ça pour préserver ma réputation, mais si tu veux une chambre, je serais heureux de me plier à tes désirs.

— Es-tu en train de me faire des avances ? vérifia-t-elle, abasourdie.

— C'est toi qui a exprimé des regrets concernant l'annulation de notre visite. Qui fait des avances à qui dans ce scénario ?

— Tu es insupportable. Tu le sais, n'est-ce pas ?

Le sourire qu'il lui offrit en réponse était bien trop attrayant.

— Nous pouvons conclure notre accord au lit ou dans la limousine. Qu'est-ce que tu préfères, Astasiya ?

Stas grogna et lâcha un juron, mais le traîna derrière elle vers la sortie. *Un démon séduisant.* Sa raison l'abandonnerait si elle le suivait au lit, et elle avait besoin de se concentrer. Trop de questions restaient en suspens.

Benjamin les attendait près du véhicule, la portière ouverte. Elle le salua d'un murmure et grimpa à l'intérieur. Issac s'assit à côté d'elle malgré la banquette spacieuse et posa un bras autour de ses épaules. Il avait au moins épargné sa cuisse cette fois-ci. Sa peau brûlante l'empêchait de rassembler ses esprits.

— Ce n'est pas grave de partir avant la fin ? demanda-t-elle alors que la limousine s'insérait dans la circulation. Il est assez tôt.

— La donation généreuse que je leur ai laissée nous épargne la corvée de la vente aux enchères. Nous pouvons donc partir à la recherche de quelque chose de comestible. J'ai bien envie de manger italien, mais je suis ouvert à toute suggestion.

Cela expliquait leur départ précipité. Il avait faim. *Excuse masculine classique.*

— Vais-je devoir attendre la fin du dîner pour obtenir des réponses ?

Il y réfléchit tout en jouant avec une mèche de ses cheveux blonds.

— Je suppose que tu as rempli ta part du marché. Qu'aimeriez-vous savoir, mademoiselle Davenport ?

— Tout.

— Il me semble que notre accord te donnait droit à trois questions.

— D'accord.

La frustration d'Astasiya était adorable. Le petit grognement qui lui avait échappé dans le hall du Pierre l'avait presque poussé à la jeter par-dessus son épaule et à la porter dans une chambre à l'étage. Ce ne serait pas la première fois qu'il réservait une chambre après un gala, mais ce soir, il avait envie d'autre chose.

Il la voulait dans *son* lit ; un plaisir jusqu'ici inconnu qu'il ne s'était jamais octroyé par le passé. Mais Astasiya était spéciale, différente, un nouveau challenge qu'il prendrait un malin plaisir à conquérir. Elle lui plaisait.

Peut-être plus qu'il ne devrait. Mais l'interdit ne représentait-il pas la moitié du plaisir ?

Elle semblait pensive à côté de lui, sa combativité subsistant maintenant qu'elle devait choisir ses questions. Il patienta tranquillement, profitant de sa distraction pour retirer les épingles qui maintenaient son chignon. Même s'il aimait sa coiffure, il préférait que ses mèches blondes naturelles et ondulées soient exhibées.

Une fois la dernière épingle retirée, il glissa ses doigts à travers les mèches épaisses et savoura leur texture douce et attirante. Tous les hommes craquaient pour un trait en particulier ; dans le cas d'Issac, il s'agissait des cheveux naturellement blonds. Une nuit de passion remédierait à ce désir grisant qu'il éprouvait pour elle, mais il s'autorisa d'abord à s'en délecter et se laissa consumer par son attirance.

Il ferait mieux de patienter, de gagner sa confiance en priorité, mais il avait envie d'elle. Et il l'aurait. Ils pourraient ensuite repasser aux choses sérieuses.

Son téléphone vibra et lui arracha un soupir. Il l'attrapa dans la poche intérieure de sa veste avec sa main libre et lu le message entrant.

Une convocation. Évidemment. Issac manqua de lever les yeux au ciel face à ce timing déplorable. Il pourrait ignorer Osiris, mais il serait plus prudent d'accepter et de jouer le jeu pour le moment. Il glissa son téléphone dans sa poche et appuya sur l'interrupteur pour s'adresser à Benjamin.

— Changement de programme, mon vieux. Nous devons reconduire mademoiselle Davenport chez elle. Il me semble que tu as son adresse.

Issac mit fin à la connexion après avoir reçu la confirmation de son chauffeur.

— Désolé, chérie, où en étions nous ?

Il dirigea sa main à l'arrière de la nuque de la jeune femme et massa ses muscles tendus.

— Tu t'apprêtais à me poser une question, n'est-ce pas ?

— Qu'attends-tu de moi, Issac ? lui demanda-t-elle, sa question filant à toute vitesse. Pour quelle raison te sers-tu vraiment de moi ?

Sa question toucha une corde sensible dans sa poitrine. Ce n'était pas du tout ce à quoi il s'attendait, surtout pas alors qu'il tentait de la séduire.

— Tu pense que je me sers de toi ?

— J'en suis certaine, mais je ne sais pas pourquoi. Est-ce parce que je suis une novice ?

Il serait si facile de refuser de lui répondre, mais cette question méritait une réponse. Même s'il n'avait aucune envie de la lui offrir. Il continua de masser sa nuque, remontant vers son cuir chevelu pour tenter de calmer une partie de son anxiété, là où ses mots n'auraient aucun effet.

— Ça ne te concerne pas vraiment, commença-t-il doucement. Pas nécessairement en tout cas. J'essaye de réparer une injustice, et le destin t'a placée au milieu de mon chemin. Tu vois, tu es vraiment le pion idéal.

Elle pâlit et son corps se raidit à côté de lui, ses muscles à nouveau tendus. Ce n'était peut-être pas ce qu'elle souhaitait entendre, mais ses paroles étaient honnêtes. Il aurait pu lui mentir, mais dans quel but ?

— Est-ce que tu comptes développer ? demanda-t-elle.

— Je le ferai quand tu seras prête.

— Peux-tu me donner la moindre idée du temps que ça prendra ?

Étant donné que la soirée s'est si bien déroulée…

— Je pense que ce sera rapide.

Elle l'observa un instant, ses émotions se livrant bataille au fond de ses yeux sublimes. Quelle que soit sa question, elle n'était pas certaine de vouloir la réponse. Mais il comprit aussitôt que sa curiosité l'avait emportée.

— Est-ce que je vais me faire tuer à cause de toi, Issac ?

Une interrogation si calme dont elle connaissait déjà manifestement la réponse. Cette conversation ne s'était pas déroulée selon ses plans. Il s'attendait à ce qu'elle lui demande de définir ce qu'était un *Ichorien* ; ce qu'il comptait faire. Il n'avait pas prévu qu'elle le questionne à propos de ses projets ou de la manière dont ils impacteraient sa vie.

Est-ce que je vais me faire tuer à cause de toi ?

Il déglutit.

— C'est une possibilité, oui.

Bien sûr, elle serait ressuscitée en tant qu'immortelle. Une perte pour lui, mais un gain pour elle. Elle avait le potentiel pour devenir une Hydraienne puissante, si Lucian le lui permettait.

— Alors pourquoi t'es tu efforcé de me sauver ?

Il pinça les lèvres. Quelle occasion perdue de poser une question pertinente.

— Parce que j'ai besoin de toi en vie.

— Seulement jusqu'à ce que tes plans aient abouti.

— Oui.

Elle serait alors libre d'accepter son destin quand elle le souhaiterait. Elle serra ses poings, visiblement frustrée. Il aurait pu accepter cela. Ce qu'il ne pouvait tolérer, c'était les larmes qui emplissaient ses yeux ; des yeux bien trop beaux et féroces pour exhiber tant de douleur.

Il n'avait jamais eu l'intention de la blesser, mais cela semblait inévitable. Ce n'était pas parce que son plan la mettait en danger qu'il souhaitait sa mort. Il appréciait sa compagnie, un événement rare ces jours-ci. Elle le faisait rire. La dernière personne qui y était parvenu était Amelia.

Il se prépara à affronter la douleur qui le transperçait à chaque fois qu'il pensait à sa sœur.

Rien. Étrange.

Le progrès de ses machinations lui avait peut-être accordé un peu de répit. Cette soirée avait été un succès retentissant, un événement à célébrer. Mais les larmes qui roulaient le long des joues d'Astasiya sapèrent son humeur festive. Elle les essuya et tourna la tête pour regarder par la fenêtre.

— Je n'avais pas l'intention de te blesser, lui murmura-t-il.

— Ça va.

Issac agrippa son menton et l'obligea à lui faire face. Son regard vif le surprit.

Astasiya n'était pas blessée. Elle était furieuse. Les muscles tendus de ses épaules et sa mâchoire rebelle indiquaient clairement son désir de l'étrangler.

— Tu es en colère, dit-il en enfonçant une porte ouverte, comme un imbécile.

— Et toi, perspicace, répliqua-t-elle.

La limousine s'arrêta devant son bâtiment. Stas ne perdit pas un instant et ouvrit la portière de son côté avant de sauter du véhicule sans attendre Benjamin et sans lui adresser un autre mot. Issac descendit de son côté et lui bloqua le passage sur le trottoir.

— Excuse-moi ; attendais-tu des remerciements ?

Son hostilité était flagrante et il fronça les sourcils.

— Ce comportement puéril n'a rien d'attrayant.

Son expression lui indiqua clairement que c'était la pire réponse qu'il pouvait choisir, même s'il s'agissait de la vérité.

— Puéril ? Tu me trouves *puérile* ? Tu sais quoi ? Va te faire foutre.

Elle le contourna et s'éloigna d'un pas décidé qu'il

considéra comme la définition même de l'immaturité. Il pria le ciel de lui offrir un peu de patience et la suivit. Elle traversa le hall d'entrée avant qu'il n'attrape son coude pour la retenir. Il la guida dans l'ascenseur et appuya sur le bouton de son étage.

— Bon, je vois bien que tu es furieuse contre moi et que je ne réussirai pas à arranger la situation rapidement même en rampant.

Il fit donc la seule chose qu'il pouvait faire. Il l'embrassa. Brutalement.

Quand ses lèvres s'entrouvrirent pour protester, il saisit l'occasion et lui démontra avec sa langue ce qu'il ne pouvait expliquer avec ses mots. Il avait envie d'elle. L'idée qu'elle meure le rongeait même si elle y était destinée. Ils avaient tellement peu de temps à passer ensemble, et il était inacceptable de le gaspiller en se disputant pour une question de sémantique. La plupart des femmes préféraient la vérité, et c'était exactement ce qu'il lui avait offert.

Parce que ça lui tenait à cœur.

Parce qu'il avait besoin qu'elle connaisse la vérité.

Parce qu'il mourait d'envie de profiter de ce bref interlude avec elle.

Issac prit son visage dans le creux de ses mains et l'embrassa profondément, la suppliant de lui retourner son geste affectueux. Il avait *besoin* qu'elle le lui retourne.

Ne me repousse pas. Pas à cause de ça. Pas encore.

Astasiya soupira et laissa échapper un gémissement subtil alors qu'elle enfonçait ses ongles dans sa veste de costume. Pas pour le repousser, mais pour l'attirer plus près. Une bataille faisait rage dans ses sentiments. Il le devina à la manière dont elle déversa toute sa frustration et sa colère dans leur baiser ainsi qu'à sa prise ferme sur son smoking.

Elle était en colère. Mais elle avait toujours envie de lui.

Si seulement ils pouvaient continuer dans sa chambre, Issac réussirait à arranger la situation. Mais il était attendu dans trente minutes. Cela ne lui laissait pas assez de temps. Les portes de l'ascenseur s'ouvrirent.

Il la fit sortir à reculons et la guida jusqu'au mur, se moquant éperdument d'être observé. Il enfonça ses hanches contre les siennes, lui exposant la preuve de son désir, souhaitant lui faire comprendre que même s'il la considérait comme la clé de son succès, ce n'était pas tout ce qu'elle représentait à ses yeux. Peut-être ne s'agissait-il que de désir, mais c'était forcément mieux que rien. Il fallait que ça suffise. La tension d'Astasiya sembla s'amoindrir après chaque caresse de sa langue contre la sienne jusqu'à ce qu'elle se laisse aller à son étreinte, jusqu'à ce qu'elle succombe à sa volonté.

Il était à présent dans son élément et pinça brusquement un téton à travers l'étoffe de sa robe. Elle se cambra contre lui sans la moindre inhibition. Il recommença juste parce qu'il le pouvait, savourant sa réaction alors qu'il tirait profit de la soie fine. Son sein remplissait parfaitement sa main. Les fines bretelles de sa robe le taquinaient. Il lui suffirait de tirer légèrement dessus et le tissu tomberait en cascade autour de sa taille.

Il devrait malheureusement succomber à cette tentation une autre fois. Il mit fin au baiser contre son gré et prit ses joues entre ses mains.

— Tu sembles confondre la vérité avec mes désirs, chuchota-t-il. Le destin te réserve un avenir dont je ne fais pas partie. Je ne fais que t'emprunter tant que je le peux. Je t'en prie, ne gâche pas ce temps précieux en restant fâchée à cause de quelques réponses franches.

Son désir éclairait toujours son regard alors même que des braises enflammaient ses pupilles. Elle était excitée et furieuse. Une combinaison enivrante qui l'encouragea à repenser ses plans pour la soirée.

— Tu m'as seulement sauvé la vie pour te servir de moi, l'accusa-t-elle.

— Je t'ai sauvée parce que j'ai besoin de toi.

— Pour combler tes objectifs au péril de ma vie.

— Tous les mortels finissent par mourir, Astasiya.

Son ardeur s'épuisa en réponse.

— C'est comme ça que tu te justifies ?

Il ferma les yeux, à la recherche de sa vieille amie, la patience. C'était la raison pour laquelle il ne faisait que *coucher* avec des femmes. Les émotions étaient des complications dont il se passait bien. Il ressentait cependant le besoin de l'apaiser. Quand avait-il commencé à se soucier autant de son foutu chagrin ?

— Tu es une novice, Astasiya. Quand tu meures, tu seras ressuscitée en Hydraienne. C'est comme ça que je me justifie.

Il se recula et l'escorta vers sa porte d'entrée. Elle le suivait de près mais s'arrêta près de son domicile et s'adossa au mur.

— Tu veux dire qu'une fois morte, je deviendrai immortelle ? demanda-t-elle alors qu'il sortait sa pochette noire de sa poche.

Elle l'avait laissée à table plus tôt dans la soirée et il avait craint qu'elle ne l'oublie. Ses yeux s'écarquillèrent quand il la lui tendit, confirmant ses soupçons.

— Oui, une Hydraienne, répondit-il.

— Alors pourquoi t'es-tu soucié de me sauver cette semaine si je suis censée me réveiller ?

— Parce que le poison Nizarin a été spécifiquement créé pour s'assurer que ce ne soit pas le cas.

Il glissa une mèche de cheveux derrière son oreille.

— Je crois que tu as dépassé ton quota de questions

pour la soirée, chérie. Je ne serai pas joignable pendant tout le reste du week-end.

Il ne lui offrit pas la moindre chance de répondre, se contentant de l'attirer dans un nouveau baiser avant de tourner les talons.

— Bonne nuit, Astasiya.

Son juron le suivit tout le long du trajet jusqu'à sa réunion. Il faudrait sérieusement qu'il rampe la prochaine fois qu'ils se verraient.

CHAPITRE ONZE

LE FAUCHEUR

TOM AVAIT SUGGÉRÉ à Stas de s'habiller en noir. Ce qu'il avait oublié de mentionner, c'était la lingerie. Stas se tenait au bord de la piste de danse vêtue d'une robe noire moulante qu'elle avait trouvé idéale pour une sortie en boîte. La plupart des autres femmes présentes étaient à moitié nues, en jupe et soutien-gorge, voire plus dévêtues encore. Les étoffes noires translucides semblaient de rigueur.

Stas sirota sa boisson pour tenter de calmer ses nerfs à vif tandis que les basses de l'Arcadia vibraient à travers son corps. Pourquoi Tom l'avait-il envoyée ici ?

C'était clairement à propos d'Issac. Mais celui-ci avait déclaré qu'il serait occupé tout le week-end. Cela voulait-il dire qu'il était occupé *ici* ? Il était évident que la vocation du club était de satisfaire les besoins sexuels de ses clients. Elle avait déjà surpris plusieurs couples installés sur les canapés qui longeaient les murs en pleine action, d'où sa présence près de la piste de danse, en sécurité.

Sauf que la plupart des danseurs semblaient inspirés par la mélodie sensuelle qui résonnait dans le club. Elle observa tout le rez-de-chaussée à la recherche de son démon, mais les hommes en costume étaient indissociables

les uns des autres. Une cage d'escalier à l'accès délimité menait à une zone VIP à laquelle elle ne pouvait pas accéder.

Es-tu là-haut, Issac ?

Est-ce ici que tu viens t'amuser quand tu en as marre de jouer avec moi ?

Elle soupçonnait que Tom ait espéré qu'elle surprendrait Issac en compagnie d'une autre femme quand il l'avait envoyée ici. Ce n'était pas le genre de scène à laquelle Stas avait réellement envie d'assister, mais un rappel à l'ordre qu'il ne s'agissait que d'un petit arrangement entre eux ne lui nuirait pas. Elle avait du mal à se rappeler que la soirée de la veille n'était pas un rendez-vous galant, à moins de se rappeler les explications franches avec lesquelles il avait ruiné leur rencard.

Tu vois, tu es vraiment le pion idéal.

Les paroles d'Issac résonnaient dans le cœur de Stas, ne faisant qu'accroître sa fureur. Pas forcément à son encontre, mais plutôt contre elle-même. Car depuis la semaine dernière, elle éprouvait désormais des *sentiments* à son égard. Des *sentiments* qui étaient inacceptables.

Elle était habituellement plus maline que ça. Il ne s'agissait pas d'une véritable relation. Il attendait purement et simplement quelque chose d'elle. L'attirance mutuelle qu'ils éprouvaient était une simple complication qui pourrait être résolue grâce à une nuit au lit avec lui. Ou peut-être un week-end. À moins que les émotions de Stas ne s'en mêlent, ce qui semblait être le cas.

Elle scanna une nouvelle fois le rez-de-chaussée en se concentrant sur le bar tamisé, puis une nouvelle fois sur les canapés. Si elle trouvait Issac en compagnie d'une autre femme...

Une sensation de picotement en bas de sa colonne

vertébrale lui fit prêter attention, car ses sens avaient détecté quelque chose. Non, pas quelque chose. *Quelqu'un.*

Juste là.

En haut des escaliers, vêtu d'un costume noir comme tous les autres membres du club. Il le portait cependant comme nul autre. Et bon sang, il était superbe.

Elle se décala sur le côté pour l'admirer alors qu'il descendait en compagnie de deux hommes. Aucune femme. Ses épaules se décontractèrent, tout comme son estomac, quand elle l'aperçut seul.

Ce n'est pas la bonne réaction. Putain.

Les trois hommes attirèrent l'attention dès qu'ils furent descendus, plusieurs femmes s'élançant tout de suite dans leur direction, mais le trio les contourna avec détachement. Stas s'était encore un peu décalée pour essayer de les garder en vue quand un doigt glissa avec audace le long de sa colonne vertébrale et la fit paniquer.

Danger, murmuraient ses instincts alors que son inquiétude lui donnait la chair de poule. Une menace tacite était dissimulée sous cette caresse effrontée, provoquant son malaise.

— Bonsoir ma belle. Aimerais-tu danser ?

Un murmure grave près de son oreille, à peine perceptible à cause de la musique. Elle n'eut pas besoin de se retourner pour prendre sa décision. *Non.* Mais une autre caresse sur son dos lui fit comprendre que ce type ne serait pas facilement dissuadé.

— En fait, je cherche quelqu'un, répondit-elle, s'écartant de lui tout en vacillant sur ses talons hauts.

Oh, Putain.

C'était le type qui s'était infiltré dans l'appartement d'Owen. Celui qu'elle avait surnommé *Hank.*

— Moi aussi je cherche quelqu'un, répliqua-t-il, son

regard trouble l'évaluant, de son décolleté jusqu'à ses jambes dénudées.

Elle déglutit. Deux fois. En essayant de répondre sans pousser un cri strident. Parce que merde, il était d'une manière ou d'une autre impliqué dans la mort d'Owen. Ou du moins il appartenait au monde qui l'avait tué.

— Désolée, dit-elle en s'éclaircissant la gorge. Ce que je voulais dire, c'est que je suis venue rejoindre quelqu'un.

Cette excuse fonctionnait toujours, mais Hank ne se démonta pas hormis ses lèvres qui tressaillirent. Les mots de Stas semblèrent lui passer au-dessus de la tête et il s'incrusta dans son espace vital. Elle percuta un autre homme en se reculant et fit volte-face. Son verre lui glissa des mains et vint s'écraser au sol.

Brutus. Il l'observait avec un regard lubrique alors qu'Hank se rapprochait d'elle, les deux hommes la coinçant dans un étau avec une facilité déconcertante qui lui retourna l'estomac. *Est-ce qu'ils m'ont reconnue ?* Elle était présente sur de nombreux clichés dans l'appartement d'Owen et leur amitié datait de plusieurs années. *Que veulent-ils ?*

— Qu'as-tu trouvé Mike ? demanda Brutus en se servant d'un doigt boudiné pour tripoter une mèche de ses cheveux.

— Quelque chose de délicieux, répondit Hank – ou plutôt Mike – derrière elle.

Son cœur battait la chamade et elle brûlait d'envie de s'échapper de leur traquenard. Mais ils la suivaient à chaque fois qu'elle s'écartait et la guidaient progressivement plus loin de la sortie, vers les canapés.

— Comme c'est adorable. Elle a cru que mon invitation à danser était une requête, annonça Mike, l'air franchement amusé.

—Je suppose que la galanterie n'est pas son truc. Peut-être devrions nous simplement aller droit au but, répondit Brutus près de son cou, son souffle humide contre la peau de Stas.

— C'est aussi ce que j'ai compris, lui retourna Mike en attrapant sa hanche pour l'attirer contre son entrejambe.

— Ce n'est pas une bonne idée, dit-elle, complètement sincère.

Ordonne-leur de te relâcher, l'encouragea le petit diable qui sommeillait en elle.

Réfléchis aux conséquences, répliqua son bon sens.

Il suffirait d'un ordre pour qu'ils la laissent tranquille, mais ça ne serait pas assez subtil pour passer inaperçu. Et la dernière chose dont elle avait besoin, c'était que ces deux gorilles prennent conscience de son don de coercition. Ils n'étaient probablement pas plus humains qu'Issac.

— À l'étage ? demanda Mike.

— Ouais, elle a l'air d'être le genre à hurler. À toi de jouer, mec.

Et si on ne...

— Avec plaisir, dit Mike en la forçant à lui faire face, un sourire menaçant sur le visage.

Elle tenta de le repousser, loin d'être impressionnée par les relents de fumée qui émanaient de lui.

— Vraiment, j'insiste pour que...

— Messieurs, l'interrompit une nouvelle voix dont le propriétaire se trouvait juste derrière Mike. J'espère que vous comptez partager.

Des yeux verts foncés croisèrent les siens et son visage lui sembla aussitôt familier. *L'un des hommes qui accompagnait Issac dans les escaliers.* Elle fut momentanément soulagée, mais son appréhension refit vite surface. La cruauté de l'inconnu était perceptible sur son visage, ses traits acérés parfaitement assortis avec son physique élancé et athlétique.

— C'est vrai que c'est un petit bout bien tentant, ajouta-t-il avec un sourire qui lui hérissa le poil.

Mais dans quel genre de club se trouve-t-on ? Elle commençait à se demander si elle n'avait pas mis les pieds dans un genre de donjon offrant des partenaires récalcitrants.

— Va voir ailleurs Tristan, grogna Mike en resserrant sa prise. Nous l'avons trouvée d'abord.

Son ton était défiant et ses muscles visiblement contractés. Brutus se joignit à lui, un air menaçant sur le visage alors qu'il se dressait de toute sa hauteur. Le sourire de Tristan se fit narquois alors qu'il évaluait avec arrogance les deux armoires à glace. Il avait beau être plus petit, un air dangereux émanait de sa personne. Les deux molosses étaient bâtis comme des gardes du corps, intenses et massifs. L'insouciance de Tristan indiquait clairement à Stas le genre d'homme tapi sous son costume.

— Vraiment ? demanda l'intéressé en penchant la tête sur le côté. Je crains que tu n'aies tort.

Les deux hommes baraqués se tendirent visiblement alors qu'une présence familière venait réchauffer son dos.

— Tu devrais tenir ton jouet en laisse, Issac.

Une main se posa sur la hanche de Stas et l'attira en arrière, loin de Mike.

— En effet, murmura Issac, son autre main s'enroulant autour du cou de Stas pour la retenir captive contre lui. Merci Tristan.

— Sire, répondit Tristan en courbant la tête pour prendre congé.

Mike et son ami restèrent dans le coin, leurs yeux rivés sur le démon dressé derrière elle, à la fois emplis de doute et d'une certaine obéissance résignée.

— Messieurs, je vous prie de m'excuser pour ce malentendu.

Les lèvres d'Issac caressèrent son pouls effréné, la chaleur de son corps s'insinuant dans son dos.

— Elle m'appartient.

Quoi ? Je n'appartiens à personne.

Ouais, mais elle ne comptait pas protester pour le moment. Pas alors qu'il venait de la sauver des griffes de ces deux crétins. Ce qu'ils avaient prévu pour elle à l'étage était forcément pire que d'être malmenée par son démon.

— D-désolé, Wakefield, bredouilla Mike. Nous ne savions pas qu'elle était à toi.

Il accompagna ses paroles d'un geste conciliant de la main, un air contrit sur le visage.

— Ouais, on ne pensait pas à mal, ajouta son copain. On est vraiment désolés.

Les deux imbéciles serviles reculèrent, les yeux rivés au sol. Ils étaient terrifiés. Stas fronça les sourcils. Qu'est-ce qui les poussaient à se ruer loin de son démon ? Certes, il était intimidant, mais là, il s'agissait de tout autre chose. Ils se *soumettaient* à lui.

— Une erreur de ma part, je dois bien l'admettre. Vous êtes pardonnés.

Stas perçut la tension d'Issac dans son dos. Il était furieux. Contre elle ?

Mike et Brutus s'excusèrent de la même manière que Tristan, inclinant leurs têtes en signe de respect, avant de partir en quête d'une nouvelle victime. Les doigts enroulés autour de sa gorge se resserrèrent.

— Que fais-tu ici, Astasiya ?

Elle tenta de se tourner pour lui faire face, mais il l'en empêcha. Un électrochoc parcourut ses veines, lui coupant le souffle et lui dérobant la parole au passage. Sa domination aurait dû la mettre en colère, et pourtant, elle se sentait… tiraillée.

— Réponds-moi, insista-t-il.

Ah. Sa présence à l'Arcadia. Elle ne pouvait pas vraiment lui admettre qu'elle était venue ici à sa recherche sous les conseils de Tom.

— Sortir en boîte est une activité plutôt normale, tu sais, répondit-elle, feignant l'innocence.

C'était une excuse ridicule qu'il ne goberait jamais.

— Je ne t'ai pas vue danser, grogna-t-il, son grondement ne faisant qu'accroître l'énergie qui crépitait en elle.

— C'est dur de danser quand on se fait malmener, répliqua-t-elle en ignorant les sensations provoquées par sa proximité pour se concentrer sur sa propension au sarcasme.

— Ceci n'est pas un jeu.

Elle se trémoussa quand la voix basse d'Issac caressa son oreille, l'esprit envahit par des images de sa chambre. C'était le genre de voix qu'un homme utilisait au lit. Un homme capable de baiser une femme jusqu'au petit matin.

Bon sang, il faut que ça s'arrête. Je n'arrive pas à me concentrer quand je suis près de lui. Cette attirance…

Issac mordit son oreille et interrompit ses pensées tout en faisant naître de nouvelles idées. Quel effet aurait cette bouche sur d'autres parties de son corps ? Il semblait avoir un fétiche pour les petites morsures. Ses tétons se durcirent quand elle l'imagina jouer avec eux.

Rappelle-toi la nuit dernière. Quand il t'a qualifiée de pion.

Son sang se figea. Oui, c'était ce qu'elle devait garder en tête. Ses intentions envers elle.

— Qui t'as dit de venir ici, Astasiya ?

— Qu'est-ce que ça peut te faire ? riposta-t-elle avec une voix plus haut perchée que prévu.

Il provoquait des réactions chez elle qu'aucun autre homme n'avait éveillées auparavant. Même si son expérience limitée ne lui offrait pas beaucoup de comparaisons.

— Car la personne qui t'a envoyée ici essaye de te faire tuer.

Elle fronça les sourcils. Tom ne la mettrait jamais en danger. Il était peut-être en colère contre elle, mais elle comptait toujours à ses yeux.

— Regarde autour de toi, dit Issac en la forçant à observer la pièce.

Elle préférait de loin la vue offerte par la piste de danse et la porte d'entrée.

— Le voyeurisme n'est pas vraiment mon truc, Issac.

Elle tenta de détourner le regard, mais la main enroulée autour de son cou l'en empêcha.

— Regarde.

N'ayant pas d'autre choix, elle étudia le ménage à trois prenant place sur le canapé le plus proche de leur position. La femme quasiment nue semblait passer du bon temps alors qu'un homme jouait avec un de seins exposés tandis que l'attention de l'autre était rivée entre ses cuisses. Prise de plaisir, elle jeta sa tête en arrière alors que les bouches des deux hommes s'activaient frénétiquement sur sa peau.

— C'est ça que tu aimes, Issac ? Les petits jeux pervers ? questionna-t-elle en se demandant si c'était ce que Tom avait cherché à lui faire découvrir.

— Oh, chérie, tu n'as pas la moindre idée de ce que j'aime.

Le baiser tendre qu'Issac déposa sur son coup contredit son ton furieux.

— Regarde de plus près. Que sont-ils réellement en train de faire ?

Elle déglutit et étudia une nouvelle fois la scène. Plus de

plaisir. Une bouche qui s'ouvrait pour laisser échapper un cri de… douleur ? *Ce n'est pas du sang, si ?* Elle siffla alors que ses sourcils se hissaient sur son front. L'homme qui jouait avec la poitrine de la jeune femme était occupé à lécher une traînée rouge foncé qui suintait depuis une blessure ouverte sur son téton. Et la position de l'homme entre ses jambes semblait clocher.

Ils ne sont pas en train de la satisfaire.

Ils sont en train de boire.

Oh, mais c'est quoi ce bordel ?

Deux canapés plus loin se trouvait un groupe de quatre, composé de trois femmes et d'un homme installés dans des positions similaires. Sa bouche était grande ouverte, les yeux fermés, une femme à genou s'agitant sur son entrejambe tandis que les deux autres suçaient son cou et son torse dénudé.

Des vampires.

— Et voilà, tu as enfin compris, non ?

Le murmure sévère d'Issac réchauffa sa peau glacée, les lèvres du démon nichées contre son cou.

— Maintenant, explique-moi ce que tu fais ici. Qui t'a envoyée à l'abattoir, Astasiya ?

— Non.

Elle tenta de secouer la tête, mais la poigne d'Issac l'en empêcha.

— Il ne ferait jamais ça. Il voulait juste…

Il voulait quoi ? Qu'elle réalise qu'Issac n'était pas humain ? Son pouls s'emballa.

Cela signifierait que Tom était bel et bien au courant.

Comment pouvait-il en être conscient ? Les genoux de Stas flanchèrent, ses membres menaçant de la lâcher. Car si Tom était au courant, Dr Fitzgerald l'était lui aussi, ce qui voudrait dire que le FHC… Elle ne put poursuivre cette piste de réflexion car sa vision s'assombrit.

Les soupçons d'Issac… Non. Pas possible.

Elle ne pouvait pas y croire. Il était impossible que Tom sache ce qu'elle trouverait ici.

Mais pourquoi m'y aurait-il envoyée, sinon ? Putain.

— Thomas, gronda Issac contre son oreille. C'est ça qu'il t'a dit dans le couloir, hier soir. Il t'a poussée à venir ici.

Les paroles d'Issac étaient à peine perceptibles, elle était trop concentrée sur le club. Le repas. Les vampires. Partout. Sur les canapés, contre les murs, sur la piste de danse, et même au bar. Elle n'avait rien vu, trop préoccupé par Issac. Tom l'avait envoyée dans un nid de vampires. Un antre de démons.

— Un club Ichorien, réalisa-t-elle à voix haute, son ton à peine audible.

C'était la seule explication possible pour justifier la présence d'Issac et l'injonction de Tom. Son estomac se souleva. Pourquoi ne lui avait-il pas simplement dit la vérité ? Pourquoi l'avait-il ainsi mise en danger ?

— C'est bien ça, confirma Issac discrètement. Allez, viens…

— Y a-t-il un problème, Issac ?

La voix raffinée qui interrompit Issac venait de la droite. Stas remarqua à peine le nouveau venu, son regard était toujours rivé sur les canapés. Elle avait repéré un troisième groupe ; deux hommes qui baisaient une femme coincée entre eux tout en se nourrissant ouvertement depuis son cou. Le visage de la jeune femme avait prit une teinte maladive plutôt que de rayonner. *Elle est mourante…*

— Non, aucun soucis, Osiris. Je suis juste en train d'expliquer ce qui arrive aux femmes désobéissantes.

Les propos sévères d'Issac attirèrent son attention sur l'homme chauve qui se tenait désormais devant eux. Des sourcils noirs, un teint basané et une mâchoire carrée ; tout cela associé à une aura menaçante qui la fit trembler. Le raffermissement subtile de la poigne d'Issac l'encouragea à garder le silence ; un avertissement inutile.

Cet homme était un prédateur.

Une menace. Ancien.

Elle frissonna, ses instincts la poussant à s'enfuir. Cet homme pourrait la blesser. Grièvement. Et la cruauté tapie au fond de ses yeux indiquait clairement qu'il y prendrait du plaisir. Il l'étudia de la tête au pied, son regard semblant enregistrer chaque courbe et chaque détail comme s'il cherchait à lire jusque dans son âme. Ses lèvres pincées suggérèrent qu'il l'avait trouvée déficiente et il tourna finalement son attention sur Issac.

— J'en déduis qu'elle est impatiente de se joindre à nous ? demanda-t-il avec un accent singulier.

Ancien. Vraiment, très ancien.

— Quelque chose du genre, répondit Issac.

— Amène-la ce soir. Nous avons tous besoin d'une distraction, et tes punitions sont toujours si créatives.

Son intonation, si froide et calculatrice, lui fila la chair de poule. C'était *lui* qui était aux commandes. Indéniablement. Et il la tuerait sans le moindre remords. Comme un objet qui ne serait pas digne de lui. Un jouet.

Une distraction momentanée.

Comment Tom avait-il pu l'envoyer ici en sachant de quels dangers regorgeait cet endroit ? Issac caressa la gorge de Stas du bout du doigt tout en réfléchissant à la proposition. Son pouls s'envola en attendant sa réponse, se demandant ce qu'il allait faire, ou même juste ce qu'il pouvait faire.

— Même si j'aimerais beaucoup vous offrir un divertissement ce soir, je crains de ne pas pouvoir partager sa punition, médita-t-il à voix haute. Elle m'a mis en appétit, et je n'ai pas l'intention de partager.

— C'est décevant.

Et le regard noir qu'il adressa à Issac indiquait clairement qu'il n'appréciait pas d'être *déçu*.

— Mais amène-la quand même.

Elle reconnut le pouvoir qui infusait ces instructions, la note familière de coercition qu'elle percevait souvent dans sa propre voix. *Il est capable de contraindre.* Elle aussi ressentit le besoin d'obéir, même sans connaître l'endroit où il souhaitait qu'Issac l'amène. *Oh putain.*

— Bien sûr, Sire, répondit Issac avec aisance.

Tristan avait lui utilisé cette appellation un peu plus tôt. *Sire* devait être un titre honorifique, similaire à la manière dont un sujet s'adresserait à son roi.

— Nous verrons si elle souhaite toujours rejoindre nos rangs après ça, spécula Osiris.

Son regard séculaire captura le sien et Stas se figea. Elle pouvait à peine respirer, et encore moins parler.

—Je te conseille de bien te tenir, ma petite. Issac n'est pas connu pour sa compassion ; une qualité que j'admire profondément.

Après cet avertissement solennel, il tourna les talons et monta l'escalier d'un pas nonchalant. Les gardes inclinèrent leurs têtes sur son passage, confirmant son pouvoir. *Oui, c'est bien lui qui tire les ficelles.* Sa poitrine la peinait en l'absence d'inspiration et sa gorge semblait marquée au fer rouge par les caresses d'Issac.

— Pas un bruit, murmura-t-il contre son oreille. Fais exactement ce que je te dis. Maintenant, suis-moi.

Un souffle d'air frais vint s'abattre sur la peau de son cou quand il la relâcha, mais ses poumons peinaient toujours à fonctionner. *Je dois partir d'ici.* Sauf qu'Issac semblait la guider dans la direction opposée, une de ses mains l'encourageant à avancer en poussant le bas de son dos ; en direction de la même cage d'escaliers qu'Osiris.

Oh bon sang…

Ses jambes se figèrent, ses talons cloués au sol, mais une pression subtile contre sa colonne l'obligea à suivre Issac. En haut des escaliers. Devant les sbires qui surveillaient l'escalier mais ne s'inclinèrent pas. Quand l'un deux l'observa ouvertement et avec intérêt, elle se rapprocha d'Issac, en quête de protection et de réconfort. Il continua d'avancer, l'escortant dans la loge VIP elle aussi remplie de fauteuils et de canapés. L'une des clientes aux traits saisissants les salua de la main, son visage lui étant familier.

Clara.

La jeune femme sourit en remarquant l'approche d'Issac, mais son expression s'assombrit quand elle remarqua qu'il tenait Stas par la taille. Issac secoua la tête une fois et reçut une simple moue en réponse. Il devait sûrement lui tenir compagnie avant de descendre avec ses deux amis. Il n'y avait pas besoin d'être un génie pour deviner leurs activités quand Clara était simplement vêtue d'un négligé noir.

Je vois.

C'était ça que Tom avait cherché à lui faire découvrir ; la présence de Clara aux côtés d'Issac à l'Arcadia. Cela semblait plus raisonnable que l'idée qu'il l'avait délibérément envoyée dans un club de démons. Ou peut-être cherchait-elle simplement à se voiler la face.

Issac conduisit Stas dans un couloir bordé de portes, lui faisant froncer les sourcils en direction du salon de réception. Un box exposé au regard, au milieu d'autres convives, lui semblait bien plus sûr. Il s'arrêta devant une porte au hasard, tourna la poignée et la poussa à l'intérieur. Stas ouvrit la bouche mais aucun son ne lui échappa. Parce qu'elle ne savait pas quoi dire, ou même par où commencer. La porte claqua, les plongeant dans l'obscurité et le silence.

— I-Issac, chuchota-t-elle, un nœud dans la gorge.

Elle poussa un petit cri quand il l'attrapa et la plaqua au mur, glissant ses doigts dans les cheveux de Stas alors que ses lèvres planaient à quelques millimètres des siennes.

Cela s'était produit si vite. Trop vite.

Lui coupant à la fois son souffle et l'envie de se battre.

— Il y a des caméras partout, l'avertit-il sombrement. Et ils possèdent tous une vision nocturne, donc pose tes mains sur moi et fait mine de savourer le moment.

Elle déglutit et leva les bras pour les enrouler autour de son cou. *C'est Issac. Il ne me fera pas de mal. Il a besoin de moi.* Si elle se le répétait assez, elle finirait par y croire. Peut-être.

— Qu'est-ce que tu portes sous cette robe ? murmurat-il en glissant ses lèvres sur les siennes. Ce n'était pas ce à quoi elle s'attendait.

— P-Pardon ?

Il mordit sa lèvre inférieure, provoquant un petit cri.

— Concentre-toi.

Sur quoi ? Le club des démons ? Les humains qui meurent en bas ? Le fait que tu es un putain de vampire ? Par où est-ce que je commence ?

Il soupira, laissant tomber son front sur le sien.

— Astasiya, nous avons très peu de temps pour régler ça avant le début du Conclave. J'ai besoin que tu m'aides. Nos deux vies en dépendent. Qu'est-ce que tu portes ?

Elle racla sa gorge tout en renforçant sa prise sur son cou, comme si elle avait besoin de plus de soutien. Ce qui était peut-être le cas. La situation lui donnait le tournis.

— Un, euh, un string, réussit-elle à dire. Et un soutien-gorge sans bretelles.

Une de ses mains glissa de ses cheveux à sa taille, et enfin jusqu'à ses fesses. Il appuya sa paume contre sa chair, la poussant à se cambrer contre lui. Elle perdit son souffle après avoir détecté son érection. *Il est excité... là... maintenant ?*

Elle se mit à trembler, la chaleur de son corps réchauffant sa peau fraîche et son sang. Ils étaient serrés l'un contre l'autre. Et son odeur était enivrante, comme toujours. S'ils étaient n'importe où ailleurs, elle l'embrasserait. Mais ici...

— Tu vas devoir garder ta robe alors, dit-il, sa déception évidente.

— Qu'est-ce qui ne va pas avec ma robe ?

Elle tombait à mi-cuisse et épousait ses formes. Et elle lui allait particulièrement bien. Il l'ignora, ses lèvres glissant sur les siennes en un baiser chaste alors que ses hanches étaient fermement pressées contre les siennes. *Oui, vraiment excité.*

— Tu vas voir des choses ce soir qui vont te donner envie de hurler, mais tu dois rester calme et silencieuse. Les mortels qui réagissent de manière excessive meurent, et ce d'une manière terrible.

— Qu...

Issac la souleva du sol d'une seule main et les jambes de Stas s'enroulèrent automatiquement autour de sa taille pour garder l'équilibre. Bon sang, cela appuyait son érection à l'endroit exact où le bout de dentelle protégeait son entrejambe. À n'importe quel autre moment, et n'importe quel autre endroit, l'instinct qui la poussait à se frotter contre lui l'aurait emporté, mais pas cette fois-ci. Le frisson qui lui parcourut la colonne vertébrale était dû à ses mots, et non à ses caresses.

Les mortels qui réagissent de manière excessive meurent. Ses bras se contractèrent autour du cou d'Issac. Il avait déjà admis que son implication dans ses plans mettrait sa vie en danger. Et maintenant...

Je vais mourir ici.

— Il est impératif qu'ils te croient humaine, murmura-t-il en faisant lascivement rouler ses hanches contre elle.

Un mouvement si subtil, mais qui réussit tout de même à provoquer une vague de fourmillements dans son corps malgré ses paroles. *Je ne devrais pas… Ça ne peut… Oh, il l'a encore fait…*

— Je dois m'assurer que tu as compris.

Son parfum de menthe poivrée s'infiltra à travers les lèvres entrouvertes de Stas alors qu'il chuchotait tout près de sa bouche, attisant un brasier interdit en elle.

Reprends-toi, Stas. Ce n'est pas le bon moment. Ignore juste…

Son manche ferme caressa une nouvelle fois son sexe et Stas se cambra contre lui dans une merveilleuse combinaison de confusion et de désir. Ce mélange entêtant lui donna le tournis et lui fit perdre sa concentration. Qui aurait crû que la peur pouvait être un tel aphrodisiaque ?

— Astasiya.

Il ponctua son nom en mordillant sa lèvre inférieure, lui arrachant un petit cri. Elle n'aurait su dire si c'était en gage de protestation ou parce qu'elle adorait ses autres caresses. La réalité se mêlait à son désir et l'empêchait de distinguer le bien du mal. C'était comme si son esprit avait décroché en faveur des besoins de son corps. C'était tellement plus simple de se fier à ça que de penser à ce qu'elle avait découvert, ce qu'elle avait observé, ou même le fait qu'elle risquait de mourir ici.

— Il ne faut surtout pas qu'ils découvrent ce que tu es, grogna-t-il contre sa bouche. Nos vies en dépendent.

Elle finit par intégrer ses paroles malgré le brouillard passionnel qui embrumait son cerveau.

— Aucune coercition, répéta-t-elle.

C'était simplement du bon sens, étant donné l'endroit

où ils se trouvaient. Tout comme le fait de ne pas céder à ses pulsions. *C'est juste logique.*

— Une dernière chose.

Issac lécha sa lèvre, provoquant une douleur vive. Sa morsure avait fait craquer la peau fragile de sa lèvre et la manière dont il lapait désormais la plaie envoya une vague de fourmillements le long de sa colonne. *Pourquoi est-ce aussi bon ?*

— Tu ne peux pas entrer dans le Conclave sans être marquée.

— Conclave ? répéta-t-elle.

— Une sorte de regroupement pour les Ichoriens.

Il traça quelques motifs contre sa bouche avec sa langue avant de la glisser entre ses lèvres pour jouer avec la sienne. *Mais qu'est-ce qu'on fait ?* voulait-elle demander. *Pourquoi est-ce qu'on fait ça ?* Au lieu de ça, elle lui retourna son baiser pour s'accorder un peu de répit, car elle avait besoin d'oublier un instant le danger qui les entourait.

C'est stupide. Je m'en fiche.

Réfléchis. Non.

Elle céda à ses pulsions et suivit le mouvement de ses lèvres sans hésitation. C'était tellement naturel, tellement apaisant, tellement *vrai.* Chaque étreinte qu'ils partageaient donnait l'impression d'avoir été répétée mille fois, comme s'ils se connaissaient depuis des années. Elle le connaissait déjà – lui, ses désirs, ses besoins, ses envies – et le prouva passionément avec sa bouche.

Il grogna, ses hanches s'enfonçant contre les siennes, leur passion désormais sincère et non plus une simple comédie. Il garda une main sur sa taille et enroula l'autre autour de sa nuque. Il fit glisser ses lèvres de sa bouche, le long de sa joue, jusqu'à sa gorge, son souffle réchauffant la peau de Stas.

— C'est ça ou notre mort, chuchota-t-il. Et je tiens particulièrement à ma vie.

— Issac ? souffla-t-elle, n'ayant pas compris le sens de ses mots.

— Pardonne-moi, chérie.

CHAPITRE DOUZE

UNE INFRACTION AUX LOIS DU SANG

MAIS À QUOI pensait Thomas Fitzgerald quand il avait envoyé Astasiya ici ? Ce fichu crétin l'avait envoyée tête la première dans un sanctuaire Ichorien. Putain. Même si Issac aimerait torturer et estropier l'imbécile, il devait avant tout protéger Astasiya.

En la marquant.

Il caressa le pouls de la jeune femme avec ses lèvres, nargué par son parfum délicieux. Il avait voulu se nourrir la veille ou même plus tôt ce soir-là, mais il avait oublié, trop préoccupé par le désir qu'il ressentait pour Astasiya. À présent, il la retenait plaquée contre un mur et la bouche d'Issac était posée contre l'artère, dans laquelle il brûlait d'envie de planter ses crocs. Mais le consentement était important à ses yeux.

L'ondulation des hanches d'Astasiya lui apporta la réponse positive qu'il attendait en dépit de la confusion qui perçait dans la voix de la jeune femme. Les signaux d'assentiment n'étaient pas tous verbaux ; certains étaient transmis à travers le langage corporel, et la figure élancée d'Astasiya transpirait l'approbation, son désir tout aussi féroce et palpable que le sien.

— Je dois te mordre, chuchota-t-il. Pour signaler que tu m'appartiens et te protéger.

Elle déglutit, visiblement hésitante. Après un bref instant, elle finit par souffler :

— Okay.

Un simple mot et ses incisives se recourbèrent, le sang de la jeune femme si près, si fort, tellement *parfait*. Il enfonça ses dents dans la peau de son cou, la perforant rapidement et de manière efficace, arrachant à Astasiya un petit cri de protestation. Il fut rapidement suivi d'un gémissement grisé quand son sang se trouva noyé sous une vague d'endorphines ; un mécanisme dont les Ichoriens se servaient pour maîtriser leur proie.

Les bras d'Astasiya se serrèrent autour de lui et le bas de son corps s'arqua, cherchant le contact de son érection. Hmm, qu'est-ce qu'il ne donnerait pas pour pouvoir s'enfoncer en elle à cet instant, pour sentir ses parois moites se resserrer autour de lui alors qu'il la prenait à en perdre la raison. C'était la manière dont il préférait se nourrir, mais pour ce soir, il se devait de lui offrir une introduction plus délicate, une introduction qui comblerait totalement Stas et qui fournirait à Issac juste assez d'énergie pour survivre à la soirée.

Elle était incroyablement délicieuse ; douce mais avec une pointe de pouvoir féroce qui le toucha au plus profond de son âme.

Un goût tellement unique, différent de tout ce qu'il avait pu essayer jusqu'à présent.

Addictif. Puissant.

Quelques gorgées de son sang suffirent à le redynamiser, le stimulant d'une manière inhabituelle. C'était trop tôt. Il fallait en général plus d'un litre pour commencer à ressentir ces effets. Mais son essence, *merde*, elle était incroyable. Il en avala un peu plus, savourant chaque goutte, et apprécia la manière dont son cœur s'emballa comme pour l'encourager à la dévorer. Astasiya grogna, son bas ventre pressé contre le sien quand l'euphorie provoquée par sa morsure déclencha un incendie de désir en elle.

Absolument splendide.

Un Ichorien plus jeune aurait du mal à résister à sa passion, surtout s'il s'était abstenu de se nourrir pendant aussi longtemps qu'Issac, mais il réussit à se contenir et à s'assurer du plaisir d'Astasiya tout en se délectant de son sang.

Sa tête tomba en arrière contre le mur, ses yeux confus, voilés par le plaisir. S'assurant qu'elle était calée entre son torse et le mur, il fit glisser sa main de son derrière rebondi jusqu'à sa cuisse exposée, savourant l'énergie qui circulait entre eux.

Si parfaite. Délicieuse. Encore…

Il explora la peau soyeuse de sa cuisse en remontant, lui arrachant un halètement quand il mit la main sur la culotte en dentelle qui recouvrait ses hanches. Son goût pour la lingerie était en passe de devenir la qualité qu'il préférait chez elle. Si seulement il avait le temps pour un avant-goût. Malheureusement, il les avait laissés dans l'obscurité pour une raison.

Elle se pâmerait si elle apercevait les instruments de torture éparpillés à travers la pièce.

— Issac.

Son nom sur les lèvres d'Astasiya le fit dérailler, sa maîtrise ne tenant qu'à un fil. Il la voulait plus que n'importe quelle personne qu'il se souvenait avoir désirée par le passé. C'était peut-être le moment qui voulait ça. Ou le lieu. Ou bien seulement parce que c'était *elle*.

Il n'en savait rien. Ne s'en souciait guère. Il mourrait juste d'envie d'arracher son string et de la prendre.

Férocement. Rapidement. De la posséder entièrement et de la marquer. Ce besoin primal le dépassa, réveillant le prédateur enfoui en lui tout en faisant vibrer son corps.

C'est dangereux.

Issac n'avait jamais ressenti ça pour personne, n'avait jamais même couché deux fois avec la même femme, mais Astasiya l'avait piégé au milieu d'une toile de sensations, mêlée de sentiments qu'il ne pouvait même pas discerner. Comme si son seul but sur terre était d'être avec elle.

Je la connais à peine. Mais elle est déjà à moi.

Cette idée l'ébranla tellement qu'il retira brusquement ses dents du cou d'Astasiya, en tremblant si fort qu'il réussit à peine à la garder dans ses bras. Son petit gémissement lui indiqua qu'il n'était pas le seul tiraillé par cette lutte ardente.

Un week-end au lit. C'était ce dont ils avaient besoin, tout ce qu'il s'autoriserait, pour mettre fin à cette obsession maladive qui les tenaillait. Mais il fallait d'abord qu'ils survivent au Conclave.

Issac traça la lisière en dentelle affriolante sous sa robe, s'offrant un dernier petit plaisir.

Si séduisante. Si sublime. Et tellement prête.

— Si nous réussissons à survivre cette nuit, je veux voir à quoi ressemble ce sous-vêtement sans ta robe, murmura-t-il tout en caressant sa marque sur la gorge d'Astasiya du bout de la langue.

Il avait intentionnellement choisi de ne pas la guérir car il avait besoin que tout le monde sache à qui elle appartenait, même si c'était juste pour cette nuit.

— Si tout se passait comme je veux, nous serions déjà en chemin vers mon lit, Astasiya. J'ai envie de dévorer chaque centimètre de ton corps.

— Oui, siffla-t-elle, son accord particulièrement gratifiant contre son oreille.

Il captura sa bouche, scellant leur accord avec ses lèvres. Elle serait à lui... bientôt.

Il la posséderait. La vénérerait. La marquerait comme aucun homme ne le ferait jamais après lui.

Il lui fit toutes ces promesses à l'aide de ses lèvres, gravant son nom au plus profond d'elle.

Elle était à lui pour le moment. Personne d'autre ne la toucherait, ne la goûterait ou ne la prendrait. Juste lui. Astasiya lui rendit la pareille, consolidant leur serment, la chaleur de son corps rayonnant sous sa peau pour atteindre son sang et son âme. Il n'avait jamais eu l'intention d'aller aussi loin, une entorse à ses plans, mais il n'en avait plus rien à faire. Seule leur survie comptait désormais.

La vision d'une horloge s'insinua dans son esprit, envoyée par Tristan. Elle fut suivie par celle d'une porte, une méthode discrète pour lui indiquer que Mateo et lui les attendaient tous les deux dans le couloir. Issac manipula l'image pour indiquer cinq minutes sur sa montre. Il n'en avait pas encore fini.

Après un assaut final avec sa langue, il mit fin au baiser et vint poser son front contre le sien, savourant la manière dont le souffle d'Astasiya venait caresser ses lèvres.

Depuis quand est-ce que j'apprécie ce genre d'étreinte ?

Il chassa ces sentiments étranges et non désirés et se concentra sur la tâche à accomplir... rester en vie.

— Voici les règles, entonna-t-il discrètement. Ne parle à personne même s'ils t'interpellent. Ne fais aucun commentaire. Ne réagis pas. Ne crie pas. Et surtout, n'utilise *absolument pas* ton don de coercition. Si tu enfreins l'une de ces règles, nous mourrons tous les deux. C'est compris ?

Son pouls s'emballa et enflamma la marque qu'il avait laissée sur son cou. Il fronça les sourcils. Sa réponse prédatrice à la terreur d'un mortel n'était pas survenue, juste une pulsion étrange l'exhortant à la consoler. *Cette femme m'a clairement corrompu.*

Il était certes partiellement coupable de sa présence ici. S'il avait pris le temps de l'avertir correctement sur son espèce, elle n'aurait pas ressenti le besoin d'explorer. Et elle risquait désormais d'y laisser sa vie en conséquence. Ou pire. Cependant, Thomas avait sa part de responsabilité.

Et pourtant, ce serait à Issac d'assurer sa protection. *Et je le ferai.* Il n'y avait pas d'autre choix. Elle ne mourrait pas ici cette nuit.

Il attrapa ses hanches et l'aida à se détacher de lui, l'encourageant à se redresser. Ses ongles s'enfoncèrent dans la veste de son costume tandis que son cœur s'emballait. Sa terreur était évidente maintenant qu'elle avait saisi la portée de leur situation imminente.

Issac prit sa joue en coupe et caressa tendrement ses lèvres, lui offrant le seul semblant de soutien dont il était capable.

— Tu es en plein cœur de mon monde pour le moment Astasiya, et il n'est pas tendre pour les mortels. Surtout pour ceux dotés de dons psychiques.

Encore un baiser, celui-ci un peu plus insistant maintenant que son rythme cardiaque s'apaisait et qu'elle relâchait sa prise sur ses vêtements, se blottissant de nouveau contre lui.

— Il faudra que tu suives mes instructions et que tu me fasses confiance, chuchota-t-il contre sa bouche. Est-ce que tu peux faire ça ?

Elle garda le silence, son expression indiscernable dans le noir. Il était peut-être un prédateur, mais la vision nocturne n'était pas son fort. C'était malheureux étant donné la situation, car il appréciait la manière dont les yeux de la jeune femme dévoilaient chacune des pensées.

D'autant plus qu'il ne pouvait accéder à son esprit comme il était capable de le faire avec n'importe qui d'autre.

— Je te protégerai, Astasiya. Je te le promets, mais j'ai besoin que tu m'aides pour que ça marche.

— Tu as besoin de moi vivante, dit-elle finalement d'un ton mesuré.

— Oui, acquiesça-t-il en agrippant l'arrière de sa nuque avec ses doigts. Mais plus encore, je *veux* que tu survives.

Une admission qui lui en coûta plus qu'elle ne pourrait jamais l'imaginer. Parce qu'il lui avait admis une chose à laquelle il refusait de faire face. *Je ne veux pas la perdre.* Une réalisation dangereuse, mortelle, qu'il finirait par payer cher. Hélas, ce serait un problème à affronter plus tard. Il était bien assez occupé ce soir.

— Oh.

Un souffle d'air contre ses lèvres, suivi d'un autre silence. Ses paumes devinrent moites et sa gorge se noua. Ils ne pouvaient pas quitter cette pièce sans qu'elle accepte. Mais s'ils arrivaient en retard...

Cette pensée le fit grimacer. Être en retard n'était pas une option.

— Astasiya...

— Oui, l'interrompit-elle. Je vais te faire confiance. Ce soir.

Ses épaules retombèrent et il posa de nouveau son front contre le sien.

— Merci.

Il était sincère, ce qui sembla la surprendre à en juger par sa réaction. Elle se figea contre lui. Il s'occupa de fixer sa tenue, tirant l'ourlet de sa robe par-dessus ses fesses – ce qu'elle avait oublié de faire quand il l'avait relâchée – et lissa l'étoffe du vêtement pour s'assurer qu'il était en place. Il s'occupa ensuite de réajuster son costume, surtout son pantalon, et glissa ses doigts dans ses cheveux. Les vêtements froissés les aideraient. Tout comme la morsure récente sur son cou.

Personne ne remettrait en question ses intentions envers Astasiya, même si la situation piquait leur intérêt. Issac n'amenait jamais aucune protégée au Conclave. Jamais. Cela ferait donc déjà hausser quelques sourcils. Issac exposa la morsure d'Astasiya en faisant cascader ses boucles blondes par-dessus une épaule. *C'est tout ce que je peux faire.*

— Pour ce que ça vaut, je suis sincèrement désolé...

Il ouvrit la porte avant qu'elle ne réponde et glissa ses doigts entre les siens pour l'attirer dans le couloir sans qu'elle n'observe la pièce qu'ils venaient juste de quitter. Cela n'arrangerait en rien la situation alors qu'il venait juste de retrouver un peu de contrôle sur leur relation, un avantage qu'il souhaiterait conserver. Mateo et Tristan se trouvaient là où il s'attendait à les trouver, adossés au mur dans une parfaite démonstration d'élégance et de supériorité.

— Mademoiselle Davenport, la salua Mateo, son habituel charmeur en évidence sur son visage alors qu'il testait ouvertement Astasiya. Je suis heureux de pouvoir enfin faire votre connaissance.

Elle jeta un coup d'œil à Issac, s'en remettant à lui. Cela n'avait pas dû être facile pour elle mais confirmait qu'elle avait bien compris les règles. Un signe positif dans leur quête de survie. Assez bizarrement cependant, sa voix lui manquait déjà. *Étrange.*

— Oh, voyez-vous ça. Tu as bien dressé ta protégée, railla Tristan.

Issac fusilla le crétin du regard. Il souhaitait parfois qu'il soit possible de renier sa progéniture, mais il était responsable du petit bâtard, ayant fait le choix de le transformer en Ichorien, même quand il décidait de se comporter comme un salaud. Ce qui était apparemment le cas ce soir.

— Bien joué, Issac, continua Tristan avec un sourire moqueur.

Issac souleva la main d'Astasiya et déposa un baiser contre son poignet, une déclaration formelle de propriété chez les siens.

— Astasiya, il me semble que tu as déjà rencontré Tristan. Puis-je te présenter à mon autre progéniture, Mateo ?

Elle offrit un petit sourire à ce dernier mais ne lui dit rien. *Parfait.* Malheureusement, ce n'était que le début.

— Nous devrions y aller Sire, dit Mateo avec un geste en direction du couloir.

— Oui, acquiesça Issac en serrant une dernière fois la main d'Astasiya pour la rassurer.

Tristan ouvrit la voie mais s'arrêta pour attendre que les portes en or luxueuses ne s'ouvrent, avant d'entrer dans l'ascenseur. Ce dernier menait au souterrain. La suite privée d'Osiris était la seule alternative pour accéder à ce niveau du bâtiment. Il possédait l'immeuble. Pour être honnête, l'Ichorien possédait la moitié de la ville. Il était l'être le plus puissant sur terre, et très vieux qui plus est.

Il ressentit la tension d'Astasiya dans son bras quand ils sortirent de l'ascenseur, ses instincts de novice ayant sans doute flairé le danger émanant de leur destination. Beaucoup d'humains périssaient en ces lieux. Surtout ceux dotés de capacités singulières et ceux qui en avaient trop vu. Astasiya cochait les deux cases.

Issac détestait le Conclave et son objectif ; une démonstration banale de statut et de pouvoir destinée à établir la hiérarchie Ichorienne. Il y assistait pour protéger sa progéniture d'éventuels challenges. Des siècles de leçons avaient appris à ses frères les plus insignifiants qu'il valait mieux ne pas s'attaquer à ceux de sa lignée, mais il en existait quelques-uns qui brûlaient d'obtenir toujours plus de pouvoir.

Ils franchirent l'arche traditionnelle pour entrer dans l'auditorium qui grouillait déjà d'Ichoriens, vêtus de tenues sombres et qui échangeaient entre eux, près de leurs sièges dédiés. Aidan était assis au premier rang et Anya était installée sur ses genoux. Clara et Nadia discutaient derrière lui.

La pièce de trois étages était capable d'accueillir confortablement un peu plus de deux cent Ichoriens, les colonnes de marbre et les murs beiges offrant un cadre opulent qui dissimulait le dessein horrible derrière la création de ce théâtre. Pour finir, une fresque murale composée d'anges bleus recouvrait le plafond.

Quel blasphème.

Aidan leva les yeux de la femme sublime assise sur ses genoux pour accueillir Issac qui s'approchait. Ses yeux futés notèrent la présence d'Astasiya. Leur passage éclair dans la salle VIP avait éliminé tout élément de surprise.

— Osiris était déçu que tu refuses sa requête de fournir le divertissement pour la soirée, Issac, annonça Aidan au lieu de le saluer, ses propos dissimulant un sens caché. Mais je lui ai rappelé ta propension à mener tes liaisons discrètement.

Ah, oui. Refuser d'accéder aux souhaits d'Osiris plus tôt dans la soirée avait été un pari risqué. Heureusement, la faim dévorante qui transpirait d'Issac pourrait servir à expliquer son comportement égoïste. Même le maître des Ichoriens l'aurait senti et accepté. Bien que ça ne l'ait pas empêché de mentionner sa frustration à Aidan. Et si Issac avait bien compris le commentaire d'Aidan, celui-ci avait géré la situation à sa place.

— Merci, dit-il en le remerciant d'avoir réglé son problème.

La dernière chose que souhaitait Issac, c'était de devoir prendre part à une cérémonie punitive imposée.

— En voyant ta nouvelle protégée de plus près, je comprends mieux pourquoi tu n'as aucune envie de partager, ajouta Aidan dont les yeux verts, identiques à ceux de Lucian, observèrent avec admiration la femme figée à ses côtés.

— Puis-je te présenter à Astasiya ? demanda-t-il après un regard en coin en direction de sa jolie blonde. Aidan est mon Sire. Il a fait de moi ce que je suis aujourd'hui.

Il avait ajouté cette explication pour l'aider, conscient qu'elle n'avait aucune idée de ce que signifiait le titre honorifique.

— Enchanté, ma chère.

Aidan lui adressa un sourire doux avant de se concentrer sur les deux hommes qui descendaient les escaliers.

— Tristan, Mateo, que pensez-vous de cette nouvelle addition potentielle à votre lignée ?

Intéressant.

Issac n'avait jamais mentionné l'idée de changer Astasiya ; un objectif impossible compte tenu de son ascendance. Ce qui signifiait qu'Osiris avait dû déduire cette fausse information des propos d'Aidan lors de leur conversation. Cela avait dû l'aider à expliquer pourquoi Issac ne tenait pas à la punir en public. Il ne voudrait pas qu'une future progéniture fasse preuve de la moindre faiblesse.

C'est malin, songea Issac, dont les lèvres tressaillirent.

— Ravi, répondit Tristan, sur un ton pince-sans-rire. Issac a clairement besoin d'une autre blonde dans sa vie.

Il caressa les cheveux de Clara tout en jetant à Astasiya un regard entendu.

Bon. Issac plissa les yeux. Il faudrait vraiment qu'il ait une conversation avec sa progéniture, car ce commentaire était à la fois infondé et inutile. Tristan n'apparut pas le moins du monde châtié alors qu'il s'asseyait à côté de Clara. Celle-ci plaça immédiatement ses jambes sur les siennes et posa sa tête sur son épaule. À cause de son don d'empathie, elle avait un besoin accru de contact physique, une chose que le meilleur ami d'Issac n'avait aucun mal à lui offrir malgré la nature platonique de leur relation.

— Eh bien, je pense qu'elle correspond aux goûts d'Issac, répliqua Mateo.

Il s'inclina devant Aidan et prit le siège attenant à celui de Tristan. Astasiya était silencieuse aux côtés d'Issac, les yeux rivés sur lui en attendant ses instructions. Il l'attira contre lui et déposa un baiser sur sa tempe. Un moyen discret de la rassurer. Il continua avec une pression de sa main, priant pour qu'elle comprenne qu'il avait un rôle à jouer.

— Viens, dit-il d'un ton ferme en la traînant derrière lui pour rejoindre le siège libre à côté d'Aidan.

Il s'assit et tira d'un coup sec sur son bras pour la faire asseoir sur ses genoux, une démonstration de force destinée à leur public. La disposition de la salle dénotait le pouvoir des convives. Les rangées arrières accueillaient les membres les plus faibles de leur race. La force de membres augmentait avec chaque rangée qui les rapprochaient du bas, où les plus anciennes et plus puissantes lignées siégeaient. Le sang séculaire d'Aidan ainsi que les talents psychiques de sa progéniture leur garantissait les deux premiers rangs.

— Elle est délicieuse, Issac, murmura Anya dont les pupilles sombres examinaient Astasiya sans modération.

Ses lèvres pulpeuses se recourbèrent.

— Je m'appelle Anya. J'ai hâte d'en apprendre bien plus à ton sujet.

— Essayons de ne pas terrifier la pauvre petite, mon amour, murmura Aidan en mordillant l'oreille d'Anya.

Elle pivota ses jambes recouvertes de cuir pour le chevaucher et enroula ses bras autour du cou d'Aidan.

— Alors, tu vas devoir trouver un moyen de me distraire.

— Avec plaisir, répondit Aidan contre sa bouche.

Issac s'esclaffa et s'occupa d'installer Astasiya dans une position plus confortable sur ses genoux. Plusieurs regards curieux guettaient ses faits et gestes, plus d'un témoin haussant les sourcils devant la scène. La plupart des amants partageaient un siège, son choix n'ayant rien d'inhabituel de ce côté-là. Mais le fait qu'*il* partage ce fauteuil attira l'attention. Malgré ses trois siècles d'existence, il n'avait jamais amené d'humain avec lui au Conclave.

Même si cela ne le dérangeait pas. En fait, il appréciait assez de sentir son corps contre le sien, sa tête contre son épaule, et ses jambes posées sur les siennes.

À moi. Pour ce soir, au moins.

Issac embrassa la marque sur son cou à la vue de tous et enroula ses bras autour d'elle. Il avait fait son possible pour assurer sa survie.

Le reste ne dépendait que d'elle.

CHAPITRE TREIZE

LE MAÎTRE DE CÉRÉMONIE

L'auditorium fichait les jetons à Stas.

Il avait été bâti profondément sous terre et ressemblait à un cercle de cérémonie archaïque entourant une scène centrale, sur laquelle trônait un unique fauteuil. Oh, les décorations en or et le sol en pierre blanche lui donnaient un aspect luxueux, mais Stas pouvait sentir l'atmosphère chargée d'histoire du monument.

Les relents funestes. La terreur.

Et elle était aux premières loges, assise comme elle l'était sur les genoux d'Issac.

Cette situation dépassait de loin le pire des scénarios qu'elle avait concoctés pour la soirée ; trouver Issac en pleine action avec une autre femme. Une visite dans un colisée souterrain, rempli de démons rassemblés autour d'une scène en marbre noir et blanc ne lui avait jamais traversé l'esprit. Le trône au milieu de la scène avait connu des jours meilleurs. Des traînées de sang. Le matériau carbonisé. Un dossier en pierre. *Des gens sont tués ici*, murmuraient ses instincts. *Ils brûlent.*

Elle frissonna quand une image nette d'Owen lui traversa l'esprit.

Une tête méconnaissable posée sur une table. Sa peau brûlée comme du charbon.

L'horreur qu'il a dû vivre… Et si…

Elle sentit qu'on lui tirait légèrement les cheveux, ce qui attira son attention sur le corps ferme qui supportait le sien et le bras qui entourait sa taille. Elle croisa le regard bleu d'Issac et nota la réprimande qui s'y cachait. *Maîtrise tes réactions,* semblait-il dire. Sûrement parce qu'il pouvait sentir son pouls battre à tout vitesse, ou peut-être même l'entendre. Elle leva la main pour toucher la marque qu'il avait laissée sur son cou mais il attrapa son poignet et le guida vers sa bouche pour le mordiller.

Surtout pas, semblait crier son regard. *Okay.*

Il relâcha sa main et l'attira dans un baiser avec une légère pression de sa paume contre la nuque de Stas. Ce n'était pas le genre de baiser à lui voler son âme, mais seulement une étreinte réconfortante. Une tendre caresse de ses lèvres. Une tentative pour l'aider à se détendre. Ou peut-être s'agissait-il d'un spectacle destiné à leur public, car elle pouvait sentir la multitude de regards rivés sur eux. Les observant. Les étudiant. Elle frissonna contre lui.

Toute cette pièce la faisait flipper. Et l'attention qu'on leur portait n'aidait en rien.

Je suis entourée de démons. Les mêmes démons qui ont peut-être tué Owen.

Les mêmes démons qui ont tué mes parents. Oh mon Dieu…

Le coupable se trouvait-il ici ? L'homme aux yeux noirs tachetés d'or ?

Son cœur fit un bond. Et s'il la reconnaissait ?

Et si quelqu'un ici était au courant de son amitié avec Owen ?

Elle se retrouverait dans ce fauteuil, le trône au centre de la salle.

« *Les mortels qui réagissent de manière excessive meurent, et ce d'une manière terrible.* »

Issac serra légèrement sa main et ses lèvres glissèrent le long de sa joue, jusqu'à son oreille.

— Détends-toi, chuchota-t-il. Ta peur est enivrante pour tous les démons présents.

Comme si *cela* allait l'aider.

— Tu es à moi Astasiya. Personne ne te touchera sans ma permission.

Il mordilla son lobe d'oreille jusqu'à le faire saigner, ce qu'elle imaginait être pour le spectacle plus que pour la réprimander. Ou peut-être comptait-il sérieusement la punir. Elle n'en savait rien car elle connaissait à peine cet homme.

— Fais-moi confiance, ajouta-t-il dans un souffle, comme s'il était conscient du fil de ses pensées. *S'il te plaît.*

Ses dernières paroles la firent réfléchir. Les mots étaient quasiment silencieux, et elle doutait sincèrement qu'Issac s'en serve souvent. Elle se recula pour rencontrer à nouveau son regard et nota le passage fugace d'une émotion sur son visage, avant qu'un masque nonchalant et élégant ne recouvre ses traits.

L'air se rafraîchit derrière elle. Issac indiqua la scène d'un geste du menton, insinuant qu'elle ferait mieux de se concentrer et de faire attention. Le spectacle était sur le point de commencer.

Les yeux verts et intenses d'Osiris capturèrent les siens quand elle se tourna, la clouant aussitôt sur place. Ses lèvres se recourbèrent en un sourire cruel et elle enfonça ses ongles dans la jupe de sa robe. Issac était complètement détendu sous elle, un bras enroulé autour de sa taille pour soutenir le bas de son dos, l'autre posé sur ses genoux pour dissimuler les mains de Stas. Ses jambes pendaient dans le vide, par-dessus la jambe gauche d'Issac qui la tenait comme une enfant. Cela semblait être la norme dans la salle – car elle avait remarqué plusieurs autres couples dans la même position – et elle ne le questionna pas à ce sujet.

L'assemblée se fit silencieuse et les lumières de l'auditorium se tamisèrent, lui donnant la confirmation qu'Osiris était bien en charge de leur espèce. Car il se tenait debout au centre du sol en marbre, les mains croisées devant lui tandis que l'éclairage de la scène prenait le relais. Plusieurs personnes, probablement des Ichoriens, se précipitèrent vers leurs sièges. La désapprobation d'Osiris était visible alors qu'il observait les retardataires s'installer, les lèvres pincées et la mâchoire serrée.

— Lucinda, appela-t-il en rompant le silence qui avait gagné l'assemblée.

Une femmes pulpeuse était assise à quelques sièges d'Aidan, la couleur du rouge à lèvres recouvrant sa bouche cruelle assortie à celle de ses cheveux.

— Oui, mon amour ?

Osiris indiqua le dernier arrivant d'un geste nonchalant de la main. Issac resserra son bras autour de la taille de Stas, lui offrant un subtil avertissement avant qu'un type dégingandé ne s'enflamme quelques rangs derrière eux. Son cri perçant résonna dans la pièce et fit battre son cœur à toute vitesse.

Feu.

Les cris de maman.

Papa qui se tordait de douleur.

Le rire de l'homme cruel qui résonnait dans le jardin.

Un pincement contre son flanc rappela Stas à la réalité et à l'auditorium, son regard rencontrant celui d'Issac pendant un instant. Il ne laissait rien paraître, mais ce contact discret lui indiqua qu'il avait remarqué sa distraction.

Elle nota les ongles rouge foncé de Lucinda qui gesticulaient du coin de l'œil. Celle-ci les fit tournoyer une fois, puis deux, et cessa finalement après un geste du menton d'Osiris. Les flammes disparurent et l'homme brûlé, bien que toujours vivant, s'écroula dans son fauteuil. Personne ne broncha. Ni même les femmes qui entouraient la victime, et dont les vêtements étaient parsemés de cendres.

Ils y sont habitués, réalisa Stas en déglutissant. *Ça se produit souvent.*

— Blake, c'est ça ? demanda Osiris d'un ton tranchant qui ne fit que rafraîchir l'atmosphère déjà glaciale. La prochaine fois, sois à l'heure, ou je laisserai Lucinda jouer avec toi jusqu'au prochain Conclave.

Les lèvres de la femme plantureuse se recourbèrent en un sourire félin, ses yeux criant *garce sadique*. Elle était vêtue d'un teddy noir – semblable à beaucoup d'autres dans la salle – et d'une paire de manchettes en métal reliées à des chaînes. Stas en suivit le tracé jusqu'à trouver deux hommes munis de colliers derrière elle.

Note à moi-même : ne pas m'approcher de celle-là.

— Bien, où en étions-nous avant que je ne sois aussi grossièrement interrompu ? continua Osiris, subjuguant l'assemblée avec son attitude autoritaire. Ah oui. Certains d'entre vous sont peut-être au courant que nous avons récemment été victimes d'une transgression dans notre ville bien-aimée. Un Hydraien qui se faisait passer pour un étudiant de master, si vous voulez bien le croire.

Stas en resta le souffle coupé.

Owen…

Un Hydraien – un élément qu'Issac avait confirmé – étudiant en master. Que voulait dire Osiris en parlant de *transgression* ? Les Hydraiens ne pouvaient-ils donc pas accéder à la ville ? Et les novices ?

— Maintenant, vous vous demandez sûrement, tout comme je l'ai fait, comment il a pu passer inaperçu.

Osiris marqua une pause, comme pour laisser la chance à quelqu'un de deviner. Personne n'intervint.

— C'est assez troublant, à vrai dire. Vous voyez, j'ai récemment appris que l'un des nôtres l'avait aidé à se cacher. Et comme vous le savez tous, il s'agit d'une violation de nos Lois du Sang.

Des murmures s'élevèrent dans la salle, aussi outrés que choqués. Osiris fit mine d'apparaître poliment intéressé, mais le petit sourire collé à ses lèvres suggérait son approbation. Non, pas juste son approbation. Il *s'attendait* à cette réaction. Un homme théâtral, qui ne vivait que pour le chaos.

Issac enroula une mèche de ses cheveux autour de son doigt et l'étudia avec une expression indifférente. Ni intéressé ni concerné par les évènements. *Il contrôle ses propres tics de manière experte.*

— Oui, je sais, c'est choquant, dit Osiris en élevant la voix. Et ce qui est encore plus choquant, c'est que le coupable se trouve en ce moment même dans la salle.

Les murmures reprirent de plus belle, excitant visiblement le maître de cérémonie. Il sourit de toutes ses dents ; un geste charismatique, mais qui mettait aussi en avant ses intentions malfaisantes, une contradiction qui fit frissonner Stas. Cet homme savait comment séduire une foule, et il adorait ça.

— Qui oserait donc défier l'un des plus vieux règlements de notre espèce pour venir en aide à un Hydraien ?

Il étudia l'assemblée tout en roulant les manches de sa

chemise, révélant au passage des avant-bras bronzés et visiblement musclés.

— Bien sûr, je pourrais ordonner à ce maudit traître de s'avancer, mais quelle satisfaction cela nous apporterait-il ? Je suis curieux de voir si quelqu'un réussira à trouver le coupable. Qui parmi nous choisiriez vous d'accuser ?

Les cris s'élevèrent immédiatement. Certains dans des langues étrangères.

Certains en anglais. Et tous offrant des noms.

Le rire d'Issac se réverbéra contre le flanc de Stas alors que l'intéressé continuait de jouer avec ses cheveux.

— Ça va être amusant, dit-il.

— En effet, acquiesça Aidan en étudiant la pièce avec intérêt.

Anya semblait tout aussi curieuse. *Ils trouvent cela divertissant ?*

L'énergie de la pièce passa d'un calme pesant au chaos le plus total dans la pagaille qui s'ensuivit. Des menaces volèrent dans l'air à travers la pièce, filant la chair de poule à Stas.

De la magie.

Elle parvenait presque à la goûter, cette énergie magnétique qui l'invitait à jouer, à se servir de son talent. Stas s'efforça de déglutir pour déloger le chat logé dans sa gorge.

Je dois sortir d'ici. Elle n'était pas en sécurité.

Les lèvres d'Issac caressèrent son cou, s'attardant sur sa morsure. Il pouvait sûrement percevoir les battements fous de son cœur. Il cherchait probablement à la calmer. Mais comment le pouvait-elle ? Une aura malfaisante se dégageait de toutes les personnes, de tous les démons, présents dans la salle. Ils brûlaient d'envie de se disputer, de se battre, de *nuire*.

Osiris leva une main en signe d'apaisement, réduisant aussitôt le public au silence.

Des gouttes de sueur perlaient le long de la colonne vertébrale de Stas malgré la température glaciale de l'auditorium, l'atmosphère létale vibrant contre sa peau. *Quelqu'un va mourir ce soir.*

— C'est sympa de découvrir ce que nous pensons vraiment les uns des autres, n'est-ce pas ? J'imagine que certains d'entre vous auront quelques duels à provoquer, non ?

Il s'esclaffa, son sourire charismatique toujours en place.

— Hélas, je n'ai malheureusement pas entendu le nom de notre coupable parmi toutes vos accusations. Ce n'est pas vraiment une surprise. Je ne l'aurais moi-même jamais deviné.

Il observa son public d'un air moqueur.

— Bien, avant de revenir sur ce sujet, nous avons un autre problème à résoudre. Mike ?

Le cœur de Stas fit un bond dans sa poitrine. *Mike.* Elle aurait préféré ne jamais le revoir. Mais le sbire baraqué s'avança d'un pas nonchalant dans la pièce, une laisse en métal à la main. Il tira dessus d'un coup sec, arrachant un petit cri à la personne qui se trouvait à l'autre bout de la bride. *Oh mon Dieu.* Issac saisit la main de Stas avant qu'elle ne puisse recouvrir sa bouche, enroulant un bras ferme autour de sa taille pour lui rappeler de garder son calme.

La laisse retenait captive une femme frêle.

Sa tête sombre inclinée. Couverte de chaînes.

Elle rampait au sol comme un misérable cabot.

L'estomac de Stas se révolta, l'alcool qu'elle avait imbibé plus tôt dans la soirée menaçant de refaire son apparition. Issac serra sa main, pas pour la rassurer, mais en guise d'avertissement. La situation ne pouvait qu'empirer. *Génial, putain*. Elle n'était pas sûre de tenir le choc bien plus longtemps.

— Comment t'appelles-tu, chérie ? demanda doucement Osiris avec artifice, tout en caressant la joue creuse de la jeune femme.

Sa peau dorée et ses traits foncés suggéraient qu'il s'agissait d'une jolie femme. Mais le traitement que lui avaient fait subir ces enflures l'avait laissée avec seulement la peau sur les os.

— *Va te faire foutre.*

Malgré son allure chétive, sa voix résonna à travers l'amphithéâtre.

— Quel nom fascinant, répliqua Osiris en arrachant plus d'un rire à son public. Le résultat de ton traitement, je suppose.

Son sourire s'éteignit quand il observa l'homme qui tenait la laisse.

— Bien, qui t'a parlé d'elle ?

— Jarod.

— Ah oui, Jarod.

Il fit mine d'observer l'assemblée à la recherche d'un homme grand tapi au fond de la salle, histoire de continuer son spectacle.

— Viens te joindre à nous, mon cher.

Jarod s'approcha de la scène d'un pas sûr. Il s'inclina respectueusement et embrassa la peau mate de la main d'Osiris, avant de se redresser.

— Tu l'as trouvée dans un bordel, n'est-ce pas ? demanda Osiris.

— Oui, S-sire, bégaya Jarod, son ton humble assez saugrenu venant d'un homme aussi baraqué.

— Cela explique mieux son nom, répliqua Osiris, un sourire narquois au coin des lèvres devant les rires provoqués par sa réponse. En tout cas, tu as remarqué qu'elle possédait un talent singulier, n'est-ce pas ?

Les poumons de Stas cessèrent de fonctionner. *Une mortelle avec un don, entourée d'Ichoriens.*

« *L'usage voudrait que je vous exécute immédiatement* », avait dit Issac, ce qui lui semblait à présent s'être déroulé une éternité auparavant.

Stas allait-elle finalement découvrir ce qu'il voulait dire par là ? Observer en personne ce que son espèce faisait précisément subir aux novices comme elle ?

— O-oui, Sire. Son toucher était hypnotique, bégaya Jarod.

Stas fronça les sourcils. Une prostituée au toucher hypnotique ? Comment pouvaient-ils considérer cela comme une preuve valide ?

— Ah, comme c'est intéressant. Avez-vous réussi à recréer ce phénomène, toi ou les autres, Mike ? interrogea Osiris.

Mike jeta un regard lascif à la jeune femme.

— Je ne sais pas si son toucher est hypnotique, mais il était en tout cas très exaltant.

Beurk, quel type dégueulasse.

— Ce n'est pas très concluant.

Osiris tapota son menton.

— Si seulement quelqu'un ici possédait le talent de détecter les lignées immortelles.

Il sourit, portant son attention sur la foule, une lueur entendue tapie au fond des yeux.

— Oh, mais c'est le cas, n'est-ce pas ? Sierra, ma belle, ne viendrais-tu donc pas te joindre à nous ?

CHAPITRE QUATORZE

UNE CERTAINE ÉLOQUENCE

STAS ÉTAIT FIGÉE par l'effroi, incapable de bouger ou de respirer.

Une Ichorienne dotée du don de détecter les lignées immortelles. Les novices. Comme moi.

Issac lui avait donné une liste de règles de base mais n'avait jamais mentionné que quelqu'un serait capable de la détecter. Un oubli ? Ou bien ne considérait-il pas la femme qui s'approchait comme une menace ? Il ne semblait pas tracassé, son corps tout aussi détendu qu'il l'était depuis le début. Il esquissait même des motifs sur sa peau avec son pouce.

Elle s'efforça d'inspirer. S'il ne se sentait pas préoccupé, tout se passerait bien. Non ? Elle souffla. Okay, oui, tout se passerait bien. Si elle se le répétait assez, elle finirait peut-être par y croire.

— Qu'en penses-tu ma chère ? demanda Osiris à la femme qui venait de le rejoindre sur scène, vêtue d'un pantalon de tailleur et d'un débardeur.

C'était probablement la femme qui était habillée de la façon la plus traditionnelle dans l'assemblée. Elle parut familière à Stas. Les cheveux blonds coupés court et hérissés, un piercing métallique au nez, assez petite et potelée, hmm...

Où est-ce que je l'ai déjà vue ?

La main de Sierra trembla un peu quand elle toucha la petite brune, tranchant avec son attitude confiante. Le public tenu en haleine attendait son verdict avec impatience.

— Je ne détecte rien, Sire, annonça finalement Sierra en relâchant la femme ligotée.

— Vraiment ?

L'expression d'Osiris dénotait la surprise, mais semblait par la même occasion trop artificielle. Son léger pincement de lèvres, indiscernable depuis le fond de la salle, suggérait qu'il cachait quelque chose. Ou peut-être que Stas était juste finalement capable de reconnaître ses tics. Quelque chose chez Osiris lui semblait aussi familier. Comme si elle le *connaissait* dans une autre vie.

Je suis vraiment en train de perdre la tête.

— Ce n'est pas une novice, Sire.

Sierra inclina la tête et tourna les talons pour quitter la scène, le rouge aux joues.

Oh, merde.

Elle ferait face à Stas dans moins de deux secondes. Serait-elle capable de la reconnaî...

— *Stop.*

Les sens de Stas furent légèrement attaqués par le pouvoir qui rayonnait dans la salle. Il lui était si familier, stimulant son propre talent de coercition.

— Ne bouge pas jusqu'à ce que je t'en donne l'autorisation.

Les lèvres de Stas s'entrouvrirent quand elle comprit finalement ce qui se passait. Elle avait déjà ressenti le besoin d'obéir ce soir-là. Que cela se produise une deuxième fois n'était plus une coïncidence.

Osiris peut vraiment *contraindre. Tout comme moi.*

Sauf que son don semblait bien plus puissant que le sien.

— Carl, rejoins-nous.

Un nouvel ordre, qui noua un peu plus son estomac.

Aucune retenue. Cet homme se servait de son don comme d'un fouet, maîtrisant l'assemblée avec de simples mots.

C'était l'une des principales craintes de Stas ; qu'elle finirait un jour par céder aux pulsions immorales qui sommeillaient en elle. Contraindre les autres pouvait vite devenir addictif, et une partie sombre d'elle-même y prenait plaisir.

Un type dégingandé à l'expression neutre descendit les escaliers, vêtu de noir comme tous les autres. Il ne salua pas Sierra en montant sur scène et inclina simplement la tête en direction d'Osiris en signe de respect, avant de hausser un de ses sourcils épais et hirsutes.

— Es-tu conscient des activités nocturnes de ta progéniture ? demanda Osiris.

— Sierra gère le bar chez Louie.

Stas resta bouche bée quand Carl mentionna le bar préféré d'Owen. Elle s'y rendait régulièrement avec lui. *Est-ce pour ça que je reconnais Sierra ?*

— Oui, c'est bien ça, acquiesça Osiris. Sais-tu qui était un habitué de l'établissement ?

Oh bon sang… Stas avait bien raison. *Tout ceci concernait Owen.*

Issac esquissa un cercle avec son pousse contre le bas de son ventre, son toucher la brûlant à travers le tissu de sa robe. *Garde ton calme*, semblait-il dire. *Ne réagis pas.*

Elle déglutit et s'efforça de suivre ses indications, se remémorant tous ses avertissements.

Respire, s'exhorta-t-elle. *Respire.*

— Owen Angelton, dit Osiris en confirmant ce qu'elle

savait déjà. Vois-tu, j'essayais de reconstituer le puzzle, quand j'ai récemment découvert qu'il fréquentait le club de ta progéniture toutes les semaines. Elle ne m'en a pourtant pas touché un mot. C'est plutôt intriguant, étant donné son don, n'est-ce pas ?

Le masque froid de Carl ne vacilla pas, ses petits yeux noirs refusant de reconnaître la présence de la jeune femme tremblante figée à quelques pas de lui. La peur de Sierra était évidente, suggérant qu'elle aurait tenté de s'enfuir si elle le pouvait. Mais la commande d'Osiris maintenait ses pieds cloués au sol, l'obligeant à faire face à la dérision manifeste qui gagnait progressivement le public. Ils avaient tous assemblé les pièces du puzzle à l'aide des accusations d'Osiris, et la réalisation que Sierra était l'Ichorienne qui avait aidé Owen était loin de leur plaire.

— Jarod, tu possèdes un don télékinétique, n'est-ce pas? demanda Osiris.

Le hochement de tête positif que celui-ci offrit en retour était saccadé.

— M-mais seulement contre des objets d'un certain poids et qui sont dans mon champ de vision.

— Ha. Inutile, donc. Retourne t'asseoir.

Une réflexion glaciale à la suite de laquelle Jarod se tassa, les épaules recroquevillées par la défaite. Stas eut presque pitié de lui. Presque. Seulement jusqu'à ce qu'elle se souvienne de la femme au sol, recouverte de chaînes. Ce salopard méritait bien plus que d'être humilié à cause d'un talent médiocre.

— Oh, et, Jarod ? appela Osiris en direction du type qui battait en retraite dans les escaliers. Les prostituées douées sont toutes hypnotiques. C'est comme ça qu'elles gagnent du fric. Assure-toi de ne pas nous faire perdre notre temps lors du prochain Conclave.

Stas s'attendait presque à ce qu'il souligne son

instruction en faisant appel à la rouquine féroce, mais il le congédia juste d'un geste du poignet à la place, et reporta son attention sur la prostituée recroquevillée au sol.

— Que vais-je bien pouvoir faire de toi ? songea-t-il à voix haute, en se tapotant le menton. Il est possible que tu aies un don, mais comment nous en assurer ? On ne peut faire confiance à personne de nos jours. Que faire, que faire ?

Un mouvement à sa droite fit sursauter Stas. Aidan agita brièvement sa main sans lever le bras de son accoudoir, juste assez pour attirer l'attention.

— Tu as une suggestion, Aidan ?

Tous les regards se tournèrent vers eux, lui donnant la chair de poule. Le manque de réaction d'Issac indiquait qu'il n'était pas surpris par l'audace d'Aidan. Osiris semblait partager son avis, son expression laissant paraître un faible intérêt.

— Une mise aux enchères, dit Aidan.

Il ne parlait tout de même pas de vendre un humain aux enchères ? Comme un objet ?

Sauf que la lueur qui s'alluma au fond des yeux d'Osiris indiquait que c'était exactement ce que venait de suggérer Aidan. Il semblait plutôt content de l'idée, et même ravi, vraiment.

— Quand ? questionna-t-il.

— Après le procès. Pour détendre l'atmosphère, et peut-être même inspirer les affamés ? énonça calmement Aidan, comme s'ils discutaient de la météo et non du sort d'une vie humaine.

Anya manifesta son approbation en mordillant la lèvre d'Aidan quand celui-ci eut terminé sa proposition. Il lui offrit un sourire indulgent en réponse avant de reporter son attention sur la scène.

Démons. Non, des vampires.

Ils parlaient d'enchérir sur la vie d'une femme comme s'il s'agissait d'un objet, et non d'un être humain. *Mais qui agit de la sorte ?*

— C'est parfait, décida Osiris en claquant des doigts en direction de Mike. Donne la fille à Aidan. Il s'occupera de la surveiller en attendant les enchères.

— Avec plaisir, répondit son sous-fifre avant de tirer fermement sur la laisse.

La jeune femme s'étrangla et écorcha ses genoux au sol en rampant derrière lui. *Connard,* siffla-t-elle entre ses dents. Stas haussa un sourcil. La jeune femme était visiblement une battante. Les coups, la faim et la laisse en métal n'avaient pas étouffé son tempérament, à en juger par les jurons obscènes qu'elle continuait de marmonner à l'intention de Mike.

— Charmant, remarqua Issac, son ton froid la glaçant jusqu'aux os.

Pas de remords. Pas la moindre sollicitude. Juste un commentaire monotone suivi d'un grognement de dégoût, quand la prisonnière gronda grossièrement en direction d'Anya qui avait pris le contrôle de la laisse.

— En effet, répondit Aidan d'un ton aussi sec que celui d'Issac.

— Hmm, je ne sais pas, murmura Anya en glissant ses doigts dans les cheveux bruns et emmêlés de la jeune femme. Je les préfère féroces.

L'estomac de Stas se révolta devant cette scène et son sang ne fit qu'un tour dans ses veines.

— Essaye de contenir tes talents, tu veux bien ? dit Osiris en regardant Anya avec affection.

Elle agita vers lui ses mains protégées par des gants en cuir, une expression coquine sur le visage.

— Je suis couverte.

Plusieurs éclats de rires s'élevèrent dans la salle, Issac

prenant part à l'hilarité. Sa prise autour de la taille de Stas se relâcha juste assez pour qu'il puisse promener ses doigts le long de son flanc. Son toucher la réchauffa à travers le tissu et troubla ses instincts. Une partie d'elle brûlait d'envie de se blottir contre lui et de poser sa tête contre son épaule à la recherche de réconfort. Mais sa raison la retint.

Je devrais le détester, et non lui faire confiance.

Sauf qu'il l'avait prévenue que la soirée serait difficile. Et ce n'était pas de sa faute si Stas se trouvait là. Non, la responsabilité leur revenait à Tom et elle. Elle n'aurait jamais dû venir ici. Si seulement...

Osiris enroula sa main autour de la gorge de Sierra, coupant le souffle de Stas. Il attira la jeune femme en arrière et la jeta sans ménagement sur le fauteuil sous les yeux de Carl, qui observait la scène avec détachement.

Oh mon Dieu...

Le pire était à venir, une vérité manifestement affichée dans le sourire qu'Osiris adressa au public.

— Que le procès commence.

LES CRIS de Sierra résonnaient dans la pièce tandis qu'Osiris continuait de glisser la lame de rasoir contre sa peau mutilée. C'était l'une des techniques de torture préférées du vieil immortel, une méthode qu'il réservait aux victimes qu'il avait prévu de tuer. Peu importe ce qu'elle dirait, elle mourrait ce soir-là.

Astasiya était figée sur ses genoux, les ongles enfoncés dans les paumes de ses mains. Elle avait clairement réalisé qu'Osiris possédait un talent coercitif, une chose dont l'Ichorien n'avait pas cherché à se cacher quand il avait ordonné à Sierra de rester assise sur le trône, sans la moindre méthode de contention pour la retenir alors qu'il l'écorchait vive. Un violent frisson avait terrassé Astasiya en réponse, sa compréhension aussi palpable que son horreur.

Issac avait fait tout ce qu'il pouvait pour la distraire de la scène. Tripoter une amante lors d'une cérémonie comme celle-ci était à la fois autorisé et commun, la plupart des membres de son espèce ayant un penchant pour les perversions les plus terribles. Ce n'était pas le cas d'Issac, mais ses frères n'avaient pas besoin de le savoir. Il mordilla l'épaule d'Astasiya, détournant son attention des événements terribles vers lui-même. Ses pupilles dilatées exposaient son effroi malgré son rythme cardiaque normal. Il pria pour que ce soit en réponse aux distractions qu'il lui offrait ; baisers, morsures et autres petites caresses.

— Pour quelle raison Owen se trouvait-il à New-York ? demanda Osiris pour la quinzième ou seizième fois.

Ce salaud aurait pu lui arracher la réponse d'une simple commande, mais il adorait se donner en spectacle. Et les camarades avaient soif de sang, furieux que l'une des leurs ait enfreint l'une de leurs précieuses Lois du Sang.

Un foutu ramassis de lois archaïques.

Elles avaient été établies après le Traité de 1747 en tant que mesure défensive. Les Hydraiens étaient devenus bien trop puissants, d'où la défaite des Ichoriens. Leur nouvel objectif avait été d'empêcher les Hydraiens d'accumuler trop de pouvoir en éliminant leur source. Interdire la création de novices signifiait qu'aucun autre Hydraien ne verrait le jour.

Les règles imposant de ne pas se mélanger aux Hydraiens étaient juste une mesure supplémentaire pour s'assurer que de *nouvelles* relations ne se tisseraient pas entre des Hydraiens et des Ichoriens. Certaines lignées anciennes avaient été prises en compte, et les relations entre les membres des deux factions autorisées tant qu'elles ne violaient pas le traité. Par conséquent, Issac et Aidan avaient le droit de garder le contact avec Lucian et les autres.

Évidemment, cela ne donnait pas à Issac le droit d'inviter les Anciens Hydraiens à New York. Et ça ne lui donnait certainement pas le droit d'avoir une relation avec Astasiya ; une novice reconnue.

Des lois compliquées. Un véritable ramassis de conneries.

Aux conséquences très sérieuses.

— Je ne sais pas ! hurla Sierra, faisant référence à la raison qui se cachait derrière la présence d'Owen en ville.

— C'est vrai, annoncèrent trois femmes de concert.

Elles se tenaient juste derrière Osiris, ayant été convoquées sur scène pour leur talent télépathique. Dès que l'une d'elle émettait le moindre doute au sujet d'une réponse de Sierra, Osiris la répétait tout en lui arrachant une nouvelle couche de peau. La pauvre Sierra n'aurait bientôt plus d'épiderme disponible. Osiris lui avait déjà retiré ses vêtements avant de la scalper. Les zones sur lesquelles il se concentrait désormais avaient tendance à pousser les gens à la folie. Et l'hystérie qui brûlait dans les yeux de Sierra indiquait clairement que son chemin vers la démence était déjà bien entamé.

— C'est dommage qu'il ne t'ait pas indiqué la raison de sa présence, murmura l'ancien en essuyant la lame sur une serviette que tenait Carl, debout à ses côtés.

Sierra avait révélé très peu d'informations, indiquant seulement qu'Owen l'avait grassement payée pour garder sa présence secrète et l'avertir dès qu'un Conclave était organisé. Le reste de ses informations était sans intérêt. Osiris était visiblement conscient qu'elle ne disposait plus d'aucun détail, les dernières séries de questions servant d'avertissement plus que toute autre chose. Une leçon pour ceux qui envisageraient de désobéir.

Comme moi.

Hélas, Issac avait choisi sa voie des siècles auparavant, faisant le choix de s'allier aux Hydraiens tout en restant à New York pour servir d'informateur. Car si un traité existait entre les deux races, tout le monde savait qu'il n'était que temporaire. Un jour, cet accord serait rompu. Et Issac souhaitait pouvoir avertir sa famille et ses amis suffisamment à l'avance quand ce jour serait venu.

Il jouait donc le jeu et assistait à tous les Conclaves, conspirant dans son coin.

Un petit bout de peau tanné tomba au sol ; ce qui restait de la cuisse de Sierra.

Astasiya déglutit, son attention de nouveau tournée vers le trône. Une autre question restait en suspens : Sierra avait-elle connaissance d'une autre personne ayant offert son aide aux Hydraiens ? Elle répondit de manière négative entre ses hurlements, sa réponse confirmée par les télépathes.

Issac et Aidan étaient doués pour garder leurs affaires personnelles secrètes. Personne ne les soupçonnait, et ils s'assureraient que cela dure.

Osiris soupira de manière théâtrale et échangea son arme contre une serviette propre que lui tendait Carl. Impliquer le créateur de Sierra dans la cérémonie était une punition supplémentaire, car l'Ichorien pouvait en théorie s'exprimer en sa faveur et tenter de négocier une peine moins sévère. Le fait qu'il ait choisi de ne rien faire en disait long sur le genre d'immortel qu'il était devenu et le peu d'intérêt qu'il portait à sa progéniture.

Issac ne permettrait jamais à sa progéniture de souffrir ainsi. Il en allait de même pour Aidan.

— Tristan, s'il te plaît ? demanda Osiris qui se

nettoyait les mains à l'aide d'une bouteille d'eau que lui avait apportée Carl.

— Bien sûr, Sire, répondit Tristan en réduisant aussitôt la pièce au silence.

C'était la raison pour laquelle personne ne défiait la lignée d'Aidan. Entre l'aptitude d'Issac à manipuler la vision et celle de Tristan avec le son, ils formaient une équipe redoutable. À cela s'ajoutait le toucher létal d'Anya et le don d'Aidan pour le renseignement et la stratégie, ce qui les rendait imbattables. Astasiya réajusta sa position, ses yeux écarquillés se tournant vers Tristan avec stupeur et admiration, ayant visiblement remarqué ce qu'il venait de faire.

Tristan se prélassait dans son siège, caressant le bras de Clara. Il adressa un regard indulgent à Astasiya.

— Ça t'impressionne, protégée ? railla-t-il en articulant silencieusement.

Sa réponse se lisait sur son visage. *Oui.*

Issac fit glisser ses doigts le long de sa colonne vertébrale et pressa ses lèvres contre son cou, juste sur sa marque. Il ne ressentait qu'une satisfaction immense au lieu du malaise qui devrait le tenir en étau. Il savourait trop cette mascarade et ça ne l'atteignait pas assez pour l'empêcher de continuer. Après la soirée qu'ils venaient de passer, il méritait de trouver un peu de plaisir dans leur situation actuelle.

— J'imagine que personne d'autre n'a de questions ou un dernier mot à adresser à l'accusée ? demanda Osiris d'un ton menaçant.

Les dernières secondes de Sierra sont comptées.

Issac enveloppa la cou d'Astasiya avec sa main et la força à le regarder au lieu de la scène. Elle n'avait pas besoin d'être témoin de la suite. Les lèvres de Sierra s'ouvrirent pour laisser échapper un cri silencieux. Elle était figée, ses yeux frénétiques alors que l'ordre d'Osiris la maintenait paralysée du cou jusqu'aux pieds. Il avait seulement autorisé le mouvement de sa tête, ayant besoin des cordes vocales que Tristan avait désormais mises en sourdine.

C'était une manière horrible et insoutenable de mourir. Issac ne pouvait même pas imaginer à quel point cela devait être douloureux de rester assis à cause d'un ordre alors qu'elle souffrait déjà tant. Osiris savait parfaitement comment marquer les esprits.

— Bien, comme je n'ai rien entendu, il est temps d'exécuter sa sanction, annonça Osiris.

Apparemment, le fait d'écorcher vive la femme n'avait suffit ni à Osiris, ni au public. Des hurlements d'approbation suivirent son annonce, arrachant un sourire à leur instigateur sur scène.

Pendant ce temps là, Astasiya s'était mise à trembler, une situation qu'Issac tenta de résoudre en resserrant sa prise sur le cou de la jeune femme. Il la berçait toujours contre lui, ses fesses contre son aine et ses jambes ballant par-dessus l'accoudoir. Il ne disposait pas d'énormément de moyens pour dissimuler ses réactions, telle que la chair de poule qui s'était emparée de ses jambes par exemple. Il lova son visage dans le creux de son cou, tentant de faire passer sa réaction pour une réponse lascive, et non terrifiée ; les deux émotions se ressemblaient tant.

— Sierra, fille Ichorienne de Carl, je te déclare coupable d'avoir enfreint l'une de nos lois les plus sacrées, annonça Osiris, son ton autoritaire accentuant la théâtralité du moment. Pactiser avec des Hydraiens est un crime passible de la peine de mort. Carl, selon la tradition, l'exécution du châtiment te revient. Tu sais ce qu'il te reste à faire.

Ah, un moyen de les punir tous les deux. Obliger un Ichorien à tuer sa progéniture était en soi une punition, un ordre qu'Issac n'accepterait jamais. Mais Carl quitta la pièce sans protester et revint quelques minutes plus tard muni d'une bouteille d'alcool et d'une épée de cérémonie. Il n'y avait que deux manières de tuer un Ichorien ; détruire le sang qui coulait dans leurs veines ou bien les empoisonner en leur faisant avaler du sang Hydraien.

Sierra avait déjà commencé à guérir et saisit immédiatement les intentions de Carl, plaidant avec ses yeux plutôt que sa bouche. Il l'ignora et présenta à la place l'étiquette de la bouteille indiquant le degré d'alcool au public. Ayant reçu quelques murmures d'approbation, il en renversa le contenu sur la tête de Sierra.

Les paumes d'Issac étaient moites contre la peau d'Astasiya, mais sa poigne resta ferme. Elle ne réussirait pas facilement à faire face à ce qui allait suivre. Putain, elle aurait déjà du mal à faire face à *cette* partie.

L'agonie de Sierra était palpable tandis que l'alcool dégoulinait sur sa chair à vif.

Même s'il avait anticipé la scène, l'estomac d'Issac se retourna quand même. Osiris, en revanche, semblait satisfait. Impatient, même.

Carl attrapa le haut abandonné de Sierra et sortit un briquet de sa poche, l'allumant avant de glisser la flamme sous le tissu pour l'embraser. C'était cette partie dont Issac cherchait à préserver Astasiya, ayant remarqué sa réaction au petit tour de Lucinda plus tôt dans la soirée.

Astasiya a peur du feu.

Compte tenu de ce qui était arrivé à ses parents, il ne pouvait pas lui en tenir rigueur.

Carl jeta le débardeur en feu sur les genoux de Sierra, l'alcool propageant les flammes sur tout son corps pour la détruire. Et elle ne réagit pas, toujours sous l'emprise d'Osiris.

Astasiya cessa de respirer, sentant le massacre prenant place dans son dos. Issac pressa ses lèvres contre les siennes, essayant à nouveau de dissimuler ses réactions au reste des spectateurs. Il refusait de la laisser finir sur cette scène, et ce peu importe le prix. Tout le monde le penserait entiché, une aberration dans sa vie, mais une qu'il tolérerait.

Ils me penseront fou de désir. Ce qui n'est pas exactement un mensonge.

Il retint Astasya contre lui quand elle essaya de se reculer, sa peur encore plus intense.

Pas encore, chérie, voulait-il lui dire. *Attends encore une minute.*

L'épée luisit à la lumière alors que Carl fendait l'air avec, mettant fin aux souffrances de Sierra dont le corps brûlait toujours.

Les ongles d'Astasiya s'enfoncèrent dans la portion de manche qui recouvrait l'avant-bras d'Issac posé sur ses genoux. Il relâcha sa bouche et son cou, ayant prolongé son baiser pour étouffer ses cris. Elle se tourna immédiatement et se raidit en découvrant le cadavre de Sierra. Par chance, la majorité des flammes s'étaient éteintes, la laissant carbonisée et sans tête sur le fauteuil. Comme Owen.

Ce qui signifiait que quelqu'un avec des connaissances liées au Conclave l'avait tué. Ce mystère rongeait Issac, car quelque chose clochait dans cette histoire. Tout ce spectacle avait eu lieu justement car Osiris était furieux de ne pas avoir eu vent de la présence de l'Hydraien à New York.

Qui donc avait bien pu tuer l'Hydraien si ce n'était pas un Ichorien ?

Osiris envoya rouler la tête de Sierra avec un regard courroucé, irrité qu'elle ait souillé ses chaussures.

— Que cela te serve de leçon, Carl. Je t'ai autorisé à réparer tes conneries cette fois-ci. Je ne me montrerai pas aussi clément si tu commets une autre infraction.

— Merci, Sire.

Carl s'inclina avant de quitter la pièce, muni de l'épée et de la bouteille. Le cadavre continuait de fumer derrière lui.

La respiration d'Astasiya se calma, mais elle restait agrippée à sa veste de costume. Il pressa sa paume contre sa cuisse et appliqua une légère pression pour lui rappeler sa présence. L'attention de la jeune femme était rivée sur la scène et Issac ne savait pas si son geste avait eu la moindre utilité.

Si seulement il pouvait accéder à son esprit, il pourrait altérer la scène sous ses yeux pour qu'elle ait moins d'impact. Même s'il n'était pas certain qu'elle apprécie le geste. Sa blonde était une battante, le genre de femme à affronter ses peurs plutôt que de les fuir. Il avait compris cela le soir du gala. Elle aurait pu insister pour qu'il la ramène chez elle et réponde à ses questions, mais elle avait finalement choisi d'assister à la réception à ses côtés.

Osiris frappa deux fois des mains et sourit.

— Bien, il est maintenant temps de s'amuser un peu.

Astasiya pencha la tête et se tourna vers Issac. Le but de la leçon de ce soir était tapi au fond de ses yeux, tout comme une pointe de désarroi. Il lui avait dit lors de leur deuxième rencontre qu'il était habituel pour l'un des membres de son espèce de tuer un novice qui croisait son chemin. Elle comprenait enfin ce qu'il risquait en lui laissant la vie sauve.

Pourquoi ? semblait-elle demander.

Bien sûr, elle connaissait déjà la réponse ; il avait besoin d'elle vivante. Mais la réponse était bien plus complexe que ça. Plus qu'il ne souhaitait l'admettre, même à lui-même.

— Vous savez tous comment cela fonctionne, continua Osiris en indiquant la prostituée et en adressant à Anya un sourire entendu. Amène-la ici.

— Avec plaisir.

Anya se leva, ses talons aiguilles résonnant sur le marbre tandis qu'elle traînait l'humaine dans son sillage. Mike accepta la poignée avec précaution, prenant soin de ne pas toucher Anya, même si celle-ci portait des gants. Plutôt que de regagner son siège, elle demeura sur scène. Osiris haussa un sourcil en direction d'Aidan, qui lui répondit par un haussement d'épaule.

— Elle a décidé qu'elle voulait un nouveau jouet. Tu sais bien que je ne peux rien lui refuser.

— Cette enchère ne risque pas de durer, répliqua Osiris en observant l'auditorium. Y a-t-il quelqu'un ici présent qui souhaite affronter Anya pour les droits de propriété ?

Astasiya s'était une nouvelle fois raidie, mais ce n'était cette fois-ci pas par peur mais bien par rage. S'il préférait cette émotion à la terreur, il fallait qu'elle se calme et le lui indiqua en mordillant son oreille. Elle sursauta et lui jeta un coup d'œil.

Calme-toi, lui indiqua-t-il avec son regard.

— Quelqu'un ? insista Osiris, l'air visiblement déçu.

Anya avait retiré un gant pour étudier nonchalamment ses ongles vernis de rouge.

— Quelle bande de lâches.

— Je crois qu'ils sont las d'y rester face à toi, ma chère, s'esclaffa Osiris.

— Mais mon dernier duel remonte à tellement longtemps. Je commence à m'ennuyer, bouda-t-elle.

— Ton nouveau jouet va peut-être réussir à te divertir, offrit Osiris d'un ton conciliant.

Elle pouvait littéralement empoisonner le sang de quelqu'un d'un simple toucher, un don rare et précieux qu'il adorait et utilisait parfois.

— Est-ce que ça veut dire que j'ai gagné ?

Une si bonne actrice. Elle avait même l'air optimiste.

— Oui, ma chère. Je ne crois pas que quelqu'un soit prêt à prendre le risque.

Il avait l'air déçu, mais sourit quand Anya sautilla vers la femme étendue au sol. Elle s'accroupit pour faire glisser son doigt nu le long de la bouche de la captive.

— Ouille ! cria-t-elle en retirant son doigt brusquement avant de le secouer en l'air. Elle mord !

Elle bascula sa tête dans leur direction.

— Oh, Aidan, elle est parfaite.

Il secoua la tête mais son sourire tendre contredit son geste.

— Je ne sais pas ce que je vais pouvoir faire de toi, chérie.

Issac fit mine de trouver leur mascarade amusante et sourit en coin.

— Je crois qu'on a tous une bonne idée de ce que tu comptes faire d'elle.

Astasiya tressaillit, n'appréciant visiblement pas la pointe d'humour dans sa voix. Ce n'était que du cinéma, mais elle n'avait aucun moyen de le savoir comme il ne lui avait fourni aucune explication.

— Le toucher d'Anya est mortel, murmura-t-il près de son oreille alors que la femme en question traînait une nouvelle fois l'humaine à travers la scène. C'est pour ça que personne n'ose la défier.

— Assieds-toi, ordonna Anya avant de se réinstaller sur les genoux d'Aidan.

L'humaine s'écroula au sol plus qu'elle n'obéit à la commande, sa combativité visiblement épuisée. *Tiens bon*, songea Issac dans sa direction. *Tu vas t'en sortir.*

— Eh bien, ce ne fut pas aussi divertissant que je l'avais espéré, spécula Osiris. Est-ce que quelqu'un d'autre a des doléances à exprimer ? Une punition à donner, peut-être ?

Il battit des cils dans leur direction après sa dernière question, son sous-entendu sans équivoque. Mais il n'y avait pas la moindre chance qu'Issac décide de traîner Astasiya sur cette scène. Conscient des petits jeux qu'Osiris affectionnait, Issac s'efforça de garder une expression blasée sur son visage, sans acquiescer ou secouer la tête. Son aîné finirait par se lasser si Issac ne laissait paraître aucune réaction.

Plusieurs cris emplirent l'air, un différend exprimé depuis l'autre côté de la salle. Osiris détourna son attention avec intérêt, son attention piquée par le désaccord. Ah, un rapport de force. Issac manqua de lever les yeux au ciel devant la stupidité manifeste des membres de son espèce. Des courants d'énergie circulaient dans la pièce tandis que des Ichoriens se servaient de leurs pouvoirs psychiques pour éliminer leurs challengers. Certains finirent sur scène, luttant pour prouver leur valeur et leur statut. Personne ne se risqua à affronter les membres de la lignée d'Aidan.

Astasiya se calma un peu plus à mesure que les minutes défilaient, visiblement plus à l'aise quand les Ichoriens s'affrontaient entre eux. Elle semblait presque s'ennuyer vers la fin, ou peut-être était-elle si épuisée émotionnellement qu'elle paraissait blasée. Cela faisait des heures qu'elle n'avait pas parlé. Sa voix manquait à Issac. *Elle* lui manquait.

Il déposa un baiser sur sa tempe et l'encouragea à se blottir contre son torse et à poser sa tête contre son épaule. Elle ne protesta pas, pas même un sursaut, son corps épousant le sien comme si cela avait toujours été sa place. *Elle est bel et bien fatiguée.*

Il fallait beaucoup d'énergie pour réprimer ses instincts naturels, un fait dont il n'était que trop bien conscient grâce à ses siècles d'expérience.

Les affrontements persistaient dans la salle, souillant le sol en marbre immaculé. Avec du sang. De la fumée. Et d'autres substances tabou.

Astasiya semblait ne se rendre compte de rien, trop perdue dans ses pensées. Il s'inquiétait de la voir ainsi brisée, la violence psychologique de la soirée ayant laissé des traces.

Ne me laisse pas tomber, chérie. Ce n'est pas encore fini.

Les défis finirent par cesser, le carnage terminé pour le moment. Osiris semblait satisfait du résultat, en tout cas assez pour donner congé à l'assemblée, tournant ainsi la page sur ce qui était devenu un Conclave interminable. *Enfin.*

Issac réveilla Astasiya, dont les yeux étaient clos depuis un moment. Elle cligna des yeux, une lueur sombre dans ses yeux verts qui le troubla. Il s'en occuperait bientôt.

— Elle s'est bien débrouillée, dit Osiris en s'approchant d'eux.

— Mmm, oui, c'est vrai.

Issac enfouit son visage dans le cou d'Astasiya et fut surpris que son pouls ne s'emballe pas comme il l'avait présagé. Il était calme. *Trop calme.* Comme si plus rien ne la préoccupait, la soirée ayant étouffé toutes ses réactions instinctives. *Ce n'est pas bon signe...*

Osiris l'étudia tranquillement, minutieusement. Elle ne fit que déglutir légèrement et ne réagit pas ouvertement, ce qui inquiéta Issac autant que ça le soulagea. Avait-elle déjà trouvé le moyen de masquer ses émotions ? Ou bien avait-elle été si brisée par les événements de la soirée qu'elle ne pouvait plus rien ressentir ?

— As-tu la moindre idée de ce que sera son futur talent ? demanda Osiris.

Issac acquiesça, ayant déjà choisi une réponse maline au cas où on lui poserait cette question.

— Elle possède une certaine élocution, donc je pense que ce sera un talent vocal.

— Fascinant. Tiens-moi au courant dès que le changement aura eu lieu.

La réplique d'Osiris insinuait qu'Astasiya était la bienvenue pour rejoindre les rangs des Ichoriens. Dommage que cela soit impossible.

— Bien sûr, répondit Issac, conscient que c'était la réponse attendue par son dirigeant.

Osiris reporta son attention et lui offrit un sourire aimant.

— Ce fut un plaisir de faire ta rencontre, petite. J'ai hâte d'apprendre à te connaître au cours des siècles à venir.

Il s'éloigna sans attendre de réponse et se dirigea de l'autre côté de la pièce, pour discuter avec un autre groupe.

CHAPITRE QUINZE

COUPÉE DU MONDE

— Nous avons été congédiés.

Les mots furent soufflés près de l'oreille de Stas. Ils auraient dû la soulager, mais elle ne ressentit rien. Elle avait connaissance de ce monde et de ce dont il était capable depuis des années, elle avait été témoin de ses abîmes les plus obscurs quand ses parents avaient été brûlés vifs. Mais le spectacle de l'horreur en direct ce soir avait dépassé ses prévisions les plus terribles pour atteindre un niveau de dépravation digne de l'enfer.

Le mal absolu régnait ici. Démons. Sang. *Torture.*

Des mains puissantes agrippèrent ses hanches pour l'aider à se relever sur des jambes engourdies. Un bras s'enroula autour de sa taille, l'attirant contre un corps ferme et masculin. Des lèvres caressèrent son cou et lui soufflèrent des instructions à l'oreille.

Elle n'entendit rien. Ne comprit rien.

Ils s'élancèrent, la paume d'Issac appliquant une légère pression en bas de son dos, son corps glissé entre le sien et la scène macabre. Même si c'était en vain. Les restes de Sierra étaient à jamais gravés dans la mémoire de Stas.

Tellement similaires à ceux d'Owen. Ceux de ses parents.

Elle frissonna en pensant à tout ce que ce monde lui avait déjà arraché. Sans qu'elle ne sache pourquoi. Pas vraiment, en tout cas. Des lois ainsi qu'une histoire ancestrale dont elle ne savait rien. Issac possédait toutes les réponses.

Est-ce que je tiens toujours à obtenir ces détails ? Pas pour le moment. Peut-être même jamais.

L'air nocturne ébouriffa ses cheveux. *Nous sommes dehors.* Un autre fait qui aurait dû l'apaiser, mais qui n'eut pas le moindre effet. Les battements de son cœur produisaient toujours le même bruit sourd dans ses oreilles et ses mains étaient toujours aussi froides, son corps se mouvant sans instruction de sa part.

Issac ouvrit une porte et l'installa à l'intérieur, sur un siège en cuir. *Sa voiture.* Il pourrait l'emmener où il le souhaitait. Cela aurait dû provoquer un frisson de peur, une question, *n'importe quoi*, mais elle n'avait plus assez d'énergie pour tenter quoi que ce soit. Qu'est-ce que ça changerait ? Ce monde était destiné à la tuer de toute manière.

Sur un trône. Entourée de démons affamés.

Son corps lentement dépouillé. Avant d'être carbonisé.

Elle eut un haut le cœur, l'odeur âcre toujours présente dans ses narines. Bon sang, réussirait-elle à la faire disparaître de ses vêtements ? De ses cheveux ? *De sa peau ?*

Issac serra sa cuisse d'une main, l'autre fermement posée sur le volant pour guider le véhicule qu'il avait déjà inséré dans la circulation. Pourquoi continuait-elle ainsi à perdre la notion du temps ? S'écoulait-il plus rapidement que ce que son esprit pouvait digérer ? Elle ferma les yeux, trop épuisée pour faire de la sémantique.

« *Astasiya, qu'est-ce que je t'ai dit au sujet de ton talent de coercition ?* »

Le sourcil de papa était hissé comme à chaque fois qu'il était fâché. Elle fit la moue en réfléchissant.

« *De ne pas l'utiliser sur des inconnus,* admit-elle doucement. *Mais je voulais cette glace et il refusait de me la donner.*

— *Ce n'était pas une raison valable pour le forcer à te la donner.* »

Elle croisa les bras. Elle trouvait que c'était une bonne raison. Le glacier avait de la glace au chocolat et elle adooorait le chocolat.

« *Mais tu demandes tooout le temps à maman de faire des trucs qu'elle ne veut pas parce que tu en as envie.* »

Maman ne dit rien, mais ses yeux brillaient en attendant la réponse de papa.

« *Ce que je fais avec ta maman est différent et c'est privé. Est-ce que je donne des ordres à des inconnus ?* »

Astasiya pinça les lèvres à nouveau et secoua doucement la tête. Non.

« *Nous ne faisons jamais ça devant des inconnus.*

— *Et pourquoi ne fait-on pas ça devant des inconnus ?* demanda-t-il avec une voix douce et apaisante.

— *Parce qu'ils ne comprennent pas et que des choses graves peuvent se passer à cause d'eux.* »

Et des choses graves s'étaient produites. Ils étaient morts.

Une main chaude épousa la courbe de sa joue et la rappela à la réalité. Un simple coup d'œil dehors et elle nota qu'ils étaient garés près de l'immeuble de Lizzie. Les environs étaient calmes autour d'eux, la Soixante-dix-neuvième rue étant déserte à cette heure-ci.

— Est-ce que tu veux en parler ? demanda Issac à voix basse, caressant sa peau avec son pouce.

Elle fronça les sourcils. *Est-ce que j'en ai envie ?*

—Je...

Elle s'éclaircit la gorge, sa muqueuse desséchée par les heures passées en silence.

— Non.

Elle n'avait pas du tout envie de parler. Issac l'observa pendant un long moment avant d'ouvrir sa portière. Il apparut de son côté du véhicule bien trop rapidement, l'aidant à sortir avant de la guider vers l'entrée de l'immeuble sans un autre mot.

— La clé ? demanda-t-il.

Il ne fit pas de réflexion sur sa localisation quand elle sortit l'objet de son soutien-gorge. Elle n'avait pas voulu porter un sac ce soir. C'était apparemment le bon choix, où elle l'aurait probablement oublié et ainsi donné la chance à ce psychopathe de trouver son adresse. S'il ne l'avait pas déjà. Elle frissonna en pensant à ceci, la main d'Issac appuyée contre sa peau n'étant d'aucune aide pour chasser le froid qui l'avait envahie.

Osiris connaît mon nom.

Et s'il se lançait à sa poursuite ? Avait-il perçu son statut de novice ?

« *Tiens-moi au courant dès que le changement aura eu lieu.* » Qu'est-ce que ça signifiait ?

— Est-ce qu'Elizabeth est à la maison ? l'interrogea Issac.

Ils se tenaient devant sa porte. Elle plissa le front. Quand étaient-ils montés dans l'ascenseur ?

— Astasiya, murmura-t-il en posant une nouvelle fois sa main sur son visage. Est-ce qu'Elizabeth est chez vous ?

Lizzie ? Stas secoua la tête. Sa colocataire faisait du bénévolat un samedi soir par mois dans un foyer pour enfants d'Harlem. Elle ne serait pas de retour avant la fin de matinée du lendemain. Ce qui signifiait que Stas passerait la nuit toute seule. Son estomac se révolta à cette idée, les cauchemars à venir déjà disponibles derrière ses paupières. *Oh mon Dieu...*

La porte s'ouvrit. Elle désactiva l'alarme et fila dans la cuisine en autopilote. *De l'eau.* Elle avait besoin d'un grand verre. Suivi d'une bonne dose d'alcool. Issac la suivit, débarrassé de sa veste et de sa cravate. Les avaient-ils laissés dans la voiture ? Dans le placard ? Elle n'arrivait même pas à se souvenir s'ils les portaient en entrant dans l'appartement.

Peu importe. Elle avala son verre sans se soucier de ce qu'il pensait de son manque d'élégance, puis s'en servit un autre. Cela rafraîchissait sa gorge et calmait les brûlures à chaque gorgée. Elle ferma les yeux et laissa retomber ses épaules en s'adossant au réfrigérateur. Son estomac gronda, les vibrations dans son ventre lui rappelant qu'un certain temps s'était écoulé depuis son dernier repas. Comme si elle serait capable d'avaler quelque chose à cet instant présent, ou même plus tard. Elle fut prise de nausée à cette simple idée.

Non. Rien à manger.

— Parle-moi, Astasiya, chuchota Issac, la chaleur de son corps s'infiltrant dans ses pores alors qu'il se tenait à ses côtés.

Elle ne le regarda pas. Ne répondit rien. Car elle ne savait pas quoi dire. Ou peut-être avait-elle trop de choses à exprimer.

— S'il te plaît, mon cœur.

Il glissa une mèche de ses cheveux derrière son oreille, son toucher s'attardant sur son cou. *Sa marque.* Putain, elle se trouvait dans sa cuisine avec un foutu vampire.

Non, un démon. Un Ichorien.

Peu importe ce que ça signifiait exactement. Ils brûlaient leurs victimes après les avoir écorchées. Ce n'étaient certainement *pas* des anges malgré ce que lui avait raconté Issac concernant leurs origines séraphiques. *Séraphin*. Elle manqua de s'esclaffer, car ce résumé hystérique eut raison de sa santé mentale.

— Parle-moi, insista-t-il en caressant la peau de son cou avec son pouce. Ta voix me manque.

Ma voix lui manque ? C'était lui qui lui avait conseillé de ne pas l'ouvrir de la soirée.

Putain de règles. De lois. *De procès.*

Une larme s'échappa de son œil et il l'attrapa avec un doigt, l'essuyant sur le côté. Il déposa un baiser sur son front, et enroula ses bras autour d'elle pour l'attirer dans une étreinte. Elle ne put la lui retourner car ses bras étaient trop raides et elle tenait toujours son verre.

— Je ne voulais pas que tu sois témoin de tout ceci, murmura-t-il en caressant son dos. C'est un monde brutal, mais il y a parfois des moments de douceur. Si tu le veux bien, j'aimerais en partager avec toi.

Stas poussa un grognement. *De la douceur ? Ouais, à d'autres.* Il soupira et se recula pour prendre ses joues en coupe, plongeant au passage ses yeux sombres dans ceux de Stas.

— S'il te plaît, dis-moi à quoi tu penses.

Elle haussa les sourcils.

— Tu veux savoir à quoi je pense ?

Sa voix fonctionnait à présent, un fait qui contrastait avec son mutisme dans la voiture. Sa gorge avait retrouvé son état normal. Mais elle ne put dissimuler la pointe d'incrédulité dans son ton. Une expression soulagée s'empara du visage d'Issac.

— Oui, vraiment.

— Okay.

Elle en était capable.

— Je pense à ça, dit-elle en pointant sa marque du

doigts. Et au fait que les Ichoriens sont apparemment des vampires, et non des anges. Je n'ai pas la moindre idée de ce qu'est un Hydraien, mais ils ne sont évidemment pas les bienvenus ici. Et venir en aide à l'un d'entre eux ou à un novice vaudra au coupable la peine de mort. Mais pas une condamnation classique. Non, au lieu de ça il sera brûlé vif. Comme mes parents. Et Owen.

Des visions de chair brûlée défilaient derrière ses paupières. Putain, mais elle se sentait mal. Du genre vraiment, vraiment mal. Elle fit volte-face et déposa son verre dans l'évier avant d'agripper le plan de travail, posant son front contre le marbre frais. Issac souleva ses cheveux de son cou et l'air frais vint s'abattre contre sa peau pour la rafraîchir. Stas déglutit une fois. Puis une deuxième. Elle tenta de calmer son estomac et d'éviter que le contenu de son estomac ne refasse surface.

— Tes parents ont été assassinés de la même manière qu'Owen et Sierra ? demanda-t-il doucement.

Bien sûr, il fallait qu'il choisisse ce sujet.

— Oui.

— Tu as a été témoin de leur mort ?

— Je me cachais dans les foutus arbres alors même que ce monstre torturait et estropiait ma mère, avant de mettre le feu à mon père sous ses yeux.

Ses genoux flanchèrent, les cris de sa mère résonnant dans son esprit. Stas avait voulu lui porter secours, l'aider, mais une main l'avait retenue. *Celle de qui ?* se demanda-t-elle pour la énième fois. Sa mémoire refusa de lui obéir, lui fournissant seulement un souvenir partiel qui semblait altéré d'une manière qu'elle ne saisissait pas. Elle comprenait qu'il s'agissait d'un mécanisme psychologique, qu'il s'agissait de la manière employée par la petite fille de sept ans qu'elle avait été pour se protéger, mais un jour, elle détruirait ce mur et se souviendrait de tout.

Elle fit glisser son front sur le marbre, consciente qu'elle devait paraître dérangée, mais ne s'en souciait guère. La texture froide était agréable contre sa peau moite.

— Selon les dires, les Ichoriens descendent d'une lignée maudite d'anges déchus, et ce serait cette malédiction qui nous forcerait à boire du sang humain pour survivre. Pas quotidiennement, ou même chaque semaine, mais assez pour respirer. Certains se font plaisir plus que d'autres.

Issac caressa son pouls avec son pouce.

— Cette marque déclare que tu m'appartiens.

Surprise par cette admission, elle cessa de remuer sa tête.

— Pourquoi ?

— Pour te protéger.

Elle se redressa lentement tout en intégrant ses paroles. Il agrippa le comptoir de chaque côté de ses hanches quand elle se retourna pour lui faire face.

— Voudrais-tu savoir comment on crée un novice ? demanda-t-il.

Elle manqua de lever les yeux au ciel, ne retenant son geste que pour ne pas aggraver sa migraine.

— Tu sais bien que oui.

— Par un parent Ichorien masculin, ce qui signifie que ton père était un Ichorien. Le fait que tu l'as *connu* quand tu étais enfant m'indique qu'il a enfreint plusieurs Lois du Sang. Il n'a pas seulement créé une novice, toi en l'occurrence, mais il t'a en plus laissé la vie sauve. Je suppose que c'est la raison pour laquelle il a été condamné. Ta mère était juste une victime, coupable d'être avec le mauvais homme.

Stas se raidit, et serra les mains à poings fermés le long de son corps.

— Es-tu en train de dire que c'est de leur faute s'ils

sont morts ? Qu'ils ont provoqué leur propre destin en choisissant de me concevoir ?

— Bien sûr que non. Ce qui leur est arrivé est la faute de lois Ichoriennes et de leur archaïsme.

Ce n'était pas ce à quoi elle s'attendait. Elle se détendit légèrement et ses membres devinrent engourdis par la fatigue. Elle aurait vraiment dû retirer ses chaussures dans l'entrée. *Aïe.*

— Tu n'es donc pas d'accord avec ces règles, supposa-t-elle en se basant sur le ton d'Issac.

— Ça semble évident, non, tu es en vie après tout.

C'était vrai. Sauf que...

— Tu me gardes simplement en vie parce que je suis le *pion parfait.*

Les mots étaient amers, tout autant que le souvenir de cette discussion. Avait-elle eu lieu seulement la nuit dernière ? Car elle avait l'impression qu'une année s'était écoulée depuis cette réception.

— Hmm, je vois que ces paroles t'ont importunée.

Il pencha la tête sur le côté et l'observa avec un regard pensif.

— Tu es bien le pion parfait, Astasiya. Mais ce n'est pas la raison pour laquelle j'ai risqué ma vie ce soir, dit-il en repoussant une mèche de cheveux qui tombait sur son visage avant de caresser sa joue.

— Je comptais te présenter mon monde progressivement pour ne pas t'accabler. Hélas, ce n'est plus possible.

Elle déglutit.

— Oui, je crois qu'on peut dire que j'ai été jetée dans le grand bain ce soir.

Et Issac avait été sa bouée de secours.

— Je dirais plutôt que tu as plongé directement dans

les profondeurs les plus sombres de l'océan, mais l'image reste la même.

Il l'attira contre lui et enroula ses bras autour d'elle.

— Il y a encore tellement de choses que tu ne comprends pas.

Un euphémisme. Elle posa sa tête contre sa poitrine et lui rendit son étreinte. Cela semblait si naturel, si juste, de se fondre contre lui, de lui emprunter sa force, de savourer la chaleur de son corps.

C'est tellement mal. C'est un démon. Bon sang, ses amis ont ramené une esclave à la maison.

Elle se raidit en pensant à cela.

— Que va-t-il arriver à la fille ? demanda-t-elle, ses paroles étouffées par la chemise d'Issac.

— La prostituée ?

Elle acquiesça, incertaine de vouloir connaître la réponse, tout en ayant besoin de l'entendre.

— Elle va être sauvée, murmura-t-il en glissant ses doigts dans ses cheveux. C'est un autre aspect de la situation que tu ne comprends pas pour le moment et une lacune que je compte rectifier. Mais tu peux me croire, elle est en sécurité.

Tu peux me croire. Une requête qui exigeait tant d'elle. Cet homme avait esquivé ses questions autant que possible tout en lui fournissant plus d'informations sur le monde surnaturel que n'importe qui d'autre ne l'avait fait. Une énigme qui lui donnait le tournis. Dans son état actuel, elle ne pouvait pas y songer plus longtemps. Elle avait besoin de quelques heures de sommeil pour recharger les batteries et affronter un nouveau jour.

Ses jambes tremblaient et menaçaient de la lâcher. Contenir ses émotions pendant toute la soirée avait eu de lourdes conséquences non seulement sur son esprit, mais aussi sur son corps. Elle était complètement épuisée. Elle ferma les yeux et son souffle s'approfondit. La chambre était si loin. Elle n'avait pas l'énergie pour s'y rendre, n'avait même pas envie d'essayer et voulait juste s'allonger là où elle était, pour se reposer un moment.

— Je ne peux pas, chuchota-t-elle en enroulant ses doigts dans sa chemise. Issac, je… je ne peux pas.

Il avait dû comprendre ce qu'elle voulait dire car il la souleva dans ses bras et la porta aisément vers sa chambre. Le fait qu'il sache laquelle lui appartenait confirmait qu'il était déjà venu auparavant, ce qu'elle savait déjà ; il lui avait préparé une valise plus tôt dans la semaine.

C'était seulement il y a quelques jours ?

Le temps s'écoulait tellement lentement compte tenu de la vitesse à laquelle les événements s'enchaînaient. Son matelas lui évoqua le paradis quand il la déposa dessus. Un pantalon de pyjama et un débardeur apparurent à côté d'elle quelques secondes plus tard, l'expression inquiète d'Issac lui apparaissant tour à tour nette, puis floue.

— Est-ce que tu peux t'habiller toute seule ? demanda-t-il à voix basse. Ou bien as-tu besoin d'aide ?

Tellement formel. Comme s'il ne venait pas juste de lui demander s'il pouvait la déshabiller. Bien sûr, il ne l'avait pas dit dans ce sens là. Peut-être qu'il devrait. Non. Non, ce n'était pas une bonne idée du tout. Sauf que cela lui apparaissait comme un plan merveilleux pour tout oublier.

Okay, ouais, hors de question.

Stas s'efforça de s'asseoir et fit virevolter son doigt pour l'inviter à se retourner. Il lui adressa un sourire narquois mais obéit. *Attends, ne ferait-il pas mieux de partir...*

Elle s'occuperait de ça dans une minute. Les chaussures d'abord. Sur le sol. Super. Sa robe ensuite. Elle tendit son bras dans son dos et joua avec avec sa fermeture éclair, tirant dessus en vain. Mince. C'était l'une de ces robes qu'elle devait attacher devant elle avant de la retourner car le crochet se trouvait juste entre ses épaules.

Elle souffla. Très bien. Soit elle dormait dans cette robe, soit elle demandait de l'aide à Issac. Et comme il avait déjà offert ses services, elle n'avait qu'à en profiter.

— Est-ce que tu peux m'aider avec la fermeture de ma robe ?

Sa voix était plus rauque qu'elle ne l'avait prévu. Elle attribua son souffle coupé à la fatigue qu'elle ressentait après s'être débattue avec sa fermeture éclair. Il se tourna et admira l'étoffe plaquée contre son corps.

— Il va falloir que tu te lèves.

Ha. Ouais. Elle n'était vraiment pas dans une position idéale. Il lui tendit la main pour l'aider et elle l'accepta simplement car elle n'était pas sûre de ne pas tomber tête la première sur le tapis si elle se redressait toute seule. Qui aurait pu imaginer que l'épuisement émotionnel provoquait les mêmes effets qu'une cuite ? Parce qu'elle avait vraiment l'impression d'être ivre.

Issac repoussa sa chevelure par-dessus une épaule et caressa la lisière de sa robe jusqu'en haut de la fermeture éclair, avant de la descendre bien trop doucement. Presque de manière hypnotique. Ou peut-être que le temps lui jouait encore des tours. Elle ne pouvait vraiment plus faire la différence, son sens de la réalité se délitant dans un océan de folie.

Sa robe s'assouplit autour de sa poitrine et elle leva automatiquement les mains pour la maintenir contre son buste alors qu'il continuait d'exposer progressivement sa colonne vertébrale. *C'est presque fini. Plus que quelques secondes.* Il caressa l'arrière de sa nuque avec ses lèvres, lui arrachant un frisson.

Elle manqua de faire tomber la robe, l'envie de fondre contre lui prenant presque le pas sur son bon sens, mais il cessa de la toucher dès l'instant suivant. Elle jeta un coup d'œil par-dessus son épaule et nota qu'il faisait de nouveau face au mur, les mains dans ses poches. Stas déglutit, piquée par une pointe de déception. Une réaction qui n'avait pas le moindre sens. Ce n'était ni le moment, ni l'endroit. Il y avait peu de chances qu'elle apprécie dans son état actuel. Et lui non plus.

Elle laissa tomber sa robe et enfila son pantalon de pyjama et son débardeur avant de s'écrouler de fatigue sur le lit. Elle ne se souvenait pas avoir déjà été aussi fatiguée.

— Je suis décente, réussit-elle à glisser entre deux bâillements.

— Ce n'est pas l'adjectif que j'utiliserais pour te décrire, répliqua-t-il en s'installant près de la tête de lit. Viens-là, mon cœur.

Mon cœur. Elle se demanda si elle l'avait bien entendu. Même si c'était une expression typiquement anglaise et que son accent était encore plus prononcé quand il l'avait utilisée. Il haussa un sourcil quand elle ne bougea pas d'un pouce pour s'exécuter, et tapota l'oreiller à côté de lui. Ça ne l'avait jamais dérangée qu'on lui donne des ordres au lit. C'est même ce qu'elle préférait. Et cet homme ne faisait pas exception à la règle.

Elle rampa jusqu'à l'oreiller de manière maladroite et se roula en boule à côté de lui avant qu'il ne tire la couverture sur elle. *Mmm, c'est tellement bon. Confortable. Chaud*

— Je suis désolé pour tes parents, Astasiya. Je suis aussi désolé pour ce soir. Et pour Owen. Si je pouvais altérer la cruauté du destin, je le ferais.

Elle leva les yeux vers les siens, confuse.

— Est-ce que ça se passe toujours comme ça ? Vos Conclaves ?

Il soupira et s'allongea à côté d'elle sur la couverture,

glissant un bras derrière sa tête tout en contemplant le plafond.

— Le Conclave est notre conseil gouvernemental, pour ainsi dire. Une démonstration de pouvoir pour s'assurer de l'obéissance de tous les membres de notre espèce, et qui ne se déroule que lorsque quelqu'un enfreint l'une des Lois du Sang.

— Combien de Lois du Sang y-a-t-il ?

— Trois règles principales, qui concernent toutes les novices et les Hydraiens, dit-il en l'observant du coin de l'œil. Comme tu as pu le deviner, mon espèce n'est pas très favorable à l'autre genre d'immortels.

— Et toi ? demanda-t-elle. Que penses-tu des Hydraiens ?

— Je crois que tu devrais le savoir compte tenu de ce que je t'ai déjà dit au sujet de nos lois, répliqua-t-il en fermant les yeux, ses cils noirs faisant de l'ombre à ses pommettes ciselées. Bonne nuit, Astasiya.

Elle cligna des yeux.

— Tu comptes rester ?

Attends, pourquoi est-il encore ici ?

— Apparemment.

— Pourquoi ?

— Cela me semble approprié.

Il semblait à son aise, comme s'il passait son temps dans sa chambre.

— Et tu as l'habitude de dormir en chemise et pantalon de costume ?

Cela ne la surprendrait pas. Elle ne l'avait jamais vu habillé autrement. Il ouvrit un œil pour l'observer.

— Est-ce que tu me donnes la permission de me déshabiller ?

— Ça dépend. Qu'est-ce que tu portes là-dessous ?

Il sourit de toutes ses dents et referma son œil.

— Endors-toi.

Avec ta présence dans ma chambre ?

— Plus facile à dire qu'à faire.

Sauf que sa présence était vraiment plaisante. Un réconfort qu'elle n'avait jamais connu. Comme si le destin l'avait placé là pour une raison ; une bonne raison. Elle fronça les sourcils, ne sachant pas si ses instincts étaient morts après cette journée folle, ou bien si elle avait été touchée par un éclair de lucidité. Quoi qu'il en soit, elle avait besoin de sommeil.

Si Issac avait cherché à lui nuire, il aurait déjà pu le faire à plusieurs reprises. Mais au lieu de cela, il n'arrêtait pas de lui sauver la vie.

Parce qu'il a besoin de moi en vie. Ou peut-être... peut-être qu'il veut aussi me garder vivante.

Elle chassa ces pensées futiles et tendit le bras pour éteindre sa lampe de chevet, plongeant la chambre dans la pénombre. Après quelques heures de repos, elle serait en mesure d'avoir les idées claires et de comprendre pourquoi elle croyait qu'inviter Issac à rester était une bonne idée.

Oui. C'était un plan génial. Trop épuisée pour penser à quoi que ce soit d'autre, elle ferma les yeux. Et plongea dans l'abîme obscur.

CHAPITRE SEIZE

DES CAUCHEMARS AQUATIQUES

STAS NE POUVAIT PAS RESPIRER.

De grosses courroies retenaient ses jambes prisonnières et l'empêchaient de rejoindre la surface. L'eau obstruait ses voies respiratoires, piégeant ses cris à l'intérieur de son corps.

Elle était pourtant toujours en vie. Son corps brûlait d'inspirer de l'oxygène.

Sa peau se décomposait après des années, des décennies, passées à survivre sous la surface.

Ses cheveux blonds semblables à de la cendre.

Elle avait mal partout. Son cœur était plus douloureux que tout. *Il* lui manquait, sa moitié, son....

Oh, pas encore. Pitié, pas encore !

Elle glissa. S'enfonçant progressivement dans le néant. Mourante. Une nouvelle fois.

Sauf que non. Elle resta à attendre, sa conscience la rappelant constamment à l'évidence.

Ceci n'est pas vraiment réel.

L'eau tournoyait autour d'elle, un tourbillon de sensations la propulsant dans un enfer obscur avant de la jeter sous les feux d'un projecteur luisant sur des dalles en marbre.

Osiris.

Il était assis sur le trône, ses lèvres cruelles retroussées en un sourire ravi. Une lame de rasoir ensanglantée et un scalp blond se trouvaient à ses côtés. Stas toucha sa tête et sentit le sang et le carnage, ses lèvres s'ouvrant pour pousser un cri que personne ne pouvait entendre.

Oh, putain, il l'avait trouvée ! Il savait !

Elle était maintenant assise sur le fauteuil, ligotée avec des cordes en cuir alors qu'un éclat de rire malveillant s'échappait d'Osiris. Elle sanglota, le supplia de s'arrêter, ne voulant pas mourir comme ça, ici et maintenant. Elle n'avait pas prévu de s'immiscer dans son monde, ne savait pas pourquoi elle existait.

Je vous en prie ! Je vous en prie, arrêtez ! Astasiya ! Trouve...

Stas se redressa brusquement en haletant, les poumons en feu. Sa gorge était irritée, maltraitée, à vif. Elle ne pouvait pas déglutir, n'arrivait pas à respirer tandis que son cœur tambourinait dans ses oreilles.

— Astasiya.

La voix réussit à peine à percer à travers la fanfare qui résonnait dans ses oreilles.

Une voix masculine. Familière.

Elle fut enveloppée par une sensation de chaleur, sentit les mains sur son visage, les lèvres sur ses cheveux. Elle lutta, alarmée par la présence d'un intrus avant d'inhaler l'odeur apaisante de bois de santal. *Issac.* Elle s'écroula contre lui, le visage de Stas heurtant sa peau nue alors qu'il enroulait ses bras autour d'elle pour former un bouclier protecteur.

Il est là. Je suis en sécurité.

Stas frissonna, des bribes de son cauchemar si réaliste défilant derrière ses paupières. Une douleur profonde enserra sa poitrine, les traits brisés de sa mère si clairs et nets dans son esprit. C'était sa mère qui se trouvait ligotée à cette chaise, appelant à l'aide avant de se noyer à nouveau.

— Il refusait de la laisser bouger, murmura-t-elle en sanglotant, les images de sa mère et de Sierra vacillant dans son esprit. Le rasoir...

Elle nicha son visage contre son épaule, car elle avait besoin de sa chaleur et de réconfort.

— Je sais, murmura-t-il en caressant ses cheveux jusqu'à toucher son dos. Mais tu es en sécurité aussi. Je ferais tout pour que ça ne t'arrive pas, Astasiya.

Le serment dans sa voix enveloppa son cœur, apaisant une partie de la douleur qui rayonnait dans son corps. Mais les yeux d'Osiris continuèrent de la hanter, son sourire malveillant tandis qu'il utilisait sa lame à jamais gravé dans sa mémoire. Si semblable à l'homme qui avait brûlé ses parents.

Elle ne l'avait pas remarqué ce soir-là, même en le cherchant dans la foule, et s'était demandé s'il finirait par apparaître. Une partie d'elle savait qu'il était absent, cette partie qui avait juré de le reconnaître même sans le voir. Il possédait une aura létale et mémorable.

Les lèvres d'Issac carressèrent sa tempe et les mains qui glissaient le long de son corps lui offrirent le réconfort dont elle avait besoin. C'était contraire à la raison de lui faire confiance, de succomber à l'appât de sa protection, et pourtant elle le fit avec une facilité déconcertante, comme s'ils avaient agi ainsi toute leur vie. *Je lui fais confiance,* réalisa-t-elle. Ce n'était peut-être pas logique, mais c'était tout de même le cas. Sa respiration reprit progressivement un rythme régulier et son regard s'éclaircit tandis qu'Issac continuait ses caresses, son toucher faisant des miracles dans son dos et sur son cou.

Elle déglutit, prenant conscience de son état grâce à ses mains et ses jambes. Il s'était déshabillé pendant qu'elle dormait et ne portait plus que son boxer. Une de ses cuisses s'était glissée entre celles d'Issac et percevait la chaleur qui se dégageait de son entrejambe. Et les mains de Stas avaient fini par agripper ses épaules solides. *Je fais un câlin à Issac alors qu'il est à moitié nu. Dans mon lit.*

— Je n'arrive pas à me souvenir de la dernière fois où j'ai dû réveiller quelqu'un d'un cauchemar avec la bonne vieille méthode, annonça-t-il doucement, complètement inconscient de la tournure qu'avaient prise les pensées de Stas et du flot brûlant déferlant dans ses veines. Ta résistance à mon don est assez ennuyeuse.

Elle s'éclaircit la gorge et fronça les sourcils, n'ayant pas compris son commentaire.

— Ton invisibilité ?

— Mon invisibilité ? répéta-t-il.

— Ouais c'est ton don, n'est-ce pas ?

En quoi cela pourrait-il lui être utile pour la réveiller ?

Il s'esclaffa, le son chaleureux et affectueux ne l'aidant pas à éliminer la chaleur qui envahissait son corps.

— C'est mignon. Mais je n'ai pas le don d'invisibilité.

Il s'occupa de masser une zone tendue de son cou, provoquant une vague de fourmillements le long de sa colonne.

Oh, ça ne m'aide tellement pas à régler ce problème d'attirance, mais hors de question que je lui demande d'arrêter. Parce que waouh, c'est tellement... hmm.

— Je contrôle la vision, continua-t-il en manipulant les muscles de Stas avec expertise. Le jour où nous nous sommes rencontrés, je dissimulais ma présence à toutes les personnes présentes dans l'immeuble en contrôlant leur vision. Sauf que ça n'a pas fonctionné avec toi. J'ai tenté d'accéder à tes récepteurs visuels ce soir, je veux dire, j'ai *vraiment* essayé, mais tes cauchemars m'ont échappé. Ton esprit est complètement opaque pour moi.

— Tu contrôles la vision en temps réel, comme ce que je vois maintenant, et ce que je vois dans les rêves ?

— Mon talent s'étend au royaume des rêves, oui. La vision concerne tout ce que tes yeux te permettent de voir, et ces capteurs sont connectés au cerveau. Je manipule la partie de l'esprit qui indique à une personne *ce* qu'elle voit, ou comment interpréter une image. Et cette partie joue aussi un rôle avec l'imagination. La manière dont quelqu'un va visualiser quelque chose par exemple. Je peux faire en sorte qu'une personne pense dormir quand ce n'est pas le cas juste en lui donnant l'illusion de rêver. C'est la raison pour laquelle j'ai essayé d'accéder à ton cauchemar – pour y mettre fin – mais comme je t'ai l'ait dit, je ne peux pas accéder à ton esprit.

Elle cligna des yeux. Okay, la manipulation visuelle était bien plus impressionnante que l'invisibilité. Et il avait réussi à dissimuler sa présence dans l'immeuble d'Owen en manipulant la vision de tous les résidents ? Plusieurs centaines de personnes vivaient dans ce bâtiment. Combien d'entre elles avait-il contrôlé ce matin-là ?

C'est pour cette raison que les autres le craignent autant et lui ont témoigné du respect lors du Conclave.

Quel talent terriblement puissant.

—Je suis résistante ? demanda-t-elle, aussi inquiète que soulagée par cette idée.

— Oui, et à tous les pouvoirs, apparemment.

Elle leva la tête pour le regarder, mais l'obscurité de la pièce masquait ses traits.

— Est-ce que c'est normal pour une novice ?

— Non, pas du tout. Tu es la première que je rencontre. Cependant, Aidan m'a dit qu'il connaissait quelqu'un il y a bien longtemps de ça avec un talent similaire.

— Il est au courant pour moi ?

— Bien sûr.

Sa réponse immédiate et nonchalante la fit frissonner. Aidan lui faisait trop penser à Osiris. Ils possédaient tous les deux une aura ancienne qui prêtait à une certaine forme de mépris envers l'humanité. Sa suggestion cruelle de présenter aux enchères une jeune femme mortelle faisait de lui l'une des dernières personnes que Stas souhaitait revoir un jour, mais il était apparement assez informé à son sujet. Cela ne présageait rien de bon pour son avenir.

Elle roula sur le dos, loin des mains magiques d'Issac, pour se recentrer. La manière dont elle acceptait si facilement le réconfort qu'il offrait la déconcertait. Lui faire confiance faisait fi de tout bon sens. Leur relation avait déjà failli la faire tuer et il avait admis que cela pourrait de nouveau se produire. De plus, il se servait d'elle.

Il m'a aussi sauvé la vie au moins deux fois.

Elle retint de justesse un grognement, frustrée et épuisée par la confusion qui régnait en elle. Un coup d'œil à son réveil indiqua qu'elle avait tout au plus dormi deux heures. Ce n'était pas assez, surtout pas après ce qu'elle avait vécu.

Issac se rapprocha d'elle et prit sa joue en coupe avec une main alors qu'il la surplombait, réduisant à néant la distance qui les séparait.

— Hmm, toi et moi avons besoin d'avoir une longue conversation demain, mon cœur.

Mon cœur. Qu'était-il arrivé à *chérie* ?

— Cependant, continua-t-il doucement en approchant sa bouche de la sienne, nous avons besoin de repos, et fort heureusement, je connais une méthode infaillible pour nous aider à dormir.

Elle écarta les lèvres pour répondre, mais il l'interrompit avec sa langue. Son cœur fit un bond dans sa poitrine et son souffle se coupa. Il commença lentement, sa langue glissant contre la sienne pour l'encourager à retourner ses caresses. Chaque mouvement taquinait ses sens et régla la cadence de son pouls sur un rythme qu'il contrôlait. Son rythme cardiaque s'apaisait quand les caresses d'Issac s'attendrissaient et repartait en trombe dès qu'il approfondissait leur étreinte, faisant courir sa paume le long de son cou et de ses bras.

Bon sang, cet homme savait exactement comment l'achever, comment briser chacun de ses murs, comment la mettre à genou d'une simple caresse de sa bouche sur la sienne. Chaque morsure et chaque coup de langue détruisait une autre cellule grise, la laissant complètement hébétée sous son corps, et captivée aussi.

Il devenait rapidement son addiction la plus tabou, son toucher se révélant plus nécessaire à sa survie que l'oxygène qui emplissait ses poumons. Le bien et le mal devinrent des concepts inconnus et il ne restait d'elle qu'un océan de désir que seul Issac pouvait satisfaire. Elle ne se souciait plus de rien ni de personne, à part lui. Et la possibilité de relâcher toutes ces émotions, toute cette douleur, était un don en soi, un cadeau qu'elle ne pouvait pas refuser.

— Encore, gémit-elle. J'en veux plus, Issac.

Car s'il se contentait de l'embrasser, elle le tuerait. Ils avaient tourné autour du pot pendant bien trop longtemps. Au diable tout le reste, tout ce qui s'était passé, elle avait besoin d'être soulagée.

— S'il te plaît.

— Ne t'inquiète pas mon cœur. Je vais te donner ce dont tu as besoin, chuchota-t-il en pressant ses lèvres chaudes contre les siennes. Ce dont nous avons tous les deux besoin.

Il glissa sa cuisse entre les siennes et l'appuya contre la partie la plus sensible de son corps. *Oui...*

Elle se rapprocha de lui et fit onduler ses hanches contre les siennes à la recherche de la friction dont elle avait tant besoin.

Dangereux. Mal. Dévergondé.

Mais elle succomba tout de même à son attrait, cherchant le réconfort qu'il lui offrait.

— Oui, mon coeur.

Les paumes d'Issac glissèrent sur ses flancs, sous son haut.

— C'est ça.

Il dégrafa son soutien gorge et le jeta au sol, ses seins exposés à l'air de la nuit.

— Tu es sublime, murmura-t-il, les lèvres collées à son cou. La perfection absolue.

Elle glissa les doigts d'une main dans ses cheveux épais et agrippa une de ses épaules avec l'autre.

Si fort. Si doux. Si... *mien.*

Cette idée lui traversa spontanément la tête et faillit lui faire perdre le fil des événements, mais le pincement de son téton captura son attention et lui arracha un grognement. *Putain.* Ses doigts étaient vraiment magiques. Il savait exactement où la toucher et comment, à la fois doux et ferme, sa cuisse solide se contractant entre les siennes.

— Issac...

Son nom lui échappa telle une prière et une promesse, dans un murmure voluptueux qu'elle reconnut à peine comme sa propre voix. Elle pouvait déjà sentir la tempête sensuelle qui s'apprêtait à faire rage en elle, concentrée dans son bas-ventre. Personne ne lui avait jamais fait cet effet, ne l'avait rapprochée si près du plaisir sans la toucher *vraiment.* Cela dit, aucun de ses anciens amants ne pouvait rivaliser avec Issac de quelque manière que ce soit.

Les lèvres de celui-ci traçaient un chemin humide le long de sa poitrine, sa langue venant taquiner ses petites pointes durcies. Cela lui donna envie de l'explorer en retour et elle laissa sa main parcourir son dos musclé, jusqu'à ses fesses fermes. La texture soyeuse de son boxer chatouillait la pulpe de ses doigts, glissant contre sa peau alors qu'elle venait toucher son érection pressante. Il siffla son nom et vint écorcher sa peau avec ses dents.

Elle le caressa à travers le tissu mais il finit par capturer son poignet et à le tirer au-dessus de sa tête. Ses lèvres s'ouvrirent pour protester mais il avala sa plainte avec sa bouche. Il installa le bas de son corps entre les jambes de Stas, l'extrémité de son sexe juste contre son clitoris. Et lorsqu'il se pressa contre elle, elle se mit à voir des étoiles.

Oh, merde... Tellement proche...

Le peu de vêtements qui les séparait ne comptait pas, pas quand il bougeait comme *ça*. Elle enfonça ses ongles dans son biceps et cambra son dos pour se presser contre lui, allant désespérément à la rencontre de cette sensation qui provoquait des frissons dans son corps tout entier.

Juste. Un. De. Plus.

— Maintenant Astasiya, grogna-t-il en enfonçant ses dents dans sa lèvre inférieure.

Bon sang, cette voix associée aux choses qu'il lui faisait la propulsa dans le néant. Une énergie sensuelle qu'elle n'avait jamais ressentie envahit son corps, Issac absorbant chacun de ses gémissements avec sa langue alors qu'il la poussait vers la folie.

Elle frémit. Trembla. Explosa.

Sa vision s'assombrit avant de s'éclaircir à nouveau, tout son corps succombant à son assaut. Enfin, elle se mit à flotter sur des nuages de plaisir qu'elle voulait ne jamais quitter.

— Tu es splendide, murmura-t-il en caressant sa mâchoire avec ses lèvres. Absolument incroyable.

Ses louanges la réchauffèrent d'une manière inattendue. Ce devrait être à elle de faire son éloge, et non l'inverse. Parce que waouh. Il l'avait envoyée au paradis sans même la toucher réellement. C'était une preuve de son talent et du manque d'expérience récente de Stas. Ou peut-être l'aboutissement de tous ces préliminaires entre eux.

Il essuya sa lèvre inférieure à l'aide de sa langue avant de capturer sa bouche, pour un baiser mêlé de propos inexprimés. *De sentiments*. Ils marchaient sur le fil du rasoir, cette connexion entre eux frôlant quelque chose de bien plus profond que le simple désir.

Cela la ruina. La terrassa. L'excita.

— Dors bien, chuchota-t-il en l'attirant contre lui, son érection brûlante enfoncée contre la cuisse de Stas.

— Mais...

— Chut, l'interrompit-il en nichant son visage contre ses cheveux. Une autre fois, Aya. Nous partagerons d'autres nuits ensemble. Fais-moi confiance.

Aya ? Elle aurait voulu lui demander ce que cela signifiait, mais son bâillement mit fin à ses tentatives. Mm, elle verrait le lendemain matin. Elle lui demanderait à ce moment-là.

Si elle s'en souvenait.

CHAPITRE DIX-SEPT

BALADE ESTIVALE

Le rythme cardiaque d'Astasiya changea, lui indiquant qu'elle était en train de se réveiller. Les lèvres d'Issac tressaillirent quand elle inspira brusquement, mais il s'efforça de ne pas réagir et garda son bras lâchement enroulé autour de sa taille. Il ne tenait jamais une femme dans ses bras de cette manière, et ne s'endormait jamais à côté de ses conquêtes, mais il avait apprécié de se réveiller et de trouver Astasiya nichée contre lui. Son sexe aussi d'ailleurs, surtout quand elle s'étira contre lui.

Elle se figea quand ses fesses se pressèrent contre son entrejambe. *Oui, chérie, c'est bien toi qui me fait cet effet.*

Sauf qu'ils ne pouvaient rien faire pour le soulager pour le moment. Elizabeth était rentrée à la maison une heure plus tôt, d'où la raison pour laquelle Issac était parfaitement réveillé. Astasiya bougea doucement de sorte à ne pas le déranger. Il fit mine de ne pas réagir pour lui laisser le moment dont elle semblait avoir besoin pour se ressaisir. Elle s'éloigna furtivement du lit et ferma la porte de la salle de bain derrière elle.

Issac s'esclaffa et s'assit en secouant la tête. La plupart des femmes lui léchaient les bottes, offrant de le satisfaire avec leurs bouches et leurs corps juste pour garder son attention quelques minutes de plus. Astasiya, au contraire, était impatiente de s'échapper. Le challenge qu'elle offrait l'enchantait. Tout comme les autres parties de son corps et de son esprit.

Il se glissa hors du lit, enfila son pantalon et attrapa son téléphone sur la table de chevet. Lucian avait répondu au message qu'Issac lui avait envoyé la nuit dernière et avait accepté de le rencontrer. Génial.

Cette idée d'introduire progressivement Astasiya à leur monde était visiblement tombée à l'eau, et ils avaient donc besoin d'établir un nouveau plan. Issac vérifia l'heure et répondit au message de Lucian en lui proposant un horaire d'arrivée, avant de ranger l'appareil dans sa poche.

L'eau se mit en route dans la salle de bains et fit réfléchir Issac alors qu'il boutonnait sa chemise. Se joindre à Astasiya dans la douche serait plus que plaisant. Il pouvait parfaitement imaginer l'eau ruisselant sur sa peau et sa langue traçant le chemin d'une goutte jusqu'à cette fente délicieuse entre ses cuisses. Mmm, une activité qu'il réserverait pour la fin de journée si tout se passait comme prévu. Car s'ils commençaient maintenant, il ne seraient jamais à l'heure au rendez-vous qu'il venait d'organiser.

Il fit le lit pour se distraire et quitta ensuite la chambre à la recherche d'Elizabeth Watkins. Sa curiosité concernant la jeune femme avait été piquée quand elle était apparue de nulle part à l'âge de dix-huit ans. Toutes ses observations indiquaient qu'elle ne connaissait rien du monde surnaturel. Ce qui paraissait impossible compte tenu de son héritage et des gens qui l'entouraient. Elle avait même un détachement de sentinelles chargé d'assurer sa sécurité dont elle était parfaitement consciente, Issac l'ayant surprise à plusieurs reprises en pleine conversation avec l'un d'entre eux.

Il trouva la jeune femme dans la cuisine, fredonnant un

air tout en mélangeant une préparation dans un saladier. Sa petite robe d'été semblait plus appropriée pour une sortie entre amies, et non un après-midi à la maison, mais Elizabeth semblait apprécier la haute couture. Elle portait même des bas.

— Bonjour, dit-il en frappant doucement à la porte, priant pour ne pas trop la faire sursauter.

Elle poussa un petit cri et fit un bond en arrière, envoyant voler ce qui semblait être des œufs contre les placards en merisier. Il avait visiblement raté le coche pour ne pas la surprendre.

— Désolé, Elizabeth, je ne voulais pas te faire peur. Laisse-moi t'aider, dit-il en tendant le bras pour attraper un rouleau de sopalin à côté de l'évier, en vain.

— C-C'est bon, bégaya-t-elle, ses yeux marrons écarquillés par la surprise et le rose aux joues. Tu m'as juste prise par surprise, répondit-elle en essuyant le bazar avant d'attraper un produit détergent pour le bois.

Issac fronça les sourcils. Il savait qu'elle était un genre de cobaye, mais elle se comportait comme une humaine. Le clone d'une femme au foyer en tout cas. *Que t'a fait Jonathan ?*

— Je, euh, j'étais en train de préparer une quiche, expliqua-t-elle en indiquant le mélange d'œufs, puis la pâte friable d'un geste de la main. Stas adore les œufs et le bacon. J'espère que ça t'ira aussi ? parce que j'ai doublé la recette.

Il s'adossa au comptoir et croisa les bras.

— Tu savais que j'étais là.

Elle jeta les serviettes en papier et reporta son attention sur la préparation dans son saladier.

— La veste et la cravate onéreuses dans le placard de l'entrée t'ont trahi, annonça-t-elle avec un sourire par-dessus son épaule. Stas ne sort avec personne d'autre qui puisse s'offrir des vêtements de cette marque.

Ça , c'était une affirmation intéressante.

— Et avec qui d'autre sort-elle, exactement ? demanda-t-il en haussant un sourcil.

Elizabeth s'esclaffa, un son qu'il avait entendu bien trop souvent en fréquentant des reines de beauté, même si celui d'Elizabeth semblait bien plus sincère.

— Personne. Stas ne sort jamais.

— Vraiment ?

— Eh bien, c'est peut-être le cas *maintenant,* répondit-elle en versant son mélange liquide sur le plat avant de le recouvrir d'une couche de fromage. Mais non, elle n'a pas accepté beaucoup de rencards pendant nos années d'université, elle était trop concentrée sur ses études.

Une excellente transition. Merci, chérie.

— Parce qu'elle était focalisée sur son avenir avec le FHC.

— Ouais, je suppose, grogna Elizabeth en enfournant la quiche avant de lancer le minuteur. Même si ça n'aurait pas été mon premier choix.

Il fut surpris par les mots qu'elle avait marmonnés.

— De travailler avec le FHC, tu veux dire ?

Elle rougit légèrement.

— Excuse-moi, je ne pensais pas que tu entendrais.

Sa curiosité était désormais piquée.

— Quoi donc, ton dégoût pour le FHC ?

Qu'il avait parfaitement détecté dans sa voix.

— Ou le fait que ça n'aurait pas été ton premier choix ?

Ses joues étaient assorties à ses cheveux auburn et ses yeux s'écarquillèrent.

— Il faut vraiment que j'apprenne à me taire, genre, complètement.

— Ce serait dommage, tu as une voix charmante.

C'était un compliment sincère, amical et non séducteur.

— Pourquoi détestes-tu autant le FHC ? insista-t-il en ramenant la conversation au sujet qui l'intéressait réellement.

Tout cela n'est-il qu'une charade ? Sais-tu ce que je suis ? Ton amitié avec Astasiya est-elle spontanée ou préméditée ?

— Ce n'est pas que je déteste l'organisation, énonça-t-elle en se mordillant la lèvre.

— Mais tu n'es pas non plus leur plus grande fan, souligna-t-il en étudiant son langage corporel et le ton de sa voix.

S'il s'agissait d'un petit numéro, la jeune femme méritait une récompense pour son jeu d'actrice car elle dégageait une parfaite aura d'innocence. Son fard et ses yeux tournés vers le sol méritaient une mention particulière.

— Ils sont justes… Je sais à quel point ça peut être dévorant de travailler pour eux. J'ai grandi avec un père qui était perpétuellement absent, et ce n'est pas ce que je souhaite à Stas. J'espère qu'elle trouvera un équilibre. C'est tout.

Ses propos le terrassèrent, surtout la manière dont elle avait parlé de son père, George. Comme si elle croyait sincèrement qu'il était absent à cause du travail pendant son enfance. Oh, il existait bien un certificat de naissance et d'autres documents officiels qui indiquaient qu'elle avait grandi avec les Watkins. Mais cette famille était sous surveillance depuis plus de deux décennies, et Elizabeth n'avait jamais été mentionnée dans les rapports et n'était apparue sur aucune des vidéos de surveillance, avant son arrivée six ans auparavant.

Sauf qu'elle semblait sincèrement ignorante. Elle avait

vraiment l'air humaine. Ses instincts lui faisaient-ils défaut ? Y avait-il une autre explication à son existence ? Pourquoi se donner la peine de créer un passé de toutes pièces pour quelqu'un qui ne possédait aucun talent surnaturel et qui ne servait aucun objectif ?

Il était sûr d'une chose : elle n'avait aucun lien de parenté avec les Watkins. Mais il se devait de réétudier la théorie du cobaye. Ils avaient tous pensé qu'elle avait été créée par le FHC car d'où venait-elle si ce n'était pas le cas ? Cependant, ses tics et ses émotions semblaient contredire cette théorie.

Es-tu une expérience ratée du FHC ? Un genre d'agent infiltré ? Ou autre chose ?

— Donc, euh, ouais. Je suis contente pour elle, et heureuse qu'elle ait aussi trouvé quelqu'un, conclut Elizabeth, les yeux brillants et un sourire enthousiaste au coin des lèvres.J'ai vu des photos de la réception. Comment as-tu réussi à lui faire porter cette robe ?

— Ma styliste l'a choisie pour elle.

Elizabeth lui décocha un regard entendu.

— Ouais, j'avais deviné. Mais comment as-tu réussi à la convaincre de la porter ?

Issac ne comprenait pas sa question.

— Pourquoi aurait-elle refusé de la porter ?

— Euh, parce qu'elle a dû coûter une fortune.

Quel genre d'homme imaginait-elle qu'il était ? Il n'obligerait jamais une de ses compagnes à acheter sa robe.

— Elle ne l'a pas payée.

Elizabeth grogna.

— Non, ce n'est pas... Okay, laisse-moi recommencer. Comment as-tu réussi à convaincre Stas de te laisser lui offrir une robe ? Et pas n'importe quelle robe, mais *cette* robe ? J'arrive à peine à la convaincre d'emprunter mes chaussures, et elles ne sont pas du calibre de cette griffe. Donc comment as-tu fait ? Vraiment ?

C'était un sujet banal et tellement humain. *Elle n'a vraiment aucune idée de qui je suis, ou de ce que je suis exactement, n'est-ce pas ?* Car aucune autre personne dans cette situation ne choisirait de l'interroger à propos d'un détail aussi insignifiant.

— Je ne lui ai pas laissé le choix.

Elle pencha la tête pour digérer sa réponse.

— Je vois, répondit-elle en tapotant son menton avec un ongle vernis. Tu ne lui as pas mentionné le coût.

— L'occasion ne s'est pas présentée, non.

— Et elle n'a pas reconnu la griffe, parce qu'il s'agit de Stas, et qu'elle n'y connait rien, continua Elizabeth en riant. Je suis impressionnée. J'espère qu'elle compte te garder.

— Merci, je crois.

— C'est un compliment, répliqua-t-elle avant de mettre en route la cafetière et d'attraper trois mugs dans le placard. Est-ce que je peux te faire une suggestion ?

— Oui.

Ça ne voulait pas dire qu'il s'en servirait, mais cette femme semblait sincèrement être la meilleure amie d'Astasiya. Pas à cause de circonstances périphériques, mais simplement par hasard. *Fascinant.*

— Ne la laisse jamais apercevoir une étiquette. Jamais. Surtout si tu espères continuer à l'habiller.

— Tu me conseilles de ne pas lui mentionner le prix ? demanda-t-il, ayant senti qu'Astasiya s'approchait.

Son sang délicieux provoquait tous ses sens et lui rappelait le plaisir qu'il avait pris à la goûter. Il en voulait plus. Il la voulait *elle*.

— Je dis juste qu'elle risquerait de ne pas se montrer aussi reconnaissante que tes autres conquêtes un peu plus futées quand il s'agit d'argent. Elle n'est pas stupide ou quoi que ce soit, elle n'est juste pas...

— Superficielle ? suggéra-t-il, conscient qu'Astasiya épiait leur conversation depuis le couloir.

— C'est ça. C'est un bon choix, tout comme *matérialiste*. Elle n'est juste pas férue de mode, si tu vois ce que je veux dire.

— C'est noté.

Il s'interrompit pour attendre que sa blonde entre dans la pièce. Hmm, il semblerait qu'elle cherche à en apprendre plus. Très bien. Il choisit finalement de continuer d'interroger Elizabeth au sujet de sa vie et de ses objectifs.

— Astasiya ne m'a pas parlé de ce que tu faisais maintenant que vous êtes diplômées ?

Il avait choisi de tourner ça en question, priant pour qu'elle développe par elle-même le sujet.

As-tu prévu de travailler pour ton père ? Pour Jonathan ?

Ou tes desseins sont-ils plus sombres que cela ? Que comptent-ils faire de toi ? Et surtout, qu'es-tu vraiment ?

Car elle n'était ni une Ichorienne, ni une Hydraienne d'après ce qu'il pouvait voir. Dans les faits, elle semblait complètement humaine. Ce qui ne pouvait pas être le cas compte tenu du passé de sa famille et de leurs liens avec le FHC.

— Oh. Je travaille dans un foyer pour enfants dans le quartier de Lower Manhattan, et je suis bénévole dans un autre foyer de Harlem. J'étais là-bas hier soir, mais je travaille à temps plein dans l'autre foyer.

— Tu es enseignante auprès des plus défavorisés ?

Ce n'était pas du tout ce à quoi il s'attendait.

— Ouais, je dirige leurs programmes d'écriture et de lecture.

— C'est louable. Que pensent George et Lillian de ton choix ?

Le rythme cardiaque d'Astasiya s'emballa, sa question ayant manifestement touché une corde sensible. Elle apparut sur le seuil de la pièce, une expression soucieuse sur le visage.

— Ouais, ils ne sont pas ravis, répondit Elizabeth en fronçant le nez. Oh, salut Stas.

Issac sourit. *Petite indiscrète*, l'accusa-t-il avec ses yeux. Le regard qu'elle lui retourna exprimait une attitude de défi. *Qu'est-ce que tu comptes y faire ?*

Il haussa les épaules, pas du tout préoccupé. Vu la direction que prenait leur relation, il n'avait plus rien à cacher.

— La quiche est au four, ajouta Elizabeth.

— Oui, tu as l'air de vivre avec un sacré chef, Astasiya, murmura-t-il. Je suis impressionné.

Astasiya lui adressa un large sourire, son approbation évidente. Il avait clairement choisi les bons mots et éprouva plus de satisfaction à cette idée qu'il ne le devrait.

— Ouais, je l'aime beaucoup, admit-elle en étreignant nonchalamment sa colocataire.

— Beaucoup ? releva Elizabeth avec un regard plein de reproches. Tu m'adores.

— C'est vrai, acquiesça Stas.

— Ma sœur t'aurait beaucoup appréciée, dit Issac, se surprenant à parler d'elle aussi sincèrement. Elle adorait cuisiner et faire de la pâtisserie.

Amelia passait le plus clair de ses journées en cuisine, s'occupant toujours de recevoir et de nourrir ses proches. Ses lèvres se recourbèrent en songeant à ça, ce qui le stupéfia. Les souvenirs de sa sœur étaient habituellement chargés de tristesse.

— Tu as une sœur ? demanda Elizabeth en fronçant les sourcils.

— J'avais une sœur, oui. Je ne la mentionne juste jamais en public.

Il n'avait réinventé son image publique qu'après la mort de sa sœur, et cela n'avait pas valu la peine de lui créer tout un profil factice. Elizabeth grimaça.

— Oh. Je suis désolée.

— Pas besoin de t'excuser. Elle est décédée depuis un certain temps.

Et il n'avait aucune intention d'entrer dans les détails à cet instant. Il sourit à Astasiya et chercha à changer le sujet.

— Je voudrais t'emmener quelque part aujourd'hui. Ça t'intéresse ?

Il ne comptait pas vraiment accepter de réponse négative, mais il était prêt à négocier si nécessaire. Elle s'inclina et reposa sa hanche sur la table de la cuisine, une expression curieuse sur le visage.

— Tout dépend de la destination.

Il pouvait tenter de dissimuler la vérité ou de la contourner, mais après la nuit précédente, il se sentait obligé d'être franc avec elle. À chaque fois.

— Les Hamptons.

Les sourcils de Stas se hissèrent et Elizabeth manqua de lâcher la crème qu'elle venait de sortir du réfrigérateur.

— Les Hamptons, répéta Astasiya. Pourquoi ?

— J'attends des amis, et j'aimerais que tu te joignes à nous.

Face à son air incrédule, il expliqua :

— Cela pourrait s'avérer instructif.

La compréhension assombrit son regard.

— Le même genre d'amis que ceux que j'ai rencontrés hier ?

— Assez similaires, mais bien plus accueillants.

— Je suppose que tu ne seras pas rentrée à temps pour le dîner de ce soir ? demanda Elizabeth en s'adressant à sa colocataire.

— Le dîner des Fitzgerald et des Watkins, réalisa-t-elle en grognant. Ne pouvons-nous pas profiter d'un peu de répit ? Nous avons mangé avec eux le week-end dernier.

— C'est ce que j'ai dit, mais ma mère a indiqué que ma présence était requise. Ça ne t'oblige à rien.

Astasiya avait l'air sincèrement peinée et son visage se décomposa.

— Je… Je ne sais pas si je suis prête à dîner de sitôt avec eux. Mais si tu as besoin de moi, Liz, je le ferai.

— Oh, non, annonça Elizabeth en se redressant avec un regard déterminé. Quand Issac Wakefield te demande de l'accompagner aux Hamptons, tu te dois d'accepter son invitation.

Embarrassée, elle fit la grimace en se rappelant que l'intéressé se trouvait dans la pièce.

— Euh, je veux dire, tu ferais mieux d'y aller.

Bien plus nonchalant et naturel, ce qui le fit sourire.

— Je suis d'accord avec Elizabeth, dit-il. Quand je t'invite à aller quelque part, tu te dois de dire oui. C'est un conseil très avisé.

Astasiya lui adressa un regard noir.

— Ce n'est pas subjectif du tout.

— Bien sûr que non, murmura-t-il.

Elizabeth s'éclaircit la gorge.

— Donc, euh, dois-je leur annoncer que vous sortez ensemble ?

— Je n'ai pas encore accepté d'y aller, fit remarquer Astasiya.

— Ça veut dire oui, traduisit Issac.

— Oui, c'est en tant que vraie relation, ou est-ce juste un rencard ? demanda Elizabeth en s'adressant à Issac.

— Les deux, répliqua-t-il, en regrettant de ne pouvoir assister à la scène et observer leurs réactions.

Il demanderait peut-être à Mateo de s'infiltrer dans le système de sécurité du restaurant pour obtenir une copie, histoire de s'amuser un peu.

— Ce n'est pas ton truc, les *relations*, dit Astasiya dont le visage avait rougi.

— Je ne sors pas non plus avec une femme plus de deux fois, et pourtant nous y voilà, souligna-t-il.

— Tu n'es pas sérieux.

— Au contraire, mon cœur, railla-t-il avec un sourire moqueur.

Surtout quand il s'agit de toi.

— Donc je peux parler de toi comme du petit-ami de Stas, c'est ça ? demanda Elizabeth en souriant.

— Sérieusement…

Astasiya avait l'air particulièrement offensée par cette notion.

— Absolument, répliqua Issac en l'interrompant.

— Je n'ai pas mon mot à dire ? bredouilla-t-elle.

— Non.

Elizabeth poussa un petit cri et applaudit. Sa petite robe jaune flamboyait sous les lumières de la cuisine alors qu'elle sautillait autour de la pièce, sa joie manifeste arrachant un sourire à Issac. *C'est bien une amitié sincère.* Et elle semblait l'apprécier par-dessus le marché.

— Des films de nana et la pizza de mon choix pendant toute une année, annonça-t-elle en pointant Astasiya du doigt. Et ce sera à *toi* de payer.

Un autre petit cri suivi d'un pas de danse classique impressionnant. Issac se posait vraiment des questions sérieuses au sujet de son éducation et de son passé. *Où a-t-elle appris à danser ainsi ?*

— Oh mon Dieu, répliqua Astasiya en laissant tomber sa tête contre le mur avant de la secouer. Je n'arrive pas à croire que tu te souviennes de ça.

— Bien sûr que je m'en souviens. Ça fait six ans que j'attends ce moment. Il était temps !

— J'ai râté quelque chose, non ? demanda Issac, enchanté par leur interaction.

— Oh, pitié, non, grogna Astasiya.

— Stas a juré haut et fort qu'elle n'aurait *jamais* de petit ami. Que ce n'était pas *son truc*, et qu'elle n'était pas en quête d'un *diplôme* d'épouse idéale, expliqua-t-elle en accentuant ses mots à l'aide de ses doigts. Nous avons parié que si elle finissait par trouver un copain, elle me laisserait choisir nos films et pizzas pendant un an, à ses frais. Elle était si certaine de ne jamais succomber.

— Hé, j'ai eu des rencards.

— Oh, Jake ne comptait pas. Tu l'as suivi chez lui après un mariage ; c'était juste un coup d'un soir, pas un rencard.

— Lizzie ! cria Astasiya qui piquait un fard.

— Okay, d'accord, Pete comptait lui. Tu es sorti avec deux fois, mais ce n'était pas ton *petit copain*, et tu n'as même pas couché avec. Et puis il y a eu ce type, heu, Brian ? Brandon ? Peu importe, il n'a tenu que quelques secondes avant que tu ne te lasses, et puis...

— Oh mon Dieu, arrête !

— Oh, comme s'il était bien placé pour te juger. C'est un tabloïd ambulant, répliqua-t-elle avant de rougir. Sans vouloir te vexer.

— Y'a pas de mal, chérie, répondit Issac qui souriait de toutes ses dents. Mais n'hésite pas à continuer. Tout cela est très instructif.

— Non, aboya Astasiya.

— Le seul autre gars, c'était Paul, ce type qui ne voulait pas te lâcher. Aucun de ces types ne comptait, mais tu as maintenant une relation régulière. Du genre, *vraiment* sérieuse, continua Elizabeth avant de reprendre sa danse victorieuse.

— Je crois bien qu'Elizabeth est plus excitée que toi, souligna Issac.

— Oh, ne t'inquiète pas, je suis aux anges, répondit Astasiya en le fusillant du regard.

Elle partit chercher des assiettes quand le minuteur se déclencha mais se figea en apercevant quelque chose sur le comptoir. Issac étudia ce qui avait attiré son attention par-dessus son épaule. « La femme mystérieuse qui fait sourire le playboy milliardaire. » Il avait éclaté de rire avant même qu'elle ne puisse marmonner :

— C'est une putain de blague.

— Oups, dit Elizabeth en faisant une grimace.

Issac lui arracha le magazine des mains et le jeta à la poubelle, à sa place.

— Ignore-les, mon cœur.

— Ce gros titre est erroné de toute façon. Tu as juste souri pour assurer le spectacle, dit-elle en le regardant.

— Si c'est ce que tu préfères croire.

Il connaissait la vérité et c'était tout ce qui comptait. Il prit son visage entre ses mains et l'attira contre lui en quête d'une réponse.

— Dis-moi, est-ce que tu comptes m'accompagner aujourd'hui ? S'il te plaît ?

— Aux Hamptons ?

— Oui.

— Pour rencontrer d'autres amis à toi.

— Tu vas les apprécier. Ils me font penser à toi et Owen, répondit-il avec un geste du menton entendu.

Le sourcils d'Astasiya se hissèrent sur son front quand elle perçut le double-sens de ses propos, et il hocha la tête en réponse à la question tapie au fond de ses yeux. *Oui, ce sont des Hydraiens.*

— S'il te plaît, Astasiya ? demanda-t-il doucement. Viens avec moi. Tu ne le regretteras pas.

Elle déglutit, une pointe d'émotion vacillant dans son regard.

— Okay, chuchota-t-elle.

— Génial, répondit-il en souriant, ravi par sa réponse. Nous partirons après le repas.

— Okay, répéta-t-elle.

— Prépare quelques affaires, ajouta-t-il, conscient de leur public. On restera peut-être quelques jours.

— Quoi ?

— Fais-moi confiance.

Il ne pouvait pas lui fournir plus d'explications devant Elizabeth. Elle ne connaissait visiblement rien de ce monde, malgré son environnement, et il ne comptait pas remédier à cette situation. Astasiya maintint son regard un instant, l'émotion qui l'avait envahie un peu plus tôt recouvrant cette fois-ci son visage. Enfin, elle hocha la tête pour acquiescer.

— Je vais préparer un sac.

Elizabeth se tenait derrière eux, la quiche déjà installée sur une grille pour refroidir. Elle sourit de toutes ses dents quand Astasiya fit volte-face.

— Arrête de jubiler, Liz, marmonna-t-elle.

— *Pretty Woman* et une pizza avec un supplément de pepperoni. C'est ma première commande, répliqua cette dernière.

— Je te déteste.

— Tu m'adores

— mmh mmh.

Astasiya l'attrapa et la prit dans ses bras avant de murmurer :

— Appelle-moi si tu as besoin de moi ce soir. Tu sais que je serai là pour te soutenir.

Une expression proche du soulagement gagna le visage d'Elizabeth dont les traits devinrent maussades.

— Je sais. Merci, Stas. Mais va t'amuser. Tu l'as bien mérité.

— Merci à toi, répondit Astasiya en quittant la pièce. Je reviens d'ici quelques minutes.

Elle lui jeta un coup d'œil au passage.

— Avec une valise.

— Génial, répondit-il en souriant.

CHAPITRE DIX-HUIT

DANSE AVEC MOI

Issac ne s'était pas rendu au manoir Wakefield depuis plusieurs années, ses souvenirs du domaine ayant été entachés par cette journée fatidique dans la salle de bal. Le jour où il avait découvert le corps sans tête d'Eli, tenant une urne remplie des cendres d'Amelia.

Son estomac se nouait avec chaque kilomètre qui les rapprochait. Il devait s'y rendre pour la femme installée à ses côtés, même si c'était la dernière chose qu'il avait envie de faire. Astasiya était silencieuse sur le siège passager, inconsciente des troubles qui le tourmentaient alors qu'elle observait le paysage estival défiler.

Les Hamptons étaient un endroit vraiment sublime, recouvert de maisons de style manoir dont les terrains étaient bordés de palissades blanches. Sa propriété, qui se trouvait seulement à quelques rues de leur position actuelle, bordait l'océan. Amelia adorait la plage et passait des heures allongée au soleil, Eli étendu à côté d'elle. Issac déglutit et acheva le trajet en pilote automatique.

Ils s'approchèrent du portail familier, un *W* gravé au centre de la barrière. Il attrapa un appareil dans la boîte à gants et appuya sur un bouton. Les portes en fer forgé s'ouvrirent lentement, lui donnant accès à l'allée. Il avait l'habitude de tourner à gauche là où la route se divisait, pour rejoindre l'un des garages, mais comme il était accompagné ce jour-là, il suivit la boucle qui encerclait la fontaine à l'avant du manoir.

Quinze chambres. Le même nombre de salles de bains.

Plusieurs salons. Une pool-house et deux piscines.

Et une dépendance pour accueillir des invités.

Tout cet espace était nécessaire pour accueillir les événements qu'Amelia choisissait d'organiser ici l'été, la plupart des Hydraiens faisant le choix de passer la nuit sur place. Ils étaient juste assez loin de New York pour se sentir en sécurité, surtout avec le système de sécurité qui protégeait le domaine ; une création sophistiquée de Mateo.

Il se gara dans l'allée pavée devant l'entrée et sourit quand Robert ouvrit l'une des portes vitrées. Issac aurait pu appeler en avance pour l'avertir de leur arrivée, mais il avait fait le choix de surprendre l'intendant de la propriété. Son visage rougeaud indiqua à Issac qu'il avait atteint son objectif.

— Bienvenue à Wakefield Manor, murmura-t-il en déposant ses lunettes de soleil sur le tableau de bord avant de détacher sa ceinture.

— C'est magnifique, souffla-t-elle en admirant les fenêtres démesurées et la façade en briques.

Même s'il partageait son avis, il ne commenta pas sa réaction et finit de retirer sa ceinture tandis que sa portière s'ouvrait.

— Je n'arrivais pas à y croire quand j'ai vu le portail s'ouvrir, annonça Robert en sautillant sur place à côté de la voiture. Cherie va être ravie.

Issac s'esclaffa et sortit du véhicule pour serrer la main de son employé.

— Comment vont les enfants, Robert ?

— Oh, Rebecca est mariée, et elle vient d'avoir un bébé, ce qui fait de moi le très heureux grand-père d'une charmante petite-fille. Elle a même hérité des jolis gènes de Cherie.

Issac l'avait écouté tout en contournant le véhicule pour ouvrir la porte d'Astasiya.

— C'est fantastique, Robert.

Il tendit la main à Astasiya et elle l'attrapa pour sortir et venir s'installer à ses côtés.

— Pourquoi ne me l'avez-vous pas annoncé ?

— Eh bien.

Il croisa les mains sur son ventre protubérant.

— À chaque fois qu'on parle, c'est de travail. Je ne voulais pas vous faire perdre de temps avec des annonces familiales.

— Cela n'aurait pas été une perte de temps pour moi que d'apprendre que vous étiez devenu grand-père, Robert, répondit Issac, déçu que ce soit là l'impression du vieil homme.

— Peut-être bien, répliqua Robert en se balançant d'avant en arrière.

— Bon, et qui est votre charmante compagne ? demanda-t-il, les yeux plissés en étudiant la blonde aux côtés d'Issac.

— Voici Astasiya Davenport. Astasiya, je te présente Robert Allmond. Il vit ici.

— Ce qu'il veut dire, c'est que je vis là-bas, dit Robert avec dérision.

Il indiquait la dépendance près des garages.

— Cherie et moi nous occupons de la propriété pour Maître Wakefield. À ce propos, je ferai mieux d'aller lui annoncer votre présence. Vous savez qu'elle comptera sur votre présence pour le dîner.

— Oui, j'attends aussi quelques invités. Lucian et probablement plusieurs autres convives.

— Oh ! s'exclama Robert. Je vais demander à Shelly de m'aider à préparer des chambres d'amis. Elle est de retour de la fac pour l'été.

Ah oui, la cadette de la famille Allmond.

— Est-ce qu'elle se plaît à Duke ? demanda Issac, curieux.

— Elle s'éclate, évidemment. Je m'assurerai qu'elle passe pour vous remercier.

Issac balaya sa suggestion d'un geste de la main. Il était tout à fait normal qu'Issac se charge de régler les frais de scolarité. La famille Allmond prenait un soin exemplaire du domaine, et il avait choisi de leur renvoyer l'ascenseur.

— Ce n'est pas nécessaire, mais je serai heureux de prendre de ses nouvelles. Je ne crois pas l'avoir vue depuis ses treize ans, c'est ça ?

Cela sembla apaiser son interlocuteur qui se gratta la mâchoire en réfléchissant.

— Ouais, c'est à peu près ça, hein ? Je commençais à croire que notre prochaine rencontre aurait lieu lors de mon enterrement.

— Foutaises.

— Pas pour un vieillard, non.

Il y avait une pointe de réprimande dans sa voix qui serra le cœur d'Issac. *Touché.*

— Okay, ça vous ira si on prépare quatre ou cinq chambres ? En plus de la vôtre ?

— Je vais m'occuper de la mienne, si ça ne vous embête pas de gérer le reste ?.

Robert bomba le torse.

— Maître Wakefield, ça fait six ans que je n'ai rien d'autre à faire ici que de chasser la poussière. Ça ne sera pas un problème pour moi, et je peux vous assurer que Cherie partage mon opinion.

Ça fait seulement six ans ? Issac avait l'impression qu'un siècle s'était écoulé depuis la dernière fois où il était venu ici.

— Merci Robert, murmura-t-il.

— Tout le plaisir est pour moi, monsieur, répondit-il avant de s'incliner et de détaler dans l'allée.

Issac s'esclaffa et secoua la tête. Le vieillard jovial lui avait manqué, bien plus qu'il ne l'avait réalisé.

— Tu as un domestique, dit Astasiya en haussant un sourcil. Et une maison dans les Hamptons que tu fréquentes apparemment très peu. Au moins je sais que les tabloïds avaient visé juste en estimant ta fortune.

— Faux, et sur tous les tableaux, dit-il en grognant.

Il la guida vers les portes ouvertes de la maison. Les Hydraiens ne seraient pas là avant une autre heure au moins, ce qui lui laissait largement le temps de se changer et de lui offrir une visite guidée de la demeure. Une pointe d'excitation dissipa son malaise à l'idée de frimer un peu devant elle.

— Mmh mmh. Pourquoi sommes-nous là déjà ? questionna-t-elle alors qu'elle étudiait du regard l'entrée qui se dressait sur trois étages.

— Pour rencontrer des amis, mais avant ça, j'ai besoin d'une douche.

Si Lucian ou Balthazar le trouvaient dans cet état, ils ne manqueraient pas de se moquer. Issac ne portait jamais le même costume deux jours d'affilée, et sa barbe visible indiquerait clairement qu'il ne s'était pas rasé depuis un moment. La barbe ne le gênait pas tant que ça, mais ses vêtements froissés avaient besoin d'être remplacés.

— Tu n'es pas fan du style *j'ai-clairement-découché* ? railla-t-elle, une lueur malicieuse au fond des yeux.

C'était tellement mieux que le regard vacant qu'elle arborait la veille. Il l'attira contre lui et colla sa bouche contre son oreille.

— Ou peut-être que je l'aime un peu trop.

Son souffle se coupa et elle rougit légèrement, avant de s'éclaircir la gorge.

— Eh bien, je peux m'occuper toute seule. Des pièces interdites d'accès dont je devrais avoir connaissance, histoire de commencer ma visite par là ?

Il y avait dans sa voix une pointe de volupté qui lui réchauffa le sang.

Il avait l'intention de l'avoir sous son corps. Ce soir.

Issac lui laissa percevoir le fil de ses pensées tout en dévorant lentement du regard ses jambes, exposées par son short en jean, et son débardeur moulant. Elle déglutit quand il rencontra son regard, se remémorant tout juste sa dernière question.

— Seulement la chambre principale, répondit-il en mentant avant de glisser ses doigts dans ses cheveux pour l'attirer dans un baiser.

Putain, il avait envie d'elle à présent. Ces derniers jours avaient été une véritable torture, le désir qu'il ressentait pour elle ne faisant que croître avec chaque seconde qui passait. Mais il devait se changer. Il caressa sa lèvre inférieure avec sa langue, s'accordant une dernière dégustation avant de se reculer.

—Je viendrai te retrouver.

ISSAC DISPARUT au bout du couloir plutôt que d'emprunter les escaliers. Les yeux de Stas ne savaient où se poser tant son environnement était opulent. Un lustre était suspendu au-dessus de sa tête, qui luisait sous l'effet des rayons de soleil s'infiltrant à travers les fenêtres.

— Waouh, souffla-t-elle.

Cet endroit était incroyable. Chaque objet était extravagant, même le mobilier. Elle avait peur de toucher quoi que ce soit. Elle ferma la porte d'entrée avant de suivre les traces d'Issac, curieuse, et se retrouva au milieu d'une vaste salle à manger, dont les portes donnaient sur un immense porche. Au loin, elle pouvait apercevoir la piscine. Pas juste un bassin, non, il s'agissait d'une piscine de compétition qui était de surcroît équipée de cascades et entourée de plantes aquatiques certainement pas endémiques de l'État de New York. Elle aurait dû emmener son maillot de bain. Les rangées d'arbres au bout du terrain bloquaient la vue de la plage et de l'océan, mais elle savait que la propriété d'Issac se trouvait au bord de l'eau. Elle pouvait le sentir dans l'air.

Une cuisine qui aurait fait pâlir d'envie Lizzie était attenante à la salle à manger. Elle s'étendait assez pour abriter plusieurs fours et cuisinières, deux réfrigérateurs, et un îlot qui servait aussi de table. Elle prit une photo de la pièce qu'elle envoya aussitôt à sa colocataire. Parce que waouh.

Elle poursuivit ses explorations et atterrit dans un autre salon à l'arrière de la maison dont les nombreuses portes menaient au patio, et acheva sa visite devant une paire de portes aux proportions démesurées. Elle tourna la poignée et ouvrit les portes qui n'étaient visiblement pas verrouillées, avant de se figer sur le seuil.

Deux étages de fenêtres lui faisaient face et couvraient trois des murs de la pièce. D'épais rideaux en velours étaient attachés à chaque coin, offrant une vue imprenable sur la propriété et l'océan à l'horizon.

— Putain, souffla-t-elle en tournoyant dans la salle de bal.

Il n'y avait ni mobilier ni ornements dans cette pièce, juste un parquet en bois vernis et un piano à queue dans un coin. Elle déposa ses sandales et son sac à main près de la porte et s'avança pieds nus dans la salle. Un autre lustre était suspendu aux voûtes du plafond. C'était bel et bien une pièce aménagée pour le divertissement et la danse.

Stas tournait au centre de la pièce, imaginant les bals masqués et autres soirées qui avaient dû avoir lieu ici. Ce n'était pas son genre, mais elle apprécierait d'y assister au moins une fois. Surtout si Issac était la star de la soirée.

Elle n'avait reçu aucun entraînement formel mais ne s'en souciait guère en s'élançant dans la pièce pour danser, essayant d'oublier les dernières vingt-quatre heures pour se *recentrer*. Elle se sentait légère et insouciante, comme si elle n'avait pas failli perdre la vie la semaine précédente. Elle chassa le Conclave de son esprit au même titre que ses problèmes, et quand elle ouvrit les yeux et trouva Issac adossé au montant de la porte, elle ne put retenir son sourire. Il l'avait amenée ici. Lui. Et les quelques moments de liberté dont elle avait profité dans cette pièce valaient bien toutes les peines.

Il avait troqué son costume contre un jean et un t-shirt gris ajusté. Pas de chaussures. Des cheveux humides. Elle ne l'avait jamais vu aussi décontracté mis à part ce matin, quand elle s'était réveillée blottie contre son corps à moitié nu.

— C'était la pièce préférée d'Amelia, dit-il d'une voix douce. Elle avait l'habitude de danser au centre, là où tu te trouves, pendant qu'Eli jouait du piano.

— Eli ?

— On pourrait dire qu'il était mon beau-frère. Lui et

Amelia ne se sont jamais mariés, mais ils étaient en couple depuis plusieurs siècles.

Ce qui signifiait que sa sœur était elle aussi immortelle. Stas aurait pu le deviner grâce à l'album photo qu'elle avait trouvé dans son appartement. Tous ces clichés dataient de plusieurs décennies, mais Owen restait le même sur chacun d'eux. Parce qu'il était Hydraien. Est-ce que ça voulait dire qu'Amelia l'était aussi ?

Les novices étaient le fruit d'une relation entre un père Ichorien et une mère mortelle. Les novices devenaient ensuite des Hydraiens ; les ennemis des Ichoriens. Stas fronça les sourcils. Elle comprenait la partie conception de ces explications, mais ne pouvait concevoir de raison qui pousserait les Ichoriens à haïr leurs enfants. Cela n'avait aucun sens.

D'autant plus qu'Issac ne semblait pas avoir de rancune envers les novices ou les Hydraiens. Pourquoi avait-il enfreint toutes ces règles ? Les conséquences étaient claires, comme elle en avait été témoin la nuit précédente. Et pourtant, elle se trouvait ici, dans sa salle de bal alors qu'il trifouillait un panneau électrique dissimulé dans le mur, à côté de la porte. Elle s'apprêtait à le questionner quand une mélodie résonna dans la pièce, attirant son attention sur les haut-parleurs. Il fit ensuite clignoter les lumières du plafond, créant une ambiance romantique.

— Amelia m'a appris à danser quand nous étions jeunes, dit-il en haussant le ton pour se faire entendre avant de faire glisser un panneau en bois pour masquer les interrupteurs qu'il venait d'utiliser. Elle prétendait que c'était le meilleur moyen de gagner le cœur d'une femme. Je lui ai toujours dit que ce n'était pas un de mes objectifs.

Il s'avança nonchalamment dans sa direction et lui tendit une main en s'approchant.

— Aimeriez-vous une démonstration, madame ? offrit-il.

— Tu m'invites à danser ?

— Amelia me réprimenderait si je ne le faisais pas.

— Est-ce qu'elle me houspillerait moi aussi si je refusais ? demanda-t-elle alors même qu'elle prenait sa main.

— Certainement, oui, s'esclaffa-t-il.

Il saisit sa hanche avec sa main libre et l'attira plus près de lui.

— Et je tiens à te prévenir que ma sœur était capable de faire pleurer n'importe quel homme. Ce ne serait pas une bonne idée de la contrarier. Maintenant glisse ton autre main sur mon épaule.

Elle obéit.

— Okay, mais je préfère te prévenir que je suis loin d'être une danseuse compétente.

Il la guida en arrière sur deux pas, puis un pas de côté, comme pour tester une théorie.

— Ce n'est pas un problème. Tout dépend de ton cavalier, mon cœur.

— Mmh mmh.

Il changerait rapidement d'avis une fois ses orteils écrasés. Issac sembla prendre sa réponse pour un défi, car il choisit d'étayer ses propos en la guidant à travers la pièce d'une simple pression de sa main sur la hanche de Stas. La main qui enveloppait la sienne n'était pas de trop, tout comme le rythme lent de la mélodie. Il l'avait clairement choisie intentionnellement.

— C'est bien, l'encouragea-t-il alors qu'il regagnaient leur point de départ. Rendons-cela un peu plus intéressant, tu veux-bien ?

Il fit glisser sa paume, de sa hanche vers le bas de son dos, la légère pression l'encourageant à tourner avec lui alors qu'il accélérait légèrement la cadence. Elle parodia ses mouvements et parvint à suivre le rythme, lui offrant un sourire quand elle réalisa que ce n'était pas aussi difficile qu'elle l'avait imaginé.

— Je ne sais pas comment tu t'y es pris, mais je danse.

Et elle ne se débrouillait pas si mal, par-dessus le marché.

Les lèvres d'Issac tressaillirent et il leva la main qui tenait la sienne pour la faire virevolter. Elle eut le souffle coupé par la fluidité de ses mouvements quand il l'attrapa autour de la taille avec son autre bras. Okay. Issac savait danser. Genre vraiment, vraiment bien danser.

— Mmm, oui, je crois bien que tu y arrives, Astasiya.

Il la fit virevolter une nouvelle fois autour de lui, l'encourageant cette fois-ci à se laisser tomber en arrière avant de la redresser et de l'attirer contre lui.

— Amelia approuverait.

Le souffle d'Astasiya s'accéléra quand il changea leur cadence pour suivre le rythme de la nouvelle chanson. À chaque fois que sa main la touchait et la caressait, cela encourageait ses hanches à onduler avec les siennes, leurs corps en phase tandis qu'elle continuait de suivre ses instructions. Issac la fit tournoyer avant de la ramener contre lui et de la maintenir ainsi, en posant ses mains sur les hanches de Stas.

— J'ai acheté cette propriété pour Amelia, lui murmura-t-il à l'oreille.

Il ralentit leurs mouvements quand la mélodie évolua vers des rythmes plus sensuels.

— Elle voulait vivre plus près de moi mais ne pouvait pas rester en ville. C'était la meilleure alternative. J'ai cru qu'elle serait en sécurité.

Il fit pivoter Stas pour qu'elle soit de nouveau face à lui et plongea ses yeux dans les siens.

— J'avais tort.

Malgré l'émotion qui étouffait sa voix, il continua de danser avec Stas, la faisant tourbillonner autour de la pièce avec toute l'aisance d'un danseur expérimenté. Le pouls de Stas s'emballait un peu plus à chaque fois qu'il la faisait virevolter, lui faisant pleinement confiance pour la rattraper. Il ne ratait jamais un pas, sa cadence toujours en rythme avec la mélodie, peu importe la chanson. Elle se demanda s'il s'agissait d'un exutoire pour lui, si c'était sa manière d'échapper à la douleur.

— Que s'est-il passé ? finit-elle par demander, le souffle saccadé par toute cette activité.

— Jonathan.

Issac leva sa main et la fit tournoyer une nouvelle fois, plus rapide et plus dur que les précédents. Elle tourna deux fois sur elle-même avant qu'il ne la rattrape et le cœur de Stas battit la chamade à ce contact.

— Il s'est arrangé pour que cela ait l'air d'être l'œuvre du Conclave.

Elle déglutit et trébucha, un frisson lui parcourant l'échine.

— Comme Owen ?

Issac dissimula son hésitation en la faisant tournoyer à nouveau avant de l'aider à retrouver son équilibre et de repartir.

— Oui, les mêmes méthodes.

Ils continuèrent leur danse en silence pendant un long moment, ce qui lui laissa le temps de digérer l'information.

— Donc tu penses que Jonathan a aussi tué Owen ?

— J'y ai songé, murmura-t-il en ralentissant le pas jusqu'à ce qu'ils se balancent lentement, pressés l'un contre l'autre. Mais Jonathan n'agit jamais sans mobile, et je ne peux pas trouver de raison qui l'aurait poussé à éliminer Owen.

Eh bien, Stas ne pouvait pas trouver la moindre raison qui pousserait *qui que ce soit* à tuer Owen. Mais il semblerait que ce mystérieux Jonathan ait tendance à déguiser ses scènes de crimes en scènes dignes d'un assassinat commandité pas le Conclave.

Qui est donc ce Jonathan ? Un autre Ichorien ? Qui que ce soit, il y avait peu de chances pour que Stas le connaisse. Même si elle devait être liée à lui d'une manière où d'une autre si Issac pensait qu'elle serait utile à sa revanche.

— Quel était le motif derrière l'assassinat d'Amelia et Eli ? demanda-t-elle.

— Je crois qu'il essayait de provoquer un conflit. Les Hydraiens sont très protecteurs envers leurs Anciens, dont Eli faisait partie.

— Un Ancien ? répéta-t-elle.

— Oui, les plus vieux membres de la race des Hydraiens. Il y en avait cinq. Il n'en reste plus que quatre.

— Donc en le tuant…?

Son affirmation se transforma en question, comme elle n'avait pas réussi à assembler les pièces du puzzle.

— Les Hydraiens et les Ichoriens sont en conflit depuis bien longtemps, ce que tu as dû remarquer en assistant au Conclave la nuit dernière. Cependant, il existe une sorte d'armistice. Assassiner un Ancien, quelqu'un qui comptait énormément aux yeux des Hydraiens, était un moyen infaillible de provoquer des représailles. Si tu ajoutes Amelia à tout cela, eh bien, c'est un miracle que Lucian ait réussi à retenir les Hydraiens.

— Je ne suis pas sûre de tout comprendre, admit-elle. Mais j'ai saisi l'idée générale : Jonathan avait un mobile.

— Oui.

— Comment as-tu découvert qu'il était responsable ?

— Ah, c'est un récit bien plus compliqué.

Il la fit tournoyer à la suite de ces mots avant de l'attirer une nouvelle fois contre lui.

— La version courte, c'est qu'une bouteille de vin rouge m'a mis la puce à l'oreille. Je l'ai trouvée dans le frigo, pas complètement refroidie, et elle provenait d'un vignoble qu'une seule personne dans mon cercle de connaissances apprécie.

— Jonathan.

C'était une déduction aisée compte tenu des soupçons qu'il avait déjà émis concernant Jonathan et la mort de sa sœur.

— En effet, répondit-il. Il y avait d'autres facteurs en jeu, mais je suis certain qu'il a joué un rôle dans le meurtre de ma sœur.

— Que s'est-il passé quand tu l'as accusé ? demanda-t-elle, curieuse de découvrir la raison pour laquelle l'homme était toujours en vie.

Compte tenu de ce qu'elle avait observé jusqu'à présent, elle savait que les membres de son espèce n'avaient pas peur de se salir les mains. Et Issac avait une bonne raison de se venger. Il la pencha en arrière, ses lèvres posées sur son cou.

— Rien du tout, comme je ne lui ai pas fait part de mes soupçons. Je l'ai laissé croire que je soupçonnais les Ichoriens d'être responsables du meurtre de ma sœur.

Son regard vola vers le sien quand il la redressa, leurs torses serrés l'un contre l'autre.

— Pourquoi ? demanda-t-elle, le souffle coupé.

— Parce que la meilleure des revanches demande du temps et une organisation minutieuse. Elle nécessite un pion parfait.

Un dernier pivot qui s'acheva sur un plongeon en arrière la rapprocha dangereusement du sol. Sa poitrine se soulevait à toute vitesse contre la sienne alors qu'il maintenait leur position, son corps penché au-dessus du sien et les cheveux de Stas effleurant le sol.

— Moi.

— Oui, admit-il en la redressant lentement, son corps blotti contre le sien. Mais la nuit dernière a tout changé. Je n'aurais jamais pu prévoir que tu rencontrerais Osiris.

— Ce qui signifie ? Que je ne suis plus le pion idéal ?

— Oh, tu es toujours la personne parfaite pour exécuter mes plans.

La main dans son dos glissa plus bas jusqu'à effleurer ses courbes. Ses lèvres frôlaient les siennes.

— Mais je suis plutôt attaché à l'idée que tu restes en vie.

Elle frissonna en percevant la chaleur dans sa voix. Ils étaient immobiles, figés dans une étreinte intime qui ne fit qu'attiser son désir. Des applaudissements accompagnés d'un sifflement les ramenèrent à la réalité.

— Pas mal, Wakefield, le félicita une voix profonde. Pas mal du tout.

CHAPITRE DIX-NEUF

LES LIENS DU SANG

BALTHAZAR, grogna Issac mentalement, loin d'être amusé.

— Je dirais sept sur dix sur l'échelle de la séduction, les informa le télépathe en baissant la musique jusqu'à ce que ce ne soit plus qu'un simple bruit de fond. J'ai déduit des points pour le manque de nudité et l'occasion ratée de vous peloter.

— Tu es vraiment trop con, répondit Issac en s'avançant devant Astasiya.

— J'essaye juste de me rendre utile. As-tu besoin d'une démonstration concernant la partie nudité ? Tu pourrais prendre des notes.

Le sous-entendu évident dans sa voix fit plisser les yeux d'Issac. *Va. Te. Faire. Voir.* Balthazar lui adressa un sourire malicieux en réponse, une expression aussi résolue que sensuelle sur le visage.

— Oh, je n'irais pas jusque là, chérie. Je suis toujours partant pour un nouveau défi.

— Quoi ? demanda Issac, les sourcils froncés.

Cela n'avait pas le moindre sens. Et depuis quand Balthazar appelait-il Issac *chéri* ? Une lueur d'amusement était tapie dans les yeux sombres de Balthazar.

— Je réponds au pensées lascives de ta petite blonde

coquine. Tu as provoqué de sacrée fantasmes chez cette jeune femme.

Le cri de surprise d'Astasiya le poussa à l'observer par-dessus son épaule. Astasiya s'était penchée pour observer Balthazar, ses traits tordus par le choc et la consternation. Hmm, la plupart des femmes réagissaient ainsi en rencontrant pour la première fois cet Ancien sensuel. L'aura de cet Hydraien transpirait le sexe, et son assurance semblait confirmer sa capacité à tenir ses promesses. Issac secoua la tête, jetant un regard entendu au télépathe.

— Bien tenté, Balthazar. Elle est résistante aux dons psychiques.

— Ce n'est pas de ma faute si tu as des problèmes de performance, Wakefield. Il faudrait peut-être que tu te fasses examiner parce que je l'entends haut et fort. Elle est fan de ton cul, au cas où tu te posais la question.

Issac étudia le visage d'Astasiya, qui avait viré au rouge.

— Tu es pratiquement en train de me crier tes pensées, chérie, ajouta Balthazar, la laissant bouche bée.

C'était révélateur, mais pas concluant.

— Tu vas devoir faire mieux que ça.

Ressentir l'intérêt qu'une femme portait à un autre homme ne nécessitait pas un talent télépathique, surtout pour quelqu'un d'aussi vieux et expérimenté que Balthazar. Le rire de celui-ci résonna dans la pièce.

— Maintenant, elle pense que tu es arrogant. Et à ce propos, chérie, ayant déjà vu ses fesses, je dois bien admettre qu'il a le droit de se sentir fier.

Astasiya pâlit, son expression révélant la vérité. Même Issac pouvait deviner ce à quoi elle pensait.

Très bien, Balthazar. Tu veux prouver que tu lis réellement dans ses pensées ? Essaye quelque chose de plus dur.

Le télépathe lui adressa un regard qui semblait crier, *Défi accepté.*

— Quels sont les noms de tes parents, Astasiya ? Tes parents biologiques ?

— Pourquoi ? souffla-t-elle, comme si elle était choquée qu'il pose la question.

— Qu'est-ce qu'ils ont à voir avec tout ça ?

— Caroline et Seth, dit Balthazar, sa désapprobation manifestement visible sur ses lèvres pincées. Ce n'était pas très sympa, Wakefield.

Astasiya se décala sur le côté, son attention rivée sur le télépathe adossé au mur. Il avait choisi une tenue décontractée comme à son habitude et portait un jean et un t-shirt bordeaux. C'était la raison pour laquelle Issac avait choisi de s'habiller simplement ; il savait que les Hydraiens seraient vêtus de cette manière.

— Comment as-tu appris cela ? demanda-t-elle, ses mains tremblantes pressées contre ses côtés.

Okay, ce n'était clairement pas la meilleure question qu'il aurait pu choisir. Car elle semblait maintenant prête à s'effondrer. Balthazar tapota le côté de son crâne.

— Je suis télépathe, chérie.

— C'est impossible, souffla-t-elle en jetant un regard accusateur à Issac. Tu as dit que j'étais résistante aux Ichoriens et à leurs dons psychiques.

— C'est le cas.

Il était au moins sûr de ça.

— Alors comment l'expliques-tu ? demanda-t-elle en pointant du doigt le type au sourire en coin de l'autre côté de la pièce.

— Ce n'est pas un Ichorien, mais un Hydraien, comme Owen.

Une idée lui traversa l'esprit et il reporta son attention sur Balthazar.

— Qui d'autre est présent ?

Peut-être qu'un des autres convives pourrait tenter d'utiliser son don sur Astasiya pour vérifier s'il s'agissait d'un coup de chance ou si sa résistance ne s'appliquait qu'aux talents Ichoriens.

— Ash et Jay. Jacque est reparti chercher Luc il y a quelques minutes. Et euh, Je pense que tu devrais consulter ta blonde tout en jambes avant de tester ta théorie.

Issac grinça des dents.

— Arrête de fouiller dans mon esprit.

Ou j'irai jouer avec le tien.

— Mon expérience – et rappelle toi que j'ai des millénaires sur lesquels me baser contrairement à tes trois petis siècles – me porte à croire que la plupart des femmes n'apprécient pas que des hommes réfléchissent à leur place.

Il décocha un clin d'œil à Astasiya, ce qui ne fit qu'agacer Issac un peu plus. *Arrête de flirter avec elle.*

Balthazar parut amusé, ses yeux luisant criant, *Je ne fais que commencer.*

— Quelle théorie, Issac ? demanda Astasiya.

Je te déteste, Balthazar, songea-t-il en pinçant l'arrête de son nez. Ce foutu télépathe adorait déconcerter Issac, comme une compétition sans fin dont personne ne sortait jamais vainqueur. Car franchement, ils rivalisaient l'un avec l'autre dans pas mal de domaines.

— Tu es résistante aux dons Ichoriens, mais le fait que Balthazar ait réussi à lire tes pensées suggère que tu ne résistes peut-être pas aux dons Hydraiens. Le seul moyen de tester cette théorie, c'est de laisser les autres Hydraiens présents utiliser leurs talents respectifs sur toi.

Là. C'était une explication raisonnable et scientifique. Cependant, le haussement de sourcil de la jeune femme semblait indiquer son désaccord avec cette proposition logique.

— Tu veux que je serve de cobaye ?

— Tu devrais travailler sur tes talents diplomatiques, Wakefield.

— Oh, mais ferme-la, tu veux bien.

Issac s'imagina envoyer un coup de poing en plein visage à Balthazar et força l'image dans les récepteurs visuels du télépathe. Le bâtard trébucha sur le côté en poussant un petit cri, puis glissa de l'autre côté quand il fut atteint par le second coup qu'avait imaginé Issac ; en plein dans son estomac.

— Et en ce qui te concerne, ajouta-t-il en se tournant vers Astasiya. J'ai cru que tu préférerais tester l'étendue de ton immunité dans un environnement sécurisé. Mais qu'est-ce que j'en sais ?

Il sortit en trombe de la salle, à la recherche de Lucian. Astasiya avait besoin de quelqu'un de raisonnable pour l'introduire au mode de vie Hydraien. Et non du très salace Ancien qui n'avait qu'un seul but en tête. *Touche-la et j'aurai ta tête*, songea Issac dans sa direction, certain que Balthazar recevrait le message.

Il ne le pensait pas vraiment. Ou bien peut-être que si.

Putain, cette femme l'avait complètement embrouillé à propos de tout et n'importe quoi. Il se sentait tellement à côté de ses pompes quand il se trouvait en sa présence, comme s'il essayait de corriger quelque chose qui lui échappait.

Non, c'était autre chose. Il se sentait menacé. Pas par elle, mais par Balthazar.

Issac resta cloué sur place, complètement abasourdi. Il ne se sentait *jamais* en compétition avec qui que ce soit, et encore moins l'Ancien. Alors pourquoi maintenant ? Pourquoi elle ?

Parce qu'elle ne sera jamais vraiment à moi…

Ses lèvres se pincèrent. Depuis quand songeait-il à une relation sur le long terme ? Était-ce l'aspect interdit de leur relation qui provoquait de telles pensées et sentiments ? Le fait que leur relation était impossible et qu'il était donc moins risqué d'aspirer à plus ? Mais pourquoi s'embêter ? Issac préférait les coups d'un soir, des relations simples, sans engagements ou attentes. Pourquoi Astasiya serait-elle différente ?

Il secoua la tête. *Ça ne me ressemble pas.* Il devait s'efforcer de contrôler ces penchants rebelles pour se concentrer sur son but : faire découvrir à Astasiya son futur.

Et pour cela, il avait besoin de Lucian. Son destin.

OKAY, *il est furieux,* songea Stas, restée bouche bée après l'annonce d'Issac. Il s'était juste précipité hors de la pièce, les épaules tendues, les poings serrés. Et quoi qu'il ait fait à Balthazar… waouh. Ce dernier se remettait toujours de l'attaque, les mains sur les genoux et le souffle coupé.

— Pourquoi est-il autant en colère ? demanda-t-elle, extrêmement confuse.

Elle ne souhaitait pas servir de cobaye. Qu'y avait-il de mal à ça ?

— C'est de ma faute, annonça Balthazar, suivi d'une quinte de toux. J'ai sous-estimé l'affection qu'il te porte et je l'ai poussé un peu trop loin.

Il secoua la tête et glissa ses doigts dans ses cheveux pour remettre de l'ordre dans son apparence.

— Même si je n'ai pas le moindre regret.

Son regard lascif la fit rire. Certes, il était attirant – dangereusement, même – mais elle avait seulement assez de place dans sa vie pour un seul homme plus que charmant.

— J'ai d'autres qualités que mon physique, ma belle, murmura-t-il, son ton évoquant des nuits passées nus sous des draps en soie. Pour quelle autre raison ton Issac se sentirait-il menacé ?

Elle déglutit. *D'abord, tu n'es* rien *pour moi. Et ensuite, je n'ai aucune intention de prêter attention à ton premier commentaire.* Car si elle le faisait, elle risquerait de le croire, et la dernière chose dont elle avait besoin, c'était de fantasmer au sujet d'un *télépathe.*

— Ah, mais les fantasmes apportent tellement de piquant à la réalité.

Il transpirait la sensualité et devait faire succomber plus d'une femme grâce à la combinaison heureuse de ses traits séduisants et de sa voix grave.

— Les hommes aussi, ajouta-t-il pour son bénéfice.

— Tu dois subir les pire maux de tête à lire dans les esprits à longueur de temps, répliqua-t-elle en plissant les yeux.

— Il adore ça, intervint une voix profonde depuis le seuil de la pièce. B. ?

— Ce n'est pas une menace, mais je serais ravi de la fouiller minutieusement.

La lueur malicieuse luisant dans son regard ne fit qu'accroître l'effet de son sourire. C'était un charmeur ; du genre expérimenté plutôt que louche. Cet homme savait comment séduire une femme, et si elle n'avait pas été aussi absorbée par Issac, elle aurait pu être intriguée.

— Ça ne sera pas nécessaire, répondit le nouveau venu qui apparut finalement dans son champ de vision.

Stas était bouche bée. *Tous les amis d'Issac sont-ils aussi canons ?* Parce que mince, elle ne pourrait pas affronter davantage de canons de ce genre. Balthazar et Issac étaient bien assez pour elle. Et elle devait désormais faire face à un troisième beau gosse. Lizzie deviendrait dingue devant ce spectacle. Stas continua juste de, eh bien elle continua juste d'admirer la vue.

— Tu veux bien nous laisser ? demanda le nouveau venu, l'autorité qu'il détenait évidente à la fois dans sa voix, mais aussi dans sa posture.

Grand, des épaules solides, une mâchoire robuste recouverte d'une barbe blonde, et des yeux verts qui semblaient capables d'atteindre les tréfonds de son âme. *Pourquoi me semble-t-il si familier ?* Elle essaya de comprendre d'où lui venait ce sentiment de déjà vu, mais sans pouvoir établir de lien. Ce n'était pas *lui*, qu'elle reconnaissait, mais quelque chose à son sujet.

— Sois prudent avec celle-là Luc, l'avertit Balthazar en le contournant. Issac l'a bien énervée.

Il se retourna pour la regarder, une lueur sournoise brûlant dans les profondeurs de ses iris chocolat.

—J'ai hâte de faire ta connaissance, Stas. Préviens-moi quand tu seras prête pour un vrai immortel.

Le nouveau demi-dieu masculin − car quel autre nom pourrait-elle donner à ces mecs ? (Ils n'étaient définitivement pas humains) − secoua la tête en riant et ferma la porte.

— B. ne changera jamais, dit-il en s'adressant plus à lui-même qu'à Stas.

B. est le surnom de Balthazar. Compris. Et comment s'appelait celui-ci ? Elle avait été trop préoccupée par sa taille et ses traits saisissants pour l'entendre. Son visage était encore plus beau et puissant de plus près.

—Je m'appelle Lucian, mais tu peux m'appeler Luc.

Il lui tendit la main, sa paume faisant au moins deux fois la taille de la sienne.

Ouais, c'est bien un genre de demi-dieu.

— Stas, finit-elle par couiner en lui serrant la main.

Il la relâcha après une poignée ferme et rapide.

— Oui, je sais.

Le sourire qu'il lui adressa fut aussi bref que dévastateur et lui coupa le souffle. Okay, non content d'appartenir au club des célibataires les plus convoités, Issac semblait aussi faire partie d'une société secrète d'homme mortellement séduisants. C'était… distrayant.

— Tu ne peux pas lire dans les esprits, si ? demanda-t-elle en réalisant que ses pensées partaient en vrille.

— Non, mon talent est un peu plus stratégique. Certains me considèrent omniscient, mais ce n'est pas le bon adjectif. Je possède aussi un talent sensuel, mais cela n'a aucun rapport avec notre conversation.

— Oh.

Un talent sensuel ? S'agissait-il d'un don surnaturel, ou juste d'une affirmation arrogante concernant son talent au lit ? Étant donné la manière dont s'était présenté Balthazar, il semblait naturel de supposer que la deuxième théorie était la bonne. *Qu'est-ce qui cloche chez ces mecs ? Non, pas des mecs. Des dieux.*

— J'ai entendu dire que tu possèdes un don de persuasion, annonça-t-il, ses mots lui faisant l'effet d'une douche froide. C'est un talent singulier, surtout le fait que tu puisses déjà t'en servir.

Elle déglutit, ne sachant pas quoi répondre. Où est Issac ? Il lui avait mentionné avoir parlé de son talent à Aidan… Ses yeux s'écarquillèrent. C'était pour *ça* qu'elle l'avait reconnu.

— Tu ressembles beaucoup à Aidan.

Les mots lui avaient échappé sans réfléchir.

— Oui, c'est mon père, répondit-il, son sourire large faisant plisser ses yeux. Tu l'as rencontré la nuit dernière, non ? Pendant le Conclave ?

Ses paumes étaient devenues moites.

—Je... oui.

Attends, est-ce que ces règles étaient aussi valables ici ? Elle se recula. *Est-ce que cet homme est un Ichorien ? Et au courant de mes dons ? Oh merde, est-ce qu'il est ici pour me faire du mal ?* Stas étudia la pièce, s'attendant à ce que d'autres Ichoriens apparaissent tout en croisant les doigts pour qu'Issac se trouve dans leurs rangs. *Où était-il parti ?*

— Détends-toi, murmura Luc en accompagnant son injonction d'un geste apaisant de la main. Je ne suis pas ton ennemi, Stas. Je suis au contraire un allié de poids.

Ouais, elle en doutait. Pas après l'introduction dont elle avait bénéficié la nuit précédente grâce à Osiris.

— Issac t'a expliqué que tu étais une novice destinée à devenir un jour une Hydraienne, n'est-ce pas ?

Elle ne lui faisait pas assez confiance pour répondre à ça et choisit donc de garder le silence.

— Je suis un Hydraien, Stas, dit-il doucement. Le plus vieux, d'ailleurs. Aidan est mon père Ichorien, qui m'a conçu avec ma mère mortelle il y a de cela plusieurs millénaires.

La bouche de Stas s'ouvrit.

— Plusieurs...

Elle ne parvint pas à terminer sa phrase. *Quel âge a ce type ?*

— Balthazar, que tu viens juste de rencontrer, est presque aussi vieux que moi. Je l'ai rencontré à une époque que tu ne peux même pas concevoir, et nous nous côtoyons depuis des millénaires. Cela peut paraître improbable pour le moment, mais tu peux nous faire confiance, et tu finiras par y parvenir. Car nous sommes ton futur.

Issac choisit ce moment pour réapparaître, son expression bien plus apaisée.

— Quand je t'ai suggéré d'inviter quelques autres

Hydraiens, je n'ai pas imaginé que tu déciderais de convier une armée chez moi.

— Tu es juste agacé que B. ait choisi de se joindre à nous, répondit Luc en souriant.

— Un de ces quatres, je vais finir par lui tirer dessus.

— Il se réveillera, répliqua Luc en haussant les épaules.

— Je sais. C'est précisément la raison pour laquelle je n'ai pas pris la peine de le faire.

Issac s'arrêta à côté de l'homme blond, leurs apparences contrastées lui donnant le vertige. Les femmes du monde entier pleureraient devant un tel tableau. *Ce genre de chose devrait être illégale.*

— J'étais juste en train de me présenter à ta chère Stas, comme elle n'est apparement pas consciente de mon identité.

Ses paroles étaient clairement accusatrices.

— C'est vrai, nous n'avons pas encore eu le temps d'aborder la hiérarchie Hydraienne.

— Lucian est le plus vieux membre de son espèce. C'est la raison pour laquelle nombreux sont ceux qui le considèrent comme leur roi, expliqua Issac en capturant son regard avec ses yeux bleu saphir.

Luc leva les yeux au ciel.

— Super présentation.

— C'est vrai.

— C'est ridicule et tu le sais parfaitement, répliqua Luc qui ne paraissait pas amusé. Ils me considèrent comme leur leader à cause de ma vaste expérience.

— Il se souvient de tout, ajouta Issac avec obligeance. Il est omniscient.

— Tu vois, c'est de cela que je parlais tout à l'heure, Stas. Tout le monde émet cette hypothèse au sujet de mon don, mais je me souviens seulement de chaque détail de chaque expérience, et j'en ai connu beaucoup du fait de mon âge.

— Ce qui est une autre manière de décrire l'omniscience.

— Non, la définition indi… commença Luc en secouant la tête.

— Okay, l'interrompit Stas en grimaçant quand ils se tournèrent tous les deux dans sa direction. Je suis désolée, mais j'ai besoin d'éclaircissements.

— Eh bien dans ce cas, tu es en bonne compagnie, répondit Luc en souriant. Que souhaites-tu savoir ?

Euh, absolument tout. Mais elle fit le choix de commencer par la base.

— Quelles sont les règles pour aujourd'hui ?

C'était un sujet qu'Issac aurait dû aborder avant ces présentations.

— Il n'y en a pas, répliqua Issac. Ce rendez-vous les enfreint toutes.

Car les Hydraiens et les Ichoriens n'étaient pas censés se mêler les uns aux autres. Exact.

— N'est-ce pas dangereux ?

— Si, absolument, répondit Luc. Mais tu es en sécurité ici.

— D'où les Gardiens qui ont envahi ma cuisine, marmonna Issac.

— Je suis certain que la plupart d'entre eux sont venus pour te voir, et non pour me protéger. Tu nous manques sur l'île, s'esclaffa Luc.

Ils partagèrent un moment, une conversation secrète dont elle était exclue et au terme de laquelle Issac acquiesça.

— Je devrais vous rendre visite plus souvent.

— Oui. Tu devrais.

L'ordre manifestement présent dans le ton de Luc fit

sursauter Stas. Cet homme était un véritable dirigeant, et cela se manifestait dans sa manière d'agripper et de serrer l'épaule d'Issac. Mais quelque chose d'autre subsistait entre eux, quelque chose de fraternel.

Aidan est le père biologique de Luc. Aidan a aussi transformé Issac.

Est-ce que cela faisait d'eux une famille ?

— Quelle est la place d'Amelia dans tout ceci ? questionna-t-elle, faisant sourciller Issac.

— Ma sœur est décédée.

— Oui, je sais. Je suis juste… s'interrompit-elle en grimaçant, ne sachant pas comment formuler sa question. Tout ceci est, eh bien c'est déroutant.

— Aidan est mon père, dit Luc en répétant ce qu'elle savait déjà. Il était aussi le père biologique d'Amelia. Faisant d'elle une Hydraienne, tout comme moi.

C'était la connexion dont elle avait besoin.

— Donc vous êtes tous proches car Aidan est votre père.

— C'est presque ça.

Issac gratouilla sa barbe, une expression pensive sur le visage.

— Mon père est mort quand j'avais deux ans. Ma mère, qui était veuve, a rencontré Aidan l'année suivante, et il est resté à ses côtés en tant que consort, car elle ne souhaitait pas céder ses droits à son titre et à sa fortune. Amelia est née peu de temps après.

Ce qui signifiait qu'Issac et Amelia avaient la même mère.

— Et finalement, Aidan t'a transformé en Ichorien.

— Exactement, acquiesça-t-il. J'ai grandi avec lui en guise de figure paternelle, et j'ai longtemps fait référence à lui en ces termes. C'est pour cette raison que je considère Lucian comme mon frère.

— Dans un monde en noir et blanc, il y a aussi des nuances de gris, énonça Luc en souriant.

— Oui. Tu comprends mieux pourquoi je n'apprécie pas nos lois archaïques, n'est-ce pas ? vérifia-t-il avec un sourire en coin.

— Pourquoi ces lois ont-elles été créées en premier lieu ? demanda-t-elle, ne saisissant toujours pas cette partie de leur histoire. Je veux dire, pourquoi est-ce que des pères chercheraient à nuire à leurs enfants ?

C'était clairement ce qui se passait. Owen en était le parfait exemple.

— Ah, les familles ont cessé de s'affronter à bien des égards au fil du temps. Mais dans ce cas, il s'agit de la plus vieille excuse connue de l'homme : la peur.

Luc sembla se perdre dans ses souvenirs, son regard lointain. C'est à ce moment qu'elle saisit finalement son âge. *Comme Osiris.* Luc ressemblait à un homme normal. D'accord, un homme terriblement séduisant doté d'un corps divin. Mais il ne paraissait pas *âgé*. Et pourtant, ces yeux contenaient les connaissances acquises au cours de plusieurs milliers de vies.

— De quoi ont-il peur ? demanda-t-elle doucement, aussi curieuse que perdue.

— Du pouvoir, murmura Luc , toujours perdu dans ses pensées. Et du sang.

— Je ne comprends pas, dit Stas en fronçant les sourcils.

Luc cligna des yeux et reporta son attention sur elle.

— Les Hydraiens possèdent deux dons alors que les Ichoriens n'en ont qu'un. C'est de là qu'est née leur jalousie, il y a de ça très longtemps. Les membres de notre espèce héritent de leurs talents grâce à leurs parents, et ces dons se manifestent après leur renaissance. Beaucoup ont envisagé de se servir de nous et nous ont même isolés sur une île. Mais ils ont finalement découvert notre plus sombre secret, celui que nous avons cherché à dissimuler pendant près de deux mille ans.

Issac affichait délibérément un air nonchalant, son regard frôlant l'ennui. À l'opposé de Stas que le récit de Luc tenait en haleine.

— Quel était le secret ? demanda-t-elle en espérant qu'il accepterait de répondre.

— Notre sang est toxique pour les Ichoriens, répliqua Luc. Ce qui signifie qu'une fois ressuscitée en Hydraienne, Stas, tu seras pourchassée par tous les Ichoriens de la planète. Car tu posséderas à la fois un sang capable de les tuer d'une simple goutte, mais aussi le don de les forcer à le boire volontairement.

CHAPITRE VINGT

LA SUPERCHERIE EST FINIE

Issac saisit la hanche d'Astasiya pour la stabiliser et fusilla Lucian du regard. Il aurait pu y aller doucement pour lui expliquer cela, plutôt que de tout lui balancer d'un coup.

— Mais… Mais…

Elle porta sa main à son cou et caressa avec précaution la marque cicatrisée sur sa peau. Elle avait disparu pendant la nuit, ce qui l'avait déçu plus que de raison.

— Tu es une novice, lui rappela-t-il doucement, ses lèvres près de son oreille. Ton sang n'est pas encore venimeux.

Elle agrippa sa chemise et enfouit son visage contre son torse alors qu'il enroulait ses bras autour d'elle. Lucian haussa les sourcils, manifestement surpris par cette démonstration d'affection.

— Allons nous préparer pour le dîner, suggéra Issac, conscient que Cherie et Robert seraient bientôt prêts à servir le repas. Nous pourrons continuer plus tard.

Car ils étaient loin d'avoir épuisé le sujet. Ils n'avaient fait qu'effleurer la surface.

— J'ai besoin d'un moment, murmura Astasiya. S'il te plaît.

— Bien sûr, mon cœur.

Il déposa un baiser sur sa tempe et encouragea Lucian à partir d'un geste du menton. *Je m'en occupe.* Son aîné acquiesça.

— J'ai hâte d'apprendre à mieux te connaître, Stas.

Stas tremblait contre Issac et ne lui retourna pas le sentiment, mais Lucian n'insista pas et les laissa tranquilles tous les deux, en prenant soin de fermer la porte derrière lui.

— Nous sommes seuls, murmura-t-il, glissant ses doigts dans ses cheveux. Je sais que ça fait beaucoup d'un coup. C'est pour cette raison que je souhaitais y aller doucement.

Car il savait qu'elle se sentirait dépassée, surtout quand elle réaliserait ce qui l'attendait – elle ne deviendrait pas une Hydraienne comme les autres, mais un membre puissant de cette race. Peut-être la plus puissante de tous. Elle aurait beaucoup d'ennemis. Par chance, elle disposerait des atouts nécessaires pour se défendre. Il y avait une raison pour laquelle les Anciens avaient survécu aussi longtemps, et ils transmettraient toutes leurs connaissances à la jeune femme comme ils l'avaient fait pour d'autres au fil des millénaires. *Et je ne lui serai plus d'aucune utilité.*

Il chassa cette pensée de son esprit et se concentra sur la jeune femme qui tremblait dans ses bras.

— Demande-moi ce que tu veux, murmura-t-il, et je te répondrai.

Elle secoua la tête et enroula ses bras autour de la taille d'Issac.

— Je ne sais même pas par où commencer.

— Tu pourrais me demander où et quand aura lieu ta transition en immortelle.

C'était ce qu'il désirait savoir la première fois qu'Aidan lui avait parlé de ce monde.

— Et je te dirais que c'est ton choix. Tu ne deviendras

pas une Hydraïenne avant ta mort, même si cela se produit dans dix ans. Tant que ton sang circule dans tes veines, tu renaîtras.

— Comment ça ?

— Hmm, tu vois, en théorie, notre immortalité est liée à notre sang. La destruction par le feu à l'état de cendres, ou en coupant le flot de sang vers le cerveau sont deux méthodes qui permettent de détruire un immortel, y compris un novice.

Elle frissonna.

— Le Conclave.

— Oui, le but de la cérémonie est la mort ultime – la seule manière de s'assurer qu'un immortel ne se réveillera pas.

— Owen…

Il acquiesça.

— Exactement, oui. La personne qui l'a tué savait comment s'y prendre pour le tuer sans qu'il n'ait de chance de ressusciter, et sans que la police ne puisse l'identifier. Je soupçonne que la même chose a eu lieu avec tes parents.

— Oui.

Elle se tut, mais son corps avait cessé de trembler. Il continua de jouer avec ses cheveux et de caresser son dos, lui offrant le peu de soutien dont il était capable.

— Lucian et les autres ne ressemblent en rien aux immortels que tu as aperçus la nuit dernière, promit Issac. Dîne avec eux et laisse-leur une chance de te le prouver. Je suis certain que tu ne le regretteras pas.

Stas s'éclaircit la gorge et le regarda enfin avec des yeux vifs.

— J'ai tellement de questions, Issac.

— Je sais, et nous pourrons y répondre, les autres et moi. Nous ne te mentirons pas. *Je* ne t'ai jamais menti.

Il avait rajouté la dernière partie pour étayer ses

propos, pour lui rappeler qu'il avait fait tout son possible pour mériter sa confiance, même quand il tentait encore de l'introduire doucement dans le monde surnaturel.

Astasiya l'observa pendant un moment, sa méfiance se manifestant par la manière dont ses narines se dilataient. Mais elle finit par hocher la tête d'un air hésitant.

— Très bien.

Il saisit sa nuque dans le creux de sa main et l'attira contre lui pour un baiser, ayant besoin de la goûter. Cette soirée allait tout changer. Elle en apprendrait plus sur son avenir, dans lequel il n'aurait pas sa place.

Nous n'avons aucune chance.

Son estomac se noua à cette idée et il resserra sa prise un instant, comme pour la retenir un instant de plus. Il n'avait jamais ressenti ça pour personne, n'avait jamais souhaité être si proche de quelqu'un d'autre. Mais Astasiya l'avait changé d'une manière irréversible.

Il n'appréciait pas ces sentiments et préférait ne pas y penser.

Une nuit au lit réglerait le problème ou ne ferait qu'empirer la situation.

Je ferais peut-être mieux d'y mettre un terme maintenant, avant que ce sentiment ne s'intensifie.

La langue d'Astasiya se glissa dans sa bouche et détourna son attention de ses pensées, la bouche talentueuse de la jeune femme lui retournant son baiser. Au diable l'idée de la repousser. Non, elle ne serait jamais trop près de lui.

Il enroula un bras autour de sa taille pour la maintenir dans sa position préférée et la dévora. Les ongles d'Astasiya s'enfoncèrent dans sa nuque quand elle s'accrocha à lui pour se tenir à lui alors qu'il l'embrassait à en perdre la raison. Il prendrait son corps de la même manière – fermement et complètement. Pendant toute la nuit. Jusqu'à ce qu'ils soient tous les deux incapables de marcher, pour ensuite recommencer de plus belle. Parce qu'il avait besoin de la purger de son organisme et que leur temps ensemble était compté.

— Aya, souffla-t-il, le surnom lui échappant spontanément.

Il l'avait trouvé la nuit dernière et il se fichait de savoir pourquoi. Il la prendrait immédiatement si une foule d'Hydraiens ne les attendait pas au même moment.

— J'ai tellement envie de toi, putain.

Le souffle tremblant de la jeune femme avait le goût de menthe et l'obligea à l'embrasser à nouveau, ce baiser plus long et plus dur. Il y déchargea toutes ses émotions contradictoires.

Sa frustration. Sa confusion.

Il s'excusait pour la nuit précédente et le Conclave.

Lui exprimait son soulagement qu'elle ait survécu.

Il scella le tout avec une pointe de rage, pour avoir déclenché ces sensations, pour l'avoir forcé à réévaluer ses plans et à changer l'ordre de ses priorités... pour *elle*.

Il l'acheva avec un murmure et une promesse. Pour plus tard. Dès que le dîner serait terminé.

Son pouls suivait la cadence du sien quand il posa son front sur celui d'Astasiya. Leurs souffles saccadés se mêlèrent.

— Ça... commença-t-elle avant de déglutir. Je... Oui.

— Qu'est-ce que tu acceptes, mon cœur ? s'esclaffa-t-il.

— Toi. Ça. Peu importe ce que c'est.

Il cala sa joue dans le creux de sa main et caressa ses lèvres avec les siennes. *Ça ne durera pas*, voulait-il la prévenir, en vain, ses lèvres refusant de former les mots qui lui venaient habituellement si aisément. *Une nuit. Sans engagements.* C'était ce qu'il avait dit à toutes les femmes avec qui il avait couché. Mais ces annonces s'accrochaient à sa langue, refusant d'être énoncées.

Issac s'éclaircit la gorge.

— Nous devons d'abord assister au dîner.

C'était une excuse minable, mais il avait besoin d'un peu de distance. Cette connexion entre eux embrouillait tous ses sens. Passer la soirée auprès de sa famille et de ses amis lui ferait du bien. Il fallait aussi qu'elle fasse leur connaissance.

— Okay, acquiesça-t-elle, sa déception tapie dans le ton de sa voix. Le dîner d'abord.

STAS ÉTAIT ASSISE à côté d'Issac, les battements de son cœur lui martelant les oreilles. Elle s'attendait à un spectacle horrifiant, une bagarre, ou une démonstration de pouvoir. Mais certainement pas à des rires. Ou de l'amour. Ou des boutades

Ces immortels se comportaient… normalement. Comme des amis.

Non, plus proches que ça. Comme une famille.

Une famille très séduisante. Les femmes étaient elles aussi parfaites. Stas commençait à comprendre l'origine de la théorie d'Issac concernant leur ascendance angélique. Car ils possédaient bel et bien un physique divin, comme s'ils avaient été touchés par la grâce divine.

Leurs noms commençaient à se mélanger dans son esprit, mais Luc s'était installé à côté d'elle et Balthazar avait choisi de siéger en bout de table. La plupart des autres convives remplissaient les autres sièges, mis à part quelques invités installés dehors pour savourer la brise nocturne sur le patio éclairé.

Des shots de sirop, disait l'une d'entre elles, ses grands yeux rivés sur Issac. Son nom commençait par la lettre G. Gretchen ? Greta ? Georgia ?

— Tu plaisantes, répondit-il en observant Luc par-dessus la tête de Stas. Pitié, dis-moi qu'elle plaisante.

— Il n'y a rien de mal à boire des shots de sirop d'érable.

— Au contraire, répliqua Issac. Le sirop est parfait pour des pancakes, et non des shots.

— En réalité, il est parfait pour les gaufres, et tu ne devrais pas critiquer mon invention sans l'avoir testée.

Issac secoua la tête, son dégoût bien visible.

— Je passe mon tour, merci bien.

— Mais ça fonctionne ! s'exclama la jeune femme, manifestement excitée. Il les a testés le mois dernier à...

Sa voix s'estompa et elle grimaça en direction de Balthazar.

— Où étions nous ?

— Aruba, murmura-t-il. Tu aurais aimé le spectacle de body-shots, Wakefield.

— Certainement pas avec du sirop d'érable, non, répondit Issac qui avait enroulé son bras autour du dossier de la chaise de Stas et caressait son épaule avec son pouce.

Ils avaient fini de manger, les immortels faisant preuve d'un solide appétit. Et ils semblaient maintenant partis pour une séance de rattrapage, échangeant des anecdotes dont elle ne comprenait rien. Comme celle-ci, qui concernait une tentative de Luc pour transformer du sirop d'érable en un genre de liqueur. Les plaisanteries continuèrent de voler, créant une atmosphère bien différente de ce à quoi elle s'attendait. Comme une soirée banale, si on laissait de côté la beauté exceptionnelle des invités et les allusions à l'immortalité qui flottaient dans la pièce.

Issac sirotait un verre de vin, s'esclaffant autant de fois qu'il secoua la tête en direction de ses amis. Il était bien plus détendu que la nuit précédente. Cela semblait si réel, comme s'il lui avait offert un aperçu du vrai Issac Wakefield. Entouré d'Hydraiens. Transgressant toutes les règles.

Maintenant qu'elle comprenait pourquoi les Ichoriens détestaient les Hydraiens, les Lois du Sang mentionnées par Osiris avaient plus de sens. La découverte des liens familiaux d'Issac l'avait aussi aidée à comprendre pourquoi il était prêt à prendre autant de risques, ainsi que la raison pour laquelle il lui avait sauvé la vie. Mais il ne lui avait toujours pas expliqué ses plans pour obtenir sa revanche et la manière dont il comptait se servir d'elle.

— Parle-moi de ton boulot au sein du FHC, Stas, dit Luc avant de prendre une autre gorgée de bière.

Un silence s'abattit autour de la table à la suite de sa requête. Elle n'avait pas dit grand-chose depuis qu'on l'avait présentée, et ne s'était pas fendue d'autre chose qu'un simple *bonsoir* même à ce moment-là. Ils se demandaient probablement si elle était muette.

— Euh, je fais partie de l'équipe marketing. J'ai commencé en tant que stagiaire l'année dernière, mais ils m'ont offert un poste à temps complet il y a quelques semaines.

Cela n'avait rien de très intéressant mais il la regardaient tous, bouche bée.

— Je, euh, viens juste de finir les contrôles de sécurité. Je suis censée commencer la semaine prochaine.

Si elle pensait à contacter les Ressources Humaines le lendemain.

— Hmm, marmonna Luc d'un air pensif, sirotant sa bière. Issac a mentionné que tu étais proche du PDG et de son fils. Comment les as-tu rencontrés ?

— Par le biais de ma colocataire, Lizzie. Son père travaille lui aussi au FHC.

— Ah oui. Elizabeth Watkins. Je n'ai pas eu le plaisir de faire sa connaissance, même si j'ai entendu parler d'elle. Tu as dit qu'elle faisait quoi ? demanda-t-il à Issac.

— Elle est enseignante, répondit-il. .

— Enseignante ? répéta Luc. C'est… sans précédent.

— En effet.

Stas les étudia avec une grimace.

— Qu'y a-t-il de si étrange dans le fait d'enseigner ?

Lizzie adorait les enfants. Choisir un cursus dans l'éducation semblait plutôt naturel.

— Ce n'est juste pas ce à quoi je m'attendais, dit Luc. Au vu de l'éducation qu'elle a reçue, et cetera.

— Si c'est parce qu'elle a été élevée par Lillian, je comprends ce que tu veux dire.

Mais quelque chose lui suggérait que ce n'était pas le cas.

— Comment as-tu entendu parler de Lizzie ?

— Ce n'est pas la bonne question. Et si on tentait autre chose ? suggéra-t-il. Quel est le prénom du docteur Fitzgerald ?

Quoi ?

— John. Pourquoi ?

Il acquiesça.

— C'est un diminutif courant pour Jonathan, n'est-ce pas ?

Le ton innocent de Luc tranchait avec la lueur intelligente qui brillait dans ses yeux verts perspicaces. Elle manqua de s'esclaffer face à ce commentaire idiot avant de réaliser ce que ces paroles insinuaient vraiment. Son regard se tourna vivement vers Issac, qui était assis à côté d'elle, guettant sa réaction en jouant avec son verre.

— Non.

—Je crains que si, fut sa seule réponse.

Si décontracté, si nonchalant. Si insensible. Elle se recula de la table, faisant valser le bras d'Issac de sa chaise.

— Non.

— Il a tenté de déclencher un conflit entre nos deux mondes. Je suppose que tu l'as informée ? questionna Luc dont la voix possédait toujours cette note innocente.

— C'est le cas.

Issac.

Toujours nonchalant.

Les poings de Stas se serrèrent, son souffle saccadé.

— Non. Je refuse de te croire.

— Il a tenté de faire passer ça pour l'œuvre du Conclave en pensant que cela inciterait les membres de mon espèce à enfin prendre leur revanche contre nos créateurs, les Ichoriens. Et ça a bien failli fonctionner, Eli étant l'un de nos anciens, et Amelia ma demi-sœur. C'est Issac qui a finalement réalisé ce qui s'était réellement produit. Il a épargné beaucoup de vies au passage.

L'interprétation de Luc correspondait à l'histoire que lui avait raconté Issac plus tôt dans la soirée, mais elle refusa de les croire.

— Vous avez tort.

Le docteur Fitzgerald ne ferait jamais ça. C'était son mentor. Son ami. Le père de Tom.

— Ce n'est pas vrai.

—J'ai bien peur que si, dit Issac en se levant.

Elle se recula jusqu'à atteindre un mur, secouant la tête de droite à gauche pour rejeter son affirmation. Ça ne pouvait pas être le docteur Fitzgerald. Il était mondialement connu pour ses actions humanitaires. Comment pouvait-il l'accuser de meurtre ?

— Tu as tort, murmura-t-elle. Il ne ferait...

— Je ne me trompe pas, Astasiya. Le programme

Sentinelle auquel appartient Thomas, celui que gère *Jonathan*, est une unité militaire dont l'objectif principal est de chasser et tuer des immortels hors-la-loi. Et...

— Ils prennent part à des mission humanitaires, le coupa-t-elle, le sang chaud. Je me suis occupée des annonces médiatiques les concernant, Issac. J'ai vu les photos.

— Tu as vu ce que Jonathan veut bien te montrer, Astasiya. Et même s'ils prennent part à des missions dans un but médiatique, cette unité a été créée pour éliminer des immortels. Pour quelle raison imagines-tu que tu as subi un examen médical aussi complet ?

— Le docteur Fitzgerald a dit que c'était une erreur.

— Et tu le crois ? insista-t-il. Est-ce qu'il t'a demandé si tu avais subi des effets secondaires ?

— Eh bien oui, parce qu'il *s'inquiète* pour moi.

Il secoua tristement la tête.

— Non, Astasiya. Il s'en fiche. Il se soucie de l'intérêt que je te porte, et il a testé sa théorie avec le poison Nizarin.

— Issac dit la vérité, Stas, ajouta doucement Luc. Réfléchis un petit peu. Pourquoi Jonathan tenterait-il de provoquer un conflit ?

— Il ne le ferait pas, murmura-t-elle, les yeux emplis de larmes. *Il ne le ferait pas.*

— Bien sûr que si, insista Issac d'une voix dépouillée de toute émotion, si sûr de lui et de ses accusations. Si un conflit entre les Ichoriens et les Hydraiens débordait sur le royaume des mortels, qui serait prêt à leur offrir une solution ?

— Le programme Sentinelle du FHC, répliqua Luc.

— Qui a passé les trois dernières décennies à créer des armes létales pour détruire les immortels, ajouta Issac. C'est vraiment ingénieux. La guerre est bonne pour les affaires, et Jonathan le sait mieux que quiconque.

— Tu mens.

Les mots qui s'échappèrent de sa gorge étaient étouffés, sa voix lui faisant défaut.

— Vous êtes amis.

Elle l'avait vu en compagnie du Dr Fitzgerald. Ils avaient échangé des plaisanteries et des anecdotes comme de vieux collègues. Comment pouvait-il accuser son *ami* de ce crime ? *Parce qu'il a raison*, murmurait son subconscient. Elle chassa cette petite voix dans un recoin de son esprit et refusa de l'écouter. Le docteur Fitzgerald ne ferait jamais ça. Il n'était pas au courant du monde surnaturel.

Et pourtant, Tom m'a envoyée dans un club Ichorien. Parce qu'il savait ce qu'elle verrait.

Et ce n'était pas Issac en compagnie d'une autre femme, mais en train de boire du sang. Ce qui signifiait...

— Tu te souviens de ce que je t'ai dit il y a quelques heures ? demanda Issac en interrompant ses pensées. La meilleure des revanches demande une organisation méticuleuse. Jonathan pense que je tiens le Conclave pour responsable, et par conséquent, il pense que notre relation est intacte. Il se sent à l'aise. Ce qui est exactement mon objectif.

Elle secoua la tête pour essayer de s'éclaircir les idées, mais il continua de parler.

— Réfléchis, Astasiya. Quelle autre organisation humanitaire soumet son personnel civil à un processus d'habilitation aussi rigoureux ? Et qu'en est-il du poison Nizarin qui a manqué de te tuer ? Est-ce que tu imagines vraiment qu'il s'agit d'une procédure standard pour tous les employés, parce que personnellement, je crois que non. Je suis prêt à parier que Jonathan a demandé à son équipe médicale de te l'inoculer après nous avoir vus l'autre week-end. Notre baiser n'a pas échappé aux regards, pas plus que la cour éhontée que je t'ai faite. Jonathan et moi nous connaissons depuis des siècles. Je n'ai pas de relations avec des femmes. Je ne fais que coucher avec. L'attention que je te porte n'a fait que piquer sa curiosité.

Un poignard en plein cœur aurait sans doute été moins douloureux. Cela expliquait toute l'attention, la soirée mondaine, le baiser dans le couloir du restaurant. Ce n'était qu'une mascarade, ce dont elle était consciente, mais cette confirmation brutale lui déchira tout de même le cœur. Son absence flagrante de remords la renversa. Il l'observait avec attention, une expression anxieuse sur le visage en attendant qu'elle comprenne la validité de ses paroles.

Elle n'avait pas de problème avec le processus de sécurité. C'était un prérequis obligatoire pour intégrer une variété d'agences gouvernementales. Mais les questions concernant les Hydraiens et les Ichoriens pendant son test polygraphique étaient des preuves accablantes. Une seule question aurait pu être une coïncidence, mais deux questions prouvaient leur connaissance de ce monde dont la plupart des mortels n'étaient pas conscients.

Elle faisait confiance au docteur Fitzgerald, certaine qu'il ne lui ferait jamais de mal, mais il avait cependant été intéressé par sa réaction au vaccin. Était-ce parce qu'il se souciait d'elle, ou parce qu'il avait une autre raison de s'y intéresser ? Qu'aurait-il fait si elle avait admis être malade après l'injection ? L'aurait-il tuée ?

Elle frissonna. Cela faisait six ans qu'elle l'admirait. Ce n'était pas un homme cruel. Il n'était certainement pas en train de monter une armée. Comment y parviendrait-il ? Osiris ne tenterait-il pas de l'arrêter si c'était le cas et qu'il découvrait la supercherie ? Le maître des Ichoriens ne semblait pas tolérer la moindre rébellion, et une telle action serait l'incarnation même du défi.

Stas avait le tournis, une lutte prenant place dans son esprit.

Sa loyauté contre son bon sens. Son désir affrontant la vérité.

Les faits sont accablants.

Tout ce qu'elle avait appris la semaine précédente présentait le docteur Fitzgerald sous un jour coupable. Avait-il vraiment donné son aval pour le poison Nizarin ? La soupçonnait-il d'être une novice ? Ou était-ce la procédure standard ? Il était le seul à pouvoir le lui dire. Mais admettrait-il quoi que ce soit ?

Attends, est-ce qu'Issac a dit qu'il connaissait Jonathan depuis plusieurs siècles ? Est-ce que le docteur Fitzgerald est immortel ?

Il n'avait pas l'air d'avoir plus de quarante ans, et pourtant, son fils Tom en avait vingt-sept. Et Tom était clairement au courant de l'existence du monde surnaturel. Parce que son père lui en avait parlé ? Parce qu'il était lui-même immortel ? *Putain.* Elle plissa les yeux, sa vision trouble. Si tout cela était vrai, alors Tom ne l'avait pas envoyé à l'Arcadia pour être témoin d'une liaison d'Issac, mais plutôt pour lui prouver l'existence des démons.

Il m'a envoyée au massacre.

Perdant l'équilibre, Stas trébucha. Elle n'en pouvait plus. Elle avait besoin d'une pause. D'un putain de verre. De s'enfuir. De… De… *Faire quelque chose.* Issac leva une main et Stas tressaillit.

— Ne me touche pas, putain, grogna-t-elle.

Il avait perdu ce privilège quand il avait admis la raison qui se cachait derrière la présence de Stas dans sa vie. *Une cour éhontée* pour *piquer la curiosité de Jonathan.* Eh bien il avait réussi.

Issac grimaça, ayant visiblement remarqué qu'il

s'agissait d'un ordre. Parce que, oui, elle avait choisi d'infuser cette injonction avec son pouvoir. Et il ne pouvait désormais plus la toucher. Dommage qu'elle ne sache pas combien de temps cela durerait. Son regard lui indiquait clairement qu'elle ferait mieux de s'enfuir. Et vite.

Elle s'exécuta, se précipitant dans le couloir en direction de la salle de bal. Elle dérapa en s'arrêtant à côté des doubles portes closes mais ne trouva ni ses chaussures ni son sac à main. Issac longeait tranquillement le couloir pour la rejoindre, une expression agacée sur le visage quand elle se retourna pour lui faire face.

— Où est mon sac ? demanda-t-elle.

— Pourquoi ? Tu as prévu d'aller quelque part ? la questionna-t-il d'un ton parfaitement serein.

Ce qui ne fit qu'énerver Stas un peu plus.

— Pas encore.

Elle le contourna, notant qu'il ne pouvait toujours pas la toucher.

— Et où comptes-tu aller ? Voir Jonathan ? Pour lui annoncer ton statut de novice, en priant pour qu'il t'utilise comme cobaye au lieu de tuer immédiatement ?

Elle s'arrêta au niveau de la cage d'escaliers à l'arrière de la maison mais refusa de se retourner.

— Ce serait juste tellement dommage pour toi, n'est-ce pas ? Tout ce temps et cette énergie dépensés pour créer le pion idéal, tout ça pour le perdre au profit du meurtrier supposé de ta sœur ?

Sa vision se troubla quand ses yeux s'emplirent de larmes.

— Je suis désolée de t'avoir fait perdre un temps précieux. Maintenant, où est mon foutu sac ?

— Dans la pool-house avec ta valise, dit-il, en trouvant le moyen de remuer un peu plus le couteau dans la plaie.

Il n'avait même pas eu la décence de lui offrir une

chambre chez lui ? Elle se retint tout juste de rire. Non, ces pièces étaient réservées à sa famille et ses amis. Elle était juste un pion dans son jeu, une femme qu'il souhaitait baiser, et rien d'autre.

Pourquoi est-ce si douloureux ? Je ne cherchais pas une relation. Lui non plus.

Mais la vérité la frappa de plein fouet, l'affaiblissant terriblement. Elle ravala sa fierté, sortit par les portes arrières qui donnaient sur la terrasse, et ignora tous les Hydraiens assis dehors. Elle longea l'allée qui bordait la piscine jusqu'à la maison qui se trouvait derrière. Une petite cuisine équipée d'un coin petit-déjeuner était située juste derrière la porte d'entrée, un saladier de fruits frais installé sur la table.

Comme c'est accueillant, songea-t-elle, avant de décider qu'elle le détestait.

Des portes doubles étaient ouvertes de l'autre côté de la pièce et donnaient sur une pièce immense meublée d'un lit à baldaquin. Ah oui, le fameux lit sur lequel Issac avait probablement prévu de la baiser avant de regagner sa chambre dans la maison principale. Eh bien, lui aussi elle le détestait. Elle sortit son téléphone de son sac au moment où Issac s'approchait d'elle, les bras croisés sur son torse.

Que faisait-il ici ? N'en avait-il pas assez dit ? Elle connaissait désormais son rôle. Ce n'était probablement pas la manière dont il avait envisagé de mettre en œuvre son plan, mais elle n'avait pas franchement l'intention de rester dans les parages assez longtemps pour écouter ses objections. Il y avait une limite aux coups que pouvaient supporter son cœur dans une journée. Il n'y avait qu'un organe stupide et lunatique pour craquer pour un homme auquel elle aurait mieux fait de rester indifférente.

C'est un démon, bon sang. Elle était de nouveau au bord des larmes. *Pouah, Je suis en train de perdre la boule.*

Elle reporta son attention sur son téléphone et remarqua plusieurs appels manqués de Tom et un message de Lizzie pour lui signaler que le dîner s'était bien passé. Elle n'avait pas réalisé l'heure avant d'apercevoir l'horloge de son téléphone. Il serait minuit passé avant qu'elle n'atteigne la ville. Et après ça, que ferait-elle ? Se confronter au docteur Fitzgerald ? Parler à Tom ?

Un rire hystérique menaça de lui échapper. Le téléphone tremblait dans sa main. Elle ne savait pas qui contacter. Elle ne pouvait pas entraîner Lizzie dans ce pétrin. Owen était mort. Elle ne faisait plus confiance à Tom. Ses parents étaient bien trop loins, et en tout état de cause, elle ne leur permettrait pas de s'approcher de ce monde. Un taxi ferait l'affaire, mais elle ne savait pas où aller. Le peu d'argent dont elle disposait ne ferait pas long feu.

Putain.

Elle envoya un bref texto en réponse à sa colocataire, *Je ne compte pas rentrer ce soir. Ne t'inquiète pas pour moi.* Elle ne lui donna pas sa localisation, n'ayant pas encore choisi où se rendre. Sa gorge se noua. Elle laissa tomber son téléphone dans son sac avant de le jeter au sol.

Je suis toute seule.

Même si Issac avait tort au sujet du FHC, elle ne pouvait pas prendre le risque de retourner en ville. Pas après tout ce qu'elle avait appris. C'était un miracle qu'en tant que novice, elle ait survécu aussi longtemps en plein cœur du territoire Ichorien.

— Parle-moi, dit Issac, qui se tenait derrière elle, leurs corps séparés de seulement quelques centimètres.

Elle déglutit et refusa de faire volte-face, ne souhaitant pas qu'il remarque ses larmes.

— Pourquoi ?

— Parce que j'ai besoin de savoir que tu vas bien.

Non mais il se fout de moi ? Bien sûr que non, je ne vais pas bien. Elle prit une profonde inspiration à la place et marmonna :

— Ça va.

— Ta petite démonstration de coercition indique le contraire.

Stas ne remarqua pas le pas furtif qu'il fit vers elle, dissimulé par la moquette épaisse ; seulement la chaleur de son corps qui l'enveloppait dans un cocon protecteur.

Ne me touche pas, supplia-t-elle. Car s'il le faisait, elle se briserait. Stas ne supporterait pas que son corps ne lui succombe, pas après toutes ses révélations. Il avait joué avec ses émotions pour attirer l'attention du docteur Fitzgerald.

« Je n'ai pas de relations avec les femmes. Je couche avec. »

Ses mots piquèrent son cœur mais lui redressèrent l'échine. Elle s'éloigna de lui mais choisit ensuite de lui faire face. *Peu importe s'il lit les émotions sur mon visage. Ça ne changera rien.*

— Je sais que tu t'en fiches complètement.

Elle ne réussit pas à masquer la note de défaite dans sa voix. Tout ce dont elle avait envie, c'était qu'on la laisse tranquille, et il ne lui accorderait même pas ce répit.

— Alors pourquoi faire semblant ? Retourne à ta soirée. Ce n'est pas comme si j'allais filer. Tu n'as qu'à prendre mon téléphone avec toi si ça te rassure. Ça va aller.

La fin de sa phrase n'était que pur mensonge. Elle n'irait jamais mieux, du moins, pas en son for intérieur. Elle était cependant capable de faire mine. Elle était devenue experte en la matière quand elle était petite. Cela s'avérerait utile.

— Je sais que tu ne vas pas t'enfuir, Astasiya. Ce n'est pas pour ça que je suis ici.

Elle enroula ses bras autour de sa propre taille et soupira.

— Qu'attends-tu de moi ?

Que lui fallait-il de plus pour qu'il la laisse tranquille ? Il essaya de lever une main mais dut abandonner sa tentative. Ses beaux yeux semblaient troublés. Du cinéma, sans aucun doute. Elle ne comprenait pas pourquoi il s'en donnait la peine, quel était son objectif.

— Tu ne réagis jamais comme je m'y attends, murmura-t-il. C'est incroyable.

Waouh. Okay.

— Contente de t'avoir distrait. Tu veux bien foutre le camp maintenant ?

Sa réponse lui échappa comme une question, et non l'ordre qu'elle aurait souhaité lui donner.

Les yeux d'Issac s'écarquillèrent. .

— Tu es furieuse contre moi.

Comme c'est gentil de sa part de me prêter attention, songea-t-elle en haussant un sourcil.

— C'est parce que je t'ai dit la vérité au sujet de Jonathan ?

Stas était abasourdie. Il ne pouvait pas être sérieux.

— Pourquoi est-ce que tu continues de prétendre que ça a la moindre importance à tes yeux ? On dirait que tu y prends un malin plaisir. T'essayes de voir combien de temps tu peux jouer avec ton petit pion avant qu'il ne se brise ?

— Astasiya…

— Non. Cette mascarade est terminée. Tu as été parfaitement clair. Tes faux-semblants ont attiré l'attention du docteur Fitzgerald. Sachant qu'il a failli me tuer avec cette merde Nizarine, j'aurais même tendance à dire que tu as fait du bon boulot. Ce que je ne comprends pas c'est ce qui te pousse à continuer de prétendre que je compte pour toi quand on sait tous les deux que c'est faux.

Silence absolu. Le brasier qui éclairait ses yeux bleus lui retourna l'estomac. Elle ne savait pas s'il voulait l'embrasser ou la tuer. Son intensité la fit reculer d'un pas et l'arrière de ses genoux heurta la table de chevet.

— Même s'il est vrai que l'intérêt que je te porte a intrigué Jonathan, il ne s'agissait en rien des *faux-semblants*. Si je pouvais te toucher, je m'assurerais de te le prouver.

Chacun de ses mots était lent et précis, et son regard, brûlant.

Je… Je ne sais pas comment répondre à ça.

— Est-ce que tu comprends la raison derrière la présence de Lucian ? continua-t-il, sans lui laisser l'occasion de répondre. Le danger dans lequel tu te trouvais la nuit précédente, eh bien, disons juste que je n'avais pas ressenti cela depuis longtemps. C'est pour ça que j'ai appelé Lucian. Il est venu ici pour t'aider à devenir une Hydraienne et pour m'aider à assurer ta sécurité.

Elle mordit l'intérieur de sa joue. C'était ce qu'il voulait dire quand il lui avait demandé d'emmener quelques affaires, même s'il avait fait mine de lui laisser le choix. Comme si elle *pouvait* faire le choix de partir.

— Qu'en est-il de ta vengeance ?

C'était après tout la raison derrière leur arrangement. Il la saisit par la nuque.

— Il semblerait que le désir d'assurer ta survie soit plus fort que celui de venger le meurtre de ma sœur.

Il ouvrit un tiroir de la commode et en sortit un short de bain. Elle fronça les sourcils. Ça semblait normal de garder un maillot dans la pool-house, mais d'autres vêtements se trouvaient dans le tiroir. Issac s'avança de quelques pas vers la porte avant de se figer, sans croiser son regard.

— Je vais nager. Préviens-moi si je dois dormir ailleurs ce soir. Je comprendrai que tu aies besoin d'espace.

Il ferma la porte derrière lui et disparut de son champ de vision. Après ses dernières paroles, Stas prit le temps d'observer la pièce. Des nuances sombres et masculines, une salle de bain démesurée équipée d'un jacuzzi, et de l'autre côté de la pièce, un dressing rempli de costumes. Abasourdie, elle réalisa qu'elle n'avait pas remarqué les indices évidents, en proie comme elle l'était à son trouble émotionnel.

C'est la chambre d'Issac.

CHAPITRE VINGT-ET-UN

UN PAVÉ DANS LA MARE

OKAY, j'ai peut-être réagi de manière excessive. Allongée sur le lit d'Issac, Stas fit la moue, les yeux rivés sur le plafond voûté. Son état de choc s'était mué en mortification en repensant à sa réaction. Parce qu'elle s'était vraiment servie d'Issac comme d'un bouc émissaire. Il l'avait un peu cherché, mais pas à ce point-là. Cela avait peut-être débuté comme une imposture, mais l'attirance qu'ils ressentaient l'un pour l'autre était bien réelle. Issac l'avait prouvé plus d'une fois. Et il lui avait clairement montré qu'elle comptait pour lui quand il l'avait suivi dans sa chambre, où elle avait trouvé son sac et sa valise. C'était vrai qu'il aurait dû lui parler de Jonathan dès le début. Cela leur aurait épargné beaucoup de peine et de confusion.

Est-ce que tu l'aurais cru ? Berk, elle détestait cette petite voix. Si dubitative. Si agaçante. Et si juste.

Parce qu'elle ne l'aurait absolument pas cru. Elle n'était même pas certaine que ce soit le cas maintenant. Toutes les preuves étayaient ses accusations, mais son cœur brûlait d'envie de nier la vérité. Si elle acceptait sa version, elle devrait admettre que le docteur Fitzgerald était un monstre, et elle ne s'y sentait pas prête.

Elle pressa ses paumes contre ses yeux, tentée de hurler

pour se soulager. Pourquoi était-ce si compliqué ? Pourquoi cela lui était-il arrivé à elle ? Pourquoi est-ce que tous ces événements avaient eu lieu ?

Parce que je suis une novice. Mon sang deviendra toxique pour les Ichoriens, de même que pour Issac.

Cet homme qui l'avait apparemment fait passer avant son désir de venger sa sœur, une femme qu'il adorait manifestement.

— Je suis une véritable idiote, se fustigea-t-elle.

Elle l'avait accusé d'être insensible quand c'était tout bonnement faux. Et il l'avait maintenant laissée dans sa chambre. Il fallait qu'elle le trouve. Qu'elle s'explique. Qu'elle s'excuse.

Bien. Il n'y a pas de temps à perdre.

Elle descendit du lit, les dalles de carrelage fraîches sous ses pieds. La fenêtre au-dessus de l'évier dans la cuisine donnait sur la plage et la lune qui luisait brillamment sur l'eau attira son attention sur cette scène. Elle se demandait si les rideaux qui masquaient les fenêtres au fond de sa chambre offraient le même point de vue, ou si ces ouvertures donnaient sur les arbres. *Hmm.* Stas mènerait l'enquête plus tard.

Elle laissa de côté ses réflexions quand elle trouva Issac dans la piscine, enchaînant les longueurs. Il paraissait fendre l'eau, ses brasses à la fois calculées et assurées la surprenant. Elle savait qu'il appréciait cette activité physique depuis l'incident de la serviette plus tôt dans la semaine, mais elle n'avait pas la moindre idée qu'il excellait dans la discipline.

Avec le recul, cela aurait dû être évident. Cet homme incarnait la perfection à tous les niveaux.

Elle testa la température de l'eau avec ses orteils et la trouva plaisante. Assise au bord de la piscine, elle laissa tomber ses jambes dans l'eau et se concentra sur le nageur sexy glissant d'un côté à l'autre du bassin. Il acheva une autre longueur avant de s'arrêter devant elle. L'eau lui arrivait au milieu du torse quand il se redressa, ce qui signifiait que le bassin devait faire dans les un mètre cinquante de profondeur. Il retira ses lunettes de natation et les jeta au sol à côté d'elle, une expression circonspecte sur le visage.

— J'ai peut-être réagi de manière un peu exagérée, admit-elle. Je suis désolée.

Ses épaules se relachèrent visiblement.

— Pas besoin de t'excuser, mon cœur. Ça faisait beaucoup de choses à assimiler d'un coup.

— C'est pour cette raison que tu avais choisi de prendre ton temps, dit-elle, ayant enfin compris son raisonnement. J'aurais juste aimé que tu me parles de Jonathan plus tôt.

— Est-ce que tu m'aurais cru ?

C'était une question qu'elle s'était posée à de multiples reprises au cours de l'heure qui venait de s'écouler.

— Probablement pas, concéda-t-elle en esquissant des cercles dans l'eau avec un doigt. Une partie de moi n'arrive toujours pas à l'accepter.

— As-tu besoin de plus de preuves ?

Elle secoua la tête.

— Non, Je pense juste que j'ai besoin d'un peu plus de temps, répondit-elle en faisant la moue.

Elle n'était pas sûre que cela l'aiderait vraiment.

— Il y a une chose que je ne comprends pas.

Bon, il y avait en fait beaucoup d'éléments qu'elle ne saisissait pas pour l'instant. Mais quelque chose l'avait vraiment frappée à ce sujet.

— Osiris est intransigeant en ce qui concerne les règles, n'est-ce pas ? Pourquoi laisserait-il le docteur

Fitzgerald créer une unité d'élite d'assassins ciblant les immortels, et ce en plein cœur du territoire Ichorien ?

— Ah, voilà une question à laquelle nous n'avons pas trouvé de réponse malgré près de trois décennies de réflexion. Il a forcément trouvé un arrangement avec Jonathan, mais nous n'avons pas la moindre idée des détails.

Il s'installa sur le dos, ses mains brassant l'eau pour se maintenir à flot alors que ses jambes s'étendaient à leur tour. Elle s'efforça de ne pas admirer l'abdomen ciselé qu'il exposait. Le corps de cet homme était une distraction ambulante.

— Aidan pense qu'Osiris a engagé l'équipe de Jonathan pour cibler certains immortels spécifiques, en échange de son autorisation pour la création de l'unité Sentinelle.

— Jonathan est donc bien un immortel, dit-elle, même si elle supposait déjà que c'était le cas.

— En effet, c'est un Ichorien.

— Et Tom ? Il ressemblait trop à son père pour avoir été adopté.

— C'est un novice, tout comme toi, confirma Issac. C'est la raison pour laquelle nous sommes certain qu'il existe un accord entre Jonathan et Osiris ; parce qu'il n'a pas exécuté Tom.

— Donc... s'interrompit-elle en déglutissant. Tom savait ce qu'il faisait quand... ?

— Il t'a envoyée à l'Arcadia ? acheva Issac à sa place. Oui. Même si je ne crois pas qu'il était au courant du Conclave. Mais il était certainement conscient des activités et comportements habituels au sein du club.

Elle s'attendait à cette réponse compte tenu de tout ce qu'elle avait appris.

— Donc il s'attendait à ce que je te trouve en compagnie d'une autre femme.

Pas nécessairement en pleine action, mais certainement en train de *se nourrir*. Issac haussa une épaule, continuant de faire du sur-place dans l'eau.

— Pour cette raison, ou, et c'est bien plus probable, pour que tu découvres le monde auquel j'appartiens. Je me nourris rarement à l'Arcadia, voire même jamais. Et je ne l'ai certainement pas fait la nuit dernière. Pas avant ton arrivée.

Son cœur fit un bond quand elle se remémora la morsure. Elle n'avait pas compris ce qui se passait au début. Quand elle avait enfin réalisé ce qui se passait, elle n'avait plus les idées claires.

C'était tellement intense. Addictif. Paralysant son esprit et ses pensées, lui faisant perdre pied avant de lui faire découvrir des sensations jusque-là inexplorées. Des sensations qu'elle adorerait ressentir à nouveau.

— Est-ce… ? commença-t-elle en rougissant. Est-ce que ça fait toujours cet effet ?

— C'est possible, en effet.

Une expression malicieuse masqua ses traits et le fit sourire.

— Aimerais-tu une autre morsure, mon cœur ?

Sa question piège la réchauffa d'une manière qui était probablement inappropriée.

— Peut-être, réussit-elle à répondre, malgré sa gorge desséchée.

Il se redressa de nouveau, une émotion obscure embrasant ses iris bleu nuit et faisant apparaître des papillons dans son estomac. C'était le genre de regard qu'un homme lançait à une femme avant de la dévorer. Elle se précipita en arrière mais il attrapa sa cheville et l'attira brusquement dans l'eau. *Merde !*

Elle était complètement submergée. Jusqu'aux cheveux. Elle regagna la surface en donnant un coup contre le sol du bassin. *Foutu démon.* Elle cracha l'eau qu'elle avait aspiré et fusilla l'homme qui avait éclaté de rire à côté d'elle.

— Merde, pourquoi t'as fait ça ?

— Pour me venger de ta conduite plus tôt.

Elle s'esclaffa et l'arrosa d'un geste automatique et bien plus taquin qu'elle n'avait prévu. Il essuya lentement les gouttes sous ses yeux avant de les plisser dans sa direction.

— Très bien, Aya.

Il se jeta sur elle. Elle glapit et s'élança en arrière sur le dos pour lui échapper, doutant de ses intentions. Mais il se montra plus rapide et saisit sa hanche avec une main avant d'agripper ses cheveux humides de l'autre. Il l'attira contre lui, son corps chaud et merveilleusement ferme.

— Issac… l'interrompit-elle en plaçant ses mains sur ses épaules, essoufflée par sa tentative de fuite. On ferait mieux d'en discuter.

— D'en discuter ? répondit-il en haussant un sourcil. Très bien. Pour info, sache que je n'apprécie pas du tout les ordres, quels qu'ils soient, et surtout pas ceux qui m'interdisent de te toucher.

Okay, ce n'était pas ce à quoi elle s'attendait.

— Je, euh, je...I

Il captura sa bouche dans un baiser punitif qui parut résonner dans tout son corps, caressant son âme. *Oh waouh.* Il l'avait déjà embrassée à plusieurs reprises ces derniers jours, mais celui-ci menaçait de la faire halluciner. Tant de frustration et d'ardeur et de *désir* refoulé. Il resserra sa prise, la maintenant dans la position qu'il préférait avant de ravager sa bouche et de se l'approprier.

Elle tremblait contre lui, ayant succombé à sa volonté, le suppliant silencieusement de continuer. Mais il se recula et posa son front contre le sien, et leurs souffles se mêlèrent.

— C'était physiquement douloureux de ne pas pouvoir te toucher, Astasiya. Ne refais jamais ça, s'il te plaît.

Si elle obtenait le même résultat à chaque fois ?

— Je ne te promets rien, souffla-t-elle.

Elle subirait un plongeon quotidien avec plaisir si cela lui donnait l'occasion de finir dans ses bras.

— Mmm, dans ce cas, je ferais mieux de te toucher tant que c'est possible.

Il la guida en arrière sous la cascade, les dissimulant aux regards inopportuns. Son dos atterrit contre la paroi, son corps bloqué par celui d'Issac.

— Tu es bien trop couverte, Astasiya. Et si on s'occupait de ça d'abord ?

Il tira sur le débardeur qu'il venait d'attraper.

— Oui, réussit-elle à répondre, la voix rauque.

Ses traits étaient visiblement assombris par les intentions lascives qu'il avait vis-à-vis d'elle quand il guida le bout de tissu par-dessus sa tête avant de s'en débarrasser nonchalamment. Il caressa ensuite le bouton de son short en jean avec son pouce, le faisant sauter de la glissière avant de s'attaquer à la fermeture éclair sans hésiter. La gorge de Stas était nouée et une cacophonie de battements retentit dans ses oreilles.

Il fit glisser le vêtement sur ses hanches pour le lui retirer avec l'habileté d'un homme expérimenté, l'eau n'entravant pas le moins du monde ses mouvements. Des flammes jaillirent en elle, réchauffant ses veines et envoyant des frissons le long de son échine. Quand il eut fini de la déshabiller, elle tenait à peine debout, ses genoux menaçant de la lâcher.

— J'apprécie vraiment ton goût pour la dentelle, Astasiya, murmura-t-il, son attention rivée sur le soutien gorge bleu de la jeune femme et sa main posée sur ses fesses.

Il la souleva d'une main, l'obligeant à enrouler ses jambes autour de sa taille.

— Tu doutais de mon désir pour toi, un peu plus tôt. Est-ce toujours le cas ?

Il accentua ses propos en venant presser ses hanches contre les siennes, son érection ferme et chaude entre ses cuisses.

Putain. Elle se cambra contre lui, envahie d'un désir de plus de friction, de mettre à l'épreuve cette passion intense qu'ils partageaient. Ses lèvres s'ouvrirent, mais seul un gémissement lui échappa, un son qui ressemblait fortement à son nom. Issac captura de nouveau sa bouche, ses lèvres fermement pressées contre les siennes, pénétrant sa bouche avec sa langue comme elle souhaitait qu'il prenne son corps.

Oh, il s'était visiblement contenu lors de leurs précédentes étreintes. Maintenant ? Il donnait tout ce qu'il avait.

Elle se sentait marquée. Possédée. Obsédée.

Chaque caresse attisait le désir qui l'habitait, l'embrasant avec une passion que personne n'avait jamais réussi à déclencher.

— Issac, souffla-t-elle.

Elle en voulait plus.

Ils étaient séparés par trop de couches. Ses tétons irrités par la dentelle la firent gémir. Elle avait besoin de plus de friction. Beaucoup plus. Elle voulait plus d'*Issac*. Son désir guidait chacun de ses gestes. Elle glissa une main dans les cheveux d'Issac et l'autre dans son dos, savourant les sensations provoquées par ce contact. Un homme ferme et chaud comme la braise serré contre elle, implorant ses mains d'explorer chaque centimètre carré de ce corps musclé.

Issac lui rendit la pareille en saisissant ses seins. Elle se cambra contre lui, s'appuyant un peu plus contre la délicieuse érection installée contre son sexe. Il roula des hanches et heurta son point le plus sensible, envoyant des étincelles dans tout son corps.

— Est-ce que tu sens à quel point j'ai envie de toi ? demanda-t-il, ses lèvres près des siennes.

— Oui, siffla-t-elle.

S'il voulait bien retirer le reste de leurs vêtements, il pourrait sentir à quel point elle le désirait en retour. Merde, il fallait qu'elle le libère, qu'elle le *sente*. Ses doigts traçèrent les contours de son abdomen et suivirent la fine ligne de poils qui menait à la ceinture de son short de bain.

— Non, annonça-t-il en saisissant ses deux poignets avant de les maintenir d'une main au-dessus de sa tête, une lueur malicieuse brûlant au fond de ses yeux.

Seul un cri lui échappa en guise de plainte quand il se pressa contre elle, son excitation la taquinant là où elle avait le plus besoin de lui. *Trop de foutus vêtements.*

— Qu'est-ce que ça fait de ne pas pouvoir toucher ce que tu désires, Astasiya ? Est-ce que ça te brûle aussi ?

Son étreinte possessive la fit frissonner et elle mordit sa lèvre inférieure en guise de protestation.

— Je pourrais t'ordonner de me relâcher, dit-elle d'une voix assoupie par le désir.

— Tu aurais besoin de tes cordes vocales pour cela.

Il couvrit aussitôt sa bouche avec la sienne, la capturant lentement pour se faire comprendre. Sa main libre retrouva le sein de Stas avant de descendre vers le petit point sensible entre ses cuisses. Il trouva son clitoris à travers le tissu et y exerça une pression avec son pouce. Elle s'écria contre ses lèvres, lui arrachant un sourire.

— Essaye un peu de me donner un ordre pour voir, petite novice.

Son ton moqueur lui donna envie de s'exécuter, mais il

détourna son attention en esquissant des cercles sensuels avec la pulpe de son pouce, les hanches de Stas se ruant en retour. Un grognement se logea dans sa gorge, un courant d'énergie grouillant le long de sa colonne alors que son abdomen se réchauffait.

— *Putain*.

— As-tu une exigence, mon amour ?

Il retira son pouce et elle ne put réprimer le juron qui lui échappa.

— C'est ça que tu veux ? demanda-t-il en glissant ses doigts dans sa culotte pour écarter ses lèvres.

— Oh…

Ses mains se contractèrent et sa tête retomba en arrière contre le mur avec un grognement. Il était en train de la tuer à petit feu, ses doigts agiles la taquinant jusqu'à l'inconscience tout en caressant à peine les parties d'elle qui en avaient le plus besoin. Elle se mordit la langue pour retenir un cri, son désir prenant le pas sur tous ses sens.

Elle était si près du but. Il ne lui manquait pas grand-chose. Mais ce n'était pas suffisant.

— Issac.

Une supplique qui lui échappa alors qu'elle se tortillait contre lui, le corps en feu.

— S'il te plaît.

Il se pencha pour mordiller l'un de ses tétons sensibles à travers la dentelle, intensifiant les sensations de Stas autant qu'il les empirait. Elle avait presque mal, mais c'était tellement délicieux. Il vint de nouveau trouver son clitoris sur lequel il appuya fortement son pouce, l'amenant au bord du précipice avant de se retirer, juste avant qu'elle n'atteigne le paroxysme de son plaisir. Il mordit son téton et lui arracha un cri.

— Issac ! hurla-t-elle, tremblant de désir, les yeux emplis de larmes. Putain ! Mais qu'est-ce que tu veux ?

demanda-t-elle, prête à mendier. Des excuses ? Que je te promette de ne plus jamais te donner d'ordre ?

C'était absolument terrassant d'être si près de son orgasme et de se le voir refuser.

— Non, chérie.

Il l'embrassa sauvagement et lui arracha sa culotte en dentelle, Stas désormais nue et haletante contre lui.

— Ne bouge pas tes mains.

Il poussa ses poignets contre le mur de chaque côté de ses hanches. Bon sang, cet homme allait l'anéantir. Complètement. Que ce soit son cœur, son corps ou son esprit. Elle était à la fois terrifiée, terrassée, excitée. Il retira lentement son maillot de bain et dévoila complètement son physique délicieux aux yeux de Stas.

Grâce à Dieu, il était absolument parfait. Grand. Mince. Fort. Elle trembla, brûlant d'envie de l'explorer mais craignant qu'il ne mette fin à leurs ébats si elle le faisait. Stas ne supporterait pas que ça s'arrête. Elle ne manquerait pas d'exploser. Elle serait ruinée. Détruite. Elle en mourrait.

Ses membres tremblaient en réponse à cet assaut, un courant électrique traversant son corps comme si elle était une pile électrique. Une seule caresse suffirait à lui faire prendre feu. Elle avait besoin de le sentir en elle. Maintenant. Si seulement...

— J'admire vraiment ton talent de coercition, mon cœur, murmura-t-il, ses lèvres près de la mâchoire de Stas. Même quand tu t'en sers contre moi.

Il emmêla ses doigts dans les cheveux de Stas et effleura sa bouche avec la sienne.

— Ne t'excuse jamais pour ton talent.

Ses paroles féroces ne firent qu'attiser les sensations qui l'emplissait.

— Okay, répondit-elle malgré sa gorge serrée, ses jambes frémissantes enroulées autour de la taille d'Issac.

— Touche-moi, articula-t-il silencieusement, son sexe chaud et épais pressé contre son bas ventre.

Enfin.

Elle attrapa ses épaules et promena ses mains dans son dos jusqu'à ses fesses avant de remonter. De la soie. Des muscles. Tellement viril. Son paradis particulier. Les mains d'Issac se posèrent sur les cuisses de Stas et il poussa l'extrémité de son sexe contre le sien. Elle se cambra pour l'inciter à continuer. Oui...

Les ongles de Stas mordirent la peau de son dos quand il s'enfonça en elle, leur regard rivés l'un sur l'autre. Ce moment si intime manqua de la faire chavirer, l'intensité d'Issac presque insupportable. Tant d'émotions indiscernables étaient tapies au fond de ses yeux, des émotions qui rivalisaient avec les siennes. Mais elle ne put détourner son regard. Même quand il s'enfonça un peu plus pour s'insérer complètement en elle, l'étirant assez pour frôler la douleur.

Il captura fougueusement sa bouche, son corps immobile contre le sien pour lui donner le temps de s'habituer à lui. Ses quelques expériences ne l'avaient pas préparée pour lui – pour ça.

— Aya, chuchota-t-il.

Elle se délecta de son petit nom.

— Quel sort m'as-tu jeté ? demanda-t-il avec un émerveillement manifeste.

Elle ouvrit la bouche pour lui répondre mais fut aussitôt assaillie par celle d'Issac qui tentait d'en mémoriser chaque recoin et de la former à son plaisir. Chaque baiser, chaque caresse se transformait en déclaration possessive, le corps de Stas succombant progressivement au sien.

Je n'aurai plus jamais envie d'un autre homme. Seulement d'Issac.

Elle n'avait jamais connu une telle passion auparavant, ne savait même que cela existait. Mais elle découvrit une toute nouvelle danse ancestrale quand il se mit enfin à bouger entre ses jambes. Une chorégraphie mêlée d'adoration et de sensations enivrantes.

Bon sang, il sait s'y prendre.

Stas glissa ses doigts dans les cheveux d'Issac et s'y accrocha alors qu'il la prenait sans vergogne, comme seul Issac savait le faire. Elle aurait des bleus demain. Et Stas s'en fichait. Pas quand c'était aussi sauvage, naturel et incroyable.

— Merde, grogna-t-il en nichant son visage dans le creux de son cou, ses lèvres si près de sa peau, avant de mordiller la chair au-dessus de son pouls mais sans l'écorcher.

Elle resserra ses cuisses autour de lui en réponse, le brasier qui l'enflammait atteignant des proportions accablantes.

Si chaud. Brûlant. Besoin.

Il glissa sa main entre leurs corps, et appuya sur son clitoris avec son pouce.

— Je veux te faire voler en éclats.

Sa voix n'était qu'un grondement sourd près de l'oreille de Stas, un son tellement excitant.

— Jouis pour moi, mon cœur.

Il intensifia le rythme de ses hanches tout en caressant son petit bouton sensible, une combinaison bien trop enivrante pour tous ses sens. *Je vais craquer. J'en peux plus. Oh, merde.*

— Issac.

Ses ongles s'enfoncèrent dans le dos de son partenaire, Stas ayant besoin d'un ancrage alors qu'un tsunami de sensations la submergeait. Cette vague se renforça et se propagea dans son corps depuis le bas de son ventre. Cela lui faisait si mal, tous ses muscles contractés en réponse.

— Maintenant, Aya.

L'injonction dans sa voix la fit craquer, l'envoyant tête la première dans une tornade brûlante qui l'anéantit et l'aveugla. Elle ne pouvait plus bouger. Plus respirer. plus penser.

Elle ne pouvait que sentir. Son cœur battait la chamade dans sa poitrine. Ses poumons en feu. Ses lèvres qui s'ouvraient sur un cri silencieux. Elle resserra l'étreinte de ses jambes autour de lui, sa bouche contre son épaule, ses bras enroulés autour de son dos. Il continuait de s'enfoncer en elle, ses pénétrations ne faisant que prolonger l'extase de Stas alors que ses mouvements envoyaient voler les hanches de Stas contre le mur. Chaque poussée déclanchait une nouvelle vague de frissons, les membres de Stas qui enveloppaient Issac étaient tremblants et chauffés par l'effort.

Il grogna son nom, ses muscles se raidissant sous les caresses de la jeune femme alors que son orgasme explosait en elle. La chaleur de son plaisir envoya une autre vague d'extase à travers le corps de Stas qui l'atteignit jusqu'à son for intérieur. Le souffle de Stas était désormais saccadé, ses efforts épuisants et accablants certes, mais aussi complètement grisants.

Issac l'embrassa avec révérence et ferveur, murmurant son nom entre chaque morsure et coup de langue. Il restait ferme en elle alors que l'eau continuait d'onduler autour d'eux en réponse à ses efforts physiques.

Nous venons de baiser dans la piscine, réalisa-t-elle, cette idée lui donnant le tournis. Et la résistance de l'eau ne l'avait pas le moins du monde entravé. *De quoi est-ce qu'il est capable au lit ?*

— J'en veux plus encore, chuchota-t-il, comme s'il avait lu dans son esprit. Tellement, tellement plus.

Elle fit rouler ses hanches en guise d'encouragement muet. Elle serait courbaturée le lendemain, mais et alors ? Elle savourerait chaque seconde de cette douleur sensuelle, complètement focalisée sur Issac. Il sourit contre ses lèvres.

— Dans la chambre, mon cœur. Je compte me délecter de tout ton corps.

CHAPITRE VINGT-DEUX

UNE RELATION EXCLUSIVE

Issac ne pouvait se retenir de toucher Astasiya. Elle était profondément endormie à côté de lui, épuisée par leurs ébats de la nuit. Cette femme était parfaite, elle répondait à chacun de ses gestes et de ses baisers. Il avait partagé la compagnie de nombreuses femmes au fil des siècles, mais aucune d'entre elles ne l'avait excité autant que celle qui dormait désormais dans ses bras. Son sexe en voulait encore, appuyé contre ses fesses comme il l'était, l'encourageant à la réveiller pour partir en quête d'un autre orgasme.

Mais ils avaient des invités, et Issac doutait que ce rappel enchante Astasiya à son réveil. Il déposa un baiser dans le creux de son cou, puis sur son épaule, et enfin, le long de son bras, tout en promenant sa main de son abdomen jusqu'à son entrejambe. Elle se tortillait en réponse, son rythme cardiaque s'accélérant.

— Nous avons raté le petit-déjeuner, chuchota-t-il en l'installant sur le dos, ses lèvres pressées contre la hanche de la jeune femme. C'est dommage, car je suis affamé. Quelqu'un m'a empêché de dormir cette nuit.

Il réussirait peut-être à la charmer assez pour que l'annonce de leurs nouveaux visiteurs ne la contrarie pas trop. Il mordilla sa peau, traçant un chemin sur son bas ventre du bout de la langue. Elle avait ouvert les yeux et le regardait langoureusement, les pupilles dilatées par le sommeil et une lueur émerveillée vacillant au fond de son regard.

— Oh mon Dieu.

— Mmm, non. C'est Issac, la corrigea-t-il en souriant contre sa peau.

— Putain.

Elle agrippa les draps en soie de chaque côté de ses hanches, ses seins sublimes exposés à la lumière du soleil qui passait à travers les rideaux translucides. Il lécha cette zone sensible entre ses jambes, aussi taquin qu'aimant alors qu'il s'efforçait de la mémoriser.

— Bonjour, murmura-t-il, ses lèvre effleurant son sexe.

— Je... tu es... répondit-elle en frissonnant, ses cuisses se contractant visiblement alors qu'il se glissait entre elles.

— Je suis quoi ? demanda-t-il contre sa peau moite, le désir de la jeune femme le narguant de la manière la plus sensuelle qui soit. Affamé ? Oui.

— C'est...

Elle se cambra sur le lit, le reste de ses propos perdus dans un gémissement quand il la goûta. Il avait eu envie de cela toute la nuit, avait prévu de la lécher complètement, mais la vision d'elle, entièrement nue sur son lit, l'avait distrait. L'idée de s'enfoncer en elle avait pris le pas sur tout le reste, devenant son objectif principal pour la soirée. Il souhaitait maintenant la vénérer comme elle méritait de l'être.

Ses convives pouvaient attendre. Une nuit n'avait pas suffit. Merde, un mois ne serait probablement pas suffisant non plus. Il l'avait désormais dans la peau, elle était devenue sa nouvelle addiction. Il la dévora, savourant ses gémissements et la manière dont elle se tortillait en réponse. Les mains de Stas se posèrent sur sa tête pour le maintenir contre elle, encourager ses explorations, et l'inviter à la faire basculer dans le précipice. Plutôt que de céder, il se recula hors de portée, lui arrachant un grognement.

— Allumeur, l'accusa-t-elle, son souffle saccadé.

Il sourit contre l'intérieur de sa cuisse avant de remonter vers ses seins. Ils étaient rougis et tendus par le désir, exactement comme il les aimait. Il aspira un bourgeon sensible dans sa bouche et le taquina avec sa langue.

— J'ai envie de te faire jouir si fort que tu ne penseras à rien d'autre que moi toute la journée, Aya.

Il mordit son mamelon sensible, lui soutirant un gémissement de désir. Oh, il adorait ce son. Il lui en soutira un autre en mordillant ses seins, accro au plaisir de la jeune femme.

— Dis-moi ce dont tu as besoin, murmura-t-il en descendant à nouveau, glissant sa langue dans son nombril. Mes mains ? Ma bite ? Ma langue ?

Il lui souffla cette dernière suggestion juste contre son clitoris engorgé.

— Oui, siffla-t-elle. Oui.

Il glissa un doigt à travers ses sécrétions pour la narguer.

— Oui ? répéta-t-il. Oui à quoi ?

— Touche-moi, Issac, supplia-t-elle, sa demande venant apaiser une blessure profonde.

Il avait souffert physiquement de se voir refuser ce qu'il voulait. Sa supplique venait maintenant contrer l'ordre qu'elle lui avait intimé la nuit dernière, effaçant la blessure sur son cœur qu'il n'avait pas remarquée. Il avait *besoin* de la caresser, de l'adorer, de lui donner du plaisir. Ses lèvres se refermèrent autour de son petit bouton et elle hurla son nom. *Oui.*

Il fit tournoyer sa langue autour de ce dernier avant de le sucer fort, la jeune femme se ruant contre lui en retour. Tellement belle. Tellement Sublime. Complètement *mienne.*

Il ne s'était jamais montré aussi possessif envers quelqu'un par le passé, mais Aya éveillait le prédateur qui sommeillait en lui, celui qui la désirait plus que toute autre. Et elle lui appartenait. Tordue par le plaisir. Mouillée. Enthousiaste. Dans son lit. À sa place. Issac effleura de ses mains ses jambes, son abdomen et ses seins, l'encourageant à jouir, envahi d'un besoin de sentir son plaisir sous son toucher et sous sa langue. Il la sentit vaciller, ses muscles se contractant autour de lui, son corps figé au bord du précipice.

Avant la chute. Son nom, un cri perçant dans la pièce.

Ses doigts emmêlés dans ses cheveux, son corps parcouru de frissons, se décomposant de la manière la plus belle dont il ait jamais été témoin. Tellement beau. Splendide. Et il mourait d'envie d'en être témoin une nouvelle fois. Il lui arracha son plaisir jusqu'à la dernière goutte, patientant jusqu'à ce que ses tremblements s'apaisent avant de remonter le long de son corps pour l'emprisonner entre ses bras.

—J'adore t'entendre prononcer mon nom comme ça.

Il l'embrassa fougueusement, l'obligeant à se délecter de son propre goût sur sa langue.

— Et je compte bien t'entendre le crier ainsi une nouvelle fois un peu plus tard dans la journée.

Il se ferait un plaisir de recommencer dès à présent, mais elle n'était pas prête à l'accueillir une nouvelle fois pour le moment. Une simple pression de son sexe contre le sien suffisait à la faire tressaillir.

— Mmm, il faut qu'on se prépare. Tu veux bien prendre une douche avec moi ?

Elle fronça les sourcils.

— Mais… tu ne ve…Je veux dire, euh, tu ne veux pas finir ? demanda-t-elle après s'être éclairci la gorge, les joues rouges.

— Ta confusion est vraiment une vision charmante.

Il caressa ses lèvres avec les siennes avant de rouler hors du lit et de se redresser, la main tendue dans la direction d'Astasiya.

— Ça, c'était pour toi, mon cœur. La douche est pour moi.

— Oh…

Elle se redressa sur ses coudes et le dévisagea avec un intérêt manifeste. Il rit et la souleva hors du lit, fatigué d'attendre, avant de se diriger vers la salle de bain.

— Nous sommes attendus.

— Quoi ? Par qui ?

— Je réalise que je t'ai baisée à en perdre la raison, mais as-tu déjà oublié la présence de Lucian et des autres au dîner la nuit dernière ?

Il la déposa sur le comptoir, s'agrippant à celui-ci de chaque côté de ses hanches. Elle plissa les yeux.

— C'est un peu prétentieux, non ?

— Juste confiant, corrigea-t-il avec un sourire en coin. Mais néanmoins correct.

Il se dirigea vers la douche italienne pour la mettre en route avant de récupérer ce dont ils auraient besoin sous l'évier.

— Est-ce que tu peux tenir debout, chérie ?

— Tellement sûr de lui, marmonna-t-elle en se levant. J'ai un peu moins envie de te rendre la faveur maintenant.

— Qui a dit que c'était ce que j'avais en tête ?

Il sortit deux draps de bain de l'armoire pour les

installer sur les rails chauffants et rejoignit ensuite le sol en pierre de la douche.

— Rejoins-moi, Aya. Si tu l'oses.

Elle faisait ressortir chez lui un côté espiègle qu'il avait du mal à reconnaître après des siècles passés sans l'avoir utilisé. Astasiya lui donnait l'impression de rajeunir.

D'être en vie. Plein d'entrain.

Elle glissa ses bras autour de la taille d'Issac une fois entrée dans la douche, ses seins pressés contre son dos.

— Je n'ai pas peur de toi.

— Ça ressemble à un défi, répliqua-t-il en souriant.

— Prends-le comme tu veux.

Il positionna la pomme de douche pour les recouvrir tous les deux et fit volte-face dans ses bras. Elle pencha la tête en arrière sous le jet, les yeux fermés, une expression angélique sur le visage. Il glissa sa bouche contre la sienne, gagné par le besoin de l'embrasser, son sexe frémissant contre l'abdomen d'Aya. Merde, il avait encore envie d'elle. Et encore après ça. Hélas, il avait été sincère. Il ne s'agissait pas de réciprocité, mais bien d'un autre genre de séduction. Il enfonça ses doigts dans les cheveux d'Astasiya, les glissant à travers les longues mèches mouillées tout en taquinant tranquillement ses lèvres avec sa langue. Elle soupira et explora son dos de ses mains.

— Mmm, Je pourrais passer mon temps à t'embrasser, chuchota-t-il en attrapant le shampoing. Mais il faut qu'on discute de la journée.

Il fit mousser une quantité généreuse de produit dans ses mains avant de l'étaler sur les cheveux de la jeune femme, s'occupant d'elle d'une manière qu'il fut surpris d'apprécier.

— De quoi devons-nous parler ? demanda-t-elle en l'observant à travers ses cils épais.

— Eh bien, pour commencer, de nouveaux convives

nous ont rejoints, annonça-t-il en rinçant la mousse des cheveux d'Aya avant de répéter ses actions sur sa propre tête et d'attraper le savon.

— Qui ça ? demanda-t-elle alors qu'il glissait le pain de savon sur son bras, un nuage de mousse apparaissant dans son sillage.

— Aidan et son harem, ainsi que Tristan et Mateo.

— Son harem? répéta-t-elle.

— Anya, Nadia et Clara.

Techniquement, cette dernière n'était pas impliquée sexuellement avec Aidan, mais Issac ne souhaitait pas s'aventurer sur ce terrain pour le moment.

— Il a un harem ?

— Il les a toutes transformées, oui.

Issac glissa le savon entre ses seins, et apporta un soin particulier à son entrejambe, savourant la vue de ses tétons qui durcissaient en réponse à ses gestes taquins.

— Donc elles sont en quelque sorte comme tes sœurs ?

Il manqua de s'esclaffer.

— Non. Il les a peut-être transformées, mais nous nous sommes un peu éloignés. J'ai grandi avec Amelia, et je connais Lucian depuis mon enfance, tandis que les dernières progénitures d'Aidan sont le fruit de transformations ayant pris place pendant ces dernières décennies. . . Nous sommes tous amis, évidemment, mais je ne les considère pas comme ma famille.

Surtout Clara. Ce serait inapproprié à bien des égards. Issac savona le haut de ses cuisses et s'agenouilla pour atteindre le reste de ses jambes avant de l'inviter à se tourner pour s'occuper de son dos.

— En quoi consiste la création d'un Ichorien ? questionna-t-elle, visiblement curieuse.

— Le procédé implique un échange sanguin et se termine par la mort et la résurrection successives de l'individu qui subit la transformation, répondit-il d'un air distrait, son attention rivée sur la marque qui se trouvait à la base de la colonne vertébrale d'Astasiya alors qu'il massait ses fesses à deux main.

— Ce n'est donc pas le fruit d'une procréation, continua-t-elle, attirant aussitôt son regard.

— Quoi ?

— Eh bien, tu as dit que l'accouplement d'un Ichorien et d'une femme débouchait sur la conception d'un novice. Les novices deviennent des Hydraiens une fois ressuscités, ce qui signifie qu'ils se réveillent immortels après leur décès, n'est-ce pas ?

— Oui, confirma-t-il en reportant de nouveau son attention sur la marque qui recouvrait sa peau.

Il la traça du bout du doigt. Petite, en forme de cœur, presque comme un tatouage, mais pas complètement.

— Que se passe-t-il quand deux Ichoriens couchent ensemble ?

— À part y prendre du plaisir ?

En tout cas, si c'était ce qui intéressait les deux parties impliquées.

— Rien. Les Ichoriennes sont stériles, et ceux de mon espèce sont immunisés contre la maladie.

— Et qu'en est-il d'un Hydraien et d'une femme ?

— Les Hydraiens sont aussi stériles.

Il se leva et acheva de savonner son dos, la marque désormais gravée dans son esprit.

— Et avant que tu ne poses la question, c'est aussi le cas des novices.

Il l'encouragea à se tourner pour lui faire face.

— C'est la raison pour laquelle nous n'avons pas utilisé de protection.

Il s'assurait toujours d'utiliser un préservatif quand il

couchait avec une humaine. Il n'en avait pas eu besoin avec Astasiya, ce qu'il avait sincèrement apprécié et dont il tirerait parti bientôt. Elle se mordit la lèvre et hocha la tête.

— Nous aurions probablement dû aborder la question avant de coucher ensemble.

Il sourit et l'aida à se rincer.

— Il n'y avait rien à mentionner, mon cœur. Je ne peux ni te mettre enceinte ni te transmettre de maladie.

Un autre hochement de tête.

— Eh bien c'est bon à savoir.

Il lui tendit le savon.

— À ton tour.

Une expression ravie s'empara de son visage.

— Avec plaisir.

Elle commença avec ses abdominaux, lui arrachant un sourire. Il ne lui avait pas laissé beaucoup d'occasions d'explorer son corps la nuit précédente, ses mains maîtrisant les siennes une grande partie du temps alors qu'il la prenait dans différentes positions. Elle avait tout apprécié, autant que lui. Il en avait tellement profité qu'il n'avait absolument pas remarqué le symbole en bas de son dos. Astasiya fit mousser son torse, ses bras, et continua plus bas, enroulant ses doigts autour de la base de son sexe pour le caresser fermement.

— Attention, chérie, ou je risque d'accepter ton invitation.

— J'essaye juste d'être minutieuse, répondit-elle, une expression innocente sur le visage qui tranchait avec la lueur malicieuse logée au fond de ses yeux.

Elle l'empoigna à nouveau, le serrant plus fort cette fois-ci, sa paume lubrifiée et assurée contre son manche.

— Tu joues à un jeu dangereux, mon cœur.

— Moi ? répondit-elle en battant des cils dans sa direction. Jamais.

Une nouvelle caresse et ses testicules se contractèrent tout autant que ses abdominaux. Une partie de lui aimerait la laisser continuer. Le sadique qui sommeillait en lui préférait attendre, et retarder son plaisir jusqu'à ce qu'ils disposent de plus de temps pour faire durer l'expérience. Il saisit son poignet pour l'interrompre.

— Continue à me provoquer et tu finiras à genoux, ma bite logée au fond de ta gorge.

Il ne s'agissait pas d'une menace en l'air, ce qu'elle sembla percevoir sur son visage à en juger par ses frissons.

— Je... Je crois que j'aimerais ça, répondit-elle tout doucement.

Il sourit.

— Si nous n'étions pas attendus, je serais heureux de vérifier si c'est vrai.

Et il savourerait chaque seconde. Sa prise se détendit.

— Pourquoi nous attendent-ils ?

Il était temps d'étouffer l'incendie qui faisait rage entre eux. Il se chargerait de l'attiser plus tard.

— Parce qu'ils souhaitent discuter de ton avenir, et il me semble qu'Aidan a des informations au sujet d'Owen.

Elle se figea.

— Owen ?

Issac prit le relais et termina de se savonner.

— En effet. Il m'a envoyé une série de visions à son arrivée, l'une d'elle concernant Owen.

Elle fronça les sourcils.

— Des visions ?

— Un des aspects de mon don, Aya.

Devant son air toujours perplexe, il ajouta :

— Je suis constamment connecté à l'esprit des gens qui m'entourent, dans la limite d'un certain rayon kilométrique, bien entendu. Je suis particulièrement familier avec l'esprit d'Aidan comme il s'agit de mon Sire.

— Des kilomètres ? vérifia-t-elle, bouche bée.

— Environ deux ou trois, ça dépend.

Il échangea le savon contre de l'après-shampoing, l'appliquant tout d'abord sur les cheveux d'Aya.

— Ça doit être épuisant, répondit-elle après une minute.

Il s'esclaffa en se remémorant ses débuts. Apprendre à maîtriser son don s'était avéré être un cauchemar, mais vivre à Londres pendant quelques mois lui avait permis d'y parvenir.

— Une bonne comparaison serait une télé allumée en arrière plan et dont on aurait coupé le son. Il est facile d'envoyer la même image à plusieurs personnes, ce qui est dur c'est de transmettre simultanément des visions différentes.

— Et ce que tu as fait à Balthazar ? demanda-t-elle en rinçant ses cheveux.

Son sourire se fit narquois en repensant à la manière dont il avait botté les fesses de Balthazar la veille. C'était une réponse excessive, certes, mais ce petit con l'avait bien mérité.

— Un jeu d'enfant.

Issac rinça ses cheveux à son tour et déposa un baiser contre ceux d'Astasiya avant de couper l'eau. Ses yeux étaient emplis de questions, et il haussa un sourcil dans sa direction.

— Est-ce que tu aimerais savoir quelque chose, mon cœur ?

Elle hocha lentement la tête, les joues rouges.

— Alors ? l'encouragea-t-il, intrigué par sa réaction.

— Tu n'as pas… Nous n'avons pas…

Elle fit la moue.

— Tu ne m'as pas mordue cette fois-ci. La nuit dernière je veux dire.

Il enroula une serviette chaude autour de ses épaules en souriant de toutes ses dents.

— Je ne me nourris en moyenne qu'à peu près toutes les deux semaines. Mais si tu as besoin d'une autre morsure, je serais heureux de me plier à tes désirs, répondit-il en mordillant son menton d'un air taquin.

— Et tu te nourris habituellement en plein milieu de tes ébats ? demanda-t-elle alors qu'il saisissait sa propre serviette.

— Oui, répliqua-t-il en croisant son regard. Cherches-tu à en apprendre plus sur mes expériences passées ?

Car il ne souhaitait vraiment pas aborder le sujet. Elle secoua la tête.

— Non, je suis parfaitement consciente de ta réputation de playboy. Comme tu l'as dit, tu n'as pas de relation avec les femmes, tu couches juste avec, n'est-ce pas ?

— Hmm.

Il l'attrapa par la taille et l'attira contre lui.

— Je ne suis pas sûr d'apprécier le ton de ta voix, Aya.

— Je mentionne juste des faits.

L'amertume dans sa voix lui fit plisser les yeux.

— Et c'est quoi ce *Aya* que tu utilises ?

— C'est le surnom que j'ai choisi pour toi, murmura-t-il en attrapant sa nuque dans le creux de sa main. Tu contestais hier les propos d'Elizabeth qui me mentionnait comme ton petit-ami. Et tu sembles désormais aigrie à en juger par tes questions concernant mon expérience. Pourquoi ?

— Ce sont des sujets très différents.

— Oh ?

Il resserra sa prise quand elle fit mine de se reculer.

— Permets-moi de faire le lien entre les deux, si tu veux bien. Tu ne veux pas de moi en tant que petit-ami, et pourtant tu te moques de mes habitudes romantiques. Il va falloir choisir.

— Je ne...

Elle secoua la tête.

— Que cherches-tu à savoir ?

Ce genre de situation était l'une des raisons pour lesquelles il ne voulait pas de relation. Mais avec Astasiya, il en avait désormais envie. Même s'il ne l'avait pas réalisé directement hier, son rejet catégorique l'avait heurté. Il n'avait jamais envisagé de partager la moindre relation amoureuse avec qui que ce soit de toute sa vie. Et la première personne à qui il décidait de faire la cour – Astasiya – avait paru offensée par l'idée.

— Aimerais-tu que nous soyons exclusifs, oui ou non ? demanda-t-il, fatigué de tourner autour du pot.

Soit elle admettrait que ses sentiments étaient aussi profonds que les siens, soit elle l'enverrait promener. Les sourcils d'Astasiya se hissèrent.

— Comme une relation sérieuse ? Pas une autre mascarade ?

— S'il s'agissait d'une comédie, mon cœur, nous n'aurions pas passé la nuit dans mon lit.

Elle était la première femme qu'il avait emmenée ici. Il réservait habituellement sa propriété des Hamptons à sa famille et à ses amis, comme Amelia et Eli en étaient les occupants principaux. Jusqu'à récemment en tout cas.

— Oh, souffla-t-elle, les joues rouges. Tu souhaites que ça continue entre nous.

— C'est l'idée, oui.

Et il apprécierait vraiment de recevoir une réponse plus claire le plus tôt possible. Il ne pouvait pas être le seul à ressentir cette intensité qui infusait chacune de leurs interactions.

— Exclusivement, ajouta-t-elle.

— Tu ne fais que répéter ce que je viens de dire.

Il la relâcha pour se coiffer, avant de lui offrir la brosse.

— Cette marque en bas de ton dos, depuis quand est-elle présente ?

Elle parut déconcertée par le changement abrupt de sujet, mais comme elle ne semblait pas prête à parler de leur avenir, il avait décidé de se concentrer sur un sujet plus utile.

— Je… la quoi ?

Il pressa sa paume contre le bas de son dos, caressant la zone à gauche de sa colonne vertébrale du bout des doigts.

— Il y a une tache en forme de cœur à ce niveau, et je me demandais depuis combien de temps tu l'avais ?

Une expression consternée masqua son visage.

— Euh, ma tache de naissance ? Je l'ai depuis toujours. Pourquoi ?

— Je ne crois pas qu'il s'agisse d'une tache de naissance.

L'image tournait en boucle dans son esprit, les détails trop exquis et précis pour être d'origine naturelle.

— Je pense qu'il pourrait s'agir d'une rune.

— Une *quoi* ?

Il ne prit pas la peine de se répéter. Elle l'avait parfaitement entendu.

— Si tu m'y autorises, j'aimerais la montrer à Aidan et Lucian. Ils seront capables de confirmer ma théorie avec certitude.

Elle cligna des yeux.

— Tu veux que je les autorise à examiner le bas de mon dos ?

— Non, répliqua-t-il en tapotant sa tête. Je pourrais leur fournir les détails dont ils ont besoin.

— Ah, c'est vrai.

Elle entreprit de se brosser les cheveux, les lèvres pincées.

— Si tu penses que c'est nécessaire, alors d'accord. Mais seulement le bas de mon dos, Issac.

Il s'esclaffa et déposa un baiser sur sa tempe avant de se diriger vers son dressing.

— Comme si j'étais prêt à te partager avec qui que ce soit.

Ses propos étaient honnêtes à plus d'un égard. L'idée qu'un autre que lui ne la voit nue, ou pire, ne la *touche*, lui fit serrer les poings sur le jean qu'il venait d'attraper. Non. Il ne comptait définitivement pas la partager. Jamais. Sauf qu'il devrait s'y résoudre un jour. Parce qu'une relation entre une Hydraienne et un Ichorien était trop risquée pour être envisagée. *Nous n'aurons qu'à rester ensemble jusqu'à ce que nous nous lassions l'un de l'autre.* Cela pourrait fonctionner. Astasiya n'avait pas besoin de se joindre aux Hydraiens dès le lendemain. Elle pouvait attendre un an, ou cinq.

Il choisit un t-shirt gris, ses gestes plus crispés qu'il ne le souhaitait. Il s'éclaircit la gorge et retourna dans la salle de bain pour découvrir Astasiya en train d'enfiler un string bleu en dentelle qu'elle avait sorti de sa valise. Elle y associa un soutien-gorge assorti qui lui fit regretter le besoin de retrouver le reste du groupe.

— Tu vas m'achever, dit-il d'une voix rauque.

Elle dévora son torse des yeux jusqu'à atteindre la serviette enroulée autour de ses hanches.

— Tu peux parler, répliqua-t-elle en s'avançant vers lui d'un pas nonchalant, un sourire dissimulé au fond des yeux. Oui, Issac.

— Oui, quoi ?

Il ne lui avait pas posé de question.

—J'ai envie d'une relation exclusive.

Elle se hissa sur la pointe des pieds et l'embrassa tendrement.

— N'hésite pas à me mordre dès que l'envie te prend.

Elle mordilla sa lèvre et se recula, son regard lascif manquant de le faire défaillir.

Il laissa tomber ses vêtements au sol et l'attira contre lui, pressant sa bouche contre la sienne. Elle ne pouvait pas lui annoncer ça et détaler ensuite. Non. Il avait besoin de sentir sa promesse contre ses lèvres, de la goûter avec sa langue, de mémoriser ces paroles avec son cœur. Elle saisit ses épaules et le marqua avec ses ongles.

Il ne savait pas ce que cela donnerait. Mais peu importe. Pour la première fois de sa vie, il autorisa ses émotions à prendre le pas sur sa raison et suivit ces sensations jusqu'au plus profond de son âme.

Une série d'images envahirent son esprit de la part de ses invités, ainsi qu'un minuteur qui semblait provenir de Tristan. *Compte à rebours*, en déduisit Issac, légèrement irrité par son intention manifeste de les interrompre. Avec un soupir, il relâcha Astasiya, laissant tomber son front contre le sien.

— Ils s'impatientent.

— Tu peux les entendre ? Mentalement, je veux dire ?

— Mon Dieu, non. Ce serait terrible, frissonna-t-il en y songeant. Je ne fais que les *voir*. Tristan en particulier. Il est en train de planifier son interruption.

— L'Ichorien qui maîtrise le son.

— C'est bien lui, murmura-t-il en se reculant pour attraper ses vêtements à l'instant même où une vibration retentissait dans la pièce.

— Qu'est-ce que c'est que ça ? l'interrogea Astasiya, son regard volant dans tous les sens.

— Tristan qui se comporte comme un connard impatient, grogna-t-il en enfilant son jean.

Il envoya à sa progéniture un doigt d'honneur, et le bruit cessa.

— C'est… Est-ce qu'il est dehors ?

— Non, il est dans la maison principale.

— Est-il capable de manipuler le son dans un rayon semblable à celui dont tu disposes pour manipuler la vision ? questionna-t-elle en fouillant dans sa valise.

— Oui, nos pouvoirs rivalisent l'un avec l'autre en terme de puissance.

Il glissa les doigts dans ses cheveux, ne se souciant pas de les coiffer.

— Je suspectais ce dont il serait capable une fois transformé après avoir été témoin de son affinité pour la musique. Il était relativement célèbre à la fin du dix-huitième, connu pour son talent de harpiste. Je l'ai rencontré à New York lors de l'une de ses visites. Il appréciait les États-Unis, vois-tu, et, eh bien, on connaît la suite.

— Le dix-huitième siècle, répéta-t-elle, se figeant un instant, quelques vêtements à la main. Est-ce que je veux seulement te demander ton âge ?

Il s'esclaffa, amusé.

— J'ai presque quatre cent ans, ce qui est assez jeune comparé à Aidan et aux Anciens. Ils ont vécu plusieurs millénaires, Aidan étant le plus vieux parmi nous.

— Je… C'est… Ouais. Complètement irréel.

Elle secoua la tête et s'efforça de choisir une tenue. Elle enfila une petite robe bleue qui tombait à mi-cuisse, et laissa tomber ses cheveux humides par-dessus une épaule. Aucun maquillage. Aucune coiffure. Juste une femme entièrement naturelle, ce qu'il apprécia vraiment compte tenue de la compagnie féminine qui l'entourait habituellement. Il enfila son t-shirt et s'avança vers elle pour mordiller la peau masquant son pouls.

— Tu es magnifique, mon cœur, murmura-t-il.

— Même avec ma prétendue rune ? demanda-t-elle d'un air moqueur. Et au passage, ils te diront juste qu'il ne s'agit que d'une simple tache de naissance.

— Ah oui ? interrogea-t-il en la toisant. Tu es prête à prendre les paris ?

— Ouais, je n'ai que dix dollars dans mon sac à main, mais pourquoi pas ? s'esclaffa-t-elle.

— Tu sais bien que je ne suis pas intéressé par l'argent, lui rappela-t-il, en se pressant contre elle. Mais je serais prêt à mettre en jeu des activités plus satisfaisantes.

Elle s'humecta les lèvres, visiblement intriguée.

— Comme quoi ?

— Hmm.

Il approcha ses lèvres de son oreille.

— Si j'ai raison – ce qui est le cas – alors j'aurai le droit de te prendre là où bon me semble, et quand ça me chante.

— Et quand on m'aura donné raison ? souffla-t-elle.

— Tu pourras m'attacher ce soir et faire de moi ce que tu veux.

Ce qu'il n'apprécierait pas autant que d'être aux commandes, mais il était capable de lui tendre les rênes pour une soirée. Même si cela ne serait pas nécessaire. Cette tache était bel et bien une rune.

— Ouais, pari accepté, acquiesça-t-elle.

— Génial, répondit-il en mordillant sa lèvre inférieure. Tu es prête à les affronter ?

Elle fronça son nez, manifestement peu disposée à le faire.

— Il n'y aucune règle à suivre, n'est-ce pas ?

— Oh, je peux t'en trouver quelques unes si tu en ressens le besoin.

Il enroula sa main autour de sa gorge et appliqua une légère pression.

— Peut-être plus tard, au lit.

Elle déglutit, ses pupilles dilatées. La lueur d'intérêt qui brillait dans son regard l'intrigua. Ils exploreraient définitivement cette voie ensemble.

— Je voulais dire avec les Ichoriens, précisa-t-elle, la voix rauque.

Je sais. Il attrapa sa joue dans le creux de sa main.

— Tu es libre de faire ce qui te chantes, mon cœur. Nous sommes entourés d'amis, ici.

— Tes amis.

— Ils finiront pas devenir les tiens, avec le temps.

Il lui offrit un baiser doux, persistant.

— Tu veux bien faire quelque chose pour moi ?

— Ça dépend de ce que tu veux, murmura-t-elle, ses lèvres glissant contre les siennes.

— Prends le temps de les écouter, répliqua-t-il, tout aussi doucement. Donne-leur une chance de te montrer qui ils sont avant de les juger. Et souviens-toi, tu seras toujours libre de prendre tes décisions. Personne d'autre ne le fera pour toi. D'accord ?

Elle resta silencieuse un moment, une multitude d'émotions recouvrant son visage. Mais elle finit par acquiescer.

— C'est dans mes cordes, oui.

CHAPITRE VINGT-TROIS

IL ÉTAIT UNE FOIS

LA RÉSOLUTION de Stas de faire preuve de patience et de compréhension s'envola à l'instant où elle pénétra dans la maison. Elle resserra sa prise sur la main d'Issac, ses jambes menaçant de la lâcher. La jeune femme qui avait été présentée aux enchères lors du Conclave était assise à table, les bras enroulés autour de sa taille. L'incrédulité se lisait sur son visage. Elle semblait au moins en meilleure santé − si on faisait abstraction de son aspect chétif. Mais on lui avait visiblement offert une douche ainsi que des vêtements.

— Ah, Stas, dit Luc, installé en bout de table. J'étais justement en train de parler d'Hydria à Eliza.

Eliza ? Ça devait être le nom de la jeune femme.

— Hydria ? répéta Stas.

— C'est là où ils résident tous, répondit Eliza d'une voix bien plus ferme que ne l'aurait parié Stas. Une île près d'Athènes.

Luc hocha la tête.

— Oui. Elle appartient techniquement à la Grèce. Nous sommes cependant auto-suffisants et ne renseignons que le minimum d'informations nécessaires aux autorités grecques pour maintenir notre citoyenneté. Tout le monde sur l'île a un travail, que ce soit à Athènes, au sein de notre service de sécurité, ou d'autres moyens plus lucratifs.

— Des investissements, ajouta Issac en prenant le siège le plus proche de Luc.

Il tira l'autre chaise en arrière pour Stas, son invitation manifeste. *Rejoins-moi.* La seule raison pour laquelle elle ne protesta pas était la présence de nourriture à table – du fromage, des fruits, et un plateau de condiments. Son estomac gronda devant ce tableau et elle saisit un morceau de poivron rouge en s'asseyant.

Issac sourit en la regardant manger, la lueur entendue dans ses yeux indiquant qu'il était conscient de ce qui avait inspiré un tel appétit. Leur encas nocturne et le petit repas matinal ayant suivi leur marathon sexuel ne lui avaient pas suffi. Issac lui servit un verre d'eau après avoir saisi le pichet sur la table tout en annonçant :

— Quand tu vis éternellement, tu peux surveiller l'accumulation de tes fonds après les avoir investis. C'est ça, l'activité lucrative dont Lucian parlait, et un domaine de compétence que j'ai développé au fil des siècles passés.

— Oui, Issac est l'un de nos conseillers sur le sujet, ayant amassé une fortune de plusieurs milliards à travers les siècles, confirma Luc. Personne ne manque de rien, mais nous nous soutenons mutuellement.

— Vous êtes immortels mais vous faites le choix de travailler, intervint Eliza, qui n'était manifestement pas impressionnée. Comme c'est rasoir.

Les lèvres du roi des Hydraiens se pincèrent.

— Les tâches les plus ingrates assurent elles aussi notre survie. C'est une stratégie qui fonctionne.

Elle grogna.

— Okay, mon expérience professionnelle tourne autour du sexe. Qu'est-ce que je suis censée faire sur votre île ?

Son sarcasme était évident dans sa voix mais se lisait aussi dans ses yeux. Il s'agissait visiblement d'un mécanisme d'auto-défense, un outil que Stas ne connaissait que trop bien.

— Tu veux une suggestion ? Inscris-toi à la fac pour obtenir des compétences qui bénéficieront à tous.

Luc s'enfonça dans son fauteuil, ses muscles se contractant avec ses mouvements.

— Tu ne considères pas le sexe comme une compétence utile ?

Une énergie féroce émanait d'Eliza. Cette femme avait un sacré tempérament, même après ce que lui avaient fait subir les Ichoriens. *En parlant de ça...*

— Où sont Anya et Aidan , demanda doucement Stas en tournant son attention vers Issac, tandis que Luc et Eliza continuaient leur échange.

— Dans le salon, avec les autres.

Il posa son bras sur le dossier de la chaise de Stas et s'approcha d'elle, sa voix tout aussi basse.

— Ça fait un moment que nous ne nous sommes pas tous retrouvés ainsi.

Elle fit mine d'acquiescer mais fronça finalement les sourcils.

— Il ne s'agit pas d'un événement singulier ?

— Non, nous avions l'habitude de nous retrouver plus souvent avant la mort d'Amelia et Eli.

— Dans les Hamptons ?

— Parfois. Le lieu varie. Aidan et son harem vivent à Vancouver en ce moment, alors que je réside sur la côte est depuis environ cent ans. Les Hydraiens sont juste au large d'Athènes, comme l'a mentionné Lucian. Le talent de téléportation de Jacque nous facilite aujourd'hui les choses. Il est assez jeune pour un immortel, il a à peine plus de cent ans.

Un téléporteur. Okay. Elle secoua la tête pour s'éclaircir les idées.

— Okay, explique-moi ceci. Vous vous retrouvez tous fréquemment, malgré les règlements imposés par les Lois du Sang ? Osiris est-il au courant ?

— Si c'était le cas, nous ne serions pas en train d'avoir cette conversation.

D'accord.

— Mais vous prenez quand même le risque ?

— Nous sommes une famille, Aya. Il faut que tu comprennes que les Hydraiens et les Ichoriens ont vécu en paix jusqu'au dix-huitième siècle. La guerre entre nos espèces a éclaté quand les Ichoriens se sont aperçus de la menace qui se cachait dans le sang des Hydraiens.

— La guerre ? répéta-t-elle en haussant un sourcil.

— Elle n'a pas duré longtemps, intervint Luc. Et au passage, j'ajouterais que la seule raison pour laquelle nous vivions en paix, comme l'a dit Issac, c'est parce que les Ichoriens nous ont parqués sur une île – Hydria – sans la moindre ressource. Ils voulaient nous affaiblir, pour diminuer la puissance de nos dons, mais ce qu'ils ont involontairement créé, c'est une fraternité basée sur l'envie de survivre. Nous savions depuis plus de trois mille ans que notre sang pouvait détruire un Ichorien. Nous avions cependant gardé ça secret, conscients qu'ils nous abattraient s'ils l'apprenaient. Au lieu de cela, nous avons travaillé ensemble pour devenir une unité puissante afin de pouvoir nous protéger lorsque l'inévitable se produirait.

— Les Ichoriens ont tenté d'éradiquer les Hydraiens, murmura Issac en caressant son épaule dénudée avec son pouce. Ils ont lamentablement échoué. Ils étaient non seulement dépassés en terme de talents, mais certains Ichoriens ont aussi refusé de se battre. Moi et plusieurs autres qui avons des liens personnels avec des Hydraiens.

— Au final, Aidan, Osiris et moi-même avons signé le Traité de 1747 – un accord provisoire pour obtenir la paix, annonça Luc, penché en avant, les mains posées sur la table.

— Les Lois du Sang furent créées à la suite de ça, pour décourager la fraternisation entre immortels.

— Oui, Osiris est un dirigeant astucieux, ajouta Issac. Il attend le bon moment et détruit les relations bâties au fil des siècles en semant la terreur, avant, selon nous, de mener un nouvel assaut contre les Hydraiens. D'où la raison pour laquelle Aidan, les autres et moi-même jouons le jeu en assistant aux réunions du Conclave.

— Tu es un agent double, reformula-t-elle, complètement épatée par l'histoire et le dessein qu'il venait de détailler. Je ne sais pas si ça fait de toi quelqu'un de courageux ou de suicidaire.

Il s'esclaffa et tira sur une mèche de ses cheveux.

— Je préférerais *courageux*. Comme je te l'ai dit l'autre soir, je n'ai aucunement l'intention de mourir.

Des éclats de rire dans le couloir les interrompirent avant que Balthazar n'entre dans la pièce, ses bras enroulés autour d'Anya et de Clara. Ils étaient tous les trois habillés pour aller nager, ou bien pour une couverture de magazine. Un magazine sexy. Car les filles étaient en string, et leurs hauts couvraient à peine leurs seins ; quant à l'homme qui se trouvait entre elles… waouh.

— Oh, tu es là !

Clara s'élança vers la chaise d'Issac et enroula ses bras autour de lui par derrière, ses lèvres contre sa joue. Il saisit son poignet pour déposer un baiser sur sa main.

— Oui, on refait juste l'histoire avec Lucian.

Clara ne se recula pas, ses seins toujours collés dans le dos d'Issac, ses lèvres proches de son visage. La familiarité avec laquelle elle le touchait était une allusion claire à leur passé, et retourna l'estomac de Stas. Certes, il venait juste de discuter de l'exclusivité de leur relation. Mais elle n'appréciait pas le spectacle qui se déroulait sous ses yeux. Pas du tout. Et surtout le fait qu'Issac continuait de lui tenir la main.

— Vous devriez inviter Aidan, dit Clara, un sourire jusque dans ses yeux trop-bleus. Tu sais à quel point il adore ressasser le passé.

— C'est vrai, acquiesça Issac en la relâchant.

Enfin.

— Vous allez nager ?

— Balthazar nous a défiées à une partie de volley-ball.

Elle balança ses longs cheveux blonds par-dessus son épaule, se déhanchant comme un mannequin en direction de l'intéressé.

— J'ai juste suggéré une partie amicale, murmura-t-il, son bras toujours enroulé autour d'Anya. Les filles ont pris ça pour un challenge. Luc, tu veux jouer ?

— Je vais devoir décliner cette fois-ci, répondit Luc, visiblement déçu. Est-ce que Jay et Alik ont décidé de jouer ?

Un grognement moqueur depuis le seuil le fit regarder par-dessus son épaule en direction d'un homme en jean et veste de cuir, une tenue inappropriée pour une chaude journée d'été.

— Pourquoi diable est-ce que je jouerais au volley-ball ?

— Parce que c'est amusant ? suggéra Clara.

L'homme athlétique croisa ses bras sur son torse et lui jeta le genre de regard capable de réduire une assemblée au silence.

— Je trouverais ça plus amusant de rejoindre la ville pour massacrer des Ichoriens.

— Tu es toujours si morbide, répliqua Clara avec un frisson.

Oui, c'était une description appropriée. Une énergie létale rayonnait de l'inconnu, et Stas ne se rappelait pas l'avoir aperçu lors du dîner de la veille. Un autre Ichorien ? Ou un Hydraien ?

— Alik, dit Balthazar. Je te présente Stas. Stas, voici Alik. Il passe plus de temps à broyer du noir qu'à sortir.

— Et vous vous demandez tous pourquoi, c'est ça ? répondit l'inconnu dénommé Aliken se redressant. Si vous me cherchez, je serai dehors avec Jeremy pour faire la ronde. Lui au moins, il connaît la valeur du silence.

C'était un plaisir de te rencontrer, songea Stas en observant son départ.

— Ce n'est pas contre toi, ma belle, lui dit Balthazar avec un petit sourire. Alik n'aime pas se trouver si près d'une enclave Ichorienne, et il est du genre protecteur.

— C'est un Ancien, ajouta Issac. L'un des quatre que je t'ai mentionnés comme étant les plus vieux membres des Hydraiens. Balthazar, Lucian, Alik, et Jayson.

— Présent, répondit une nouvelle voix alors qu'un énième mâle au physique divin entrait dans la pièce, vêtu d'un maillot de bain. Je croyais qu'on était censé jouer à un jeu dans la piscine ?

— C'est le cas, mais nous nous sommes arrêtés bavarder un instant en t'attendant, lui dit Balthazar avec un sourir. Tu te sens prêt à dénuder quelques nanas ?

— Toujours.

— Je croyais qu'il s'agissait d'une partie amicale, dit Anya en faisant timidement les yeux doux.

— De strip volley-ball, oui, répondit Balthazar en souriant, ses fossettes le rendant encore plus époustouflant que d'habitude.

Ouais. C'est bon, j'accepte la théorie selon laquelle ils descendent des anges, comment serait-il possible de trouver autant de beauté réunie à la fois autrement ?

— Alors pourquoi est-ce qu'on est toujours là ? Je suis impatient de te faire défiler nu sur la terrasse, s'exclama Anya avec une petite pression qui lui arracha un éclat de rire.

— Tu n'avais qu'à demander, si tout ce que tu voulais c'était un spectacle, répliqua-t-il en se dirigeant vers la porte.

— Comme si B. avait besoin d'une raison pour se déshabiller, insista le nouveau venu.

— Je pourrais te retourner le compliment, Jay. Allons donner une petite leçon aux filles.

Balthazar ouvrit la porte arrière et escorta Anya et ledit Jay – Stas imagina qu'il s'agissait du diminutif de Jayson – à l'extérieur.

— C'est comme si Hydria avait débarqué dans ma salle à manger, remarqua Issac.

— Ça te manque, accusa Clara avec un clin d'œil. Admets-le enfin.

— Pas du tout.

— Menteur.

Elle lui souffla un baiser avant de sortir de manière théâtrale.

— Oh, et cette nouvelle émotion ? Ça te va bien. J'aime beaucoup.

Son regard se posa sur Stas.

— Merci d'avoir éclairé son aura. J'espère avoir la chance de faire ta connaissance.

Elle disparut avant que Stas ne formule une réponse. Qui aurait probablement été... *Hein* ?

— Clara est une empathe, expliqua Issac.

— Et pétillante, marmonna Eliza. Du genre, un peu trop pétillante.

Elle frémit visiblement. Stas sourit jusqu'aux oreilles. Ce bout de femme-là ? Ouais, avec elle, Stas pourrait se lier d'amitié très facilement.

— Bon, et si on passait au salon pour finir notre conversation ? suggéra Issac. Je crois qu'Aidan à plusieurs informations à partager, et il y a quelque chose que je voudrais vous montrer à tous les deux..

Il serra son épaule après ces dernières paroles, son insinuation évidente. *Ma tache de naissance.* Qu'il pensait être une rune. *Pourquoi diable est-ce que j'aurais une rune dans le dos ?*

— Je suis curieux, dit Luc en haussant un sourcil.

— Oui, je me suis dit que ça t'intriguerait, murmura Issac, esquissant un léger sourire.

Lui avait-il donné un aperçu de la marque avec son esprit ? À la manière dont les yeux verts de l'Ancien se posèrent sur elle, Stas en déduisit que oui. Les deux hommes se levèrent et Issac lui tendit une main.

— Aya ?

— Tu veux bien me laisser une minute avec Eliza d'abord ? demanda-t-elle, priant pour qu'il accepte.

Il n'hésita pas un instant.

— Bien sûr mon cœur. Nous serons dans le salon.

Après une dernière pression sur son épaule, il tourna les talons, Luc à ses côtés.

— C'est une rune, n'est-ce pas ?

— Donne-moi une image plus détaillée, répliqua le roi des Hydraiens.

— Je le ferai quand nous serons tous réunis.

Les mots d'Issac s'infiltrèrent dans la pièce depuis le couloir.

— Je veux qu'Aya entende ta réponse.

Elle sourit, contente de savoir qu'il tenait à l'impliquer. Puis elle se rappela leur pari. Ah oui. Il souhaitait gagner, et afficher sa jubilation si c'était le cas. *Fichu démon.*

— C'est Stas ou Aya ? demanda Eliza, la tête penchée sur le côté.

— Stas, confirma-t-elle. Et toi, c'est Eliza, c'est ça ?

La jeune femme hocha la tête.

— Tu étais présente, n'est-ce pas ?

— Au Conclave ?

Un autre hochement de tête.

— Malheureusement.

Stas se sentait presque coupable, même si elle n'aurait rien pu faire pour altérer le destin.

— Je suis désolée de ce qui t'est arrivé.

Les narines d'Eliza se dilatèrent, sa colère visible sur son visage.

— Je n'ai pas besoin de ta pitié.

— Non, je sais. Ce n'est pas ce que...

Stas s'interrompit parce que, ouais, elle s'était sentie mal pour elle. Et oui, c'était proche de la pitié. *Je ferais mieux de recommencer.*

— Okay, tu as raison, c'est juste que...

Non, ce n'est pas la bonne voie non plus.

— Est-ce qu'ils ont été, euh, corrects avec toi ? Les Ichoriens, je veux dire.

Une lueur de compréhension vint adoucir les traits d'Eliza, mais une pointe d'irritation restait tapie dans son regard.

— Tu aimerais savoir si tu peux leur faire confiance.

— En quelque sorte. Je ne sais pas. Je me sens un peu submergée par tout ceci.

Quel euphémisme. Elle leva les yeux vers les plafonds et les reporta ensuite sur Eliza.

— Est-ce qu'ils t'ont dit que j'étais une novice ?

— Ouais, ils l'ont mentionné. Apparemment nous sommes plutôt rares.

Stas cligna des yeux.

— Nous ?

L'autre femme la regarda fixement.

— Euh, oui. *Nous*. Je suis aussi une novice. Tu n'étais pas au courant ?

— Je croyais que Sierra avait dit que ce n'était pas le cas ? Que l'idiot qui t'avait accusée était juste un connard de puceau ?

Les lèvres d'Eliza se recourbèrent.

— *Connard de puceau*, c'est pas mal comme description.

Puis son sourire chancela, un souvenir venant hanter ses yeux alors même qu'elle les laissait tomber sur la table. Stas l'aperçut finalement, la femme brisée qui se cachait derrière une façade courageuse – un mécanisme de défense pour se protéger de ce qui lui était arrivé. Ce qui expliquait pourquoi la pitié la mettait autant en colère, parce qu'elle avait besoin qu'on la croit forte. Stas comprenait ce sentiment, avait fait usage d'une méthode similaire quand ses parents étaient morts. Ce monde s'était montré cruel envers elles.

— Donc tu es une novice, énonça Stas en essayant de rappeler Eliza à leur conversation. Es-tu déjà capable de faire quelque chose en particulier ?

— Qu'est-ce que tu veux dire ?

— Eh bien, possèdes-tu un talent ?

L'attention d'Eliza n'était plus sur la table, mais sur Stas et ses lèvres se pincèrent.

— Non. Luc a dit qu'ils ne se manifesteraient pas avant que je devienne une Hydraienne.

Oh. Stas avait espéré qu'elle sache ce que c'était de dissimuler un talent unique aux yeux des mortels pendant des années. Hélas, il semblait que c'était une expérience qu'elles ne partageaient pas.

— Comment savent-ils que tu es une novice ? demanda-t-elle.

— Aidan a demandé à quelqu'un – l'une des Hydraiennes de Luc – de tester mon ascendance. Je suppose qu'elle dispose d'un talent similaire à celui de la femme du, euh, Conclave. Celle qui pouvait déterminer les gènes immortels, ou je-ne-sais-quoi.

Eliza fit la moue.

— Tu crois qu'ils mentiraient à ce sujet ?

Stas haussa les sourcils.

— Oh, désolée, je ne voulais pas dire...

— Je ne pense pas qu'ils mentiraient, l'interrompit Stas. Mais je peux comprendre pourquoi tu n'es pas sûre de pouvoir leur faire confiance.

Car elle ressentait la même chose. Elles furent un instant sur la même longueur d'ondes, un moment de respect mutuel. Elles étaient identiques, et pourtant si différentes.

— Ils m'ont traitée avec beaucoup de gentillesse, dit Eliza après un long silence. Dès que nous sommes partis ce soir-là, Aidan m'a donné sa veste. Ils m'ont laissée me doucher. Ils m'ont donné des vêtements.

Son regard tomba de nouveau.

— Ils m'ont tenue pendant que...

Pendant que je pleurais, en déduisis Stas, le cœur brisé par l'histoire de la jeune femme. Elle ravala sa réaction, s'efforçant de la masquer, n'ayant pas envie qu'Eliza perçoive une nouvelle fois sa pitié.

— Tu es si forte, murmura Stas en mettant l'accent sur l'autre émotion qu'elle ressentait – de l'admiration. Bien plus forte que la plupart des femmes que je connais.

Elle tendit la main à travers la table pour serrer celles d'Eliza, mais celle-ci se recula brusquement, son aversion pour les contacts physiques évidente. Bien sûr. Stas aurait dû s'y attendre.

— Nous devrions peut-être aller voir de quoi ils

discutent, dit Eliza en se levant, le corps pris de tremblements. Histoire de s'assurer qu'ils ne parlent pas de nous.

— Oui, acquiesça Stas, capable de reconnaître une barrière quand elle en voyait une.

Eliza avait besoin d'espace. Stas comprenait ce désir mieux que personne. Elle s'écarta de la table et la rejoignit dans le couloir, s'assurant de maintenir une certaine distance entre elles.

— Stas ? murmura Eliza en s'arrêtant sur le seuil.

Ses yeux bleu nuit se levèrent, une lueur de respect luisant au fond de son regard.

— Merci.

CHAPITRE VINGT-QUATRE

LA PISTE FINANCIÈRE

Issac tendit la main à son Aya quand elle entra. Il était assis sur un sofa en face d'Aidan, Lucian et Mateo.

— Ta protégée est si sage, émit Tristan depuis le fauteuil inclinable installé dans un coin de la pièce. Elle répond à son maître.

Astasiya se raidit, son regard perçant volant vers le connard qui servait de meilleur ami à Issac.

— Pardon ?

— Ah, mais elle répond, siffla Tristan. C'est dommage, je les préfère silencieuses.

— Ça tombe bien qu'elle ne soit pas à toi dans ce cas, répliqua Issac, une pointe de réprimande dans sa voix.

Une critique tacite que sa progéniture ignora.

— J'ai bien peur qu'elle ne soit pas mon genre.

Il observa Eliza, qui avait choisi une chaise contre le mur et avait glissé ses jambes sous son corps. Hmm, c'était vrai, Tristan avait un penchant pour les femmes soumises, le genre qui préférait la douleur au plaisir. Il était loin de se montrer tendre, et si Issac appréciait de prendre le dessus au lit, il n'était pas excité à l'idée de blesser une amante.

— Le sentiment est réciproque, répondit Astasiya, visiblement dégoûtée.

— Quel manque de respect, lui retourna Tristan, une main sur la poitrine et une expression faussement offensée sur le visage. Ce modèle est vraiment déclassé, surtout si on le compare à tes sélections habituelles.

— Fais attention, l'avertit Issac en resserrant son bras autour d'Astasiya.

— Ai-je déjà fais le choix de mâcher mes mots ? répliqua Tristan. Je ne fais qu'émettre une observation honnête.

— Tu es juste agacé d'avoir perdu ton compagnon de drague, dit Nadia depuis les escaliers.

Ash et Jacque se trouvait derrière elle, tous les trois en maillots de bain. Balthazar avait dû réclamer leur participation à ses magouilles dehors.

— Non, j'essaye juste de comprendre comment il peut trouver cette option plus attirante que Clara, qui a littéralement été faite pour lui.

Si cruel. Et nonchalant. Mais la lueur malicieuse qui brûlait dans les yeux de Tristan indiquait qu'il avait cherché à blesser, et le petit cri à côté de lui prouva que la flèche qu'il avait décochée avait atteint sa cible.

— Ça suffit, annonça Issac, qui en avait assez de ces railleries ridicules. Soit tu dégages, soit tu la boucles.

Il s'occuperait de son abrutie de progéniture mécontente plus tard.

— Aidan, Mateo, qu'avez vous trouvé au sujet d'Owen ?

L'énergie de la pièce changea, le choc de Tristan d'avoir été ainsi congédié visible à la manière dont il n'avait pas répliqué ou bougé. Nadia, Ash et Jacque prirent furtivement la direction du couloir et de la sortie.

— Comme tu le sais, Eliza est bien une novice, commença Aidan, en reprenant le sujet dont ils discutaient avant l'arrivée d'Astasiya et Eliza. Ce que j'ai trouvé curieux comme Sierra a prétendu le contraire lors du Conclave.

— C'est une bonne chose qu'Osiris n'ait pas vérifié sa réponse lors du procès, ajouta Issac.

Car les télépathes auraient détecté son mensonge.

— En effet, acquiesça Aidan. Mais c'était étrange, non ? Pourquoi mentir ? J'ai donc demandé à Mateo de trouver des infos au sujet de Sierra et de ses liens avec Owen. Le résultat est, eh bien, fascinant.

Mateo fit glisser une tablette sur la table basse, une sorte de document légal affiché à l'écran – un acte de propriété. Issac souleva l'appareil et étudia les détails du documents alors que Mateo annonçait :

— Le bar dans lequel travaillait Sierra appartenait à Owen. Il l'avait acheté il y environ vingt ans de ça.

— Quoi ? demanda Astasiya, se joignant à Issac pour étudier le document. Pourquoi ?

— Même s'il s'agit d'une question fascinante, nous avons des interrogations plus pressantes. *Comment ?* demanda Aidan. Owen était trop jeune pour avoir accumulé le genre de fortune nécessaire pour acheter une propriété à Manhattan, donc comment l'a-t-il acquise ?

Issac cliqua sur l'onglet, la réponse s'affichant en même temps que Mateo la mentionnait à voix haute :

— Une société écran, annonça sa progéniture. Nommée Gabriel.

Même en étant calé sur ce sujet particulier, Issac n'avait jamais entendu parlé de cette entreprise.

— Qui en est le propriétaire ?

—Je ne sais pas.

C'était une réponse rare de la part de Mateo, surtout quand on tenait compte de son talent et de sa capacité à dénicher le moindre détail connu de l'homme dans le cyberespace.

— Du genre tu n'as jamais entendu parler de lui, ou tu ne peux pas le trouver ? demanda Issac.

— La deuxième option. Celui qui l'a créée est l'un des meilleurs que j'ai jamais vu. Ce boulot me rappelle un autre mystère.

— Jonathan, comprit Issac. Nous nous sommes toujours demandés comment il avait acquis les fonds pour créer le FHC, ajouta-t-il à l'intention d'Astasiya. La personne qui lui a fourni les fonds est un fantôme. Mateo ne peut pas trouver la moindre trace de son bienfaiteur.

— Oui, seulement des mentions de lui dans certains dossiers de projets du FHC, marmonna Mateo, sa frustration manifeste concernant ce puzzle. Et cette nouvelle entité, Gabriel, est similaire. Pas de compte bancaire, pas de noms, ni même de siège. Comme si elle était basée dans l'espace.

— Comment est-ce possible ? demanda Astasiya.

— C'est une putain de bonne question, répliqua Mateo en glissant ses doigts dans ses courts cheveux blonds. Il y a toujours une piste. *Toujours.*

— Mateo a un don pour la technologie qui dépasse les capacités d'un hacker standard et qui tient du surnaturel, expliqua Issac à voix basse en rendant la tablette à Mateo. En conséquence, il est chargé de gérer la plupart de mes comptes. Il est particulièrement habile quand il s'agit de transférer des fonds et des propriétés, de créer des identités, etc. Mais le fait qu'il ne puisse pas trouver la moindre trace suggère une intervention divine.

— Un autre immortel, répondit-elle.

— Oui, c'est ça.

Il tourna son attention vers Aidan.

— Cela suggère l'existence d'un lien entre Owen et Jonathan.

— C'est vrai, acquiesça-t-il. Ce qui nous donnerait un motif probable dans le cas où un arrangement entre eux aurait tourné au vinaigre.

— Ce que j'ai du mal à comprendre, c'est le but d'un tel partenariat, intervint Lucian, son visage délibérément vide de toute expression.

Entendre que l'un des Hydraiens collaborait peut-être avec le PDG notoire du FHC avait dû le blesser.

— Je ne trouve rien dans les fichiers du FHC qui éclairerait ce sujet, dit Mateo, les sourcils froncés. Mais il y a une partie de ses serveurs à laquelle je ne peux pas accéder.

C'était une nouvelle pour Issac.

— Depuis quand ?

— J'imagine que ça a toujours été le cas, répondit-il. J'ai découvert le pare-feu quand je cherchais des informations sur le poison Nizarin la semaine dernière. La partie recherche médicale ne m'a pas posé de problème, la plupart des chercheurs laissent une multitude de points d'accès dont j'ai pu me servir. Mais il y a un coffre logé au fond de ses serveurs auquel je ne peux pas accéder même avec mes capacités psychiques.

— Semblable à la piste fantôme, répliqua Issac, en tapotant ses doigts sur ses genoux. Existe-t-il un moyen de passer outre ?

— Pas sans infiltrer le FHC, ce que nous ne pouvons pas faire pour des raisons évidentes.

Issac hocha la tête.

— Les runes.

Jonathan avait curieusement mis en place une protection magique pour protéger le périmètre du bâtiment. Les Ichoriens et les Hydraiens seraient sans défense à l'intérieur, dépourvus de leurs pouvoirs, fondamentalement humains. Issac avait observé les symboles dehors, gravés dans les piliers en pierre qui encadraient le portail en fer. Les symboles entouraient la propriété. Et possédaient des similarités avec le symbole qui occupait le bas du dos d'Astasiya.

— Ça me fait penser, murmura-t-il, ses lèvres tout près de l'oreille de la jeune femme. Est-ce que je peux leur montrer, mon cœur ?

Elle cligna des yeux, son regard empli d'une myriade de questions.

— Ma tache de naissance ?

Il hocha la tête.

— Si… Si tu penses que c'est pertinent, répondit-elle, une note d'incrédulité dans la voix. Je veux dire, je doute que ça ait un rapport.

— Je ne suis pas de cet avis.

Tout semblait au contraire connecté. Owen qui s'était lié d'amitié avec Astasiya. L'attribution des colocataires qui l'avait placée en compagnie d'Elizabeth Watkins lors de leur première année. L'obtention d'un poste au sein du FHC.

— Il y a beaucoup de liens, Aya.

Elle l'observa un moment, son incertitude se muant en inquiétude.

— Tu penses qu'Owen est devenu mon ami de manière délibérée.

— Ça commence à en avoir l'air, oui.

— Okay, mais cela voudrait dire que le FHC est au courant pour moi, que Jonathan sait que je suis une novice.

— Oui, en effet.

— Alors pourquoi attendre jusqu'au processus d'habilitation pour tester cette théorie ? demanda-t-elle.

Pourquoi perdre tout ce temps avec une amitié factice durant six ans ?

Elle secoua la tête.

— Non, ça cloche. Owen… Il était l'un de mes meilleurs amis. Je le *connaissais*.

— Sauf que tu ne savais pas qu'il s'agissait d'un Hydraien, souligna Issac tranquillement, caressant le haut de son bras tout en resserrant sa prise autour d'elle. Il est possible qu'il s'agisse d'une coïncidence – le fait qu'Owen ait un investisseur capable de recouvrir ses traces comme le FHC le fait – mais cela semble trop gros, trop intentionnel. Même le fait qu'Elizabeth ait été assignée comme ta colocataire semble quelque peu planifié considérant ses liens avec le FHC.

— Lizzie ? vérifia Astasiya en se reculant, ajustant sa position pour lui faire face. Maintenant tu vas me dire que Lizzie est aussi devenue mon amie intentionnellement ?

Le petit couinement à la fin de sa question lui brisa le cœur. Il n'avait pas voulu la bouleverser. Encore une fois.

— Ton amitié avec Elizabeth est trop sincère pour être fausse, répondit-il avec empressement. Ce que je suggère, c'est que quelqu'un a organisé vos conditions de logement, que votre placement dans la même chambre n'était peut-être pas l'œuvre du destin mais un acte délibéré.

— Quand est-ce que tu as rencontré Owen ? demanda Lucian avant qu'elle ne puisse répondre à Issac. Était-ce après ta rencontre avec Lizzie Watkins ?

— Oui, mais elle ne peut pas être dans le coup. Et Owen…

Elle secoua la tête.

— Non. Nous somm… Nous *étions* des amis proches. Je comptais pour lui. J'en suis sûre. Il ne m'aurait jamais fait de mal.

— Peut-être que Jonathan a entendu parler de toi

grâce à une attribution de logement aléatoire et a demandé à Owen de faire ta connaissance, suggéra Aidan. Je me demande si Jonathan a demandé à Owen de te faire quelque chose et que celui-ci a refusé.

— Comme de lui inoculer le poison Nizarin ? dit Lucian en se grattant la barbe. Cela serait en fait un mobile solide. Si Owen suspectait que Stas était une novice, ce qui devait être le cas après six ans de fréquentation, alors il connaissait les conséquences d'une telle injection.

Aidan acquiesça.

— Et comme elle comptait pour lui, il a refusé de s'exécuter.

— Signant ainsi son arrêt de mort, termina Lucian. C'est exactement le genre de représailles qu'affectionne Jonathan, surtout quand l'un de ses sous-fifres refuse d'obéir aux ordres.

— En effet, dit Aidan avant de se tourner vers Issac. Fais-moi voir cette rune.

Astasiya frissonnait à côté de lui, ses doigts tremblants s'emmêlant dans les plis de sa robe.

— Il… il est mort à cause de moi ? chuchota-t-elle, ses grands yeux verts rivés sur Issac comme si elle espérait qu'il le nie. Tu penses que le docteur Fitzgerald… ? C-Comment ? P-pourquoi ? demanda-t-elle avant de déglutir. C-Comment est-ce qu'on… ? Je veux dire, nous n'avons aucune preuve. Nous ne pouvons pas être sû…

Une alarme retentit sur la tablette de Mateo, réduisant les individus présents au silence. La progéniture d'Issac se perdit dans son appareil, ses doigts pianotant sur l'écran à toute vitesse avec une dextérité dont peu de personnes étaient capables. Il gérait le système de sécurité de la propriété d'Issac, ses appareils stratégiquement disséminés à travers le domaine surveillant le terrain et les proches alentours, à la recherche de menaces potentielles. Le système s'activait à chaque fois qu'Issac ou Amelia accueillaient des Hydraiens ici, un garde-fou pour s'assurer de la sécurité et de la survie de tous.

— Tom Fitzgerald est à un peu plus d'un kilomètre d'ici, dit Mateo, concentré sur son écran. Il paraît être seul.

— Quoi ? demanda Astasiya bouche bée. Comment peux-tu savoir cela ?

— Reconnaissance faciale, murmura Mateo sans lever la tête. J'ai catalogué et classé toutes les menaces potentielles pour m'alerter de leur proximité.

— Comme…

Elle s'éclaircit la gorge.

— Est-ce que cela répertorie tous les Ichoriens ?

Il acquiesça.

— Bien sûr.

— Leurs visages ? insista-t-elle, faisant grimacer Issac qui se demandait ce qu'elle cherchait vraiment à savoir.

— Oui, euh, non.

Mateo tapa quelque chose et se pencha sur l'écran.

— Il se dirige réellement dans notre direction.

Il se redressa finalement et croisa le regard d'Astasiya.

— le programme n'utilise pas de pigment, juste la structure osseuse et les fichiers dentaires. Imagine un squelette, mais vivant. Est-ce que tu aimerais y jeter un coup d'œil ?

Elle grimaça.

— Non, pas vraiment.

— Que cherchais-tu à découvrir, mon cœur ? demanda Issac en la serrant contre lui.

— Je, euh, je me suis juste dit, énonça-t-elle avant de s'interrompre, les doigts agrippés au tissu de sa robe. J'ai pensé que s'il avait tous les Ichoriens, je pourrais peut-être retrouver le meurtrier de mes parents.

Ah oui. Il imaginait qu'elle aimerait découvrir son identité.

— Tu as vu l'homme qui a tué tes parents ? demanda Aidan, la tête penchée. À quoi ressemblait-il ? Peut-être que Lucian ou moi l'avons rencontré.

Avec leur tendance à se souvenir de chaque détail de leurs vies, il était probable qu'il puisse aider Astasiya à identifier le tueur. Si seulement Issac pouvait accéder à son esprit pour capturer son image.

— Ça va devoir attendre, dit Mateo. Tom vient de tourner au coin de la rue. Il se dirige vraiment par ici, et il n'essaye pas de s'en cacher.

— Qui est Tom ? demanda Eliza, qui était restée silencieuse et studieuse pendant toute la conversation depuis sa position à côté du mur.

— Un ami d'Astasiya répondit Issac. Qui se trouve aussi être une Sentinelle à la solde du FHC.

— L'organisation humanitaire ? demanda-t-elle en fronçant les sourcils. Est-ce qu'il s'agit de l'entreprise que vous ne cessez de mentionner ?

— Oui, ils possèdent une unité paramilitaire qui est spécialisée dans l'élimination d'immortels, résuma Lucian en se levant. Je t'en dirai plus à ce sujet plus tard.

— Nous devons rejoindre les autres, juste au cas où Tom aurait amené une surprise avec lui.

Balthazar et Jayson pénétrèrent dans la pièce au même moment, des serviettes enroulées autour de la taille. Le télépathe avait dû lire dans les esprits des individus restés à l'intérieur ce qui se passait et poussait tout le monde à l'action.

— Est-ce que l'armurerie d'Eli est déverrouillée, Wakefield ? demanda Jayson.

Issac hocha la tête, les envoyant à l'étage, Ash et Anya sur leurs talons. Il semblerait que les nageurs aient décidé de rentrer. Amelia serait absolument consternée par les traces de pas mouillées sur son sol de marbre. *Désolé*, dit-il, en levant automatiquement les yeux vers le ciel.

— Est-ce que tu peux au moins me dire pourquoi nous allons à l'étage ? demanda Eliza, tremblant et les bras enroulés autour de sa taille. S'il te plaît ?

— Pour notre protection, répondit-il, d'une voix encourageante et tendre, contraire au ton autoritaire qu'il privilégiait habituellement. L'Hydraien qui habitait ici avait une armurerie bien fournie dont nous nous servirons si Tom a amené qui que ce soit avec lui.

Elle ne semblait pas particulièrement convaincue.

— Et qu'est-ce qu'on va faire pour passer le temps ?

— Discuter.

Il lui tendit à nouveau la main.

— Tu as encore tant de choses à apprendre, mais tu peux me faire confiance.

— Ils ne vont pas faire de mal à Tom, hein ? demanda Astasiya, la voix serrée et détournant l'attention d'Issac du couple de l'autre côté de la pièce. Ils ne peuvent pas le blesser, Issac. Ils… Il est…

Elle déglutit.

— C'est toujours mon ami.

— Il t'a envoyée à l'Arcadia.

— Je sais, m-mais… s'il te plaît, Issac. Ne les laisse pas le blesser. Il veut peut-être juste discuter.

La supplique dans son regard le fit soupirer.

— Très bien. Personne ne lui fera de mal à moins qu'il ne cherche à forcer l'entrée, promit-il.

Il s'assura de hausser le ton pour que tout le monde l'entende au rez-de-chaussée.

Balthazar, ne blesse pas ce crétin. Aya souhaite d'abord lui parler. Malgré leurs problèmes, Issac faisait confiance au télépathe pour passer le mot à sa cohorte. À ce sujet, ils étaient dans le même camp.

— Je me sens trop agité pour faire quoi que ce soit. Avec cet ordre de ne pas tuer et tout.

L'accent irlandais de Tristan semblait toujours plus prononcé quand il était énervé.

— Ça ne te ressemble tellement pas, ajouta-t-il d'un air entendu.

— Tu aurais peut-être dû rester en ville, répondit catégoriquement Issac qui en avait assez de son comportement puéril.

Son meilleur ami plissa les yeux, mais choisit de s'abstenir de répondre et rejoignit les autres à l'étage. *Futé.*

— Tom est au portail, l'informa Mateo au moment où une vibration se déclenchait depuis le panneau de sécurité installé au mur. Et il est seul.

— Eh bien, il semblerait que Tom soit plus courageux que je ne l'avais anticipé, murmura Issac. Laisse-le entrer.

CHAPITRE VINGT-CINQ

DU PION À LA DAME

PUTAIN, qu'est-ce qu'il fout là ? Stas était debout à côté d'Issac dans l'entrée, Aidan et Mateo juste derrière eux, un flingue à la main. Plusieurs autres Hydraiens dont elle ne connaissait pas les noms rôdaient dans les parages. L'atmosphère était tendue, ce qui n'aidait pas à réduire la douleur qui lui tiraillait le ventre.

Owen allié au docteur Fitzgerald. Lizzie qui avait potentiellement été délibérément choisie comme sa coloc. Depuis combien de temps le FHC est-il au courant pour moi ?

N'y avait-il donc rien de vrai dans sa vie ? Elle savait au plus profond d'elle-même qu'il leur manquait une information vitale, un élément clé qui exonérerait ses deux meilleurs amis. Et Tom. Oui, il l'avait envoyée à l'Arcadia. Cependant, elle était certaine qu'il tenait à elle. Elle ne pouvait pas être si aveugle que ça en ce qui concernait ses instincts et ses émotions — autrement, cela signifierait qu'elle avait vécu un mensonge ces six dernières années. Et Stas refusait d'accepter ça, refusait de le croire.

— Laisse-moi lui parler en premier, dit Issac à voix basse.

Elle l'étudia avec circonspection.

— Pourquoi ?

— Pour déterminer ses intentions.

Il l'attira contre lui, ses lèvres près de son oreille.

— Et pour te donner l'occasion de préparer ce que tu tiens à lui dire.

Elle nota son expression tendre, complice et si pleine de compréhension. Comment était-il possible que quelqu'un la comprenne aussi bien ? Qu'il sache ce dont elle avait besoin avant même qu'elle n'en prenne conscience ? Elle commença à secouer la tête pour s'éclaircir les idées mais réalisa que cela passerait pour un refus.

— Okay, dit-elle avant de déglutir. Mais je veux écouter.

— Bien sûr.

Il lui indiqua l'arrière de la porte d'un geste de la main et elle s'y glissa juste au moment où Tom frappait bruyamment à la porte.

— Tu es prête ? demanda Issac.

Pas vraiment. Elle hocha tout de même la tête car que pouvait-elle faire d'autre ? De plus, elle voulait connaître la vérité. Elle avait besoin de savoir. *Est-ce que le FHC a vraiment tenté de me tuer ?*

— Thomas, le salua Issac en ouvrant la porte.

— Où est-elle ? demanda Tom en se servant de sa voix de leader et non de son ton plus amical.

— Je suppose que par *elle*, tu veux dire Astasiya ?

Issac le questionna d'un ton railleur et Stas était sûre que Tom le fusillait du regard.

— Si tu l'as changée, je jure devant n'importe quel dieu que tu vénères que je te tuerai.

Elle inspira furtivement, les mots de Tom confirmant de manière directe ce qu'elle savait déjà, même si l'entendre de sa propre voix était une toute autre affaire. Cela signifiait qu'il l'avait réellement envoyée à l'Arcadia pour observer les Ichoriens se nourrir. Et qu'en était-il du Conclave ?

— Avec quoi ? demanda Issac, l'air blasé. Ce pistolet modifié par le FHC posé contre ta hanche ? Cela impliquerait que tu puisses voir pour tirer. Ou est-ce que tu comptes utiliser ce couteau sophistiqué en argent glissé dans ta botte ? Encore une fois, tu aurais besoin de ta vision, un sens que je n'aurai pas le moindre scrupule à te retirer si tu me menaces une nouvelle fois.

Un silence retentissant accueillit ses propos. L'estomac de Stas se souleva, ses paumes moites recroquevillées en poings.

Il savait. Il savait *et il m'a quand même envoyée là-bas. Comment a-t-il pu me faire ça ?*

— Dis-moi qu'elle va bien, dit finalement Tom. S'il te plaît. Dis-moi qu'elle va bien.

Son cœur fit un bond dans sa poitrine quand elle perçut l'inquiétude dans sa voix, la première indication qu'elle comptait vraiment pour lui, qu'il n'avait peut-être pas vraiment voulu lui faire ça. Bon sang, pourquoi est-ce que c'était aussi déroutant ?

— Elle va bien, répondit Issac en croisant les bras. Mais bon sang, qu'est-ce qui t'a pris de l'envoyer à l'Arcadia ?

Tom souffla brusquement, son soulagement évident même à travers la porte.

— Putain, je n'ai pas réfléchi. J'ai laissé mes émotions, ma colère, prendre le dessus. Je voulais juste qu'elle te surprenne, tu sais, en train de faire ton truc.

— Mon truc ? répéta Issac, de nouveau blasé. De quel truc est-ce que tu veux parler Thomas ? Qu'est-ce que tu espérais lui faire découvrir exactement ?

— Te nourrir, connard. Je voulais qu'elle voit ce que tu es.

— Dans quel but, précisément ? Autre que de la mettre en danger, bien entendu.

— Putain, Wakefield. Laisse-moi juste lui parler. Je sais qu'elle est là.

— Vraiment ? demanda Issac en haussant un sourcil. Et comment est-ce que tu peux en être aussi sûr ?

— Son téléphone, grogna Tom. Allez, j'ai juste… J'ai besoin… J'ai besoin de m'excuser. Et j'ai besoin de voir par moi-même qu'elle va bien.

— Je vais bien, dit-elle en s'avançant à côté d'Issac, lasse de se cacher. Il ne m'a pas transformée. Tu peux y aller maintenant.

Car le mal de tête qui résonnait dans son crâne n'avait pas besoin de plus de combustible, et elle ne savait pas non plus quoi lui dire. Il l'avait envoyée à l'Arcadia pour surprendre Issac en train de se nourrir. Ben merde. Une conversation aurait été une solution bien plus sûre. Elle fronça les sourcils. *Attends, si Tom m'a envoyée à l'Arcadia pour découvrir ce qu'est Issac, ça signifie qu'il pensait que je n'étais pas au courant pour les Ichoriens.* Est-ce que ça ne venait pas contredire la théorie selon laquelle le FHC était au courant de son statut de novice ? À moins qu'ils n'aient pensé qu'elle ignorait tout du monde surnaturel ?

— Stas, dit Tom en s'avançant, avant qu'Issac ne lui bloque le passage.

— Du calme, Sentinelle. Je ne t'ai pas invité à entrer chez moi.

— Je veux lui parler.

— À quel sujet ? demanda-t-elle par-dessus l'épaule d'Issac.

— En privé.

Issac croisa de nouveau les bras.

— Hors de question.

— Je ne compte pas lui faire de mal, dit Tom. Allez,

Stas, ça fait presque sept ans que tu me connais. Je ne savais pas qu'il y aurait un Conclave. Ils n'ont pas souvent lieu. Je me suis précipité au Club à la seconde où j'ai réalisé ce qui se passait, mais il était trop tard.

— Pour ce que ça vaut, ce qu'il a dit à la fin était juste. Il attendait dehors quand nous sommes sortis de l'Arcadia. Il nous a même suivis jusqu'à chez toi, c'est d'ailleurs la raison pour laquelle je suis resté dormir.

Il s'écarta et s'appuya contre le montant.

— Je tiens aussi à souligner que ce n'était pas seulement stupide, mais aussi très risqué pour une Sentinelle de monter la garde devant l'Arcadia. Surtout pour celui qui se trouve être le fils du créateur du FHC. Le prix placé sur la tête de Thomas est exorbitant. Donc en résumé, il a bien risqué sa vie pour venir à ton secours, tout comme il le fait en ce moment.

Stas haussa un sourcil.

— Et tu ne l'as pas mentionné avant parce que... ?

— Parce que le fait qu'il se soit pointé n'annule pas le danger dans lequel il t'a placée.

— Tu aurais quand même dû m'en parler.

Même s'il n'avait pas vraiment eu l'opportunité de le faire avec toutes les autres sujets qu'ils avaient déjà dû aborder.

— Je le fais maintenant.

Elle n'avait ni l'énergie ni la volonté de débattre d'une question si futile. Il lui avait dit à l'instant, quand c'était nécessaire, alors même qu'il aurait pu choisir d'omettre la vérité.

— Okay, dit-elle, en se rapprochant de lui pour poser sa tête sur son épaule.

Tom observa leur échange sans commentaire, le visage dénué de toute expression.

— Pourquoi ne m'as-tu pas simplement dit ce qu'il est ? demanda-t-elle.

— Est-ce que tu m'aurais cru, Stas ?

Une autre preuve qui suggérait que Tom la croyait ignorante du monde surnaturel. *Quelque chose cloche.* Si le FHC était conscient de son statut de novice, Tom devrait l'être aussi comme il était le fils du PDG. Et pourtant, il venait d'insinuer qu'il doutait de ce qu'elle accepterait de croire. Quelle raison aurait-il de craindre cela s'il la pensait déjà impliquée dans ce monde ?

— Tu as probablement raison, annonça-t-elle lentement, le mensonge lui en coutant.

— Il t'a parlé du FHC, n'est-ce pas ? demanda Tom. De ce que nous faisons ?

Issac sembla se figer à ses côtés et elle comprit son hésitation. Il ne voulait pas qu'elle mentionne ses accusations à l'encontre de Jonathan. C'était dans ses cordes. Stas haussa les épaules afin de renforcer son masque nonchalant.

— Non, pas vraiment. Mais certaines choses ont été insinuées.

— Est-ce qu'il a mentionné le fait que nous chassons des êtres surnaturels hors-la-loi qui posent problème dans le monde mortel ?

Ce n'était pas vraiment la manière dont Issac l'avait décrit, non.

— Il a mentionné que l'unité militaire était équipée pour gérer des cibles immortelles, offrit Stas à la place.

— Est-ce la raison pour laquelle tu te caches ici ? Tu as peur qu'on s'en prenne à toi à cause de ta découverte ?

— Est-ce le cas ?

Ton organisation a déjà tenté de me tuer.

— Bien sûr que non. Tu sais que je ne suis pas comme ça.

Vraiment ? se demanda-t-elle.

— Peut-être, répondit-elle finalement, n'ayant toujours pas déterminé ses intentions. Mais depuis combien de temps es-tu au courant de tout ça sans m'en avoir parlé ?

— Tu n'avais pas l'habilitation nécessaire pour le savoir, Stas.

Ce qui signifie que le FHC ne sait pas ce que je suis, ou ils m'auraient automatiquement éliminée.

— Donc tu m'as envoyée dans une boîte pour que j'obtienne cette permission ?

Il se frotta la nuque.

— C'était une manière subtile de t'alerter.

— Une manière subtile ? répéta Issac. Thomas, elle a rencontré Osiris. Est-ce que c'est assez discret pour toi ?

Les yeux de Tom s'écarquillèrent.

— Elle a rencontré Osiris ?

— Oh, oui. Et le pire dans l'histoire, c'est qu'elle l'a intrigué. Pourquoi imagines-tu qu'elle se trouve ici ?

— Merde.

Tom commença à faire les cents pas, les doigts noués dans ses cheveux..

— Putain, laisse-moi l'emmener, Wakefield. Elle sera plus en sécurité au siège et tu le sais.

Issac s'esclaffa.

— Je n'ai pas à te laisser faire quoi que ce soit, répliqua-t-il en regardant Stas. Ce n'est pas à moi de prendre la décision.

Stas l'observa en retour.

— C'est une option ?

D'aller au FHC ?

— Oui, mais cela te ramènera en ville.

Où tu ne seras pas en sécurité, essayait-il de lui rappeler avec ses yeux.

— Comment le FHC peut-il me protéger d'Osiris ?

demanda-t-elle à haute voix, sa question destinée à Issac plus qu'à Tom.

Mais c'est ce dernier qui répondit.

— Nous avons des barrières et autres protocoles de sécurité qui l'empêcheront d'entrer.

— Donc il faudra que je vive là-bas ?

Elle n'appréciait pas du tout cette idée.

— Pas forcément, répliqua-t-il vaguement. Et si tu rentrais avec moi et que tu me donnais une chance de t'expliquer comment nous pouvons te protéger ? C'est le moins que je puisse faire pour t'avoir fourrée dans ce pétrin. Et si tu décides que tu n'es pas intéressée, je te ramènerai moi-même ici.

— Tu penses vraiment que je vais gober ça ? demanda-t-elle, incrédule.

— J'espère vraiment que tu vas *me* faire confiance. Le connais-tu si bien que ça ? Tu penses vraiment qu'il t'aidera à ses propres dépens ? Un homme issu d'une longue lignée d'anges déchus ?

— Je préfère *démon*, murmura Issac, ses lèvres tressaillant face à ce rappel du petit surnom qu'elle lui avait donné. Mais chacun pense ce qu'il lui plaît.

— Est-ce qu'il t'a expliqué pourquoi il boit du sang ? Une malédiction divine, n'est-ce pas, Wakefield ?

— C'est pour ça que tu es passé, Thomas ? Pour un cours d'Histoire ?

— Stop.

Stas avait besoin d'une minute pour digérer tout ça, pour rassembler plus d'informations avant de prendre sa décision. Elle ne devrait même pas y réfléchir, mais quelque chose clochait dans cette histoire. Elle avait besoin de plus de détails, de preuves, de *quelque chose*, pour confirmer ces allégations.

— Si je viens avec toi, tu me racontes tout. Si ça ne me

convient pas, j'ai le droit de partir, répéta-t-elle. C'est bien ça ?

Tom hocha la tête.

— Est-ce que ton père est au courant de ta présence ici ? demanda-t-elle en essayant de comprendre le rôle du docteur Fitzagerald dans cette idée stupide.

— Non, mais il est au courant pour le club. Et, euh, il est assez en colère contre moi. Du genre, furieux.

Il paraissait réellement mal à l'aise.

— Il t'aime, tu sais. Comme sa propre fille. C'est un peu bizarre, mais je comprends. Tu fais partie de la famille, Stas. Penses-y. Donne-moi une chance de me rattraper. S'il te plaît.

Un mouvement attira son attention et elle remarqua Mateo qui agitait sa main. *Cinq minutes*, articula-t-il silencieusement. Elle n'avait pas la moindre idée de ce que signifiait ce compte à rebours. Mais Issac dut comprendre son geste cryptique de la main car il annonça :

— Astasiya va avoir besoin de quelques minutes pour prendre sa décision.

— Je croyais que tu ne prenais pas de décisions à sa place ? riposta Tom.

— C'est bien le cas, intervint Stas. Mais il a raison. J'ai besoin de quelques minutes pour réfléchir à tout ça. Tu me dois au moins ça, Tom.

Et il semblerait que Mateo ait quelque chose à nous dire.

Tom soupira, ses épaules se recroquevillant.

— Très bien. D'accord. Je vais juste... je vais juste t'attendre dans ma voiture. Tu me tiendras au courant dans tous les cas ?

Elle hocha la tête, le cœur serré par son expression triste.

— Je le ferai.

— Okay.

Il déglutit et se recula d'un pas avant de se tourner vers sa voiture, mais se figea.

— Stas ?

— Ouais ?

— Pour ce que ça vaut, je suis désolé. Et je suis content que tu ailles bien.

Des paroles sincères qui vinrent heurter sa détermination. C'était le visage et le ton de l'ami qu'elle connaissait depuis des années. Contrit. Désespéré. Dévasté.

— Je serai dans ma voiture, ajouta-t-il doucement.

Issac ferma la porte avant qu'elle ne puisse répondre, la mâchoire serrée.

— Qu'essayes-tu de me montrer, Mateo ? demanda-t-il, l'irritation manifeste dans sa voix surprenant Stas.

Le jeune homme blond se recula d'un pas, les mains en l'air.

— Okay, écoute-moi entièrement avant de rejeter mon idée.

L'ÉCOUTER ?

— Lance-toi. Et plus vite que ça, mec.

Car d'après les images qu'Issac avait observées dans l'esprit de Mateo, ce dernier souhaitait envoyer Astasiya en mission de reconnaissance au siège du FHC.

— Que se passe-t-il ? demanda-t-elle en les regardant à tour de rôle. Qu'est-ce que j'ai râté ?

— Dis-lui, encouragea Issac, les bras croisés.

Mateo s'éclaircit la gorge et son visage déjà clair blêmit un peu plus.

— Cette situation nous offre une opportunité. Tom souhaite la ramener au siège du FHC, n'est-ce pas ? Là où se trouvent les serveurs ? Si Stas peut s'approcher d'eux, je pourrais m'infiltrer dans le système à l'ancienne.

— Qu'est-ce que ça implique ? demanda Aidan qui était détendu à côté de Mateo.

— Tout ce dont elle a besoin c'est d'un appareil – que je peux mettre au point rapidement – et de trouver la salle des serveurs ou une connexion hôte adaptée.

— Une connexion hôte ? répéta Stas, le front plissé. Qu'est-ce que ça veut dire ?

— Comme un ordinateur central avec un accès à tous les documents, expliqua Mateo. J'imagine que Jonathan en a un.

— Avec son besoin de tout contrôler ? C'est absolument certain, répliqua Aidan en se grattant la mâchoire. Ce que tu suggères, c'est que Stas suive Tom et t'aide à accéder aux fichiers dont l'accès est bloqué de manière mystérieuse. À quel point es-tu confiant que ta méthode fonctionne ?

Mateo n'hésita pas une seconde.

— Environ quatre-vingt pour cent.

— Tu veux risquer la vie d'Astasiya pour un plan qui n'est même pas infaillible à cent pour cent ? s'esclaffa Issac. Non.

— Attends un peu, répondit Astasiya en se concentrant sur Mateo. Dis-moi exactement ce dont tu as besoin histoire que je comprenne ce que tu attends de moi.

— Okay.

Mateo sortit son portefeuille de sa poche de jean et tendit à la jeune femme un centime qu'il avait trouvé.

— Il faudra que tu dissimules un objet de cette taille dans ton sac à main ou ta poche et que tu l'installes près de l'ordinateur de Jonathan. Cela me donnerait l'accès dont j'ai besoin, si tant est qu'il a des fichiers hôtes sur son ordinateur. Si ce n'est pas le cas, il faudra alors que tu trouves la salle des serveurs, qui devrait sans doute se trouver au sous-sol, dans une salle à atmosphère contrôlée...

— Et complètement sécurisée, sans aucun doute, ajouta Issac en grognant. Il n'y a aucune chance pour qu'elle trouve la salle des serveurs sans se faire attraper, Mateo.

— Merci pour ta confiance, marmonna-t-elle.

— Ça n'a rien de personnel, mon cœur. C'est juste une évidence. Jonathan est connu pour son système de sécurité. La preuve, c'est que Mateo ne peut pas accéder à ces dossiers, et c'est un foutu Ichorien doté de pouvoirs technologiques surnaturels.

Elle y réfléchit un instant et concéda qu'il avait raison.

— Issac a raison. Je suis descendue une fois, et c'est un labyrinthe de couloirs blancs tapissé de caméras de surveillance. Il serait quasiment impossible de trouver la salle des serveurs.

— Mais si Jonathan t'invite à discuter dans son bureau... ? l'encouragea Mateo.

— Je pourrais l'installer à côté de son ordinateur portable, acquiesça-t-elle en indiquant la pièce. Mais seulement si je réussis à traverser les contrôles de sécurité avec. Ils scannent tous les effets personnels à travers une machine et utilisent aussi des détecteurs de métaux.

— Je peux trouver un moyen de contourner ces mesures, mais j'aurais besoin de la soirée pour me préparer. Je pourrais même créer une sorte de carte. Hmm.

Son regard était perdu dans le vide, visiblement songeur.

— Oh, je pourrais aussi ajouter une caméra à tes vêtements pour filmer le souterrain.

Il sourit et lui retira la pièce pour la ranger dans son portefeuille.

— Oui, des plans d'architecte. Stas pourrait nous fournir des détails précis concernant l'agencement des locaux.

Issac le cloua du regard..

— Est-ce que tu as perdu la tête ?

Il voulait qu'Astasiya, une opératrice sans formation, prenne part à une mission suicide.

— Si Jonathan a le moindre doute concernant ses intentions...

Il ne put terminer sa phrase, trop horrifié par ses implications.

— Hors de question.

— Est-ce que tu penses que ces dossiers contiennent des informations concernant Owen ? demanda Astasiya en ignorant Issac. Peut-être même au sujet d'Amelia ?

— Je pense qu'il y a une raison pour laquelle Jonathan se sert d'un cryptage magique pour dissimuler certains documents, et je serais prêt à parier qu'il existe un lien, oui.

Mateo jeta un coup d'œil à Aidan.

— Est-ce que tu es d'accord ?

Leur aîné réfléchit un moment, le regard perdu dans le vide, son intelligence et ses talents de stratège se lisant dans son regard. Il hocha finalement la tête.

— Oui, c'est l'explication la plus logique. Quoi qu'il cache à l'aide de moyens surnaturels, il s'agit de quelque chose qu'il tient absolument à cacher du public.

Il cilla avant de reporter son attention sur Issac.

— L'idée de Mateo a du mérite. C'est une opportunité unique de recueillir des informations de l'intérieur, ce que tu cherches à faire depuis le départ.

— Il a raison, murmura Astasiya. Tu comptais te servir

de moi pour assouvir ta vengeance, et c'est la preuve que je suis bien le pion idéal.

Son estomac se serra en entendant cela et son cœur fit un bond.

— Aya…

— Non, ce n'est pas grave, continua-t-elle en le regardant avec des yeux si sincères qu'il pouvait lire dans son âme.

— Je sais que tu as changé d'avis depuis, mais Mateo a raison. Si le docteur Fitzgerald travaillait avec Owen, je mérite de le savoir. J'ai *besoin* de le savoir, Issac. Et ces dossiers contiennent peut-être ces réponses.

— Et si ce n'est pas le cas ? riposta-t-il. Que feras-tu ?

— Nous serons de retour à la case départ, répondit-elle en saisissant sa main. Mais au moins, nous saurons ce qu'il y a dans ces fichiers.

— Je ne tiens pas à te mettre en danger pour des *et-si*, Aya. Il doit bien y avoir un autre moyen.

— Ce n'est pas ta décision, Issac, lui dit-elle doucement en s'avançant vers lui avant d'attraper son autre main. Dis-moi, est-ce que tu fais confiance à Mateo ?

C'était une question injuste, surtout quand elle était posée devant sa progéniture. Issac soupira, et ses épaules s'affaissèrent.

— Mateo ne m'a jamais déçu.

C'était la vérité, et Mateo en fut visiblement flatté.

— Donc oui, je lui fais confiance.

— Alors moi aussi, répliqua Astasiya en exerçant une pression sur sa main. J'ai besoin de faire ça, Issac. Pas seulement pour moi, mais aussi pour Owen.

— Tu serais prête à risquer ta vie pour obtenir des réponses ?

Il pencha la tête sur le côté.

— Réfléchis un peu, Aya. Pense à ce que Jonathan

pourrait te faire. Le poison Nizarin n'était qu'une mesure préliminaire. Il se sert d'immortels comme de cobayes depuis plus de dix ans.

— C'est vrai, dit Aidan, la voix de la raison. Nous ne savons pas exactement comment il s'y prend, mais la technologie dont il a doté les Sentinelles est trop avancée pour être une invention humaine. Sans compter les runes.

— Et ces détails, ils sont cachés ? demanda-t-elle en regardant Mateo. Est-ce que tu peux y accéder ?

Il secoua la tête.

— Seulement des détails superficiels et des biens aux noms vagues.

— Ce qui veut dire que ces projets de recherche font probablement partie des dossiers classifiés auxquels tu ne peux pas accéder, supposa Astasiya.

— Oui, acquiesça Mateo, c'est aussi ma théorie.

— Une théorie, répéta Issac avec dégoût. Pas un fait établi. Pas une donnée scientifique. Tu risquerais ta vie pour une *théorie*, Aya.

Elle déglutit et se retourna vers lui.

— Je risquerais ma vie pour bien plus qu'une simple théorie, Issac. Tu veux que j'accepte tes accusations au sujet du docteur Fitzgerald, mais ce n'est pas possible tant que je n'ai pas plus de preuves. J'ai besoin de le revoir, pour m'assurer que c'est vrai.

Elle attrapa sa joue dans le creux de sa main.

— Tu me demandes de traiter mon mentor comme un criminel, l'homme qui m'a guidée dans mon choix de carrière, celui qui m'a traitée avec le plus grand respect depuis notre rencontre il y a près de sept ans. Certes, les informations que tu m'as fournies sont accablantes, mais j'ai besoin de savoir avec certitude qu'il est diabolique. C'est la seule manière pour moi de t'aider à prendre ta revanche.

— Mais je ne veux pas t'utiliser de cette manière, Aya.
Je ne veux pas te perdre.

Ne comprenait-elle donc pas ? Il ne s'agissait plus
d'une partie d'échec. Des émotions sincères étaient en jeu,
toutes centrées sur Aya, et il ne pouvait pas risquer le pion
qui était devenu sa reine.

— Astasiya, tu comptes plus à mes yeux que ma
vengeance.

Putain, il arrivait à peine à croire que ces mots lui
échappaient, mais c'était la vérité. La vengeance était un
objectif dépassé. Il ne pouvait pas perdre Astasiya, pas
pour ça, pas à cause d'une situation dans laquelle il l'avait
empêtrée. Issac ne se le pardonnerait jamais.

— Je sais, murmura-t-elle en se hissant sur la pointe des
pieds pour l'embrasser. C'est pour ça que je dois le faire.
Ce n'est plus pour toi, mais pour moi. Si toute ma vie était
un mensonge ces dernières années, je *dois* le découvrir.
Fais-moi confiance. S'il te plaît.

— Ce n'est pas une question de confiance, répondit-il
en l'enveloppant dans ses bras. C'est...

J'ai juste peur. Il ne voulait pas la perdre. *Mais elle ne
m'appartient même pas.* Pas vraiment. L'exclusivité était une
chose, mais un avenir ensemble en était une toute autre. Et
pourtant, en ce qui concernait le plan d'infiltration du
FHC élaboré par Mateo... *Merde.* Issac comprenait la
logique du plan. C'était la meilleure chance dont ils
disposaient pour obtenir un aperçu de l'intérieur de la
forteresse de leur ennemi. Mais l'idée de mettre Astasiya en
danger faisait naître des doutes, et il secoua la tête.

— Je ne peux pas te perdre, dit-il encore une fois.

— Je peux le faire, insista-t-elle. Mais j'ai besoin que tu
croies en moi.

— Oh, Aya. Ce n'est pas une question de confiance.

C'est juste le fait de ne pas pouvoir assurer ta protection à l'intérieur du FHC.

La dernière fois qu'elle s'y était rendue sans lui, elle avait été empoisonnée. Cela l'avait tracassé. Maintenant, il craignait que ça ne l'anéantisse. *Qu'est-ce qui ne va pas chez moi ?* Issac n'agissait jamais ainsi avec qui que ce soit. Il vivait toujours selon ses propres règles et autorisait les autres à en faire de même. Mais l'idée qu'Astasiya entre dans l'immeuble sans lui le déroutait profondément. Après seulement quelques semaines de fréquentation, il avait déjà l'impression qu'elle était gravée dans son âme. *Comment est-ce possible ?*

Une émotion tendre masqua son visage.

— As-tu oublié que je suis capable de me défendre ? Tout ce que j'ai à faire, c'est de donner quelques ordres.

— Seulement si ton don fonctionne au sous-sol, répliqua-t-il, la bouche sèche. Les Ichoriens et Hydraiens sont fondamentalement humains à l'intérieur de ces murs. As-tu la moindre idée de ce qu'ils te feront subir ?

— Elle est déjà mortelle, dit Aidan. Les runes ne devraient pas s'appliquer à elle, elles sont destinées aux lignées immortelles.

— Ne devraient pas ou ne s'appliqueront pas ? demanda Issac dont la prise autour des mains d'Astasiya se resserra.

— Tout va bien se passer, Issac, chuchota-t-elle. Laisse-moi suivre mes instincts. S'il te plaît ? Est-ce que tu peux me faire confiance ?

Sa gorge se noua. Il n'y avait qu'une poignée de personnes en qui il avait entièrement confiance, et deux d'entre elles étaient mortes. Mais une partie plus fragile de lui, dont il ignorait l'existence avant sa rencontre avec Astasiya, lui faisait déjà confiance à elle aussi. C'était la même partie de lui qui était attaché à elle.

— Et en ce qui concerne Osiris ? demanda-t-il en changeant de tactique.

L'ancien Ichorien avait plusieurs domiciles, mais il fréquentait souvent la ville.

— Il me terrifie, admit-elle. Mais, Issac, je ne peux pas me laisser guider par la peur. Il s'agit d'un plan solide.

C'était la réponse qu'il attendait de la femme forte qu'elle était. L'une des nombreuses qualités qu'il admirait chez elle.

— Je ne suis pas naïve. Je sais que suivre Luc est l'option la plus sûre, mais je ne suis pas encore prête. Pas sans connaître la vérité. Pas sans savoir ce qui est arrivé à Owen.

Sa détermination était manifeste sur son visage. Astasiya partirait avec ou sans son soutien. Il n'avait pas d'autre choix que d'accepter sa décision ou de la contester. Issac soupira. Il ne l'autoriserait jamais à s'impliquer dans une situation à risques en pensant qu'elle ne disposait pas de son appui.

— Oh, Aya.

Il saisit l'arrière de son cou et l'attira contre lui pour un baiser, s'assurant de lui transmettre chaque émotion étrange et toutes ses pensées secrètes à l'aide sa langue. Elle s'agrippa à ses bras, le serrant un peu plus fort, lui rendant la pareille et le dévastant avec ses propres sentiments. C'était comme s'ils étaient liés d'une manière étrangère à cette terre, leur âmes s'alignant comme par magie et virevoltant ensemble dans l'espace.

Il n'avait pas de mots pour ça. N'arrivait même pas à comprendre ce qui leur arrivait. Il refusait de s'attarder dessus. Il se contenta de saisir le moment.

Mon Aya… Il approfondit leur baiser, ne se souciant pas de leur audience, ignorant tout ce qui les entourait. Ils établissaient un nouveau pacte, dans lequel Issac serait obligé de donner alors même que ses instincts le poussaient à prendre.

Elle serait toujours libre de faire ses propres choix. Il ne lui enlèverait jamais cela. Même quand il brûlait d'envie de tout contrôler et d'assurer sa sécurité. Elle devait suivre son cœur, apprendre par elle-même, et il comprenait cela bien mieux qu'il ne voulait l'admettre. Lui dire ne suffirait pas. Elle avait besoin de *voir*.

— Reviens-moi, mon Aya, souffla-t-il contre ses lèvres. Promets-moi de revenir.

Ses yeux s'ouvrirent doucement.

— Tu me fais confiance ?

— Oui, chuchota-t-il, en nichant son visage dans le creux de son cou. Fais ce que tu as à faire.

Cela le tuait de l'admettre, mais la retenir serait une erreur. Son Astasiya était née pour voler.

CHAPITRE VINGT-SIX

DÉSORDRE TECHNIQUE

Issac se tenait sur le seuil de la porte d'entrée, laissant un peu d'espace à Astasiya pour qu'elle puisse discuter avec Thomas dans l'allée. À en juger par l'expression de la Sentinelle, il n'était pas fan de sa suggestion. Dommage pour lui car Issac refusait de céder en ce qui concernait cette clause. Tristan le rejoignit, les mains dans les poches de son pantalon, son regard perspicace tourné vers Astasiya.

—Je te prie de m'excuser, si je t'ai offensé plus tôt dans la journée.

Issac s'esclaffa.

— Tu vaux mieux que ces mensonges.

Il fit face à l'homme qu'il considérait comme son meilleur ami.

— Mais tant que tu es là, peux-tu m'expliquer ce qui te chagrine ? Tu ne t'es jamais soucié de savoir qui je baisais. Qu'est-ce qui a changé ?

— C'est parce qu'elle n'est pas juste un coup. Tu l'as amenée à un Conclave, Issac.

— Ce n'était certainement pas par choix.

Osiris lui avait ordonné d'emmener Astasiya. Il n'avait pas d'autre choix.

— Tu as risqué ta putain de vie pour elle, toutes nos vies.

— Ce qui n'a pas semblé te poser de problème à l'Arcadia, souligna Issac. Si je me souviens bien, tu m'as volontairement aidé.

— Comme il en va de mon devoir, même quand mon meilleur pote est à côté de la plaque.

Issac plissa les yeux, n'appréciant pas son accusation concernant son état mental.

— Et qu'est-ce que j'aurais dû faire selon toi, hein ?

Il n'y avait pas d'autre solution. Il ne pouvait pas l'offrir en pâture à quelqu'un comme Osiris. Tristan le savait bien.

— Ce ne sont pas tant tes décisions que tes réactions qui me gênent. Cette nana est rentrée dans ta tête. Elle aura bientôt capturé ton cœur. Et elle est loin d'être assez bien pour toi.

— Pas assez bien ? répéta Issac en haussant les sourcils. Qui t'a donné le droit d'émettre un tel jugement ?

Sa progéniture lui fit face, son visage dénué de toute expression.

— Quel genre d'avenir penses-tu avoir avec elle ? C'est une novice.

— J'en suis parfaitement conscient, Tristan.

Tout comme la manière dont cela impactait leur relation.

— C'est ça la raison de ton antipathie ? Parce que c'est une future Hydraienne ?

Ce genre de préoccupation n'avait jamais gêné Tristan par le passé. Issac ne comprenait pas pourquoi c'était le cas aujourd'hui.

— Je me fiche complètement de ça. Ce qui m'inquiète, ce sont les sentiments que tu éprouves pour elle. Tu la laisses te changer, tu prends des décisions basées sur tes émotions et non sur ta raison, et tout ça pour un petit coup temporaire. Ça va mal se terminer, Sire.

Ah, la voilà la raison sous-jacente pour laquelle Tristan s'inquiétait : il s'inquiétait qu'Issac ne soit irrévocablement altéré par Astasiya. C'était probable, oui, car elle avait déjà commencé. Mais c'était à lui de s'en inquiéter, et non à Tristan.

— Ce sont mes affaires, certainement pas les tiennes.

— Eh bien occupe-toi de les remettre en ordre, répliqua Tristan. Parce que d'après ce que je peux voir, tu sembles parti pour tomber amoureux d'elle, et pas qu'un peu. Et votre relation est impossible.

— Qu'est-ce qui te fait penser que je n'en suis pas conscient ? riposta-t-il, quelque peu énervé par la réprimande manifeste dans la voix de Tristan. Crois-tu vraiment que je suis complètement ignorant de la situation délicate dans laquelle nous nous trouvons ?

— Être conscient de la vérité et l'accepter sont deux choses très différentes, Sire.

Tristan se recula d'un pas, son regard attiré par la silhouette d'Astasiya qui approchait.

— Profite d'elle tant que tu peux, mais essaye de te préserver.

Il tourna les talons avant qu'Issac ne formule une réponse. Heureusement, Astasiya n'avait pas surpris un mot de leur conversation. Il lui tendit les bras et elle s'avança contre lui avec un soupir, son front tombant contre son torse alors que Thomas démarrait.

— J'en déduis qu'il a accepté, n'est-ce pas ? supposa Issac, ses lèvres près des cheveux d'Aya.

— Ouais. Il va organiser un rendez-vous pour demain midi.

— Cela devrait laisser assez de temps à Mateo, murmura-t-il en resserrant sa prise autour d'elle.

Il n'arrivait toujours pas à croire qu'il avait donné son aval pour ce plan. La logique du plan et leur motivation étaient parfaitement raisonnables. Mais c'était la mise en pratique qui l'inquiétait. Heureusement, ils avaient deux des meilleurs stratèges au monde sur le coup. Si qui que ce soit pouvait établir un plan sans faille, c'était Aidan et Lucian. Si on y ajoutait l'expertise technique de Mateo, il ne devrait y avoir aucun souci. À moins que Jonathan ne tente quelque chose d'inattendu, ce qui était tout à fait probable.

— Je t'ai vu parler avec Tristan, chuchota Astasiya en se reculant pour le regarder. Il ne m'apprécie pas vraiment, hein ?

Bon. Il était clair qu'elle se posait des questions à ce sujet.

— Il est très protecteur.

— Et il semble penser que tu es destiné à une autre femme ? insinua-t-elle, un sourcil hissé pour accentuer sa question.

Issac soupira, jouant avec les pointes de ses cheveux.

— Clara est juste une amie. Mais oui, Aidan l'a transformée pour moi, en tant que cadeau.

Il saisit l'arrière de sa nuque avant qu'elle ne recule.

— S'il te plaît, Aya. Il n'y a rien entre nous, simplement une amitié de longue date sans le moindre désir pour un avenir plus intime.

Elle plissa les yeux.

— Et qu'en est-il d'un passé plus intime ?

Bien sûr, il avait fallu qu'elle s'aventure sur ce terrain.

— Si tu cherches à savoir si nous avons couché ensemble, alors la réponse est oui. Une seule fois. Et aucun de nous deux n'a particulièrement apprécié les conséquences, dit-il en resserrant sa prise alors qu'elle tentait de lui échapper. Je ne vais pas m'excuser pour mon passé, mon cœur. Tout ce que je peux faire c'est te jurer d'être fidèle à l'avenir, ce que j'ai déjà fait.

— Tu aurais pu me prévenir.

— Peut-être, mais cela insinuerait qu'il s'agit d'un sujet important à mes yeux. Ce qui n'est pas le cas.

À l'inverse de sa progéniture qui avait décidé de mentionner le sujet – une conversation que Clara et Issac n'avaient pas remise sur le tapis depuis des décennies car ils ne se considéraient ni l'un ni l'autre comme des partenaires sexuels potentiels.

— C'est une amie et rien de plus. Tristan en est parfaitement conscient mais a choisi de ne pas en tenir compte pour créer un conflit injustifié, annonça Issac, la tête penchée. Ne le laisse pas gagner, Aya. S'il te plaît.

Elle l'observa un moment et secoua finalement la tête.

— Ton meilleur ami est un connard.

Il s'esclaffa.

— J'en suis parfaitement conscient.

— Et pourtant vous êtes toujours amis.

— Il a de bons côtés.

Issac relâcha son étreinte et l'embrassa doucement.

— Il n'y a personne d'autre, Aya. Rien que toi. Je te le promets.

Elle se détendit contre lui et s'attarda sur ses lèvres.

— Je pense que tu devrais m'emmener au lit et me le prouver, le taquina-t-elle en faisant bouillir son sang. Nous avons toute la nuit, non ?

— Mmm, oui, c'est vrai. Et je connais la distraction idéale pour nous occuper, chuchota-t-il contre ses lèvres en souriant. Ce sera parfait pour nous changer les idées après ces discussions pesantes.

Il tenait juste à la voir de nouveau nue. Peut-être dans la douche, ou simplement dans son lit, ou même sur la table de la cuisine. Hmm, ces trois propositions le tentaient toutes. Cela leur assurerait une nuit de plaisir avant de devoir retourner en ville le lendemain. Issac avait bien besoin d'un peu de passion, et pourquoi pas d'une morsure. Il passerait autrement le reste de la soirée à s'inquiéter à propos d'événements sur lesquels il n'avait aucune maîtrise. Oh oui, il préférait de loin en profiter et savourer chaque moment.

— Maintenant tu ne fais que me provoquer, l'accusa-t-elle, ses mains tombant sur les hanches d'Issac alors qu'elle penchait la tête en arrière. Laisse-moi deviner, est-ce que ça implique ma tache de naissance ? Parce que j'ai toujours envie de gagner ce pari.

Ses lèvres se retroussèrent.

— Eh bien j'avais juste prévu de te ramener à la pool-house pour quelques heures d'activités sensuelles et un repas, mais maintenant que tu en parles, j'aimerais moi aussi être déclaré vainqueur.

Même s'il avait déjà gagné.

— Des activités sensuelles ? répéta-t-elle. Je crois que je préfère cette option.

— Trop tard mon cœur. J'ai désormais l'idée en tête.

Il saisit sa main et la traîna derrière lui.

— Mettons fin à ce pari, que je puisse enfin t'emmener au lit.

Elle s'esclaffa.

— Que de la gueule.

Il s'arrêta et leva un sourcil dans sa direction.

— Est-ce une manière pour toi de réclamer une démonstration, mon cœur ?

Il la pressa contre la porte, ses mains sur les hanches d'Astasiya, sa cuisse glissée entre les siennes.

— Ce n'est pas parce que nous avons de la compagnie que j'hésiterais une seule seconde à te prendre ici et maintenant.

Il souffla ces mots près de ses lèvres entrouvertes et raffermit sa prise.

— Donne-moi le feu vert, Aya. Chiche !

Elle frissonna et enfonça ses doigts dans sa chemise.

— Je...

La poignée qui tournait obligea Issac à l'attirer contre lui quand les portes s'ouvrirent, révélant la présence de Balthazar qui souriait de toutes ses dents de l'autre côté.

— Petit tuyau de pro, Wakefield. Offre-lui d'abord un bon repas. Et pars ensuite à l'attaque. Elle aura plus d'énergie et probablement plus d'enthousiasme.

Il toisa ensuite Stas, une lueur taquine dans le regard.

— Et d'après ce que j'ai entendu la nuit dernière, tu es une femme passionée, ma belle. Quand tu seras prête à te frotter à un véritable immortel, tu sais où me trouver.

Elle piqua un sacré fard et Issac haussa un sourcil.

— As-tu raté ma performance la nuit dernière ? Car je crois l'avoir laissée plus que satisfaite. Encore et encore.

Astasia poussa un petit cri, les yeux écarquillés.

— Oh, j'ai tout entendu, répondit-il en souriant. Je t'aurais donné un neuf sur dix mais tu as oublié de la nourrir avant votre douche.

— J'étais occupé à dévorer...

— Okay, ouais, hors de question qu'on parle de ça, dit Astasiya en se faufilant entre les deux hommes pour entrer dans la maison.

Elle se figea aussitôt le seuil franchi, son visage virant encore un peu plus au rouge.

— *Merde.*

— Et oui, tu ne vas pas échapper à la conversation si facilement, murmura Balthazar en la contournant pour rejoindre le reste de leur public dans le salon.

La plupart d'entre eux l'observait avec attention, ce qui l'avait momentanément clouée au sol. Issac ferma la porte avant de l'encercler de ses bras par-derrière, ses lèvres près de son oreille.

— Ignore Balthazar, chérie. C'est ce que nous faisons tous.

Il déposa un baiser sur sa joue quand il ne reçut pas la moindre réaction. Il était temps de changer de sujet.

— Aidan, Lucian, est-ce que vous avez un instant à nous accorder ? demanda-t-il.

Ils étaient en pleine conversation avec Mateo dont la tête était comme toujours penchée sur sa tablette. Le duo père-fils leva la tête en même temps, leurs visages si similaires, l'un simplement plus âgé que l'autre. Ni l'un ni l'autre n'affectionnait la pilosité faciale, ce qui ne faisait qu'accentuer leur ressemblance.

— Oui ? l'encouragea Aidan.

— La rune, dit Lucian, sur la même longueur d'ondes qu'Issac, comme d'habitude.

Pas à cause de sa télépathie mais simplement parce qu'ils se connaissaient bien.

— Il aimerait qu'on y jette un coup d'œil maintenant.

— Ah oui, répondit Aidan en clignant des yeux. Montre-nous, Issac.

Il leur envoya facilement une image tout en posant son menton sur l'épaule d'Astasiya. La chaleur qui irradiait de ses joues suggérait qu'elle ne lui avait pas encore entièrement pardonné son échange avec Balthazar. Issac aurait pu répondre mentalement, mais exprimer sa réponse verbalement était bien plus rafraîchissant. Surtout après la proposition explicite de ce sale con. Comme si Issac comptait partager.

— Ce n'a jamais été un problème par le passé, Wakefield, dit le télépathe avec un sourire en coin.

Il s'était installé à côté d'Eliza, le bras étiré sur le dossier du canapé, s'assurant de ne pas toucher la jeune femme. Même si elle semblait à l'aise avec sa proximité à en juger par la manière dont elle s'était ajustée pour lui faire face. Pas de manière sexuelle, juste en quête de réconfort. Le second talent de Balthazar qui consistait à contrôler les émotions s'avérerait utile dans cette situation. Il était aussi capable de se montrer particulièrement tendre dans ce genre de circonstances, ce qui faisait de lui le confident idéal. Amelia l'avait toujours adoré et considéré comme un membre de la famille. Issac ne partageait pas son opinion. *Astasiya est à moi. Va te faire foutre.*

Balthazar s'esclaffa, son visage si séduisant attirant l'attention de plus d'une femme dans la pièce. Heureusement, Astasiya était trop préoccupée par Aidan et Lucian pour le remarquer. Les deux êtres omniscients discutaient dans une langue archaïque, une langue morte d'après les bribes que percevait Issac. Ils avaient tendance à régresser quand ils se perdaient dans des échanges théoriques ou des débats. Issac patienta, sachant pertinemment que l'un d'eux reviendrait à la réalité bien assez tôt avec le résultat de leur discussion.

— Je crois que je suis en train de gagner, Aya, chuchota-t-il près de son oreille. J'espère que tu es prête à prendre une autre douche. Car c'est là que nous commencerons.

Elle frissonna, son halètement indiquant clairement qu'elle avait visualisé sa suggestion. Il mourrait d'envie de pouvoir accéder à son esprit, de pouvoir manipuler sa vision afin de lui montrer ce qu'il envisageait.

Elle. Excitée. Douce. Enthousiaste.

Ses mains contre le mur.

Son sexe s'enfonçant en elle par derrière, ses lèvres contre son cou.

Mmm, oui, c'était exactement comme ça qu'il souhaitait commencer. Il lui fit sentir les prémices de son désir en se pressant contre ses fesses et caressa son pouls de ses dents. Une gorge qui s'éclaircissait le rappela à la réalité et il leva la tête pour trouver Aidan, visiblement dans l'attente.

— Nous avons quelques questions supplémentaires, dit-il.

Quelle surprise.

— Quelles questions ? questionna Issac.

— Est-ce que la marque te gêne parfois, Stas ? demanda Lucian dont les yeux verts contenaient une lueur distante, si semblable à celle de son père.

Ils s'étaient tous les deux perdus dans leur talent, faisant le tri à travers des millénaires de connaissances et d'expériences emmagasinées, tout en maintenant une conversation en temps réel. C'était ce genre de pouvoir qui donnait à Lucian le droit de diriger et qui empêchait les Ichoriens de défier Aidan. Il était après tout futile d'affronter des stratèges omniscients.

— Euh, non, pas vraiment, répliqua-t-elle.

Aidan ne semblait pas apprécier cette réponse.

— Issac, peux-tu essayer de manipuler sa vision, s'il te plaît ?

Cela semblait futile, mais il acquiesça tout de même et s'exécuta. Astasiya se trémoussa un peu, probablement inconfortable à l'idée de servir de cobaye. Puis elle se figea, les lèvres entrouvertes.

— Oh, merde…

Elle fit volte-face dans ses bras, les yeux écarquillés.

— Recommence.

Il fronça les sourcils.

— Très bien.

Il fit de nouveau face à un mur obscur immaculé, l'esprit d'Aya complètement hors de sa portée.

Les sourcils de celle-ci étaient hissés jusqu'au milieu de son front.

— Mon dos… ça… ça fourmille.

Lucian et Aidan hochaient tous les deux la tête, reprenant leur conversation dans une langue qu'aucune personne présente ne comprenait. Après plusieurs minutes de suspense, Lucian pencha la tête sur le côté et se concentra sur Astasiya.

— As-tu déjà vu un Séraphin, Stas ?

— Un Séraphin ? répéta-t-elle en se glissant contre le flanc d'Issac. Non, Issac a dit qu'ils étaient plutôt rares.

— Extrêmement rares, acquiesça Aidan. Je n'en ai pas rencontré un depuis plusieurs millénaires. Je commençais à croire qu'ils avaient disparu, mais cette marque suggère le contraire. Quand est-ce que tu l'as remarquée pour la première fois ?

— Euh, quand j'étais petite ? C'est une tache de naissance.

Son front était plissé.

— Es-tu en train de dire qu'un Séraphin a inscrit cette rune sur mon dos ?

— Oui, répondirent-ils en cœur.

— Pourquoi ?

— Ma première hypothèse est qu'il s'agit d'une protection contre les Ichoriens, dit Aidan avant de détourner son attention d'Astasiya. Est-ce que les dons des Hydraiens ont été testés sur elle ?

— Seulement le mien répondit Balthazar.

Aidan se gratta le menton, et observa la pièce.

— Où est Jacque ?

— Hé, dit le téléporteur en apparaissant, une part de pizza à la main. J'ai entendu mon nom depuis la cuisine.

— Stas, est-ce que ça t'embêterait de laisser Jacque te

téléporter à travers la pièce ? demanda Aidan. Pour tester ta marque ?

Elle le regarda bouche bée.

— Tu veux que je laisse un type que je ne connais pas me téléporter ?

Issac déposa un baiser sur sa tempe.

— Jacque est inoffensif, chérie. Crois-moi.

— Je ne sais pas si je me sens offensé ou flatté par cette affirmation, dit le téléporteur malgré sa bouche pleine.

— Ses manières en revanche, laissent à désirer, ajouta Issac.

Jacque haussa les épaules.

— Essaye de téléporter des gens toute la journée à travers le monde et viens me dire que t'es pas affamé, okay ?

— À travers le monde ? répéta Astasiya. Ouais, non. Pas question. Trouvez quelqu'un d'autre.

— Je peux toujours essayer.

La voix grave provenait du couloir et annonçait l'arrivée d'Alik, qui entra dans la pièce une bouteille de bière à la main. Issac se raidit.

— Ce n'est pas...

— As-tu parlé directement dans ma tête ? demanda Astasiya, les yeux écarquillés.

— Elle n'est pas résistante, résuma Alik avant de s'effondrer dans un fauteuil à côté de Balthazar. Je peux tenter le coup avec mon autre talent si vous préférez.

— Non, répondit sèchement Issac.

— C'est quoi son autre don ? demanda Astasiya à voix haute, avant de secouer la tête. Laissez tomber, je ne veux plus personne dans ma tête.

Étant donné qu'Alik était capable d'estropier une armée d'une simple pensée, c'était une sage décision.

— Est-ce que ta marque te picotait quand Alik t'a contactée par télépathie ? demanda Aidan.

Elle se raidit et secoua la tête.

— Non, pas la première fois et pas non plus maintenant. Arrête ça.

Alik haussa les épaules et continua de siroter sa bouteille, complètement impassible.

— Et non, pas besoin de faire ça, ajouta-t-elle en frissonnant. Ce n'est pas surprenant que tu sois si… *sombre*.

— Ça m'a permis de rester en vie, répliqua Alik. Ainsi que tous les autres.

Bien, il avait dû répondre à sa question concernant sa capacité à torturer des centaines d'esprits à la fois. Génial. Ça n'aiderait pas Astasiya à se sentir à l'aise avec les Hydraiens.

— La rune de protection cible donc spécifiquement les Ichoriens, dit Lucian à Aidan, en anglais cette fois-ci. Pourquoi ?

— Je suis plus intéressée par la raison de sa présence, répliqua Aidan. Que savons-nous de son ascendance ?

La question paraissait destinée à Issac.

— Seulement l'identité de ses parents biologiques. Tu penses qu'ils connaissaient un Séraphin ?

Issac caressa le bras d'Astasiya en répondant et remarqua la chair de poule qui recouvrait sa peau.

— Oui. Il est possible que son père en ait rencontré un et lui ait demandé de lui fournir un symbole de protection pour l'aider à la protéger.

Aidan croisa les jambes, sa cheville posée sur son genou.

— J'aimerais beaucoup savoir ce qu'il a offert en échange d'un cadeau si précieux. Les Séraphins détestent les Ichoriens.

— Pourquoi ? demanda Astasiya.

— Parce que nous sommes considérés comme une aberration par les anges, expliqua Aidan, comme s'il s'agissait d'une évidence. Te souviens-tu avoir rencontré quelqu'un d'unique au cours de ton enfance ? Une personne à l'aura mystérieuse ou aux talents de communication plutôt minables ? Les Séraphins fréquentent rarement les mortels, ou même quiconque, en réalité. Il ne serait pas injuste de les décrire comme *stoïques* et *brusques*.

— Euh, énonça-t-elle avant de déglutir. Ça ne me rappelle rien.

— Et tes parents ? Te souviens-tu de quelque chose à leur sujet, Stas ? Quelque chose d'unique ? demanda Lucian.

Elle fit la moue.

— Mon père possédait un talent de coercition. Ma mère...

Ses paroles restèrent en suspens et elle secoua la tête.

— C'est... Mes souvenirs ont toujours été flous, peu fiables.

Lucian et Aidan se regardèrent.

— Altération de sa mémoire ? suggéra l'aîné.

— C'est possible, acquiesça Lucian. Il va falloir qu'on étudie cette piste.

— En effet.

Aidan bascula de nouveau dans leur langue ancienne, les deux immortels perdus dans leurs pensées. Mateo était assis à côté d'eux , l'air béat alors qu'il travaillait sur ses plans pour le lendemain. Les autres se séparèrent à leur tour en plusieurs groupes pour discuter.

— Est-ce que tu as d'autres questions ? demanda Issac en enroulant un bras autour des épaules d'Astasiya.

— Pas pour le moment, répondirent Aidan et Lucian de concert avant de retourner à leur échange.

Sa question était destinée à Astasiya.

— Et toi ? chuchota Issac, tout près de son oreille.

— Quelle langue sont-ils en train de parler ?

Il s'esclaffa.

— Je n'en ai franchement pas la moindre idée. Ils ont tendance à revenir à des langues mortes quand ils sont excités par quelque chose.

Il embrassa son épaule.

— Il est rare pour eux d'avoir l'occasion d'apprendre quelque chose de nouveau.

— Parce qu'ils savent déjà tout.

— Pas tout à fait, c'est plus qu'ils se souviennent de tout ce qu'ils ont appris depuis toujours.

Stas tourna son regard sur lui.

— C'est terrifiant.

— Et incroyable, ajouta-t-il en caressant sa mâchoire du bout des doigts. Dans tous les cas, ils nous préviendront s'ils découvrent quoi que ce soit d'autre, mais je suppose que ta rune restera un mystère non résolu.

— Pourquoi ça ?

— Car seul le Séraphin qui te l'a apposée peut nous en donner la raison.

La seule chose qu'ils savaient avec certitude, c'était que ce symbole la protégeait des dons Ichoriens. Son visage se décomposa et son sourire s'estompa.

— Oh.

Il redressa son menton à l'aide de son pouce et l'embrassa doucement.

— On dirait bien que tu as besoin d'une distraction.

— Je viens juste de découvrir que ma tache de naissance n'en est pas une, chuchota-t-elle. Une distraction serait fantastique.

— Il y a de quoi manger à la pool-house.

— Je suis plus intéressée par le lit, dit-elle doucement mais avec assurance.

Elle venait juste de révéler la séductrice qui sommeillait en elle. Celle qui adorait la dentelle et brûlait de recevoir sa morsure. Et bon sang, le démon qui l'habitait approuvait cette partie d'elle.

— Oui, et je crois bien que j'ai gagné.

Il la dévora lentement du regard.

— Où et quand je veux, c'est bien ça, hein ?

Elle se mit à trembler visiblement, une lueur lascive qu'il adorait gagnant son regard.

—Je crois que je vais apprécier ton divertissement.

— C'est le but, répondit-il, tout contre son oreille, ses mots destinés seulement à Astasiya. Je vais commencer par prendre cette bouche délicieuse, et nous nous assurerons ensuite de rendre les choses plus intéressantes. Maintenant, suis moi.

CHAPITRE VINGT-SEPT

Tester les limites

C'est une mauvaise idée. Cette pensée retentit dans l'esprit de Stas alors qu'ils s'approchaient du siège du FHC. Elle résista à l'envie de triturer le bouton du col de sa chemise, celui que Mateo avait cousu le matin-même. Une caméra. Qui retransmettrait les images directement sur sa tablette. Elle déglutit. Il avait promis que les détecteurs de métaux ne capteraient rien, et le bouton paraissait bien réel.

Tout comme l'objet dissimulé dans sa poche. Une carte de visite avec les coordonnées d'Issac en tant que PDG de Wakefield Pharmaceuticals sur le recto et son écriture masculine griffonnée au verso. Mais entre les deux faces en papier se trouvait un gadget qui permettrait à Mateo de s'infiltrer dans le système du docteur Fitzgerald si elle l'installait assez près de son ordinateur. Issac serra sa jambe, sa main posée sur le haut de sa cuisse alors qu'il naviguait les rues de Manhattan.

— Tu n'es pas obligée de faire ça, Aya.

Oh, mais bien sûr que si. Il leur manquait quelque chose, un élément-clé. Tout son être lui criait qu'Owen ne lui avait jamais voulu de mal, même lors de leur première rencontre. Sauf qu'elle ressentait la même chose au sujet du docteur Fitzgerald, malgré les preuves qui l'accablaient.

— C'est la seule solution, dit-elle à voix basse, en s'adressant plus à elle-même qu'à Issac. Je suis juste nerveuse, c'est tout.

Elle craignait que la carte dans sa poche ne déclenche des alarmes. Que quelqu'un ne remarque son bouton. Ou d'être démasquée. *Je pourrais ne pas apprécier la vérité.*

Elle frissonna, la chair de poule recouvrant ses bras malgré la température élevée de cette journée estivale. L'électricité qui parcourait sa peau s'intensifia quand l'immeuble en verre du FHC qui se profilait à l'horizon apparut finalement devant eux, une variété de drapeaux ornant la cour à l'avant du bâtiment.

— C'est ta dernière chance, mon cœur, murmura Issac en saisissant le levier de vitesse installé entre leurs sièges.

— Il faut que je le fasse.

La conviction dans sa voix ne s'accordait pas avec son estomac agité. Il hocha la tête et ralentit en s'approchant de l'entrée sécurisée.

— Une fois passée la cabine du gardien, mon don ne fonctionnera plus.

— Issac, c'est...

— Je veux que tu testes ton don sur moi une fois que nous serons entrés, Astasiya. Nous avons besoin de vérifier qu'il fonctionne.

— Ça ne fait pas partie du plan, répliqua-t-elle, les dents serrées.

— Les plans peuvent évoluer, annonça-t-il en s'avançant devant la barrière. Laisse-moi prendre les devants.

Son estomac se noua, le petit-déjeuner qu'elle avait englouti ce matin menaçant de refaire surface. Elle se mordit la lèvre pour ne pas le forcer à abandonner son plan, consciente qu'il était trop tard quand un garde frappa à la fenêtre du côté passager. Un autre s'approcha du côté conducteur. Issac descendit la vitre et retira ses lunettes de soleil avant de s'adresser à l'agent de sécurité qui se tenait du côté d'Astasiya.

— Bonjour, le salua-t-il d'une voix faussement plaisante. Je suis là pour déposer une invitée de Jonathan Fitzgerald. Nous sommes attendus.

L'homme costaud ne leva même pas la tête de son bloc-notes quand il leur demanda :

— Votre nom ?

Issac n'hésita pas un instant.

— Issac Wakefield.

Les yeux marrons en amande du gardien se levèrent aussitôt dans leur direction, un sourcil sombre se hissant sur son front.

— Je– je vais devoir les appeler.

— Bien sûr, répondit Issac. Nous allons patienter.

Il se détendit dans son siège comme s'il ne venait pas juste d'alerter le service de sécurité du FHC qu'un Ichorien demandait à entrer.

Elle avait tellement de questions. Tellement d'inquiétudes. Mais la fenêtre ouverte la poussa à garder le silence. Alors qu'un des soldats se rendait dans la cabine pour passer un coup de fil, l'autre jouait avec son arme, ses yeux rivés sur Issac.

Ses dons étaient-ils déjà inefficaces ? Elle observa les colonnes en pierre qui se dressaient de chaque côté de l'entrée, à environ un mètre cinquante d'eux. *Y a-t-il des runes gravées dans la pierre ?* se demanda-t-elle, à la recherche de motifs que ses yeux refusaient d'identifier.

— C'est bon, annonça le gardien dans la cabine. Fitzgerald viendra à leur rencontre sur le parking.

Compte tenu de l'usage familier du nom de famille, Stas supposa qu'il parlait de Tom.

— Merci bien, dit Issac alors que les grilles s'ouvraient.

Les fenêtres se refermèrent autour d'eux quand il enclencha la marche avant et fit passer le véhicule entre les piliers, son frisson manifeste alors qu'ils les dépassaient.

— As-tu complètement perdu la tête ? demanda-t-elle, furieuse.

— Tu as le droit de risquer ta vie, mais pas moi ? riposta-t-il en lui jetant un regard en coin à la fois réprobateur et incrédule. Ce n'est pas comme ça que ça va se passer entre nous, Aya.

— Putain.

Ses poings se contractèrent alors que son cœur battait la chamade. *S'il lui arrive quelque chose… S'ils l'attrapent.* Mon Dieu, elle ne se le pardonnerait jamais.

— Issac, murmura-t-elle. Tu ne peux pas faire ça. Pas pour moi.

— Trop tard.

Il tourna sur le parking situé sur le côté du bâtiment, une zone réservée aux VIP et aux diplomates. Issac était apparemment éligible. À moins qu'il ne s'agisse d'un piège.

Est-ce que des Sentinelles se précipiteraient dehors pour l'attraper ? En plein jour ? Elle étudia le parking désert, notant l'aspect habituel pour un après-midi et l'absence de mouvement. Comme n'importe quelle journée typique, avec seulement quelques véhicules inoccupés.

— Tu m'as demandé de te faire confiance, Astasiya. Maintenant c'est à ton tour.

Il se tourna pour lui faire face, son bras posé sur le dossier du siège passager, le moteur ronronnant sous le capot.

— Ordonne-moi de faire quelque chose, mon cœur.

Elle continua d'observer leurs alentours alors qu'Issac restait détendu à côté d'elle. Aucune inquiétude. Même pas une ride sur son front.

— Comment peux-tu être aussi calme ? l'interrogea-t-elle, son anxiété évidente dans sa voix.

— Qui a dit que je l'étais ?

Il tira sur une mèche de ses cheveux, l'obligeant à lui faire face.

— Ordonne-moi de faire quelque chose, répéta-t-il. J'ai besoin de savoir que ton don n'est pas affecté par la barrière protectrice. S'il te plaît.

Une pointe d'émotion approfondissait le bleu saphir attrayant de ses yeux, le reste de son visage dénué de toute expression.

Il ne s'inquiète pas pour lui-même mais pour moi.

Elle ne savait pas quoi penser de ça. Non, c'était faux. Bien sûr qu'elle le savait. Parce qu'elle ressentait la même chose. Ils étaient entourés d'individus potentiellement dangereux, et tout ce qui la préoccupait était la sécurité d'Issac, et non la sienne.

— Je veux que tu fasses tout ton possible pour quitter le FHC à la seconde où je ferme la portière passager derrière moi.

Sa voix contenait une pointe de coercition, la demande lui venant aussi naturellement que des propos normaux. Elle sentit l'ordre s'insinuer dans ses pores, en son for intérieur et perçut la lueur de compréhension dans le regard d'Issac, son acceptation dans la dilatation de ses pupilles.

— Bien joué.

Il saisit l'arrière de sa nuque dans le creux de sa main et l'attira plus près de lui.

— C'est aussi terriblement sexy.

Il l'embrassa férocement, essayant de lui transmettre un

message à l'aide de sa langue, un secret qu'elle ne parvint pas à saisir. Pas quand ses pensées se bousculaient et que son corps était tétanisé à l'idée qu'Issac soit capturé, ou pire encore.

— Il faut que tu y ailles, murmura-t-elle avec insistance. C'est trop dangereux pour toi ici.

— Ça vaut pour toi aussi, mon cœur.

— Mon talent fonctionne. Tout va bien se passer. Je te le promets.

Il posa son front contre le sien.

— Et maintenant que je le sais, je me sens légèrement plus serein à l'idée de te laisser ici. Il y a une chose que je souhaiterais te demander, si tu veux bien y réfléchir ?

— Ne me demande pas de retirer ma commande.

Car elle refuserait. Ce qui prouvait qu'elle avait accepté ses accusations au sujet du FHC. Car elle ne se sentirait autrement pas aussi paniquée. *Et je m'apprête à me jeter dans la gueule du loup.*

— Non, il s'agit de quelque chose de plus personnel.

Il caressa son pouls avec son pouce.

— Tu as guéri depuis le Conclave. Je voudrais te marquer à nouveau. Il s'agit d'un signe de dévouement, un geste que Jonathan reconnaîtra et respectera. Cela apportera aussi une preuve de la continuité de notre liaison.

— Tu veux qu'il sache que je t'appartiens, dit-elle.

— Oui, admit-il à voix basse. Car cela signifie que s'il te blesse, il aura affaire à moi. Et compte tenu de la nature fragile de notre relation, je ne pense pas qu'il décide d'attirer mon attention.

Elle comprenait ce que désirait réellement Issac : assurer sa protection. C'était un moyen pour lui d'être plus confiant vis-à-vis de leur plan, de s'assurer qu'il avait fait tout son possible pour la protéger sans entrer avec elle dans le bâtiment. Comment leur simulacre avait-il pu évoluer en quelque chose de si intense ? Où était-ce ainsi depuis le début ? Une partie d'elle, un éclat dissimulé au plus profond de son être, s'était attaché à lui d'une manière qui dépassait toute compréhension. Cette partie la poussait à approfondir leur connexion, à lui accorder cette simple faveur. Parce qu'elle désirait aussi tout ce dont il avait envie. Elle hocha la tête, le comprenant d'une manière qui dépassait l'entendement.

— Est-ce que tu peux faire ça rapidement ? demanda-t-elle à voix basse, consciente de leur position, mais aussi de la raison pour laquelle il avait besoin de ça.

— Ce n'est pas une requête fréquente de la part des femmes qui m'entourent, mais oui, c'est possible.

Il nicha son visage dans le creux de sa mâchoire et écarta ses cheveux avec une main.

— Mais sois bien consciente que je demanderai satisfaction plus tard.

— Tu aurais pu te nourrir la nuit dernière, lui rappela-t-elle, son ton plus rauque que prévu.

Ils avaient passé la majorité de leur soirée entre les draps et avaient même mangé leur dîner au lit, dîner qu'Issac avait préparé. Mais il ne l'avait pas mordue. Même quand elle le lui avait proposé.

— Mmm, mais je l'ai fait.

Ses mots caressèrent la peau de son cou.

— Je me suis délecté de tout ton corps, Aya. Et je compte bien recommencer ce soir.

Ses incisives transpercèrent sa peau, la piqûre vive suivie d'une sensation euphorique qui lui coupa le souffle. Elle s'accrocha aux pans de sa veste, le cœur battant à toute allure dans sa poitrine. *Oh…* C'était tellement inapproprié. Malsain. Et pas le moment. Et pourtant, cette inconvenance ne fit qu'intensifier le moment.

Le nom de son démon lui échappa, à la fois une supplique et un avertissement. Stas ne pouvait décider si elle souhaitait qu'il arrête ou qu'il continue. Il prit la décision à sa place, se reculant avec une lueur satisfaite au fond des yeux. Il saisit sa joue dans le creux de sa main.

— Il faudrait que Jonathan soit fou pour te toucher, désormais.

Un coup sec à la fenêtre la fit sursauter et lever les yeux brusquement pour trouver Tom juste derrière sa porte. *Merde.* Issac descendit la vitre.

— Thomas.

— Wakefield, répliqua-t-il. C'est courageux de ta part de pénétrer en ces lieux.

Son démon haussa les sourcils.

— Je pourrais dire la même chose de ta présence sur ma propriété.

— Touché.

Tom enfouit ses mains dans les poches de son jean.

— Je te remercie de l'avoir déposée. Tu as reçu l'autorisation officielle d'être ici et tu pourras donc quitter les lieux sans souci.

— Je t'en suis reconnaissant.

Issac tendit la main pour saisir celle d'Astasiya et la pressa tendrement.

— J'ai juste besoin d'une minute de plus avec Astasiya.

Tom hocha la tête et se recula d'un pas.

— J'attendrai sur le trottoir.

Il indiqua l'allée qui entourait le bâtiment. Sans attendre de confirmation, il tourna les talons quand Issac commença à remonter la vitre.

— Ton ordre est toujours valide, murmura Issac. Je partirai dès que tu seras sortie.

Elle cligna des yeux.

— Tu peux le sentir ?

C'était étrange qu'elle n'en soit pas capable. Même si cela n'avait jamais été le cas. Est-ce que sa maîtrise s'améliorerait une fois qu'elle serait devenue une Hydraienne ?

— Mmm, il semblerait que tu aies vraiment envie de me voir filer sain et sauf.

Il retira sa main, un grand sourire sur le visage.

— Je suis assez flatté, cela prouve que je compte pour toi.

Elle décrocha sa ceinture.

— Comme si tu avais besoin de ça pour le savoir.

— Tu n'es pas la seule pour qui ces émotions sont nouvelles, Aya, dit-il doucement. Fais attention à toi. S'il te plaît.

Elle se figea, la main sur la poignée de la porte, et se retourna vers lui.

Et si je ne le revoyais jamais ? Ne pense pas à ça.

— Issac...

— Arrête, Aya. N'en dis pas plus. Tu seras là ce soir. Aucune excuse.

Elle déglutit, puis hocha la tête.

— Ouais. Je serai là après le rendez-vous.

— Tu as intérêt.

Il leva une main, ses doigts à peine perceptibles contre sa peau.

— Fais attention, mon Aya.

— On se voit très vite, promit-elle.

— Oui.

Il glissa son pouce le long de sa lèvre inférieure avant de l'attirer vers lui pour l'embrasser, un baiser brûlant qui le laissa gravé dans la mémoire de la jeune femme.

— Ne cache pas ta marque.

Il rassembla ses cheveux et les fit tomber par-dessus son épaule.

— Et souviens-toi de ce dont tu es capable.

— Promis, murmura-t-elle en ouvrant la porte. Maintenant, file d'ici.

Cet élan de coercition s'éveilla en elle, ponctuant ses paroles par instinct.

— Appelle-moi si tu as besoin d'un chauffeur, Aya.

— Okay.

Elle saisit son sac à main et ferma la portière, refusant de lui dire au revoir. Ce serait de mauvais augure. Quelque chose la toucha jusque dans son âme quand il démarra la voiture et elle le regarda quitter le parking la gorge nouée. Elle avait besoin qu'il soit en sécurité. Qu'il parte sans problème. Elle marcha rapidement jusqu'au coin du bâtiment et observa son départ sans entrave. Il avait atteint la sortie. les barrières s'ouvrirent. Un courant électrique effleura sa peau alors qu'il atteignait les colonnes en pierre et elle poussa un soupir de soulagement quand il les dépassa, indemne.

— Je suis un homme de parole, Stas, dit Tom, qui l'avait rejointe. Tu le sais bien.

Elle regarda l'homme qui la toisait et nota la sincérité et la peine tapies au fond de ses yeux.

— C'est dur de savoir à qui je peux faire confiance en ce moment, admit-elle.

Tous ces mensonges. Tous ces secrets. Ce monde confidentiel d'immortels. Elle secoua la tête, les larmes menaçant de couler derrière ses paupières alors que les émotions des dernières semaines la rattrapaient.

— J'ai perdu tous mes repères.

— Ah, Stas.

Il la prit et la serra affectueusement dans ses bras, lui témoignant son amour fraternel et sa tendresse. C'était si familier. Si chaleureux.

— Je suis tellement désolé.

Des mots doux saturés d'une honnêteté si déchirante qu'elle ne put s'empêcher de lui rendre son câlin.

— Tu vas me faire pleurer, l'accusa-t-elle, parfaitement consciente que ce ne serait pas de sa faute à lui, mais à cause de l'anxiété provoquée par la situation.

Bon sang, elle ne pouvait décider si elle avait envie de pleurer, de crier, ou bien de s'enfuir à toutes jambes. Mais Tom avait raison. Elle le *connaissait*. Il avait peut-être gardé un énorme secret accablant, mais n'en avait-elle pas fait de même ? Elle avait caché son talent de coercition à tout le monde, même à ses amis les plus proches.

— Est-ce que tu arriveras à me pardonner un jour ? demanda-t-il, complètement à nu. Pour l'autre soir ?

Cela dépendait de ce qui arriverait aujourd'hui, ce qu'elle découvrirait au sein du FHC.

— Je vais essayer, répondit-elle à la place, ne pouvant pas se permettre d'être honnête.

Un secret de plus qui les séparait, et qui rejoignait le même coffre que la multitude d'autres secrets entre eux. Comment pouvait-elle être en colère contre lui d'avoir caché l'existence de tout un monde quand elle était coupable du même crime ? Encore aujourd'hui, elle comptait aider Mateo à s'infiltrer dans les dossiers du FHC.

C'est la seule chose à faire. Vraiment ? Peut-être. Oui, ça l'est.

Elle soupira et se recula, croisant son regard perturbé.

— Je suis prête à rencontrer ton père.

Pour déterminer la vérité, une bonne fois pour toute. Il acquiesça.

— Il t'attend. Allons-y.

Il l'invita à le suivre, ses longues enjambées avalant le bitume à toute vitesse. Elle le suivit, agrippée à son sac à main alors que son estomac s'agitait.

Ça y est. Inspire.

Le drapeau noir qui lui fichait les jetons était suspendu au-dessus de leurs têtes et semblait la narguer. *Souviens-toi que tu vas mourir.* Une croix blanche. Une malédiction mortelle. Et pas le présage dont elle avait besoin en ce moment.

— Tu vas devoir faire contrôler ton sac à main et ton téléphone, dit Tom d'un air nonchalant, debout à côté du détecteur de métaux qui était installé à l'entrée du bâtiment.

Elle hocha la tête et posa son sac sur le tapis roulant. La carte lui paraissait brûlante dans sa poche, tout comme la caméra miniature sur sa chemise, dont elle avait oublié l'existence jusqu'à cet instant. Mateo avait promis qu'elle ne serait pas détectée par les scanners. Elle espérait qu'il avait raison. Tom traversa le portail, l'alarme se déclenchant bruyamment au passage, un son railleur. Des gouttes de sueur perlaient le long de sa colonne vertébrale et de son front, et ses mains étaient devenues moites. *Oh mon Dieu...*

Les officiers ne firent aucune réflexion à Tom, parfaitement conscients de son identité et pas du tout préoccupés par le fait qu'il avait déclenché les alarmes. Il portait un pistolet à sa ceinture, ce dont personne ne semblait se soucier. *Était-il armé à cause d'Issac ? Ou avait-il toujours porté une arme à feu ?*

— Stas ? l'appela-t-il, une expression inquiète sur le visage.

— Désolée, marmonna-t-elle. Je m'attendais juste à ce qu'ils te demandent de repasser sous le portique.

Il s'esclaffa et gratta la barbe de trois jours qui recouvrait sa mâchoire.

— Ils sont habitués à ce que je déclenche l'alarme, n'est-ce pas les gars ?

Deux d'entre eux grognèrent. Le troisième avait juste

l'air blasé. D'accord. Donc il portait en permanence une arme sur lui. C'était bon à savoir.

— Vous pouvez passer, dit un garde, dont les épaules faisaient deux fois la taille des siennes.

Et ce n'était pas une question de surpoids. Non. Ce n'était que du muscle. Ayant remarqué qu'ils étaient tous jeunes et costauds, Stas fit enfin le rapprochement. Il ne s'agissait pas de vigiles du tout, mais de Sentinelles. Comme Tom. D'où la camaraderie manifeste qu'ils partageaient et leurs traits militaires – des cheveux courts, le visage rasé, un physique athlétique. Comment était-il possible qu'elle ne l'ait jamais remarqué ?

Parce que tu ne savais pas qu'il s'agissait peut-être d'une organisation malfaisante.

— Stas ?

Tom lui jeta un coup d'œil soucieux et curieux. Parce qu'elle se comportait comme une tarée, figée à côté du détecteur de métaux. *Ça ne me donne pas du tout l'air coupable.* Elle s'efforça de rire.

— Le week-end m'a semblé interminable.

Ses traits s'adoucirent un peu, une lueur de compréhension éclairant ses yeux chocolat. Quelques employés entrèrent derrière elle, probablement de retour de leur pause déjeuner. *C'est maintenant ou jamais*, se dit-elle. *J'espère vraiment que tu as bien fait ton boulot, Mateo.*

Elle franchit le seuil.

CHAPITRE VINGT-HUIT

LA VÉRITÉ OU UNE SUPERCHERIE

LES BATTEMENTS de son cœur qui résonnaient dans ses oreilles étouffaient tout autre bruit autour de Stas, y compris la voix de Tom qui lui tendait le badge temporaire fourni par les agents de sécurité. Elle glissa le cordon par-dessus de sa tête. Il ne s'était rien passé. Personne ne s'était jeté sur elle. Personne n'avait insisté pour procéder à une fouille au corps. Elle était simplement entourée d'un groupe de Sentinelles, dont deux qui lui offrirent un sourire chaleureux. Les appareils de Mateo n'avaient pas déclenché d'alarme.

Je m'inquiète pour rien, réalisa-t-elle, s'efforçant de se ressaisir. Et si tout ceci n'était qu'un malentendu ? Certes, le FHC avait un pied dans le monde surnaturel. Mais peut-être qu'Issac et les autres s'étaient trompés au sujet des motivations de l'organisation.

— Tu es prête ? demanda Tom après avoir récupéré son sac des mains des Sentinelles.

Elle hocha la tête.

— Oui.

— Super. Suis-moi.

Il la guida vers un groupe d'ascenseurs installés de

l'autre côté du hall d'entrée et glissa son badge dans l'une des bornes.

— Tu es déjà descendue pour effectuer ton polygraphe, n'est-ce pas ?

Malheureusement.

— Et mon examen médical.

Il fronça les sourcils.

— Ton examen médical ?

— Ouais, avec le docteur Patel.

Son expression s'assombrit aussitôt, et elle fut tentée de s'éloigner de lui.

— Le docteur Patel t'a fait passé un examen médical ?

L'ascenseur sonna avant qu'elle ne puisse tenter de répondre en dépit de sa gorge desséchée. Les épaules de Tom étaient tendues, sa mâchoire carrée serrée tandis qu'il scannait son badge pour accéder aux étages inférieurs.

— Qu'est-ce qu'elle a fait pendant ton exam ? demanda-t-il au moment où les portes se refermaient.

Stas déglutit.

— Que des examens de routine, en tout cas jusqu'aux vaccins.

Il jura dans sa barbe, secouant la tête.

— *Putain.*

— Ton père m'a dit qu'il ne s'agissait pas de la procédure habituelle.

— Non, en effet, grogna-t-il. Pas du tout.

Son pouls s'emballa quand ils sortirent de l'ascenseur dans la grotte souterraine et sa multitude de couloirs immaculés. Une sensation de malaise l'envahit progressivement, similaire à ce qu'elle avait ressenti lors du Conclave. Sauf qu'Issac n'était pas présent pour la protéger cette fois-ci. Elle caressa la marque sur son cou, les deux petites perforations contre sa peau lui procurant un peu de réconfort.

— C'est par là, marmonna Tom, sa démarche saccadée.

Ils empruntèrent un autre chemin que lors de sa précédente visite à cet étage, ce qui les amena à traverser une salle emplie de militaires armés. *Oh, j'espère que vous pouvez voir tout ça,* songea-t-elle en se souvenant de la caméra installée sur son chemiser. *Parce que ça ne peut pas être normal.* Il y avait tellement d'armes, de caméras de surveillance et de miroirs. Chaque mur. Recouvert d'un miroir sans tain. Un courant électrique lui parcourut la peau. Et pas du genre plaisant, bien au contraire.

— C'est contraire au protocole, Fitzgerald, énonça une voix grave depuis leur gauche.

Deux bras costauds étaient croisés sur un torse robuste qui la fit déglutir.

Pas le genre d'homme que j'ai envie d'énerver.

— Va te faire, Hawthorne.

Tom glissa son badge contre une autre porte pour la guider loin des gardiens hostiles.

— Ils n'avaient pas l'air vraiment sympathique, dit-elle alors qu'il tournait à gauche dans un couloir mal éclairé.

Aucune caméra de ce côté. C'était intéressant.

— Ce sont des connards.

Il continua son chemin, ses bottes traînant sur les carreaux blancs jusqu'à ce qu'un homme blond familier ne tourne à l'angle du couloir, leur faisant face avec un sourcil haussé en signe d'interrogation.

— Où est-il ? demanda Tom en guise de salutation.

— À ton avis ? répliqua le nouveau venu dont les yeux verts étaient tournés vers elle. Mademoiselle Davenport.

Elle déglutit, déconcerté par son regard entendu. *Lui* était au courant de son examen car il l'avait emmenée rejoindre le docteur Patel.

— Agent Stark.

Tom les étudia successivement.

— Vous vous connaissez ?

Elle essuya ses paumes moites contre son pantalon noir.

— Ouais, c'était mon polygraphiste.

Une expression sceptique vint creuser le visage de Tom.

— Je ne savais pas que tu travaillais aussi comme polygraphiste, Stark.

— Seulement quand on me le demande, répondit-il avant de reprendre son chemin.

Stas fronça les sourcils en observant son départ.

— S'il n'est pas polygraphiste, alors que fait-il ?

Avait-il été impliqué d'une manière ou d'une autre dans son empoisonnement ?

— Tu n'as pas envie de le savoir, répliqua Tom.

Il tourna brusquement dans un autre couloir lui aussi dépourvu de surveillance et s'arrêta moins d'un mètre plus loin devant une porte à laquelle il frappa deux fois. En réponse, le docteur Fitzgerald l'entrouvrit juste assez pour pouvoir les étudier. Tom pencha la tête en direction de Stas.

— Je t'avais dit qu'elle allait bien.

Des paroles monotones accompagnées d'une posture quelque peu hostile. *Ça, c'est nouveau.* Elle n'avait jamais remarqué autre chose que de l'admiration et du respect à chaque fois qu'elle avait été témoin d'une de leurs interactions par le passé. Toutefois, le Tom qui se tenait présentement devant elle irradiait de rage. *Que se passe-t-il ?*

— Grâce à Dieu, dit le docteur Fitzgerald dont le soulagement était palpable. J'ai juste besoin de terminer cette conversation, Stas. Mais j'ai hâte de pouvoir discuter avec toi.

— Moi aussi mentit-elle, s'efforçant de sourire.

— Emmène-la dans mon bureau, ordonna-t-il à Tom avant de refermer la porte.

Waouh. Okay. C'était définitivement tendu entre eux.

— Avec plaisir, siffla Tom entre ses dents, ses yeux plissés rivés sur les lettres gravées dans le bois.

A-7.

Stas se demanda ce que cela signifiait et avec qui le docteur Fitzgerald pouvait bien s'entretenir dans la pièce. Qui que ce soit, Tom ne semblait pas approuver la conversation. Il s'éloigna d'un pas raide dans le couloir – aussi immaculé que les précédents et sans caméra – et ouvrit une porte tout au bout de celui-ci.

— Il parlait de son bureau à cet étage, expliqua Tom.

Est-ce que ça veut dire que l'ordinateur dont Mateo a besoin se trouve ici ? se demanda-t-elle en pénétrant dans la pièce aux proportions raisonnables. Un bureau surdimensionné en chêne occupait un quart de l'espace et était entouré de sièges – deux devant, un derrière – tandis qu'une table pouvant accueillir jusqu'à quatre personnes trônait dans un coin. Il y avait deux écrans d'ordinateur. Et un ordinateur portable placé entre eux. C'était sûrement ce dont Mateo avait besoin. Tom se frotta la nuque en remarquant qu'elle inspectait la pièce.

— Ouais, ce n'est pas aussi chic que son bureau à l'étage, mais personne ne s'y rend hormis les Sentinelles.

— Tu veux dire le personnel militaire humanitaire qui ne participe en fait à aucune mission d'aide ?

Elle ne put masquer son sarcasme, surtout après avoir été témoin de l'armée qui protégeait le sous-sol de potentiels intrus. *Qu'est-ce qu'ils gardent ici qui nécessite autant de puissance de feu ?*

— Les missions humanitaires sont bien réelles, Stas. Nous avons sauvé des gens de situations qui craignaient vraiment. Si tu penses que l'Arcadia était terrible, tu devrais visiter d'autres antres Ichoriens.

Il regarda ostensiblement son cou.

— Comme tu en es visiblement consciente, ils ont besoin de sang pour survivre. La plupart d'entre eux considèrent cela comme une malédiction, mais il y en a certains qui s'en délectent plus que les autres.

Son dédain était manifeste dans sa voix.

— Tu ne sembles pas vraiment les apprécier.

— Je les déteste.

Après ce dont elle avait été témoin lors du Conclave, elle comprenait sa position. Tom s'assit sur une chaise face au bureau du docteur Fitzgerald et l'invita à s'installer dans l'autre siège, ce qui la rapprocherait de l'ordinateur. Mateo lui avait dit que la carte aurait besoin d'être installée à moins de trente centimètres de celui-ci. Elle estima la distance qui la séparait de l'appareil à soixante centimètres.

— Que t'a dit Issac du monde surnaturel ? lui demanda Tom, croisant ses mains derrière sa tête d'une manière qui accentua les muscles puissants de ses bras.

— Il m'a expliqué la différence entre les Hydraiens et les Ichoriens. Et il a mentionné l'existence des Lois du Sang.

Ainsi que bien d'autres choses qu'elle ne pouvait pas répéter.

— Je suppose que sa description du FHC n'était pas des plus positives.

— Pas vraiment, non.

Son sourire se fit narquois en réponse.

— Ouais. Ils n'apprécient pas vraiment notre technologie.

— Pourquoi ?

Les immortels avaient mentionné le fait que leurs inventions dépassaient ce qui était humainement possible, ce qui signifiait que le FHC disposait de méthodes surnaturelles, quelles qu'elles soient.

— Parce que nous développons des armes destinées à les abattre.

Il posa sa cheville sur le genou de la jambe opposée.

— Ils sont immortels et dotés de dons psychiques. Tout ce dont nous disposons – en tant qu'humains – c'est de notre force, notre agilité, et désormais, nos armes.

Sauf que tu es un novice, songea-t-elle. *Et donc tu n'es pas humain.* Le docteur Fitzgerald choisit ce moment pour pénétrer dans la pièce, une serviette à la main comme s'il venait juste de les essuyer.

— Pourrais-tu nous laisser seuls quelques minutes, Tom ? Je voudrais discuter avec Stas en tête-à-tête.

Un air glacial s'abattit sur le bureau quand Tom resta trop longtemps figé à fusiller son père du regard. Le docteur Fitzgerald lui retourna le geste en lui adressant un regard tout aussi noir, son authorité emplissant la pièce d'un air presque menaçant. Stas n'était pas certaine de vouloir que Tom s'absente. Pas quand c'était cette version de son mentor qui était présente le bureau.

— Oui, *monsieur*, dit Tom en se levant.

Il quitta la pièce et claqua la porte derrière lui de manière peu subtile. *Hmm…* Ce n'était pas le duo père-fils auquel elle était habituée.

— Tu ne peux pas savoir à quel point je suis soulagé par ta présence ici, Stas.

Au lieu de s'installer dans la chaise derrière son bureau, le docteur Fitzgerald s'appuya contre celui-ci, les jambes croisées au niveau des chevilles à seulement quelques centimètres d'elle. Sa proximité qui ne la gênait pas d'habitude la mettait désormais mal à l'aise. Elle se sentait prise au piège entre lui et le mur, comme s'il craignait qu'elle prenne la fuite. *Est-ce qu'il y a une raison pour laquelle je devrais prendre mes jambes à mon cou ?* Vêtu d'un pantalon de costume noir et d'une chemise bleu clair, il ressemblait au docteur Fitzgerald qu'elle respectait et adorait. Son sourire était même aussi sincère que d'ordinaire. Alors pourquoi-donc lui paraissait-il si étranger ?

— Tom m'a dit que tu as eu un week-end mouvementé, continua-t-il, ses yeux marrons attendris trouvant la marque sur son cou.

— C'est une manière de le décrire, oui.

Elle préférait *intimidant* ou *paralysant* à *mouvementé*

—Je préférerais franchement qu'on aille droit au but et qu'on parle du programme Sentinelle.

J'aimerais qu'on parle de vous. Et j'ai aussi besoin de découvrir comment installer cette carte assez près de votre ordinateur.

Il s'esclaffa et secoua la tête.

—J'ai toujours apprécié ton franc-parler, Stas.

Il se redressa et contourna le bureau pour s'installer dans son siège. Il croisa ensuite ses doigts sur le plateau et se pencha en avant.

— Le FHC effectue bien tout le travail dont tu as entendu parler, mais nous effectuons aussi quelques tâches supplémentaires. Il y a un département d'aide humanitaire qui apporte son soutien aux nécessiteux, qui participe aux missions de recherche et de sauvetage, et qui prête assistance. Tout cela est vrai. Ce dont le public n'est pas conscient, c'est que nous disposons aussi d'un groupe de Sentinelles d'élite qui s'occupe d'affaires surnaturelles. Tom, comme tu le sais, appartient à ce dernier. D'après ton expression, j'en déduis qu'Issac t'a déjà parlé de tout cela ?

— En effet.

— Je vois.

Il plissa les yeux.

— A-t-il aussi mentionné son implication dans ton examen médical ?

Euh…

— Quoi ?

De quoi est-il au courant ? Ma réaction au venin Nizarin ? Est-ce que ça veut dire qu'il a bien tenté de m'empoisonner ? Son sang se figea. *Oh, je n'aurais jamais dû venir ici. Je n'aurais jamais…*

— Hmm, apparemment non.

Le docteur Fitzgerald tapa quelque chose sur son clavier et alluma l'un de ses écrans. Ce qui semblait être l'enregistrement d'un interrogatoire s'afficha sur le moniteur.

— Après ce que tu m'as dit vendredi soir, l'agent Stark et moi-même avons eu un échange prolongé avec Anita Patel. Il va sans dire que nous avons appris qui lui avait donné l'ordre de t'injecter les vaccins.

Son regard captura le sien un long moment et ses lèvres se pincèrent.

— Je suis désolé, Stas, mais tu ne vas pas apprécier ce que tu vas voir.

Elle se pencha en avant sur son siège afin de mieux visionner l'enregistrement. Il cliqua sur le bouton lecture. Le docteur Patel apparut dans sa veste de laboratoire, faisant face à deux hommes en costumes de l'autre côté d'une table. L'agent Stark semblait blasé alors que l'expression du docteur Fitzgerald était hostile – semblable à celle qu'il avait adressée à son fils peu de temps auparavant.

— Vous avez récemment conduit un examen médical pour Astasiya Caroline Davenport, dit le docteur Fitzgerald, en rappelant la date et les détails de son entretien de sécurité.

Ils étudièrent plusieurs documents avant d'atteindre le cœur du sujet.

— Vous avez administré à mademoiselle Davenport des inoculations destinées uniquement au personnel paramilitaire alors que son dossier indiquait clairement son statut de *civile*. De plus, il semblerait que vous ayez injecté des vaccins qui ne font pas partie des protocoles d'examen de notre personnel paramilitaire. Du poison Nizarin, si on en croit les enregistrements de vidéosurveillance à l'extérieur de la salle d'examen. Est-ce que vous niez ces accusations ?

Une expression indifférente assombrissait les traits du médecin, son manque d'intérêt plus qu'évident.

— Non.

L'expression de Stark resta inchangée, son regard constant.

— Qui vous a fourni le poison Nizarin, Anita ?

— L'homme qui m'a embauchée pour le lui administrer.

— Et de qui s'agit-il ? demanda-t-il avec le même ton monotone que celui qu'il avait employé pendant le test polygraphique de Stas.

Cet homme était la définition même de stoïque.

— Issac Wakefield.

Sa réponse fut aussi claire que concise et envoya une décharge le long de l'échine de Stas.

Quoi ? Non. C'était impossible. Il l'avait *sauvée. À moins que…*

À moins que la sauver n'ait été son objectif depuis le départ. L'empoisonner avant de la sauver. Lui donner une raison de se méfier de l'organisation contre laquelle il cherchait à se venger tout en l'encourageant à lui vouer une confiance totale parce qu'il l'avait sauvée. Un plan ingénieux qui semblait coller parfaitement à ce dont *Issac*

Wakefield était capable. Elle était un pion à ses yeux, du moins au début. Il n'aurait eu aucun scrupule à risquer sa vie, et avait même admis qu'il serait peut-être un jour responsable de sa mort.

La vidéo se poursuivit et elle fit mine de regarder, son esprit assailli de possibilités et de démentis catégoriques. C'était peut-être un plan brillant, mais Issac ne lui ferait pas ça. Il n'avait pas insinué une seule seconde que quelqu'un d'autre que le FHC pouvait se trouver derrière son empoisonnement.

Mais la vidéo était accablante. Et il était présent quand elle était rentrée cet après-midi là. Ce rencard un mardi soir était aussi son idée. C'était un choix étrange. *Avait-il tout organisé ?*

Elle se remémora l'inquiétude du docteur Fitzgerald quand elle lui avait mentionné les injections à la fin de son examen médical. Son choc était crédible. Ce n'était pas l'expression d'un homme qui aurait commandité son assassinat. Elle s'était déjà demandé à l'époque si le docteur Patel travaillait seule et avait d'une manière ou d'une autre découvert son statut de novice. Grâce à Issac ?

Non. Il ne me ferait pas ça.

Il devait s'agir d'un complot pour la pousser à se retourner contre Issac. L'homme qui l'avait déposée aujourd'hui ne lui voulait aucun mal – il avait même protesté contre cette décision avec ferveur. Il tenait à ce qu'elle soit en sécurité. Protégée. Sienne. Il s'agissait peut-être d'une mascarade au début, mais ce n'était plus le cas. Il tenait à elle. Et elle tenait à lui.

« *Tu m'as demandé de te faire confiance, Aya. Maintenant c'est à ton tour.* »

Ses paroles dans la voiture résonnèrent dans son esprit, vibrant jusque dans son cœur. Elle n'allait pas le laisser tomber. *Il n'est pas derrière tout ça.*

— Je suis désolé, murmura le docteur Fitzgerald. Est-ce que tu sais ce qu'est le poison Nizarin et pour quelle raison il est utilisé ?

Sa colonne la picota. *La rune.* Quelqu'un à proximité se servait d'un don Ichorien. S'agissait-il du docteur Fitzgerald ? Elle n'avait jamais demandé à Issac de quoi il était capable. Elle fronça les sourcils.

— Je suis désolée. Pouvez-vous répéter ça ? Je suis toujours, euh, eh bien, un peu sous le choc.

Il lui sourit tendrement.

— Bien sûr, ma chère. Je comprends. Ça doit être difficile à entendre, et je suis vraiment désolé de devoir t'annoncer de si mauvaises nouvelles.

Mais bien sûr, songea-t-elle. Oh, il avait l'air assez sincère. Et même confus. L'homme derrière le masque était un maître dans l'art de la manipulation. *Qui êtes-vous vraiment ?*

— Je t'ai demandé si tu connaissais le poison Nizarin et les raisons de son utilisation.

Quelques picotements de plus. Elle s'éclaircit la gorge et se concentra. Son instinct la poussa à mentir.

— Euh, non, ça ne me dit rien.

— Il est utilisé pour tuer les descendants d'Ichoriens. Je soupçonne qu'Issac s'en est servi pour tester ton ascendance. Quand tu n'as pas réagi, il a su que tu étais humaine et donc une candidate viable pour ses projets.

— Une candidate viable ? répéta-t-elle en plissant le front.

Mais de quoi est-ce qu'il peut bien parler ?

— Oui. Je pense qu'il prévoit de te changer.

Son regard se porta de nouveau sur son cou.

— Après avoir profité des avantages liés à ton statut de mortelle, bien entendu.

Une affirmation délibérément glaciale qui la fit

frissonner. Il se trompait complètement. Même si elle n'avait aucune intention de le corriger.

— Il n'a pas encore de progéniture féminine. Il semblerait que tu aies attiré son attention. Il doit avoir remarqué quelque chose d'inhabituel en toi qui lui sera utile.

— Vous semblez en savoir beaucoup à son sujet, souligna-t-elle, gênée par ce nouveau sujet de conversation.

Issac lui avait dit que son attention intriguerait le docteur Fitzgerald, mais son mentor cherchait désormais à comprendre *pourquoi* le milliardaire Ichorien notoire l'avait choisie. Elle ne souhaitait pas encourager cette discussion.

— C'est le cas. Je ne l'ai jamais vu témoigner autant d'intérêt à une femme. Cela m'a poussé à me demander si son intérêt n'était pas aussi lié à ton travail, ou même à notre relation. Qu'est-ce que tu en penses ?

Elle fit mine d'y réfléchir, puis haussa les épaules.

— Il n'a rien mentionné à ce sujet.

Mais c'est fascinant que vous ayez émis cette hypothèse. Et quelque peu accablant.

— Intéressant.

Il se gratta le menton, l'air pensif.

— Tu sais, il n'y a jamais eu de femme Sentinelle. C'est peut-être une occasion unique. Comme tu es déjà au courant de l'existence du monde surnaturel, c'est une suite logique. Bien sûr, tu as le droit de choisir de continuer ton travail au sein du département marketing. Le salaire ne sera pas aussi avantageux, tout comme les avantages, mais je comprendrais.

Attends...

— Vous m'offrez un travail ?

Parce que ce n'était pas du tout ce à quoi elle s'attendait quand elle avait envisagé cette conversation.

Bon sang, elle n'avait même pas encore rappelé les Ressources Humaines.

— Je n'y vois que des avantages. Tu pourrais en apprendre plus au sujet du monde surnaturel, et nous pourrions assurer ta sécurité et t'entraîner à te défendre, tout en formant notre première femme Sentinelle. Bien sûr, c'est une proposition qui vient de me traverser l'esprit et il faudrait d'abord que je consulte l'équipe.

Okay, euh, quoi ?

— Mais je ne suis pas militaire.

— Non, mais tu es jeune et en bonne santé. Stark ou Tom pourront s'occuper du reste. Ça te demanderait beaucoup de travail et de longues heures. Il faudrait aussi que tu mettes fin à toute relation avec Issac, même si je doute que cela te pose problème après les révélations de la journée.

Enfin, il mentionnait l'entourloupe, ce dont il avait vraiment envie. L'éloigner d'Issac.

— Comment...

La porte s'ouvrit bruyamment et vola dans le mur. Tom se tenait sur le seuil, le visage tordu par un rictus furieux.

— J'ai besoin de te parler une minute. *Maintenant.*

Ses paroles furent sifflées à travers ses dents serrées en direction de son père. Le docteur Fitzgerald soupira, puis se leva.

— Stas, si tu veux bien m'excuser ? Mon fils semble avoir oublié toutes ses bonnes manières.

Si l'expression de Tom était un indice, c'était la pire réponse que le docteur aurait pu choisir. Qu'est-ce qui l'avait piqué ? Il semblait prêt à en découdre. *Et est-ce que c'est du sang sur ses mains ?*

— Ouais, bien sûr, murmura-t-elle en direction de la porte qui se fermait.

Qu'est-ce que c'était que ces conneries ? Tom ne l'avait même pas regardée. Elle n'avait pas l'habitude de le voir aussi furieux, et encore moins débraillé. L'écran de l'ordinateur était toujours tourné vers elle, le visage du docteur Patel figé sur un sourire qui lui retourna l'estomac. Elle manqua d'éteindre l'écran quand elle réalisa qu'elle était désormais seule dans le bureau du docteur Fitzgerald.

La carte. Elle se leva et fit mine de s'étirer tout en observant la pièce à la recherche de matériel de surveillance. Elle ne remarqua rien, mais cela ne voulait pas dire qu'il n'y avait rien de dissimulé. Elle attrapa la carte dans sa poche et prétendit lire les coordonnées ainsi que la note manuscrite au verso. Enfin, agissant comme si elle était agacée, elle balança la carte sur le bureau, la faisant atterrir juste à côté de l'ordinateur portable du docteur Fitzgerald.

Tout observateur partirait du principe que l'objet l'avait offensée. Et après cette vidéo, la raison leur semblerait évidente. Car le nom et l'écriture d'Issac se trouvaient dessus. Après un soupir furieux, elle étudia le plafond.

Qu'est-ce qui a provoqué Tom comme ça ? se demanda-t-elle. Il se passait clairement quelque chose qui lui échappait. Elle jeta un coup d'œil à la porte fermée. Étaient-ils en train de discuter dans le couloir ? Elle s'approcha nonchalamment de la porte, mais n'entendit rien. *Hmm.* Elle pouvait peut-être l'ouvrir et prétendre avoir besoin des toilettes ? Saisir l'occasion pour se balader un peu, et filmer les environs à l'aide de la caméra sur sa poitrine ?

Cela lui paraissait réalisable.

Elle fit bâiller la porte, prête à fournir son excuse, mais le couloir était vide. Elle sortit dans le couloir, une grimace sur son visage. Aucun signe de vie. Tout était silencieux. Mais la porte de la pièce dans laquelle se trouvait le docteur Fitzgerald plus tôt était entrouverte. S'étaient-ils aventurés là-bas ? Elle n'avait qu'à déambuler par là-bas et frapper, non ? Leur mentionner poliment son excuse ? Elle s'approcha sur un coup de tête, ou peut-être simplement par stupidité.

La curiosité est un vilain défaut, lui rappela sa conscience, toujours serviable. *C'est une bonne chose que je m'en fiche.*

Elle s'arrêta à l'extérieur de la pièce, tendant l'oreille pour détecter leurs voix. Rien. Bizarre. Où étaient-ils partis ? Stas fit un pas mais un bourdonnement sourd attira son attention, le bruit était hypnothique.

« Recommence, maman ! »

Le rire de sa mère flottait dans l'air autour d'elle alors qu'elle réapparaissait, sa joie manifeste sur son visage.

« Oh, ma chérie, tu es vraiment mon petit ange.

— Tu taquines une nouvelle fois notre fille ? »

Papa s'était approché derrière maman et l'enveloppa dans ses bras, ses lèvres posées contre son cou. Astasiya fronça le nez.

« Beurk. »

Il s'esclaffa.

« Un jour, mon petit ange, tu changeras peut-être d'avis. »

Sa mère éclata de rire.

« Tu plaisantes ? Tu tueras n'importe quel homme qui tentera de la toucher.

— Bon, j'admets, c'est vrai, acquiesça-t-il en nichant son visage dans son cou.

— Vaporise-toi encore une fois, dit Astasiya en suppliant sa mère. S'il te plaît. S'il te plaît, vaporise-toi ! »

Sa mère lui sourit et disparut, le bruit de ses ailes un simple fredonnement alors qu'elle faisait battre ses ailes invisibles.

Une larme coula le long de la joue de Stas suite à ce souvenir net qu'elle avait oublié pendant près de vingt ans.

Était-ce réel ? Est-ce que ça s'était vraiment produit ? Ou s'agissait-il simplement d'un rêve ? Ce bruit à peine perceptible attira de nouveau son attention sur la pièce devant laquelle elle se trouvait, le faible ronronnement la poussant en avant. Elle poussa la porte et aperçut aussitôt une jeune femme effondrée au sol dans un coin de la pièce, son visage dissimulé derrière le rideau formé par sa chevelure.

Il ne s'agissait pas de sa mère. Loin de là.

Un gémissement s'échappa de l'inconnue, sa douleur palpable et visible si l'on considérait la menotte en métal qui s'enfonçait dans sa cheville. *Oh, putain.* Stas se précipita en avant mais se figea brusquement quand la jeune femme chétive leva la tête. Des yeux clairs couleur saphir rencontrèrent les siens.

— Ah, c'est nouveau, dit-elle, d'une voix plus forte que ce à quoi s'attendait Stas. À quel petit jeu Jonathan a-t-il décidé de jouer cette fois-ci ?

Stas resta bouche bée devant la jeune femme, ses traits marquants et son accent anglais si familiers. Mais ce furent ses yeux qu'elle reconnut le plus facilement. Ils étaient la copie conforme de ceux d'Issac.

— Amelia, souffla-t-elle. Tu es en vie.

Et, oh mon Dieu, il peut voir ça…

— Aujourd'hui, en tout cas.

Amelia étira un bras au-dessus de sa tête et tressaillit. Sa peau était couverte d'ecchymoses et de marques, alors que son visage semblait préservé. Quelqu'un l'avait battue très récemment. Et violemment. *Jonathan…*

— Il faut que je te fasse sortir d'ici.

Stas étudia le couloir à la recherche de caméras. Elle ne remarqua aucun appareil de surveillance visible, contrairement aux autres couloirs. Elle fronça les sourcils.

Okay, mais comment ferait-elle pour contourner les agents de sécurité avec Amelia ? Et l'ascenseur ne pouvait être activé qu'avec le badge de Tom, et non le sien. Et la menotte qui encerclait la cheville enflée d'Amelia semblait fermement verrouillée. Stas observa le fin collier argenté enroulé autour du cou de la jeune femme, ainsi que le voyant lumineux qui clignait en son centre. *Il ne s'agit vraiment pas d'un accessoire commun.* Était-il activé à distance grâce à une télécommande ? Déclencherait-il une alarme si elle quittait le bâtiment ?

— Ça c'est la meilleure, mon cœur.

Amelia étendit les jambes, exposant les autres bleus qui coloraient sa peau dans un dégradé de violet et de bleu.

— *Bon sang.*

Elle ne ressemblait en rien à la femme sublime capturée dans les clichés d'Owen.

— Mais qu'est-ce qu'il a bien pu te faire ?

Elle cilla une fois, faisant battre ses longs cils noirs.

— Il m'a battue, bien sûr. Es-tu là pour en faire de même ?

— Non !

Réalisant qu'elle avait crié sa réponse, elle jeta un nouveau coup d'œil à la porte et guetta l'approche de voix. Toujours rien. *Merci mon Dieu.* Elle disposait de peu de temps et elle avait besoin de réfléchir. Sauf qu'elle ne disposait d'aucun moyen physique pour aider Amelia à s'échapper. *Est-ce qu'Issac est déjà en route ?* Il voyait forcément ces images, non ? Enfin, si la caméra fonctionnait ? *Et si ce n'est pas le cas ?* Cette pensée la glaça. Il ne la croirait jamais sans une preuve.

— Issac te croit morte.

Les mots lui échappèrent sans cérémonie.

— Oh, encore ça ? Oui, Jonathan me l'a déjà dit il y a

des mois, ou peut-être même il y a des années de ça. Le temps s'écoule étrangement ici. Mais oui, je suis moi aussi parvenue à cette conclusion. Est-ce que tu as fini ?

— Non, je veux dire qu'il risque de ne pas me croire quand je vais lui annoncer que tu es en vie.

Elle espérait vraiment que la caméra fonctionnait. Sauf que cela voudrait aussi dire qu'il avait vu l'état de sa sœur.

— J'ai besoin de pouvoir lui dire quelque chose dont toi seule aurait connaissance.

Ses yeux bleus perçants qui ressemblaient bien trop à ceux de son frère la détaillèrent des pieds à la tête.

— Tu es une joueuse exécrable. Je ne vais certainement pas tomber dans ce piège.

Elle posa sa tête contre le mur et ferma les yeux.

— Est-ce qu'on peut enfin en venir à la partie guérison ?

Une requête étrange, mais Stas n'avait pas le temps de chercher des éclaircissements.

— Écoute, je ne sais pas de combien de temps je dispose.

Amelia semblait imperturbable, et roula simplement son front contre le mur en réponse, grognant au passage. Cette femme était aussi bornée que son frère. Merde. Okay. Elle avait besoin de lui fournir une preuve. Que lui avait-il dit au sujet d'Amelia qui ne soit pas de notoriété publique ?

— Euh, tu lui as appris à danser parce que c'est le meilleur moyen de gagner le cœur d'une femme, mais il te répondait à chaque fois que ça ne l'intéressait pas.

Amelia releva brusquement la tête et évalua une nouvelle fois Stas.

— Qu'est-ce que tu as fait à mon frère ?

— Rien. Il est, euh, nous sommes en quelque sorte… Non, ce n'est pas important.

Elle jeta un autre coup d'œil à la porte, terrifiée à l'idée qu'elles soient prises en flagrant délit.

— Donne-moi quelque chose que je pourrais lui dire.

Le regard d'Amelia vacilla en direction du mur à côté de la porte.

— Tout ceci est rasoir.

Stas se frotta la nuque, tout son corps tremblant d'inquiétude à l'idée d'être surprise ici. Et ensuite quoi ? Non. Il fallait qu'elle se dépêche d'en finir, qu'elle sorte, et qu'elle raconte tout à Issac.

— Je risque ma vie à chaque seconde que je passe ici. Donne-moi quelque chose Amelia. Je t'en supplie.

Les premiers signes de doute apparurent sur le visage d'Amelia, ses lèvres se plissant alors qu'elle penchait la tête de manière étrange.

— Issac t'a envoyée ?

— C'est compliqué, et je n'ai pas le temps de t'expliquer.

— Mmm, et il va bien ? demanda-t-elle.

— Oui.

Amelia se mordit l'intérieur de la joue, son regard tombant au sol avant de remonter.

— Ses papillons bleus me manquent, tu sais.

Elle esquissait des motifs indiscernables sur le mur avec son doigt, une larme qu'elle ne sembla pas remarquer se forgeant un passage le long de sa joue.

— J'en rêve parfois. Peut-être que je songerai à eux cette nuit, soupira-t-elle en fermant les yeux. Je suis lasse de cette folie, vois-tu. Tellement lasse.

Merde, que lui avait fait subir Jonathan pendant toutes ces années ? Elle était tellement brisée. Tellement… fragile. Stas résista à l'envie de la consoler et vérifia à nouveau le couloir. Toujours vide. Même si elle doutait que cela perdure. Cette histoire de papillons bleus devrait suffire.

— Je dois y aller, dit-elle à Amelia. Mais il viendra à ta rescousse. Même s'il doit raser cet endroit pour le faire.

— C'est ce que je croyais aussi, chuchota Amelia, tout en continuant ses dessins. J'ai fini par comprendre que l'espoir était la plus terrible des douleurs.

CHAPITRE VINGT-NEUF

LA PREMIÈRE FEMME SENTINELLE

STAS SE PRÉCIPITA vers le bureau. Les dernières paroles d'Amelia avaient laissé une empreinte obscure sur son âme. *L'espoir est la pire des douleurs.* Stas voulait une preuve que les accusations d'Issac étaient fondées – et elle avait obtenu bien plus que ce qu'elle cherchait. Le docteur Fitzgerald était un monstre. Elle ne l'avait peut-être pas vu battre Amelia directement, mais il était clairement la dernière personne présente dans cette pièce. Était-ce la raison pour laquelle Tom tenait à lui parler ? La raison pour laquelle il était si furieux ? La poignée tourna et le docteur Fitzgerald entra, un sourire désolé sur le visage.

— Je m'excuse pour ceci. Un simple malentendu concernant l'utilisation de nos ressources.

Il ferma doucement la porte et Stas n'aperçut pas la moindre trace de Tom.

— Ce n'est rien, réussit à répondre Stas malgré sa gorge desséchée.

Il lissa sa chemise d'un geste de la main et s'assit en face d'elle, une fausse lueur amicale luisant dans son regard.

— Où en étions nous ?

Son cœur fit un bond dans sa poitrine, une toute autre

question faisant irruption dans son esprit alors même qu'il parlait.

Où étais-tu ? Est-ce qu'il sait que j'ai trouvé Amelia ? Est-ce que des caméras cachées m'ont repérée ?

Elle déglutit et essuya ses paumes moites sur son pantalon. Il la regardait avec impatience, visiblement dans l'attente d'une réponse. Que lui avait-il demandé ? *Où en étions-nous ?* D'accord.

— Euh.

Elle s'éclaircit la gorge, la voix légèrement rauque.

— Je, euh, vous étiez en train de me parler d'un job, je crois.

Elle comprit à son expression qu'il s'agissait de la bonne réponse.

— C'est ça, en effet. Qu'en penses-tu ?

J'en pense que tu es un sociopathe qui apprécie de frapper des femmes.

— Eh bien, je me sens un peu submergée, répondit-elle à la place, en parlant du poste.

Puis, une idée lui traversa l'esprit. Une solution qui pourrait lui assurer de sortir d'ici en vie tout en lui permettant potentiellement de revenir pour sauver Amelia. Hmm, ce n'était pas gagné, mais s'il acceptait, son idée avait une chance de fonctionner. Il fallait juste qu'elle s'assure de jouer les bonnes cartes, qu'elle flatte son ego et qu'elle l'appâte avec une offre qu'il ne pourrait pas refuser. Tout en s'assurant de ne pas révéler la moindre de ses émotions ou pensées. *Mais pas de stress surtout.* Elle s'éclaircit une nouvelle fois la gorge.

— Cela dit – Stas s'efforça de sourire – c'est aussi très excitant.

La fierté du docteur Fitzgerald se lisait sur son visage.

— N'est-ce pas ?

Quelle façade magistrale. Même maintenant, malgré

tout ce qu'elle avait appris, une partie d'elle brûlait de lui offrir un sourire béat pour lui exprimer sa gratitude, comme s'il l'avait entraînée à accepter et adorer ses louanges. Une plus grosse partie d'elle aimerait vomir sur son bureau. *Son bureau. Oh, putain. La carte.* Elle était toujours installée à côté de l'ordinateur portable, le nom d'Issac fièrement affiché sur le petit rectangle cartonné.

— Bon, Tom vient juste de me dire que tu as rencontré Osiris, continua le docteur Fitzgerald, manifestement curieux. J'ai bien peur que cela rende ton embauche un peu plus pressante. Si tu deviens une Sentinelle, je pourrai t'accorder certaines ressources qui ne sont pas disponibles aux civils – des ressources qui pourraient te sauver la vie.

Eh bien, c'était inattendu.

— Vous pouvez me protéger d'Osiris ?

— Je peux te fournir les capacités nécessaires à assurer ta défense, oui.

— Comme des armes ? devina-t-elle.

— Entre autres choses, répondit-il en croisant ses doigts sur le bureau avant de se pencher vers elle avec un air complice. Je suis certain qu'Issac a promis de te protéger, mais je suppose que sa méthode implique de devenir immortelle, non ?

Pas de la manière dont tu l'imagines, songea-t-elle tout en hochant la tête.

— C'est une décision importante. Te sens-tu prêtes à la prendre ?

Voilà au moins une question à laquelle elle pouvait répondre honnêtement. Parce que non, elle ne se sentait pas prête à devenir immortelle.

— Non.

Sa tête s'agita comme s'il s'attendait à cette réponse.

— Eh bien, le fait de rejoindre mon équipe te donnerait l'opportunité d'explorer le monde surnaturel dans son intégralité avant de décider si tu désires le rejoindre ou non, expliqua-t-il tout en s'enfonçant dans son fauteuil. Avec, au passage, la chance d'apprendre à te défendre grâce à des armes et d'autres méthodes surnaturelles.

Des runes, réalisa-t-elle. *Il est en train de parler de runes.*

— Tu sais, depuis le premier jour où je t'ai rencontrée, je soupçonne que tu es destinée à de grandes choses, ajouta-t-il, faisant usage de tout son charisme. C'est pour cette raison que je t'ai recommandée à Brandon, du service marketing. Mais je dois aujourd'hui admettre que je préférerais t'avoir dans mon équipe. Si tu t'y sens prête, bien entendu.

C'était une manière intelligente de lui donner l'illusion qu'elle avait le choix dans cette situation alors qu'ils étaient tous les deux conscients que ce n'était pas le cas. Stas soupçonnait qu'un refus résulterait sur des conséquences pour le moins inconfortables, si ce n'est sa mort. Et pourtant, si elle s'était fiée à l'expression actuelle de son mentor, elle ne s'en serait jamais doutée. Une expression enthousiaste et sincère recouvrait son visage, dissimulant la personnalité malfaisante tapie en lui. Car seul un connard sadique serait capable de laisser Amelia dans un tel état au bout du couloir.

— Qu'est-ce que tu en penses ? l'encouragea-t-il quand le silence de Stas s'éternisa.

— Quand faudrait-il que je commence ? demanda-t-elle, car elle avait besoin d'un peu plus de temps pour élaborer son plan.

Il fallait qu'elle trouve les mots justes, une manière de lui faire penser que l'idée venait de lui.

— Eh bien, compte tenu de la situation avec Osiris, je dirais le plus tôt possible. Je peux contacter l'équipe marketing pour toi si tu préfères, histoire d'éviter les rancœurs.

Oui, son patron serait en effet légèrement déçu. Même si elle ne s'était pas comportée comme une employée modèle cette semaine, puisqu'elle n'avait toujours pas recontacté les Ressources Humaines.

— Ce serait appréciable, admit-elle.

Après tout ce qu'elle avait découvert, elle ne voulait pas remettre les pieds au FHC, mais cela ne signifiait pas qu'elle détestait son patron. Il était probable qu'il ne sache rien des desseins néfastes de l'organisation.

— Alors tout est réglé ? Je veux dire, dans le cas où l'équipe approuverait ton embauche, mais je ne vois pas pour quelle raison ils s'y opposeraient.

Elle se força à maintenir son regard.

— Il y a juste une chose.

— Oh ?

Elle fit la moue, cherchant la meilleure manière de lui présenter sa suggestion sans avoir l'air trop enthousiaste ou sournoise.

— Je ne souhaite pas mettre fin à ma relation avec Issac.

Cela fit hausser les sourcils du docteur Fitzgerald.

— Tu tiens plus à lui qu'à cette opportunité ? Même après cette vidéo ?

— Mon Dieu non, il ne s'agit pas du tout de cela.

Un mensonge éhonté.

— Mais je pense que nous disposons d'une belle opportunité.

Il l'étudia un long moment, caressant sa barbe naissante du bout de son pouce.

— Quel genre d'opportunité ?

Intrigué ? Clairement.

— Eh bien, il m'a déjà emmenée à un Conclave, n'est-

471

ce pas ? Pensez à toutes ces choses qu'il pourrait me faire découvrir. À moins que vous ne disposiez déjà d'un informateur dans les rangs de la société Ichorienne qui vous tienne au courant ?

— Tu veux agir en tant qu'agent double, en déduisit-il.

Plutôt en tant qu'agent triple.

— Peut-être. Je ne suis pas certaine de bien m'expliquer.

Elle fit mine de réfléchir, priant pour qu'il mentionne l'idée par lui-même.

— Je me demande juste si il n'y aurait pas moyen de le recruter, ou d'utiliser ma relation avec lui pour servir les intérêts du FHC. Franchement, je ne sais pas ce dont vous pourriez avoir besoin, donc n'hésitez pas à me le dire si je suis complètement à côté de la plaque.

Même si je sais que ce n'est pas le cas. Il continua de se frotter le menton, visiblement intéressé.

— Cela risquerait de te mettre dans une situation dangereuse.

Elle s'esclaffa.

— C'est déjà le cas, à cause d'Issac.

Il lui adressa un sourire entendu.

— Tu as soif de vengeance ?

— Vous n'imaginez pas à quel point.

Elle brûlait de venger Amelia, et peut-être même Owen. *Putain, la carte.* Comment parviendrait-elle à la récupérer sans qu'il s'en aperçoive ? Il sembla réfléchir à sa proposition.

— Penses-tu sincèrement qu'il pourrait nous être utile ?

— Issac ? demanda-t-elle. Oui, oui, je le pense.

Une autre idée lui traversa l'esprit, une idée impulsive qu'elle saisit sans étudier d'autres possibilités.

— Regardez ça.

Elle lui indiqua volontairement la carte. Le docteur

Fitzgerald fronça les sourcils en notant la présence de l'objet et l'attrapa afin de l'étudier de plus près.

— D'où est-ce que ça provient ?

— Euh…

Elle fit mine de se sentir gênée, faisant la moue tout en croisant ses doigts sur ses genoux.

— Ouais, je me suis en quelque sorte débarrassé de ça sur votre bureau pendant votre absence. Il me l'a donnée un peu plus tôt en m'invitant à m'en servir après notre rendez-vous. Et puis, après la vidéo, eh bien, j'étais énervée. Il n'y avait pas d'autre endroit où la jeter, donc…

Elle laissa sa phrase en suspens et haussa les épaules. Il lui jeta un coup d'œil avant de retourner la carte pour lire le message d'Issac.

— À quoi sert le code ?

— À déverrouiller son alarme.

Un code qu'Issac serait désormais obligé de changer.

— Il m'a demandé de le retrouver chez lui.

Les sourcils du docteur Fitzgerald se hissèrent à nouveau.

— Sa résidence privée en retrait de Chambers Street, où l'une des suites réservées aux invités située au même étage ?

— Il a des suites réservées aux invitées ? demanda-t-elle, vraiment curieuse. Je crois que j'ai juste visité le penthouse.

Pour autant qu'elle sache, en tout cas. Tous ses costumes et ses livres se trouvaient dans cet appartement. C'était forcément son espace personnel, non ?

— Y avait-il une salle à manger formelle ? Des balcons surplombant l'Hudson ?

— C'est assez impressionnant, oui, acquiesça-t-elle.

Quel euphémisme.

— C'est son appartement, et non l'une des suites pour

les invités, siffla-t-il en posant la carte. Tu lui plais vraiment, hein ?

— Bien sûr. Juste assez pour m'empoisonner apparemment.

Le docteur Fitzgerald s'esclaffa.

— Je suppose qu'il voulait juste déterminer ton ascendance avant d'investir de sa personne et de son temps, répliqua-t-il en haussant les épaules, son comportement changeant d'un seul coup. Franchement, c'est une pratique archaïque, mais plutôt courante.

Mmh mmh.

— Eh bien, peu importe, je ne me sens pas vraiment d'humeur charitable envers lui en ce moment. Malgré tout, je pense qu'il pourrait être utile.

Elle agita son appât, espérant qu'il mordrait à l'hameçon. Stas ne pourrait pas secourir Amelia seule, mais Issac en serait peut-être capable s'il avait accès aux bonnes ressources. Ceci lui ouvrirait avec un peu de chance la porte dont il avait besoin pour agir, ou en tout cas une méthode pour contourner les runes. Elle comptait bien l'aider sur toute la ligne.

— Est-ce que tu penses qu'il pourrait être intéressé à l'idée de travailler avec nous ? demanda le docteur Fitzgerald, sa voix provoquant un picotement le long de sa colonne.

Quelqu'un se sert de son don. Elle fronça les sourcils, perturbée par cette sensation. Cela venait forcément de lui. Mais qu'essayait-il de faire ? *Pourquoi est-ce que je n'ai pas demandé à Issac de me parler du talent de Jonathan ?* Elle déglutit et se concentra sur sa question et la manière d'y répondre.

— Avec la bonne motivation, je pense que nous pourrions le convaincre. Mais ce ne sera pas quelque chose qu'il acceptera du jour au lendemain.

— Et tu penses pouvoir le convaincre ?

— J'aimerais essayer, répondit-elle. Quand il m'a parlé du FHC, il n'a rien dit de péjoratif. Pour être franche, il avait l'air plutôt impressionné.

Dans un genre plutôt obscur du type *je veux tuer Jonathan*, mais elle se retint de mentionner cette partie.

— Vraiment ? vérifia le docteur Fitzgerald, l'air surpris. J'ai supposé toutes ces années qu'il était complètement indifférent.

— Peut-être n'a-t-il simplement pas reçu d'offre viable, suggéra-t-elle.

Comme la possibilité de te tuer et de libérer sa sœur. Son ancien mentor hocha la tête, son regard visiblement songeur.

— Il pourrait nous apporter beaucoup de choses.

Sang. Torture. Meurtre. Mort. Ouais.

— Très bien, Stas. Tu as piqué ma curiosité. Votre relation peut continuer pour le moment pendant que tu lui soutires des informations ou que tu essayes de le recruter, lui annonça-t-il en souriant. Ces choses prennent du temps, donc tant que tu te sens à la hauteur, je n'y vois pas de problème.

— Oh, je me sens parfaitement apte à agir, lui assura-t-elle.

Et avec de la chance, Issac le serait aussi. À moins, bien sûr, que Mateo ait récupéré toutes les informations dont ils avaient besoin sur le disque dur. Les immortels étaient-ils en route pour débarquer ici à l'instant même ?

Et s'ils avaient besoin que je leur fasse gagner du temps ?

Quelques minutes plus tôt

— C'est bon, annonça Mateo, ses doigts volant à toute vitesse sur le clavier.

— Enfin, répliqua Issac en glissant ses doigts dans ses cheveux.

Ils se trouvaient tous dans son bureau, où Mateo avait installé son équipement environ une heure auparavant. Aidan se tenait à côté du bureau démesuré, les mains dans les poches, les yeux perçants alors que Tristan s'occupait de divertir Clara et Anya dans le salon. Nadia se prélassait sur une banquette dans le coin de la pièce, ses longues jambes croisées au niveau des chevilles, son attention portée sur son téléphone plutôt que sur la tâche à accomplir. Des lignes de données défilaient devant leurs yeux, trop rapides pour qu'Issac puisse saisir les informations, même si Aidan semblait les capter facilement, son sourcil se fronçant avec chaque seconde qui passait.

— Que se passe-t-il ? demanda Issac qui avait reconnu l'expression inquiète ayant gagné le visage de son créateur.

— Les fichiers semblent tronqués.

Il continua sa lecture, les sourcils froncés.

— C'est comme si quelqu'un avait placé un tas de dossiers à moitié vides mais avec des pages de garde dans le système. Est-ce que tu vois ça, Mateo ?

— Je suis toujours en train de télécharger, répliqua-t-il, complètement concentré sur son ordinateur. Mais ouais, ça semble incomplet.

— Ce qui veut dire que ton plan a foiré ?

Issac ne put dissimuler la note de blâme dans sa voix, les nerfs à vif à cause de l'inquiétude qu'il ressentait pour Astasiya. Toutefois, la dernière image d'elle qu'ils avaient eue grâce à la caméra indiquait qu'elle était toujours saine et sauve. Il avait été rassuré quand Jonathan ne l'avait pas immédiatement capturée.

— Oh, mon plan a fonctionné. Les fichiers semblent

juste incomplets, répliqua Mateo, les sourcils froncés, en secouant la tête. C'est comme si quelqu'un avait entré le nom de tous les projets, ainsi que des informations sensibles, mais tout en effaçant l'ensemble des métadonnées.

— Et je n'ai trouvé aucune référence à des fichiers complémentaires, ajouta Aidan, dont l'expression rivalisait avec celle de Mateo. Tout le serveur n'est qu'un écran de fumée.

— On dirait bien en tout cas. Ils ont peut-être été sauvegardés sur un disque externe.

Mateo changea d'écran, affichant une sorte de salle d'interrogatoire et trois personnes dont l'expression était figée.

— Qu'est-ce que c'est que ça ? demanda Issac en observant l'écran par-dessus l'épaule de Mateo. Est-ce qu'ils ont changé de salle ? Où est Astasiya ?

— C'est le bureau de Jonathan, répliqua Mateo. C'est la vidéo qu'il montrait à Stas avant de quitter la pièce.

Ah oui. Ils n'avaient pas pu l'entendre.

— Est-ce que tu peux la remettre ? demanda Issac, curieux d'en découvrir le contenu.

Les images étaient bien plus nettes cette fois-ci et présentaient Jonathan, l'agent Stark, et le docteur Patel.

— Bien sûr.

Mateo pressa quelques touches et fit glisser la vidéo sur l'un de ses propres écrans, avant de lancer la lecture. Les lèvres d'Issac se pincèrent au fur et à mesure que le film avançait.

— C'était malin, marmonna-t-il alors qu'ils approchaient de la fin. Et visiblement répété.

— Est-ce que tu as prévenu Stas de l'affinité de

Jonathan avec la vérité ? demanda Nadia dont le regard ébène était rivé à l'écran.

— J'ai oublié de le mentionner, admit Issac, regrettant son oubli. Heureusement, elle y est résistante.

Le don de Jonathan de soutirer la vérité à tout individu était la raison pour laquelle l'agent Stark menait l'interrogatoire. Si Jonathan s'en était chargé, le docteur Patel aurait été obligée de répondre honnêtement, ce qui aurait compromis l'objectif de cette mascarade.

— Y a-t-il une chance que Stas croit à ça ? demanda Aidan en scannant les mots qui défilaient sur l'écran de Mateo. À la vidéo, je veux dire ?

— Elle me connaît mieux que ça à présent, répondit Issac, sûr de lui. Jonathan devra faire mieux pour la convaincre de ne pas me faire confiance.

D'ailleurs, le PDG du FHC n'avait fait que donner plus de crédibilité aux accusations d'Issac avec cette combine. Jonathan Fitzgerald était un fils de pute absolument diabolique.

— Où est Aya en ce moment ? se demanda Issac, qui avait besoin de son image pour s'assurer qu'elle allait toujours bien.

Après quelques manipulations de son clavier, Mateo fit réapparaître le flux vidéo d'Astasiya. Issac étudia son point de vue, son front se plissant.

— Mais qu'est-ce qu'on est en train de regarder là ? demanda-t-il, la poitrine serrée. Qu'est-ce que c'est que ces putains de conneries, Mateo ?

— C'est la vue depuis sa chemise, souffla Mateo. Ça ne peut pas être…

Il agrandit le flux en direct sur son écran le plus large, le visage d'Amelia parfaitement visible à la lumière crue de la pièce. L'image se fit floue quand Astasiya bougea, un mur blanc emplissant leur champ de vision à la place. Et enfin, le visage d'Amelia apparut à nouveau. Issac saisit l'écran, vacillant sur ses genoux.

Amelia.

Elle était effondrée au sol, vêtue d'une chemise sale qui couvrait à peine ses cuisses. D'épaisses touffes de cheveux noirs pendaient de chaque côté de son visage émacié, dissimulant ses traits aristocratiques et le bleu de ses yeux. Mais il reconnaîtrait sa sœur dans n'importe quelles conditions. Son corps était couvert de bleus, sa cheville complètement tordue, et un épais collier de métal encerclait son cou mince.

— Oh mon Dieu, murmura Nadia.

Clara, Anya et Tristan atteignirent le seuil de la pièce dans la seconde qui suivit, un sifflement échappant à l'un des nouveaux venus.

— Est-ce que c'est réel ? demanda Aidan d'une voix enrouée. Est-ce que c'est *réel* ?

Mateo commença à taper sur son clavier, un simple bruit de fond comparé aux tambourinements du cœur d'Issac dans sa poitrine. La vidéo repartit en arrière depuis le bureau de Jonathan et suivit les pas d'Astasiya alors qu'elle s'aventurait furtivement dans le couloir. Puis la pièce apparut une nouvelle fois. Ils étaient maintenant en direct, et Amelia se trouvait toujours au sol. Vivante.

— Amelia, chuchota-t-il, les yeux rivés sur l'écran, inconscient du temps qui continuait de s'écouler. Ce connard a Amelia.

Il secoua la tête.

— Comment est-ce possible ?

Ils avaient trouvé le rapport de visite d'un crématorium près de sa propriété des Hamptons. Eli avait été découvert avec les cendres d'Amelia dans ses bras.

— S'agit-il d'un piège ?

Mais non, ce n'était pas possible. Astasiya portait la

caméra. Elle n'autoriserait pas Jonathan à lui jouer un tour aussi cruel, et n'y croyait pas elle-même, à en juger par ses mouvements autour de la pièce. Elle semblait en pleine conversation avec Amelia. Pourquoi n'y avait-il pas de lien audio attaché à cette caméra ? Entendrait-il son agonie dans sa voix ? Serait-elle assortie à son corps brisé ?

— Est-ce que tu peux zoomer sur son cou ? demanda Aidan, son ton raisonnable, pragmatique et complètement à l'opposé de la voix qui faisait rage dans l'esprit d'Issac.

Le visage battu d'Amelia et son cou apparurent à l'écran, des taches noires et bleues recouvrant sa peau pâle. Aidan annonça quelque chose au sujet du collier mais ses paroles furent englouties par le volcan de furie qui explosa dans la tête d'Issac. Il ne pouvait plus se concentrer sur quoi que ce soit d'autres que les images affichées sur l'écran.

Amelia est en vie. Putain. Comment est-ce possible ?

Eli tenait ses cendres ce jour-là. Ses bagues se trouvaient dans l'urne. Mais Jonathan avait tout mis en scène. Ce taré retenait Amelia prisonnière dans les sous-sols du FHC depuis six ans alors qu'Issac se concentrait sur ses plans de vengeance plutôt que sur le sauvetage de sa sœur. Car il la pensait morte depuis tout ce temps.

Oh mon Dieu, Amelia… Parviendrait-elle un jour à lui pardonner ?

— Nous devons la sortir de là, souffla-t-il, interrompant les propos du reste du groupe. Nous devons y aller maintenant.

Il amorça un mouvement mais se retrouva aussitôt entravé par Aidan qui lui bloqua le passage, ses mains atterrissant sur les épaules d'Issac. D'autres mots furent prononcés, un murmure qu'Issac ne réussissait pas à comprendre à travers le bruit du ressac qui résonnait dans ses oreilles.

— Nous devons y aller, répéta-t-il, les poings serrés. Il faut la sortir de là !

Elle était seule. Blessée. *Battue.*

— Je vais tuer ce fils de pute, grogna-t-il en visualisant le visage suffisant de Jonathan.

Putain, il avait caché ça à Issac pendant plus de six ans. Il avait gardé sa sœur prisonnière après avoir tué Eli. Et il avait prétendu être son *ami.* De la lave coulait dans les veines d'Issac, le poussant à enfoncer le mur qui lui barrait le passage. Il brûlait d'étrangler Jonathan, de le démembrer et de brûler ses restes tout en le forçant à observer son trépas tout du long.

— ...barrière protectrice, dit quelqu'un.

— ...faut se montrer malin.

— Issac, ce n'est pas...

— Tu ne ... clairement.

— Stop.

Les mots l'atteignirent à peine, car une seule pensée le faisait avancer. *Sauver Amelia.* Une douleur agonisante frappa sa poitrine, provoquant un courant d'énergie et de douleur dans tous ses membres. Le monde se mit à trembler autour de lui. Des points noirs dansaient devant ses yeux. Un nuage de pensées toutes baignées d'une douleur atroce.

Ma sœur est en vie. Et je l'ai laissée là...

Torturée. Seule. Effrayée. Je l'ai laissée tomber.

Il devait se racheter, corriger... Un fracas assourdissant retentit dans ses oreilles, le tirant hors de ses pensées. Le plafond apparut devant ses yeux, suivi des sourcils froncés d'Aidan et du visage inquiet de Tristan.

— Est-ce que ça a fonctionné ? questionna la voix de Lucian depuis sa gauche, faisant tressaillir Issac.

Les Hydraiens étaient tous retournés à Hydria ce matin. Et pourtant, tous les Anciens se tenaient désormais dans le bureau d'Issac. Dans son appartement. À New York. *Qu'est-ce que… ?*

— Il est de retour parmi nous, dit Balthazar à voix basse, une expression soucieuse creusant son visage.

De retour ? répéta Issac. *De retour de quoi ?*

— Il nous faut un plan, annonça Aidan, une note urgente dans la voix. Je souhaite son retour tout autant que toi, crois-moi. Mais si nous débarquons là-bas guidés par nos émotions, nous serons massacrés. Ou pire.

Issac fronça les sourcils en s'asseyant, pris d'un mal de tête lancinant. *Comment est-ce que j'ai atterri sur le canapé ?* Son bureau se trouvait à moins de deux mètres, inoccupé. Tous les autres se tenaient debout autour de lui.

— Tu étais fermement décidé à secourir Amelia, expliqua Balthazar. Tu refusais d'entendre raison.

—Je ne…

Issac cilla en direction de l'écran désormais vierge… celui-là même qu'il avait agrippé quelques instants auparavant.

— Rallume-le.

— Nous avons besoin d'un plan, répéta Aidan.

— J'ai compris, répliqua Issac brusquement, qui l'avait entendu la première fois. Maintenant, rallume ce foutu ordinateur.

— Stas est déjà partie.

Lucian s'avança devant le bureau, son physique imposant prenant une posture intimidante.

— Elle est en chemin, et avec un peu de chance elle aura des informations utiles.

Issac secoua la tête comme pour retrouver ses esprits.

— Sur le chemin du retour ? Mais elle était dans cette fichue pièce avec Amelia à l'instant.

Une pièce dont il devait la sortir. Il fit mine de se lever mais Balthazar le repoussa sur le sofa.

— Respire un bon coup, Wakefield. Nous souhaitons tous son retour, mais nous devons nous y prendre intelligemment.

— Que faites vous ici ? demanda Issac, à la fois confus et irrité. Et où se trouve Astasiya ?

Aidan lui offrit une bouteille d'eau.

— Bois ça. Ça te fera du bien.

Issac plissa les yeux.

— Dis-moi ce qui s'est passé.

Parce qu'il avait visiblement raté une partie des événements. C'était la seule chose qui expliquait l'apparition miraculeuse des Anciens et son réveil sur le canapé. Il prit une gorgée pour apaiser son créateur et lui prouver qu'il était calme malgré la folie qui l'entourait. Aidan souffla et se recula.

— Tu es devenu obsédé par Amelia et tu refusais d'entendre raison donc...

— Je t'ai maîtrisé, continua Nadia avec une grimace.

Elle se tenait sur le seuil et Clara était postée devant elle, tel un bouclier. Elles semblaient toutes les deux sur leurs gardes, guettant sa réaction. Les épaules d'Issac se contractèrent quand il comprit ce qui s'était produit. Nadia possédait la capacité d'assomer quelqu'un en leur donnant un coup psychique. L'agonie qu'il avait ressentie n'était pas due à ses émotions mais venait d'*elle*.

— Pourquoi ? questionna-t-il.

— Pour t'empêcher de faire quelque chose de stupide, répliqua-t-elle, n'ayant pas l'air particulièrement désolé. Tu ne peux pas les prendre d'assaut comme ça, Issac. Tu seras juste tué, ou pire.

— Nous souhaitons tous son retour, mais nous devons approcher le problème d'une manière pragmatique, ajouta Aidan. Nous avons déjà commencé à analyser l'appareil autour de son cou, ainsi qu'à établir des plans du souterrain basé sur les images de vidéosurveillance de Stas.

— La salle d'artillerie risque de nous poser problème.

Lucian croisa ses bras solides sur son torse.

— Nous serons dans une position de faiblesse, même si nous entrons armés.

Aidan hocha la tête.

— Je suis d'accord. As-tu trouvé quoi que ce soit d'autre qui puisse nous être utile Mateo ?

— Je cherche toujours un dossier concernant cet appareil, répondit la progéniture d'Issac depuis une autre pièce. D'après tout ce que j'ai pu rassembler jusqu'ici, il s'agit d'un genre de collier explosif.

Il apparut sur le seuil avec son ordinateur portable, son regard gêné tombant sur Issac.

— Il détonera si elle quitte le FHC de force.

Putain. Issac glissa ses doigts dans ses cheveux, s'efforçant d'avaler le nœud dans sa gorge tout en digérant ces informations. La sauver avait été sa seule pensée, sa seule priorité. Mais maintenant que le choc initial s'était dissipé, sa raison avait repris le dessus.

— Est-ce que nous pouvons lui retirer cet appareil sans le faire exploser ? demanda-t-il d'une voix rauque.

Mateo secoua la tête.

— Tous les dossiers sont tronqués, même sur le disque dur de Jonathan. Je peux juste mettre la main sur des détails de haut-vol, comme des résumés d'une ou deux phrases dans chaque registre. C'est comme s'il rapportait ces informations à un supérieur – peut être son bienfaiteur – tout en gardant une copie complète des dossiers sur son appareil personnel. Pas son ordinateur portable, car je l'ai entièrement exploré, mais quelque chose d'autre.

— Je me demande...

— Issac ! hurla Astasiya en interrompant la réponse d'Aidan, son ton paniqué fendant le cœur d'Issac.

Ses jambes étaient en mouvement sans même qu'il les dirige volontairement et traversèrent le couloir jusqu'à la pièce principale, pour trouver Astasiya à bout de souffle dans le salon. Son regard affolé croisa le sien, des larmes coulant le long de ses joues. Elle laissa tomber son sac et se précipita dans les bras qu'il lui tendait. Il la serra contre lui, ses lèvres caressant le front de la jeune femme, ses cheveux, et finalement, sa tempe.

— Q-quand tu n'as pas répondu… J'ai cru… Oh mon Dieu, j'ai cru que tu étais en route pour le FHC. J'ai essayé de gagner du temps, mais… Je ne pouvais pas rester là-bas. Quand il m'a laissée partir, je me suis jetée dans un taxi pour venir ici.

Elle tremblait violemment, les épaules recroquevillées d'une manière qui lui serra le cœur.

— A-Amelia… Issac, elle est en vie. Jonathan e-est… *Putain*.

— Ne t'inquiète pas, mon cœur, murmura Issac, en lui caressant le dos avec sa main. Tu es en sécurité.

Le simple fait de chuchoter ces mots vint guérir une partie de lui dont il n'avait même pas remarqué la plaie. Malgré les révélations au sujet de sa sœur, il se sentait étrangement serein, comme si la présence d'Astasiya l'avait apaisé d'une manière ou d'une autre. *Ma moitié*.

— Nous devons la sortir de là.

Astasiya agrippa les pans de sa veste, leur donnant un cou sec alors qu'elle se reculait pour croiser son regard.

— Tu l'as vue, n'est-ce pas ? Tu l'as vue ?

Issac déglutit et hocha la tête.

— Oui. Nous l'avons vue.

Astasiya s'écroula de nouveau contre lui.

— J'avais tellement peur que tu partes à sa rescousse malgré les runes… et les armes… et les Sentinelles…

Elle secoua la tête.

— Je n'ai pas pu l'aider Issac. Je voulais, mais ce n'était pas possible. Je ne savais pas *comment faire.*

— Tu as bien fait, Astasiya, répondit Aidan, qui les avait rejoints dans le salon. Si tu avais tenté de la secourir, Jonathan t'aurait placée dans la même situation délicate, voire pire.

— Il a raison.

Issac continua de caresser son dos, son cœur battant la chamade dans sa poitrine.

— Nous ne pouvons pas nous laisser guider par nos émotions.

Même s'il ne souhaitait rien d'autre que de pénétrer dans ce bâtiment et d'arracher la tête de Jonathan. *Je le tuerai.* Mais il s'y prendrait correctement. En s'organisant.

Car ils devraient se montrer malins. Une fois qu'Amelia serait de retour parmi eux, Issac détruirait Jonathan et tout ce que l'homme avait jamais créé. En commençant par le FHC.

— Je… commença Astasiya avant de s'éclaircir la gorge. Je… J'ai peut-être une suggestion.

CHAPITRE TRENTE

LA MYSTÉRIEUSE ELIZABETH WATKINS

ISSAC ÉCOUTA avec attention le rapport qu'Astasiya leur fit de sa discussion avec Jonathan, leur expliquant les moindres détails, de la vidéo — qu'elle n'avait pas crue une seule seconde — jusqu'à son offre d'emploi.

— C'est donc pour ça que j'ai suggéré qu'on essaye de recruter Issac, acheva-t-elle depuis sa position à côté de lui sur le canapé. Car cela pourrait lui permettre d'accéder à un élément qui nous aiderait à libérer Amelia.

— Je vote toujours pour prendre d'assaut et incendier le bâtiment, dit Alik en haussant les épaules nonchalamment. Peu de gens considèreront ça comme une perte.

— Trops de vies innocentes en jeu, répliqua Lucian avec désinvolture. Cela attirerait aussi l'attention d'Osiris, ce que je préférerais éviter.

Oui, et de plus, la seule manière d'attaquer le FHC en masse serait de faire appel aux Hydraiens. Ce qui serait perçu comme une attaque, puisque les Ichoriens considéraient New York comme leur territoire. Issac s'essuya le visage d'une main et souffla.

— C'était malin de ta part, Aya, admit-il. Cela me donnera un accès plus facile à Jonathan et à son organisation, ce dont nous pourrons nous servir judicieusement.

Non seulement pour libérer Amelia, mais aussi pour détruire l'empire du FHC. Aidan hocha la tête depuis le fauteuil d'en face, les mains croisées sur ses genoux.

— Si tu réussis à obtenir sa confiance, nous serons peut-être capable de découvrir l'emplacement de l'appareil qui contient les fichiers manquants et d'en apprendre plus au sujet de ce mystérieux bienfaiteur.

— Cela permettra aussi d'assurer la protection de Stas pendant qu'elle travaille sous couverture en tant que Sentinelle, ajouta Lucian. C'est l'une de mes exigences à ce sujet.

— Une exigence ? répéta-t-elle.

— Oui. Tu es une future Hydraienne, et si tu prévois de risquer ta vie très précieuse en jouant les agents doubles dans une ville remplie d'Ichoriens, alors j'ai le droit d'émettre des conditions particulières concernant ton séjour. Cette première exigence concerne ta protection.

Astasiya haussa les sourcils.

— Je ne suis pas ta propriété, Luc.

— Non, mais tu es une novice puissante, et un futur atout d'Hydria. Je prends cela très au sérieux, et tu ferais mieux d'en faire autant.

Sa réprimande peu subtile fit mouche et les épaules d'Astasiya se contractèrent.

— Nous pourrons régler ces questions de sémantique plus tard, intervint Issac en resserrant son bras autour des épaules d'Astasiya. Pour le moment, étudions nos options. Comment allons-nous libérer Amelia ?

Lucian posa une cheville sur le genou de son autre jambe, le siège sous son corps plus proche d'un trône que d'un fauteuil inclinable.

— Si nous attaquons le FHC ce soir, nos chances de

secourir Amelia ne dépassent pas les trente pour cent. Et cette probabilité ne tient pas compte de son collier qui pourrait peut-être exploser à sa sortie. Sans compter les conséquences qui en découleraient avec le Conclave, et la perte d'une carte maîtresse : le statut d'agent double de Stas.

— Ce n'est vraiment pas la réponse la plus stratégique, acquiesça Aidan. Nous avons besoin d'informations supplémentaires concernant l'appareil, ainsi que des plans plus détaillés du sous-sol du FHC. Le flux vidéo ne détaille probablement qu'un dixième de la surface estimée du souterrain.

— Ce qui signifie que nous avons besoin d'effectuer plus de reconnaissance pour établir un meilleur plan, expliqua Lucian. Je suis au regret de dire ça, mais il ne serait pas dans l'intérêt d'Amelia, ni même le nôtre, de la secourir ce soir.

La poitrine d'Issac se serra, ses instincts en conflit avec sa raison. Il avait laissé sa sœur là-bas depuis déjà bien trop longtemps et continuait de lui faire défaut chaque seconde qui s'écoulait sans qu'il ne passe à l'action. Cependant, cela ne l'aiderait en rien s'il finissait capturé, ou pire, exécuté. *Je massacrerai Jonathan pour me venger de ça.*

Perdre Amelia avait été l'expérience la plus terrible de toute la vie d'Issac. Savoir qu'elle était en vie et qu'il ne pouvait pas la secourir était pire. Astasiya tressaillit à côté de lui et Issac se rappela qu'il tenait sa main.

— Désolé, chuchota-t-il.

— Je comprends, répliqua-t-elle. Moi aussi je désire me venger.

— Eh bien, ce que tu vas voir va vraiment te donner des envie de meurtre, annonça Mateo en entrant dans la pièce avec son ordinateur portable, le visage sombre. J'étais en train d'étudier les dossiers à la recherche de quoi que ce soit qui puisse nous aider, et j'ai trouvé quelque chose que vous avez tous besoin de voir.

Il posa son ordinateur sur la table, et Issac reconnut immédiatement l'image affichée à l'écran. L'inspiration brusque d'Astasiya confirma que c'était aussi son cas.

— C'est Owen.

Mateo hocha la tête et afficha un dossier qui contenait une poignée de mots, et qui commençait avec la date du meurtre d'Owen.

Ordre exécuté par JF à 00:00.

Mission complétée par GS à 04:00.

Confirmation visuelle en pièce jointe.

— Cela confirme que Jonathan a commandité son exécution mais n'explique pas pourquoi, dit Aidan en étudiant le document.

— Oui, répondit Mateo en cliquant sur un autre bouton. Mais j'ai aussi trouvé ceci. Daté d'environ une semaine avant l'assassinat.

JF : On m'a rapporté qu'Owen Angelton, en plus de vivre à New York, s'est aussi lié d'amitié avec la colocataire d'un atout précieux du FHC. Nous pensons qu'il se sert d'elle pour obtenir des informations. La mesure suggérée est l'exécution.

GS : Mission confiée à la Sentinelle Charlie.

CC : Soupçons confirmés. Owen Angelton est trop proche de l'atout et doit être exécuté.

GS : J'exécuterai la mission en personne.

La main d'Astasiya était pressée contre sa bouche.

— La date de début correspond au jour où j'ai mentionné avoir invité Owen à dîner après notre remise de diplômes.

— Ce qui impliquerait qu'ils ignoraient tout de sa présence en ville jusqu'à ce moment, supposa Issac. Mais qui a financé le bar dans ce cas ?

— Une excellente question, dit Aidan en observant

l'écran d'un air songeur. Il s'agit peut-être d'un fichier bidon, mais je ne vois pas dans quel objectif il se serait donné cette peine. As-tu trouvé quoi que ce soit d'autre à son sujet ?

Mateo secoua la tête.

— Ce sont les deux seuls fichiers qui mentionnent son nom. J'ai aussi fait des recherches concernant le bar, les dates autour desquelles Owen a commencé à fréquenter Stas, et quoi que ce soit qui touche à la colocation de Stas et d'Elizabeth, ainsi qu'une variété d'autres données, mais je vous ai présenté mes seules trouvailles.

— Ce qui confirme qu'il s'agit d'un crime circonstanciel et non le résultat d'une collaboration qui aurait mal tourné, continua Lucian, les lèvres pincées. C'est à la fois décevant et rassurant. Qu'as-tu trouvé au sujet d'Elizabeth ?

— Rien, répondit Mateo, manifestement frustré. Même pas un nom de dossier.

— Pourquoi y aurait-il des informations au sujet de Lizzie ? demanda Astasiya.

Ah oui. Issac n'avait pas encore abordé ce sujet avec elle.

— Nous soupçonnons qu'Elizabeth est une création du FHC. Probablement une expérience ratée, ou peut-être même réussie, qui sait. Nous n'en avons pas la moindre idée.

— Une *quoi* ?

Elle s'écarta de lui, les yeux écarquillés.

— Tu penses que ma meilleure amie est une expérience ? Et ça ne t'a pas traversé l'esprit *plus tôt* de m'en parler.

— Comme l'a dit Issac, nous n'avons aucune certitude, répliqua Aidan d'une voix apaisante pour tenter de calmer la rage qui irradiait d'Astasiya.

— J'étais déjà bien occupé à t'expliquer les détails de notre monde, alors pour être franc, ce détail m'a échappé.

Probablement au même titre qu'une douzaine d'autres informations. Hélas, il aurait dû lui mentionner celle-ci en particulier.

— Pour ce que ça vaut, Elizabeth ne se doute d'absolument rien. D'après son comportement, il est apparent qu'elle se considère humaine. Et peut-être que c'est le cas. La seule chose dont nous sommes certains, c'est qu'elle ne possède aucun lien de parenté avec Lillian et George Watkins. Il y a encore sept ans, ils n'avaient pas de fille. Elle est simplement apparue un jour.

Astasiya ouvrit la bouche, puis la referma, avant de l'ouvrir une nouvelle fois sans articuler quoi que ce soit, et de secouer la tête.

— J'ai besoin d'un verre.

Elle le repoussa et prit la direction de la cuisine. Issac soupira et se leva.

— Je vais arranger ça.

— Laisse-moi faire, dit Balthazar en lui jetant un regard qui cloua Issac sur place.

Fais-moi confiance, semblaient implorer ses yeux marrons. *S'il te plaît.* Issac l'observa un long moment avant de hocher la tête. *Tu as dix minutes.* Balthazar lui retourna son geste du menton, un sourire reconnaissant au coin des lèvres. Balthazar pourrait taper sur les nerfs d'un saint, mais quand il s'agissait d'histoires de cœur, c'était un ami loyal. Issac lui faisait confiance. Et plus encore, il faisait confiance à Astasiya.

Lizzie est une expérience du FHC. Une affirmation brève, facilement exprimée, et qui avait pourtant été oubliée. *Comment ?* Stas secoua la tête et se mit en quête d'alcool dans les placards. De préférence à cent degrés, voire plus. Plus c'était fort, mieux ce serait.

— Il y a un mini bar dans le salon, mais comme tu as l'air d'avoir besoin de quelques minutes pour te ressaisir, puis-je t'offrir un verre de vin à la place ? lui demanda Balthazar de sa voix chaleureuse, la faisant sursauter et se redresser de sa position accroupie à côté de l'îlot. Si tu préfères, il y a peut-être du bourbon dans l'une des suites pour invités de l'autre côté du couloir.

Elle fronça les sourcils.

— Les suites pour invités ?

— L'endroit où Issac accueille habituellement ses conquêtes, murmura Balthazar, une lueur taquine dans le regard. Seuls ses amis proches et sa famille ont accès à son penthouse.

Il mit la main sur une bouteille dans le réfrigérateur et la lui présenta.

— Un vin blanc du nord de l'Italie ? C'est l'un des préférés d'Issac.

— Tu as l'air d'en savoir beaucoup à son sujet, observa-t-elle en croisant ses bras.

Ils se chamaillaient pourtant comme des rivaux. La répugnance d'Issac à l'encontre du télépathe était manifeste. Celui-ci s'esclaffa alors qu'il mettait la main sur un tire-bouchon du premier coup.

— C'est une relation fraternelle, je t'assure. Il compte beaucoup pour moi, c'est d'ailleurs la raison pour laquelle je risque ma vie en étant présent dans son appartement en ce moment. Est-ce qu'il t'a parlé de mon autre talent ?

Elle secoua la tête.

— Est-ce que tu peux sortir deux verres du placard derrière toi ? demanda-t-il en lui indiquant la porte en bois en question d'un geste du menton.

Stas sortit deux verres à vin en cristal et les posa sur l'îlot.

— Je contrôle les émotions, dit-il tout en lui servant une petite dose. Goûte-ça et dis moi si ça te plaît.

— Tu contrôles les émotions ? répéta-t-elle en attrapant le verre.

— En effet, acquiesça-t-il. La portée de ce don est identique à celle de mon talent de télépathe, ce qui veut dire que je peux lire dans les esprits et contrôler les émotions dans un rayon de plusieurs kilomètres.

Ça doit être épuisant, songea-t-elle tout en prenant une gorgée du liquide frais. *Mmm, citronné.*

— Tu sembles approuver, murmura-t-il en souriant.

Il se remplit un verre avant de compléter celui de Stas et de le lui redonner.

— Et oui, ça peut être épuisant, surtout quand une personne qui compte pour moi est bouleversée ou se sent tiraillée.

Il lui adressa un regard entendu.

— Aimerais-tu savoir ce que ressent Issac en ce moment ?

Elle plissa le nez.

— Ce serait une invasion de sa vie privée, non ?

Si Issac souhaitait lui faire part de ses impressions sur un sujet, il lui en parlerait.

— On a parfois besoin d'un coup de pouce pour exprimer nos émotions, Stas. Surtout quand on est d'ordinaire plutôt impassible.

Balthazar était appuyé sur l'îlot, en équilibre sur son avant-bras, faisant tournoyer son verre de vin à l'aide de son autre main.

— Cela fait plusieurs siècles que je connais Wakefield, aimerais-tu savoir combien de femmes ont eu accès à ses quartiers privés durant tout ce temps ?

Elle avala une généreuse gorgée de vin, ne sachant pas si elle désirait obtenir la réponse. Elle n'était pas réellement gênée par la réputation de playboy d'Issac, même si celle-ci ne l'enchantait guère. Mais elle ne pouvait pas lui tenir rigueur de son passé.

— Une seule, dit Balthazar, même si elle n'avait jamais répondu à sa question. Toi, Stas. Donc tu peux comprendre ma surprise quand j'ai découvert qu'il t'avait installée dans son lit plutôt que dans l'une des autres suites à cet étage après ton empoisonnement. Cette relation que vous partagez est singulière depuis le début.

Stas posa son verre qui était désormais vide et le fixa du regard.

— Pourquoi est-ce que tu me racontes tout ça ?

— Parce que j'aimerais que tu comprennes à quel point tout ceci est spécial, Stas. Ce que tu partages avec Issac est incomparable avec ce qu'il a pu connaître par le passé, et il va forcément faire des erreurs, comme le fait d'avoir oublié de mentionner Lizzie dès le départ. Mais il fait tout son possible pour que ça marche et il t'adore. Essaye de ne pas trop lui en vouloir. Vous avez tous les deux vécu une journée épuisante émotionnellement. Je suggère que vous arrangiez la situation de manière active plutôt que de réagir négativement.

Il termina son vin et récupéra leurs verres avant de les poser dans l'évier. Issac entra dans la pièce, une expression circonspecte sur le visage en observant la bouteille sur le comptoir.

— Aidan et Lucian sont en train d'étudier tous les dossiers que Mateo a téléchargés pour mémoriser et trier les détails.

— Oui, je peux les entendre, dit Balthazar en faisant la grimace. Certains noms de projets sont vraiment cryptiques. Aidan joue avec des anagrammes dans sa tête, ce qui n'arrange pas les choses.

— La plupart du temps, je n'envie vraiment pas ton talent, admit Issac, l'ombre d'un sourire tapie au fond de ses yeux couleur saphir.

Balthazar haussa les épaules.

— J'imagine que ce n'est pas pire que de voir les fantasmes d'un million de personnes en même temps. En parlant de ça…

Une expression lascive s'installa sur son visage et fit gronder Issac.

— Continue sur cette voie et je transformerai cette vision en un cauchemar que tu n'es pas prêt d'oublier.

Il jeta un regard entendu à un set de couteaux sur le plan de travail.

— Tu es cruel.

— Le fait que tu imagines que je te laisserai un jour me prendre par derrière est plutôt dément.

Stas cligna des yeux, cette vision s'affichant derrière ses paupières de manière spontanée. Les deux hommes au lit ensemble, voilà qui serait…

— Explosif, acheva Balthazar pour elle. Et la prochaine fois, j'imaginerai qu'on inverse les rôles, Wakefield. Juste pour le plaisir.

Après un dernier clin d'œil, il quitta nonchalamment la cuisine, complètement insensible au regard noir que lui jetait Issac.

— Est-ce qu'il est, euh, sérieux ? ne put s'empêcher de demander Stas.

— Balthazar ne plaisante jamais quand il s'agit de sexe, marmonna Issac. Donc malheureusement, oui. Et ça fait maintenant près de trois siècles qu'il offre ses suggestions.

Ses lèvres s'entrouvrirent.

— Si longtemps que ça ?

Et ça n'est jamais arrivé ?

— Il sait que c'est impossible, ce qui ne fait que rendre les choses plus amusantes pour lui.

Issac soupira et glissa ses doigts dans ses cheveux avant de rencontrer son regard. Un instant s'écoula et une pointe de méfiance gagna son visage.

— Je suis désolé, Aya. J'aurais dû te parler d'Elizabeth plus tôt. Avec toutes les autres explications que j'ai dû te donner, ça m'est complètement sorti de l'esprit. Et maintenant, avec Amelia...

La douleur qui logeait au fond de son regard lui brisa le cœur. Sa sœur était peut-être en vie, mais elle était retenue en captivité par un homme qu'il haïssait. Issac devait être tellement en colère, et aussi culpabiliser de ne pas être parti à sa recherche, de ne pas l'avoir secourue. Et le fait de ne pas pouvoir agir pour le moment n'avait fait qu'aggraver la situation. Pour autant qu'ils en soient tous frustrés, Aidan et Luc avaient raison. Ils avaient besoin d'un plan solide basé sur la logique, et non leurs émotions.

— Je suis désolé, répéta Issac à voix basse. Je ne te l'ai pas caché délibérément.

Oh, Issac. Il avait confondu son silence avec de la colère. Mais elle ne lui en voulait pas. Pas après tout ce qu'ils avaient vécu. Elle contourna le plan de travail et enroula ses bras autour de lui, préférant le geste à la parole. Car il semblait avoir bien besoin d'un câlin, et à en juger par la manière dont il l'étreignit en retour, elle avait raison. Les lèvres d'Issac descendirent sur son cou, son nez enfoui contre sa peau alors qu'il la tenait fermement contre lui.

— Aya, souffla-t-il.

— Je ne suis pas fâchée, murmura-t-elle. Je comprends.

— J'aurais dû te le dire.

— Oui, acquiesça-t-elle. Mais je suis désormais au courant. Et cela ne fait que conforter ma décision d'attaquer Jonathan. Il nous a volé trop de choses. Je ne le laisserai pas s'en prendre à Lizzie par-dessus le marché.

Sa colocataire était peut-être une expérience, comme ils l'avaient appelée, mais elle restait sa meilleure amie.

— Je ne le laisserai pas lui faire du mal.

Issac garda le silence pendant un long moment, ses bras formant un cercle protecteur en bas de son dos, sa bouche chaude pressée contre son cou.

— Tu souhaites accepter son offre d'emploi.

— Oui.

C'était la trajectoire la plus logique. Elle en apprendrait plus au sujet du programme Sentinelle, le souterrain, leurs expériences, et pourrait donner tous ces détails aux autres.

— Ces fichiers sont forcément quelque part, ajouta-t-elle. Si Jonathan me fait confiance, je les trouverai.

Et Mateo l'équiperait des outils nécessaires pour y parvenir.

— Nous allons le détruire, Issac. Et nous trouverons les informations nécessaires pour sauver ceux qui comptent pour nous. C'est notre meilleur plan d'action.

Son expiration lui donna la chair de poule. Elle était longue, faible, et brûlante.

— Tu es si forte, mon Aya.

Il déposa un baiser sur son pouls et posa son front contre le sien.

— Ça ne va pas être facile.

— Je sais.

Ce serait la tâche la plus difficile de sa vie. Encore plus dure que de dire au revoir à ses parents.

— Mais nous n'avons pas le choix.

Elle avait besoin de faire ça, pour Owen, pour Lizzie, et pour Amelia. Elle savait qu'Issac ressentait la même chose.

— C'est la bonne décision.

— Oui, murmura-t-il, son souffle venant caresser ses lèvres. On forme une équipe.

— Toujours, acquiesça-t-elle.

— Toujours, répéta-t-il avant de l'embrasser.

Un courant électrique vibra sur sa peau, le baiser d'Issac scellant une promesse tacite entre leurs deux âmes. Il recommença et le sang de Stas ne fit qu'un tour. Et puis encore une fois, et cette fois-ci il se montra bien plus ferme, insistant.

Issac. Son nom était une supplique, tout autant qu'un serment. Elle ne savait pas ce qu'elle voulait, mais le vocalisa tout de même en poussant un cri sourd et désespéré venu du fond de sa gorge, qu'il fit taire à l'aide de sa langue.

Les doigts d'Issac s'enfoncèrent dans ses cheveux pour guider sa tête dans la position qu'il souhaitait, et son baiser se fit plus intense. Dur. Minutieux. Possessif. Il s'abandonna complètement à leur étreinte, et elle lui retourna chaque émotion avec l'une des siennes.

Douleur. Tristesse. Chagrin. Confusion. Joie.

Car si elle avait vécu l'enfer ces dernières semaines, elle avait aussi découvert une passion qu'elle n'avait jamais vécue auparavant.

— J'ai besoin de toi, chuchota-t-il en la soulevant sur le plan de travail avant de se glisser entre ses jambes. Putain, j'ai besoin de toi Aya.

Ses mains étaient déjà sur son pantalon, son pouce prêt à faire sauter son bouton.

— J'ai besoin d'une distraction, s'il te plaît. Je n'en peux plus de réfléchir. C'est en train de me rendre fou.

La note implorante dans sa voix venait tout dire. Issac avait besoin de se perdre dans leur passion, d'oublier le présent, le désespoir de la situation d'Amelia, d'oublier son incapacité à lui venir en aide. Et il avait choisi Stas pour l'aider à y parvenir. Pour lui fournir le répit dont il avait besoin.

Elle ne lui refuserait jamais ça. D'une manière ou d'une autre, il s'était fait une place au fond d'elle, s'accrochant à son cœur et à son âme, les liant ensemble à jamais. Leur avenir ne comptait pas pour le moment. Tout ce qui importait, était l'instant présent, cette émotion chargée qui florissait entre eux, et la passion que lui seul était capable de déchaîner en elle. Elle l'embrassa une nouvelle fois, glissant ses doigts dans ses cheveux alors qu'elle lui répondait en silence.

Prends-moi.

Sers-toi de moi.

Aime-moi.

Je suis à toi.

CHAPITRE TRENTE-ET-UN

PACTE DE SANG

Issac s'oublia dans la bouche d'Astasiya, sa langue lui procurant des sensations qu'il pouvait à peine comprendre, et encore moins décrire.

Il se sentait possédé. Adoré.

C'était exactement la distraction dont il avait tant besoin. Elle était le remède à la folie tapie dans un recoin de son esprit. La seule chose qui le tenait. Son ancre.

Cette idée le terrifiait. Le terrassait. L'exposait d'une manière inédite pour lui. Et pourtant, elle le renforçait aussi. Cette combinaison alambiquée l'entêtait, obscurcissant ses pensées tout en apaisant son âme. Tout ce qu'il pouvait faire, c'était profiter de ce sentiment de bien-être et d'accepter ce qu'elle lui offrait volontiers, se fondre dans son corps et les relier d'une manière qui ne devrait même pas exister.

Mienne.

L'impossibilité de leur relation ne comptait plus. Issac adorait relever des défis. Ils trouveraient un moyen de faire fonctionner leur relation. D'une manière ou une autre, ils trouveraient un moyen de rester ensemble.

Il la guida vers sa chambre, sans se soucier le moins du monde de leurs visiteurs installés dans le salon, et lui ordonna de se déshabiller à côté de son lit. Sa chemise et son soutien gorge tombèrent au sol. Ils furent suivis de ses bottes, ses chaussettes, et son pantalon. Finalement, son string en dentelle atterrit sur la pile, et il regretta un instant de ne pas l'avoir retiré à l'aide de ses dents. Elle était nue, son corps rougissant sous ses yeux. *Perfection.*

Des courbes là où il fallait. Sûre d'elle. Des jambes interminables. La femme idéale, son Aya.

— Allonge-toi sur le lit, chérie, murmura-t-il, la dévorant du regard avec des yeux brûlants.

Son obéissance ne fit que l'exciter un peu plus. Ses tétons durcis et ses cuisses tremblantes indiquaient qu'elle ressentait la même chose. Ses cheveux blonds étaient éparpillés sur les oreillers d'Issac, son regard voilé alors qu'elle l'observait détacher sa cravate. Il envisagea un instant d'attacher ses poignets à la tête de lit, conscient que cela l'exposerait à son regard et à ses caresses.

Mais il avait besoin de sentir ses mains sur lui ce soir-là. Ses lèvres. Sa langue. Tout ce qu'elle avait à offrir. Il jeta sa cravate au sol, à côté des vêtements d'Astasiya et entreprit de retirer ses boutons de manchettes. Les yeux verts d'Astasiya se dilatèrent, son désir visible alors qu'elle l'observait, humectant sa lèvre inférieure gonflée avec le bout de sa langue.

— Écarte les jambes, demanda-t-il, car il avait besoin d'un aperçu de sa chair enflée par le désir.

Elle s'exécuta avec un gémissement qui vola droit vers son sexe. Il adorait ce son, et aimait encore plus le havre moite entre ses cuisses. Issac déboutonna lentement sa chemise, prolongeant son anticipation tout en admirant le fard qui s'étendait progressivement sur sa peau. Elle n'avait pas rechigné quand il l'avait poussée à contourner les invités dans le salon, lui faisant confiance pour les protéger de la vue de leurs convives. Il n'avait même pas eu besoin de s'expliquer – elle savait déjà.

Leur connexion intensifiait leur intimité, sa confiance en lui ne faisant qu'accroître son besoin de la baiser. Mmm, non, ce n'était pas vraiment le bon terme. Il avait besoin de quelque chose de plus lent, plus minutieux, quelque chose d'accentué par la passion.

Ses yeux magnifiques dansèrent avec admiration sur son torse et son abdomen quand il laissa tomber sa chemise derrière lui. Il s'occupa ensuite de sa ceinture, de son pantalon, et de son boxer. Il s'était débarrassé de ses chaussures et de ses chaussettes depuis bien longtemps et s'agenouilla donc complètement nu sur le lit.

Astasiya tendit les bras vers lui alors qu'il s'installait sur elle. Il prit sa bouche dans un baiser destiné à la marquer au fer rouge, à la posséder, sa langue en quête de réciprocité et de dévotion. Elle céda en grognant, ses ongles enfoncés dans les épaules d'Issac, et enroula ses jambes autour de sa taille. Ses replis humides, lubrifiés, rencontrèrent son érection, son corps plus que prêt à l'accueillir malgré leurs préliminaires plutôt brefs. Et même s'il ressentait le besoin de prendre son temps, il avait aussi envie de la sentir, de la prendre, de la posséder. Elle poussa un petit cri quand il s'enfonça en elle brusquement, son dos s'arquant en réponse.

— Issac, souffla-t-elle, tout son corps tremblant sous le sien. *Putain*.

— Est-ce que c'est trop ? murmura-t-il en traçant les contours de sa mâchoire avec ses lèvres.

— Pas assez, répliqua-t-elle en se pressant contre lui, le poussant à s'enfoncer plus profondément, ses talons appuyés contre ses fesses. J'en veux plus.

— Mmm.

Il fit glisser son nez le long de sa joue et se délecta de sa peau au passage.

— Et si je préfère prendre mon temps ?

Il s'expliqua avec un subtil mouvement de hanche.

— Ce n'est pas le moment de te retenir, grogna-t-elle en réponse.

— Peut-être que j'ai envie de te vénérer.

Il continua ses gestes lents, les conduisant tous les deux vers la folie et savourant chaque seconde du voyage.

— Menteur, l'accusa-t-elle, le souffle coupé. Ce n'est pas dans ta nature d'être doux.

— Tu veux parier ? demanda-t-il doucement.

Il avala le grognement qu'elle émit en guise de réponse, s'insinuant entre ses lèvres avec sa langue pour l'embrasser passionnément. Merde, il adorait embrasser cette femme. Cela le comblait à un niveau dont il n'était pas conscient avant de la rencontrer. Et la manière dont elle saisit sa nuque et l'obligea à rester dans cette position suggérait qu'elle ressentait la même chose.

Il saisit sa joue dans le creux de sa main et glissa ses doigts dans ses cheveux. Elle avait le goût de menthe, sa langue déterminée contre la sienne. Ses ongles pressés contre sa nuque l'encouragèrent, tandis que les hanches de la jeune femme se soulevaient avant de retomber pour rencontrer ses propres gestes modérés.

Aucune précipitation. Pas de baise. Simplement de l'adoration.

Chaque toucher, chaque morsure, et chaque coup de langue était sa manière de la chérir. Il n'avait jamais rien fait de ce genre avec une autre femme et ne savait même pas que ça pourrait lui plaire, mais cela lui semblait naturel avec Astasiya. Elle était la seule à qui il céderait ainsi – la seule qu'il vénérerait ainsi.

Si minutieux, si tendre, et si renversant. Son cœur

battait à toute vitesse en rythme avec celui d'Astasiya, la sueur s'insinuant entre leurs corps due à leur connexion émotionnelle florissante, et non à l'effort physique.

— Qu'est-ce que tu me fais ? chuchota-t-elle, ses lèvres caressant les siennes avec chaque mot. Mon Dieu, Issac, je me sens... j'ai l'impression d'être en feu.

— Mmm, c'est addictif, acquiesça-t-il, son sexe palpitant brûlant de se vider en elle malgré le rythme tranquille de sa pénétration. Embrasse-moi.

— Oui.

Sa langue joignit le geste à la parole et pénétra dans sa bouche avant d'attaquer une nouvelle fois la sienne, le réchauffant de l'intérieur. Ses doigts se contractèrent dans ses cheveux et il tira sur ses mèches. Elle lui retourna le geste, l'affrontant et lui prouvant qu'elle était son égale alors même qu'elle se soumettait à son assaut entre ses jambes.

Mon Aya.

Il enfonça ses dents dans sa lèvre inférieure alors qu'elle laissait filer un gémissement délicieux. Il adorait ce putain de son. Ses hanches continuaient de plonger contre les siennes, sa cadence à la fois délibérée et juste, ses lèvres se retroussant en un sourire quand elle gémit à nouveau.

Sublime.

Il ressentit chacun de ses tremblements, chacune de ses pressions, chaque grognement qu'elle émettait alors qu'il la poussait toujours plus près de son orgasme. L'intensité du moment manqua de le faire défaillir, sa peau rendue moite par la puissance de leur étreinte.

—J'y suis presque, murmura-t-elle.

— Je sais, souffla-t-il en s'assurant de maintenir son rythme. Crie mon nom quand tu viens.

Ses ongles entaillèrent son dos, ses parois humides se

serrant autour de son manche. C'était incroyable, parfait, exactement ce à quoi il s'attendait.

— Emmène-moi avec toi, mon cœur, chuchota-t-il en s'enfonçant profondément en elle d'un coup sec. Jouis avec moi.

— Issac…

Elle se figea pendant une seconde alléchante, ses muscles serrés autour de lui, et se laissa finalement aller, prise de tremblements qui le secouèrent jusqu'au plus profond de lui-même. Il grogna son nom entre leurs corps alors qu'ils plongeaient la tête la première dans un nuage d'extase et d'émerveillement.

La puissance de leur plaisir le choqua, provoquant une vague de tremblements dans tous ses membres alors qu'il palpitait en elle, la marquant comme sienne de la manière la plus masculine qui soit. Elle se contracta autour de lui, son corps lui interdisant de se retirer, ses ongles fermement enfoncés dans son dos ; tout ceci lui paraissait si *naturel*. Une possession mutuelle. Leurs corps ne faisaient qu'un tandis que leurs âmes se liaient ensemble dans une dimension qui leur était propre.

Et Issac ne souhaitait pas qu'il en soit autrement.

— Tu es à moi, murmura-t-il, sa bouche traçant ses paroles contre son cou. Je ne te laisserai jamais partir.

Il perça sa peau avec ses incisives et aspira son essence dans sa bouche, solidifiant ainsi leur pacte en suivant son instinct. Elle se trémoussa sous son corps, son bas-ventre réagissant à la vague d'endorphines qui, ayant rejoint son système sanguin, la propulsa dans un nouvel orgasme. Son nom crié par Astasiya déchira l'air, provoqué par les vagues de passion qui submergeaient la jeune femme, et indiqua au monde entier l'identité de l'homme qui la possédait.

— Encore, supplia-t-elle. Tout ce que tu as, Issac. Donne-moi tout.

Il céda à l'envie de la baiser, brutalement, son sexe cherchant à rejoindre le paradis qu'était son fourreau étroit et chaud. Chaque poussée les rapprochait du néant, son sang complètement euphorique sur sa langue. Ils étaient perdus l'un dans l'autre, dans le moment, dans ce qu'ils ressentaient ensemble.

Le temps n'avait plus de sens. Plus aucune pensée n'était enregistrée. Ils étaient désormais simplement gouvernés par leurs sensations et leurs émotions. L'extase camouflait la douleur du passé. Leur agonie se mua en bonheur sensuel. Leurs gémissements se mélangèrent, leurs cœurs battant de concert.

Finalement, après un long moment, ils prirent finalement le temps de respirer, le front d'Issac posé contre celui d'Astasiya, leurs corps emmêlés sous les draps. D'une manière ou d'une autre, ils avaient atterri sur le flanc et se faisaient face, la jambe d'Astasiya balancée par-dessus sa hanche et son sexe enfoncé en elle. Elle haletait contre lui, une fine couche de sueur luisant sur leurs corps, et ses lèvres s'étirèrent en un sourire endormi.

L'absence de bruit et d'images en provenance du reste de l'appartement indiquaient qu'ils avaient été abandonnés à leur solitude depuis un petit moment, une attention pour laquelle il remercierait ses amis et sa famille plus tard. Parce qu'il avait eu besoin de ça – *de ce moment* – avec Astasiya. Elle le rappelait à la réalité, le guérissait, lui donnait de la force.

— Mais qu'était-donc ma vie avant ton arrivée ? souffla-t-il en l'enveloppant dans ses bras.

Un éclat de rire lui échappa en réponse, un son éraillé et fatigué.

— Ce serait plutôt à moi de poser cette question. Il y a encore un mois, tout ce qui comptait pour moi c'était la remise de diplômes. Maintenant...

— Ta vie est altérée à jamais, termina-t-il à sa place en glissant légèrement ses doigts dans ses cheveux avant de repousser la mèche derrière son oreille. Comment est-ce que tu te sens, ma chérie ? demanda-t-il tendrement.

Tellement de choses s'étaient produites ces dernières semaines, entre la découverte de sa destinée, des intentions de Jonathan, et de la vérité au sujet du meurtre d'Owen.

Ma sœur qui est en vie.

— Je me sens dépassée, admit-elle, ses yeux verts luisant de sincérité. Je suis aussi furieuse, du genre, j'aimerais casser quelque chose ou taper sur quelqu'un.

Elle l'observa un long moment, une expression sérieuse recouvrant son visage.

— Je comprends ton désir de vengeance, et la façon dont tu pouvais justifier le fait de te servir de quelqu'un d'autre dans ce but.

— Mmm, oui, mon pion parfait, répliqua-t-il en caressant sa lèvre inférieure avec son pouce.

Il croisa de nouveau son regard.

— Mais tu es bien consciente que cette relation entre nous n'est plus une mascarade, que ces émotions sont bien plus sincères, n'est-ce pas ?

— Oui, mais je reste le meilleur atout dans cette équation, acquiesça-t-elle. Jonathan m'a offert le poste, Issac. Tout ce que j'ai à faire, c'est de l'accepter formellement, et je serai de la partie. Tu voulais le détruire de l'intérieur. Nous disposons maintenant de l'opportunité de le faire, et avec ta présence à mes côtés.

Il caressa sa mâchoire du bout des doigts, les traits dessinés à la fois séduisants et forts, à son image.

— Tu es certaine que c'est la voie que tu préfères emprunter ? Car ce sera dangereux, surtout si tu restes en ville à proximité d'Osiris.

— Avons-nous un autre choix ? demanda-t-elle à voix

basse. Tu as senti l'impact des runes, Issac. Et tu as vu à quoi ressemblait leur salle d'artillerie. Ce n'était que le début des obstacles qui entravent notre chemin. Nous avons besoin de plus de reconnaissance avant de pouvoir libérer Amelia. Qu'est-ce qui serait plus simple que de rassembler ces informations en jouant le jeu aux côtés de nos ennemis ?

— Et sans compter la possibilité de détruire l'organisation de l'intérieur, ajouta Issac, ses épaules se relâchant. Mais cela signifie laisser Amelia entre ses mains.

Le simple fait d'énoncer ces paroles porta un coup à son cœur, et lui serra l'estomac.

— Je ne suis pas sûr de pouvoir y arriver, Aya.

Même maintenant, en étant conscient du risque, une partie de lui avait *besoin* de secourir sa sœur. Elle prit sa joue dans le creux de sa main.

— Nous allons la sauver, Issac. Je te le promets. Mais nous devons nous y prendre comme il faut. Tu ne lui seras d'aucune utilité si tu es mort.

Il déglutit, parfaitement conscient qu'elle avait raison mais ne pouvant malgré tout réprimer la haine que la situation lui inspirait. Issac roula sur son dos et Astasiya le suivit, posant son menton sur son torse, sa cuisse étendue sur les siennes.

— Comment l'as-tu trouvée ?

Il n'était pas certain de désirer une réponse, même s'il en avait besoin.

— Était-elle… ?

Il ravala le reste de ses paroles, la gorge nouée par l'émotion.

— Elle rêve de papillons bleus, chuchota Aya. Et elle m'a semblé… forte.

Il tourna aussitôt son regard vers elle.

— Forte ?

Elle hocha la tête.

— Elle a cru que je faisais partie d'un autre petit jeu de Jonathan, quoi qu'elle ait voulu dire par là. Mais elle n'était pas d'humeur à jouer. Elle a dit quelques trucs étranges, mais dans l'ensemble, elle m'a semblé indépendante.

Un souffle tremblant lui échappa, ses épaules dégagées d'un poids.

— Elle n'est pas brisée.

— Non, répondit-elle. Mais elle était blessée.

— J'ai vu ses ecchymoses.

Il avait gravé chacune d'elles dans son esprit pour s'assurer de les infliger en retour à Jonathan, seulement avec un peu plus de force et de sang.

— Je vais le tuer.

— Je sais.

Elle saisit sa mâchoire entre ses mains et croisa son regard.

— Et je compte bien t'y aider.

Il lut sa promesse dans ses yeux.

— On peut le faire, Issac. On va la sauver. Ensemble. Et alors, nous ferons payer à Jonathan tout ce qu'il a infligé à ceux qui nous sont chers. À Amelia, à Lizzie, à Owen, annonça-t-elle, sa voix lui faisant défaut après ce dernier nom, même si son expression ne faiblit pas une seconde. Je dois découvrir ce qu'il a fait à Lizzie, et venger la mort d'Owen. Tout comme tu dois le détruire pour ce qu'il a fait à ta sœur et à tous les autres. Battons-le à son propre jeu.

— Tu veux être la reine de mon échiquier, murmura-t-il.

— Une belle promotion pour un pion.

— En effet.

Il la poussa sur le dos et s'installa en appui sur ses coudes au-dessus d'elle.

— Cela fait-il de moi ton roi ou ton chevalier ?

La main de Stas épousa la forme de sa joue.

— Ça fait de toi mon partenaire et compagnon de jeu de notre côté du plateau. Mon démon à moi.

Une lueur taquine était tapie au fond de ses yeux quand elle énonça cette dernière affirmation.

— Tu m'appartiens aussi, tu sais ?

— Vraiment ? demanda-t-il, amusé.

Elle hocha la tête.

— Tu...

Des coups insistants frappés à la porte interrompirent ses paroles, cette intrusion inattendue poussant Issac à user de son don à travers le bâtiment.

Mateo. Aidan. Jacque.

— Ils ont trouvé quelque chose, dit Issac en serrant les dents. C'est la raison de leur retour.

Et grâce aux images qu'il avait glanées dans l'esprit de Mateo, il comprit l'urgence qui avait provoqué leur interruption. Mateo avait réussi à se créer un portail d'accès dans le système de Jonathan en se servant du petit tour de cartes d'Astasiya le jour-même. Malgré le retour de l'appareil ici avec Astasiya, il avait toujours accès au réseau du FHC.

— Que se passe-t-il ? demanda Aya en s'asseyant alors qu'Issac se retirait.

Atout Sept. Selon l'analyse d'Aidan, cette classification concernait Amelia, une information qu'il lui avait transmis grâce à une série d'images.

— Ma sœur, dit-il, sa langue cotonneuse. Il y a un nouveau dossier, avec la date d'aujourd'hui.

Le visage d'Astasiya se décomposa, et elle couvrit machinalement sa poitrine avec le drap.

— Oh non... Qu'est-ce que ça dit ?

Issac déglutit difficilement, son cœur se brisant dans sa poitrine.

— L'ordre est de la transférer.

— Où ça ?

— Nous ne savons pas, dit Aidan en entrant dans la pièce. Ce qui signifie que nous n'avons plus d'autre choix. Il faut que tu acceptes le poste. Et Issac t'aidera.

ÉPILOGUE

GABRIEL

— Tu réalises que tout ceci serait plus simple si on lui expliquait juste la vérité, n'est-ce pas ? demanda Ezekiel, un verre au contenu ambré à la main.

Il en avait commandé un deuxième pour Gabriel qui était toujours intact sur le bar.

— Ce n'est pas encore le moment, répliqua-t-il. Pas tant qu'elle n'a pas développé ses talents.

— Vous les Séraphins, vous aimez jouer sur le long terme, hein ?

Ezekiel prit une gorgée, sa veste en cuir et ses longs cheveux noirs attirant l'attention des femmes installées au bar. Non pas qu'il les ait remarquées ou même qu'il s'en soucie. L'ancien assassin Nizarin préférerait tuer les badaudes plutôt que de coucher avec.

— Au moins, nous aurons l'aide d'Issac pour la protéger après la fin prématurée d'Owen.

—J'aiderai de mon côté par le biais du FHC, répliqua Gabriel.

— En supposant qu'elle accepte le poste.

— Elle le fera.

Il en était certain.

— Jonathan vient juste de donner l'ordre de transférer Amelia dans un lieu reculé.

— Pourquoi est-ce que je soupçonne qu'il s'agissait de ton idée ?

— En fait, c'est son fils qui l'a suggéré sous prétexte de dissimuler son existence à Stas.

Gabriel avait été impressionné. Cela prouvait que le jeune Fitzgerald disposait peut-être encore d'un avenir.

— Jonathan n'était pas très enthousiaste au début, donc je l'ai peut-être poussé à reconsidérer sa décision.

— Tu as toujours eu un petit faible pour Amelia, songea Ezekiel. Je ne te jette pas la pierre, elle est plutôt charmante si je me fie à mes souvenirs. Ce que lui a fait subir Jonathan est bien triste.

— Tu n'as rien compris. Je n'ai pas fait ça pour Amelia.

Pas directement, en tout cas. Gabriel dissimula sa grimace en prenant une gorgée de sa boisson, savourant la traînée brûlante qu'elle laissa dans son sillage. *Ça fait trop longtemps que je côtoie les humains.* Il commençait à perdre son emprise sur son sens pratique.

— J'ai soutenu cette suggestion car cela va pousser Stas à rejoindre le FHC, et cela me libérera aussi assez pour que je m'implique dans son entraînement.

— Et donc pour lui fournir un peu plus de protection.

— Exactement.

Il termina le liquide ambré dans son verre et indiqua d'un geste qu'il en désirait un autre.

— Mais oui, j'admets que cela offrira aussi un peu de répit à Amelia.

Personne ne devrait subir le genre de traitement que Jonathan avait infligé à Amelia. Si Gabriel n'avait pas besoin de garder l'Ichorien en vie, il aurait exécuté ce connard des années auparavant.

— Qui a été choisi par Jonathan pour la garder ?

Les lèvres de Gabriel se retroussèrent, un exploit considérant qu'elles bougeaient rarement à moins qu'il ne parle.

— Ne t'ai-je donc pas mentionné ma partie préférée dans tout ce plan ?

Il évitait habituellement les détours une fois son chemin tracé, mais dans ce cas, eh bien, il était plutôt satisfait de ce qu'il avait *arrangé*. Ezekiel haussa un sourcil.

— Contre qui as-tu monté un coup cette fois-ci ?

Il rencontra le regard de l'assassin, un bref sentiment d'hilarité gagnant sa poitrine.

— Tom Fitzgerald.

Cela donnait au PDG du FHC l'occasion de punir son fils pour son fâcheux comportement et offrait à Tom une opportunité unique. Une occasion que Gabriel espérait qu'il saisisse. Si Tom était bien l'homme que croyait Gabriel, alors Amelia se trouverait entre de bien meilleures mains. Ezekiel s'esclaffa, une énergie perfide émanant de lui.

— Oh, je parie qu'il a adoré ça.

— Au contraire, il est plutôt contrarié. Mais de toutes les Sentinelles, c'est le seul à qui je fasse confiance en ce qui la concerne. C'est le seul qui dispose d'un cœur.

Et le seul avec le potentiel de s'épanouir au-delà des ténèbres. Il s'agissait en quelque sorte d'un test, une manière d'évaluer la réaction de Tom. Gabriel lui souhaitait bonne chance. Car s'il échouait, Gabriel n'aurait pas d'autre choix que d'exécuter le jeune homme.

— C'est brillant, répliqua Ezekiel. Et j'avais raison : tu as un petit faible pour elle.

Gabriel s'esclaffa.

—Je n'ai pas de faiblesses.

Bon, d'accord, peut-être souhaitait-il qu'Amelia s'échappe. Juste un petit peu.

— Pas même pour Stas ?

Le souvenir d'une petite fille envahit son esprit, une fillette aux yeux verts immenses qui irradiaient de douleur et de tristesse après la perte de ses parents.

Sethios and Caro.

Bientôt, jura-t-il, en fermant brièvement les yeux. *Je te raconterai tout bientôt.*

— Définitivement un petit faible, dit Ezekiel une lueur de compréhension assombrissant son regard.

Il souleva l'une des nouvelles boissons qu'on leur avait servies et la souleva.

— Au destin.

Gabriel s'esclaffa.

— Que le destin aille se faire foutre.

Il trinqua avec Ezekiel.

— À la prophétie de Skye.

Qu'elle se réalise, et vite.

L'histoire continue avec Des liens interdits...

DES LIENS INTERDITS

L'exil ne lui avait jamais paru aussi attrayant…

Tom est un tireur d'élite, pas une nounou. Son travail consiste normalement à traquer et éliminer des immortels hors-la-loi, mais après avoir partagé des informations confidentielles avec une amie, il est banni dans un endroit reculé en compagnie de l'atout le plus précieux du FHC.

Deux âmes torturées peuvent-elles trouver du réconfort et de l'amour ensemble ?

Des secrets sont dévoilés alors que Tom entreprend une relation interdite avec sa nouvelle protégée. L'immortelle lui rappelle des souvenirs et des émotions qu'il a laissées derrière lui il y a bien longtemps, et le pousse à questionner tout ce qu'il a connu jusqu'à présent.

Des sacrifices doivent être faits.

Une décision imprudente les pousse à fuir pour sauver leurs vies alors que des ennemis immortels se lancent à leur poursuite.

Certains liens sont faits pour être rompus…

AMAZON

Quoi de Neuf dans la série de la malédiction des immortels

Cher lecteur,

Merci d'avoir lu *Les Lois du Sang*. J'espère que vous avez apprécié de rencontrer Issac et Stas. Vous vous posez peut-être des questions au sujet de leurs problèmes non résolus. Ne vous inquiétez-pas ; j'ai de grands projets les concernant. Ils resteront des personnages importants dans toute la série (ils apparaîtront dans chacun des tomes) et seront les héros principaux de plus d'un roman. Ce livre marque le début de leur histoire, et de nombreuses aventures les attendent.

Dans le prochain tome *Des liens interdits*, Tom remettra en question tout ce qu'il a jamais appris en faisant connaissance avec Amelia d'une manière qu'il n'aurait jamais imaginée. Alors que la tension sexuelle et les émotions fusent entre eux, ils devront décider des sacrifices qu'ils sont prêts à effectuer par amour.

J'ai inclus à la fin de ce livre les deux premiers chapitres du prochain tome pour que vous puissiez vous faire une idée de la manière dont évoluera la série.

N'hésitez-pas à rejoindre mon groupe de lecteurs sur Facebook ou à vous inscrire à ma newsletter pour recevoir des aperçus, des chapitres en avant-première, et des extraits spéciaux.

Gardez le contact !
Lexi C. Foss

L'auteure à succès d'*USA Today* Lexi C. Foss est une écrivaine perdue dans le monde de l'informatique. Elle vit à North Carolina, avec son mari et leurs enfants à fourrure. Quand elle n'écrit pas, elle est occupée à cocher des cases sur sa liste de voyages à faire. On peut retrouver beaucoup des endroits qu'elle a visités dans ses écrits, notamment le monde mythique d'Hydria, inspiré d'Hydra, dans les îles grecques. Elle est excentrique, boit beaucoup trop de café et adore nager. Tchao !

https://www.lexicfoss.com/Français

Pour être au courant des dernières nouvelles et connaître les dates de publication, abonnez-vous à ma newsletter: https://www.lexicfoss.com/la-newsletter-de-lexi

DE LA MÊME AUTEURE

La Malédiction des Immortels

Les Lois du Sang

Des Liens Interdits

Cœur de Sang

Les Liens du Sang

Les Liens des Anges

Alliance de Sang

L'Esclave du Vampire

Le Vampire Royal

La Triade de l'Alpha

Le Vampire Rebelle

Le Roi Vampire

Faë de l'Enfer

La Captive des Faë de l'Enfer

La Reine des Éléments

Livre Un

Livre Deux

Livre Trois

La Reine des Faë de Minuit

Livre Un

Livre Deux